WEIHNACHTLICHE LIEBESROMANE

JAHRESZEIT DES VERLANGENS SAMMLUNG

MICHELLE L.

INHALT

Jahreszeit des Verlangens Sammlung

Von: Michelle L.

Contenido

✿ Erstellt mit Vellum

GEHEIMNISSE UND BEGIERDEN

EINE URLAUBSROMANZE (JAHRESZEIT DES VERLANGENS 1)

Livia Chatelaine trat in der Halloween-Nacht in mein Leben und brachte das Licht zurück in meine düstere Welt. Ich war es leid, in der Vergangenheit zu leben, und verliebte mich in diese schöne, bezaubernde, sexy Frau, die meine Gefühle erwiderte.

Jetzt kann ich nur noch daran denken, in ihr zu sein, sie zu lieben, sie zu kosten, sie zu ficken …

Wie sie mich mit ihrem aufsehenerregenden Körper und ihrem betörenden Geist liebt, ist unvergleichlich.

Niemand kann uns auseinanderbringen, weder jetzt noch in der Zukunft.

Sie gehört mir …

KAPITEL EINS

Amber Duplas blinzelte ihrem ältesten und liebsten Freund zu, als er ihr einen Teller mit perfekt gebratenem Rührei reichte. „Nox Renaud, du bringst mich noch um."

Nox, dessen grüne Augen amüsiert funkelten, grinste sie an. „Nun, dann ist meine Arbeit hier erledigt."

Amber seufzte und strich ihr kastanienbraunes Haar zurück. „Du bist einer der wohlhabendsten Landbesitzer in New Orleans, ein unglaublich erfolgreicher Geschäftsmann und laut Forbes einer der begehrtesten Junggesellen der Welt. Und trotzdem stehst du höchstpersönlich in deiner palastartigen Küche", sie deutete in den großen Raum, „und machst mir Rührei zum Brunch. Hast du noch nie von Privatköchen gehört?"

Nox schüttelte den Kopf. Er war Verhöre dieser Art von Amber gewohnt. „Du weißt, dass ich es nicht mag, viel Personal um mich zu haben, Amber."

Amber schob sich eine Gabel Rührei in den Mund und seufzte genießerisch. „Und genau deshalb bringst du mich noch um. Ich mache mir Sorgen, dass du zum Einsiedler wirst."

„Ich glaube, dass ich das schon längst bin", sagte Nox leise. „Sieh mal, ich weiß, dass du es gut meinst, aber ich bin fast vierzig und ändere mich nicht mehr so leicht. Ich bin gern allein." Er gab Rührei aus der Pfanne auf seinen Teller und setzte sich. „Und dennoch wird in ein paar Tagen alles, was sich zur besseren Gesellschaft zählt, hier sein, um meinen Champagner zu trinken und mich die ganze Nacht zu stören. Gott, warum tue ich mir das jedes Jahr an?" Er stöhnte und Amber lachte.

„Sei nicht so missmutig." Sie zerzauste seine dunklen Locken und er grinste, obwohl er innerlich seufzte. Die Familie Renaud hatte schon lange vor Nox' Geburt damit begonnen, eine Wohltätigkeitsparty an Halloween zu veranstalten. Es war ein Projekt seiner geliebten Mutter gewesen. Vor der Tragödie. Trotz seiner introvertierten Natur brachte Nox es nicht über sich, das Vermächtnis seiner Mutter zu missachten.

Seine Augen wanderten zu dem gerahmten Foto von ihr und Teague, seinem älteren Bruder, auf der Küchentheke. Die beiden waren dunkelhaarig und schön gewesen und umarmten sich lachend auf dem Bild. Sie waren so sinnlos gestorben.

Die Tragödie der Familie Renaud war in Louisiana und darüber hinaus bekannt. Tynan Renaud, angesehener Geschäftsmann, liebevoller Ehemann der italienischstämmigen Gabriella und Held seiner Söhne Teague und Nox, hatte einen Nervenzusammenbruch erlitten und seine Frau und seinen ältesten Sohn erschossen, bevor er die Waffe auf sich selbst richtete. Nox, der damals auf dem College gewesen war, hatte unter Schock gestanden. Nachdem er sein Studium abgebrochen hatte und in das riesige Plantagenherrenhaus am Bayou zurückgekehrt war, hatte er jahrelang verzweifelt versucht zu begreifen, was sein Vater getan hatte.

Amber und seine anderen Freunde wollten ihn überreden, das Anwesen zu verkaufen, auf dem seine Mutter und sein Bruder ermordet worden waren, aber Nox lehnte ab. Er übernahm das Unternehmen seines Bruders mit seinem Freund Sandor und zusammen hatten sie großen Erfolg. Die Firma RenCar wurde schnell zu seiner Droge, um seinen Schmerz zu vergessen. Nox investierte zwanzig Stunden am Tag in die Arbeit. Der Import luxuriöser Lebensmittel war nie sein Traum gewesen – Wer träumte schon von so etwas? –, aber er hatte etwas gefunden, in dem er gut war und das reichte ihm. Seine

Kindheitsträume, Musiker zu werden, wurden für etwas beiseitege-
schoben, das ihn völlig ablenkte. Das Studio, das seine Mutter einst für
sie beide eingerichtet hatte, stand seit fast zwanzig Jahren leer ... genau
wie Nox' Herz.

Ihm wurde bewusst, dass er Amber nicht zugehört hatte, und er
entschuldigte sich. Sie verdrehte ihre blauen Augen. „Nox, ich bin es
gewohnt, dass du mich ignorierst, aber hör zu, das ist deine Party. Ich
sage nur, warum versuchst du nicht, zur Abwechslung einmal gesel-
liger zu sein? Diese Leute zahlen eine Menge Geld, um hierher-
zukommen."

„Hauptsächlich, um das berüchtigte Mordhaus zu sehen", murmelte
er und Amber schnalzte genervt mit der Zunge.

„Vielleicht, aber die Einnahmen gehen an einen guten Zweck, nicht
wahr? So kommt wenigstens etwas Gutes bei der ganzen Sache heraus
– verdammt nochmal, Nox, du bist nicht der Einzige, der jemanden
verloren hat." Zu seinem Entsetzen sah er Tränen in ihren Augen. Er
streckte den Arm aus und ergriff ihre Hand.

„Es tut mir leid. Ich vermisse Ariel auch jeden Tag." Er seufzte. So
viel Schmerz, so viel Tod. Amber hatte recht. Er musste aus seinem
Selbstmitleid ausbrechen.

„Alles, was ich will, ist, dass du deine Pflicht erledigst. Misch dich
unter die Gäste und sprich mit ihnen." Ambers Tonfall war jetzt
ruhiger und sie lächelte ihn an. Ihr Gesicht war weich und ihre Augen
hielten seinen Blick einen Moment zu lange. Nox nickte und sah
schließlich weg.

„Versprochen."

Nachdem Amber gegangen war, trat er in sein Wohnzimmer und
schaltete den Fernseher ein. Der lokale Nachrichtensender WDSU
zeigte einen Beitrag über Halloween New Orleans, das magische,
manische, chaotische Festival, das die Stadt jeden Oktober veranstal-
tete. Nox seufzte und wartete auf die unvermeidliche Erwähnung
seiner Party. „Mal sehen, wie sie es dieses Jahr ankündigen", murmelte
er vor sich hin. „Kommt zuerst Renaud-Familienfluch oder das Herrenhaus der dunklen Geheimnisse?"

Die Nachrichtensprecherin sah ernst aus. „Bevor die Feierlichkeiten in der Halloween-Nacht beginnen, versammelt sich die Elite von New Orleans im Renaud-Herrenhaus am Bayou. Regelmäßige Zuschauer werden wissen, dass das Creepy Cocktails Gala Benefit jedes Jahr an dem Ort stattfindet, den manche Einheimische das Herrenhaus der dunklen Geheimnisse nennen. Mehr dazu nach der Werbung."

Nox schaltete den Fernseher genervt aus. Jedes Jahr dieselbe Geschichte. Jetzt würden diejenigen Gäste, die die Nachrichten gesehen hatten, umso neugieriger auf den letzten verbliebenen Renaud sein. Verdammt.

Sein Handy klingelte und er ging dankbar ran. „Sandor, Mann, du hast ein tadelloses Timing."

Sein Freund lachte. „Ich tue mein Bestes. Hör zu, wir haben vielleicht einen Deal mit der Restaurantkette Laurent."

Nox setzte sich auf. „Wirklich?" Das Laurent-Unternehmen war doppelt so viel wert, wie sie geboten hatten, aber nach zwei Jahren auf dem Markt war noch immer kein anderer Kaufinteressent in Sicht. Nox wusste, sie würden ein Vermögen machen, wenn sie es zu einem günstigen Preis bekamen und renovierten. Er und Sandor hatten beschlossen, ihr Imperium auszuweiten und Restaurants zu kaufen, wo sie ihre Luxusspeisen servieren konnten – nicht, dass sie es finanziell nötig hatten, aber beide waren gelangweilt mit dem aktuellen Stand der Dinge. Sie wollten sich die Hände schmutzig machen und etwas tun – mehr, als nur Lebensmittel zu importieren für, nun ja, Leute wie sie selbst.

„Wirklich. Gustav Laurent lässt sich scheiden und will das Objekt schnell loswerden."

Nox war erstaunt. „Gus trennt sich von Kathryn?"

„Scheint so. Angeblich hat sie ihn betrogen."

Nox machte ein halb belustigtes, halb verächtliches Geräusch. „Als ob Gustav nicht schon seit Jahren untreu war."

„Du kennst Gus."

„Leider ja. Hör zu, ich kann in einer halben Stunde da sein."

„Gut", antwortete Sandor. „Und danach lade ich dich zum Mittagessen ein. Einverstanden?"

Nox lächelte. „Einverstanden. Bis gleich."

Livia Chatelaine balancierte drei Teller gleichzeitig geübt auf ihrem linken Arm und trug sie zum Tisch. Die beiden Frauen und das Kind, die dort saßen, sahen sie dankbar an, als sie ihr Essen servierte und ihr Lächeln erwiderte. „Guten Appetit. Lasst es mich wissen, wenn ihr noch etwas braucht."

Sie eilte zu einem anderen Tisch, wo die Gäste auf die Rechnung warteten, und bedankte sich mit der ihr angeborenen Freundlichkeit für das Trinkgeld. Livia arbeitete seit drei Monaten im Le Chat Noir im French Quarter – seit sie ihr ganzes Leben in ihr altes, verbeultes Auto gepackt und von San Diego aus das Land durchquert hatte.

Moriko, ihre beste Freundin vom College, war schon ein Jahr länger in New Orleans und hatte ihr einen Job in dem Restaurant besorgt – es schadete nicht, dass der Besitzer, ein gut aussehender, dunkelhaariger Franzose namens Marcel, in Moriko verliebt war und jeden eingestellt hätte, den sie ihm empfahl. Zum Glück waren Livia und Marcel schnell gute Freunde geworden. Livia kam stets früh, blieb lange und arbeitete hart. Im Gegenzug gab er ihr die Schichten, die sich am besten mit ihrem Studium vereinbaren ließen, und zahlte ihr genug, dass sie sich die winzige Wohnung leisten konnte, die sie mit Moriko teilte.

Livia hatte beschlossen, nie mehr in ihre Heimatstadt San Diego zurückzukehren. Dort gab es jetzt nichts mehr für sie, auch keine Familie, die ihr etwas bedeutete. Sie war ein Einzelkind gewesen und nachdem ihre Mutter gestorben war, hatte sie sich praktisch selbst großgezogen. Sie hatte sich in der Schule angestrengt und verschiedene Jobs gehabt, um Essen auf den Tisch zu bringen, während ihr Vater sich jede Nacht besinnungslos trank und sie anschrie, wenn sie ihn dabei störte. Livia hatte vor Jahren aufgehört, etwas für den Mann zu empfinden. Soweit es sie betraf, war er nur ein Samenspender. Was ihr von ihrer Mutter geblieben war, waren warme, glückliche Erinnerungen. Der Krebs hatte ihnen ihr Glück gestohlen, als Livia fünf war. Ihre letzte Erinnerung an ihre Mutter war, wie die schöne Frau sie eines Tages vor der Schule zum Abschied küsste. Es war das letzte Mal gewesen, dass sie sie zu Gesicht bekommen hatte. Ihr Vater hatte nicht zugelassen, dass sie ihre Mutter nach ihrem Tod noch einmal sah.

Livia hatte mit einem Stipendium und drei Jobs ihr College-Studium finanziert und es war ihr zur zweiten Natur geworden, immer für alles zu kämpfen. Ihre Entschlossenheit gab ihr Energie und Durchhaltevermögen und als sie schließlich als eine der Jahrgangsbesten ihren Abschluss machte, war es alle Mühen wert gewesen. Ihre Tutoren hatten darauf bestanden, dass sie sich für ein Postgraduierten-Forschungsstipendium bewarb, aber Livia hatte vier Jahre gebraucht, um sich ein Angebot der Universität von New Orleans zu sichern.

„Hey." Moriko riss Livia aus ihren Träumereien und lächelte ihre Freundin an. Sie war eine winzige, exquisite japanisch-amerikanische Schönheit – und das wusste sie auch. Mühelos setzte sie sich auf den Tresen. „Marcel braucht einen Gefallen."

Livia verbarg ein Grinsen. Wenn Marcel Moriko schickte, um seine Drecksarbeit zu machen, bedeutete es, dass es sich um einen großen – und wahrscheinlich unangenehmen – Gefallen handelte. „Und der wäre?"

„Nun, er wurde gebeten, die Renaud-Party am Samstag als Caterer zu betreuen. Du weißt, was ich meine, oder?"

Livia schüttelte den Kopf. „Nein."

Moriko verdrehte die Augen. „Es ist eine jährliche Feier, die Nox Renaud organisiert. Er veranstaltet eine Halloween-Gala-Party und sammelt dabei eine Menge Geld für wohltätige Zwecke."

„Ich habe noch nie von dieser Party oder von ihm gehört. Also, was ist der Gefallen?" Livia konnte es sich denken – Marcel brauchte sicher noch eine Kellnerin. Einen Moment später bestätigte Moriko ihren Verdacht.

„Er wollte zusätzliche Servicemitarbeiter anheuern, aber anscheinend will Renaud nur Canapés und Cocktails. Das Servicepersonal würde Marcel mehr kosten, als er mit der Party verdient, also ..."

Livia lächelte sie an. „Kein Problem. Die übliche Uniform?" Sie zog an ihrem engen weißen Shirt und steckte es wieder in den schwarzen Minirock, den sie trug. Ihr Outfit bedeckte kaum ihre üppigen Kurven – die vollen Brüste und den sanft gerundeten Bauch.

Ihre langen, schlanken Beine steckten in schwarzen Strumpfhosen und sie trug flache Pumps, da sie sich standhaft weigerte, beim Bedienen hohe Absätze zu tragen. Livia war mit 1,65 Metern nicht allzu groß, aber ihre langen Beine ließen sie größer wirken und ihre braunen Locken waren die Krönung. Sie hatte ihr fast hüftlanges Haar zu einem Knoten hochgesteckt, aber es entkam immer wieder den Haarnadeln. Moriko machte sich daran, es wieder zusammenzufassen. Livia schenkte ihr ein Lächeln. „Danke. Ich sollte wirklich alles abschneiden."

„Auf keinen Fall", sagte Moriko, deren glänzendes schwarzes Haar wie ein gerader Vorhang über ihren Rücken fiel. „Ich würde für deine Locken töten."

„Also werden wir am Samstagabend für die oberen Zehntausend kellnern?"

„Ich werde da sein. Hey, wenigstens können wir im Haus dieses reichen Kerls herumschnüffeln."

Livia seufzte. Sie hatte nichts dagegen, Marcel zu helfen, aber sie hatte kein Interesse an Typen mit zu viel Geld. Sie musste schon genug von ihnen bei ihrem Job bedienen.

Sie ging zurück ins Restaurant und verzog das Gesicht. Zwei Stammgäste waren gekommen. Apropos die oberen Zehntausend, dachte sie und setzte ein professionelles Lächeln auf. Die Frau, eine eiskalt aussehende Blondine mit knallrotem Lippenstift und gefühllosen blauen Augen, sah sie abweisend an. „Eiweißomelett mit Spinat und ein Mangotini." Sie schaute sich die Speisekarte nicht einmal an. Ihr Begleiter, ein elegant wirkender Mann, der Livia jedes Mal, wenn er kam, zumindest anlächelte und Bitte und Danke sagte, nickte.

„Das Gleiche für mich, Liv. Freut mich, dich wiederzusehen."

Livia lächelte ihn an. Sie hielt wenig von seiner Begleiterin, aber wenn sie ehrlich war, war er immer höflich zu ihr. Sie wusste, dass die Frau neben ihm Odelle hieß und ihr Vater einer der reichsten Männer des Bundesstaats war. Es beeindruckte Livia nicht. „Mich auch. Seid ihr sicher, dass ihr keine Pommes Frites dazu nehmen wollt?"

Odelle sah entsetzt aus, aber der Mann grinste. „Warum nicht?"

Livia verschwand in der Küche. Marcel trat zu ihr und lächelte sie an. „Danke für Samstag, Livvy. Ich werde dir das Doppelte bezahlen."

Sie küsste seine Wange. „Kein Problem, Kumpel."

Marcel, dessen Augen so dunkel waren, dass man die Pupillen nicht erkennen konnte, nickte Richtung Speisesaal. „Wie ich sehe, beehren uns heute Elsa und Lumiere."

Livia lachte. „Du bringst die Disney-Filme wieder durcheinander. Er ist in Ordnung. Aber, ja, sie ist eine echte Eiskönigin."

„Lass dich nicht von ihrem Reichtum einschüchtern. Er ist ererbt, nicht selbst verdient."

„Oh, ich weiß und es stört mich nicht. Geld kann keine Manieren kaufen." Livia schüttelte die Unhöflichkeit der Frau mit einem Schulterzucken ab. „Ich kann ehrlich behaupten, dass mir diese Leute und ihre Art nicht den Schlaf rauben, Marcel."

„Ich sage das nur, weil ich weiß, dass der Mann, Roan Saintmarc, der beste Freund von Nox Renaud ist. Es ist mehr als wahrscheinlich, dass er und die Eiskönigin am Samstag auf der Party sein werden." Marcel grinste Livia an, die die Augen verdrehte. „Versprich mir, dass du ihnen das Essen nicht auf den Schoß kippst."

Livia schnaubte. „Versprochen."

„Braves Mädchen."

Livia beendete ihre Schicht und ging dann durch die belebten Straßen des French Quarters nach Hause. Sie hatte sich in New Orleans verliebt – in die sinnliche Hitze und die entspannte Natur der Menschen. Seltsamerweise fühlte sie sich in dieser Stadt, die für Voodoo und schwarze Magie bekannt war, nie unwohl, wenn sie nachts durch die Straßen ging.

Moriko war immer noch bei der Arbeit, als Livia in ihre Wohnung zurückkehrte, also nahm sie eine lange heiße Dusche, machte sich eine Schüssel Suppe und holte ein paar Cracker aus der Packung in der Küche. Während sie aß, ging sie die Fernsehsender durch, war aber bald gelangweilt. Sie wusch ihre Schüssel in der Spüle ab und beschloss, ins Bett zu gehen, um zu lesen. Sie hatte bald ein Klavierkonzert und wollte noch einmal die Partitur durcharbeiten und dabei die Tastenschläge in der Luft simulieren. Schließlich schlief sie neben Morikos Katze ein, die sich an sie gekuschelt hatte, und hörte ihre Mitbewohnerin nicht mehr nach Hause kommen.

Draußen auf dem Bayou war auch Nox in einen tiefen Schlaf gefallen, aber er war nicht friedlich. Fast sofort kamen die Albträume. Eine Frau, eine schöne junge Frau, die er kannte, aber deren Gesicht er nicht sehen konnte, rief seinen Namen und flehte ihn an, sie zu retten. Da war Blut, so viel Blut, und er rannte durch die dunkle Villa und watete durch etwas – Blut? – um zu ihr zu gelangen. Eine dunkle, bösartige Macht stieg auf und hielt Nox davon ab, das Mädchen zu erreichen. Er hörte, wie die Schreie abrupt endeten, und wusste, dass es zu spät war. Er sank auf die Knie.

Dann spürte er eine Hand auf seiner Schulter und sah auf. Seine Mutter lächelte ihn an. „Weißt du nicht, dass du sie niemals retten wirst?", sagte sie leise. „Jeder, den du liebst, wird sterben, mein Sohn. Ich bin gestorben, dein Vater, dein Bruder ... Ariel. Du wirst immer allein sein."

Nox erwachte und rang schweißgebadet nach Atem. Die Gewissheit der Worte seiner Mutter erfüllte seine Gedanken.

Verliebe dich nicht. Riskiere es nicht. Lass nicht zu, dass noch mehr Menschen verletzt werden.

KAPITEL ZWEI

Odelle Griffongy zündete sich auf dem Balkon ihres Schlafzimmers eine weitere Zigarette an. Sie hasste Halloween und sie hasste diese Party. Aber Roan wollte natürlich seinen besten Freund Nox unterstützen, also würden sie daran teilnehmen. Zum Glück hatte Nox nie einen Dresscode für seine verdammte Cocktailparty – sonst hätte Odelle Kopfschmerzen vorgetäuscht.

Sie schaute zurück in das Schlafzimmer, wo Roan sich fertigmachte. Sein dunkelgrauer Anzug sah zu seinen mittelbraunen Haaren und leuchtend blauen Augen spektakulär aus. Er war absolut durchtrainiert, und sein harter Körper und riesiger Schwanz machten ihn zu einer Maschine im Bett. Roan Saintmarc war, mit Ausnahme von Nox, der schönste Mann in New Orleans – wahrscheinlich sogar im ganzen Staat –, und er gehörte ihr.

Odelle war in der obersten Schicht der Gesellschaft von New Orleans aufgewachsen, aber sie wusste, dass ihre Schönheit nicht ewig währen würde und ihre kühle, arrogante Art ihr nicht viele Freunde machte. Deshalb war sie fassungslos gewesen, als Roan, der in seinem Harvard-Freundeskreis als der Vergnügungssüchtigste galt, ausgerechnet sie umwarb. Er hätte jede andere Frau haben können.

Odelle drehte sich um und betrachtete die Menschenmenge auf den

Straßen der Stadt. New Orleans war verrückt nach Halloween – überall gab es Partys, Menschen in Kostümen bevölkerten die Plätze und die Einheimischen nutzten die Mythen und Legenden, um den Touristen Getränke, Essen und Souvenirs zu verkaufen. Die normalerweise ruhige Straße, in der Odelle und ihre wohlhabenden Nachbarn wohnten, war nicht anders: Es gab Kürbisse, mit funkelnden Lichtern und Spinnweben dekorierte Bäume und das, was Odelle am wenigsten mochte: Kinder, die jedes Haus heimsuchten, um Süßes oder Saures zu spielen.

Es klingelte und obwohl Odelle wusste, dass das Personal die Tür öffnen würde, war sie verärgert: „Oh, verpisst euch." Ihre Stimme wurde auf die Straße getragen, und sie hörte Roans kehliges Lachen hinter sich.

„Sei nicht so, Delly. Es gehört zur Kindheit dazu, an Halloween um Süßigkeiten zu betteln."

Odelle machte ein angeekeltes Geräusch. „Ich habe das nie getan."

Roan lächelte sie an und schlang seine Arme um ihre Taille. „Nein, du warst damit beschäftigt, Zaubersprüche auswendig zu lernen und Tränke zu mischen."

Odelle musterte ihn kühl. „Hältst du mich für eine Hexe?"

„Ich könnte jetzt sagen, dass du mich verzaubert hast, aber das ist kitschig. Nein, Baby, ich glaube nicht, dass du eine Hexe bist. Meistens bist du nicht einmal eine Schlampe. Dir fehlt es nur an Wärme." Er sagte es mit einem Grinsen und obwohl Odelle wusste, dass er es als Witz meinte, schmerzte es.

Weil es wahr ist, sagte sie sich. Was stimmt nicht mit mir? Warum kann ich nicht so wie Roan sein? Oder Nox, dessen Herz so groß war, dass es Odelle Angst machte. Oder sogar Amber, ihre Freundin oder Feindin – sie war nicht sicher –, die einmal etwas mit Roan gehabt hatte. Nein, sagte sich Odelle. Denk nicht daran. Nicht heute Nacht. Sie versuchte ein Lächeln, als Roan mit seinen Lippen über ihre strich.

„Du hast recht. Es ist nur eine Nacht."

„Das ist mein Mädchen." Roan musterte sie in ihrem engen schwarzen Kleid und als sein Blick auf ihren traf, sah Odelle das

Verlangen in seinen Augen. „Nox wird nichts dagegen haben, wenn wir etwas später kommen."

Odelle drehte sich lächelnd um, beugte sich über den Balkon und zog ihren Rock bis zur Taille hoch. Sie hörte Roan lachen.

„Hier draußen? Was werden die Nachbarn denken?" Aber dann spürte sie, wie er mit einem Knurren von hinten in sie stieß und sein riesiger Schwanz sich in ihr Zentrum bohrte, während er die metallene Balustrade mit beiden Händen packte.

Odelle schloss die Augen und schwelgte in dem Gefühl, so vollständig von ihm ausgefüllt zu werden. Ihre Hand driftete nach unten, um ihre Klitoris zu streicheln, während er sie fickte, und bald stöhnte und zitterte sie bei ihrem Orgasmus. Es war ihr egal, wer sie hörte. Roan war ein brutaler Liebhaber, besonders kurz bevor er kam, und Odelle zuckte zusammen, als er sich immer härter in sie rammte, bis er sich in sie ergoss und sich wieder zurückzog. Keuchend schnappte er nach Luft und fluchte leise. Er drehte sie um und legte seinen Mund auf ihren. „Meine Güte, du machst mich noch verrückt."

Odelle lächelte und drückte seinen immer noch erigierten Schwanz mit ihrer Hand. „Mach das noch einmal. Danach können wir zu der Party gehen."

Und sie fingen wieder an.

Livia und Moriko halfen Marcel und seiner Sousköchin Caterina – die von allen Cat genannt wurde –, die Tabletts mit den Canapés in den Lieferwagen des Restaurants zu laden, bevor sie sich auf dem Rücksitz niederließen, um zum Renaud-Herrenhaus zu fahren. Livia versuchte, gleichzeitig die Tabletts davon abzuhalten, umzukippen, und ihre dicke Mähne zu einem Chignon zusammenzubinden, aber ihre Haare waren so schwer, dass er nicht lange hielt. Moriko grinste sie an.

„Gib auf. Du wirst es nie schaffen, alles hochzustecken."

„Ich weigere mich, mich geschlagen zu geben", murmelte Livia. Schließlich schob Moriko Livias Hände aus dem Weg.

„Lass mich das machen."

Während Livia die Tabletts mit dem Essen festhielt, zog Moriko

ihre Haare geschickt zu einem unordentlichen Knoten zusammen.
„Besser geht es nicht, Mädchen, also leb damit."

Livia betastete Morikos Kreation vorsichtig. „Du bist eine Zaube-
rin. Von jetzt an werde ich dich dafür bezahlen, meine Stylistin zu
sein."

Moriko lachte. „Das könntest du dir nicht leisten."

Als sie vor der Villa ihres Auftraggebers standen, waren sie sprachlos. Das alte Plantagenherrenhaus war zu einem gewissen Grad moder-
nisiert worden – eine Gedenktafel an der Tür zeugte von seiner
Geschichte und dem Verkauf an die Familie Renaud im 19. Jahrhundert, bei dem alle Sklaven befreit wurden und die Plantage zu einem
echten Zuhause geworden war.

Das imposante weiße Gebäude mit seinen Fensterläden und dem
sanften Licht, das von innen herausstrahlte, zierten kunstvolle Hallo-
ween-Dekorationen. Moriko grinste Livia an, als sie an einer Reihe
kunstvoll geschnitzter Kürbisse vorbeigingen. „Denkst du, sie haben
Michelangelo engagiert, sie zu machen?"

Livia verdrehte die Augen. Der Ort schrie förmlich Geld und
Opulenz, aber sie war nicht davon beeindruckt. Als sie in die Küche
kamen, sah Livia, wie Marcel mit einem jungen Mann sprach, der in
einen dunkelblauen Pullover und Jeans gekleidet war. Livia vermutete,
dass er der Assistent des Besitzers war. Er hatte dunkle Locken und die
intensivsten und schönsten grünen Augen, die sie je gesehen hatte.

Der Fremde bemerkte sie und sah auf. Ihre Augen trafen sich und
Livia spürte, wie ein Schauer der Begierde sie durchströmte. Gott,
wenn sogar die Angestellten hier wie Supermodels aussehen ...

Sie stupste Moriko an. „Will Marcel, dass wir uns jetzt umziehen
oder nachdem wir alles vorbereitet haben?"

„Danach. Anscheinend gibt es einen eigenen Raum für uns."

„Nicht übel."

„Ich weiß. Normalerweise müssen wir uns hinten im Lieferwagen
fertigmachen."

Livia schnaubte und sie arrangierten schnell die Canapés auf den
Silbertabletts. Als sie fertig waren, sah Livia, dass der hübsche Assistent gegangen war und Marcel ihnen zunickte. „Gute Arbeit. Das Essen

sieht großartig aus. Die Party beginnt in einer Stunde, aber die Gäste kommen jetzt schon, also fangen wir mit den Willkommensdrinks und den Kürbissnacks an. Glaubt ihr, ihr könnt das schaffen?"

„Keine Sorge, Boss." Moriko umarmte Marcel, der vor Freude rot wurde. „Wir werden diesen reichen Kerlen eine gute Zeit bereiten ... Moment, das klang dreckiger, als ich es meinte."

Livia lachte laut, als Moriko mit den Schultern zuckte. „Komm schon. Wir müssen uns umziehen."

Eine halbe Stunde später litt Livia unter der Enge ihres kurzen, schwarzen, körperbetonten Rockes. Sie hatte ihn jahrelang im College getragen – damals, als sie zehn Pfund leichter gewesen war. Heute Morgen hatte sie ihn wieder aus ihrem Schrank gezerrt – er war der sauberste, professionellste Rock, den sie finden konnte. Ich muss einkaufen gehen, dachte sie, während sie ein Lächeln aufsetzte und die Runde mit einem Tablett voller Getränke machte.

Der Hauptballsaal der Villa – „Hauptballsaal", hatte sie einer amüsierten Moriko zugeflüstert, „weil die anderen Ballsäle zu klein sind." – war wunderschön dekoriert, das musste selbst die zynische Livia zugeben. Funkelnde Lichter schmückten die Wände und leise Musik spielte, während die Gäste herumschlenderten, redeten und tranken. Moriko machte den ersten Durchgang mit einem Canapé-Tablett, und Livia konnte sehen, dass ihre Freundin die Zähne zusammenbiss, während sie unerwünschte Anmachversuche abwehrte.

„Hey, Livvy." Sie hörte Roan Saintmarcs Stimme hinter sich und drehte sich um. Sie war erleichtert, ein bekanntes Gesicht zu sehen. Wenn die Gäste bei ihrer Anwesenheit nicht die Nase rümpften oder versuchten, sie ins Bett zu kriegen, sahen sie durch sie hindurch, als wäre sie unsichtbar. Roans Lächeln war freundlich. Er deutete auf seinen Gesprächspartner, einen großen, dunkelhaarigen Mann mit einem ordentlich gestutzten Bart und braunen Augen.

„San, das ist eine Kellnerin aus meinem Lieblingsrestaurant. Livia, das ist Sandor Carpentier, ein guter Freund von mir."

Sandor Carpentier zeigte ein warmes, offenes Lächeln, als er Livias

Hand schüttelte. Sie grinste die beiden an und war glücklich darüber, endlich wohlwollende Gesichter zu sehen. „Darf ich nachschenken?" Sie hob die Flasche an, die sie in der Hand hielt, und füllte ihre Gläser. „Mein Boss hat mir verraten, dass bald der gute Bourbon serviert wird", sagte sie mit einem Augenzwinkern.

„Wie ich Nox kenne, wird er das wirklich", sagte Roan und sah sich um. „Wo wir gerade von ihm sprechen, hast du unseren Herrn und Meister schon kennengelernt, Liv?"

Sie schüttelte den Kopf. „Aber er würde mir wahrscheinlich sagen, dass ich mich wieder an die Arbeit machen soll. Es war nett, mit Ihnen zu plaudern, Mr. Saintmarc, Mr. Carpentier."

„Nenne mich bitte Sandor", sagte der Mann, und Livia entschied, dass sie seine fröhlich funkelnden Augen mochte. Er schien nicht so unnahbar zu sein wie die anderen. „Und wenn du Nox kennen würdest, wüsstest du, dass das unwahrscheinlich ist. Er würde wahrscheinlich darauf bestehen, dass du mit uns etwa trinkst."

Livia lächelte und entschuldigte sich. Sie wollte nicht, dass Marcel in Schwierigkeiten geriet, weil sie den Gästen zu nahe kam, und ging zurück in die Küche, um ihr Tablett wieder aufzufüllen. Moriko kam gerade aus dem Garten herein.

„Hey, ich habe meine Pause beendet und Marcel hat mir gesagt, dass du jetzt dran bist. Es gibt hier ein paar gute Verstecke, wo du deine Schuhe ausziehen kannst."

Livia lächelte ihre Freundin dankbar an und trat aus der Küchentür in den üppigen Garten. Es war dort dunkler als auf der Vorderseite des Hauses und sie konnte den Nebel sehen, der vom Bayou am Ende des Grundstücks aufstieg. Livia fand es wunderbar gruselig. Es passte zur Halloween-Atmosphäre der Party und war noch schöner als die Dekorationen im Ballsaal.

Mit einem leisen Stöhnen schlüpfte sie aus ihren High Heels und fragte sich, warum sie nicht wie üblich flache Schuhe getragen hatte. Aber sie wusste, warum – sie wollte für Marcel einen guten Eindruck machen. Sie wusste, dass sie in ihren High Heels cool und professionell wirkte und zumindest war sie so ein paar Zentimeter größer, so dass man sie besser sehen konnte. Dennoch pulsierten ihre Füße vor

Schmerz und als sie die heißen Sohlen auf den kühlen Boden stellte, seufzte sie erleichtert auf.

Sie ging barfuß in einen kleinen Hain, wo sie eine steinerne Bank entdeckte. Livia erstarrte, als sie bemerkte, dass sie schon besetzt war. „Entschuldigung", sagte sie und sah dann, dass der Assistent, mit dem sie zuvor einen Moment lang Blicke getauscht hatte, dort saß.

Er hatte seinen Pullover und seine Jeans gegen einen sehr teuren, schwarzen Anzug getauscht. Das gehört wohl zu seinem Job, vermutete sie, aber ihre Aufmerksamkeit wurde darauf gelenkt, wie gut der Anzug zu seinen breiten Schultern und seiner schlanken Figur passte. Sie wollte sich umdrehen und gehen, aber die Traurigkeit in seinen Augen raubte ihr den Atem. „Geht es Ihnen gut?" Ihre Stimme war leise und der Mann starrte sie mit intensiven Augen an, bevor er halb nickte. Dann schüttelte er den Kopf.

„Nicht wirklich, aber die guten Manieren diktieren, dass ich es zumindest behaupte. Also ..." Seine Stimme war tief – ein wunderschöner, tiefer Bariton, der sie erschauern ließ. Livia zögerte einen Moment und setzte sich dann neben ihn.

„Sind Sie dem Chaos entkommen? Ich auch. Nur für eine Minute." Sie lächelte ihn an und bemerkte wieder, wie wunderschön er war, abgesehen von dem Schmerz in seinen Augen. Sie wünschte, sie könnte ihn davon befreien. „Verstecken Sie sich vor den oberen Zehntausend?"

Sein Mund verzog sich zu einem halben Lächeln. „So ähnlich."

Sie beugte sich verschwörerisch vor. „Ich werde Sie nicht verraten", flüsterte sie und er lachte. Sein Gesicht wurde von düster und leicht gefährlich zu jugendlich und freundlich.

„Ich Sie auch nicht." Er sah auf ihr Namensschild. „Livia. Nicht O-Livia?"

Sie schüttelte den Kopf. „Nein, nur Livia." Sie zitterte bei der kühlen Luft, die vom Wasser hochwehte. „Es ist wirklich schön hier."

Er nickte und als er sie zittern sah, zog er sein Jackett aus und legte es um ihre Schultern. Sie spürte, wie ihr Gesicht heiß wurde. „Danke."

Sie sahen einander lange an und Livia war sprachlos. Er roch wundervoll nach sauberem Leinen und würzigem Sandelholz, und für einen Moment musste sie dem Drang widerstehen, mit ihren Fingerspitzen über seine langen, dichten Wimpern zu streichen. Sie waren so schwarz, dass es fast aussah, als würde er Eyeliner tragen.

Sie schluckte schwer. Ihr Verlangen, diesen Fremden zu küssen, war überwältigend und verwirrend zugleich. Sie suchte verzweifelt nach Worten. „Ich habe mir gedacht, dass der Nebel aus dem Bayou gewusst haben muss, dass heute Abend eine Halloween-Party hier stattfindet." Gott, hätte sie noch dümmer klingen können? Sie verfluchte sich, aber er lächelte sie an.

„Das denke ich auch. Ich finde es ... romantisch. Dunkel und bedrohlich vielleicht. Aber auch sinnlich."

Livia spürte etwas zwischen ihren Beinen pochen und war erstaunt. Sie hatte schon seit Ewigkeiten nicht mehr so auf einen Mann reagiert ... oder noch nie, wenn sie ehrlich war. Zwischen ihnen war die Luft elektrisch aufgeladen. Sie musste sich zusammenreißen, bevor sie etwas Unüberlegtes tat. Schließlich musste sie auch an Marcel und Moriko denken.

Sie stieß den Mann mit ihrer Schulter an. „Hey, gehen Sie besser rein, bevor das Essen weg ist. Im Ernst, diese Leute sind so gierig wie Haie. Und das Essen ist wirklich gut. Ich hoffe, Ihr Boss sieht das auch so."

Er lächelte wieder, dieses Mal amüsiert und süß. „Ich bin mir sicher, dass er das tut." Er stand auf und bot ihr seine Hand an. „Sollen wir uns in die Küche schleichen und etwas davon stibitzen?"

Zitternd nahm sie seine Hand – die Haut war überraschend weich und trocken – und stand auf. „Okay. Aber danach müssen Sie mir Ihren Namen sagen."

Ihre Körper waren einander jetzt sehr nahe und Livia spürte, wie seine Wärme durch ihre Kleidung drang. Er strich mit dem Finger über ihre Wangenknochen, und Livia zitterte. Sie lächelte, trat dann aber von ihm weg. „Ich denke, wir sollten jetzt reingehen." So sehr ich dich auch an Ort und Stelle ficken möchte.

Sein Lächeln blieb und er drückte ihre Hand. „Natürlich."

„Nox!" Beide hörten die Frauenstimme, die durch den Garten hallte. „Nox, wo zur Hölle bist du?"

Panik durchlief Livia, als ihr Begleiter rief: „Ich bin hier, Amber. Beruhige dich."

Ich hätte es wissen müssen …

Livia gefror das Blut in den Adern. Scheiße, scheiße, scheiße. Das war Nox Renaud. Er blickte auf sie herab und legte seinen Finger für eine Sekunde auf seine Lippen, bevor sein Lächeln zu einem verschwörerischen Grinsen wurde. „Ich muss los."

Sie nickte und zog sein Jackett aus. „Hier, das gehört Ihnen. Ich gehe sowieso gleich rein."

Er dankte ihr, nahm sein Jackett und verschwand mit einem letzten bedauernden Blick in Richtung der schreienden Frau.

„Oh, verdammt", murmelte Livia. „Wie unprofessionell. Die erste Regel beim Catering lautet, keine Kunden zu küssen. Wenn auch nur fast. Jesus."

Ihr Gesicht brannte vor Verlegenheit, als sie zurück in die Küche ging. Sie schaffte es, den Rest der Party zu bewältigen, indem sie jeglichen Kontakt mit Nox Renaud und seinen Freunden mied ... Es war schwierig, aber nicht unmöglich. Als klar wurde, dass die Party bald enden würde, versteckte sich Livia in der Küche und kümmerte sich um die Aufräumarbeiten.

Marcel lächelte strahlend, als er kam, um ihr und Moriko zu danken. „Liv, du musstest das nicht tun", sagte er und sah erstaunt auf den Stapel leerer, sauberer Tabletts, die sie in den Lieferwagen geladen hatte. Sie grinste ihn an.

„Kein Problem, Boss." Sie machte sich daran, ihre Schürze zu lösen. „Hast du gutes Feedback bekommen?"

„Sehr gutes Feedback. Und einen unerwarteten Bonus, den ihr auf euren Gehaltsschecks finden werdet. Nein, ich erlaube keinen Widerspruch. Man kann über die Familie Renaud sagen, was man will, aber Nox ist ein sehr großzügiger Mann. Er sagte mir auch, dass ich künftig immer sein Caterer sein werde, was nicht viel heißt, weil er nur selten Gäste hat, aber immerhin."

„Immerhin. Es ist ein Anfang." Moriko küsste Marcels Wange und er umarmte sie.

„Danke, Morry. Er sagte auch, er würde mich seinen Freunden und

Kunden weiterempfehlen. Er ist ein guter Kerl. Meine Güte, seht nur, wie spät es ist. Kommt schon, lasst uns von hier verschwinden. Ich lade euch zu einem späten Abendessen ein."

Später, zu Hause im Bett, konnte Livia nicht anders, als im Internet über Nox Renaud nachzuforschen. Sie klickte Fotos von ihm an und bemerkte, dass seine grünen Augen auf seinen Kinderbildern genauso traurig wirkten wie auf den Bildern, die ihn als Erwachsenen zeigten. Sie strich mit ihrem Finger über sein Gesicht. Auf einigen Fotos hatte er einen Bart, der ihn noch attraktiver aussehen ließ. Als sie begann, seine Geschichte zu lesen – über den Mord/Selbstmord seiner Eltern und seines Bruders, den mysteriösen Tod seiner Jugendliebe und die jahrelangen Verdächtigungen gegen Nox selbst –, erfuhr sie, dass nach dem Tod von Ariel Duplas gründlich gegen ihn ermittelt worden war. Nox war zu der Zeit erst achtzehn und der einzige Verdächtige gewesen, aber die Polizei hatte ihn als völlig unschuldig eingestuft. Der Artikel, den Livia las, machte deutlich, dass der Tod seiner Familie den jungen Mann gebrochen hatte.

Seit seiner Familientragödie und den anschließenden Ermittlungen meidet Renaud die Öffentlichkeit. Sein Importgeschäft für Luxuslebensmittel, das er mit seinem Freund Sandor Carpentier betreibt, hat ihn zum Milliardär gemacht, ihm aber auch Vergleiche mit anderen tragischen Personen der Zeitgeschichte eingebracht. Viele Einheimische bezeichnen ihn als den Howard Hughes von New Orleans – einen zurückgezogen lebenden Mann mit unzähligen Geheimnissen. Nur einmal im Jahr bekommen wir Renaud bei seiner Halloween-Party zu Gesicht, was jedoch Klatschmagazine auf der ganzen Welt nicht daran hindert, Spekulationen über das Liebesleben dieses verheerend – einige sagen sogar gefährlich – gutaussehenden Mannes anzustellen. Bald wird Nox Renaud vierzig – wird er jemals seine Vergangenheit hinter sich lassen können?

· · ·

Gott, ich hoffe es. Der Gedanke kam Livia spontan, als sie ihren Finger über sein Foto gleiten ließ. Nicht, dass es sie etwas anging, aber sie hatte etwas Besonderes an dem Mann wahrgenommen – dass er mehr als nur ein hübscher, reicher Kerl war. In ihm steckte viel mehr, dessen war sie sich sicher.

Als sie an diesem Abend schlafen ging, träumte sie von Nox Renaud, seinen schönen grünen Augen und dem Moment, in dem seine Lippen sich auf ihre drücken würden.

KAPITEL DREI

Amber verdrehte die Augen, als Nox sich an den Tisch setzte. Sie waren im French Quarter mit seinen belebten Straßen und den zur Mittagszeit üblichen Menschenmengen, und das Restaurant, das Amber gewählt hatte, war fast voll. „Du bist wieder einmal zu spät, Renaud. Wo ist die Rolex, die ich dir letztes Jahr gekauft habe?"

Nox seufzte und küsste ihre Wange. „Du weißt, dass ich es nicht mag, sie in der Öffentlichkeit zu tragen. Es sieht angeberisch aus. Nicht, dass ich nicht dankbar dafür wäre", fügte er hinzu, als er Ambers Stirnrunzeln sah. „Es war ein schönes Geschenk. Ich weiß nur nicht, ob es wirklich zu mir passt."

Amber öffnete den Mund, um zu widersprechen, dann gab sie auf. Nox sah seit der Party anders aus und schien anders zu sein – unbeschwerter. Amber hatte sich gefragt, ob es nur die Erleichterung darüber war, die Pflichtveranstaltung ein weiteres Jahr hinter sich gebracht zu haben, aber es war bereits eine Woche vergangen, und jedes Mal, wenn sie ihn gesehen hatte, war Nox glücklich gewesen.

„Was ist los mit dir?", fragte sie ihn jetzt und Nox, der die Speisekarte gelesen hatte, blickte auf und lächelte sie an.

„Was meinst du?"

„Ich meine ... du siehst anders aus. Leichter."

„Ich habe nicht abgenommen, im Gegenteil."

Amber verdrehte wieder die Augen. Nox war nicht auch nur annährend übergewichtig. „Ich meine emotional. Du scheinst fröhlicher zu sein als sonst."

Nox lachte und seine grünen Augen funkelten. „Wirklich?"

„Also gut, dann erzähle es mir eben nicht." Amber schnappte sich mürrisch die Speisekarte und schmollte dahinter. Nox unterdrückte ein Grinsen.

„Amber ... hattest du jemals einen der Momente, wie flüchtig auch immer, wo dich jemand oder etwas daran erinnert hat, warum du lebst? Jemand, der einen Denkprozess in Gang setzt und dich dazu bringt, deine gesamte Existenz neu zu bewerten?"

„Ist das die elegante Art zu sagen, dass du flachgelegt wurdest?" Amber spürte, wie ein Hauch von Eifersucht sie durchzog, und wischte das Gefühl beiseite. *Er gehört dir nicht ... das hat er nie getan.*

Nox schüttelte den Kopf. „Nein, wurde ich nicht ... nein. Ich hatte einfach einen besonderen Moment mit einer Frau auf der Party. Ich würde sie gerne wiedersehen, das ist alles."

„Wirklich?" Amber ging alle Partygäste in ihrem Kopf durch. „Wer?"

Nox zögerte und lächelte sie reumütig an. „Kann ich dieses Geheimnis noch ein bisschen für mich behalten? Ich schwöre, sobald es mehr als ein ... Moment ist ... wirst du die Erste sein, die davon erfährt."

Amber entspannte sich. „Natürlich, mein Lieber." Sie streckte die Hand aus und drückte seine. „Ich freue mich für dich. Es ist an der Zeit, dass du eine heiße Romanze erlebst."

Nox brach in Gelächter aus und Amber stimmte mit amüsierten blauen Augen mit ein. Als sie ihr Essen bestellten, musterte sie ihren Freund. Sie kannten sich schon mehr als die Hälfte ihres Lebens. Sie hatten sich durch Ambers Zwillingsschwester Ariel kennengelernt, die eines Tages von der Schule nach Hause gekommen war und ihrer Familie erzählt hatte, dass sie den schönsten Jungen der Welt getroffen habe.

Sie hatte nicht unrecht gehabt. Nox Renaud war die Art von Mann,

die Bildhauer zu Statuen inspirierte. Kräftiger Kiefer, perfekt symme-
trische Züge, große grüne Augen, sinnlicher Mund. Gott. Mehr als
einmal seit Ariels Tod hatte Amber sich gefragt, ob sie und Nox
zusammen enden würden – hauptsächlich aus Bequemlichkeitsgründen
–, aber er hatte nie einen Schritt auf sie zu gemacht und sie hatte nie
den Mut gefunden, sich ihm zu offenbaren.

Zugegeben, es tat ein bisschen weh, dass Nox nun doch noch Interesse an jemandem zeigte und es nicht sie war, aber sie konnte ihrem
Freund sein Glück nicht missgönnen. Ambers eigenes Liebesleben war
... kompliziert. Sie hatte immer zwei Liebhaber auf einmal, ließ sie
aber niemals in die Nähe ihres Herzens kommen. Ihre Schönheit, ihr
Reichtum, ihre Stellung in der Gesellschaft – sie brauchte keinen
Ehemann. Es machte sie für die Frauen von New Orleans zur Bedrohung und sorgte dafür, dass sie ihre Ehemänner von ihr fernhielten. Sie
ahnten nicht, dass Amber an keinem von ihnen interessiert war. Was
sie wollte, war viel komplexer. Jemand wie Nox, sagte sie sich, dann
schob sie den Gedanken weg. Er würde niemals ihr gehören, und das
würde sie akzeptieren müssen.

„Also, wann wirst du zu ihr gehen?", fragte sie Nox, der vor
Nervosität blinzelte. Zu ihrer Überraschung erschienen zwei rosige
Stellen auf seinen Wangen, als er mit den Schultern zuckte.

„Keine Ahnung. Ich arbeite schon seit Tagen daran, den Mut aufzu-
bringen, mich ihr zu nähern."

Amber spuckte fast ihr Wasser aus. Nox Renaud – der Milliardär
und unheimlich attraktive Geschäftsmann – war zu nervös, um ein
Mädchen um ein Date zu bitten. „Wow. Ich habe dich nicht mehr so
gesehen seit ..."

Sie verstummte und sah weg. Ariel war immer da und stand
zwischen ihnen. Amber schluckte den Kloß in ihrem Hals herunter.
Nox' Lächeln war verblasst und er nickte. „Ich hätte nie gedacht, dass
dieser Tag kommen würde, Amber ... niemand, niemand wird sie
jemals ersetzen können."

„Das weiß ich, aber hoffentlich wird dir eines Tages jemand
genauso viel bedeuten."

Seine Augen tanzten auf eine Weise, die sie seit Jahren nicht mehr gesehen hatte. „Das hoffe ich auch, Amber. Das hoffe ich so sehr."

Livia versuchte aufzuhören, an Nox Renaud zu denken, während sie aufsteigende und absteigende Tonleitern übte und den einfachen Rhythmus benutzte, um sich abzulenken. Seit sie ihn vor einer Woche getroffen hatte, war ihr Körper elektrisiert und ihr Gehirn in Aufruhr. So viel Chemie mit jemandem zu haben, den sie wahrscheinlich niemals wiedersehen würde ... Es schien nicht richtig zu sein. Sie zögerte beim Spielen und schlug dann die Finger krachend auf die Tasten.

„Falls du kein seltsames Stockhausen-Ding ausprobierst", sagte eine Stimme hinter ihr, „bist du heute nicht bei der Sache."

Livia drehte sich um und lächelte ihre Tutorin an. In den paar Monaten, die sie am College war, war Charvi Sood mehr als nur eine Lehrerin für sie geworden. Die beiden Frauen waren über ihre Liebe zum Jazz und zu Monk, Parker und Davis Freundinnen geworden. Außerdem teilten sie die Bewunderung für Judy Carmichael, den Grund, warum Livia sich in das Genre verliebt hatte. Als sie noch zu Hause bei ihrem Vater gewohnt hatte, hatte sie Carmichaels Jazz-Radiosendungen mit Kopfhörern gelauscht, um die Stimme ihres Vaters zu dämpfen, der den Fernseher anschrie. Das Genre hatte ihr geholfen, sich aus dem heißen San Diego nach New Orleans zu träumen.

Charvi legte den Stapel Notenblätter, den sie in der Hand hielt, beiseite und spähte über ihre Brille auf die junge Studentin. „Bist du okay? Du warst die ganze Woche hier und hast geübt. Du kannst dich ausruhen, verstehst du? Ich weiß, dass du deinen Master-Abschluss ernst nimmst, aber du musst dich auch erholen. Das ist wichtig für die Konzentrationsfähigkeit."

Livia lächelte sie an. „Ich weiß. Ich versuche, mich von einem Mann abzulenken. Es ist total nervig."

Charvi lachte und schüttelte den Kopf. „Es passiert den Besten von uns. Willst du darüber reden?"

Livia spielte mit ihrem Zeigefinger eine Melodie. „Es ist peinlich. Er ist so weit außerhalb meiner Liga und ..."

„Moment, junge Dame. Niemand ist außerhalb deiner Liga."

Livia seufzte. „Er ist Nox Renaud."

Das ließ Charvi innehalten. „Ah. Nun, ich würde sagen, das Problem ist nicht, dass du nicht in seiner Liga bist, sondern dass er Nox Renaud ist."

Livia sah ihre Freundin neugierig an. „Du kennst ihn?"

„Ich kannte seine Mutter. Ich habe Nox ein paar Mal getroffen. Er ist ... ein Rätsel. Zumindest wenn man dem Gerede der Leute Glauben schenkt."

„Er hat die traurigsten Augen, die ich je gesehen habe, und er wirkte so süß. Einsam, aber süß. Nett. Und freundlich und warmherzig und ..."

„Du bist in ihn verknallt."

Livia zuckte mit den Schultern. „Ja, aber das spielt keine Rolle. Es ist nicht so, als würden wir in denselben Kreisen verkehren. Vergiss, dass ich darüber gesprochen habe."

Charvi lächelte. „Nun, lass uns diese Gefühle in dein Klavierspiel einbringen. Gib mir etwas Langsames und Sinnliches. Improvisiere. Denke an Mr. Renaud und lass deine Finger über die Tasten gleiten."

Zuerst war Livia verlegen und fühlte sich entblößt, aber als ihre Finger die Tasten berührten, begann sie, eine Melodie zu erfinden. Sie schloss die Augen und dachte an das Gefühl seiner Finger auf ihrer Wange, den Geruch seiner Haut, die ozeangrüne Farbe seiner Augen ... Sie spielte eine Melodie, die so süß war, dass sie weinen wollte. Als sie fertig war und ihre Augen öffnete, konnte sie spüren, wie ihr Gesicht rot wurde.

„Wow, dich hat es richtig erwischt", neckte Charvi sie und hielt ihr Handy hoch. „Es braucht Arbeit, hat aber Potenzial. Ich habe alles aufgenommen und werde es dir per E-Mail schicken. Deine Aufgabe besteht darin, es zu einem Stück zu formen, das du bei dem Konzert am Ende des Semesters spielen kannst."

Livia starrte sie an. „Ist das ein Scherz?" Sie wurde panisch bei der

Vorstellung, etwas so Persönliches vor Publikum preiszugeben. Aber Charvi nickte.

„Ich meine es todernst. Ich habe dich noch nie so fest verbunden mit deinem Klavier gesehen, Liv." Sie blickte auf ihre Uhr. „Gleich beginnt mein Seminar. Arbeite daran, Liv, und ich schwöre, du wirst sehen, was ich meine."

Als sie allein war, überprüfte Livia ihren Posteingang. Charvi hatte ihr tatsächlich die MP3-Datei per E-Mail geschickt, und als Liv sie sich noch einmal anhörte, wurde ihr klar, dass ihre Komposition tatsächlich Potenzial hatte. Sie nahm ein leeres Blatt Papier und fing an zu schreiben.

Nox sah auf, als Sandor an die Tür klopfte. „Hallo."

Sandor grinste. „Arbeitest du immer noch? Alter, es ist Freitagabend. Lass uns ausgehen und etwas trinken."

Nox lachte. „Das würde ich gern, aber ich warte auf einen Anruf aus Italien. Hast du kein Date?"

Sandor zuckte mit den Schultern. „Sie hat abgesagt. Ich bin irgendwie erleichtert, um ehrlich zu sein. Ich werde langsam zu alt, um jede Woche mit einem anderen hübschen Mädchen zusammen zu sein."

„Mein Herz blutet für dich. Also muss ich als Ersatz herhalten?"

Sandor grinste. „Genau. Nimm dein Handy mit, damit du den Anruf unterwegs annehmen kannst. Wir brauchen beide einen Drink."

Nox zögerte. „Gut, aber lass uns ins French Quarter gehen."

„Willst du dich unter die Touristen mischen? Also los."

Eine Stunde und zwei Gläser Bourbon später entspannte sich Nox auf seinem Platz und sah sich in der Bar um. Er hatte Sandor nicht gesagt, dass die Bar, die er gewählt hatte, auf der anderen Straßenseite von Marcel Pessous Restaurant lag – oder dass Nox, seit sie hergekommen waren, nach einer Spur von Livia suchte. Seit ihrer Begegnung hatte er keine einzige friedliche Nacht gehabt.

Ihre weiche Haut, ihre riesigen schokoladenbraunen Augen, ihre goldbraunen Haare, die in unordentlichen Wellen über ihre Schultern fielen … alles verfolgte ihn. Ihr Erröten, als er ihr Gesicht berührt hatte. Er war kurz davor gewesen, sie zu küssen – was völlig unpassend gewesen wäre. Aber, Gott, die Gefühle, von denen er gedacht hatte, dass er sie nie wieder haben würde, wirbelten wie ein Sturm durch ihn.

Er musste sie wiedersehen – um herauszufinden, ob die Verbindung zwischen ihnen nicht nur vorübergehend gewesen war. Um herauszufinden, ob es real und echt war, etwas, auf das sie aufbauen konnten. Außerdem musste er unbedingt ihren wunderschönen rosa Mund küssen – allein der Gedanken daran machte ihn verrückt.

„Nox? Kumpel?"

Nox blinzelte, als er in die Gegenwart zurückkehrte. „Entschuldigung, was?"

„Ich sagte, ich habe auf der Party mit Roan gesprochen. Er scheint sehr daran interessiert zu sein, mit uns am Feldman-Projekt zu arbeiten."

Nox schnaubte und nippte an seinem Bourbon. „Was weiß Roan über den Handel mit Luxuslebensmitteln?"

„Nichts, aber er weiß etwas über die Handelsschifffahrt." Sandor warf Nox einen vorwurfsvollen Blick zu. „Du magst ihn für einen Playboy halten, aber er ist ein vernünftiger Mann. Außerdem ... will er investieren."

„Was?"

„Er sagte mir, er möchte, dass wir drei zusammen Geschäfte machen. Er will in die Firma einsteigen."

Zum ersten Mal an diesem Abend hörte Nox auf, an Livia zu denken, und beugte sich vor, um seinen Freund zu mustern. „Wieso hat er mir nichts davon gesagt?"

Sandor grinste. „Weil er weiß, dass du denkst, er sei ein Playboy. Er ist dein bester Freund, aber es gibt in jeder Clique einen Lebemann und bei uns war das immer Roan. Er hat wohl gehofft, dass ich mich für ihn einsetze. Und genau das tue ich jetzt. Ich denke, wir sollten darüber reden. Er will dich beeindrucken, Kumpel, das ist alles."

Nox überlegte. „Ich bin bereit, darüber zu sprechen. Definitiv."

Sandor lächelte. „Also kann ich ihm eine Zusage machen?"

„Sag ihm, dass wir darüber reden, San. Nicht mehr. Zumindest vorerst."

„Ich liebe es, wenn du so zugänglich wirst. Noch einen Drink?"

„Warum nicht?"

Nox lehnte sich zurück und seine Augen wanderten automatisch zu dem Restaurant auf der anderen Straßenseite. Er konnte das hübsche asiatische Mädchen sehen, das mit Livia auf seiner Party gearbeitet hatte, aber Livia selbst war nirgendwo. Er grübelte darüber nach, was Sandor gesagt hatte. Roan war Nox' ältester Freund, aber er war auch jemand, der spontan handelte – manchmal sogar gedankenlos. Nox hatte hart für sein Unternehmen gearbeitet, und nicht einmal seine Liebe zu seinem Freund konnte ihn darüber hinwegtäuschen, dass Roan ein Risiko war. Nox rieb sich die Augen. Vielleicht sollte er sich entspannen und etwas wagen.

Seine Gedanken wanderten zurück zu dem schönen Mädchen, das er auf seiner Party getroffen hatte. Er würde ein Risiko eingehen. Er hatte genug davon, immer abzuwarten. Morgen würde er das Restaurant aufsuchen und nach ihr fragen. Wenn sie nicht da war, würde er seine Nummer hinterlassen. Aber wenn sie da war ...

Er lächelte immer noch, als Sandor mit den Drinks zurückkam.

Es war nach Mitternacht, als Livia die Übungsräume verließ, und da sie nicht genug Geld für ein Taxi hatte, ging sie zu Fuß nach Hause. Auf dem Weg durch das French Quarter beschloss sie, zum Restaurant zu gehen und zu fragen, ob Moriko auf ihrem Heimweg Gesellschaft haben wollte.

Als sie in eine Gasse einbog, die zur Bourbon Street führte, spürte sie plötzlich, wie sie zurückgerissen wurde und ein schwerer Arm sich um ihren Hals legte. Schockiert stieß sie ihre Ellbogen mit aller Kraft zurück, fluchte und schrie ihren Angreifer an. „Runter von mir, du Scheißkerl!" Sie schlug mit ihrer Faust in den Unterleib des Mannes, und er stöhnte und gab sie frei.

Voller Wut und mit Adrenalin im Blut prügelte Livia auf den Straßenräuber ein, bis er immer noch stöhnend die Flucht ergriff, nachdem er ihr „Schlampe!" entgegengeschrien hatte. Livia antwortete mit einer

Flut von Schimpfwörtern. Es war ihr gleichgültig, wer sie hörte. Schließlich atmete sie tief durch, ergriff ihre Tasche und drehte sich zum Restaurant um.

Sie gefror zu Eis. Nox Renaud starrte sie erstaunt und mit Bewunderung in seinen Augen an. Livia stockte der Atem.

„Nun", sagte er schließlich, während sich ein Grinsen langsam über sein Gesicht ausbreitete. „Hallo."

KAPITEL VIER

„Mir geht es wirklich gut", beschwerte sich Livia, als Marcel sie
umsorgte und dazu zwang, den angebotenen Bourbon zu trinken. Nox
Renaud saß ihr gegenüber und ein kleines Lächeln umspielte seine
Lippen. Es war, als würden sie jetzt ein Geheimnis teilen, und Livia
konnte nicht anders, als zu grinsen.

„Ich habe dich schreien gehört", sagte Nox zu ihr, „und bin losge-
rannt, um dir zu helfen, aber du hattest den Kerl schon erledigt, als ich
dort ankam. Das war knallhart, wenn du mich fragst."

„Ein Mädchen muss auf sich aufpassen", entgegnete Livia. Sie
konnte nicht aufhören, ihn anzusehen – sie hatte sich definitiv nicht nur
eingebildet, dass er hinreißend war. Seine grünen Augen, seine dunklen
Haare und seine wilden Locken waren so schön wie in ihrer Erinnerung. Die Art, wie er sie anschaute, wärmte ihren ganzen Körper.

Marcel und Moriko schienen die aufgeladene Atmosphäre zu
bemerken und nachdem sie sichergestellt hatten, dass Livia nach dem
Schock des Überfalls wirklich in Ordnung war, verschwanden sie
diskret. Das Restaurant war jetzt geschlossen. Nur ein paar Lampen
waren noch an und in der Dunkelheit nahm Nox ihre Hände in seine.

„Ich konnte nicht aufhören, an dich zu denken", sagte er ehrlich.
„Ich gebe zu, mein Freund und ich sind für Drinks hergekommen und

ich habe absichtlich die Bar auf der anderen Straßenseite gewählt ... ich hatte gehofft, dich zu sehen."

„Welcher Freund?"

„Sandor. Du hast ihn vielleicht auf der Party getroffen."

Livia nickte. „Ja. Er schien reizend zu sein."

Nox lächelte. „Das ist er auch. Aber so nett er auch ist – ich will jetzt nicht über Sandor reden. Liv, die Zeit, die wir zusammen im Garten verbracht haben ... Ich will keine voreiligen Schlüsse ziehen, aber aus meiner Sicht war da etwas."

„Ich habe es auch gespürt." Sie begann zu zittern, als er sich von seinem Platz erhob und näher zu ihr trat. Er war so groß, dass sie sich klein neben ihm fühlte. Er zog sie von ihrem Stuhl hoch und legte seine Hände auf ihre Taille, während er sie zögernd und fragend anblickte.

„Ist das okay?"

Livia nickte und Nox lächelte. Er beugte den Kopf und Livia fühlte – endlich – seine Lippen auf ihren. Der erste Kuss war kurz und vorsichtig. Aber es blieb nicht bei einem. Nox wurde leidenschaftlicher und seine Finger, die in ihren langen Haaren vergraben waren, zogen sie näher zu sich. Livia konnte fühlen, wie wild sein Herz in seiner Brust schlug, als sie ihre Arme um ihn legte und ihre Hände die angespannten Muskeln seines Rückens erkundeten.

Ihn zu küssen war so, wie sie sich eine Injektion mit reinem Heroin vorstellte. Berauschend, überwältigend, elektrisierend. Seine Lippen passten sich perfekt ihren an, seine Zunge streichelte und massierte ihre Zunge und sein Atem war unregelmäßig. Schließlich lösten sie sich voneinander und rangen verzweifelt nach Atem.

„Wow", hauchte Livia. „Wow."

Nox strich mit den Fingerspitzen über ihr Gesicht. „Livia, darf ich dich zu einem Date einladen?"

Seine Worte klangen nach dem atemberaubenden Kuss so förmlich, dass sie kicherte. Nox grinste. „Es tut mir leid, ich bin aus der Übung. Was ich meine ist, dass ich dich gerne wiedersehen würde. Und wieder. Immer wieder."

Seine Worte ließen sie dahinschmelzen und sie lehnte sich an ihn.

Dann blickte sie zu ihm auf. „Das wäre schön, Nox, sehr sogar. Aber ...
was werden deine Familie und deine Freunde denken? Ich bin nur eine
Kellnerin. Nun, und eine Studentin, aber ich gehöre eindeutig nicht zu
deinem sozialen Umfeld. Werden sie nicht schlecht über uns denken?"

„Das ist mir egal. Du bist nicht nur Kellnerin oder Studentin.
Beides sind ehrenwerte Dinge. Und wen interessiert schon, was unsere
Jobs sind? Du bist Livia, ich bin Nox. Der Rest ist unwichtig."

Livia stieß ein leises Stöhnen aus, und er zog seine Arme fester um
sie. „Ich will dich einfach nur kennenlernen, Liv. Für den ganzen Rest
können wir eine Lösung finden. Lass es uns einfach versuchen, das ist
alles, worum ich dich bitte."

Er brachte sie zurück zu ihrer Wohnung, bat aber nicht darum,
eintreten zu dürfen. Stattdessen küsste er sie wieder und es war
genauso gänsehauterregend wie zuvor. Sie spürte die Anspannung in
seinem Körper und seine riesige Erektion, die sich gegen ihren Bauch
drückte, als er sie festhielt, aber Nox Renaud war eindeutig ein Gentleman. „Darf ich dich morgen wiedersehen?"

Er war so höflich. Sie nickte grinsend. „Morgen ist mein freier Tag,
also ja."

„Würdest du den Tag mit mir verbringen?"

„Sehr gern."

Nox strich mit seinen Lippen über ihre und seine Hände umfassten
sanft ihr Gesicht. „Um zehn Uhr vormittags?"

„Perfekt."

Der Kuss wurde leidenschaftlicher und ließ Livia atemlos zurück.
Nox lächelte sie an. „Gute Nacht, schöne Liv."

„Gute Nacht, Nox."

Sie fühlte sich verlassen, als sie beobachtete, wie er wegging und sich
noch einmal zu ihr umdrehte, bevor er um die Ecke bog. Sein Grinsen
ließ ihr Herz schneller schlagen. Einen Moment stand sie in der kühlen
Nacht und blinzelte. „Ist das tatsächlich passiert?"

Sie kicherte und ging hinein. Als sie die Tür zu ihrer Wohnung öffnete, hielt Moriko, die in einen Hello-Kitty-Pyjama gekleidet war, eine Tüte Kartoffelchips hoch und sagte: „Auf die Couch mit dir. Du gehst erst ins Bett, wenn du mir alles erzählt hast."

Er hatte Nox und das Mädchen Livia aus sicherer Entfernung dabei beobachtet, wie sie zu ihrer Wohnung gingen. Sie waren offensichtlich voneinander hingerissen und er vermutete, dass sie sich auf der Party kennengelernt haben mussten. Die Party, auf der sie die Kellnerin und Nox der milliardenschwere Gastgeber gewesen war. Er musste zugeben, dass Nox guten Geschmack hatte. Livia war wunderschön mit ihren weichen, üppigen Kurven. Trotzdem, eine Kellnerin ... Der Skandal würde enorm sein, besonders unter ihresgleichen, aber das war es nicht, was ihn zum Lächeln brachte. Nein, es war der Gedanke, dass Nox und Livia sich möglicherweise so heftig ineinander verliebt hatten, dass Nox daran zerbrechen würde, wenn sie ihm weggenommen wurde.

Und das war alles, wovon er jemals geträumt hatte ...

KAPITEL FÜNF

Moriko saß neben dem Waschbecken und beobachtete, wie Livia ihr Make-up auftrug. „Ich kann nicht glauben, dass du nicht mit ihm geschlafen hast."

Livia verdrehte die Augen. „Hey, wir hatten noch nicht einmal ein Date."

„Wie prüde."

Livia grinste. Moriko war spontan, Livia hingegen zog eine langsame Annäherung vor. „Und wenn wir im Restaurant Sex gehabt hätten, hätten wir es mit dem Gesundheitsamt zu tun bekommen." Gott, schon allein der Gedanke an Sex mit Nox machte sie heiß, aber sie schob ihn beiseite, bevor Moriko es mitbekam. „Hör zu, wir gehen auf ein Date. Mehr nicht."

„Wohin führt er dich aus?"

Livia seufzte. „Keine Ahnung. Darüber haben wir nicht gesprochen."

„Zu beschäftigt mit Küssen, hm."

Livia lachte laut. „Nun, kannst du mir das zum Vorwurf machen? Hast du ihn gesehen? Jetzt geh, ich muss mich fertigmachen und du lenkst mich ab."

Moriko hüpfte grinsend auf den Boden und tippte auf eine

geschlossene Schublade. „Da drin sind jede Menge Kondome. Nimm eine Handvoll mit. Sicher ist sicher.‟

Livia zeigte grummelnd, aber grinsend auf die Tür und Moriko ging endlich. Livia schloss die Tür hinter ihr und lehnte sich seufzend dagegen. Ihr ganzer Körper schien zu glühen. Wenn Nox sie noch einmal berührte, würde sie sich auf ihn stürzen. „Beruhige dich‟, murmelte sie vor sich hin. Als sie fertig war, holte sie trotzdem ein paar Kondome aus der Schublade und schob sie tief in ihre Handtasche.

Nox war fünf Minuten zu früh dran. „Tut mir leid, ich konnte nicht mehr warten.‟

Livia sah, wie Moriko hinter Nox' Rücken eine rüde Geste machte, und starrte sie böse an. „Entschuldige Morikos Verhalten. Sie wurde von Wölfen aufgezogen.‟

„Das sind oft die besten Leute‟, sagte Nox grinsend zu Livias Freundin, die ihn anlächelte.

„Pass auf sie auf‟, sagte sie. „Bis später, ihr Turteltauben.‟ Sie verschwand in ihrem Zimmer, während Livias Gesicht rot brannte.

„Also‟, sagte sie und versuchte, in seiner Gegenwart nicht nervös auszusehen. „Was ist der Plan?‟

„Nun, ich habe gehört, dass du noch nicht lange in New Orleans bist, also dachte ich, wir könnten vielleicht eine Dampferfahrt machen. Wir könnten uns die Stadt ansehen und reden. Was denkst du?‟

Livia lächelte ihn an. „Ich denke, das klingt perfekt.‟

Der Dampfer Natchez war voller Touristen, als er über den Mississippi fuhr, aber weder Nox noch Livia kümmerten sich darum. Sie saßen auf dem Deck und genossen die frische Luft. Das Wetter war immer noch sehr warm, obwohl es bereits November war.

„Ich stamme aus Südkalifornien, also bin ich heißes Wetter gewöhnt‟, sagte sie lächelnd. „Hier ist die Hitze anders, feuchter und schwüler. New Orleans ist eine sehr sexy Stadt.‟

Nox lachte. „Wenn du das sagst. Ich bin hier geboren und aufgewachsen, aber ich muss zugeben, dass mir die Hitze manchmal zusetzt. Warum hast du Südkalifornien verlassen?"

Livia wandte den Blick ab. „Ich habe keine nennenswerte Familie und Moriko war hier. Als ich es geschafft habe, ein Stipendium für die Universität zu bekommen, bin ich hergezogen. Ich habe es nie bereut. Vor allem jetzt nicht."

Sie lächelten einander an und Nox beugte sich vor, um sie wieder zu küssen. „Livia, jene Nacht auf der Party ... Ich habe seit Jahren keine solche Verbindung mehr gespürt."

„Wirklich?" Sie war entzückt, runzelte dann aber die Stirn. „Nein, ich meine wirklich? Sieh dich an, du könntest jede Frau haben."

„Ich bin wählerisch", sagte er grinsend, aber sie konnte etwas in seinen Augen aufblitzen sehen.

„Du gibst nicht viel von dir preis, hm? Ich meine, ich konnte die Traurigkeit in deinen Augen sehen, als wir uns trafen ... Du kannst mit mir reden, weißt du."

Nox' Gesichtsausdruck veränderte sich für einen Sekundenbruchteil – War das Angst? –, aber er schüttelte den Kopf. „Ich glaube fest daran, dass die Vergangenheit hinter uns bleiben sollte. Was ich jetzt will, ist, dass wir uns kennenlernen. Ist das etwas, das dir gefallen würde, Livvy?"

Sie musterte ihn und lehnte sich an das Geländer des Dampfschiffes. „Charvi hatte recht mit dir. Du bist ein Rätsel."

„Charvi? Charvi Sood?" Nox' Augen leuchteten auf und Livia nickte.

„Ja. Kannte sie wirklich deine Mutter?"

„Ich würde sagen, Charvi war die beste Freundin meiner Mutter." Er sah so aufgeregt aus wie ein kleiner Junge. „Ich hatte keine Ahnung, dass sie zurück in New Orleans ist."

„Sie ist meine Tutorin und Mentorin. Ich bin sicher, sie würde dich gerne sehen."

Nox lachte kurz auf. „Warum kommt sie nicht selbst, um mich zu sehen?" Er runzelte die Stirn und war offensichtlich in Gedanken versunken. Livia fragte sich, ob es ein Fehler gewesen war, Charvi zu erwähnen.

Nox schüttelte sich. „Nun, ja, ich würde sie gerne sehen." Er lächelte Livia an. „Also bist du eine meisterhafte Pianistin?"

Sie lachte. „Oh nein, ich bin im Grunde noch eine Anfängerin, wenn man den Umfang des Fachbereichs betrachtet. Mein Fokus liegt auf Jazz-Piano, zumindest bei diesem Programm. Aber ich liebe alle klassische Musik. Und Rock und Blues und so weiter ..."

„Ich fürchte, mein Musikwissen reicht nur bis Pearl Jam und Tom Petty. Diese Art von Musik."

„Ich verehre beide", ermutigte Livia ihn. „Bei meiner Abschlussarbeit habe ich für das Vorspiel eine langsame Klavierversion von Rearviewmirror eingeübt."

„I gather speed, from you fucking with me...", zitierte Nox und ihre Blicke trafen sich. Livia war außer Atem.

„Vorfreude ist eine wunderbare Sache", sagte sie leise und Nox nickte.

„Oh, ich stimme dir zu." Er grinste, strich ihr Haar über ihre Schulter zurück und streichelte mit seinem Finger ihren Nacken. „Deine Haut ist so weich."

Ein Kribbeln durchfuhr ihren Körper bei seiner Berührung. Gott, ich will dich, dachte sie. Aber wie sie gesagt hatte, war die Vorfreude darauf, mit dem Mann zu schlafen, elektrisierend. Ihre Augen fielen auf seine Leistengegend, wo seine Erektion sich in seiner Jeans abzeichnete. Sie blickte ihn unter ihren Wimpern an. „Ich frage mich, wie lange wir uns noch zurückhalten können."

Nox grinste. „Wenn ich ehrlich sein soll, wäre es fantastisch, jetzt in dir zu sein ... Aber ja, lass uns noch warten. Warum sollen wir uns dem Druck der Gesellschaft beugen und etwas überstürzen?"

Livia presste plötzlich ihre Lippen auf seine und glitt mit der Hand über seinen Schritt. Gott, er war riesig. Nox gab ein Stöhnen von sich. „Himmel, Livvy, hab Erbarmen mit mir, okay?"

Sie kicherte und liebte, dass er ihren Spitznamen schon so bald benutzte. „Hör zu, Mr. Milliardär, du hast hier nicht alle Karten in der Hand. Zumindest in dieser Sache gelten meine Bedingungen."

Nox lachte und vergrub sein Gesicht an ihrem Nacken. „Du riechst so gut. Es ist berauschend."

Sie streichelte seine dunklen Locken. „Wie kommt es, dass ich das Gefühl habe, dich schon immer zu kennen?"

Nox setzte sich auf und betrachtete sie. Sie streichelte seine dichten dunklen Wimpern, von denen sie geträumt hatte, und er genoss ihre Berührung. „Ich weiß, ich spüre das auch."

Sie grinste ihn an. „Nox Renaud, wir werden viel Spaß miteinander haben."

Sie meinte es ernst. Sie wollte den gequälten Blick in seinen Augen für immer zum Verlöschen bringen, auch wenn die Anziehung zwischen ihnen nur flüchtig war. Der Gedanke bereitete ihr unerwarteten Schmerz – schon jetzt fühlte sie sich so wohl bei ihm. Es war, als wären sie synchron miteinander. Eine kleine Stimme in ihrem Kopf flüsterte: Du kennst ihn noch nicht einmal richtig, aber sie ignorierte sie. Sie würden jetzt Spaß haben, und das war genug.

Sie verbrachten zwei glückselige Stunden auf dem Dampfer und nahmen dann ein Taxi zurück zum French Quarter und einem Burger-Lokal, das Livia vorgeschlagen hatte. Nox schien nicht der Typ zu sein, der die Nase bei alltäglichen Gerichten rümpfte. Tatsächlich war er begeistert von dem saftigen Burger, der mit sautierten Champignons und geschmolzenem Käse belegt war. Livia grinste ihn an.

„Gut, nicht wahr?"

„Verdammt gut." Er nahm einen Schluck aus seiner Bierflasche, und sie grinste und strich einen verirrten Pilz von seiner Wange.

„Ich mag Männer, die ihren Burger genießen."

Nox dämpfte verlegen ein Rülpsen mit seiner Faust. Livia kicherte. „Entschuldigung", sagte er und sie küsste seine Wange. Es hatte bereits eine solche Veränderung in ihm stattgefunden, seit sie sich kennengelernt hatten. Er war entspannt und selbst die Traurigkeit in seinen Augen war weniger offensichtlich geworden. Sie konnte kaum glauben, dass es wegen ihr war.

„Erzähl mir mehr über dich, Nox." Ihr Lächeln verblasste ein wenig und sie sah ihn an. „Es tut mir so leid wegen deiner Familie."

Da war sie, die Vorsicht in seinen Augen, und er blickte einen

Moment von ihr weg. „Entschuldige", sagte sie. „Das hätte ich nicht sagen sollen."

„Nein, es ist okay", erwiderte er. Er schlang seine Finger durch ihre. „Ich kann nicht so tun, als wäre es nicht passiert, und ich möchte von Anfang an ehrlich zu dir sein. Ja, es war hart. Es ist schwer, das Ganze in Worte zu fassen, aber im Moment kann ich nur sagen ... es war nicht leicht, darüber hinwegzukommen."

„Kann man über so etwas überhaupt hinwegkommen?"

Er zuckte mit den Schultern. „Ich weiß es nicht."

Livia strich mit dem Finger über seinen Handrücken. „Ich denke, die Gesellschaft setzt Menschen unter Druck, über traumatische Ereignisse hinwegzukommen. Warum sollten wir das überhaupt tun? Können wir nicht einfach anerkennen, dass der Schmerz immer da sein wird, egal wie viel Zeit vergeht? Wir machen einfach weiter, leben unser Leben und tun so, als wären wir in Ordnung, obwohl wir es nicht sind." Sie umfasste sein Gesicht mit ihrer Hand und ihre Augen waren auf seine fixiert. „In jener Nacht im Garten warst du so ehrlich zu mir. Ich habe dich gefragt, ob es dir gut geht, und du hast zugegeben, dass du dich schlecht gefühlt hast. Lass uns immer so ehrlich zueinander sein, was auch immer passiert und wohin auch immer diese Sache zwischen uns führt. Einverstanden?"

Nox' Augen lagen intensiv auf ihren. „Wie alt bist du, Livia Chatelaine? Weil du die Weisheit von jemandem hast, der viel älter ist. Ja, natürlich." Er beugte sich vor und küsste sie. „Wir können noch so viel voneinander lernen. Ich kann es kaum erwarten. Eine Frage ... Ich werde in zwei Jahren vierzig und du bist wie alt? Dreiundzwanzig, vierundzwanzig?"

„Siebenundzwanzig."

„Stört dich der Altersunterschied?"

Livia drehte sich um und setzte sich auf seinen Schoß, ohne sich darum zu kümmern, ob die anderen Gäste sie beobachteten. Sie legte ihre Arme um seinen Hals und schmiegte sich an ihn. „Du hast gerade selbst gesagt, dass ich viel reifer wirke", flüsterte sie ihm zu. „Also ... welcher Altersunterschied?"

Nox schob seine Hand unter ihr Oberteil und streichelte ihren

Bauch, als sie ihn küsste. Das Gefühl seiner großen Finger auf ihrem Körper machte sie schwach. „Gott, ich will dich." Sie gab ein kleines Stöhnen von sich.

Nox grinste verrucht. „Vorfreude und so weiter … Erinnerst du dich?"

Sie rieb sich an seiner Leistengegend und spürte, wie sein Schwanz sich fast sofort verhärtete. Er stöhnte.

„Du bist ein sehr böses Mädchen, Livia Chatelaine. Der Moment, in dem ich in dir bin, kann nicht – entschuldige das Wortspiel – schnell genug kommen."

Sie sprang von seinem Schoß und grinste. „Vorfreude und so weiter …"

„Verführerin." Und sie lachten beide.

Amber seufzte, als sie sah, wie sich Odelle ihr näherte. Es war Spätnachmittag im Salon und Amber hatte gerade eine herrliche Massage genossen. Das Letzte, was sie wollte, war, dass Odelle ihre Stimmung ruinierte. Die blonde Frau lächelte sie zaghaft an, aber das Lächeln erreichte ihre Augen nicht. Das war nichts Neues bei Odelle.

„Wie schön, dich zu sehen, Odelle", sagte Amber sanft und deutete auf das Teetablett vor sich. „Möchtest du dich mir anschließen?"

Odelle nickte. „Danke." Sie setzte sich und Amber schenkte ihr Kräutertee ein.

„Hat dir Nox' Party gefallen?" Amber wusste, dass Odelle öffentliche Versammlungen hasste. Trotz ihrer Schönheit kam Odelle nicht gut mit Menschen zurecht und Amber hatte sich immer gefragt, warum das so war. Odelle strahlte nicht nur eine berüchtigte Eiseskälte aus, sondern unternahm auch nur selten den Versuch, andere Menschen kennenzulernen, fast so, als würde sie sich vor etwas schützen. Odelle, Amber, Nox und Roan kannten sich seit ihrer Jugend, doch Amber hatte das Gefühl, Odelle nie wirklich gekannt zu haben. Alles, was sie wusste, war, dass Roan die blonde Frau umworben hatte und Odelle sich nur Nox gegenüber öffnete, den sie als einen älteren Bruder betrachtete.

Sie musterte Odelle. Die andere Frau sah müde aus. „Ist alles in Ordnung mit dir, Odelle?"

„Natürlich. Roan und ich denken darüber nach, uns zu verloben."

Amber versuchte, ihren Tee nicht auszuspucken. „Wirklich?" Sie konnte nichts gegen den Zynismus tun, der in ihre Stimme kroch, bedauerte es aber, als Odelle vor Ärger rot wurde.

„Ist es so schwer zu glauben?"

„Nein, natürlich nicht, es tut mir leid. Es ist nur so, dass Roan es nie erwähnt hat. Bist du sicher, dass du an einen Mann gebunden sein willst, der … nun ...."

„… sich nicht beherrschen kann?" Odelles Lächeln war bitter. „Glaubst du, ich weiß nicht über seine anderen Frauen Bescheid, Amber? Natürlich tue ich das. Vielleicht nicht über alle, aber ich habe meine Vermutungen." Sie starrte Amber an, die ihren Blick eisern erwiderte.

„Warum willst du ihn dann heiraten? Warum solltest du nicht jemand anderen ins Visier nehmen? Nox zum Beispiel. Du verehrst ihn und er hat eine hohe Meinung von dir."

„Du hältst unseren Freundeskreis anscheinend für den perfekten Ort, um Bettgeschichten und zwanglose Affären zu finden, Amber. Nox ist meine Familie. Roan mag seine Neigungen haben, aber ich versichere dir, dass ich es bin, zu der er nach Hause kommt."

Plötzlich wurde Amber klar, warum Odelle sie aufgesucht hatte. Sie warnte sie. Sie wollte Roan – ausgerechnet Roan – heiraten und ließ alle wissen, dass er ihr gehörte. Amber lächelte traurig. Arme verblendete Odelle.

„Ich glaube dir." Amber nippte lässig an ihrem Tee und sie saßen eine Weile schweigend da. Als Odelle gegangen war, zog Amber ihr Handy hervor. Sie lauschte dem Summen am anderen Ende der Leitung und als er ranging, ließ sie ihn kaum zu Wort kommen. „Roan, wie lange weiß Odelle schon von dir und mir? Wann hat sie herausgefunden, dass wir ficken?"

Roan legte auf und rieb sich die Augen. Verdammt. Er und Amber waren so vorsichtig gewesen, aber jetzt wusste Odelle, dass er ihre einzige Regel gebrochen hatte. „Zufällige One-Night-Stands sind mir egal", hatte sie ihm in der Nacht gesagt, als er zum ersten Mal vom

Heiraten gesprochen hatte. „Mir ist es wichtig, dass du nicht in unserem sozialen Umfeld herumfickst."

Aber er war unvorsichtig gewesen. Scheiße. Die Heirat mit Odelle würde seine Zukunft sichern – ihr Vater war sogar noch reicher als Nox – und außerdem mochte er es, sie zu ficken. Er mochte es, hinter die eisige Fassade zu blicken.

Fuck. Jetzt würde er all seine anderen Mädchen verlieren und Odelle besänftigen müssen. Er hätte niemals etwas mit Amber anfangen sollen – Amber, die nichts zu verlieren hatte, wenn sie ihre Affäre zugab. Und das war das Verführerische an der Rothaarigen – ihr bedeutete niemand etwas. Außer Nox natürlich. Roan konnte der Eifersucht nicht widerstehen, die er manchmal gegenüber seinem Freund empfand. Nox war einfach so verdammt gut, dass es ihn wütend machte.

Roan seufzte. Er würde den Mist mit den Frauen in seinem Leben vergessen und sich auf das Treffen mit Nox und Sandor konzentrieren. Er wollte in ihre Firma einsteigen. Er war bereit, erwachsen zu werden, und musste sich zusammenreißen, denn in Roans ansonsten perfektem Leben gab es ein eklatantes Problem.

Er war völlig pleite.

KAPITEL SECHS

Nach dem Essen wanderten sie durch die Straßen und genossen die Atmosphäre dort. Später am Abend besuchten sie The Spotted Cat, einen Jazz-Club voller Musik und Menschen. Livia und Nox fanden Stehplätze an der Bar und bestellten Drinks. Livia sah aufgeregt aus. „Ich wollte immer schon einmal hierherkommen, habe aber nie die Zeit dazu gefunden."

Nox grinste sie an. „Wie schaffst du das alles? Ich meine, ich weiß, dass du ein Stipendium hast, aber die Arbeit im Restaurant kann unmöglich genug Geld abwerfen, um alles andere zu bezahlen. Tut mir leid, das geht mich nichts an."

Sie lachte. „Schon in Ordnung. Ich komme klar. Ich musste immer ums Überleben kämpfen, also ist es mir zur zweiten Natur geworden. Die Wohnung mit Moriko zu teilen hilft, und ich brauche nicht viel. Gott sei Dank habe ich das Stipendium."

Nox lächelte über ihre Offenheit. Sie kümmerte sich wirklich nicht um Geld, und er fand es erfrischend. Er konnte sich vorstellen, dass sie mit einem Buch und einem Sandwich zufrieden wäre – sie war keine Frau, die Diamanten und Perlen brauchte. Von all den Dingen, die er ihr geben konnte, schien das, was sie am meisten haben wollte, seine

Zeit zu sein. Er strich mit seiner Hand durch ihr Haar und zog ihre Lippen zu seinen. „Du bist wunderschön", murmelte er an ihrem Mund, „und ich verehre dich."

Livia lachte. „Du kennst mich kaum, aber danke. Du bist selbst nicht übel, du reicher Kerl."

Ihre Worte waren völlig frei von Vorwürfen und er fühlte, wie ihr Mund ein Lächeln formte, als er sie küsste. Eine Band machte sich gerade auf den Weg zur Bühne und als sie zu spielen begann, schlang Nox seine Arme um Livias Taille und zog sie an seine Brust. Livia lehnte sich an ihn und fühlte sich mit der Intimität offenbar wohl.

Die Band riss die Gäste mit und Nox vergaß die Zeit inmitten der schwülen Hitze, der Drinks und des berauschenden Gefühls der schönen Frau in seinen Armen. Immer mehr Leute drängten sich in den Raum, und seine Arme zogen sich fester um Livia zusammen. Sie drehte den Kopf, um ihn anzulächeln, und etwas rührte sich in den beiden, als ihre Augen einander begegneten. Er presste seine Lippen auf ihre und sie drehte sich in seinen Armen um und klammerte sich an ihn. Alles um sie herum schien zu verschwinden – der Club, die Musik, die anderen Menschen …

Er blickte auf sie hinunter und sagte: „Komm mit mir nach Hause." Livias Lächeln wurde breiter und sie nickte. Genug Vorfreude ...

Zwanzig Minuten später saßen sie in einem Taxi und fuhren zu seinem Herrenhaus. Nox konnte nicht aufhören, sie zu küssen und ihre Lippen zu kosten, die nach Alkohol schmeckten, während seine Finger sich in ihrer glorreichen Mähne vergruben.

Er erinnerte sich kaum daran, wie sie in sein Schlafzimmer gelangten, aber dort angekommen schob er die Träger ihres Kleides über ihre Schultern und nahm eine rosa Brustwarze in seinen Mund. Er hörte ihr leises Stöhnen, als sie das T-Shirt über seinen Kopf zog und er sich mit ihr auf das Bett fallen ließ. Livia kicherte, während er ihren Bauch küsste und ihr dann den Rest ihres Kleides und ihre Unterwäsche auszog. Ihre Finger fanden seinen Reißverschluss, als er zurückkehrte, um ihren Mund zu küssen, und er fühlte eine Welle des Vergnügens, als sie seinen Schwanz aus seiner Hose befreite.

Livia streichelte ihn, bis er so hart war, dass es schmerzte, aber er widerstand der Versuchung, in sie einzudringen und rutschte statt-dessen das Bett hinunter, bis sein Gesicht an ihrem Geschlecht war. Seine Zunge leckte ihre Klitoris und sie erschauerte und zitterte, als sie noch erregter wurde.

„Nox ...", flüsterte sie, als ihr Zentrum anschwoll und empfindlich wurde. Sofort war er wieder bei ihr und küsste ihren Mund.

Sie sah ihn mit riesigen braunen Augen an, die zugleich strahlend und benommen vor Verlangen waren. „Hast du ein ...?"

Er grinste. „Natürlich, Süße." Er griff nach hinten, öffnete die Schublade seines Nachttischs und zog ein Kondom heraus. „Willst du mir dabei helfen?"

Sie grinste und half ihm, es über seinen Schwanz zu rollen. „Großer Junge." Sie kicherte, als er sie kitzelte, aber als er ihre Beine um seine Taille schlang, sah sie plötzlich nervös aus.

„Geht es dir gut?", fragte Nox besorgt und sie nickte.

„Sehr gut, Nox. Ich möchte diesen Moment einfach genießen ..."

Er grinste über ihre wachsende Ungeduld und glitt langsam in sie hinein. Livia stöhnte leise. „Du fühlst dich so gut an", flüsterte sie und lächelte ihn an, als sie ihren Rhythmus fanden.

Nox küsste ihren Hals und dann ihre Lippen. Ihr Körper war so zart und ihre Brüste waren so weich ... Er bewunderte, wie sie sich unter ihm bewegte, während sie sich liebten. Als die Intensität größer wurde, begegneten sich ihre Blicke und Nox begann härter, schneller und tiefer in sie zu stoßen, bis Livias Rücken sich ihm entgegenwölbte und sie seinen Namen rief, als sie kam. Ihr lustvoller Schrei brachte Nox zu seinem eigenen Höhepunkt, bei dem er ihren Namen stöhnte.

Sie ließen sich lachend auf das Bett fallen und schnappten nach Luft. „Ich schätze, wir haben nicht allzu lange durchgehalten", sagte Livia und rollte sich auf die Seite. Nox genoss es, ihre Brüste, die an ihn gedrückt waren, zu spüren, und schlang einen Arm um sie.

„Ich wollte das schon seit mindestens einer Woche tun, also haben wir uns gut geschlagen." Er lachte, als sie die Augen verdrehte.

„Okay, wie du meinst." Sie presste ihre Lippen auf seine. „Gott, Nox, das war unglaublich."

„Und nur der Anfang." Er strich mit der Hand über ihre Seite. „Du hast den Körper einer Göttin."

Sie kicherte. „Vielen Dank. Apropos göttliche Körper ..." Sie biss sanft in seine Brustwarze. „Ich habe die ganze Woche nonstop davon geträumt. Ich habe sogar einen Klavierporno über dich geschrieben."

Nox lachte laut. „Klavierporno? Ich denke, ich fühle mich geehrt, auch wenn ich mir nicht sicher bin, was du damit meinst."

Livia grinste. „Das macht nichts, ich war nur albern." Sie küsste seine Brust und legte ihr Kinn darauf. „Schönes Zuhause." Sie schaute sich zum ersten Mal in dem palastartigen Schlafzimmer um, und Nox beobachtete ihre Reaktion. „Sehr schön sogar."

Nox sah ihr dabei zu, wie sie die marineblau gestrichenen Wände und den mit Holzscheiten gefüllten Kamin in Augenschein nahm – sein Schlafzimmer hätte aus einer Tommy-Hilfiger-Anzeige stammen können.

Livia setzte sich auf und nickte. „Ich mag dieses Zimmer. Es ist klassisch und elegant – genau wie du." Sie grinste und fuhr mit ihrer Hand durch seine dunklen, unordentlichen Locken. Dann sah sie ihn einen langen Moment an und er war überrascht, sie erröten zu sehen.

„Was ist, Liv?"

Sie biss sich zaghaft auf die Unterlippe. „Kann ich dir etwas sagen?"

„Natürlich." Er strich mit seinem Finger über ihre Wange. „Alles."

„Ich habe noch nie ... Ich meine, ich bin keine Jungfrau, aber ich wusste nicht, dass es so sein kann. Sex, meine ich. So aufregend, so ... überwältigend."

Nox war einen Moment still. „Baby, sagst du mir, dass du noch nie ...?"

„... einen Orgasmus hattest? Ja." Sie wurde noch röter. „Ich habe mich noch nie so gehen lassen. Es wäre mir ehrlich gesagt egal gewesen, wenn ich in jenem Moment gestorben wäre, so berauschend war es. Mein ganzer Körper war ... Gott, ich kann es nicht beschreiben."

Nox lachte. „Dann fühle ich mich geehrt, dass dein erster

Orgasmus hier mit mir war. Ich verspreche, mein Bestes zu geben, damit du jedes Mal so kommst."

Livia lächelte. „Ich weiß, es klingt lächerlich, aber es bedeutet mir sehr viel. Und es schadet nicht, Mr. Renaud, dass du hinreißend aussiehst. Ernsthaft, sieh dich an – wer würde nicht bei dir kommen?"

„Ha, ha." Verlegen wischte er ihr Kompliment beiseite. „Liv, du hast gesagt, dass du Ehrlichkeit willst, nicht wahr? Das gilt auch, wenn wir im Bett sind. Wenn ich etwas tue, das dir nicht gefällt, sag es mir."

„Okay. Und du sagst es mir."

„Einverstanden."

Sie kuschelte sich in seine Arme. „Also, was willst du jetzt machen?"

Nox küsste sie. „Ich bin am Verhungern. Willst du etwas essen? Ich kann dir auch den Rest des Hauses zeigen."

Livia grinste ihn an. „Wenn du mir versprichst, mir jeden einzelnen Ballsaal zu zeigen. Ich meine, ich habe bislang nur den Hauptballsaal gesehen und … hey … hey! Hör auf, du Verrückter!"

Nox kitzelte sie, bis sie vor Lachen nicht mehr atmen konnte, dann duschten sie zusammen und gingen in seine Küche.

„Das kommt mir bekannt vor." Livia grinste ihn an, als sie auf einen Stuhl an der Frühstücksbar sprang. „Ist das deine Hauptküche oder hast du noch elf kleinere für die anderen Mahlzeiten?"

„Sehr lustig." Nox beugte sich vor, um sie zu küssen. „Nein, nur diese eine. Sie ist allerdings groß genug, um alle siebzehn Ballsäle mit Essen zu versorgen."

Livia lachte. „Kann ich helfen?"

„Nein, lass mich für dich kochen. Wie wäre ein gegrilltes Käse-Sandwich?"

„Perfekt."

Sie plauderten, während er kochte, und Livia bewunderte das Spiel der Muskeln auf seinem Rücken, wenn er sich bewegte. Er war wirklich herrlich. Sie liebte, wie seine wilden schwarzen Locken von seinem Kopf abstanden und seine grünen Augen blitzten. Livia konnte immer noch nicht glauben, dass sie in seinem Haus war, dass sie sich geliebt hatten und dass es noch besser gewesen war, als sie es sich erträumt hatte. Es schien irgendwie surreal zu sein und doch war es so natürlich, mit Nox zusammen zu sein. Livia musterte ihn mit schamloser Lust und als er ihren Blick bemerkte, schob er die Pfanne auf den hinteren Teil des Herds und kam zu ihr.

„Wie", murmelte er und strich mit seinen Lippen über ihre, „soll ich mich aufs Kochen konzentrieren, wenn du mich so ansiehst?" Er trat näher zu ihr und zog ihre Beine um sich.

Sie trug sein Hemd – das natürlich viel zu groß für sie war – und er begann, es aufzuknöpfen, so dass der Stoff beiseite fiel. Er bewegte seinen Daumen von ihren Lippen zu ihrem Hals und zwischen ihren Brüsten hinunter zu ihrem Nabel, was sie vor Verlangen zittern ließ. „Du bist so schön, Livvy."

Gott, dieser Mann ... Sie zog seine Lippen wieder auf ihre und befreite seinen Schwanz aus seiner Jeans. Nox grinste und zog ein Kondom aus der Gesäßtasche. „Ich bin immer bereit."

Sie lachte und streifte es ihm über, bevor sie ihn in sich einführte und stöhnte, als er sie ganz ausfüllte. „Gott, Nox ..."

Er stieß hart zu und stützte sie mit seinen starken Armen, während sie fickten. Livia biss in seine Brust und küsste seinen Hals, bevor Nox seinen Mund auf ihren drückte. „Livia ..."

Sein Schwanz rammte sich so hart in sie, dass sie glaubte, sie würde hinfallen und eine Sekunde später stürzten sie tatsächlich zu Boden. Livia setzte sich rittlings auf ihn, bevor sie einander wieder an den Rand der Ekstase brachten. Nox' Finger umklammerten ihre Hüften und drückten sich in ihre zarte Haut, als sie sich hin und her wiegte und ihn so tief wie möglich in sich aufnahm.

Sobald Livia gekommen war, legte Nox sie auf den Rücken und begann, so fest er konnte in sie zu stoßen. Sein Schwanz wurde immer härter und dicker und seine Hände pressten ihre Arme auf den kühlen Fliesenboden. Livia kam immer wieder, während er sich seinem Höhepunkt näherte. Schließlich kam er ebenfalls mit einem langen Stöhnen und schnappte zitternd nach Luft. „Gott, Livia ... können wir das die ganze Zeit tun?"

„Ich habe nichts dagegen." Sie grinste ihn an, als er lachte und sie zärtlich küsste.

. . .

Die Käse-Sandwichs waren nicht mehr genießbar, also machte Nox ihnen neue und sie aßen, als ob sie am Verhungern wären. „Wir haben jede Menge Energie verbraucht", sagte Livia mit einem weisen Nicken und brachte Nox damit zum Lachen. „Das ist mein Ernst. Es ist eine Tatsache, dass ein Orgasmus bis zu vierhundertsechzig Kalorien verbrennt."

„Das hast du gerade erfunden."

„Okay, stimmt. Aber trotzdem."

„Du bist verrückt."

Sie streichelte sein Gesicht. „Und du bist wunderschön."

Er grinste. „Oh, ich weiß." Er stolzierte wie ein Pfau herum und brachte sie zum Kichern.

„Was war das? Die Kreuzung aus Mick Jagger und einem Gockel?"

Nox blieb grinsend stehen. „Spielverderberin."

Livia kicherte. Wunderschön und humorvoll. „Nox Renaud ... wie in aller Welt kann es sein, dass du noch keine Freundin hast? Ich meine, du bist der perfekte Mann. Ich verstehe nicht, warum du jemals Single sein würdest."

Sein Lächeln brach und verblasste dann. Livia verfluchte sich. „Es tut mir leid. Habe ich wieder etwas Falsches gesagt?"

Nox war einen Moment still und sammelte seine Gedanken. Er spielte mit ihren Fingern, während er versuchte zu entscheiden, was er sagen sollte. „Liv ... als ich ein Teenager war, war da jemand. Ariel. Wir waren unzertrennlich und dachten beide, dass wir füreinander bestimmt wären. Eines Abends wollte ich sie für unseren Abschluss-ball abholen. Amber – das ist ihre Zwillingsschwester – schrie das ganze Haus zusammen. Ariel wurde vermisst." Schmerz legte sich über seine schönen Gesichtszüge, und Livia nahm seine Hand und hielt sie fest. Er lächelte sie dankbar an, bevor er sich räusperte. „Sie fanden ihre Leiche am nächsten Tag auf einem der Grabsteine auf dem Fried-hof. Sie war …" Seine Stimme brach und er blickte weg. Livia war entsetzt, Tränen in seinen Augen zu sehen. „… erstochen worden.

Nicht schnell, sondern langsam. Wer auch immer sie ermordet hat, hat sich Zeit dabei gelassen."

„Oh Gott, nein." Livia wurde kalt. Arme Ariel. Das Leid auf Nox' Gesicht war immer noch offensichtlich, obwohl zwei Jahrzehnte vergangen waren.

Nox sah Livia wieder an. Seine grünen Augen waren voller Trauer. „Ich hätte nie gedacht, dass jemand sie ... ersetzen könnte, nein, ich hasse dieses Wort – es ist unmöglich, einen Menschen zu ersetzen. Ich hätte nie gedacht, dass ich jemanden treffen würde, der mein Herz wieder höherschlagen lässt. Ich habe mich geirrt."

Livia berührte sein Gesicht. „Ich will dich wieder glücklich machen, Nox Renaud."

Er schlang seine Arme um sie. „Das hast du schon, Livia."

Sie küsste ihn und ihr Herz bebte vor Mitgefühl. „Was werden deine Freunde über mich denken? Ich meine, ich weiß, dass du immer noch mit Amber befreundet bist ... wird sie mich für einen geldgieren Eindringling halten?"

„Nein. Amber hat immer gesagt, dass sie will, dass ich glücklich bin. Ich denke, wir konnten beide nicht mit Ariels Tod abschließen, weil ihr Mörder immer noch da draußen ist. Du und Amber könntet Freundinnen werden. Das hoffe ich zumindest."

„Ich für meinen Teil habe keine Bedenken ... außer vielleicht, was unseren Standesunterschied betrifft."

Nox schüttelte den Kopf. „Du solltest dir darüber keine Sorgen machen. Wirklich nicht."

„Versprochen." Sie lächelte ihn an, aber dann wurde ihr Gesicht ernst. „Es tut mir so leid wegen Ariel. Das ist entsetzlich. Hatte die Polizei keine Spur?"

„Nein. Ariel war so süß. Niemand hätte einen Grund haben können, ihr zu schaden."

Livia seufzte. „Leider scheint es keinen Grund zu brauchen, um eine Frau zu töten. Manche Mörder machen es nur für den Nervenkitzel."

Nox war eine Weile still, aber Livia spürte, wie sich seine Arme fester um sie schlossen. „Als ich dich in jener Nacht schreien hörte“, sagte er leise, „als ich sah, dass du es warst ...“

„Das war nur ein Typ, der versucht hat, mich auszurauben, Nox. Ich habe ihm eine Lektion erteilt.“

„Du bist verdammt mutig.“

„Darauf kannst du wetten.“

Er küsste ihren Kopf. „Okay, meine kleine Kriegerin. Lass uns wieder ins Bett gehen und die Nacht zusammen genießen.“

KAPITEL SIEBEN

Livias Kopf war über ihr Klavier gebeugt, als sie den Aufruhr vor dem Übungsraum hörte. Sie blickte auf, als Charvi gefolgt von ein paar aufgeregten Studenten in den Raum kam. Charvi wirkte erstaunt, überwältigt und schockiert zugleich. Sie nickte Livia und dann dem Klavier zu.

„Das war das letzte Mal, dass du auf diesem alten Wrack gespielt hast."

Livia blinzelte völlig verwirrt. Sie hatte an ihrer Komposition Night – dem Klavierporno, von dem sie Nox erzählt hatte – gearbeitet und war so darin versunken gewesen, dass die plötzliche Unterbrechung sie völlig verwirrte. „Was?"

Charvi lächelte. „Dein Freund ist ein sehr großzügiger Mann." Sie drehte sich um, als die großen Türen des Musikzimmers geöffnet wurden und eine Gruppe von Arbeitern keuchend eine riesige Palette hineinschob. Livia stand auf, als sie den abgedeckten Gegenstand darauf vorsichtig auf den Boden hinabließen.

„Das hier können Sie gleich mitnehmen", sagte Charvi und zeigte auf das Klavier, an dem Livia gearbeitet hatte. „Dann müssen wir uns nicht darum kümmern."

Der Vorarbeiter zuckte mit den Schultern. „Sicher, kein Problem."

Livia nahm schnell ihre Sachen von dem ziemlich lädierten, aber von ihr heißgeliebten Klavier und begriff gar nichts. Charvi und ihre Studenten ergriffen das Tuch über dem neuen Klavier und zogen es mit einem Schwung herunter. Livia hielt den Atem an. Unter dem Tuch befand sich das schönste Instrument, das sie je gesehen hatte. Charvi strahlte sie an. „Weißt du, was das ist?"

Livia nickte schwach. „Das ist ein Steinway, ein Grand-Steinway-Konzertflügel Modell D." Ihre Beine zitterten. Nox hatte das getan? „Es ist Judy Carmichaels Klavier. Nicht ihr eigenes, aber das Klavier ihrer Wahl."

Charvi beobachtete sie. „Stimmt. Und Nox hat der Universität nicht nur eines, sondern vier davon gespendet. Dazu noch unzählige weitere neue Instrumente und eine riesige Geldsumme."

Livia war zutiefst schockiert. Sie und Nox waren erst seit zwei Wochen zusammen ... und das war mehr als großzügig.

Einer der anderen Studenten sah sie neidisch an. „Verdammt, du musst wirklich gut im Bett sein."

„Tony." Charvi funkelte ihn an. „Es reicht."

„Tut mir leid."

Livia schüttelte den Kopf. „Schon gut. Aber vier Steinways? Im Ernst?"

Charvi sah die anderen Studenten an. „Lasst uns allein, okay?" Nachdem sie gegangen waren, ließ Charvi Livia auf dem neuen Klavierhocker Platz nehmen. „Du siehst aus, als würdest du gleich zusammenbrechen. Setz dich hin. Atme."

„Ich ... ich meine ... Was bedeutet das?"

Charvi nickte, aber sie lächelte nicht. „Ich denke, es bedeutet, dass er begeistert von dir ist."

„Das ist zu viel, Charvi. Ich meine ... wir daten erst seit zwei Wochen. Nicht, dass ich mich nicht für die Universität freue, aber ..." Sie öffnete den Deckel des Klaviers und drückte die Tasten. „Gott, hör nur, dieser Klang ..." Sie fing an, ihre Komposition zu spielen, und lauschte dem tiefen Bass aus schwedischem Stahl und Kupferdraht und den süßen, reinen hohen Noten. Sie spielte alles, was sie bisher geschrieben hatte, zweimal und vergaß dabei, dass Charvi im Raum war.

Mit geschlossenen Augen bewegte sie ihre Finger über die glatten Fichtentasten und verlor sich in der Komposition. Livia dachte nicht an die Noten, die sie spielen musste, sondern an Nox und daran, ihn zu lieben, mit ihm zu lachen und mit ihm Spaß zu haben, so wie in den letzten Tagen. Sie waren in so kurzer Zeit fast unzertrennlich geworden ...

Sie seufzte, hörte auf zu spielen und öffnete die Augen. Charvi gab ihr Applaus. „Das klingt schon ziemlich gut.“

Livia grinste. „Mein Klavierporno?“

Charvi lachte. „Ich glaube nicht, dass wir es im Programm so nennen können. Hast du einen anderen Titel?“

Livia errötete. „Night.“

Charvi seufzte. „Nox ist Lateinisch für Nacht, nicht wahr ... Ich schätze, es nützt nichts mehr, dich jetzt zu ermahnen, vorsichtig bei dem Mann zu sein.“

Livia fühlte sich getroffen. „Charvi ... was ist? Warum bist du so nervös wegen meiner Beziehung zu Nox Renaud?“

Charvi rieb sich die Augen. „Es ist nicht Nox selbst, sondern die Leute, die ihn umgeben. Ich mache mir Sorgen, dass sie Einfluss auf dich nehmen.“

Livia schnaubte. „Charvi, ich kann in dieser Hinsicht auf mich selbst aufpassen. Warum habe ich das Gefühl, dass du mir etwas vorenthältst? Ist Nox gefährlich? Sag es mir jetzt, bevor ich mich in ihn verliebe, denn das ist eine sehr reale Möglichkeit.“

Charvi sah aufgebracht aus, so als wollte sie etwas sagen, dann atmete sie tief durch. „Sei einfach vorsichtig bei seinen Freunden. Wenn Nox wie Gabriella ist, dann wünsche ich euch nichts als Glück. Sie war der beste Mensch, den ich je gekannt habe.“

„Dann ist er wie seine Mutter“, sagte Livia leise und versuchte, den vorwurfsvollen Unterton aus ihrer Stimme herauszuhalten. Charvi lächelte entschuldigend.

„Nun, in diesem Fall ...“ Charvi tätschelte ihre Schulter. „Er mag die Instrumente gespendet haben, aber du hast bereits angefangen, dieses wunderschöne Stück über ihn zu schreiben, und jetzt hast du ihm seinen Namen gegeben. Hast du ihn zu dem Konzert eingeladen?"

„Noch nicht, aber ich werde es tun. Ich muss nur sicherstellen, dass es perfekt ist."

„Das wird es sein."

Livia schaute auf ihre Uhr. „Ich muss gehen und ihm danken."

„Danke ihm von uns allen, okay? Offensichtlich wird der Dekan ihm schreiben, um seine Dankbarkeit auszudrücken, aber sag ihm auch von mir, der Musikabteilung und der Fakultät danke."

Livia umarmte ihre Lehrerin. „Verstanden. Und weißt du, ich denke, er würde dich gerne wiedersehen."

Charvis Lächeln verblasste. „Ich bin mir nicht sicher, ob ich dazu bereit bin. Gabriella war wie eine Schwester für mich. Ihr Tod schmerzt mich immer noch und ich …" Sie seufzte. „Ich habe Angst, dass Nox inzwischen seinem Vater allzu ähnlich sieht und ich bei seinem Anblick durchdrehe und all die schrecklichen Dinge sage, die ich Tynan sagen wollte. Also bitte noch nicht. Gib mir Zeit."

Livia nickte und ihre Brust war erfüllt von Traurigkeit. Ein Moment in der Vergangenheit hatte so viele Leben zerstört. „Natürlich. Lass mich dir nur eines sagen. Nox ist ein wundervoller Mensch. Du wirst keinen großzügigeren, freundlicheren, offeneren Mann als ihn finden."

„Das glaube ich dir. Ich brauche nur Zeit, das ist alles."

Roan starrte Nox an, der ruhig zurückblickte. „Nach allem, was ich gesagt habe, nur ein Nein?"

„Roan, du wusstest von Anfang an, dass deine Idee absurd ist. Wenn du Geld brauchst, frag einfach. Wir wissen beide, dass du nicht für diese Branche gemacht bist."

„Es ist nur Lebensmittelimport!" Roan warf die Hände in die Luft und stand auf. Nox konnte sehen, dass er aufgebracht war, und schaute zu Sandor, der geschwiegen hatte und sich jetzt räusperte.

„Roan, das ist rein geschäftlich. Wir haben uns einen guten Ruf aufgebaut – kein Drama, kein Gerede, völlige Transparenz. Du magst ein fantastischer Verkäufer sein, aber das ist nicht das, was wir sind."

Er versuchte, die Stimmung aufzuhellen. „Es wäre, als würde Freddie Mercury ... Coldplay beitreten."

„Oder den Allman Brothers."

„Sigur Rós."

„Snoop Dogg tritt den Spice Girls bei."

„Du bist Scary Spice."

„Bin ich nicht."

Roans Mundwinkel zuckte, als er versuchte, nicht zu grinsen. „Bringt mich nicht zum Lachen. Ich bin sauer auf euch."

„Wir sagen nur, dass wir zu konservativ für dich sind, Kumpel. Beziehungsweise unser Unternehmen. Hör zu, wenn du mit uns darüber reden willst, eine neue Firma zu gründen, die etwas völlig anderes macht, etwas, das zu dir passt und in das wir investieren können, dann nur zu."

Roan beruhigte sich und setzte sich wieder hin. „Ihr würdet eine neue Firma in Betracht ziehen?"

„Sicher. Etwas, bei dem du die Führung übernehmen würdest und wir stille Partner wären."

Roan kaute auf seiner Unterlippe herum und Nox warf Sandor einen vielsagenden Blick zu. Sandor nickte. „Ich muss ein paar Anrufe machen. Wie wäre es, wenn ich in zwanzig Minuten wiederkomme und wir zusammen zu Mittag essen?"

„Natürlich."

Als sie allein waren, sah Nox seinen Freund an. Roan schien irgendwie niedergeschlagen und gestresst zu sein. Sein üblicher Überschwang fehlte. „Was ist los, Roan? Dich beschäftigt mehr als eine neue Karriere."

Roan seufzte und rieb sich das Gesicht. „Mach dir keine Sorgen."

„Ich mache mir aber Sorgen." Nox runzelte die Stirn. „Brauchst du Geld?"

Roan schwieg. „Du musst nur fragen", sagte Nox mit ruhiger Stimme. Roan schüttelte den Kopf.

„Danke, aber ich muss meinen eigenen Weg finden."

„Sicher. Odelles Familie ..." Nox verstummte, als Roan lachte.

„Mann, wenn ich treu sein könnte, würde sie mich jetzt vielleicht nicht hassen."

„Fuck, Roan."

„So bin ich eben. Vielleicht sollte ich ein Escort-Unternehmen gründen."

Nox ignorierte diese Bemerkung. „Und Odelle weiß davon?"

„Ja."

„Wer?"

Roan zögerte, bevor er seinen Freund ansah. „Amber."

Nox zuckte zurück. „Soll das ein Scherz sein?"

„Nein."

„Jesus, Roan, weißt du nicht, dass du nicht …"

„… mit einer Bekannten ins Bett gehen sollst? Doch. Aber ich bin ein Idiot."

„Meine Güte."

Roan seufzte. „Hör zu, ich arbeite daran, mich bei Odelle zu entschuldigen. Wir versöhnen uns. Ich heirate sie."

„Odelle mag etwas … seltsam sein, aber sie wird nicht auf irgendwelche falschen Schwüre hereinfallen. Wenn du sie heiratest, solltest du es verdammt ernst meinen. Oder du bekommst es nicht nur mit Odie, sondern auch mit mir zu tun." Nox war irritiert, aber Roan hob die Hände.

„Schon gut." Er musterte seinen Freund. „Was ist mit dir? Hast du schon die schöne Livia erobert?"

Nox konnte sich sein Lächeln nicht verkneifen. „Es läuft sehr, sehr gut. Danke der Nachfrage. Sie ist hinreißend."

„Bringst du sie zu Thanksgiving mit? Es ist okay, weißt du. Dann kann sie die ganze Clique kennenlernen."

Nox lächelte, antwortete aber nicht. „Hör zu, sammle Ideen für die Art von Firma, die du gerne führen würdest, und wir reden darüber und erstellen einen Businessplan. Hier gibt es ein paar leere Büros, die du als Standort benutzen kannst. Belästige das weibliche Personal nicht, das ist alles, was ich von dir verlange."

„Denkst du, das würde ich tun?"

„Ja."

Roan lachte. „Ich verspreche, brav zu sein. Danke, Mann. Ich weiß das zu schätzen."

„Nimm es einfach ernst. Es könnte ein Wendepunkt sein."

Roan grinste seinen Freund an. „Weißt du, du bist ein ausgezeichneter großer Bruder."

Nox ignorierte den Schmerz, der ihn durchfuhr – ein exzellenter großer Bruder, genauso wie Teague einer gewesen war – und versteckte ihn hinter einem Lächeln. „Verdammt richtig. Und ich werde dir in den Hintern treten, wenn du das vermasselst."

Roan stand auf und schüttelte Nox die Hand. „Ich schwöre dir, dass ich dich nicht enttäuschen werde, Nox."

„Geh und erzähle das Odelle."

„Das werde ich. Danke, Kumpel."

Livia wartete, während die Empfangsdame versuchte, sie nicht anzustarren. Sie lächelte die junge Frau an, die leicht errötete. „Es tut mir leid."

Livia zuckte mit den Schultern. „Schon in Ordnung. Wie heißt du?"

„Pia."

„Hey, Pia, ich bin Liv. Ich date deinen Boss."

Pia lächelte. Sie war jung, Anfang zwanzig, vermutete Livia, mit großen blauen Augen und tiefschwarzem Haar. Wunderschön. „Ich weiß. Er ist ein toller Typ und ein großartiger Chef."

Livia lächelte und fragte sich, ob Pia in ihren Boss verknallt war. Sie konnte es ihr nicht verübeln. Als Sandor im nächsten Moment in den Empfangsbereich kam und Pia einige Notizen gab, wurde Livia klar, dass nicht Nox das Objekt ihrer Begierde war. Pia errötete tief und Livia verbarg ein Lächeln.

Sandor grinste sie an. „Hey, Livvy! Schön, dich zu sehen. Weiß Nox, dass du hier bist?"

Sie schüttelte den Kopf. „Ich habe Pia gesagt, ich würde warten, bis er frei hat."

Sandor warf Pia ein Lächeln zu und die junge Frau strahlte. „Nein, komm schon, es ist nur Roan, der bei ihm ist."

Sandor führte sie zu Nox' Büro. Als sie mit ihm ging, stupste sie seine Schulter an. „Dieses Mädchen ist total verknallt in dich."

Sandor verdrehte die Augen. „Ich bin alt genug, um ihr Vater zu sein, Liv."

„Und?"

Sandor lachte. „Ich stehe nicht auf kleine Mädchen."

Livia spürte einen kleinen Stich – immerhin bestanden zwölf Jahre Altersunterschied zwischen ihr und Nox. Sandor sah, dass ihr Lächeln verblasste, und erriet, was sie dachte. „Ganz andere Situation", sagte er hastig. „Ich bin fünfundvierzig, Pia ist neunzehn."

„Oh, okay, ich verstehe. Verrate Pia nicht, die ich es dir gesagt habe."

Sandor klopfte grinsend an Nox' Tür. „Das werde ich nicht. Sie ist noch jung und wird schon nächste Woche jemanden in ihrem Alter finden, in den sie sich unsterblich verliebt." Er öffnete die Tür. „Hey, Renaud, schau, was für einen Schatz ich an der Rezeption gefunden habe."

Nox wirkte erfreut, sie zu sehen. „Hey, das ist eine schöne Überraschung." Er kam, um Livia zu begrüßen, und küsste sie auf den Mund.

Roan lachte. „Nehmt euch ein Hotelzimmer."

Livia errötete kichernd. „Hey, Roan."

„Ich habe gerade zu Nox gesagt, dass wir uns darauf freuen, dich an Thanksgiving formell kennenzulernen."

Livia wich ein wenig zurück. „Formell?"

Nox verdrehte die Augen. „Er meint offiziell, wir alle. Wir werden beim Mittagessen darüber reden. Aber nicht heute, ein andermal. Einverstanden?"

„Einverstanden."

„Natürlich."

Livia nahm Nox in ihre Wohnung mit. Er ging durch die winzige Küche und den Wohnbereich und nickte. „Das gefällt mir. Es passt zu dir. So gemütlich und warm. Und es riecht nach dir – nach Blumen und frischer Luft."

Sie errötete vor Freude. Das Zuhause, das sie mit Moriko teilte, war klein, aber sie liebten es und hatten es mit bunten Schals, Kunstgegenständen und Büchern dekoriert. Die Couch war groß und weich und Livia drückte Nox darauf, bevor sie sich an ihn lehnte. „Also, Mr. Renaud, bevor ich dir etwas zu essen mache, muss ich dir danken. Ich kann deine Großzügigkeit nicht fassen, Nox. Danke im Namen der Universität, der Fakultät, der Studenten und der Musikabteilung. Ich bin überwältigt."

„Ich dachte einfach, du würdest es lieben, auf dem gleichen Instrument wie deine Heldin zu üben", sagte er. Livia drückte ihre Lippen gegen seine und küsste ihn.

„Du bist perfekt", flüsterte sie und setzte sich auf. Dann öffnete sie ihr Kleid Knopf für Knopf und zog es langsam aus. Sie war nackt darunter und Nox stöhnte, legte seinen Mund an ihre Brustwarzen und saugte daran, bis sie unerträglich empfindlich waren. Livia öffnete sein Hemd und seine Hose und strich mit ihren Händen über seine straffen Muskeln und seinen flachen Bauch. „Gott, ich will dich so sehr."

Mit einem Knurren schob Nox sie auf den Boden, drückte ihre Knie an ihre Brust und nahm ihre Klitoris in seinen Mund. Livia keuchte bei den Empfindungen, die sie durchfluteten.

„Ich sollte dir danken", keuchte sie und spürte, wie die Vibration seines Lachens ihr Geschlecht erzittern ließ.

„Das tust du bereits", sagte er mit gedämpfter Stimme. Als er sie zum Orgasmus brachte, erbebte sie und schrie seinen Namen. Er bewegte sich nach oben, um ihren Mund zu küssen.

„Wenn du meinen Namen schreist ... Gott, Livvy." Er küsste sie leidenschaftlich. Livia löste sich von ihm und wanderte seinen Körper hinunter. Sie strich mit ihrer Zunge über seine Brust und seinen Bauch und nahm dann seinen Schwanz in ihren Mund. Nachdem sie einen salzigen Lusttropfen von der Spitze geleckt hatte, strich sie mit ihrer Zunge über den dicken Schaft. Seine Finger verfingen sich in ihren Haaren, während sie ihn verwöhnte, und sie spürte, wie seine Erektion noch härter wurde und unter ihrer Berührung zitterte.

„Himmel, Livvy ..." Er zuckte unter ihr. Dann waren seine Hände an ihren Schultern und zogen sie auf seinen Körper. Er rollte sich ein

Kondom über und sie spreizte ihre Beine für ihn, als er in sie stieß. Livia stöhnte leise, als sie sich zusammen bewegten – es war unvergleichlich, wie er sich in ihr anfühlte. Sein Schwanz war so dick und lang und härter als Stahl, und doch war die Haut seidig und weich.

Sie liebten sich langsam und ihre Augen verließen einander nie. Livia spürte zum ersten Mal eine solche Verbindung und Intimität mit jemandem. Sie kannte bereits die Züge seines Gesichts, seine Gewohnheiten und die Art, wie seine Augen immer intensiver wurden, wenn sie sich liebten – als wäre sie das Einzige, was er sehen konnte oder sehen wollte. Wenn sie einander so nahe waren, wünschte sie, sie könnte in ihm versinken und eins mit ihm werden. Ihre Fingernägel gruben sich in seine festen, runden Pobacken, als er immer wieder in sie eintauchte. Ich könnte jetzt glücklich sterben, dachte sie und erschrak. Wirklich? Oh, verdammt. Sie war offenbar dabei, sich in ihn zu verlieben.

Nein, nein, nein. Es war zu schnell, zu früh. Beruhige dich, sagte sie sich, vergrub ihr Gesicht an seinem Nacken und küsste seine Kehle. Lass es einfach geschehen. Nox ist der Mann für dich, und du weißt es ...

„Ich bin verrückt nach dir", flüsterte er plötzlich und sie nickte.

„Und ich nach dir, du hinreißender Mann." Sie küsste ihn und spürte eine Gewissheit in sich aufsteigen, bevor alle anderen Gedanken weggefegt wurden und sie kam. Sie ritt ihren Orgasmus wie eine Welle und Nox kam mit ihr. Sie fragte sich, ob sie ihm sagen sollte, dass sie die Pille nahm. Etwas in ihr wollte seinen Samen und seinen Schwanz ohne jegliche Barriere tief in sich spüren. Aber sie waren noch nicht soweit, dass sie darüber diskutieren konnten, und sie wusste es. Haut an Haut ... wäre das etwas, das ihn erregen würde? Ihr Gehirn war zu endorphingetränkt, um richtig zu denken.

Nox' Lippen pressten sich gegen ihre. „Gott, du bist wunderschön." Er strich ihr die Haare aus dem Gesicht. „Schokoladenaugen."

Sie grinste. „Ozeanaugen." Er lachte und küsste sie.

„Also ... worüber haben wir gesprochen?"

„Über deine unglaubliche Großzügigkeit. Nox, das musstest du nicht tun."

Nox lächelte gutmütig. „Ich weiß, und es hatte nichts damit zu tun, dass wir Sex haben, also denke das nicht. Es war an der Zeit, etwas für die Universität zu tun, und durch dich hatte ich einen Fokus. Hat Charvi sich gefreut?"

Livia nickte. „Sehr."

„Gut, ich bin froh, das zu hören. Ich hoffe, dass wir uns bald treffen können."

Livia wand sich in seinen Armen. „Ich habe mit ihr darüber gesprochen. Nox ... sie ist nicht bereit dazu. Sie hat mir erzählt, dass sie immer noch so viel Wut auf deinen Vater in sich hat, dass sie angesichts deiner Ähnlichkeit mit ihm vielleicht durchdrehen würde."

Nox war eine Weile still. Livia musterte ihn mit gerunzelter Stirn. „Ich hoffe, ich habe dich nicht verärgert."

„Nein." Aber er setzte sich auf und rieb sein Gesicht. Dann hob er sein Hemd auf und begann sich anzuziehen. „Ich denke, naja ..."

„Was?"

„Ich denke, ich sollte es dir sagen. Charvi und meine Mutter ... lange bevor Mom meinen Vater geheiratet hat, standen sie einander nahe. Sehr nahe."

„Hatten sie eine Affäre?"

Nox nickte. „Ich war der Einzige, der es wusste. Meine Mutter vertraute sich mir an und erzählte mir, dass sie es hasste, von Charvi entfremdet zu sein, obwohl sie es nie bereut hatte, meinen Vater zu heiraten, und Teague und mich zu bekommen. Sie hat Charvi von ganzem Herzen geliebt."

„Warum hat deine Mutter sie verlassen?"

Nox schenkte ihr ein trauriges Lächeln. „Wegen ihrer Familie."

„Genug gesagt. Gott, was für eine Tragödie." Sie strich über sein Gesicht. „Denkst du, dass dein Vater deswegen verrückt geworden ist? Hat er es herausgefunden?"

„Ich weiß es nicht, Liv, ehrlich nicht. Dad war ziemlich aufgeschlossen und progressiv. Ich kann mir nicht vorstellen, dass er wegen so etwas ausgeflippt wäre. Andererseits hätte ich auch nie gedacht, dass er meine Mutter und meinen Bruder kaltblütig ermorden könnte."

Livia zitterte. „Mein Vater ist ein betrunkener Mistkerl, aber er hat nie Hand an mich gelegt. Ich kann mir nicht einmal vorstellen, wie es für dich gewesen sein muss."

Er küsste ihre Stirn. „Das ist es ja. Er war ein großartiger Vater. Wirklich fantastisch. Keiner der Kerle, die ihre Söhne zu Härte erziehen und denken, dass Frauen in die Küche gehören und solcher Mist. Ich schätze, ich werde es nie verstehen."

Livia war eine Weile still. „Warum hat die Polizei so bereitwillig an seine Schuld geglaubt? Warum wurde nicht weiter ermittelt?"

Er sah überrascht aus. „Es war ziemlich offensichtlich, Livvy. Sie fanden Dad mit der Pistole im Mund und Schussspuren überall auf ihm."

„Vielleicht hat der wahre Mörder es nur so aussehen lassen, als wäre dein Vater der Täter gewesen."

„Das ist laut dem forensischen Team unwahrscheinlich, aber ich weiß es zu schätzen, dass du gut von ihm denkst." Er küsste sie erneut. „Was ist mit dir? Du redest nicht oft über deine Familie."

Sie zuckte mit den Schultern. „Es gibt nicht viel zu erzählen. Ich war ein Einzelkind. Mom war ein wunderbarer Mensch, aber den Krebs kümmert das nicht. Wenn die Welt gerecht wäre, hätte es Dad erwischt."

„Denkst du, du wirst ihn jemals wiedersehen?"

„Das bezweifle ich. Es ist kein Verlust, wirklich. Meine Familie ist hier. Moriko und ich haben uns im ersten Semester am College getroffen und sind seitdem Freundinnen." Sie sah auf ihre Uhr. „Apropos, sie kommt jeden Moment nach Hause, also möchtest du dich vielleicht anziehen."

„Zu spät." Die Tür öffnete sich, während Livia sprach, und eine grinsende Moriko kam herein. „Hey. Nicht übel", fügte sie an Nox gerichtet hinzu, der lachend versuchte, seinen Unterleib mit seiner Jeans zu bedecken. Livia brach ebenfalls in Gelächter aus. Moriko grinste, als sie in ihrem Zimmer verschwand. „Lasst mich wissen, wenn ihr einigermaßen anständig ausseht, und ich komme wieder raus."

Ein paar Minuten vergingen und Moriko steckte neugierig den

Kopf zur Tür hinaus. Sie wirkte enttäuscht. „Oh. Du bist angezogen. Schade." Sie zwinkerte Nox zu, der grinste.

Livia schüttelte den Kopf. „Du bist furchtbar. Wir bestellen Pizza und Bier – bist du dabei?"

„Verdammt, ja, wenn ich nichts störe."

„Ganz und gar nicht."

Als die Pizza geliefert worden war, verteilte Livia die gekühlten Bierflaschen und sie setzten sich auf den winzigen Balkon, der einen Ausblick über die Stadt bot. „Wenn du die Augen zusammenkneifst", sagte Moriko zu Nox, „kannst du von hier aus die Bourbon Street sehen."

Nox schaute in die Richtung der berühmten Straße. „Wirklich?"

„Fester ... fester ... jetzt schließe deine Augen und stelle dir die Bourbon Street vor." Moriko kicherte über ihren Witz und Livia warf lachend ein Stück Pizzakruste auf ihre Freundin.

„Ärgere ihn nicht."

„Nein, nein", sagte Nox grinsend. „Das sollte die beste Freundin der Geliebten immer tun. Es ist praktisch ein Gesetz."

Moriko nickte. „Du bist weise, junger Padawan."

Livia hustete etwas, das verdächtig nach Nerd klang. Moriko lächelte verschlagen. „Du darfst mich ruhig verspotten, Liv, aber ich und Mr. Wunderschwanz sind einander bereits tief verbunden."

Nox verschluckte sich an seiner Pizza und lachte. Liv warf ihm einen entschuldigenden Blick zu. „Tut mir leid, sie ist noch nicht stubenrein."

Die drei hatten so viel Spaß, dass Nox beschloss, nicht mehr zur Arbeit zu gehen, und sie verbrachten den späten Nachmittag und den Abend damit, zu trinken und zu lachen. Um zehn Uhr stand Moriko auf. „Nun, das war's, Leute. Ich muss los."

„Heißes Date?"

„Verdammt heiß." Moriko zog ihre Jeansjacke an und zwinkerte Nox zu. „Es hat mich gefreut, dich kennenzulernen. Passt auf euch auf." Sie verschwand in der Wohnung. „Und lasst die Fenster offen ... hier riecht es nach Sex."

„Ja, das tut es wirklich", murmelte Livia mit einem zufriedenen, leicht benommenen Grinsen. Nox lachte und zog sie auf seinen Schoß.

„Du bist betrunken."

„Ganz genau." Sie küsste ihn. „Und du bist wunderschön. Bring mich ins Bett, Renaud, und fick mir den Verstand aus dem Leib." Sie kreischte lachend, als er aufstand, sie über seine Schulter warf und in ihr Schlafzimmer trug, um genau das zu tun, was sie ihm befohlen hatte.

KAPITEL ACHT

„Das lavendelfarbene ... nein, nicht das ... sieht das für dich nach Lavendel aus? Dieses, ja."

Moriko erteilte Livia Anweisungen, während sich diese für das Thanksgiving-Fest in Nox' Haus anzog. Das Abendessen mit seinen engsten Freunden. Allen davon. Und ihren Freundinnen und Freunden und … Oh Gott ... Livia war schlecht vor Nervosität. Sie schlüpfte in das Kleid, das Moriko empfohlen hatte, und schüttelte dann den Kopf. „Nein. Ich fühle mich nicht richtig darin."

„Was ist mit dem weißen?"

„Ich möchte nicht mit einer vestalischen Jungfrau verwechselt werden. Und denke nur an potenzielle Soßenflecken. Es ist schließlich ein Thanksgiving-Dinner, erinnerst du dich?"

Moriko seufzte. „Meinetwegen. Also, wir suchen nach etwas, das sagt: Hey, beachtet mich gar nicht, ich bin die nette und gar nicht schlampige Freundin aus dem armen Teil der Stadt ... Verstanden. Lass uns ein rosa Kleid aus dem Trödelladen kaufen und Duckie fragen, ob er dich zum Tanz begleitet."

„Wovon zum Teufel redest du?" Livia war genervt. Sie hatte fast all ihre Kleider anprobiert und nicht mehr viele Optionen. Moriko verdrehte die Augen.

„Von Pretty in Pink. Wovon sonst?"

„Morry, das ist kein Spaß. Nox holt mich in fünfzehn Minuten ab und ich habe nichts anzuziehen. Nichts."

„Meine Güte, beruhige dich."

Sie verschwand aus dem Zimmer. Livia hörte, wie sie ihren Kleiderschrank durchwühlte, und runzelte die Stirn. „Hey, es ist absolut ausgeschlossen, dass ich in etwas von dir passe." Während Livia kurvenreich war, hatte Moriko Größe 34, so dass sie gar nie auf die Idee gekommen waren, einander die Klamotten zu klauen. Was uns wahrscheinlich jede Menge Streit erspart hat, dachte Livia.

„Sei still." Moriko kam mit einer großen Schachtel zurück. „Das hier sollte dein Weihnachtsgeschenk werden, aber ich denke, dass du es jetzt schon brauchst. Mach auf."

Livias Augen weiteten sich, als sie das Designerlogo auf der Schachtel sah. „Oh nein, Morry, das kannst du dir nicht leisten."

„Halt die Klappe und öffne es."

Livia hob den Deckel und schob das Seidenpapier beiseite. Sie gab ein leises Keuchen von sich, dann nahm sie das mauvefarbene Kleid heraus und hielt es vor sich.

„Na los, zieh es an."

Livia tat es und drehte sich dann um, um sich im Spiegel zu betrachten. Der Ausschnitt war V-förmig – nicht zu tief, aber tief genug, um ihren langen Hals und ihr Dekolleté zu zeigen. Die Farbe hob die goldenen Akzente in ihrem braunen Haar hervor und betonte ihre großen Augen und ihre helle Haut. Der Stoff umschloss fließend ihre Kurven und fiel bis knapp über ihre Knie. Klassisch und elegant. „Oh, Morry, ich kann es kaum glauben. Ich bin dir so dankbar."

Morikos Augen waren sanft. „Sobald ich es sah, wusste ich, dass es perfekt für dich ist. Trage dazu dein Goldmedaillon. Hier, lass mich dir helfen." Sie befestigte die Kette am Hals ihrer Freundin. „Schön. Und deine Haare stecken wir hoch. So ..." Wiederum übernahm sie die Führung und einen Moment später wurde Livias dickes, glänzendes Haar zu einem Knoten hochgesteckt, aus dem ein paar Strähnen herausfielen, um den Look weicher zu machen. Ein wenig goldener

Lidschatten und ein rosiger Lippenstift, und Livia konnte nicht fassen, was sie im Spiegel sah. War das wirklich sie?

„Du siehst unglaublich aus", sagte Moriko mit einem selbstzufriedenen Grinsen. „Wer ist deine beste Freundin?"

„Das bist du." Livia lachte und umarmte sie. „Danke."

„Ich höre eine Autotür, was bedeutet, dass Nox wie immer zu früh ist. Wahrscheinlich will er dich noch vor dem Abendessen ficken. Ich wünsche euch viel Spaß und lass dich von niemandem schlecht behandeln, hörst du?"

Livia grinste. „In diesem Kleid? Das würde niemand wagen." Sie gab ihrer Freundin eine High-Five, als es an der Tür klingelte.

Der Ausdruck auf Nox' Gesicht brachte Livia zum Strahlen. „Wow", sagte er und seine Stimme brach. „Wow, Liv."

Sie errötete und küsste ihn, doch Sekunden später kam Moriko heraus und klebte einen Post-it-Zettel direkt über seine Leistengegend. Nox lachte, als er ihn las.

„Livia Chatelaine, fass das nicht an, bis die Dinnerparty vorbei ist und du nicht mehr perfekt aussehen musst. Zerstöre mein Meisterwerk nicht!"

Livia unterdrückte ein geschocktes Schnauben, während Nox in Gelächter ausbrach. Moriko grinste und schloss die Tür hinter sich. Schließlich bot Nox Liv seinen Arm an.

„Bereit, meine Schöne?"

Er beobachtete die Paare, die in Nox' riesiges, einladendes Herrenhaus eintraten und alle für das Dinner festlich gekleidet waren. Das Servicepersonal bewegte sich lautlos mit Tabletts voller Champagnercocktails und Amuse-Bouche durch den Eingangsbereich. Es waren insgesamt zwanzig Gäste, hauptsächlich Paare, bis auf ein paar Leute, die allein erschienen waren. Aber alles, woran er wirklich interessiert war, war sein Gastgeber und seine schöne, wenn auch nicht standesgemäße Freundin.

Er warf einigen anderen Frauen einen amüsierten Blick zu und fragte sich, wie zickig sie wohl auf die neue Konkurrenz reagieren würden. Das wäre zumindest lustig. Die ganze Zeit über beobachtete er das Mädchen und sah, wie verliebt Nox in sie war. Ihr unausweichlicher Tod würde ihn zerstören.

Es kam alles auf das richtige Timing an. Wenn er sie zu früh ermordete, würde Nox vielleicht glimpflich davonkommen. Er lachte wieder. Nein, für Nox, diesen sentimentalen Idioten, würde es immer hart sein, egal wie lange er sie gefickt hatte. Aber er wollte nichts überstürzen. Er hatte über zwanzig Jahre gewartet, um seinem alten Freund noch einmal das Gleiche anzutun. Ariel war einfach gewesen – niemand hatte es ahnen können. Er erinnerte sich immer noch an den Schock und das Entsetzen auf ihrem lieblichen Gesicht, als er das Messer in sie gestoßen hatte. Den Blick der Verwirrung und der Angst. Er gierte danach, ihn noch einmal zu sehen.

Die Tür öffnete sich und Nox führte Livia in den Raum. Das schöne Paar erregte sofort die Aufmerksamkeit der Gäste und als Nox begann, Livia seinen Freunden vorzustellen, beobachtete der Mann, der bald ihr Killer sein würde, sie – wie sie sich bewegte, die Kurven ihres Körpers, ihre vollen Brüste, das süße Lächeln auf ihren üppigen rosa Lippen. Er lächelte. Er würde ihren Mord so sehr genießen wie Nox' Schmerz. Und Nox' Gesicht nach zu urteilen, war er ihr schon völlig verfallen.

„Nox Renaud ist wieder verliebt. Wer hätte das gedacht?", murmelte er vor sich hin und gesellte sich zu den anderen Gästen.

KAPITEL NEUN

„Die Regeln der guten Gesellschaft besagen, dass wir beim Abend-essen nicht nebeneinandersitzen sollten", sagte Nox und grinste bei Livias besorgtem Gesicht. „Zum Glück habe ich mich noch nie für Regeln interessiert."

Sie kniff ihm in den Hintern und er lachte. „Dafür wirst du später bezahlen, Renaud."

„Ich hoffe es. Da ist Amber. Komm, sie wird bestimmt freundlich zu dir sein."

Livia folgte ihm zu einer atemberaubenden Rothaarigen, die sich mit Sandor unterhielt. Sandor zwinkerte Livia zu und sie sah ihn dankbar an. Amber lächelte.

„Na endlich. Hi, Livia, es ist schön, dich kennenzulernen."

„Ich freue mich auch." Livia verfluchte die Tatsache, dass ihre Stimme vor Nervosität zitterte, aber das war Nox' beste Freundin und sie wollte einen guten Eindruck machen.

Amber war aufsehenderregend. Es gab kein anderes Wort dafür. Sie war groß, bestimmt 1,80 Meter, ihr langes kirschrotes Haar fiel in Wellen über ihren Rücken, ihr Make-up war perfekt und ihre Sanduhr-figur steckte in einem roten Kleid, das mit ihren Haaren hätte kollidieren sollen, aber perfekt an ihr wirkte. Amber beobachtete mit einem Grinsen, wie Livia sie musterte.

„Alles nur Styling, meine Liebe. Am Ende des Tages sitze ich im Jogging-Anzug vor dem Fernseher, schaue Netflix und verschlinge Unmengen von Pommes Frites. Dann sehe ich aus wie ein Sumpf-monster."

Livia erstickte ein Lachen. „Irgendwie kann ich mir das nicht vorstellen."

Amber grinste. „Lass uns die Männer hierlassen und irgendwo unter vier Augen reden."

Oh, oh. Würde sie Livia androhen, sie zu verletzen, wenn sie ihrem besten Freund wehtat? Nun, Amber hat das Recht dazu, dachte Livia, aber sie konnte nicht anders, als einen nervösen Blick auf Nox zu werden. Er zwinkerte ihr zu und murmelte: „Mach dir keine Sorgen."

Was auch immer sie erwartet hatte, als Amber zu reden begann, es war definitiv nicht „Danke".

Livias Augen weiteten sich. „Wofür?"

„Dafür, dass du meinem Freund ein Lächeln ins Gesicht gezaubert hast. Es wurde höchste Zeit. Hier", sie schnappte sich zwei Gläser Champagner und reichte Livia eines, „trink. Lass mich dir ein paar Tipps geben, wie du diese Party überleben kannst. Glaub mir, es ist nichts, wovor man Angst haben muss, nur ein Crash-Kurs darin, was man vermeiden sollte."

Livia sah, wie Odelle Griffongy mit Roan ins Zimmer trat. „Nun, da ist jemand, die ich wohl wirklich meiden sollte."

Amber folgte ihrem Blick. „Odelle? Nun, sie ist nicht die freund-lichste Frau, aber auch nicht bösartig. Im Gegensatz zu Mavis Creek da drüben." Sie nickte einer verhärmt aussehenden, hageren Blondine zu, die Nox mit Welpenaugen anschmachtete. „Sie stand immer schon auf deinen Mann. Und sie weiß nicht, dass wir sie alle Mavis Creep nennen."

Livia erstickte ein Lachen, als die Frau ihnen finstere Blicke zuwarf. Amber wies sie auf alle Personen hin, denen sie besser aus dem Weg gehen sollte, was glücklicherweise nicht viele waren. „Nox lädt sie aus Höflichkeit ein. Ich hätte sie schon lange abserviert, aber ich bin auch nicht so nett wie Nox."

Livia grinste sie an. „Ist irgendjemand so nett wie Nox?"

Amber lächelte. „Oh, er hat seine dunkle Seite, genauso wie wir alle. Aber", sagte sie flüsternd, als Nox sich ihnen näherte, „seine seltsamen Vorlieben sind etwas, über das wir ein anderes Mal sprechen sollten. Erinnere mich daran, dir davon zu erzählen, was er … Oh, verdammt, Nox, gerade, wenn es interessant wird, kommst du. Tut mir leid, Liv, wir müssen ein andermal über seine Neigungen reden."

Nox grinste. Offenbar hatte er sie gehört. „Liv, hör nicht auf sie. Tu einfach weiterhin so, als wäre ich perfekt."

„Oh, das werde ich." Livia zwinkerte Amber zu, die grinste und sich entschuldigte.

Nox küsste Livia sanft. „Alles okay, Liebling?"

Sie lächelte zu ihm auf, als er seine Arme um ihre Taille schlang. „Alles okay. Ich liebe Amber jetzt schon."

„Gut. Im Ernst, es gibt nichts, worüber du dir Sorgen machen musst. Die Party mag elitär aussehen, aber im Grunde ist es nur ein Thanksgiving-Dinner."

Nox' Vorstellung davon, was „nur" ein Thanksgiving-Dinner ist, unterscheidet sich offenbar von der Vorstellung der meisten anderen Leute, dachte Livia eine halbe Stunde später, als sie sich zum Essen hinsetzten. Drei riesige Truthähne, perfekt geröstet und bereit, vom Personal zerlegt zu werden, standen auf der Anrichte. Auf den Tischen befanden sich riesige silberne Platten mit Kartoffelpüree und Yams sowie Schälchen mit Cranberrysauce – sicher, dachte Livia, das gleiche Essen wie überall, aber man kann sehen, dass es hier von den besten Köchen zubereitet wurde, die für Geld zu haben sind. Als Livia den ersten Bissen des saftigen, gut gewürzten Truthahns in den Mund nahm, stöhnte sie fast, weil er so köstlich war. Das Essen hatte luxuriöse Akzente – Trüffelschnitze auf dem Truthahn und ein scharfes Sorbet zwischen den Gängen – aber die Atmosphäre war genauso wie Livia, die nie Thanksgiving im Familienkreis erlebt hatte, es sich immer erträumt hatte. Es herrschte Liebe zwischen diesen Leuten, und sie schwelgte darin.

Während des Essens, das sie mit Nox zu ihrer Linken und Sandor zu ihrer Rechten genoss, spürte sie, wie jemand sie anstarrte. Sie sah auf und bemerkte, dass es Odelle war. „Haben wir uns schon einmal getroffen?", unterbrach Odelles Stimme die Unterhaltung am Tisch und Livia wurde rot, als alle verstummten und sie ansahen.

„Ja, das haben wir."

„Wo?"

„Livia war auf meiner Halloweenparty", sagte Nox sanft, aber Livia hörte einen harten Unterton in seiner Stimme. War es ihm peinlich oder war er wütend auf Odelle? Sie konnte es nicht sagen.

Odelle musterte Livia. „Nein, das ist es nicht."

Livia seufzte. „Ich arbeite im Le Chat Noir."

Es wurde still. „Als Köchin?" Das kam von Mavis Creep ... Creek, korrigierte Livia sich in Gedanken. Amber hatte recht, die Frau war schrecklich – sie wusste eindeutig, dass Livia nicht die Köchin war. „Nein, ich bediene dort. Ich habe dir dein Eiweißomelett gebracht, Odelle."

Sie konnte Odelles Gesichtsausdruck nicht deuten – die andere Frau nickte nur und wandte sich wieder ihrem Essen zu. Mavis Creek kicherte vor sich hin und stieß ihren Tischnachbarn an, der die Augen verdrehte und versuchte, sie zu ignorieren.

„Livia studiert an der Universität. Sie macht gerade ihren Master-Abschluss, Mavis, und arbeitet, um die Studiengebühren zu bezahlen. Das zeugt von einem guten Charakter, denkst du nicht?" Nox' Stimme war kalt wie Eis und Mavis' Grinsen verschwand.

„Ich habe während meiner College-Zeit die Nachtschicht bei Home Depot übernommen. Mein Vater wollte meine Studiengebühren nicht bezahlen, wenn ich nicht zusätzlich arbeite", meldete sich Sandor zu Wort. „Ich musste meine Miete selbst aufbringen. Es ist nichts falsch daran, sich anzustrengen."

„Was studierst du, Liv?", fragte Amber und Livia sagte es ihr. Amber sah beeindruckt aus. „Das ist fantastisch."

„Wir müssen dich spielen hören", mischte Roan sich ein und sie lächelte alle dankbar an. Nox hatte guten Geschmack, was Freunde betraf. Sie hatten die Situation, vor der sie sich am meisten gefürchtet hatte, mit Klasse und guter Laune geschickt entschärft. Nox nahm ihre Hand und drückte sie, und Livia spürte Tränen in ihren Augen. Gott, sie liebte diesen Mann. Wen interessierte es, dass sie sich kaum kannten?

Sandor stupste sie an und sie drehte sich um, um ihn anzulächeln. Er nickte Nox zu. „Er ist total verliebt. Das ist wirklich großartig."

„Danke, Sandor. Ich bin verrückt nach ihm. Wirklich, wirklich verrückt."

„Ich bin froh darüber. Er verdient es, glücklich zu sein."

Livia musterte ihn. Sandor sah gut aus mit seinem kurzen dunkelbraunen Haar und seinem sauber gestutzten Bart. Seine Augen waren humorvoll und er hatte ein ruhiges, freundliches Wesen. „Was ist mit dir, Sandor? Gibt es jemand Besonderen in deinem Leben?"

Er grinste. „Ich bin überzeugter Junggeselle, Liv. Ich habe vor ungefähr zehn Jahren geheiratet, aber es hielt nicht. Schade. Sie war ein nettes Mädchen, aber ich bin nicht gut darin, mein Leben mit anderen zu teilen, fürchte ich."

„Das verstehe ich. Bevor ich Nox getroffen habe, war ich bereit für ein Leben als Single."

Sandor sah skeptisch aus und grinste. „Hast du dich heute schon im Spiegel angesehen, Liv? Das würde niemals passieren."

Sie wurde rot, lachte aber. „Ich kann keine Komplimente annehmen, also werde ich schnell das Thema wechseln." Sandor lachte, als sie grinste. „Was ist mit deiner Familie?"

Sandor seufzte. „Ich war ein Einzelkind, Mom starb an Krebs, Dad hat Alzheimer. An manchen Tagen ist er klar im Kopf, aber meistens ist er in seiner eigenen Welt."

„Mein Gott, das tut mir leid."

Sandor nickte. „Schon in Ordnung. Es ist schwerer für mich als für ihn, aber ich kann es ertragen. Er ist meistens in einem Zustand, in dem er glaubt, dass meine Mutter noch lebt. Was ist mit deinen Eltern?"

„Meine Mutter hatte auch Krebs. Sie starb, als ich klein war, und mein Vater, nun, ich betrachte ihn eher als einen Samenspender. Er ist

ein bösartiger Alkoholiker und ich will ihn niemals wiedersehen."
Livia wusste nicht, warum sie so vertrauliche Informationen mit
diesem Mann austauschte. Sie wusste nur, dass sie ihn von Anfang an
gemocht hatte. Er hatte eine warme, offene, freundliche Art, und sie
konnte sehen, warum er Nox' Freund und Geschäftspartner war. „Du
weißt, wie ich Nox kennengelernt habe. Wie ist es mit dir?"

Sandor grinste. „Ich war am College der Zimmergenosse seines
Bruders Teague. Mein Vater und Nox' Vater waren einst Freunde, aber
dann sind sie auseinandergedriftet. Als Teague und ich uns anfreunde-
ten, kamen sie für eine Weile wieder zusammen. Bis zu jener Tragödie
natürlich."

Livia nickte. „Das war sicher herzzerreißend."

„Das war es. Trotzdem muss ich sagen, dass Nox heute glücklicher
aussieht als seit Jahren. Dank dir."

Nach dem Abendessen verließen die Gäste allmählich das Haus, bis
nur noch Amber, Sandor, Roan und Odelle übrig waren. Odelle sah
ungeduldig aus, aber Roan machte keine Anstalten, aufzubrechen.
Amber saß ausgestreckt auf einem Sessel und hatte ihre langen Beine
überkreuzt. Sandor war bei Odelle und hatte seinen Arm freundschaftlich und tröstend um ihre Schultern gelegt. Livia saß auf Nox' Schoß.
Ihre Schuhe hatte sie ausgezogen, sobald das formelle Abendessen
vorbei war. Sie zerwühlte Nox' Locken und er grinste sie an. Dann
streichelte sie seinen Bart und rieb ihre Nase gegen seine.

„Hattest du Spaß, Baby?"

Sie nickte. „Oh ja." Sie senkte ihre Stimme. „Ich liebe deine
Freunde. Ich meine, die meisten von ihnen." Sie grinste, als er lachte.
„Ich muss sagen, ich hatte Vorurteile, aber ich lag falsch."

„Zum größten Teil." Nox nickte Odelle unmerklich zu. „Sie meint
es wirklich nicht böse."

„Ich verstehe."

Er streichelte mit dem Finger über ihre Wange. „Bleibst du heute
Nacht hier?"

Sie lehnte sich an ihn. „Du weißt, dass ich das tun werde."

. . .

Als die anderen nach Mitternacht gingen, wobei alle außer Odelle betrunken waren, umarmte Roan Nox und schwang eine kichernde Livia durch die Luft. „Meine Kleine, du hast meinen Freund zum Lächeln gebracht. Ich verehre dich."

Sie kicherte immer noch, als sie und Nox zurück in das Herrenhaus gingen. Es war plötzlich so still. Livia schaute aus dem Fenster. „Der gruselige Nebel ist zurück." Nox trat zu ihr und strich mit der Hand über ihren Rücken. Sie starrten auf den Nebel, der vom Bayou kam.

„Es ist Ende November." Nox drehte sich zu ihr und bewegte seine Lippen über ihren Hals. „Denkst du, es ist zu spät für ein bisschen ... Spaß im Freien?"

Livia lächelte und zog seine Lippen auf ihre. „Wenn ich dieses Kleid ruiniere, wird Moriko mich umbringen. Buchstäblich, nicht im übertragenen Sinn."

„Dann solltest du es besser hier ausziehen, weil wir auf jeden Fall in den Garten gehen und zwar in fünf ... vier ..."

Livia kreischte vergnügt und zog sich schnell das Kleid über den Kopf. Nox warf sein Hemd von sich und legte Livia über seine Schulter.

Sie verpasste ihm einen Klaps auf den Hintern, während er sie in den Garten trug, und als er sie in das feuchte Gras gleiten ließ, grinste sie ihn an. „Du bist unmöglich."

„Und ich werde dich immer wieder kommen lassen ... immer wieder."

Bald waren sie nackt und klammerten sich aneinander, während sie sich hingebungsvoll liebten. Der Nebel, der vom Bayou aufstieg, war kühl und ließ sie frösteln. Später lagen sie fest ineinander verschlungen da und Livia küsste Nox auf den Mund. „Du machst alles magisch, Baby. Weißt du, was ich gerne tun würde?"

„Was?"

„Erinnerst du dich an den kleinen Hain, wo wir uns getroffen haben?"

Sie sammelten ihre Kleider ein und gingen los. Schließlich

erreichten sie den abgelegenen Hain. Livia ging zu der steinernen Bank und tätschelte sie. „Komm, setze dich zu mir."

Nox setzte sich mit verwirrtem Gesicht und Livia legte lächelnd ihre Handfläche auf seine Wange. „Als ich dich das erste Mal hier sah, dachte ich, du wärst die traurigste Person, die ich je gesehen habe. Und etwas in mir wollte dir diesen Schmerz nehmen."

Nox lehnte seine Stirn gegen ihre. „Das hast du getan."

„Ich hoffe zumindest, dass ich damit begonnen habe. Du verdienst alles Glück der Welt, Nox. Jeder Moment deines Lebens sollte voller Freude sein."

„Wenn ich bei dir bin, ist es so."

Sie küsste ihn. „Erinnerst du dich an jene Nacht? Ich war mir so sicher, dass du mich küssen würdest, und als Amber deinen Namen rief ... Gott, ich war so enttäuscht. Ich habe mich immer gefragt, ob ich mir diesen Moment nur eingebildet habe."

Nox schüttelte den Kopf. „Das hast du nicht." Er grinste leicht. „Ich wollte noch viel mehr tun, als dich zu küssen."

Sie lachte. „Nun, das wollte ich auch. Also ... lass es uns jetzt nachholen."

Sie hatte kaum ihren Satz beendet, als er seine Lippen gegen ihre drückte. „Gott steh mir bei, Livia Chatelaine", sagte er, als sie beide atemlos waren, „aber ich glaube, ich bin dabei, mich in dich zu verlieben."

Livia spürte eine Woge der Freude in sich aufsteigen. „Ich liebe dich, Nox Renaud. Es ist mir egal, dass wir uns erst seit ein paar Wochen kennen. Ich liebe dich."

Sie waren so ineinander versunken, als sie sich wieder liebten, dass sie nicht bemerkten, wie ein Mann am Rande des Hains in die Dunkelheit verschwand.

Er beobachtete, wie sie sich liebten. Ihre Zuneigung war offensichtlich und greifbar, und sie waren ein wunderschönes, ätherisches Paar. Ihre bleiche Haut glänzte im Mondlicht und ihr lustvolles Keuchen war das einzige Geräusch in der Nacht.

Genieße sie, Nox. Genieße sie, solange du kannst.

Er konnte seine Augen nicht von Livias üppigem Körper abwenden. Beim Abendessen hatte er sie betrachtet. Ihre riesigen, warmen braunen Augen, die Art, wie sie mit Mavis Creek umgegangen war, ihre vollen rosa Lippen, die so gern lächelten. Es wäre leicht, sich in Livia Chatelaine zu verlieben. Er würde mehr über sie in Erfahrung bringen, über ihr Leben und ihre Freunde ... es wäre auch interessant, mit ihr zu spielen, bevor sie sein Opfer wurde.

In der Zwischenzeit war Nox an der Reihe ... Er würde seinen alten Freund glauben lassen, dass er den Verstand verlor. Das stand als Nächstes auf dem Plan und er wusste genau, wie er dabei vorgehen würde ...

Er sah zurück zu dem Paar. Die beiden schrien vor Ekstase, als sie kamen, und er lächelte. Ja, genieße die schöne Livia, solange du kannst, Nox. Noch bevor der Winter vorbei ist und die letzten Tannennadeln von den Weihnachtsbäumen gefallen sind ... wird sie tot sein.

Und du, Nox, wirst des brutalen, blutigen Mordes an der Frau, die du liebst, angeklagt werden und in einer Gefängniszelle verrotten.

KAPITEL ZEHN

Odelle starrte Roan einen langen Moment an und griff dann in ihrer Handtasche nach einer Zigarette. Roan wartete und sein Herz schlug wild gegen seine Rippen. Odelle zündete sich ihre Zigarette an und musterte ihn.

„Warum?"

Roans Mund verzog sich zu einem Lächeln. „Warum heiraten die Menschen? Ich möchte einfach dein Ehemann sein."

Odelle lächelte nicht. „Roan, ich denke, wir wissen beide, dass es keine Liebesheirat ist. Warum würdest du sonst andere Frauen ficken?"

Sie hatte recht und Roan nickte. „Ich gebe zu, dass ich das getan habe. Ich bin unreif, Odelle, aber das ist keine Entschuldigung. Ich kann mich ändern."

Odelle gab ein kurzes Lachen von sich. „Sei ehrlich, Roan. Ich heirate dich, du bekommst das Geld meines Vaters und wirst innerhalb eines Jahres wieder zu deinen alten Gewohnheiten zurückkehren." Sie seufzte. „Ich verdiene etwas Besseres. Ich verdiene das, was dein Freund und seine Kellnerin haben. Hast du gesehen, wie sie sich angeschaut haben?"

„Wir haben uns immer so angeschaut."

„Nein, das haben wir nie getan."

Roan lehnte sich auf seinem Stuhl zurück. „Also lautet deine Antwort Nein?"

Odelle lächelte schief. „Das habe ich nicht gesagt. Ich werde darüber nachdenken. Beweise mir, dass du treu sein kannst. Ich gebe dir eine Woche, um zu beenden, was auch immer du mit deinen Huren angefangen hast. Eine Woche Gnadenfrist. Fick sie und sag ihnen Lebwohl. Dann werde ich einer Verlobung zustimmen."

Roan nickte. „Gut." Er stand auf, ging zu ihr und strich mit seinen Fingern über ihre porzellanweiße Wange. „Odelle, wir können es schaffen. Es tut mir leid, dass ich dir das Gefühl gegeben habe, ..."

Sie sah ihn ruhig an. „... nicht wichtig zu sein."

Er schüttelte den Kopf. „Du bist mir wichtig."

„Dann gib mir nie wieder dieses Gefühl, Roan, oder du wirst es bereuen. Verstanden?"

Er nickte und seine blauen Augen waren ernst. „Verstanden."

Livia grinste über Nox' Textnachricht, als sie in den Übungsraum ging.

Gut zu wissen, dass du dabei bist, deine Fingerfertigkeit zu trainieren. Ich hoffe, dass ich später das Gleiche bei dir tun kann. Ich liebe dich, x.

Sie kicherte. Seit Thanksgiving und ihrer Liebeserklärung war ihre Beziehung noch schöner und definitiv verruchter geworden. Sie hatten praktisch in jedem Zimmer seines Hauses Sex gehabt – abgesehen von den beiden Räumen, die er verschlossen hielt. Livia erwähnte sie nie, weil sie vermutete, dass dort seine Familie gestorben war. Sie fragte sich, warum er nach ihrem Tod immer noch dort wohnte. Sie würde Sandor oder Amber fragen, wenn sie die Gelegenheit bekam – beide waren schnell zu ihren Vertrauten geworden und Livia freute sich, dass Nox' Freunde sie so bereitwillig bei sich aufgenommen hatten. Heute Nacht waren ihre Freunde – Marcel und Moriko und noch ein paar Mitarbeiter aus dem Restaurant – an der Reihe, Nox zu treffen, und Livia hoffte, Charvi ebenfalls dazu überreden zu können, mitzukommen.

Das Musikzimmer war leer, als sie ihre Sachen auf den Boden stellte und sich an den Steinway-Flügel setzte. Sie strich mit der Hand über die glatte Oberfläche des Klaviers und wunderte sich wieder über Nox' Großzügigkeit. Dann schloss sie die Augen und dachte daran zurück, wie sie an diesem Morgen in seinem Bett aufgewacht war. Sein Mund war auf ihrer Brustwarze gewesen, dann auf ihrem Bauch und schließlich hatte seine Zunge ihre Klitoris umkreist, bis sie gekommen war. Livia seufzte. Ihr Körper war immer noch wund von der Nacht zuvor. Sie hatten sich den ganzen Abend und den Großteil der Nacht geliebt, bis sie erschöpft waren. Nox dominierte ihren Körper, wenn sie miteinander schliefen, und sie liebte es.

„Hey ..." Livia öffnete die Augen und sah, dass Charvi sie stirnrunzelnd anblickte. „Fühlst du dich besser?"

Livia war verwirrt. „Hä?"

„Du hast gesagt, du wärst krank und würdest heute nicht kommen."

Livia schüttelte den Kopf. „Nein, das habe ich nicht gesagt."

„Du hast also nicht im Abteilungsbüro angerufen?"

„Nein."

Charvi zuckte mit den Schultern. „Dann muss es eine Verwechslung gegeben haben. Verdammt, das heißt, dass das Zimmer doppelt gebucht ist."

„Oh." Livia war enttäuscht. „Egal, ich komme später wieder ... Nein, das geht nicht. Ich habe Marcel ein paar Stunden im Restaurant versprochen. Nun, es ist egal."

„Tut mir leid."

„Da kann man nichts machen." Livia fing an, ihre Sachen wieder einzusammeln. Charvi lächelte sie entschuldigend an.

„Hat Nox dir noch keinen Steinway-Flügel für den Hausgebrauch gekauft?"

Livia grinste. „Wo sollte ich ihn hinstellen? Und nein. Es ist eine Sache, wenn er sein Geld für die Musikabteilung ausgibt, aber etwas ganz Anderes, mir davon persönliche Geschenke zu kaufen."

„Hat er kein Klavier in seiner Villa?"

Livia schüttelte den Kopf. „Weißt du, ich habe nie darüber nachgedacht, aber nein."

„Hm."

Livias Augenbrauen schossen hoch. „Was?"

„Weißt du nicht davon?" Charvi holte ihr iPad und öffnete eine Seite im Internet. Sie reichte es Livia.

Es war ein Artikel aus den Archiven von The Advocate, der Lokalzeitung von New Orleans, Baton Rouge und Lafayette. Der Artikel war bereits fünfundzwanzig Jahre alt.

Junge aus der Region gewinnt renommierten Musikpreis

Der Sohn der Society-Lady Gabriella Renaud wurde bei den New Orleans Children's Music Awards für seine Solokomposition ‚Lux' ausgezeichnet. Der zwölfjährige Nox Renaud schrieb das Stück selbst und spielte es auf dem Cello vor einem Publikum aus lokalen Koryphäen im Lafayette Emporium Music Theatre. Gerüchten zufolge haben auch Mitglieder des berühmten Peabody Institute dem Wunderkind zugehört. Quellen, die der Familie Renaud nahestehen, deren Patriarch Tynan Renaud einer der reichsten Philanthropen Louisianas ist, sagen, dass die Familie den Jungen ermutigt, eine Zukunft in der Musikbranche anzustreben. Nox' älterer Bruder Teague wird derzeit von Harvard und Brown umworben, und die Familie hat eine lange Geschichte akademischer Exzellenz.

Livia sah zu Charvi auf. „Ich hatte keine Ahnung. Warum sollte er das nicht erwähnen?"

„Das weiß ich nicht. Aber ich schätze, da er und seine Mutter – sie war Pianistin, genau wie du – immer zusammen gespielt haben, ist es zu schmerzhaft."

„Oh." Livia wurde ein wenig übel. „Und hier bin ich und rede solchen Unsinn ..."

„Hey, nein, denke das nicht. Wie ich Nox kenne, bist du für ihn wie ... eine Rettungsleine. Nicht, dass er dich benutzt, um sich an seine Mutter zu erinnern, aber durch dich kann er etwas von ihr zurückbekommen, verstehst du? Ich bin mir sicher, dass es völlig unabhängig davon ist, wie er für dich empfindet."

Livia lächelte halb. „Wir essen heute mit Moriko, Marcel und ein paar anderen zu Abend. Komm mit. Er würde dich gerne treffen."

Charvi zögerte, aber Livia konnte sehen, dass sie den Wunsch verspürte, den Sohn ihrer Geliebten zu sehen. „Bitte", sagte Livia leise.

Charvi lächelte. „Gut. Sag mir einfach wo und wann."

Livia grinste und umarmte sie. „Es wird wundervoll sein, das verspreche ich."

Charvi nickte. „Der nächste Student kommt erst in zehn Minuten. Übe noch schnell, bevor du gehst."

„Das werde ich, danke."

Als sie allein war, konnte Livia nicht aufhören, an Nox zu denken. Er war also Cellist? Sie fragte sich, wie seine Komposition gewesen sein mochte. Sie konnte sich vorstellen, wie seine dunklen Locken unordentlich in sein Gesicht fielen, wenn er sich über sein Cello beugte, und die Intensität seiner grünen Augen, während er spielte. Sie konnte ihn als Erwachsenen sehen, wie er den Beifall seines Publikums genoss und in seinem Anzug verheerend gut aussah. Livia musste ihn dazu bringen, sich ihr zu öffnen.

Sie lächelte immer noch, als sie die Abdeckung des Klaviers öffnete. Ein Briefumschlag rutschte auf den Boden und als sie sich bückte, um ihn aufzuheben, wurde ihr klar, dass er an sie adressiert war. Sie erkannte die Handschrift nicht und nahm an, dass es sich um eine Nachricht von der Universitätsverwaltung handelte. Schnell riss sie den Umschlag auf.

Eis schoss durch ihre Adern.

Trenne dich von Nox oder ich werde dir das Leben zur Hölle machen, Hure.

Livia konnte das Keuchen nicht zurückhalten, das ihren Lippen entkam. Was zum Teufel war das? Sie warf einen Blick auf den Umschlag und schüttelte dann den Kopf. Suchst du wirklich einen Absender? Es war so niederträchtig und verletzend, dass sie kaum atmen konnte. Dann drang Adrenalin durch sie hindurch, gefolgt von einem Anflug von Wut. Wer würde ihr eine so boshafte Nachricht senden?

„Wer auch immer du bist", sagte sie grimmig, „fahr zur Hölle." Sie zerknüllte den Zettel und steckte ihn in ihre Manteltasche. Sie hatte eine ziemlich gute Vorstellung davon, wer es gewesen sein könnte. Mavis Creep. Livia schnappte sich ihre Sachen und ging vom Campus zur Bushaltestelle, wo sie grimmig vor sich hinlächelte.

Nun, Mavis, allein dafür werde ich Nox länger und härter reiten als je zuvor. Was hältst du davon, Schlampe? Sie wünschte, sie könnte es der anderen Frau ins Gesicht sagen.

Livia war so in Gedanken versunken, dass sie den Mann hinter ihr nicht bemerkte. Er fuhr mit ihrem Bus zurück ins French Quarter und folgte ihr zum Le Chat Noir. Dort beobachtete er, wie sie mit ihren Freunden sprach – der süßen Asiatin und dem dunkelhäutigen Franzosen, dem das Restaurant eindeutig gehörte. Offensichtlich waren es enge Freunde von ihr. Sehr gut. Das bedeutete, dass sie verletzlich war.

Als ihre Schicht endete, folgte er ihr nach Hause. War sie jetzt allein? Er stellte sich all den Spaß vor, den er haben könnte, wenn er sie allein erwischte.

Aber schneller Nervenkitzel war nicht sein Plan für sie. Er hatte Großes mit ihr vor. Die Nachricht hatte sie anscheinend verunsichert, aber nicht erschreckt. Wahrscheinlich hatte sie sie nur wütend gemacht.

Es beginnt …

Er würde es genießen.

KAPITEL ELF

Nox spürte, wie sich etwas in ihm rührte, als er Charvi im Restaurant sah. Seine Hand verengte sich reflexartig um Livias Finger und sie lächelte ihn an. „Es ist okay, Baby", flüsterte sie und küsste seine Wange.

Er stand auf, um die ehemalige Geliebte seiner Mutter zu begrüßen. Charvi wirkte ebenfalls nervös, als er ihre Wange küsste. „Du siehst genauso aus wie sie", sagte Charvi mit zitternder Stimme. Einen Moment lang starrten sie sich an. Als eine Träne über Charvis Wange rann, fielen sie einander in die Arme.

„Ich vermisse sie", war alles, was sie sagte, und Nox, der von Emotionen überwältigt war, nickte.

„Ich weiß."

Sie setzten sich und Nox bemerkte, dass Livia sich schnell eine Träne aus dem Augenwinkel wischte. Er küsste sie. „Danke", murmelte er in ihr Ohr und sie lächelte.

„Ich liebe dich", sagte sie und schob ihm eine Locke aus der Stirn.

Danach war die Anspannung in der kleinen Runde fast verschwunden. Marcel und Nox plauderten über das Geschäft, und Charvi, Moriko und Livia über alles Mögliche. Sie hatten einfach Spaß. Das Restaurant, das sie gewählt hatten, war spektakulär. Nox mochte Livias kleine Gruppe von Freunden. Sie waren lustig, belesen und boden-ständig – genau wie Liv. Sie saß an ihn geschmiegt da, während sie aß und mit allen lachte. Er vergrub sein Gesicht in ihren Haaren und atmete tief ein. Plötzlich spürte er ihre Hand auf seinem Oberschenkel. Gott, er liebte diese Frau.

Sein Handy piepte und er warf einen Blick darauf. Sofort verengte sich seine Kehle und er versteifte sich. Ariel. Ein Foto von ihr, wie sie lachte und ihr dunkles Haar in der Sonne glänzte. Er runzelte die Stirn. Wer zur Hölle schickte ihm das ausgerechnet jetzt?

Es wurde keine Sendernummer angezeigt. Eine weitere Nachricht folgte. Diesmal war es ein Tatortfoto, das er schon so oft gesehen hatte, dass es sich in sein Gehirn eingebrannt hatte. Es war Ariel, gekleidet in eine graue Robe, auf einem der Gräber des Friedhofs von Lafayette. Ihr Blut durchtränkte das Kleid und benetzte den weißen Grabstein aus Marmor, auf dem sie lag. Sie sah aus, als wäre sie einem dunklen Gott geopfert worden. Die Klinge des Dolches war immer noch tief in ihrem Bauch vergraben, ihre Augen waren offen und ihr Mund war für immer in einem Schrei des Entsetzens und Schmerzes geöffnet. Nox fühlte eine Welle der Übelkeit in sich aufsteigen.

„Entschuldigung", murmelte er und stand auf, um zur Toilette zu eilen. Er schaffte es gerade noch, bevor er sich übergeben musste. Jemand spielte ein krankes Spiel mit ihm, indem er diese Fotos verschickte.

Aber das war nicht das erste Mal. Nachdem seine Familie gestorben war, hatten ihm Freunde von Ariel ähnliche Fotos geschickt, um deutlich zu machen, dass sie ihn für den Killer hielten. Es war so schlimm geworden, dass er sich irgendwann selbst gefragt hatte, ob er es getan hatte ... obwohl er natürlich wusste, dass das unmöglich war. Die Polizei hatte ihn über mehrere Tage stundenlang verhört und ihn schließlich ohne Anklage entlassen. Nox wusste, dass er unschuldig war, aber das hinderte ihn nicht daran, sich verantwortlich zu fühlen.

Er ging zurück zu der Gruppe. Livia sah ihn besorgt mit ihren warmen braunen Augen an. „Bist du okay?"

Er lächelte. „Es geht mir gut, Baby. Tut mir leid, mir war nur ein wenig seltsam zumute. Wahrscheinlich, weil ich vorhin so nervös war."

Livia legte ihren Arm um seine Taille und küsste ihn zärtlich. „Ich denke, es ist sehr gut gelaufen", sagte sie mit leiser Stimme und nickte subtil in Charvis Richtung. Nox nickte.

„Dank dir."

Livia schüttelte den Kopf. „Ihr hättet euch wiedergefunden, auch ohne mich."

Nox strich mit seinen Lippen über ihre. „Ich will nie wieder ohne dich sein."

„Das wirst du nicht."

Nach dem Abendessen verabschiedeten sich alle voneinander. Nox und Charvi verbrachten einen Moment allein zusammen. „Deine Mutter wäre so stolz auf den Mann gewesen, der du geworden bist, Nox. Und sie hätte Livia geliebt. Ihr zwei seid füreinander geschaffen."

Nox lächelte sie an. „Das denke ich auch."

„Versprich mir, dass du auf mein Mädchen aufpassen wirst."

„Mit meinem ganzen Herzen."

Livia übernachtete wieder bei Nox. Als sie in sein Schlafzimmer gingen, lächelte er sie an. „Liv ... weißt du, du könntest hier bei mir einziehen."

Livia war eine Weile still und setzte sich dann auf das Bett. „Ist es dafür nicht zu früh?"

Nox fühlte einen kleinen Stich, aber er konnte verstehen, was sie meinte. „Ich weiß es ehrlich gesagt nicht. Aber ich weiß, dass es mir gefallen würde – sehr."

Sie lächelte ihn an. „Mir würde es auch gefallen, aber ich möchte Moriko nicht in eine schwierige Position bringen. Wir können uns die Wohnung schon zu zweit kaum leisten – und bevor du irgendwelche großen Gesten machst, hör mir zu. Wir beide mussten uns beweisen, dass wir es allein schaffen können. Nox, du weißt, dass dein Reichtum mich nie gestört hat – ich bin nicht an deinem Geld interessiert. Du bist alles, was ich will. Aber ich bin auch nicht naiv. Ich übernachte hier bei dir, esse dein Essen, reise mit dir ... Aber es ist mir wichtig, dass ich in Kontakt mit meiner Basis bleibe. Dass ich mein eigenes Geld verdiene und damit mein Leben finanziere. Ich habe keine Ahnung, ob ich dir jemals finanziell ebenbürtig sein werde – als Musikerin wohl eher nicht", sie lachte, „aber ich muss ein gewisses Gleichgewicht aufrechterhalten. Ich will nicht als gekaufte Frau enden, verstehst du?"

Nox drückte seine Lippen gegen ihre. „Weißt du, dass du meine Heldin bist? Und ja, ich verstehe dich. Können wir einen Kompromiss schließen?"

„Und der wäre?"

„Bring wenigstens ein paar deiner Sachen hierher und hänge deine Kleider in meinen Schrank. Und wenn du nicht hier bist ..."

„... kannst du dich als mich verkleiden?" Livia grinste breit und Nox brach in Gelächter aus.

„Verdammt, du hast mich durchschaut."

„Ich kann es mir lebhaft vorstellen. Bald schickst du mir eine Textnachricht: Ich bin zu Hause und angezogen wie du. Bring Schokoladensirup und eine Reitgerte mit. Sexy."

Nox stieß sie auf das Bett zurück. „Ich gebe dir sexy, Frau." Er bemerkte, dass ihr Atem schneller wurde und Erregung in ihren Augen funkelte. „Oh, dir gefällt die Vorstellung, nicht wahr?"

Sie nickte. Ihre rosa Lippen öffneten sich und er spürte, wie sein Schwanz hart wurde. „Also, worauf stehst du sonst noch, Ms. Chatelaine?"

Er schob ihr Kleid hoch und vergrub sein Gesicht an ihrem weichen Bauch. Livia lachte. „Nun, das ist nett für den Anfang."

„Nett, aber nicht gerade verrucht", murmelte Nox und strich mit der Zunge über ihren Bauchnabel. Er spürte, wie sie vor Vergnügen zitterte.

„Ich habe wirklich nie darüber nachgedacht ... aber es gibt sehr wenig, was ich nicht mit dir versuchen würde, Mr. Renaud."

Nox stöhnte. „Gott, Liv ..." Er knöpfte ihr Kleid auf und streifte ihr Höschen über ihre langen Beine. „Jeder Zentimeter von dir ist himmlisch."

„Was magst du, Nox? Sag es mir, und ich werde es tun."

„Alles, woran ich gerade denken kann, ist deine cremige Haut und die Tatsache, dass mein Schwanz in dir sein muss."

Sie kicherte und er bewegte sich ihren Körper hoch. Livia knöpfte sein Hemd und seine Hose auf, während er sie küsste. Dann griff sie nach seiner Krawatte. „Willst du mich fesseln, böser Junge?"

Nox' Augen leuchteten auf. „Gute Idee." Er wickelte die Krawatte um ihre Handgelenke und zog sie über ihren Kopf. „Ha, jetzt bist du mir wirklich ausgeliefert." Er knabberte an ihrem Ohr, als sie kicherte und sich unter ihm wand.

„Was magst du, Nox? Im Ernst. Ich werde es tun, was auch immer es ist ... du kannst mir den Hintern versohlen, mich auspeitschen ... egal. Ich gehöre dir."

Sie fühlte, wie sein riesiger Schwanz noch mehr anschwoll, und er stöhnte und vergrub sein Gesicht an ihrem Nacken. „Was du mit mir anstellst, Ms. Chatelaine ..." Er sah ihr in die Augen. „Darf ich dich auf den Bauch legen und von hinten nehmen?"

Er drehte sie um und Livia spürte, wie er ihre Beine sanft spreizte. Als sich sein Schwanz – so hart, so gewaltig – in ihr Zentrum schob, prickelte jede Zelle ihres Körpers. Die zusätzliche Reibung an ihrer Klitoris war der Himmel. Nox packte ihre Haare in seiner Faust, als er zustieß, und zog ihren Kopf zurück, damit er ihren Mund küssen konnte.

„Nimm mich, Nox, härter ... härter ..." Sie keuchte, als er sie fickte und seine Hüften tiefer in sie stieß. Sein Schwanz bohrte sich in sie, bis sie beide kamen und er sich zum ersten Mal tief in ihren Bauch ergoss.

Livia seufzte glücklich, als sie ihren Höhepunkt genoss. „Nox?"

Nox' Mund lag auf ihrem Nacken und er küsste sie wild in seiner Raserei. „Ja, mein Schatz?"

Sie drehte sich um und sah ihm in die Augen. „Fick mich in den Arsch, Nox. Fick mich hart."

Er gab ein sehnsüchtiges Knurren von sich, zog ein Kondom über seinen Schwanz und nahm sie genauso, wie sie es wollte. Livia schrie auf, als sie kam. Es war ein weicherer Orgasmus, aber genauso aufregend.

Nox riss das Kondom von sich, rollte sich von ihr herunter, drehte sie auf den Rücken und befreite ihre Hände. Sie griff nach seinen

Locken und zog hart daran, was ihn grinsen ließ. „Meine Güte, Frau, du bist so wild wie ein Tier."

Livia küsste ihn, biss ihm auf die Unterlippe und wollte ihn in ihre Seele aufnehmen. „Fick mich wieder und wieder und wieder ..."

Nox zog sie an sich und rollte sie beide auf den Boden, wo er ihre Beine an ihre Brust drückte und sich zurücklehnte, um ihren Körper zu bewundern. „Du hast die perfekteste kleine Fotze der Welt, Ms. Chatelaine. Warum berührst du dich nicht selbst, während ich zusehe?"

Er fing an, seine Erektion zu streicheln, während Livia ihr Geschlecht stimulierte, ihre Finger hineinsteckte und sein Sperma tief in sich spürte. Als Nox es nicht mehr aushielt, schob er ihre Hand beiseite und rammte seinen Schwanz wieder in sie. „Ich will dich mit meinem Sperma füllen, Baby."

„Tu es", drängte sie und ihre Augen waren wild vor Verlangen. „Fick mich, als würdest du mir wehtun wollen."

Und er tat es, knallte seine Hüften gegen ihre und drückte ihre Hände auf den Boden. Er küsste sie, bis er Blut schmeckte und sie beide erschöpft waren.

Danach duschten sie zusammen und Livia leckte Nox' Schwanz, während das Wasser auf sie niederprasselte. Er trug sie zum Bett, nachdem sie sich abgetrocknet hatten, und legte sich mit ihr hin.

Livia streichelte sein Gesicht. „Ich weiß nicht viel über Bondage", sagte sie, „aber ich finde es aufregend, mehr darüber herauszufinden. Hast du das schon einmal mit jemandem gemacht?"

Nox schüttelte den Kopf. „Nein, aber mich erregt der Gedanke, es mit dir zu machen. Wir können es langsam angehen und herausfinden, was wir mögen. Wir können sogar Spielzeug benutzen, wenn du willst."

„Oh, ich will." Livia grinste ihn an. „Ich mag den Gedanken, Lederkleidung für dich zu tragen und gefesselt zu sein, während du mich fickst und dominierst."

„Verdammt, Frau." Nox nickte zu seinem Schwanz, der wieder hart wurde. „Du wirst mich heute Nacht nicht schlafen lassen, hm?"

Livia lachte, rollte ihn auf den Rücken und setzte sich rittlings auf ihn, wobei sie ihn in sich gleiten ließ. Sie gab ein zitterndes Stöhnen von sich, als er in ihr war. „Ich könnte für immer so bleiben", sagte sie, als sie anfing, ihn zu reiten. „Sprich mit mir, Nox. Erzähl mir, was du magst."

Er umfasste ihre Brüste, die bei ihrer Bewegung bebten. „Ich mag deine schönen Titten", sagte er, „so weich und rund. Ich denke manchmal an sie, wenn ich bei der Arbeit bin, und stelle mir vor, meinen Mund auf die rosa Brustwarzen zu legen und an ihnen zu saugen, bis du schreist. Ich denke an deine heiße, enge Fotze, wie sie von meiner Zunge, meinem Finger und meinem Schwanz erforscht wird, während du deine Muskeln zusammenpresst ..."

Er kniff ihre Klitoris, als sie zu stöhnen begann und immer schneller wurde. „Gott, Nox, ja ... genau so ..."

„Ich stelle mir vor, dich gegen eine kalte Steinmauer irgendwo in der Stadt zu drücken und dich zu ficken, bis sich die Leute fragen, was das für ein Geschrei ist. Oder einen Tisch im Restaurant abzuräumen, deine süße, kleine Kellnerinnenuniform zu zerfetzen und dich vor all den Gästen zu ficken. Ich will dabei zusehen, wie sie deinen perfekten Körper bewundern ..."

Livia schrie auf, als sie kam, so erregt war sie von seinen Worten, aber Nox war noch nicht fertig. „Ich will dich wie ein Tier ficken, Livia. Ich träume davon, dass du dein Höschen vergisst, so dass ich dich jederzeit und überall nehmen kann ..."

„Ich gehöre dir, Nox, für immer, für alle Zeit ..."

Ihr Schrei brachte ihn zum Höhepunkt und er schoss seine Ladung tief in ihren Bauch. Ihre Vaginalmuskeln spannten sich um ihn herum an, während sie auf ihn herabsah und so ätherisch schön war, dass sein Herz schmerzte. „Gott, ich liebe dich, Livia Chatelaine."

Sie beugte sich vor, um ihn wieder zu küssen, und für den Rest der Nacht gab es keine Unterhaltung mehr.

Roan sah das Mädchen auf dem Beifahrersitz seines Autos an und versuchte zu lächeln. „Es tut mir leid."

Gott, warum hatte er sich so ein junges Ding genommen, das nicht wusste, wie es lief. Tränen standen in ihren großen blauen Augen, und er hasste sich dafür.

„Pia, es tut mir leid. Es ist meine Schuld. Ich hätte dich an jenem

Tag nicht mitnehmen sollen." Er berührte ihr Kinn. „Hör zu, du bist wunderschön. Es gibt wahrscheinlich jede Menge Kerle, die gerne mit dir zusammen sein würden, und ich garantiere, dass sie alle viel besser für dich sind als ich. Ich bin kaputt, Pia. Ich bin kein guter Mensch."

„Aber ich habe mich in dich …"

„Nein, sag das nicht. Du bist zu jung, um zu wissen, was Liebe ist."

Sie öffnete plötzlich die Tür seines Wagens und stieg aus. Oh, oh. Das war keine gute Idee. Es war nach Mitternacht und die Stadt war um diese Zeit kein Ort für ein Mädchen wie Pia. Er stieg aus und rief hinter ihr her. „Pia, steig ins Auto."

„Fick dich."

Er seufzte. Wäre es leichter, sie gehen zu lassen? Ja. Es war nicht so, als könnte sie damit drohen, es Odelle zu sagen – diese würde nur mit den Achseln zucken und sagen: „Was gibt es sonst noch Neues?" Schließlich tat er genau das, was Odelle von ihm verlangt hatte. Er verabschiedete sich von all seinen Affären. Aber er hätte definitiv nicht mit Pia anfangen sollen. „Lass mich dich nach Hause fahren."

„Nein. Geh. Ich wohne nur zwei Häuserblocks von hier entfernt." Sie blieb stehen und sah ihn an. Ihr Gesichtsausdruck war resigniert. „Geh, Roan. Es ist in Ordnung. Ich werde niemandem von uns erzählen."

Sie stapfte davon und verschwand um die Ecke. Roan zögerte und folgte ihr, aber als er um die Ecke bog, war sie weg.

„Scheiße."

Zu spät. Er konnte es ihr nicht zum Vorwurf machen, wenn sie zu Odelle oder sogar zu Nox rannte. Nox wäre problematischer – er würde gar nichts davon halten, dass Roan etwas mit seiner neunzehnjährigen Assistentin angefangen hatte. Wenn Roan Nox davon überzeugen wollte, dass er verantwortungsbewusst war, dann sicher nicht so.

„Scheiße", sagte er noch einmal und stieg wieder in sein Auto.

Pia wartete, bis sie hörte, wie sein Auto ansprang und wegfuhr, bevor sie sich aus dem Hauseingang herausduckte. Sie wollte nicht, dass er wusste, dass ihre Wohnung nicht zwei Blocks entfernt war, sondern ein paar Kilometer. Trotzdem würde sie zu Fuß gehen. Vielleicht würde es sie die Demütigung vergessen lassen. Sie ging weiter und ihre langen Beine trugen sie mühelos durch die Nacht. Es war so kühl, dass sie ihren Mantel fest um sich zog.

Gott, was zur Hölle hatte sie sich dabei gedacht, mit Roan Saintmarc zu schlafen? Der Typ war ein Casanova und jeder wusste es. Aber Pia musste zugeben, dass es ihr bei ihren Freundinnen Anerkennung und Bewunderung verschafft hatte. Sandor zeigte keinerlei Anzeichen von Interesse, und wenn, dann war es väterlicher Natur, also war sie auf Roans Anmache eingegangen. Er war spektakulär im Bett gewesen, so viel war sicher. Sie fragte sich, ob er geahnt hatte, dass sie noch Jungfrau war, aber er hatte es nie erwähnt. Wenigstens konnte sie endlich sagen, dass sie keine absolute Anfängerin mehr war.

Sie kicherte vor sich hin. Ihm zu sagen, dass sie sich in ihn verliebt hatte ... auf keinen Fall. Sie hatte ihm nur ein schlechtes Gewissen einreden wollen, weil er sie fallen ließ. Und es hatte funktioniert. Gut.

Als sie in die nächste Straße einbog, hörte sie Schritte hinter sich und drehte sich um. Ein Männerkopf blockierte die Straßenbeleuchtung und blieb dabei selbst im Schatten. Der Kerl packte sie an der Kehle und stieß sie hart gegen die Wand, während seine andere Hand ihren Angstschrei erstickte.

Er wird mich vergewaltigen ...

Aber der Angreifer versuchte nicht, ihren Rock anzuheben oder sie zu begrapschen. Eine Millisekunde wusste sie nicht, was zur Hölle er wollte, dann fühlte sie ihn. Den Schmerz. Ein Messer wurde wiederholt brutal in ihren Bauch gerammt. Oh Gott, bitte, nein ... nein ...

Sie spürte, wie ihre Beine nachgaben und sie zu Boden sank. Ihr Killer kauerte neben ihr, riss ihr zerfetztes Kleid auf und stach erneut zu. Während Pia verblutete, brachte sie noch ein einziges Wort heraus: „Warum?"

Ihr Mörder schob das Messer zwischen ihre Rippen hindurch direkt in ihr Herz. Sie würde die Antwort nie erfahren.

KAPITEL ZWÖLF

Livia erwachte in den dunklen Stunden vor Sonnenaufgang in einem leeren Bett. Sie zitterte – das Fenster war offen und eine kalte Brise wehte in den Raum. Sie stand auf, nahm Nox' Hemd und legte es um sich, als sie das Fenster schloss.

„Nox?"

Im Haus war es totenstill. Livia lief in den Flur und lauschte. Etwas – Wasser? – machte irgendwo Geräusche und sie folgte ihnen bis zum Ende des Hauses, wo sich die beiden verschlossenen Räume befanden. Zögernd streckte Livia die Hand aus und drehte den Griff einer der Türen. Sie öffnete sich und Livia hörte deutlich das Rauschen von Wasser – jemand duschte im angrenzenden Badezimmer.

Sie holte tief Luft und ging leise zur Badezimmertür. Livia versuchte, sich nicht im Zimmer umzusehen, aber als sie die Tür erreichte, blickte sie nach links – und sah riesige, dunkle Blutflecken auf dem Boden. Oh Gott. Warum, Nox? Warum hast du es so gelassen? Der Raum war wie eine makabre Folterkammer für seine Psyche.

Livia hatte keinen Zweifel, wen sie sehen würde, wenn sie die Badezimmertür aufstieß. Nox stand nackt unter der Dusche und rieb wie von Sinnen über seine Haut. Er blickte auf, aber Livia wusste, dass er sie nicht wirklich sah. Er schlafwandelte. Verzweifelt hob er die Arme. „Ich bekomme das Blut nicht weg. Das Blut klebt an mir."

Während Livia ihn entsetzt anstarrte, begann Nox zu schluchzen. „Ich bekomme das Blut nicht weg, Ariel. Gott sei mir gnädig, was habe ich getan? Was habe ich nur getan?"

KAPITEL DREIZEHN

Amber stieg aus dem Wagen und sah eine bleiche, erschütterte Livia, die an der Tür des Herrenhauses auf sie wartete. Sie umarmte Amber, die ihr Zittern spüren konnte. „Danke, dass du gekommen bist, Amber. Ich habe ihn ins Bett gebracht, aber ich wusste nicht, was ich sonst tun soll."

Amber hielt sie fest. „Du hast das Richtige getan, Livia. Schläft er?"

Livia nickte. Ihre braunen Augen waren groß und verängstigt. Amber nahm ihre Hand, und sie gingen hinein, wo Nox in seinem Bett schlief. Sein hübsches Gesicht war schmerzverzerrt. Amber musterte ihn einen Moment lang und nickte dann Livia zu, damit sie ihr folgte.

Sie setzten sich in die Küche und Amber machte Livia einen heißen, starken Kaffee. Es war kurz nach Sonnenaufgang. Amber, deren Gesicht frei von Make-up war und **die ihr rotes Haar zu einem Knoten hochgesteckt hatte, versuchte, Livia** anzulächeln. „Hab keine Angst. Er hat das schon öfter gemacht. Das Schlafwandeln, meine ich. Zweimal, soweit ich weiß. Einmal, als Ariel starb, und noch einmal nach der Sache mit seiner Familie. Was habt ihr gestern Abend gemacht?"

Livia erzählte ihr von dem Abendessen und der Begegnung von Nox und Charvi. Amber nickte. „Ah."

Livia sah sie unglücklich an. „Ich gebe mir die Schuld. Ich habe sie ermutigt, sich wiederzutreffen."

„Weißt du was, du solltest dich nicht schlecht fühlen. Zumindest konnten wir es auf diese Weise kontrollieren. Was, wenn er ihr unerwartet begegnet wäre? Nein, es ist gut. Vielleicht wird Nox jetzt damit anfangen, alles zu verarbeiten. Das hat er nie getan, weißt du? Er hat seinen hinreißenden Kopf in den Sand gesteckt und mit der Trauer weitergelebt, ohne je zu verarbeiten, was passiert ist."

Livias Augen füllten sich mit Tränen. „Mein Gott."

Amber tätschelte ihre Hand. „Du bist gut für ihn. Es ist der ideale Zeitpunkt für ihn, sich mit der Vergangenheit auseinanderzusetzen. Er hat dich. Ich denke, er hat sich nie stärker gefühlt."

Livia lächelte sie an. „Du bist so nett."

Amber nippte an ihrem Kaffee. „Ist gestern Abend noch etwas anderes passiert? Außer dem Treffen mit Charvi."

„Da war etwas ... Er bekam eine SMS und ihm wurde so schlecht, dass er auf die Toilette rannte. Er sagte, es wäre nur die Aufregung, aber ich bin nicht sicher."

„Wo ist sein Handy?"

„Oben, denke ich. Ich werde es holen."

Amber wartete geduldig. Als Livia zurückkam, war ihr Gesicht betroffen. „Amber ..."

„Was ist?"

Livia sah auf das Handy. „Es ist Ariel. Fotos von ihr."

Amber schluckte und streckte die Hand aus. „Livia, bitte."

Livia zögerte, dann reichte sie ihr das Handy. Amber wusste, was sie sehen würde, noch bevor sie auf die Nachricht klickte, aber sie konnte das leise Schluchzen nicht unterdrücken, das ihr entkam, als sie die brutal zugerichtete Leiche ihrer Zwillingsschwester sah. Livias Arme legten sich um sie und hielten sie fest, während sie weinte. Livia streichelte ihre Haare und murmelte: „Es tut mir leid. Es tut mir so leid."

Amber riss sich zusammen, lehnte aber ihren Kopf gegen den von Livia. „Mir auch, Livvy. Es ist immer noch ein Schock.“

Livia lächelte tröstend und reichte ihr ein Taschentuch. „Ich kann mir nicht vorstellen, wie es für dich sein muss. Wer würde so etwas verschicken?“

Amber seufzte. „Schwer zu sagen. Jemand will ihn quälen. Der Mörder. Nein, er oder sie hätte sicher persönliche Fotos geschickt, oder? Das hier sind die Fotos, die die Presse von Ari veröffentlicht hat. Eines aus der Zeit, als sie noch lebte, und ein Tatortfoto. Jeder könnte sich diese Bilder besorgt haben.“

„Aber warum? Warum jetzt?“

Amber schenkte ihr ein schiefes Grinsen. „Wenn es jemand ist, der bösartig ist – und vielleicht eifersüchtig – würde ich sagen, es liegt an dir. Nicht an dir persönlich, Livia, aber an deiner Beziehung zu Nox. Jeder kann sehen, wie verliebt ihr seid.“

„Weißt du was? Ich habe das hier ganz vergessen ...“ Livia ging in den Flur und kam mit ihrem Mantel zurück. „Das habe ich gestern im College gefunden.“

Sie reichte Amber den zerknüllten Zettel. Amber las ihn laut: „Trenne dich von Nox oder ich werde dir das Leben zur Hölle machen, Hure. Herrlich. Nun, ich denke, wir können erraten, wer so boshaft wäre.“

„Mavis Creep.“ Livias Ton war eisig. „Verdammte Schlampe. Ich werde sie mit bloßen Händen in Stücke reißen.“

Amber grinste sie an. „Dann könnten wir zumindest eine echte Drohung ausschließen.“

Livia runzelte die Stirn. „Drohung?“

„Verstehst du nicht, warum Nox diese Bilder geschickt wurden, Livvy? Sie implizieren, dass dir das Gleiche zustößt, wenn ihr zwei euch nicht trennt.“

Livia schnaubte. „Ich lasse mir nicht so leicht Angst machen.“

„Du bist mutig“, sagte Amber und grinste sie an.

„Du hast keine Ahnung, wie mutig.“

Beide wandten sich bei dem Klang von Nox’ Stimme um. Er lächelte sie mit erschöpften Augen an und legte seine Arme um Liv.

„Tut mir leid, dass ich dich erschreckt habe, Baby. Ich bin gerade ein bisschen verrückt."

„Kein Problem. Ich habe noch nicht einmal angefangen, dir meine Verrücktheit zu zeigen." Livia grinste ihn an und Amber lächelte.

„Nun, ich will nicht stören ..."

„Amber, danke, dass du gekommen bist. Ich weiß nicht, was ich ohne dich getan hätte." Livias Gesichtsausdruck war ernst. „Du bist eine echte Freundin."

Amber griff nach ihrer Hand. „Hört zu, ihr zwei seid gut füreinander. Was nicht heißt, dass ihr keinen Mist durchmachen müsst, aber ich werde immer für euch da sein. Du", sie fixierte Nox mit einem stählernen Blick, „musst dir einen Psychiater suchen, der dir bei deiner Trauer hilft. Es wird verdammt wehtun, aber es ist bitter nötig."

Nox nickte. „Das denke ich auch. Es ist Zeit." Sie sah, wie seine Arme sich um Livia schlossen, und lächelte.

„Gut. Jetzt werde ich euch in Ruhe lassen, aber ich bin nur einen Anruf entfernt."

Livia schüttelte den Kopf. „Bleib zum Frühstück."

„Das würde ich gerne, aber ich habe einen ziemlich attraktiven Australier in meinem Bett zurückgelassen und denke, dass ich mich erst um ihn kümmern muss."

Livia stöhnte. „Gott, Amber, es tut mir leid."

„Mir nicht. Er ist aufgewacht und wollte reden." Sie verdrehte die Augen und sie lachten. „Bye. Wir sehen uns später."

Als Amber ging, blickte Livia zu Nox auf. „Sie ist nett."

„Das ist sie. Komm, Livia, da ist etwas, das ich dir zeigen muss."

Hand in Hand gingen sie nach oben in das Zimmer, in dem Livia ihn zuvor gefunden hatte. „Das war das Zimmer meiner Mutter. Dad hat sie und Teague hier drin umgebracht." Er setzte sich schwerfällig auf das Bett. Aus der Decke stieg Staub auf. „Die Polizei sagte mir, dass Teague sofort gestorben ist. Es war ein Schuss ins Herz. Aber Mom wurde in den Bauch geschossen. Sie ist langsam verblutet. Mein Vater hat sich im Nebenzimmer umgebracht."

Livia setzte sich neben ihn und ergriff seine Hand. Nox starrte auf den Blutfleck auf dem Teppich. „Ich musste ihre Leichen identifizieren. Dad ... er hatte sich in den Kopf geschossen, also kannst du dir vorstellen ... aber Mom und Teague. Sie sahen so ... friedlich aus. Als würden sie schlafen. Es war unvorstellbar, dass sie tot waren. Ich habe darauf gewartet, dass Teague seine Augen öffnet, mich angrinst und Reingefallen! ruft. Fuck." Er rieb sich die Augen.

Livia presste ihre Lippen auf seine Wange. „Ich habe noch nie ein Foto von Teague gesehen." Sie versuchte, es lässig zu sagen, um ihn aus seiner Melancholie zu reißen. Nox stand auf, ging zur Kommode und griff nach einem gerahmten Foto. Er reichte es ihr.

Livia betrachtete das Bild einer glücklichen Familie. Teague und Nox, beide groß und gutaussehend, lächelten. Nox hatte die grünen Augen seiner Mutter, Teague die dunkelbraunen seines Vaters. Tynan Renaud wirkte so stolz auf seine Familie. Seine Frau Gabriella war wunderschön und hatte ihren Arm um ihren jüngeren Sohn gelegt. Livia strich mit dem Finger über Nox' Gesicht. Er sah so jung aus, so schön und so frei von Schmerz. Sie blickte zu ihm auf.

„Ich wünschte, ich könnte dir deine Schmerzen nehmen, Nox."

Er ergriff ihre Hand und zog sie in seine Arme. „Das tust du, Livia."

Sie berührte sein Gesicht. „Komm ins Bett, Nox. Ich werde dich glücklich machen." Sie führte ihn zurück in sein Schlafzimmer.

KAPITEL VIERZEHN

„Also", begann Livia verlegen, als sie mit Moriko in der Küche von Le Chat Noir saß. Ihre Schicht hatte gerade geendet, kurz nach der stressigen Mittagszeit, und Marcel unterhielt sich vorne mit einer attraktiven, jungen Frau. Seine Sousköchin Cat rauchte draußen eine heimliche Zigarette, und Liv und Moriko hatten die Küche für sich allein.

„Also?" Ein kleines Lächeln umspielte Morikos Lippen, als wüsste sie, was Livia sagen würde. Sie würde ihre Freundin aber nicht vom Haken lassen, und Livia holte tief Luft.

„Also ... Nox hat mich gebeten, bei ihm einzuziehen. Nun, ich möchte, dass du weißt, dass ich gestern eine lange Rede vor ihm gehalten habe. Darüber, dass ich unabhängig bin, und so weiter ... aber zur Hölle damit, Morry. Das Leben ist kurz. Ich möchte mit ihm zusammen sein."

Moriko lächelte. „Es ist nicht wirklich eine große Überraschung, Liv."

„Aber", fuhr Liv fort, „ich werde trotzdem weiterhin die Hälfte der Miete und Nebenkosten übernehmen, so wie bis jetzt auch."

Moriko seufzte. „Ich wünschte, ich könnte dir sagen, dass das nicht nötig ist, aber die Wahrheit ist ..."

„Genau. Schau, lass mich das machen. Ich liebe Nox, aber ich hasse es, dich im Stich zu lassen."

„Du lässt mich nicht im Stich, Liv. So ist das Leben, und ich bin überglücklich für dich. Und so perfekt er auch aussieht, wird er dir trotzdem manchmal auf die Nerven gehen. Auf diese Weise hast du immer einen Ort, um dich abzuregen und Mädchenabende mit mir zu verbringen."

Liv grinste. „Das kannst du laut sagen."

„Wann ziehst du aus?"

„Das ist noch nicht sicher, aber es wird nicht mehr lange dauern. In den nächsten Wochen."

Moriko nickte. „Ahnt Nox etwas von dem Tsunami von Taschenbüchern, der bald sein wunderschönes Zuhause heimsuchen wird?"

Liv grinste. „Er ahnt vielleicht etwas ... aber nicht das wahre Ausmaß."

„Nun, ich freue mich für dich, Süße, wirklich."

„Kommst du allein klar?"

Moriko verdrehte die Augen. „Oh, bitte ..."

Livia sprang von der Arbeitsplatte und umarmte ihre Freundin. „Ich liebe dich, Morry. Komm schon, ich lade dich zum Mittagessen ein."

Nox verbrachte den Vormittag damit, einen guten Therapeuten zu finden. Überglücklich darüber, dass Livia zugestimmt hatte, zu ihm zu ziehen, war er entschlossen, sich endlich die Hilfe zu holen, die er seit Jahren brauchte. Er nahm Kontakt zu dem alten Arzt seiner Familie auf und fragte nach einer Empfehlung, dann verabredete er sich mit einem Psychiater in der Stadt. Er hatte gerade aufgelegt, als Sandor mit gerunzelter Stirn an seine Tür klopfte.

„Was ist los, Alter?"

„Hast du Pia heute Morgen gesehen? Sie ist normalerweise vor allen anderen an ihrem Schreibtisch, aber dort ist keine Spur von ihr. Shannon aus der Personalabteilung hat sie zu Hause angerufen, aber ihre Mutter sagt, niemand habe in ihrem Bett geschlafen."

Nox lehnte sich zurück. „Wirklich? Nun ... sie ist erwachsen, also glaube ich, dass die Polizei nichts unternehmen wird, bevor vierundzwanzig Stunden vergangen sind. Vielleicht hat sie jemanden kennengelernt und dort übernachtet. Ich werde ihre Mutter anrufen und fragen, wie sie vorgehen möchte."

„Ich werde Shannon bitten, dir ihre Nummer zu geben." Sandor verschwand, und Nox runzelte die Stirn. Es war unüblich, dass Pia nicht auftauchte. Nox war schon immer von ihrer Arbeitsmoral beeindruckt gewesen.

Scheiße. Er hasste solche Situationen – das Unbehagen, das über seine Haut schlich, genau wie vor all den Jahren. Er erinnerte sich noch daran, wie die Polizei bei Ariels Eltern zu Hause aufgetaucht war, um ihnen zu sagen, dass eine Leiche gefunden worden war. Er hatte schon damals gewusst, dass sie tot war.

Er rief Pias Mutter an, die ihn unter Tränen bat, ihr Bescheid zu sagen, wenn Pia doch noch erschien. Dann rief er Livia an, weil er ihre Stimme hören musste.

„Hey, mein Lieber." Ihr zärtlicher Gruß ließ die Anspannung in seinem Körper sinken. Er erzählte ihr von Pia, und sie war ebenfalls besorgt, riet ihm aber, die Ruhe zu bewahren, bis etwas Konkretes bekannt wurde.

„Ich weiß, dass es schlecht aussieht, Baby, aber sie könnte einfach bei einer Freundin sein – oder bei einem Freund – und verschlafen haben oder so verkatert sein, dass sie vergessen hat, anzurufen. Sie ist neunzehn."

„Ich weiß. Ich versuche auch, kein unnötiges Drama zu veranstalten. Ich mache mir nur Sorgen."

Am Ende der Leitung herrschte kurz Stille. „Hast du einen Termin gemacht?" Ihre Stimme war vorsichtig, als ob sie ihn nicht drängen wollte, und Nox wurde warm ums Herz. Dieses Mädchen liebte ihn wirklich.

„Ja, Liebling. Ich habe mein Versprechen gehalten. Dr. Feldstein erwartet mich nächste Woche."

„Ich bin stolz auf dich", sagte Livia. „Ich liebe dich so sehr, Nox."

„Ich liebe dich auch, Zwerg."

„Alter Mann."

„Trollgesicht."

Livia kicherte. „Das ist gemein. Hör zu, ich habe ein Seminar ... Ich rufe dich danach an, okay? Hoffentlich gibt es bald Neuigkeiten über Pia."

Roan betrat das RenCar-Büro mit seinem Portfolio und dem Entwurf seines Businessplans unter dem Arm und bat darum, Nox zu sehen. Nox kam selbst, um ihn abzuholen. „Komm rein, Kumpel."

Roan lächelte seinen Freund an, als er sich ihm gegenüber hinsetzte. „Ich weiß, dass es nur eine vorläufige Idee ist, aber ich wollte sie dir vorstellen."

„Großartig, Roan, lass uns Sandor holen."

Als der andere Mann sich ihnen angeschlossen hatte, räusperte sich Roan. „Neulich, als wir uns unterhielten, scherzte ich darüber, einen Escort-Service zu gründen."

Er sah die alarmierten Blicke seiner Freunde und hob grinsend die Hände. „Nein, hört zu. Ich spreche nicht über einen traditionellen Escort-Service, der verdeckte Prostitution bietet. Tatsächlich drohen harte Strafen, wenn sexuelle Aktivitäten nachgewiesen werden können. Was ich meine, ist eine Art umgekehrtes Ashley Madison. Nehmen wir an, es gibt einen Kongressabgeordneten, der eine Dinner-Begleitung braucht, aber seine Frau ist krank oder möchte einfach nicht ins Rampenlicht. Dann würde ich ihm eine Escort-Begleiterin vermitteln. Nun, hier ist das Besondere. Sagen wir, ich habe eine Wissenschaftlerin, die einen Begleiter für dieselbe Veranstaltung braucht. Ich würde die beiden für eine Gebühr zusammenführen. Das ist zugegebenermaßen im Moment alles noch etwas vage ..."

Nox sah nicht überzeugt aus. „Ich denke nur, Roan, dass es trotz deiner besten Absichten genauso funktioniert wie ein traditioneller Escort-Service. Menschen sind Menschen, unabhängig von ihrer sozialen Stellung. Wenn sie ficken wollen, werden sie das tun. Mir scheint, du würdest genau das Gleiche machen, was Ashley Madison macht, nur unter einer anderen Prämisse. Tut mir leid, Kumpel."

Roans Schultern sanken. „Was, wenn ich Sicherheitsvorkehrungen treffe? Zum Beispiel in Form von Verträgen?"

„Verträge bedeuten nichts, wenn zwei Leute sie brechen wollen. Wer würde sie schon deswegen verklagen?"

„Ich."

Nox schüttelte den Kopf. „Du würdest verlieren. Ich kann nicht glauben, dass es einen Richter geben würde, der zu deinen Gunsten entscheidet – und dein Ruf würde leiden, auch wenn du gute Absichten hast. Sieh dir den Typen an, der für Berlusconi alles arrangiert hat ... wie hieß er?"

„Tarantini", sagte Sandor und glättete den Stoff seiner Hose. „Ich glaube, er ist zu acht Jahren Gefängnis verurteilt worden."

„In Italien." Roan verdrehte die Augen. „Hör zu, du hast gesagt, dass ich mich auf meine Leidenschaft konzentrieren soll. Ich ficke nun einmal gern."

„Genau. Du fickst gern und du tust es vollkommen legal, ohne dafür zu bezahlen. Hey, du musst das hier ernst nehmen. Im Leben geht es nicht nur um Sex, Roan. Werde erwachsen. Du hast einen Harvard-Abschluss in Wirtschaftswissenschaften, um Himmel willen. Mach etwas daraus."

Roan starrte lange aus dem Fenster. „Vielleicht ist es eine schlechte Idee, mit Freunden Geschäfte zu machen. Vielleicht sollte ich allein etwas auf die Beine stellen." Er war irritiert, dass seine Idee, so abstrus sie auch war, rundweg abgelehnt wurde. Er hatte nicht einmal die Chance bekommen, sie weiterzuentwickeln. Es tat immer noch weh, als Nox nickte.

„Vielleicht solltest du das tun."

Roan stand auf. „Nun, danke für eure Zeit." Er wartete nicht, sondern verließ einfach das Gebäude und stieg in sein Auto. „Scheiße." Er atmete tief durch und startete das Auto.

Sandor und Nox saßen einen Moment schweigend da. „Nun, das hätte besser laufen können."

Sandor schüttelte den Kopf. „Was hat er sich dabei nur gedacht?"

Nox sah unglücklich aus. „Nichts. Das ist das Problem bei Roan."

Sandor musterte seinen Freund. „Hast du noch etwas anderes bemerkt?"

„Nein, was?"

„Er hat Pia nicht erwähnt. Er redet sonst immer mit ihr. Heute hat er nicht einmal einen Blick auf ihren Schreibtisch geworfen, als er hereinkam."

Nox erblasste ein wenig, aber dann winkte er ab. „Er war zu fokussiert auf seine verdammte Idee. Das ist alles."

Später, als er mit Livia ein leichtes Abendessen bei sich zu Hause genossen hatte – bald würde es ihr gemeinsames Zuhause sein –, konnte Nox nicht anders, als daran zu denken, was Sandor gesagt hatte.

Livia strich mit der Hand über sein Gesicht. „Was ist los? Was geht dir im Kopf herum?"

Er erzählte ihr von Roans Plan – sie verdrehte die Augen, wie er es erwartet hatte – und dann davon, was Sandor gesagt hatte. Livia stimmte Nox zu – es bedeutete nichts. „Mag Sandor Roan nicht? Ich hätte das nie vermutet."

„Ich glaube, er mag ihn. Er hat nie etwas Gegenteiliges gesagt."

„Es ist nur ein bisschen komisch, dass er so einen Kommentar abgegeben hat. Ich meine, kennt Roan Pia überhaupt?"

Nox überlegte. „Nun, er redet mit ihr, wenn er ins Büro kommt. Ich glaube nicht, dass Sandor es böse gemeint hat."

„Hmm." Livia dachte noch einen Moment darüber nach und zuckte dann mit den Schultern. „Wahrscheinlich nicht. Also, gibt es Neuigkeiten?"

„Nein."

„Mein Gott. Ich hoffe, es geht ihr gut."

„Ich auch, Liebling. Lass uns das Thema wechseln. Wie hat Moriko deine Neuigkeit aufgenommen?"

Livia grinste. „Überraschend gut. Ich sagte ihr, ich würde weiterhin die Hälfte der Miete bezahlen, damit sie weniger Druck hat, und sie war dankbar dafür."

„Du könntest mich bezahlen lassen."

„Das könnte ich nicht." Sie verdrehte die Augen und er grinste.
„Tatsächlich hatte sie mehr Angst davor, dass du keine Ahnung hast,
worauf du dich einlässt. Ich habe so viele Bücher und Malutensilien
und allen möglichen Musik-Kram."

„Ist das so?" Er legte seine Gabel weg und nahm ihre Hand.
„Komm mit."

Er führte sie durch das Haus in ein Zimmer, von dem sie nicht
einmal gewusst hatte, dass es existierte. „Wie viele geheime Räume
gibt es in diesem Haus?" Livia grinste, als Nox lachte.

„Du hast keine Vorstellung, Baby. Wie auch immer, komm rein."
Er sagte es lässig, spürte aber, wie sein Herz gegen seine Rippen
schlug. Er öffnete die Tür und Livia trat ein.

Es war das Musikstudio, das einst ihm und seiner Mutter gehört
hatte. Sein altes Cello befand sich in einem Ständer und das Klavier
seiner Mutter war mit einem großen Tuch bedeckt, um es vor Staub zu
schützen. Andere, weniger häufig gespielte, Instrumente waren ebenfalls vorhanden. Livia sah sich alles mit großen Augen an. „Es tut mir
leid, dass ich dir nie von diesem Zimmer erzählt habe", sagte Nox
leise. „Ich wusste nicht, ob ich dazu bereit war. Aber nach der gest-
rigen Nacht denke ich, dass es wichtig ist."

Livia nahm seine Hand. „Tut es sehr weh?"

Nox dachte nach und lächelte dann traurig. „Es ist eine Qual."

Livia umfasste sein Gesicht. „Und es ist okay, so zu empfinden.
Rede mit mir darüber. Wir können gehen, wenn du möchtest – ich
denke, das war ein großer Schritt."

Nox holte tief Luft. „Nein, ich habe dich aus einem bestimmten
Grund hierhergebracht. Das Klavier meiner Mutter ... Ich denke, es
sollte wieder zum Klingen gebracht werden. Von dir. Würdest du für
mich spielen?"

Livia zitterte und nickte dann. „Wirst du mit mir spielen?" Sie
nickte zu seinem Cello und Nox zögerte. „Du musst es nicht tun, aber
ich denke, es wäre gut für dich."

Nox berührte sein Cello und wischte den Staub weg. „Kennst du
Sonate Nummer 3?"

„Bach? Auf jeden Fall. Warte." Livia zog das Tuch vom Klavier und öffnete die Abdeckung. Dann drückte sie ein paar Tasten. „Gut, es ist nicht verstimmt."

„Ich hoffe, ich kann das Gleiche über dieses Ding sagen." Nox platzierte das Cello zwischen seinen Beinen und ergriff den Bogen. „Bereit? Die ersten paar Takte."

Sie spielten zuerst langsam, und die Musik klang zögerlich, aber süß. Dann, als sie sich beide an den Rhythmus gewöhnt hatten, spielten sie den ganzen ersten Akt durch. Beide machten kleine Fehler, lächelten einander aber ermutigend zu.

Nox senkte den Bogen. „Wow."

„Wie fühlst du dich?" Livia beobachtete ihn und er lächelte sie an.

„Hin und her gerissen."

Livia schloss die Abdeckung des Klaviers und ging zu ihm. Sie stellte das Cello zurück in seinen Ständer und streckte die Hand aus. „Assoziationen. Lass uns damit anfangen, deine Assoziation mit diesem Raum und diesem Instrument zu verändern. Lass uns deine Erinnerungen in etwas Angenehmes verwandeln." Er nahm ihre Hand und ließ sich von ihr in sein Schlafzimmer führen.

Dort ließ sie die Träger ihres Kleides über ihre Schultern gleiten, so dass es zu Boden rutschte, während Nox auf der Bettkante saß und sie beobachtete. Sie drehte sich langsam in ihrer Unterwäsche um und blickte über ihre Schulter zu ihm zurück. „Willst du das, Baby?"

Nox grinste. „Du weißt, dass ich es will. Strippe für mich, mein Engel."

Livia lächelte und begann langsam, ihre Unterwäsche auszuziehen. Sie öffnete ihren BH und schob ihr Höschen über ihre Beine. Als sie nackt war, kam sie zu ihm, küsste ihn und schmiegte sich an seinen Nacken. „Fick mich, Nox, aber behalte dabei deine Kleider an."

Nox grinste und legte sie zurück aufs Bett. Dann richtete er sich auf, um seine Hose zu öffnen und seinen Schwanz herauszunehmen. Er packte die Basis und starrte auf sie herab, während sie ihre Beine weit für ihn spreizte. „Himmel, du bist so verdammt schön, Livia Chatelaine."

Sein Schwanz stand riesig, pulsierend und stolz von seinem Bauch ab, als er ihre Beine um seine Taille zog. Livia wölbte ihren Rücken zurück, als er sich in sie stürzte, und stöhnte von dem Gefühl. Sie liebten sich schnell, wild und animalisch in ihrem Verlangen. Als sie kamen, zog Livia ihn auf das Bett, zerrte an seinen Kleidern und biss in seine Brust und Brustwarzen, bevor sie sich rittlings auf ihn setzte und ihn tief in sich aufnahm. Er umfasste ihre Brüste und seine Daumen stimulierten ihre Brustwarzen, bis sie hart wurden. Die beiden kamen immer wieder, bis sie erschöpft in einer leidenschaftlichen Umarmung einschliefen.

Bei Tagesanbruch erschien Sandor mit der Polizei. Er wirkte blass und erschüttert. Pias Leiche war entdeckt worden. Nox und Livia hörten entsetzt zu, als er ihnen erzählte, dass sie auf Ariels Grab gefunden worden war, neben einer Nachricht, die jemand mit ihrem Blut auf den kalten Marmor gekritzelt hatte.

„Was stand dort?" Nox' Stimme klang angespannt. Sandor zuckte zusammen und legte seine Hand auf die Schulter seines Freundes.

„Es tut mir leid, Nox. Dort stand: Jeder, den du liebst."

„Jesus."

Livia umarmte Nox besorgt, als er den Kopf in seine Hände sinken ließ. Der Detective des Morddezernats räusperte sich. „Es tut mir leid, dass ich Sie das zu diesem schwierigen Zeitpunkt fragen muss, Mr. Renaud, aber … wo waren Sie gestern Nacht?"

KAPITEL FÜNFZEHN

Moriko hörte zu, als Livia ihr erzählte, was passiert war. „Gott, wie schrecklich. Also haben sie Nox verhaftet?"

Livia schüttelte den Kopf. „Nein, sie wollten ihm nur Fragen stellen. Er bot an, mit ihnen aufs Revier zu gehen, um dort verhört zu werden, aber sie sagten, das sei nicht nötig ... noch nicht. Gott, was für ein Chaos. Die arme Pia."

„Hast du ihr nahegestanden?"

„Nein, aber wir sind uns ein paar Mal begegnet. Sie war erst neunzehn."

„Meine Güte."

Livia nickte betroffen. „Es ist schrecklich."

Marcel kam in die Küche. „Hey, alles okay?" Er sah Livia mit gerunzelter Stirn an. „Du bist wirklich blass. Bist du sicher, dass du in Ordnung bist?"

„Es geht mir gut. Danke, Marcel. Ich würde lieber hierbleiben. Es wird mich ablenken."

Im Restaurant war in der Vorweihnachtszeit viel los. Obwohl das Wetter draußen noch mild war, trugen die Leute Mäntel und versuchten, in eine winterliche Stimmung zu kommen. Livia überlegte laut, ob es wohl jemals in New Orleans schneite.

„Sicher", sagte Marcel. „Das letzte Mal an Heiligabend 2004, davor im Jahr 1989. Es passiert nicht oft, aber manchmal haben wir Glück. Dieses Jahr müssten wir wieder dran sein, Es hat irgendetwas mit Wetterphänomenen und der Erderwärmung zu tun, keine Ahnung. Ich weiß es nicht genau, aber ja, du bekommst vielleicht ein weißes Weihnachten, wenn du Glück hast. Rechne aber nicht damit, dass es allzu viel schneit."

Livia träumte davon, ein weißes Weihnachten mit Nox in seinem Haus zu verbringen, als Moriko sie anstieß. „Einer deiner reichen Freunde ist gekommen."

Livia sah, wie Odelle Griffongy mit geradem Rücken an einem der Tische saß und stöhnte innerlich. Die Frau war ihr ein wenig unheimlich, wie sie zugeben musste. Sie ging zu ihr hinüber. „Hey, Odelle."

Odelle blinzelte sie an, als hätte sie sich gerade erst daran erinnert, dass Livia hier arbeitete. „Oh, hallo. Äh …"

„Livia."

„Natürlich. Hallo, Livia."

Ein kleines Lächeln umspielte Odelles Lippen und Livia war nicht sicher, ob Odelle sie verspottete oder nicht. Sie beschloss, nicht gleich das Schlechteste zu vermuten. „Was kann ich dir bringen?"

Odelle musterte sie. „Ein Eiweißomelett mit Spinat, bitte." Sie lächelte wieder und Livia wurde klar, dass Odelle versuchte, einen Scherz zu machen.

Sie lächelte zögernd zurück. „Natürlich."

„Und deine Gesellschaft, wenn das möglich ist. Nur für ein paar Minuten."

Livias Augenbrauen schossen hoch und sie sah sich um. „Nun, äh …"

„Wenn du nicht kannst, ist es okay."

Livia warf Marcel einen Blick zu. „Ich schätze, ich kann eine Pause machen, aber ich muss erst meinem Chef Bescheid sagen."

„Nur zu."

Livia sprach mit Marcel, der überrascht wirkte, aber mit den Schultern zuckte. „Okay. Langsam werden die Gäste ohnehin weniger."

„Es dauert höchstens zehn Minuten."

Livia setzte sich zu Odelle und fühlte sich merkwürdig fehl am Platz. Die blonde Frau lächelte sie an, aber ihre Augen wanderten suchend über Livias Gesicht. Endlich sprach sie. „Nox ist sehr angetan von dir."

Livia nickte. „Und ich von ihm", sagte sie vorsichtig und hatte keine Ahnung, worauf Odelle hinauswollte. War sie im Begriff, Livia davor zu warnen, ihren Freund auszunutzen? Nicht, dass sie das vorgehabt hätte.

Odelle zerpflückte ihr Omelett. „Nox ist mir sehr wichtig. Du hast vielleicht bemerkt, dass ich nicht leicht Freunde finde. Ich habe die Neigung, meine Meinung offen zu sagen. Ich habe schon oft zu hören bekommen, dass ich kein Taktgefühl habe, also vergib mir, wenn ich mich unangemessen äußere."

„Sicher."

„Ich mag es, ihn glücklich zu sehen. Er verdient es."

Livia hob die Hände. „Odelle, ich bin nicht an seinem Geld interessiert."

„Aber er hat Geld."

„Es ist seins, nicht meins."

Odelle nickte. „Ich halte dich nicht für geldgierig. Du scheinst ihn wirklich gern zu haben."

Livia hob ihr Kinn. „Ich liebe ihn, Odelle."

„Ich glaube dir. Was ich sagen wollte, war Folgendes: Sei vorsichtig, welchen seiner Freunde du vertraust. Sie sind nicht immer so, wie sie zu sein scheinen."

„Zum Beispiel ... Roan?"

Odelle lächelte. „Roan ist weder mit Vernunft noch mit genug Schlauheit gesegnet, um anderen etwas vorzumachen. Nein, ich meine ... Amber Duplas."

Livia waren ihre Worte unangenehm. „Sie war sehr freundlich zu mir, Odelle."

„Und ich bin sicher, sie meinte es ernst. Aber sie hat auch Roan hinter meinem Rücken gefickt."

Livia war geschockt. „Odelle, es tut mir so leid ...“

„Schon in Ordnung. Ich bin nicht naiv. Ich weiß, wie Roan ist. Ich weiß, wie Amber ist. Ich werde Roan heiraten, wusstest du das?"

Livia schüttelte den Kopf. „Ich ... Odelle, bist du sicher, dass du das tun solltest?"

Odelle lächelte. „Du siehst alles schwarz und weiß, hm? Ich heirate Roan, denn trotz seiner Affären – ja, es gab mehrere – braucht er mich. Und ich brauche ihn. Du hast vielleicht schon gesehen, dass ich in sozialen Situationen nicht gut bin. Er ist mein Anker, und ich bin seiner. Und ich habe ihm ein Ultimatum gestellt. Er muss die anderen Frauen loswerden. Glaube ich, dass er mir für immer treu sein wird? Nein, natürlich nicht. Aber er versucht es zumindest. Für mich. Ehrlich gesagt in erster Linie für mein Geld, aber auch für mich."

„Warum erzählst du mir das alles, Odelle?" Livia war verlegen.

Odelle lächelte. „Weil ich dich mag. Das empfinde ich nicht oft gegenüber anderen Frauen, aber du, Livia, wirkst aufrichtig. Trotz deines relativ bescheidenen Hintergrunds ..." Sie hielt inne und hob die Hände. „Das war taktlos. Ich meine, trotz der sozialen Unterschiede zwischen uns ... das ist nicht besser ..."

Livia kicherte plötzlich. „Schon okay, Odelle, ich verstehe, was du sagen willst."

„Tut mir leid. Aber was ich meine, ist ... Du scheinst gar keine verborgene Agenda zu haben. Das finde ich erfrischend."

„Okay. Hör zu, ich muss jetzt wirklich wieder an die Arbeit, aber ..." Livia zog den Notizblock aus ihrer Schürze und kritzelte ihre Handynummer darauf. Dann reichte sie den Zettel Odelle. „Wenn du reden möchtest."

„Danke, Livia."

„Pass auf dich auf, Odelle."

Livia berichtete Nox von Odelles Besuch und er schien erfreut darüber zu sein. „Trotz ihres Verhaltens hat sie ein gutes Herz."

„Das glaube ich inzwischen auch." Livia hatte beschlossen, ihm nicht von Odelles Warnung bezüglich Amber zu erzählen. Nox wirkte erschöpft und angespannt, und sie streichelte sein Gesicht. „Hat die Polizei schon weitere Informationen?"

Nox schüttelte den Kopf. „Sie wissen nur, dass Pia auf die gleiche Weise wie Ariel getötet worden ist. Ich war bei Pias Eltern. Sie sind völlig am Boden."

„Gott, die Armen."

Nox hielt ihre Hand an sein Gesicht. „Wenn ich daran denke, wie du alleine durch die Straßen gelaufen bist ..."

Livia runzelte die Stirn. „Nox ... Ich werde mich nicht davon abhalten lassen, mein Leben zu leben, verstehst du? Ich will es nicht in einem Elfenbeinturm verbringen. Ich habe meine Arbeit und das College."

„Jeder, den du liebst. Das hat der Killer geschrieben."

„Bist du sicher, dass er dich damit meint?"

„Warum sollte er Pia sonst auf Ariels Grab legen? Nein, tut mir leid, Liv, bis er erwischt wird, bekommst du Personenschutz."

Livia war genervt. „Wie wäre es, wenn du mit mir darüber redest, anstatt es mir zu verkünden, Nox? Ich will nicht die ganze Zeit irgendeinen riesigen Kerl neben mir haben. Ich kann auf mich selbst aufpassen." Sie schob ihren Stuhl zurück, trug ihren Teller zum Spülbecken und wusch ihn ab. Sie spürte, wie Nox' Arme um ihre Taille glitten, aber sie war zu wütend, um einzulenken.

„Tut mir leid", murmelte er in ihre Haare. „Ich habe nur Angst davor, dich zu verlieren."

Sie drehte sich in seinen Armen um. „Das verstehe ich, aber schreibe mir niemals vor, wie ich mein Leben zu führen habe, okay? Sonst wird es nicht mit uns funktionieren."

Er nickte, aber seine Augen waren traurig. „Ich weiß. Verzeih mir." Er beugte seinen Kopf und strich mit seinen Lippen über ihren Mund. Trotz allem reagierte Liv auf seine Berührung und erwiderte den Kuss. Sie konnte einfach nicht genug von ihm bekommen – von seinem Geschmack, seinem Geruch, seinem harten Körper und seinem schönen Gesicht. Sie strich ihm die Locken aus der Stirn.

„Bring mich ins Bett, Renaud, und zeige mir, wie leid es dir tut."

Nox' Handy klingelte und beide seufzten. „Kannst du ein paar Minuten warten? Es könnte Pias Fall betreffen."

„Dann geh ran", sagte sie und ließ ihn los. Sie räumte die Reste ihres Abendessens weg, während er den Anruf entgegennahm, und war wieder einmal froh, dass Nox nicht jede Menge Personal hatte. Es würde ihre intimen Abendessen schwierig machen. Sie hörte zu, als er sprach.

„Danke, Detective ... Sind Sie sicher, dass ich keine offizielle Aussage machen soll? Ich bin bereit, alles zu tun, um zu helfen. Ich würde gerne die Beerdigung bezahlen, aber ich möchte der Familie nichts aufdrängen ... ja ... ja, natürlich."

Er legte auf und rieb sich seufzend die Augen. Livia konnte die Anstrengung auf seinem Gesicht sehen. Sie ging zu ihm und zog ihn in ihre Arme. „Es tut mir so leid, Baby."

Er hielt sie fest und vergrub sein Gesicht an ihrem Nacken. Sie konnte seine Tränen spüren. „Versprich mir nur eines, Livia ... verlasse mich niemals."

„Ich verspreche es", flüsterte sie und wusste, dass ihre Worte die Wahrheit waren.

KAPITEL SECHZEHN

Livia machte sich in den nächsten Tagen zunehmend Sorgen um Nox und obwohl er ihr sagte, dass er mit Dr. Feldstein gute Fortschritte machte, sah er erschöpft und müde aus. Livia tröstete ihn so gut es ging und verbrachte ihre ganze Freizeit mit ihm. Sie redeten, liebten sich und waren stets zusammen.

Bald jedoch fühlte sie sich nicht mehr in der Lage, ihn allein zu trösten, und fragte ihn, ob er wollte, dass Amber ihn besuchte.

„Amber ist nicht in der Stadt."

Livia war überrascht. „Wirklich?"

„Ja, warum?"

Sie zuckte mit den Schultern. „Es ist nur so, dass du mir nichts davon gesagt hast."

„Habe ich das nicht?" Nox lächelte sie an. Sein Gesichtsausdruck war ein wenig verwirrt.

„Nein, ich denke nicht." Livia schob es beiseite, fragte sich aber, warum Nox so genau wusste, wo Amber war, und warum es sie so störte.

Nox musterte sie. „Sie wollte weg, weil Pias Mord schlechte Erinnerungen in ihr hervorgerufen hat, Süße. Sonst nichts. Ich dachte, du magst Amber?"

„Das tue ich auch", beruhigte sie ihn, aber etwas fühlte sich seltsam für sie an. Warum sollte Amber ihren besten Freund zu einem solchen Zeitpunkt verlassen? Und wenn die Erinnerungen an die Ermordung ihrer Schwester sie quälten, würde sie nicht in der Nähe der Menschen sein wollen, denen sie am nächsten stand? Livia spürte, wie ihre Haut vor Unbehagen kribbelte. Was wusste sie wirklich über diese Leute und wie sie dachten?

„Alles in Ordnung?"

Sie nickte. „Ich bin ziemlich müde, aber ich muss noch üben. Stört es dich, wenn ich das Studio deiner Mutter benutze?"

„Es ist jetzt dein Studio, Baby. Möchtest du etwas Zeit für dich haben?"

„Wenn es dir nichts ausmacht", erwiderte sie lächelnd, um den Schlag abzumildern. „Sonst werde ich von deinem wunderschönen Körper abgelenkt. Ich verspreche, es später wiedergutzumachen."

Nox grinste, wobei sein ganzes Gesicht aufleuchtete, und Liv spürte, wie heißes Verlangen sie durchströmte. „Ich werde dich an dein Versprechen erinnern."

Am Klavier ging sie ihre Komposition immer wieder durch und konzentrierte sich auf die feineren Details. Sie fragte sich, ob ihr Werk überhaupt noch als Jazz durchging, so langsam und fast klassisch war es in seiner Melodie. Charvi hatte ihr versichert, dass es immer noch in ihrem Lieblingsgenre verwurzelt war.

„So klingt New Orleans Jazz", hatte sie Livia bei ihrem letzten Treffen gesagt. „Langsam, sinnlich, laissez-faire. Es ist voller Verlangen und doch zufrieden, als ob es sagt: Ja, du willst diesen Mann, aber einfach still neben ihm zu sitzen ist schon genug."

Und es stimmte. Livia liebte es einfach, mit Nox zusammen zu sein, selbst wenn sie auf seiner Couch ein Nickerchen machten oder zusammen lasen, während sein Kopf auf ihrem Bauch ruhte. Einfach nur mit Nox den Moment zu genießen fühlte sich so natürlich an.

Vielleicht ist das der Grund, warum ich so nervös bin, sagte sie sich. Es ist alles ein bisschen zu gut, um wahr zu sein.

Sie bewegte ihre Finger immer wieder über die Tasten, und als sie nach ein oder zwei Stunden hörte, wie sich die Tür zum Musikzimmer öffnete, lächelte sie vor sich hin. Sie hatte ihre Augen geschlossen und übte die Akkorde, als sie spürte, wie seine Finger ihr Haar von ihrer Schulter zogen und seine Lippen über ihren Nacken strichen. Sie spielte weiter, als er langsam ihr Kleid aufknöpfte, die Haut ihres Rückens streichelte und dann seine Lippen darüber wandern ließ. Livia zitterte wohlig und Nox stieß ein tiefes, sexy Lachen aus.

„Spiel weiter, meine Schöne."

Livia kicherte leise, als er sie hochhob, unter sie glitt und sie auf seinen Schoß setzte, bevor er ihr Kleid von ihren Schultern löste. Sie schaffte es, die Melodie weiter zu spielen, während er sie bis zur Hüfte auszog. Als sie sich an seinem Unterleib rieb, spürte sie, wie sein Schwanz sich lang und hart gegen ihre Pobacken presste. Nox knabberte an ihrem Ohrläppchen, während er ihre nackten Brüste streichelte. „Willst du mich in dir haben?"

Sie nickte und drehte ihren Kopf, um seinen Mund zu küssen. Nox schloss leise den Klavierdeckel und setzte sie auf das Instrument, um den Rest ihrer Kleidung zu entfernen. Livia küsste ihn, während er sich ebenfalls auszog.

Dann ließ er sich auf dem Klavierhocker nieder und hob sie wieder auf seinen Schoß. Livia nahm seinen Schwanz in die Hand, bewunderte seine dicke, heiße Länge und führte ihn dann in sich ein. Sie stöhnte leise, als er sie füllte. Die beiden bewegten sich im gleichen Rhythmus, ihre Augen waren fest aufeinander gerichtet und ihre Münder küssten sich hungrig.

„Gott, ich liebe dich", knurrte Nox, als ihr Liebesspiel intensiver wurde. Er legte sie auf den Boden und begann hart zuzustoßen, während sie ihre Beine um ihn schlang. Die Empfindungen, die er durch ihren Körper sandte, waren berauschend, und sie vergaß all ihre früheren Bedenken und gab sich ihm völlig hin.

Nox, der wusste, dass er ihren Körper beherrschte, lächelte zu ihr herunter, als er sie zum Orgasmus trieb. „Du und ich für immer, Livvy. Versprich es mir."

„Ich verspreche es, Gott, ja. Ich verspreche es... Nox ..." Sie wölbte ihren Rücken und spürte, wie er seinen Höhepunkt erreichte, als sie vor Ekstase keuchte, während er dickes, cremiges Sperma tief in sie pumpte. Danach lagen sie erschöpft auf dem Boden. Livia schnappte nach Luft, lachte und sagte ihm, wie sehr sie ihn liebte.

Nox überschüttete sie mit Küssen und brachte sie zum Kichern, als er auf ihren Bauch blies und ihre Seiten kitzelte. Livia kreischte lachend und wand sich, um ihm zu entkommen. Sie drehte sich um — und keuchte, als sie etwas entdeckte. Eine Gestalt am Fenster der Villa.

Jemand beobachtete sie.

KAPITEL SIEBZEHN

Bei Livias panischem Schrei zuckte Nox zusammen, packte seine Hose und schob seine Beine hinein, bevor er geradewegs zur Tür rannte. Livia folgte ihm durch den langen Flur des Hauses, aber sie blieb stehen, als er rief: „Bleib im Haus, Baby. Ruf die Polizei!"

Adrenalin flutete ihre Adern, als sie ihr Handy ergriff und anrief, während sie die Tatsache verfluchte, dass Nox ein Sicherheitsteam auf seinem Anwesen ablehnte. Sie erreichte die Rettungsdienststelle, wo man ihr versicherte, dass jemand unterwegs sei.

„Bleiben Sie ruhig, Ma'am, und legen Sie nicht auf. Ist Ihr Partner zurück?"

„Nein …" Livia versuchte, das Zittern aus ihrer Stimme herauszuhalten. „Er ist immer noch da draußen." Sie ging zur Tür, spähte in die Nacht hinaus und zitterte vor Entsetzen und Kälte. Sie hatte es gerade noch geschafft, Nox' Hemd zu fassen zu bekommen, um sich zu bedecken. Nox selbst konnte sie weder sehen noch hören. „Nox!"

„Bleib im Haus!" Seine Stimme war weit weg, aber sie fühlte Erleichterung darüber, dass er in Hörweite war.

„Er sucht immer noch nach der Person, die uns beobachtet hat", sagte sie der Frau am anderen Ende der Leitung. „Bitte beeilen Sie sich."

„Das tun wir. Bleiben Sie einfach ruhig."

Ein Schuss durchdrang die Nacht, und Livia schrie auf und ließ das Handy fallen. „Nox!" Ihr Entsetzen ließ Tränen über ihr Gesicht strömen, als sie hinausrannte, ohne sich um ihre eigene Sicherheit zu kümmern, so lange sie ihn nur erreichte. Sie hörte Schreie und einen weiteren Schuss. Livia rannte auf das Geräusch zu und rief seinen Namen. Endlich kam er in Sicht.

Nox sah sie mit einem seltsamen Ausdruck in seinen Augen an, und Livia blieb stehen. „Baby?"

„Ich habe dir gesagt, du sollst im Haus bleiben", sagte er leise und zu ihrem Entsetzen tropfte von seinem Haaransatz Blut über sein perfektes Gesicht. Nox Renaud griff nach ihr, als seine Knie unter ihm nachgaben und er zu Boden stürzte.

Livia wusste nicht, wie sie es geschafft hatte, mit dem Schreien aufzuhören. Ein paar Minuten nachdem die Polizei erschienen war, beobachtete sie, wie Nox bewusstlos in einen Krankenwagen geladen wurde. Eine Polizistin wickelte eine Decke um sie und als sie im Krankenhaus ankamen, gab ihr eine freundliche Krankenschwester etwas zum Anziehen. Nox wurde direkt in die Notaufnahme gebracht und es dauerte nicht lange, bis der Arzt zu Livia kam.

„Mr. Renaud wurde in den Kopf geschossen, aber glücklicherweise ist es eine relativ unkomplizierte Wunde. Ich sage relativ, weil offensichtlich jeder Kopfschuss seine Komplikationen hat. Ermutigend ist auf jeden Fall, dass die Kugel zwar ein Stück des Schädelknochens abgesplittert hat, aber nicht in das Gehirn eingedrungen ist. Wir werden ihn operieren und nachsehen, wie viel Schaden angerichtet wurde. Ich bringe Sie auf den neuesten Stand, sobald wir mehr wissen."

„Doktor? Wird er es gut überstehen?"

„Wir tun, was wir können. Verlieren Sie nicht die Hoffnung."

Die Polizistin bei Livia dankte dem Arzt. Als sie allein waren, befragte sie Livia genauer darüber, was geschehen war, und Livia erzählte es ihr.

„Konnten Sie herausfinden, ob der Eindringling männlich oder weiblich war?"

„Ich habe die Gestalt nur den Bruchteil einer Sekunde gesehen, bevor sie vom Fenster weggetreten ist." Livia war ruhig, denn sie wusste, dass die Polizei diese Fragen stellen musste. Trotzdem machte sie sich schreckliche Sorgen um Nox. „Nox ist ihr gefolgt und ich habe die Polizei gerufen. Das Nächste, woran ich mich erinnere, ist, dass Nox blutend auf dem Boden lag." Ihre Stimme brach, als der Schock sie mit voller Wucht traf. „Oh Gott ... oh Gott ..."

Sie ließ ihren Kopf in ihre Hände sinken und begann zu weinen. Die Polizistin rieb ihr den Rücken und kurz darauf hörte Livia eine vertraute Stimme, als sich jemand neben sie setzte und sie in seine Arme zog.

„Shh, es ist okay." Sandor hielt sie fest, als sie sich an ihn lehnte. Sie weinte, bis keine Tränen mehr kamen, und schaute dann auf. Sandor wirkte geschockt, versuchte aber, sie anzulächeln. Er reichte ihr ein Taschentuch und streichelte ihren Rücken. „Er wird es überleben."

„Darauf kannst du wetten", bekräftigte Amber entschlossen, als sie in den Raum trat und der Polizistin zuwinkte. „Hallo. Ich bin Amber Duplas."

„Ich weiß, wer Sie sind, Ms. Duplas. Danke, dass Sie gekommen sind."

„Sie haben sie angerufen?" Livia wischte sich überrascht die Augen ab.

Der Polizistin nickte. „Sie waren in keinem guten Zustand, und wir kennen Mr. Renauds Kontakte. Wir dachten, es wäre das Beste, seine Freunde anzurufen."

„Danke. Das war sehr freundlich von Ihnen."

„Ich werde Sie jetzt verlassen, aber ich komme später zurück, um Ihnen weitere Fragen zu stellen."

„Natürlich."

Als sie mit Sandor und Amber allein war, erzählte sie ihnen, was passiert war. „Jemand hat auf ihn geschossen", sagte sie ungläubig. „Jemand hat auf Nox geschossen."

Amber legte ihren Arm um sie. „Hör zu, die Ärzte sagen, dass er es übersteht wird ... höchstwahrscheinlich."

„Das haben sie dir gesagt?"

Amber lächelte. „Ich stehe Nox sehr nahe. Wir haben nur noch einander – es gibt keine anderen lebenden Verwandten."

„Ich verstehe." Liv spürte eine Welle der Erschöpfung in sich aufsteigen und Sandor schien es zu bemerken.

„Livvy, die Operation kann Stunden dauern. Wir können die Krankenschwester bitten, ein Bett für dich bereitzumachen, damit du dich ausruhen kannst."

„Danke, San, aber ich kann jetzt nicht schlafen. Ich brauche nur einen Kaffee."

Amber stand auf. „Ich besorge dir einen."

Sandor ließ seinen Arm auf Livias Schultern. „Lehne dich wenigstens an mich und versuche, dich etwas zu entspannen."

Nach ein paar Stunden kam der Arzt zurück. Er lächelte und Livia spürte, wie Hoffnung in ihr aufkeimte. „Mr. Renaud geht es gut. Die Kugel ist nicht in die Gehirnhöhle gelangt. Wie wir vermutet haben, hat er nur Schaden am Schädelknochen genommen, als die Kugel daran abgeprallt ist. Er hatte unglaubliches Glück. Er hat etwas Haut und Haare verloren, aber wir konnten die Wunde schließen, so dass keine weiteren Operationen erforderlich sind. Wir müssen nun darauf warten, dass er aus der Narkose erwacht. Er könnte eine Gehirnerschütterung haben – tatsächlich ist das sehr wahrscheinlich, also behalten wir ihn für ein paar Tage hier."

Livia spürte die Tränen über ihr Gesicht fließen. „Danke, Doktor, vielen Dank."

Er tätschelte ihre Hand. „Ruhen Sie sich aus. In ungefähr einer Stunde können Sie ihn sehen."

Als Livia wieder mit Sandor allein war, brach sie zusammen und schluchzte in einer Mischung aus Erleichterung und Entsetzen. Sandor hielt sie fest und ließ sie sich ausweinen, bevor sie schließlich in seinen Armen einschlief.

· · ·

Eine Stunde später erwachte Livia. Ihre Augen waren geschwollen und tränenschwer, als sie versuchte, Sandor anzulächeln. „Ich weiß, dass ich wie ein Sumpfmonster aussehe, aber ich muss zu Nox."

„Der Arzt sagte, wir können zu ihm, sobald du wach bist."

Livia erhob sich und ging fast in die Knie. Sandor fing sie gerade noch rechtzeitig auf und sie lehnte sich gegen seinen festen Körper. „Liv, hast du etwas gegessen?"

„Nicht seit gestern Abend."

„Wir müssen dir etwas zu essen besorgen."

„Ich will ihn zuerst sehen."

Sandor sah unglücklich, aber resigniert aus. „Dann komm, halte dich an mir fest."

Als Livia Nox sah, kamen die Tränen wieder. Sein Kopf war bandagiert, und Livia konnte getrocknetes Blut und die Anfänge eines riesigen Blutergusses – rot, lila, schwarz und blau – auf der rechten Seite seines Kopfes erkennen. „Mein Gott."

„Denk daran, was der Arzt gesagt hat. Es sieht schlimmer aus, als es ist."

Livia beugte sich über ihren Liebhaber und küsste seine Lippen, froh darüber, dass sie warm waren. „Ich liebe dich so sehr", flüsterte sie und lächelte, als Nox seine Augen öffnete und sich auf sie konzentrierte.

„Hey, meine Schöne." Er sah einige Momente mit einem Lächeln zu ihr auf, dann schlossen sich seine Augen und er schlief wieder ein.

Livia seufzte erleichtert und lehnte ihre Stirn sanft an seine. „Gott sei Dank, Nox."

Sandor rieb ihr den Rücken. „Komm, setz dich hin, bevor du umfällst, Liv. Ich hole dir etwas Warmes zu essen."

Später in der Nacht schlief Nox immer noch. Livia strich seine Locken aus seinem blassen Gesicht und seufzte. Sie hatte Sandor und Amber weggeschickt und war erschöpft. Sie stand auf, beugte sich über Nox und küsste seine kalten Lippen. „Ich werde einen Kaffee trinken gehen, Baby. Ich bin gleich wieder da."

Sie suchte einen Automaten, aber der auf Nox' Etage war außer Betrieb, also stieg sie die Treppe hinunter und hoffte, dass die Bewegung sie wieder wachmachen würde. Jetzt, da sie wusste, dass Nox außer Gefahr war, war das Adrenalin verschwunden, und ihr Körper fühlte sich schwer und lustlos an. Wer zur Hölle würde auf ihren geliebten Nox schießen? Wer hatte sie beobachtet? Sie bekam eine Gänsehaut bei dem Gedanken daran. Wie war der Abend voller Sinnlichkeit und Liebe zu etwas so Furchtbarem geworden?

Livia stieß die Tür zum unteren Stockwerk auf und trat in den Korridor. Es war still und sie konnte sehen, dass dort gerade eine Art Umbau durchgeführt wurde. Niemand war in der Nähe. Zu ihrer Erleichterung funktionierten die Automaten und sie kaufte sich schnell einen starken schwarzen Kaffee und einen Power-Riegel. Dann holte sie sich frisches kaltes Wasser aus dem Getränkespender und trank den Plastikbecher aus.

Eine Brise wehte kühl gegen ihren Rücken und sie hörte eine Tür zuschlagen. Sie drehte sich um und der Atem stockte in ihrer Kehle, als sie eine Gestalt im Schatten am Ende des Korridors sah, die sie beobachtete. Livia atmete zitternd ein. „Tut mir leid, wenn ich nicht hier unten sein sollte, aber der Kaffeeautomat oben ist ..."

Sie verstummte, als die Gestalt des Mannes wortlos auf sie zukam. Dann sah sie es. Das Messer in seiner Hand.

Jesus, nein ...

Sie ließ den heißen Kaffee fallen, drehte sich um und rannte los. Der Eindringling war zwischen ihr und der Treppe, also rannte sie tiefer in die Gänge und suchte nach einem anderen Ausgang. Sie hörte seinen Atem hinter sich, als er sie verfolgte. Livia riss jede Tür auf, die sie finden konnte, bis sie eine verschlossene Tür erreichte und wusste, dass ihre Glückssträhne vorbei war.

Im nächsten Augenblick spürte sie, wie er ihre Schultern packte und sie zu sich zerrte. Livia schrie, trat und kämpfte, fest entschlossen, sich zur Wehr zu setzen, bis sie entweder entkam oder er sie tötete.

Er war stark, zu stark, und als seine Faust ihre Schläfe traf, fiel

Livia in dem Wissen, dass sie nichts mehr tun konnte, benommen und verängstigt zu Boden.

Auf dem Rücken liegend spürte sie, wie ihr Angreifer ihr Shirt nach oben schob und ihren Bauch freilegte. Das Aufblitzen der Klinge war das Letzte, was sie sah, bevor sie ohnmächtig wurde.

KAPITEL ACHTZEHN

„Livia? Livvy, wach auf."

Sie konnte Sandors Stimme hören und war verwirrt. Warum sagte er, sie solle aufwachen? War sie nicht tot? Ihre Ermordung war überraschend schmerzlos gewesen, das musste sie zugeben, aber jetzt platzte ihr fast der Kopf vor Schmerzen. Sie öffnete ihre Augen. Weißes Licht blendete sie.

„Au", sagte sie und hörte Sandors erleichtertes Lachen.

„Hallo, Kleine. Du hast uns Angst gemacht."

„Livia? Ich bin Dr. Ford. Wir haben Sie bewusstlos auf dem Boden gefunden. Was ist geschehen, meine Liebe?"

Livia blinzelte, griff sofort nach unten und fuhr mit der Hand über ihren Bauch. Es gab keine Stichwunden. Sie streckte die Hand aus und berührte ihre Schläfe. Blut. „Er hat mich gejagt und geschlagen. Ich denke, er wollte mich töten ... warum hat er es nicht getan?"

Sie sah, wie der Arzt und Sandor einen skeptischen Blick wechselten, und fühlte sich wie eine Idiotin. Sie stemmte sich in eine sitzende Position hoch. „Wer ist bei Nox? Wenn jemand versucht hat, mich zu töten, dann ist er auch in Gefahr."

„Amber ist bei ihm, Liebes. Der Arzt wird sich um deinen Kopf kümmern und die Polizei will mit dir reden, okay?"

„Sicher." Livia fühlte sich nicht ernst genommen. „Vielleicht werden sie mir glauben." Sie konnte nicht verhindern, dass sie schnippisch klang. Der Arzt sagte nichts, aber Sandor lächelte.

„Es ist nicht so, dass wir dir nicht glauben. Als ich dich unten fand, sah es so aus, als wärst du gefallen und hättest dir den Kopf angeschlagen. Es gab keine Anzeichen eines Kampfes. Bist du sicher, dass du nicht nur in Panik geraten bist? Du bist sehr müde, und es war eine lange Nacht."

Wenn er es so formulierte ... Hatte sie sich alles nur eingebildet? Livia schloss die Augen und spürte, wie sich alles um sie herum drehte. Der Arzt reinigte ihre Kopfwunde. „Sie muss nicht einmal genäht werden."

Livia dankte ihm. Als sie und Sandor allein waren, spürte sie Tränen in ihren Augen. „Ich weiß nicht, was ich denken soll, San. Ich war mir so sicher ... Er hatte ein Messer. Ich habe es gesehen."

Sandor setzte sich zu ihr und legte seinen Arm um sie. „Warum warst du da unten?"

„Kaffee. Der Automat auf dieser Etage funktioniert nicht. Hey, ich erinnere mich, dass ich den Kaffeebecher fallen gelassen habe, als ich gejagt wurde." Sie sah ihn hoffnungsvoll an, aber er schüttelte den Kopf.

„Wir haben keinen verschütteten Kaffee gesehen."

Verdammt. Wurde sie verrückt? „Ich will zu Nox."

„Natürlich."

Livia ging auf wackligen Beinen in Nox' Zimmer. Als sie die Tür aufstieß und sah, wie Amber seine Stirn streichelte, durchfuhr sie Eifersucht. Er war wach und als er sie sah, lächelte er so süß, dass ihr Herz sich zusammenzog.

„Hey. Man hat mir gesagt, dass du hingefallen bist."

Livia lächelte ihn vorsichtig an und warf einen Blick auf Amber, die den Stuhl am Krankenbett räumte. „Wir geben euch Privatsphäre", sagte sie, zog Sandor aus dem Raum und schloss die Tür hinter sich. Livia beugte sich vor und küsste Nox' Mund.

„Du hast mir solche Angst gemacht, Baby."

„Es tut mir leid, mein Engel. Bist du wirklich hingefallen?

Livia zögerte und wusste nicht, was sie sagen sollte. Schließlich nickte sie. Sie hatten jetzt Wichtigeres zu besprechen. „Es geht mir gut ... aber, Nox, erinnerst du dich daran, was passiert ist, bevor du angeschossen wurdest?"

Sie konnte nicht anders, als den Verband an seinem Kopf zu berühren. Er fing ihre Hand ein und drückte sie an sein Gesicht. „Ja. Wir haben uns geliebt und irgendein Perverser hat uns beobachtet. Als ich draußen war, hörte ich etwas und ging darauf zu. Ich habe ... etwas gesehen – eine Gestalt – und bin ihr nachgegangen." Er seufzte und schloss die Augen, als sie sein Gesicht streichelte. „Als du gerufen hast, habe ich gesehen, wie sich die Gestalt dem Klang deiner Stimme zugewandt hat. Ich hatte Angst, dass der Typ dich angreift. Ich habe ihn fast eingeholt, dann hat er ... oder sie? ... auf mich geschossen. Ich erinnere mich, dass ich nicht wusste, ob ich tot oder lebendig war – ich wollte dich nur ein letztes Mal sehen, also bin ich zu dir zurückgekommen."

Er öffnete die Augen und begegnete ihrem Blick. „Schatz, ich war benommen und hatte eine Gehirnerschütterung, aber in dem Moment bevor ich ohnmächtig wurde ... sah ich jemanden hinter dir. Gott ..." Sein Gesichtsausdruck war schuldbewusst und Livias Kehle verengte sich.

„Er ist uns hierher gefolgt", sagte sie leise, „und hat mich angegriffen. Ich bin nicht hingefallen. San und der Arzt glauben mir nicht. Wer zum Teufel ist hinter uns her, Nox?"

Nox schüttelte grimmig den Kopf und griff nach ihr. Sie kroch zu ihm ins Bett und er schlang seine Arme um sie. „Ich weiß es nicht, Liebling, aber ich kann dir eines versprechen: Er kommt uns nie wieder zu nahe." Er küsste ihre Stirn. „Ich weiß, dass du die Vorstellung hasst, aber gleich morgen früh organisiere ich ein Sicherheitsteam für uns. Einverstanden?"

Livia konnte ihm nicht widersprechen. „Also gut. Was auch immer du für richtig hältst."

Nox küsste ihre Stirn. „Tut dir der Kopf weh?"

Sie schüttelte ihn vorsichtig und lächelte. „Bestimmt nicht so weh wie dir deiner."

„Sie haben mir Morphium gegeben."

Livia grinste. „Wow, das klingt aufregend."

Nox lachte. „Ehrlich gesagt bin ich völlig fertig. Ich könnte ein paar Stunden Schlaf gebrauchen und du wohl auch."

Livia schlief bei Nox im Bett trotz der missbilligenden Blicke der Krankenschwestern, die hereinkamen, um seine Vitalfunktionen zu überprüfen. Als sie erwachten, war es Abend. Livia küsste zärtlich seinen Mund.

„Gott sei Dank geht es dir gut, Nox. Ich weiß nicht, was ich sonst getan hätte."

Er streichelte ihr Gesicht. „Jetzt weißt du, wie ich mich fühle. Was auch immer passiert, wir schaffen das, Liv. Ich will mein Happy End mit dir haben."

Sie hörten laute Stimmen draußen auf dem Flur. Nox und Livia sahen sich an, als Roan und Odelle, die beide wütend und verängstigt wirkten, hereinkamen. Odelle seufzte erleichtert. „Meine Güte."

Roan, der mitgenommen aussah, umklammerte die Hand seines Freundes. „Jesus, Nox, als sie in den Nachrichten sagten, dass du angeschossen worden bist ..."

„Es ist in den Nachrichten?"

Odelle nickte. „So haben wir es herausgefunden."

Livia stand auf. „Es tut mir leid, das ist meine Schuld. Ich hätte euch anrufen sollen." Sie wankte und Odelle trat vor, um sie zu stützen.

„Nein, Amber und Sandor hätten uns anrufen sollen. Du hattest hier genug zu tun ... was ist mit deinem Kopf passiert? Sie haben nicht erwähnt, dass du verletzt bist."

„Das ist im Krankenhaus passiert. Ich werde es euch später erzählen." Livia warf einen Blick auf Roan, der verzweifelt aussah. „Geht es ihm gut?" Sie senkte die Stimme und Odelle schüttelte den Kopf.

„Nein. Hör zu, wir müssen mit dir reden, und ich ... lass mich einfach einen Moment mit Nox verbringen, dann trinken wir Kaffee und essen etwas Warmes. Du siehst aus, als könntest du das gebrauchen."

Livia nickte und drehte sich um, um Nox zu küssen. „Ich werde dir einen Moment mit deinen Freunden geben, Schatz. Ich bin gleich wieder da."

Sie sah, wie Nox Odelle umarmte. Livia war erstaunt, die andere Frau weinen zu hören. Odelle war die meiste Zeit so emotionslos, dass es ein Schock war. Livia wurde klar, wie viel Nox Odelle bedeutete, und es erwärmte sie noch mehr für die andere Frau.

Und Roan ... etwas stimmte nicht mit ihm und er wirkte am Rande eines Nervenzusammenbruchs. Er war offenbar mehr als entsetzt darüber, dass sein Freund angeschossen worden war.

Livia ging auf die Damentoilette, um sich frisch zu machen, und putzte sich die Zähne. Sie fühlte sich schmutzig. Die Kleidung, die sie bekommen hatte, war mit getrocknetem Blut befleckt. Ein Bluterguss bildete sich über ihrer Schläfe und sie konnte den Umriss von Finger-knöcheln an der Wunde sehen. Sie knirschte mit den Zähnen. Sie hatte weder halluziniert noch sich eingebildet, dass der Eindringling hinter ihr her war.

Warum hatte er sie nicht getötet? Sie zog ihr Shirt hoch und unter-suchte ihren Bauch. Nichts, nicht einmal ein Kratzer. Sie wollte es gerade wieder fallen lassen, als ihr etwas ins Auge fiel. Ein kleiner Schnitt an der Innenseite ihres Bauchnabels. Getrocknetes Blut. Was zum Teufel war das? War es eine Warnung oder hatte der Mann sie langsam aufschlitzen wollen, war aber unterbrochen worden? Vielleicht von Sandor auf der Suche nach ihr? Ein Schauer lief ihr über den Rücken und ihr Atem beschleunigte sich, als ihr klar wurde, dass sie tot sein könnte, wenn Sandor nicht nach ihr gesucht hätte. Sie würde in einer Blutpfütze ausge-weidet auf dem Boden liegen, bis Nox fragte, wo sie war. Der Angreifer hatte Nox in den Kopf geschossen und dann sie überfallen – also warum hatte er den Job nicht beendet? Sie war völlig hilflos gewesen.

Jeder, den du liebst ... Die Warnung von Pias Fundort fiel ihr wieder ein. An wen war die Botschaft gerichtet gewesen? An Nox?

Aber warum? Was zur Hölle hatte diesen Rachefeldzug zwanzig Jahre nach dem Tod seiner Familie und seiner Freundin ausgelöst?

Livia starrte in den Spiegel. Was ging hier vor? Und warum war sie sich so sicher – so überwältigend sicher –, dass Amber etwas damit zu tun hatte? Amber und Roan ... beide wussten mehr, als sie zugaben. Wollte Amber Rache für Ariels Tod, jetzt wo Nox endlich mit der Vergangenheit abgeschlossen und sich in eine andere Frau verliebt hatte? Oder wollte sie Nox einfach für sich haben?

Was war mit Roan? Er sah aus wie ein gebrochener Mann. Sie konnte nicht glauben, dass er sie verfolgt und angegriffen hatte ... aber andererseits war Roan ein leidenschaftlicher Mann. Hätte er gezögert, sie schnell und brutal zu töten, egal, wer kam? Das glaubte sie einfach nicht.

Livia schüttelte sich. „Es könnte auch irgendein Psychopath gewesen sein, der Pia getötet hat, und ein Einbrecher, der Nox' Haus auskundschaften wollte, um ihn auszurauben ..." Sie sprach die Worte laut aus, um sich zu beruhigen, aber ihr versagte die Stimme. Nein, es war etwas Heimtückischeres. Sie wusste es einfach.

Sie sprang auf, als die Toilettentür hinter ihr zuschlug, und drehte sich um. Niemand. Was bedeutete, dass jemand sie beobachtet hatte. Sie ging zur Tür und schaute hinaus. Wer auch immer es gewesen war, war schon weg. Livia knirschte mit den Zähnen, aber als sie nach unten sah, entdeckte sie etwas. Ein langes rotes Haar auf dem Linoleumboden. Amber.

Livia ging zurück in Nox' Zimmer und hörte ihn in einem liebevollen, zärtlichen Ton sprechen. „Es ist okay, Odelle, mir geht es gut. Ich werde in ein paar Tagen hier rauskommen."

„Ich kann es nicht ertragen, dass dir oder Livia etwas passiert. Du bist meine Familie."

Livia war unglaublich gerührt. Wer hätte gedacht, dass sie der Eiskönigin so viel bedeuteten? Sie klopfte leise an die Tür, steckte ihren Kopf hinein und lächelte die beiden an. Roan war verschwunden. „Ich hoffe, ich störe nicht."

„Überhaupt nicht, Baby."

Odelle kam zu ihr und umarmte sie, und Livia erwiderte die Umarmung. „Wir sind okay, Odelle, wirklich."

Odelle schniefte und Livia bemerkte, dass sie wieder weinte. Die andere Frau zog sich schließlich zurück und wischte sich die Augen ab. „Es tut mir leid."

„Mach dir keine Sorgen." Livia lächelte sie an, ging dann zu Nox und nahm seine Hand.

Odelle sammelte sich. „Hört zu, ich kann sofort telefonieren und Security engagieren – hier, zu Hause, im Restaurant und in deinem Büro, Nox."

Nox nickte. „Das wäre wunderbar. Danke, Odie."

Odelle griff direkt nach ihrem Handy und trat in den Flur hinaus. Livia stupste Nox an. „Odie?"

Er grinste. „Ich bin der Einzige, der sie so nennen darf. Aber nur zu besonderen Anlässen."

„Zum Beispiel, wenn dir in den Kopf geschossen wird?"

„Zum Beispiel." Sie lachten beide und die Anspannung wurde durch den Scherz aufgehoben. Nox küsste sie. „Übrigens mag ich dein neues Outfit."

Livia verdrehte die Augen. „Ich bin schmutzig."

„Hör zu, Baby, ich werde Sandor bitten, dich nach Hause zu bringen. Iss etwas, dusche und schlaf dich aus. Ich gehe nirgendwohin."

Es klang verlockend und nach einer Weile stimmte Livia zu. „Solange jemand bei dir ist."

„Ich denke nicht, dass Odelle weggeht."

„Wo ist Roan?"

Nox schüttelte den Kopf. „Er hat eine Entschuldigung gemurmelt und ist gegangen. Odelle ist wegen irgendetwas wütend auf ihn."

Sie saßen eine Weile schweigend da und hielten sich an den Händen. Livia räusperte sich. „Nox ... Ich habe das Gefühl, dass wer auch immer hinter all dem steckt ... uns nahesteht. Dir nahesteht."

„Das denke ich auch."

Sie musterte ihn. „Verdächtigst du ... Roan?"

Nox seufzte. „Ich hasse es, das zu sagen, aber ich wüsste nicht, wer sonst ein Motiv haben sollte. Er trinkt zu viel, ist pleite ..."

„Heiratet er nicht Odelle?"

Nox' Mund bildete eine gerade Linie. „Ja. Und er sollte sich glücklich deswegen schätzen. Aber das garantiert ihm kein Geld. Odelles Vater wird es nicht zulassen."

Livia sah ihn schief an. „Odelles Vater weiß, dass wir im 21. Jahrhundert leben, oder?"

„Ich meine nicht, dass er der Heirat nicht zustimmen wird, aber Odelle ist eine Erbin. Sie hat kein eigenes Geld – alles ist in Treuhandfonds gebunden und ihr Vater kann ihr jederzeit den Zugriff darauf verwehren."

„Warum heiratet Odelle Roan überhaupt?"

Nox schenkte ihr ein seltsames, halb trauriges Lächeln. „Weil sie ihn liebt."

„Nox, würde Roan auf dich schießen?"

„Ich kann dir nur sagen, dass Roan ein hervorragender Schütze ist. Wenn er es war, dann hat er nicht vorgehabt, mich zu töten." Nox sah aus, als würde ihm bei den Worten übel werden. „Wenn ich hier rauskomme, Liebling ... dann müssen wir über viele Dinge reden. Deine Sicherheit ist von größter Bedeutung. Unsere Zukunft auch. Odelle hat mir gesagt, dass die Presse deinen Namen hat. Die Journalisten werden dich am College und im Restaurant verfolgen."

„Damit komme ich klar."

Nox musterte sie. „Du hast keine Ahnung, wie sie sind. Verdammte Aasgeier. Sie werden all deine Geheimnisse ausgraben."

Livia zuckte mit den Schultern. „Ich habe keine Leichen im Keller."

„Dann muss ich dich warnen", sagte Nox und sein hübsches Gesicht war ernst. „Sie werden sich etwas ausdenken, nur für dich. Die Dinge werden wirklich verrückt werden."

Odelle bedankte sich beim Portier, der ihr die Tür öffnete, als sie in ihr Apartmentgebäude ging. Er rief sie zurück. „Mr. Saintmarc wartet oben auf Sie."

Odelle nickte mit teilnahmslosem Gesicht. „Danke, Glen."

Sie fuhr mit dem Aufzug zu ihrem Penthouse und trat hinaus in das Atrium. Roan war gegen die Wand gelehnt. Er sah sie verzweifelt an, und Odelles Plan, ihn wegzuschicken, löste sich in Luft auf. Sie hatte ihn noch nie so trostlos gesehen. Sie kauerte sich neben ihn. „Was ist, Roan? Was ist los?"

Roan begann zu schluchzen, als er die Worte aussprach. „Sie werden sagen, dass ich es war, Odelle ... sie werden sagen, dass ich es war ... dieses Mädchen, Pia ... Ich war in der Nacht, als sie getötet wurde, bei ihr ... und sie werden sagen, dass ich es war ..."

KAPITEL NEUNZEHN

Die polizeilichen Ermittlungen förderten nichts zutage und als Weihnachten näherkam und es schließlich kalt wurde, verbarrikadierten sich Livia und Nox in seinem Haus. Livia ging nur zur Arbeit oder zum College und Nox zu geschäftlichen Treffen, die er nicht von zu Hause aus erledigen konnte. Keiner von ihnen sagte es, aber die selbstgewählte Isolation schien ihrer Beziehung ein neues Element eröffnet zu haben, eine neue Intimität – eine Nähe, von der sie nicht einmal gewusst hatten, dass sie ihnen fehlte.

Natürlich fanden ihre sexuellen Abenteuer jetzt nur noch im Schlafzimmer statt. Odelle hatte eine kleine Armee von Personenschützern für Nox und Livia angeheuert, und die beiden waren selbst ein wenig verblüfft darüber, wie sehr ihr Leben dadurch eingeschränkt war.

„Ich kann sie nicht wegschicken. Odelle würde mich umbringen ... und ich würde ungern mehr als einmal im Jahr beinahe ermordet werden." Nox grinste Livia an, die lachte.

„Es nervt, nicht wahr? Ich wurde neulich fast ermordet, als ich mir Kaffee holen wollte."

„Wie lästig."

„Und wie."

Sie scherzten so miteinander, seit Odelle ihnen von Roan erzählt hatte. Er hatte mit Pia geschlafen und war in der Nacht, als sie getötet wurde, bei ihr gewesen. Odelle hatte ihn überredet, zur Polizei zu gehen. Er wurde verhört und wegen Mordverdachts angeklagt. Odelle hatte zwei Millionen Dollar Kaution bezahlt und Roan stand nun bis zum Prozessbeginn in ihrer Wohnung unter Hausarrest.

Weder Nox noch Livia konnten diese Wendung der Ereignisse glauben. Schlimmer noch, als Roan nach der Nacht gefragt wurde, in der Nox und Livia angegriffen worden waren, konnte er kein Alibi liefern. Die Polizei, die unbedingt einen Schuldigen für Pias Ermordung finden wollte, betrachtete Nox' Ablehnung von Roans Businessplan als hinreichendes Motiv.

„Die Polizei hat kaum Beweise", verkündete Roans Anwalt William Corcoran ihnen, als sie sich in Nox' und Sandors Büros trafen, „aber im Moment ist Roan der Einzige mit einem Motiv, und wir wissen, dass er mit dem Mädchen zusammen war. Ich habe gehört, dass Sie ihn rund um die Uhr bewachen lassen, Ms. Griffongy."

Odelle, die blass und müde aussah, nickte. „Er geht nirgendwohin, Mr. Corcoran. Er will seine Unschuld beweisen."

Livia nahm Odelles Hand und drückte sie. „Wir sind für dich da, Odelle." Sie konnte sich nicht dazu durchringen zu sagen, dass sie auch für Roan da waren – sie konnte sich durchaus vorstellen, dass er Nox und Pia wehtun würde, um sie davon abzuhalten, Odelle von seiner Affäre zu erzählen. Odelle sah erschüttert aus, und Livias Herz öffnete sich für sie.

„Wir haben uns noch nie richtig unterhalten, oder?", sagte sie mit leiser Stimme zu Odelle, als Nox und Sandor mit dem Anwalt sprachen. „Wir sollten das tun. Bald."

Odelle nickte. „Ich komme morgen Mittag in deinem Restaurant vorbei, wenn das okay ist."

„Sicher."

Am nächsten Tag machten Moriko und Marcel Livia Vorwürfe und sie konnte es ihnen nicht verdenken. Sie hatte sie aus dem Krankenhaus angerufen, aber sich nicht von ihnen besuchen lassen. Sie sagte ihnen, dass Nox schon zu viele Besucher gehabt habe, aber wenn sie ehrlich war, wollte sie einfach nicht, dass Moriko und Marcel noch mehr auf den Radar des Mörders kamen, als sie es durch die Verbindung zu ihr schon waren. Pia war nicht einmal ein Teil des inneren Zirkels gewesen und jetzt war sie tot. Niemand war sicher.

Moriko warf einen Blick auf die Schnittverletzung an Livias Kopf und verzog ihren Mund zu einer wütenden Linie. „Und das hast du auch nicht erwähnt."

„Ich bin im Krankenhaus in einer Wasserlache ausgerutscht. Keine große Sache." Sie hatte ihnen nichts von dem Angriff erzählt.

Marcel schüttelte den Kopf. „Das ist ernst, Liv. Ich will nicht, dass du verletzt wirst."

Livia nickte in Richtung der beiden riesigen Bodyguards, die im Restaurant saßen. „Es ist in Ordnung. Diese beiden sind immer bei mir – leider."

Sie stellte ihre Tasche nach hinten und ging in die Küche, um sich die Hände zu waschen. Sie fühlte sich müde und ausgelaugt, aber zumindest tat sie wieder etwas Vertrautes. Nox hatte gezögert, sie zur Arbeit gehen zu lassen, konnte sie aber nicht davon abbringen. „Ich habe Verpflichtungen, Baby."

Jetzt band sie sich ihre Schürze um und ging nach vorn. Im Restaurant war es ruhig, da die Mittagszeit noch in weiter Ferne war. Moriko und Livia polierten Weingläser und unterhielten sich, während sie die Tische vorbereiteten.

„Ich habe Neuigkeiten", sagte Moriko grinsend und Livias Augenbrauen schossen hoch. Sie warf Marcel einen Blick zu, woraufhin Moriko die Augen verdrehte.

„Hörst du endlich damit auf? Ich mag Marcel, aber ich arbeite für ihn. Nein, es ist nicht Marcel, aber ich habe jemanden kennengelernt."

„Wen?"

„Ich bin noch nicht bereit, das zu verraten. Aber ich gebe die Wohnung auf. Ich dachte, du solltest es wissen."

„Du ziehst mit diesem Kerl zusammen?" Livia war schockiert, aber Moriko warf ihrer Freundin einen trotzigen Blick zu. Livia grinste verlegen. Ja, sie hatte wirklich kein Recht, sich zu empören. „Es tut mir leid. Wo wohnt er?"

Moriko erzählte es ihr, und Livia pfiff anerkennend. Es war ein luxuriöses Apartmentgebäude in der Stadt, ein oder zwei Häuserblocks von Odelles Penthouse entfernt. „Sehr schön."

„Es hat einen dieser altmodischen Aufzüge, die man in französischen Filmen sieht. Schmiedeeisern und mit schicken Verzierungen." Moriko klang so stolz, dass Livia nicht anders konnte, als zu kichern.

„Nicht übel."

„Das kannst du laut sagen. Hey, vielleicht sollten wir Soireen veranstalten, so wie du mit all deinen neuen tollen Freunden."

Livia grinste. „Ach, sei still. Ich freue mich für dich. Wann können wir deinen Prinzen mit dem schicken Aufzug kennenlernen?"

„Haha. Hoffentlich bald."

„Verrate mir zumindest seinen Vornamen."

„Nein."

„Spielverderberin."

Odelle erschien kurz nach ein Uhr mittags und Livia machte eine Pause. Sie setzten sich zwei Tische von Livias Leibwächtern entfernt hin. Odelle sah amüsiert aus. „Es muss seltsam für dich sein, sie um dich herum zu haben."

Livia nickte. „Ja, aber glaube nicht, dass ich nicht dankbar bin, Odelle."

„Du kannst mich Odie nennen, wenn du willst."

Livia lächelte sie an. „Du warst mir und Nox eine wahre Freundin, Odie."

Die andere Frau errötete ein wenig. „Ich bin nicht gut darin, Freunde zu finden", sagte sie, „besonders Freundinnen. Frauen trauen mir aus irgendeinem Grund nicht. Ich weiß nicht, warum. Es ist nicht so, als würde ich mit ihren Männern schlafen. Im Gegensatz zu Amber."

Livia seufzte. „Ich habe sie beobachtet und mich daran erinnert, was du gesagt hast. Aber sie hat nichts falsch gemacht – jedenfalls glaube ich das nicht. Nox ist nichts aufgefallen, und ich zögere, etwas Negatives über sie zu sagen. Sie stehen einander so nahe."

„Ich verstehe. Hör zu, vielleicht bin ich voreingenommen. Ich habe die Frau nie gemocht und jetzt, wo ich weiß, dass sie mit Roan geschlafen hat ..."

„Hat?"

Odelle lächelte. „Sobald sie erfuhr, dass ich es herausgefunden hatte, ließ sie ihn fallen. Amber hat keine Verwendung für Männer, nachdem ihre Frau oder Freundin sie erwischt hat." Sie sah Livia an. „Macht dich das betroffen?"

Livia nickte. „Ich wollte glauben, dass sie eine von den Guten ist. Ich dachte, sie wäre es."

„Livvy, das musst du selbst wissen. Halte ich Amber für bösartig? Nicht, was Nox angeht, und fairerweise muss ich zugeben, dass sie dich zu mögen scheint."

„Wenn wir Amber und Roan ausschließen, wer sonst könnte einen Groll gegen Nox hegen?" Allein die Worte zu sagen, ließ Livia erzittern.

„Ich weiß es ehrlich nicht. Wir wissen beide, dass Sandor durch und durch anständig ist."

„Er ist wie ein großer Teddybär."

Odelle lächelte. „Das ist er. Er ist wirklich einer von den Guten. Wenn ich mich nur in ihn verliebt hätte."

Livia gluckste. „Ich würde dafür bezahlen, das zu sehen. Also, sonst noch jemand?"

„Da ist jemand. Eine Ex-Freundin von Nox. Nun, nicht wirklich eine Freundin, sondern eine Affäre. Zumindest für Nox. Janine Dupois. Hat Nox sie erwähnt?"

Livia schüttelte den Kopf. „Nein, aber wir haben nie wirklich über Expartner geredet, also mache ich ihm keine Vorwürfe deswegen. Wer ist sie?"

„Eine Mode-Redakteurin aus der örtlichen High-Society. Ich habe gehört, dass sie nach New York gezogen ist, aber den Fehler gemacht hat, in die dortige bessere Gesellschaft einzudringen, ohne sich ausreichend anzupassen."

Livia verdrehte die Augen, und Odelle lachte. „So funktioniert es nun mal, fürchte ich."

„Wenn Nox und ich langfristig zusammen sind – und ich hoffe es –, muss ich aber nicht so werden wie ...."

„Wie ich?" Odelle lächelte und Livia drückte ihre Hand.

„Du weißt, was ich meine. Ich suche nicht das Rampenlicht der Klatschpresse. Ich weiß nichts über diese Welt."

Odelle musterte sie. „Weißt du, Nox ist ein ziemlich bodenständiger Typ. Er hätte sich nicht in jemanden verliebt, der ihm in diesem Punkt unähnlich ist. Das hätte er gar nicht gekonnt. Hab keine Angst, dass du nicht zu uns passt, Livvy."

Als Livia nach Hause kam, fühlte sie sich optimistischer als seit Wochen. Nox kehrte kurz nach ihr zurück und sie begrüßte ihn an der Tür und küsste ihn zärtlich. „Ich habe dich vermisst."

Sie nahm seine Hand und führte ihn sofort die Treppe hinauf. Nox grinste. „Nun, wenn du mich so vermisst hast ...."

Im Schlafzimmer löste Livia seine Krawatte und küsste seine Brust, während sie sein Hemd aufknöpfte. Nox öffnete langsam ihr Kleid und seine Fingerspitzen wanderten über ihren Rücken. Als sie sein Hemd beiseiteschob, fand ihre Zunge seine Brustwarze, während ihre Finger seine Hose öffneten und hineingriffen. Sein Schwanz war schon hart, als sie ihn befreite, und sie kicherte, als sie seinen scharfen Atemzug hörte. Sie drückte ihn auf das Bett und zog ihm die Hose ganz aus.

„Leg dich einfach zurück, Baby. Ich habe das Kommando." Sie streifte ihr Kleid ab und Nox pfiff anerkennend. Livia grinste, doch dann kniete sie sich zwischen seine Beine und nahm ihn in den Mund. Sie zeichnete die Venen entlang des seidigen, dicken Schafts nach, kostete die salzigen Lusttropfen und bewegte dann ihre Zunge über die empfindliche Spitze, um Nox verrückt zu machen. Sie hörte sein langes Stöhnen der Begierde, als sie an ihm saugte, ihn schmeckte und reizte, und als er kurz davorstand zu kommen und versuchte sich loszureißen, schüttelte sie den Kopf. Er kam in ihrem Mund und stöhnte dabei ihren Namen wieder und wieder.

Livia schluckte seinen Samen hinunter und lachte, als er sie auf den Boden zerrte und anfing, sie leidenschaftlich zu küssen, als wäre das Tier in ihm entfesselt worden. Er saugte an ihren Brustwarzen, bis sie steinhart waren und sie sich unter ihm wand. Sie war so erregt, dass sie dachte, sie würde ohnmächtig werden. Dann, als er ihren Körper hinunterwanderte, sie leckte, kostete und in ihre Brüste und ihren Bauch biss, stöhnte sie, während sein Mund ihr Geschlecht fand. „Gott, Nox ..."

Er verwöhnte sie, bis sie ihn anflehte, sie zu ficken. Dann stieß er seinen diamantharten Schwanz in sie, presste ihre Knie an ihre Brust und schlug seine Hüften gegen ihre. Livia schrie vor Vergnügen, ohne sich darum zu kümmern, ob jeder Wachmann im Herrenhaus sie hören konnte. Sie verlor sich in einem berauschenden Delirium, küsste Nox und sagte ihm immer wieder, wie sehr sie ihn liebte.

Schließlich kletterten sie erschöpft aufs Bett und hielten einander fest umschlungen. Sie küssten sich, plauderten leise und genossen die gemeinsame Zeit.

„Odelle hat mich Livvy genannt und ich darf sie Odie nennen", sagte Livia mit großen Augen und brachte Nox zum Lachen.

„Sie hat mir gesagt, dass sie dich mag. Du bist ehrlich – das gefällt ihr."

„Du stehst ihr viel näher, als ich zuerst dachte", sagte Liv nachdenklich. „Wir – das heißt wir beide – sollten wohl mehr Zeit damit verbringen, einander kennenzulernen, wenn wir nicht gerade bis zur Besinnungslosigkeit Sex haben."

Nox lachte. „Solange wir das ebenfalls weiterhin tun können ..."

„Auf jeden Fall. Also ..."

„Also, was willst du wissen?"

„Mehr über Ariel, wenn es nicht zu schmerzhaft ist."

Nox war eine Weile still und nickte dann. „Okay."

Livia streichelte sein Gesicht. „Wenn du dafür bereit bist, Baby."

„Es ist in Ordnung, Livvy, ich werde nicht zusammenbrechen. Der

Psychiater, bei dem ich war, hat mir sehr geholfen." Er hielt einen Moment inne und holte tief Luft. „Okay. Wir haben uns kennengelernt, als wir Kinder waren und Ariels und Ambers Familie hierhergezogen ist. Ihre Eltern waren nette Leute, wohlhabend wie wir, und Ambers Vater war ein Geschäftspartner meines Vaters. Ariel und ich verstanden uns sofort. Du weißt, dass sie und Amber Zwillinge waren, oder? Aber nicht eineiig. Ariel hatte dunkelbraune Haare und dunkle Augen, so wie du. Sie dachte immer, sie sei nicht so hübsch wie ihre Schwester, was lächerlich war."

Livia erinnerte sich an die Fotos von Ariel. „Sie war bezaubernd. Ich weiß, dass du mir erzählt hast, wie sie gestorben ist ... Vielleicht würde es helfen, darüber zu reden, was in den Tagen vor ihrem Tod passiert ist."

Nox sah sie lange an und nickte dann. „Okay, lass uns reden."

KAPITEL ZWANZIG

Vor zwanzig Jahren …

Ariel fixierte Nox mit einem entschlossenen Blick und versuchte, nicht zu kichern. „Ich habe lange und gründlich darüber nachgedacht, und ich glaube, ich kenne das perfekte Abschlussball-Outfit für uns beide."

Nox grinste sie an. Er kannte das humorvolle Blitzen in ihren Augen nur zu gut. „Ach ja?"

Ariel stand auf und sprang auf dem Teppichboden schnell zur Seite und dann wieder zurück. Nox brach in Gelächter aus. „Was zum Teufel soll das heißen?"

„Ich gebe dir einen Hinweis", sagte sie atemlos und bewegte ihre Arme und Beine, als würde sie rennen.

„Das ist verrückt, Ms. Duplas – und ich habe keine Ahnung, was hier vorgeht."

„Stell dir Baggy-Hosen vor." Ariel ging in ihrem Zimmer auf und ab und ruderte wild mit den Armen. „Vielleicht, wenn ich singe ..."

Sie sang immer wieder „oh-uh", während sie sich bewegte, blieb dann abrupt stehen und rief: „Stopp!"

Endlich verstand Nox, worauf sie anspielte. „MC Hammer!" Er

lachte, als Ariel jubelte. Dann brach sie neben ihm auf dem Bett zusammen und schnappte nach Luft.

„Was denkst du? Wir gehen beide in Hammer-Hosen dorthin. Zur Hölle mit dem Patriarchat. Warum soll ich ein Kleid tragen?"

„Du könntest alles tragen und wärst immer noch die Königin des Balls."

Ariel würgte laut und Nox lachte. „Du kannst wirklich keine Komplimente annehmen, Ari, weißt du das?"

„Du kennst mich, Noxxy. Ich überlasse das Debütantinnen-Zeug Amber. Das ist ihr Ding."

Nox hörte einen harten Unterton in ihrer Stimme. „Was?"

Ariel zuckte mit den Schultern. „Nichts. Wir haben gerade eine unserer Auszeiten. Wir kommen im Moment nicht besonders gut miteinander klar."

„Warum?"

Ariel zögerte, dann zuckte sie mit den Schultern. „Ich habe meine Gründe."

Nox wickelte eine ihrer langen Haarsträhnen um seine Finger. „Willst du darüber reden?"

„Nicht wirklich. Also, jetzt da du weißt, was ich für den Abschlussball geplant habe ..."

Nox grinste. „Denkst du, ich kenne dich nicht? Du willst, dass ich in Hammer-Hosen dort auftauche, während du in einem perfekten Kleid wie eine ätherische Göttin aussiehst. Ich erinnere mich nur zu gut an den Abschlussball der Junior-Highschool. Du dich auch?"

„Das war witzig."

„Für dich. Meine Mutter hat wochenlang an meinem Seemannskostüm genäht."

Ariel kicherte. „Du bist so leichtgläubig, Mr. Renaud." Sie beugte ihren Kopf und küsste ihn. „Nun, ernsthaft ... willst du mein Kleid sehen? Ich frage, weil ... es einen komplizierten Verschluss hat und du vielleicht üben musst, es mir auszuziehen."

Nox' Lächeln wurde breiter. Wie viele andere Paare auch hatten sie geplant, in der Abschlussballnacht zum ersten Mal miteinander zu schlafen ... obwohl sie praktisch schon alles andere gemacht hatten.

Keiner von ihnen wollte länger warten. „Weißt du, das ist eine gute Idee."

Ariel schickte ihn aus dem Zimmer, während sie sich umzog, und als sie fertig war, rief sie ihn zurück.

Nox stieß die Tür auf und ihm stockte der Atem in seiner Kehle. Der hellgraue Chiffon war wundervoll über ihren Körper drapiert, umschloss ihre Kurven und betonte perfekt ihre rosige, zarte Haut.

„Wow." Nox ging zu ihr und umfasste ihr Gesicht. „Du siehst absolut hinreißend aus."

Ariel errötete, lachte aber. „Das ist die richtige Antwort. Du darfst mich jetzt küssen."

Der Kuss dauerte so lange, dass Ariel ihn lachend wegschieben musste. „Noch ein Tag, Nox, und diesem Kuss wird viel mehr folgen."

Nox nickte. „Dann verschwinde ich besser, bevor du es mir noch schwerer machst."

„Kannst du überhaupt noch gehen?"

Er grinste, als sie seine Leistengegend drückte. „Verdammt, du bist unmöglich."

„Ich weiß." Sie stellte sich auf die Zehenspitzen, um ihn zu küssen. „Bis morgen, Nox Renaud."

Am Abend des Abschlussballs machten Ariel und Amber sich getrennt fertig – jede in ihrem eigenen Zimmer, ohne miteinander zu kommunizieren. Als Ariel mit ihrem Makeup fertig war und in das graue Kleid schlüpfte, überlegte sie, ob sie zu ihrer Schwester gehen und versuchen sollte, die seltsame Kluft zu überbrücken, die sich in letzter Zeit zwischen ihnen aufgetan hatte. Sie hatte Nox gestern darüber angelogen, was diese Kluft verursacht hatte – es war Nox selbst. Ariel wusste, dass Amber in ihn verliebt war, und konnte ihrer Schwester – oder Nox – deswegen keine Vorwürfe machen. Nox war einfach zu liebenswert. Amber wusste, dass sie nie mit ihm zusammen sein würde, und versuchte nicht einmal, ihn ihrer Schwester wegzunehmen, aber ... ihre Art, damit umzugehen, war, sich von ihnen beiden fernzuhalten.

Ariel klopfte vorsichtig an die Tür ihrer Schwester. „Amber?"

„Ich bin noch beim Umziehen." Ihre Stimme klang hart und definitiv nicht einladend. Ariel seufzte.

„Verstanden ... Ich gehe zum Rauchen nach draußen. Lenke Mom ab, wenn sie nach mir sucht, okay?"

„Okay."

Ariel trat in den schwülen Louisiana-Abend hinaus. Sofort trat Schweiß auf ihre Haut und sie fluchte und hoffte, dass ihr Kleid keine Flecken bekommen würde – das hatte der Chiffonstoff nicht verdient. Nicht, dass es Nox stören würde. Sie lächelte sanft und nahm eine Zigarette aus der Packung. Ihre Mutter wusste wahrscheinlich, dass sie rauchte, aber in ihrer Familie wurde nicht über solche Dinge geredet.

Sie ging um das Haupthaus herum, bis sie außer Sichtweite war und den Ort erreichte, wo sie immer heimlich rauchte. Versteckt von den Bäumen, die mit spanischem Moos überwuchert waren, atmete sie die Nachtluft ein. Das Bayou roch heute besonders übel und der Gestank von Fäulnis erfüllte die Nacht. Ariel schnippte ihre Kippe auf den Boden und trat sie mit ihrer Schuhspitze aus.

Das Erste, was sie bemerkte, war ein stechender Schmerz in ihrem Nacken, dann lähmende Atemlosigkeit, als das, was ihr injiziert worden war, ihre Venen überschwemmte. Sie hatte kaum Zeit zu begreifen, dass jemand sie gepackt hatte, bevor alles in Dunkelheit versank und sie ohnmächtig wurde.

Kalt. Sie lag auf dem Rücken und was auch immer sich darunter befand – es war kalt. Sie zitterte trotz der Hitze der Nacht und öffnete dann die Augen. Ihr war schwindelig, ihre Sicht waren verschwommen und ihre Brust fühlte sich schwer an. Als sie sich konzentrierte, sah sie ihn ... sie nahm jedenfalls an, dass es ein Mann war. Er saß rittlings auf ihren Beinen und war so still, dass es ihr Angst machte, so als hätte er darauf gewartet, dass sie aufwachte. Ariel sah sich um und spürte eine Welle der Panik in sich aufsteigen. Sie waren auf einem Friedhof.

„Was zur Hölle geht hier vor?" Ihre Stimme zitterte, als die Gestalt mit der schwarzen Kapuze sie direkt anblickte. Sie konnte keine Gesichtszüge erkennen, und das Schweigen des Fremden versetzte sie noch mehr in Panik. „Bitte ... was auch immer du willst ...“ Sie verstummte, als sie das Messer in seiner Hand sah, und wusste, was geschehen würde. „Oh Gott, bitte ... bitte nicht ...“

Er hörte nicht auf sie. Noch bevor Ariel schreien konnte, legte er eine behandschuhte Hand auf ihren Mund und rammte das Messer immer wieder in ihren Bauch. Ariels Rücken wölbte sich, als sie vor Schmerzen stöhnte, während er sie ermordete. Seine Hand löste sich von ihrem Mund, als er sah, dass sie versuchte zu atmen.

„Warum?“, keuchte Ariel, als sich ihr Mörder zurücklehnte, um dabei zuzuschauen, wie sie verblutete. Eine Träne rann über ihre Wange. „Bitte sag mir warum.“

Aber er antwortete ihr nicht.

Nox stieg gerade in sein Auto, als seine Mutter ihn zurückrief. Ihr Gesicht war angespannt. „Amber ist am Telefon. Sie ist hysterisch, und ich kann nicht verstehen, was sie sagt.“ Es dauerte einige Augenblicke, bis Nox begriff, dass Amber ihr erzählt hatte, dass Ariel vermisst wurde.

Sie fanden ihre Leiche am nächsten Morgen, und Nox fuhr verstört und verzweifelt direkt zum Friedhof. Er kämpfte mit einem Polizeibeamten, der ihn nicht in ihre Nähe lassen wollte, und schließlich mussten ihm die Polizisten Handschellen anlegen, damit er sich beruhigte. „Bitte, ich muss sie sehen.“

Er war der Sohn eines der mächtigsten Männer in New Orleans, also ließen sie ihm schließlich seinen Willen – vielleicht auch, um seine Reaktion zu beobachten.

Der Anblick von Ariel, wie sie ausgeweidet und umgeben von grauem, blutgetränktem Chiffon bleich und tot auf dem Grab lag, brachte Nox auf die Knie. Etwas in ihm starb mit ihr.

Die Beerdigung war die Hölle für Nox. Er bemerkte kaum die

anderen Trauergäste, nicht einmal Amber oder Teague, als sie versuchten, ihn zu erreichen. Amber war vom Tod ihrer Schwester zerstört – sie wurde dadurch für immer verändert.

Irgendwann kehrte das Leben zur Normalität zurück, aber Nox und Amber verbrachten mehr Zeit miteinander und fühlten sich von allen isoliert. Die Polizei hatte keine Spur. Nox hatte ein wasserdichtes Alibi, und so gingen der Polizei schnell die Theorien aus. Der Fall wurde zu den Akten gelegt, sehr zur Wut der Familien Duplas und Renaud. Fast ein Jahr später ermordete Tynan Renaud seine Frau und seinen Sohn und erschoss sich anschließend, so dass Ariels Fall noch weiter in den Hintergrund gedrängt wurde.

Jetzt

Livia streichelte Nox' Gesicht, während er ihr alles erzählte. „Ich fühle mich immer noch schuldig. Als meine Familie starb, wurde Ariel von unserem Bekanntenkreis, der Presse und der Polizei fast vergessen." Er seufzte und lehnte seine Stirn gegen ihre. „Ich schwor mir, dass ich das niemals zulassen würde, und doch wurde ich von dem, was mein Vater getan hat, völlig zerstört ... Es war fast so, als hätte ich mich mit der Erklärung der Polizei abgefunden, dass junge, schöne Frauen nun einmal häufig die Ziele von Mördern sind."

Livia küsste seine Augenlider. „Leider scheint das die Wahrheit zu sein. Wir Frauen müssen immer vorsichtig sein. Immer heißt es, geh nicht nachts allein raus, weil ein Mann dich vergewaltigen oder töten könnte. Ziehe dich nicht allzu freizügig an, sagt man uns, als wären wir diejenigen, die dafür verantwortlich sind, wenn Männer vergewaltigen und morden. Es ist krank und widerlich, aber wir leben nun einmal in so einer Welt."

Nox schüttelte den Kopf. „Mein Gott. Was für eine Art zu leben."

„Und doch ist das die Normalität für jede Frau auf dem Planeten." Sie seufzte und dachte über den schrecklichen Angriff auf sie nach. Daran, dass sie dem Tod nahe gewesen war.

„Kann ich mich für alle Männer der Welt entschuldigen?"

Livia lachte. „Nein, das kannst du nicht. Du bist einer der Guten,

Nox, vergiss das nicht. Lade nicht die Verantwortung anderer auf deine Schultern. Versprich mir einfach, dass wir unsere Söhne so großziehen, dass sie Frauen nicht nur als Lustobjekte wahrnehmen."

Nox küsste ihre Fingerspitzen. „Versprochen. Du machst also schon Pläne für unsere zukünftigen Söhne?"

Livia errötete. „Ich plane nichts, nur ... falls es passiert ..."

„Gott, ich hoffe es." Er presste seine Lippen auf ihre und zog sie an sich. „Ich möchte jede Menge Kinder mit dir, Livia. Aber du bist noch jung und hast deine Karriere vor dir."

„Kellnerin? Ja, ich werde mich darauf konzentrieren."

Nox lachte. „Ich meinte deine Musikkarriere."

„Oh, das. Nox, ich liebe Musik. Sie ist meine Leidenschaft. Aber ich habe mir nie eine große Musikkarriere ausgemalt. Ich möchte gut genug sein, um zu unterrichten, so wie Charvi. Das würde ich lieben. Vielleicht hier und da ein paar kleine Konzerte, aber was eine richtige Karriere als Musikerin angeht – ich denke, das ist ein Wunschtraum."

„Du willst also nicht berühmt sein?"

„Guter Gott, nein. Kannst du dir das vorstellen? Überall die Presse ... Warte. Ja, du kannst dir das vorstellen. Meine Güte, ich rede albernes Zeug. Es tut mir leid."

Nox lachte. „Schon in Ordnung. Sobald die Journalisten mitbekommen, dass wir zusammen sind, musst du dich auch mit ihnen herumschlagen."

Livia stöhnte und rollte sich auf ihn. „Wir sollten uns im Moment keine Sorgen deswegen machen. Ich hoffe, dass wir es so lange wie möglich herauszögern können. Okay?"

„Versprochen."

Nox konnte nicht ahnen, wie schnell dieses Versprechen gebrochen werden würde.

KAPITEL EINUNDZWANZIG

Bei der Arbeit am nächsten Tag war das Restaurant so gut besucht, dass Livia und Moriko keine Zeit hatten, um Luft zu holen, geschweige denn, sich zu unterhalten. Livia hatte Nox gegenüber erwähnt, dass sie Moriko öfter sehen wollte. „Seit ich ausgezogen bin, habe ich das Gefühl, dass wir uns entfremdet haben, und ich hasse das. Morry ist meine beste Freundin, verstehst du?"

Das sagte sie auch Moriko, als sie endlich vom Abendpersonal abgelöst wurden. Moriko bat Livia mit einem Grinsen, in ihre neue Wohnung mitzukommen, damit sie ein wenig damit angeben konnte. Diskret von Livias Leibwächter beschattet, gingen sie zu Morikos neuem Zuhause und fuhren mit dem schmiedeeisernen, altmodischen Aufzug in den siebten Stock.

„Schick", sagte Livia mit einem Augenzwinkern zu Moriko, die grinste.

„Neidisch? Nicht, dass da das sein musst, schließlich wohnst du in einem verdammten Herrenhaus."

„Ha. Hör uns zu, wir lassen uns beide von reichen Männern finanzieren. Was ist nur aus unserem Feminismus geworden?" Livia setzte sich auf eine große dunkelblaue Couch. „Gott, das ist himmlisch."

Moriko lachte. „Ich weiß. Apropos finanzieren – ich zahle Lucas Miete."

„Er heißt also Lucas? Erzähl mir mehr, Mädchen. Du hast diesen Lucas zu lange geheim gehalten."

Moriko reichte Livia eine Flasche Bier und setzte sich neben sie. „Nun, wenn ich dich öfter sehen würde ..."

Livia zuckte zusammen. „Ich weiß, es tut mir leid. Ich habe immer geschworen, dass ich nie eine jener Frauen werden würde, die ihre Freundinnen im Stich lassen, sobald sie sich verlieben, aber genau das tue ich anscheinend. Verzeih mir, Morry. Ich werde es in Zukunft besser machen."

„Wie läuft es auf dem Bayou?"

Livia erzählte Moriko von ihrem Leben mit Nox und davon, wie nah sie einander inzwischen standen. Ihre Freundin hörte mit gerunzelter Stirn zu. „Bist du sicher, dass ihr beide nicht langsam co-abhängig werdet?"

Livia fühlte sich getroffen. „Wie meinst du das?"

Moriko seufzte. „Ich meine, wie lange kennt ihr euch eigentlich? Nicht einmal zwei Monate, oder? Du bist bei ihm eingezogen – weniger als einen Tag nachdem du ihm einen Vortrag darüber gehalten hast, dass du eine unabhängige Frau bist, möchte ich hinzufügen – und jetzt bist du praktisch in seinem Haus eingesperrt. In dem Haus, wo dein Freund angeschossen wurde, um Himmels willen ..." Moriko hielt inne und holte zitternd Atem. Livia hatte sie noch nie so aufgeregt gesehen.

„Morry? Was soll das? Ich meine, ich ..."

„Nein, lass mich ausreden. Ich habe Angst, Liv, schreckliche Angst. Ich habe das Gefühl, dass dir etwas Schlimmes passieren wird und du vielleicht stirbst. Dass es gefährlich ist, in Nox' Nähe zu sein. Irgendetwas – oder irgendjemand – könnte dich verletzen, sein Freundeskreis würde eng zusammenrücken und wir würden nie erfahren, was passiert ist."

Livia war einen langen Moment still. „Ich weiß, dass die Sache mit Pia entsetzlich ist, und ja, wir wurden angegriffen, aber ..."

„Seine Freundin wurde ermordet und seine Familie getötet. Jesus.

Der Tod folgt ihm, Livia. Hör zu, ich mag Nox wirklich ... ich glaube nur nicht, dass er gut für dich ist."

Livia spürte, wie sich ihre Augen mit Tränen füllten. Morikos Segen für ihre Beziehung war ihr wichtig und sie hatte nicht mit so etwas gerechnet. „Na und? Willst du, dass ich ihn verlasse?"

„Ja."

„Soll das ein Scherz sein?" Livia blinzelte verblüfft angesichts der plötzlichen Veränderung der Atmosphäre zwischen ihnen. Als sie ihre Freundin genauer anschaute, konnte sie die Anspannung auf ihrem Gesicht und die dunklen Ringe unter ihren Augen sehen. „Morry, ist sonst noch etwas? Geht es dir gut?"

„Nein, mir geht es nicht gut", schrie Moriko plötzlich und Livia zuckte zusammen. „Himmel, jedes Mal, wenn ich einen Anruf bekomme, denke ich, dass die Polizei mir sagen will, dass du tot bist."

„Hey, du übertreibst maßlos."

„Nein, das tue ich nicht. Jemand hat deinen Freund angeschossen, dich in einem verdammten Krankenhaus angegriffen und ein junges Mädchen abgeschlachtet, um Nox eine Botschaft zu senden. Jeder, den du liebst? Jesus. Liv ..."

Moriko zitterte, aber sie wich zurück, als Livia versuchte, sie zu umarmen. „Ich hatte keine Ahnung, dass du so empfindest."

„Du bist meine Familie", entgegnete Moriko wütend. „Du bist wie eine Schwester für mich und ich habe Angst, Liv."

Diesmal ließ sie sich von Livia umarmen. „Es ist in Ordnung, Morry, wirklich. Sieh dir den riesigen Kerl an, der vor der Tür wartet. Jason ist sehr nett und beschützt mich."

„Siehst du nicht, wie verrückt es ist, dass du einen Bodyguard hast?" Morry meint es todernst, dachte Livia bestürzt.

„Hör zu, ich verstehe, was du sagst. Aber das ist nur solange, bis sie den Täter fassen, Morry. Nox ist ein mächtiger Mann. Er wird immer irgendwelche Spinner anziehen." Selbst in Livias Ohren klang es wie eine schwache Beschreibung dessen, was sie durchmachten.

Moriko sah sie lange mit kalten Augen an, dann stand sie auf und ging in ihr Schlafzimmer. Livia hörte, wie sie sich darin bewegte, dann tauchte sie wieder auf und hielt eine prallgefüllte Mappe in der Hand. Sie warf sie Livia zu. „Nur ein Spinner, hm?"

Livia fing die Mappe auf, wobei überall Papiere verstreut wurden. Sie rutschte auf den Teppich, um sie zu ordnen. Alte Polizeiberichte, Zeitungsausschnitte … Livia sah Fotos eines jungen Nox in einem exquisiten Anzug, wie er von seiner Mutter getröstet wurde, während ein Gerichtsmediziner und sein Team Ariels Leiche vom Friedhof bargen. Die Fotos von der Beerdigung, die die Sensationsgier der Presse in dieser höchst privaten Zeit dokumentierten, waren erschütternd und widerlich. Alle Fotos wurden von Artikeln begleitet, die den jungen Mann verurteilten, noch bevor Ariels Leiche oder das Blut auf dem Grabstein erkaltet waren.

Spätere Aufnahmen zeigten Nox allein bei einer Trauerfeier, wo er vor den Särgen seiner Mutter und seines Bruders stand. Der Ausdruck in seinen Augen war herzzerreißend und Livia konnte das Schluchzen nicht unterdrücken, das ihr entkam. Moriko versuchte nicht, sie zu trösten. Erneut hatte sich die Presse auf Nox, den einzigen Überlebenden, gestürzt. War er der Komplize seines Vaters gewesen? Er war nun schließlich der Alleinerbe …

„Moriko, wenn du irgendeine dieser Lügen über Nox glaubst … Dann sehe ich nicht, wie wir weiterhin Freundinnen sein können."

Sie schaute auf und sah, dass Morikos Augen weich wurden. „Natürlich nicht. Die Presse war schon immer Abschaum. Ich will die Reporter umbringen für das, was sie diesem armen Jungen angetan haben. Aber, Liv, du musst es begreifen … Die Dunkelheit folgt Nox. Er könnte keinen passenderen Namen haben, hm?"

„Ich kann ihn nicht verlassen. Ich liebe ihn so sehr. Er ist wirklich ein guter Mann. Was für eine Frau wäre ich, wenn ich ihn jetzt verlassen würde?"

„Eine Frau, die am Leben bleibt." Die Kälte war zurück in Morikos Stimme.

Livia schloss die Augen und rieb sich über das Gesicht. Zu sagen, dass sie sich fühlte, als wäre ihr inneres Gleichgewicht zerstört worden, wäre eine Untertreibung gewesen. Moriko war immer die

Mutige von ihnen gewesen und jetzt sagte sie Livia, dass sie abhauen und um ihr Leben laufen sollte.

Nein. Livia stand auf und presste dabei die Mappe an sich. „Kann ich das eine Weile behalten?"

„Sicher."

Lange herrschte Schweigen, dann seufzte Livia. „Ich sollte jetzt besser gehen."

„Okay."

Moriko folgte ihr nicht zur Tür und Livia spürte, wie ihr Herz sich zusammenzog, als sie sich zu ihrer Freundin umdrehte. „Bis bald?"

Moriko nickte steif. „Pass auf dich auf."

Livia schaffte es zurück in Nox' Limousine, bevor sie in Tränen ausbrach.

Nox hatte tatsächlich Erfolg dabei, alles zu verdrängen, wenn auch nicht aus dem besten Grund. Sandor war an diesem Morgen zu ihm gekommen und sagte zwei Worte, die ihn aufhorchen ließen.

„Feindliche Übernahme."

Nox sah scharf auf, als Sandor in den Raum kam. „Was hast du gesagt?"

„Du hast mich gehört, Nox." Sandor setzte sich schwerfällig hin. „Ich kann nicht glauben, dass wir das nicht vorhergesehen haben."

„Whoa, Moment. Worüber redest du?"

„Ich rede von Roderick LeFevre und seinen Leuten."

„Und? Sie haben nur dreißig Prozent Anteil an der Firma."

„Nicht mehr. Anscheinend hat Rod stillschweigend fast alle Anteile aufgekauft, die du und ich nicht besitzen."

„Was zum Teufel soll das?" Adrenalin schoss durch Nox' Adern. „Woher weißt du das?"

Sandor lächelte freudlos. „Einer hat sich Rod widersetzt. Zeke Manners. Zeke rief mich an und sagte mir, Rod habe ihm das Dreifache des Marktpreises geboten. Zeke hat ihm geantwortet, er solle tot umfallen." Er seufzte. „Ich gebe mir selbst die Schuld. Wenn ich dich nicht dazu aufgefordert hätte, Investoren ins Unternehmen zu lassen, hätten wir immer noch allein die Kontrolle."

„Warte." Nox sah entgeistert aus. „Haben wir das etwa nicht mehr?"

„Rechne nach, Nox. Wir haben einundfünfzig Prozent abgegeben." Sandor seufzte und beugte sich vor. „Was Rod auch plant, wir haben dank Zekes Aktien immer noch eine Mehrheit. Es bedeutet nur, dass wir Rod aufgrund unserer Vereinbarung als Partner einbeziehen müssen. Das ist nicht das Ende der Welt."

Als Nox an diesem Abend nach Hause kam, hörte er Livia Klavier spielen und ging zum Musikzimmer. Er stand in der Tür und beobachtete, wie ihre Finger sich leicht über die Tasten bewegten und ihr Körper sich zur Melodie wiegte. Er ging zu ihr und beugte sich vor, um die weiche Haut ihrer Schulter zu küssen.

„Hör nicht auf", sagte er, als sie leicht zusammenzuckte, also spielte Livia weiter, während er sich neben sie setzte. Er legte seine Arme um ihre Taille und vergrub sein Gesicht in ihren Haaren. Zur Hölle mit der Arbeit und dem ganzen anderen Mist, dachte er. Das ist alles, was ich will, diese Frau. Sie und ich – wir beide. Das ist alles, was zählt.

„Verreise an Weihnachten mit mir", murmelte er. „Wir werden irgendwohin gehen, wo uns niemand finden und uns nichts stören kann. Du und ich und ein Blockhaus in den Bergen. Eine weiße Weihnacht."

Seine Lippen waren an ihrem Ohr, dann wanderten sie ihren Hals hinunter und er spürte, wie sie zitterte. Sie hörte auf zu spielen und drehte sich um, um ihn zu küssen. „Das klingt perfekt. Einfach perfekt."

„Ich habe es satt, dass sich alle in unsere Beziehung, unser Leben und unsere Arbeit einmischen. Alles, was ich will, bist du, Livia ... für alle Zeit."

Sie schlang ihre Arme um seinen Hals. „Und ich dich. Nur dich."

Er küsste sie innig und ließ all die Liebe, die er für sie empfand, in den Kuss einfließen, der sie beide atemlos zurückließ. „Ich liebe dich", flüsterte Livia und strich mit ihren Lippen über seinen Mund. Nox stand lächelnd auf und zog sie auf die Füße.

„Komm mit." Er führte sie in sein Arbeitszimmer und zu dem riesigen Globus, den er dort aufbewahrte. „Wähle irgendeinen Ort auf der Welt aus. Irgendwo. Ich weiß, du wirst mir nicht allzu oft erlauben, dich zu verwöhnen ..."

„Es sei denn, du willst Steinway-Flügel für mein College kaufen", unterbrach sie ihn lächelnd und Nox neigte seinen Kopf mit einem Grinsen.

„Touché, aber bitte, lass mich das tun. Lass mich dir ein romantisches, fantastisches Weihnachten schenken. Es ist unser erstes gemeinsames. Lass es mein Geschenk an dich sein."

Livia betrachtete ihn lange und lächelte dann. „Ich schätze, es wäre verrückt von mir, abzulehnen. Okay, Nox Renaud, ich bin dabei ... unter zwei Bedingungen."

Das Grinsen auf ihrem Gesicht sagte ihm. dass sie scherzte. „Nur zu."

„Erste Bedingung ... Nächstes Jahr verreisen wir auf meine Kosten."

„Solange du versprichst, dass es ein nächstes Jahr geben wird, und ein Jahr danach, und danach, und so weiter."

Sie küsste ihn zärtlich. „Gott, ja, das verspreche ich."

Seine Arme strafften sich um sie und er blickte auf ihr hübsches Gesicht. „Und die zweite Bedingung?" Er drückte seine Erektion absichtlich gegen sie und ließ sie glücklich seufzen.

„Dass du mich niemals dazu zwingst, mir dieses verdammte Lied von Mariah Carey anzuhören."

Nox lachte. „Welches? We belong together?"

„Ha, nein, das liebe ich. Und wir gehören tatsächlich zusammen."

Nox küsste sie wieder. „Ja, das tun wir. Jetzt suche einen Ort für unseren Urlaub aus."

Livia drehte den Globus sanft. „Was ist mit dir? Wo willst du Weihnachten verbringen?"

„Alles, was ich zu Weihnachten will, bist du", zitierte Nox mit einem unschuldigen Augenaufschlag Mariah Careys Hit-Song und lachte, als sie ihm auf den Arm schlug. „Au, das tut weh. Bereit?"

„Okay", sagte Livia, schloss ihre Augen und drehte den Globus. „Wo auch immer mein Finger landet."

„Einverstanden."

Sie ließ den Globus ein paar Mal rotieren, bevor sie ihren Finger dagegen drückte.

„Das ist die Mitte des Pazifischen Ozeans, dreh weiter."

„Verdammt." Sie wiederholte den Prozess, aber bevor sie ihre Augen öffnen konnte, um zu sehen, wo sie dieses Mal gelandet war, drehte Nox sie um und wirbelte den Globus herum. „Ich habe nicht gesehen, wo ich gelandet bin", beschwerte sie sich bei ihm, aber er lächelte nur.

„Ich weiß ... es ist eine Überraschung bis zum Tag der Abreise. Kannst du dir im Restaurant freinehmen?"

Sie nickte. „Marcel schließt fünf Tage über Weihnachten, aber er wird mich an Silvester brauchen."

„Okay. Ich werde den Jahreswechsel mit euch feiern." Sie gingen Hand in Hand in die Küche und Nox machte den Kühlschrank auf. „Pasta?"

„Klingt gut." Livia setzte sich auf einen Stuhl und sah zu, wie er ihr Essen zubereitete. „Also ... wirst du mir wirklich nicht verraten, wohin wir gehen?"

„Solange ich es geheim halten kann. Wir werden meinen Privatjet nehmen ... ja, das werden wir, nur dieses eine Mal." Er warf ihr einen strengen Blick zu. „Ich weiß, die Umwelt und so weiter, aber es wird das letzte Mal sein. Ich verkaufe ihn danach, also erlaube mir dieses letzte Abenteuer mit meinem Spielzeug."

Livia grinste. „Ich spiele gerne mit dir."

„Stets zu deinen Diensten."

„Willst du ihn wirklich verkaufen?" Livia war beeindruckt.

Nox grinste reumütig. „Du hattest Erfolg damit, mir ein schlechtes Gewissen deswegen zu machen, Enviro-Woman."

Livia schnaubte vor Lachen. „Das ist der langweiligste Superhelden-Name aller Zeiten."

„Nicht wahr?" Nox gab Zwiebeln und Knoblauch in eine Pfanne und hackte Kräuter.

„Wo hast du gelernt zu kochen, Renaud?" Livia versuchte, ein Stück Parmesankäse zu stibitzen, und grinste, als Nox ihre Hand wegstieß.

„Von meiner Mutter. Sie war Italienerin, weißt du?"

„Hast du viel Zeit in Italien verbracht?"

Nox nickte, als er die Tomaten sachkundig häutete. „Lange Sommerurlaube. Die Hitze ist intensiver und trockener als hier. Dad besaß Olivenhaine und Weinberge, in denen wir stundenlang Trauben ernteten. Wir wohnten in rustikalen Villen und tranken zu jeder Mahlzeit Wein. Das einfache Leben war himmlisch."

Livia zupfte sanft an einer seiner Locken. „Du hörst dich an, als ob du zurückgehen willst."

„Ich war nicht mehr da, seit meine Eltern gestorben sind. Ich habe darauf gewartet, dass du mitkommst. Wir können dort die Sommer verbringen, uns lieben und in den Hügeln der Toskana spazieren gehen. Florenz ist wunderschön. Oder wir können dabei zusehen, wie unsere Kinder dort herumtoben und spielen." Er blieb stehen und lachte leise. „Klingt es nicht surreal für dich, dass wir uns erst so kurz kennen und trotzdem schon von Kindern und der Zukunft sprechen?"

Livia schaffte es, sich ein Stück Käse zu sichern. Sie steckte es in ihren Mund und grinste. „Ich denke, das passiert in allen Beziehungen. Im Moment kann ich mir nicht vorstellen, so etwas mit jemand anderem zu tun."

Er küsste sie, so dass seine Lippen über ihre strichen. „Ich auch nicht."

Sie aßen zusammen und nahmen dann ein langes Bad in der Wanne. Livia lehnte sich an seine Brust, während er Muster in den Seifenschaum auf ihrem Körper zeichnete. „Nox?"

„Ja, Baby?"

„Denkst du, wir sind co-abhängig?"

Nox sah finster drein. „Nein. Was zum Teufel soll das heißen?"

„Es ist nur etwas, das Moriko gesagt hat."

Nox war eine Weile still. „Sie mag mich nicht."

„Doch." Livia setzte sich auf und drehte sich zu ihm um. „Sie mag dich, sie denkt nur ... nach allem, was vorgefallen ist ... Gott, ich weiß es nicht."

Er umfasste ihr Gesicht mit seiner Hand. „Das macht dir wirklich Sorgen, hm?"

Sie nickte. „Wir sind nicht im Guten auseinandergegangen, aber ich weiß nicht, wie ich es wieder in Ordnung bringen soll. Sie möchte, dass ich mit dir Schluss mache, und das werde ich ganz sicher nicht tun."

„Hat sie das wirklich gesagt?" Nox wich ein wenig zurück und wirkte verletzt.

Livia nickte und sah ihn traurig an. „Sie hat Angst, dass mich jemand wegen unserer Beziehung umbringen könnte."

Nox seufzte. „Nun, ich kann es ihr nicht verdenken. Das ist etwas, mit dem ich jeden Tag ringe. Ich darf dir das alles nicht aufbürden ..."

Livia schüttelte den Kopf. „Glaube bloß nicht, dass du dafür verantwortlich bist. Ich wünschte nur, wir wüssten, wer der Angreifer war und warum das passiert ist. Nox ... Ich denke, wir sollten selbst Nachforschungen anstellen. Es ist nur ein Gefühl und ich weiß nicht, woher es kommt, aber ich habe den Eindruck, dass es Aspekte an Ariels Mord und dem Tod deiner Familie gibt, die direkt vor uns liegen, und doch können wir sie nicht sehen. Alle sagten, sie könnten nicht glauben, dass dein Vater sich gegen seine Familie wenden würde ... nun, das glaube ich auch nicht. Obwohl ich ihn nie getroffen habe, kann jemand, der einen Mann wie dich großgezogen hat, nicht schlecht sein."

Nox' Augen wurden weich. „Ich liebe dich dafür, dass du das sagst."

„Aber denkst du auch so?"

Langsam nickte er. „Ja. Das habe ich immer getan, ich hatte nur nie jemanden, der hinter mir stand. Ich hatte dich nicht. Ich glaube, wir waren dazu bestimmt, uns zu treffen, Livvy, nicht nur, weil wir uns verliebt haben, sondern weil wir dazu ausersehen sind, uns gegenseitig zu heilen. Verdammt", fügte er grinsend hinzu, „das war kitschig. Vielleicht sind wir tatsächlich co-abhängig."

Livia lachte und küsste ihn. „Ja, lass es uns nicht übertreiben. Alles, was ich sage, ist ... Lass uns proaktiv sein und alles – und jeden, der dahinterstecken könnte – unter die Lupe nehmen. Denn eines ist sicher ..."

„Was?"

Ihr Lächeln verblasste, aber sie sah ihn fest an. „Es ist jemand, den wir kennen."

Mit sinkendem Herzen nickte Nox. „Ich weiß. Ich weiß, dass es so ist."

KAPITEL ZWEIUNDZWANZIG

Zwei Tage bevor sie an den geheimen Ort fliegen sollten, wohin Nox Livia zu Weihnachten einlud, musste diese bei ihrem Semesterkonzert auftreten. Sie saß umgeben von ihren Kommilitonen in der Garderobe, wo sie sich fertig machten, und ihr war schlecht. Charvi hatte entschieden, dass Livia die Show mit ihrer neuen Komposition beenden sollte, und schlimmer noch, jeder ihrer Freunde würde dabei sein, um zuzusehen ... außer Moriko.

„Ich muss arbeiten", hatte Moriko sich telefonisch bei ihr entschuldigt. „Marcel und ich wollten beide kommen, aber einer von uns muss hierbleiben. Er hat gewonnen. Tut mir leid, Livvy."

Livia hatte ihr versichert, dass es in Ordnung sei, aber sie wusste, dass Moriko sich freiwillig gemeldet hatte, im Restaurant zu bleiben. Die Dinge waren nicht mehr dieselben, seit sie sich zuletzt gesehen hatten.

Livia atmete tief ein und hörte die Musik aus dem Konzertsaal, die durch Lautsprecher in die Garderobe geleitet wurde. Als ein Student nach dem anderen aufgerufen wurde, leerte sich der Raum, bis Liv allein war. Da sie auf dem Campus waren, hatte sie Jason gebeten, draußen zu warten. Sie wollte nicht auch noch die zusätzliche

Aufmerksamkeit eines Bodyguards auf sich haben. Sie musste frei atmen können, um sich auf ihren Auftritt vorzubereiten.

In dem kleinen Badezimmer spritzte sie sich Wasser ins Gesicht und sah im Spiegel, wie bleich sie war – sie hatte die Nacht zuvor nicht gut geschlafen. Livia rieb über ihre Wangen, um etwas Farbe in sie zu bekommen, und hörte, wie die Tür der Garderobe aufging. Sie erwartete, dass einer der Bühnenarbeiter sie rufen würde, und war überrascht, als es still blieb. Schließlich ging sie zurück in den Raum.

Eine Hand presste sich auf ihr Gesicht, ein Arm schlang sich um ihre Taille und sie wurde auf den Boden geworfen. Da Livia keine Zeit zum Schreien hatte, trat sie ihren Angreifer. Nicht schon wieder, auf keinen Fall. Aber dieses Mal war er viel stärker, drückte seinen Unterarm gegen ihren Hals und nahm ihr die Luftzufuhr.

Entsetzt spürte Livia, wie er ihr Kleid hochschob und an ihrem Höschen zerrte. Oh Gott, bitte nicht ...

Sie trat wieder zu und ihr war schwindelig durch den Sauerstoffmangel, aber sie wollte ihn unbedingt von sich fernhalten. Er rammte seine geballte Faust in ihren Bauch und sie keuchte und krümmte sich vor Schmerzen. Dann zerriss er ihr Höschen und zwang ihre Beine auseinander.

„Nein, bitte, bitte nicht ..." Ihre Stimme war gebrochen und kaum ein Flüstern, trotz der Tatsache, dass sie in ihrem Kopf schrie. Sie spürte, wie er sie berührte, aber zu ihrer großen Erleichterung versuchte er nicht, sie zu vergewaltigen, sondern onanierte. Er grunzte und sie stöhnte entsetzt, als sie fühlen konnte, wie sein Sperma ihre Haut bedeckte. Dann war ein Messer in seiner Hand und drückte sich gegen ihre Kehle.

„Wenn du jemandem davon erzählst, werde ich alle töten. Nox, Amber, Sandor und deine hübsche kleine asiatische Freundin. Ich werde zu dir zurückkommen, Livia, vergiss das nicht. Das nächste Mal, wenn du mich siehst, wird das hier", er hielt das Messer hoch, „so tief in dir vergraben sein wie damals in dieser Hure Ariel."

Dann war er weg. Der ganze Angriff hatte weniger als drei Minuten gedauert. Livia lag einige Sekunden geschockt da, bevor sie sich aufrichtete und ihre Kleidung zurecht zog. Sie fühlte sich wie betäubt, als sie sich wieder auf den Stuhl setzte und den Rock ihres Kleides glattstrich. Sie konnte nicht einmal weinen.

Es klopfte an der Tür und Jim, einer der Bühnenarbeiter, steckte seinen Kopf hinein und strahlte sie an. „Hey, Livvy, in zwei Minuten bist du dran."

„Danke, Jim."

Er bemerkte nicht, dass ihre Stimme schwach und brüchig war. Livia blinzelte ein paar Mal und bewegte sich dann wie auf Autopilot durch die Korridore. Ihre Ohren rauschten, ihr Körper zitterte und ihr war kälter als je zuvor in ihrem Leben. Sie hörte es kaum, als sie angekündigt wurde und begleitet von Applaus und dem Jubel ihrer Freunde die Bühne betrat.

Instinktiv durchsuchten ihre Augen den Raum, bis sie Nox sah – sie wünschte sich sofort, sie hätte es nicht getan. Sie wollte schreien, weinen und in seine Arme laufen. Er lächelte und jubelte ihr zu, doch als sie still dastand, sah sie, wie sich sein Gesichtsausdruck in Besorgnis verwandelte. Das Publikum hatte aufgehört zu applaudieren und fragte sich murmelnd, was vor sich ging.

Nox wollte aufstehen, aber Livia schüttelte den Kopf und setzte sich ans Klavier. Sie schloss die Augen und atmete tief durch. Dann begann sie zu spielen. Ihre Finger bewegten sich über die Tasten in einer langsameren Version ihrer Komposition, die all ihren Schrecken, ihre Angst und ihren Schmerz enthielt. Sie hatte kein Bewusstsein für das Publikum oder irgendjemand anderen, während sie spielte. Sie wollte nur einen Menschen erreichen und ihn wissen lassen, wie sehr sie ihn liebte und brauchte.

Livia spielte fast eine Stunde lang und bewältigte mühelos das ganze Stück. Ihre Finger und ihr Rücken schmerzten, als sie fertig war und still dasaß.

Das Publikum brach in tosenden Applaus aus, der Livia aus ihren Träumereien riss. Zitternd stand sie auf, ging zum Mikrofon an der Vorderseite der Bühne, öffnete den Mund, um etwas zu sagen ... und wurde ohnmächtig.

KAPITEL DREIUNDZWANZIG

Nox sah zu Livia hinüber, als sie über den Atlantik nach Europa flogen. Sie hatte seit dem Angriff bei dem Konzert kaum ein Wort gesagt. Nachdem sie zusammengebrochen war, war er der Erste gewesen, der über die Sitze geklettert war, um zu ihr zu gelangen. Charvi, Amber und Sandor hatten geschockt zugeschaut, wie er Livia von der Bühne in die Garderobe getragen hatte. Sie war in seinen Armen erwacht und hatte geschrien, als sie sah, wo sie waren. Er hatte sich umgesehen und Anzeichen eines Kampfes, ihr zerrissenes Höschen und ihre Tränen gesehen und gewusst, was passiert war.

Im Krankenhaus wurde sie untersucht, obwohl sie den Ärzten sagte, dass ihr Angreifer nicht in sie eingedrungen war. „Es war trotzdem ein schwerer sexueller Übergriff, Ms. Chatelaine. Wir kümmern uns um Sie."

Nox bestand darauf, dass sie die Untersuchung zuließ, und dann kam die Polizei. Eine freundliche Polizistin nahm ihre Aussage auf. „Die Untersuchung hat gezeigt, dass er auf Sie ejakuliert hat, so leid es mir auch tut, das zu sagen, also müssen wir Sie um eine DNA-Probe bitten. Und Mr. Renaud auch."

„Natürlich", sagte Nox ruhig, „wenn es hilft."

Livia wollte nicht über Nacht im Krankenhaus bleiben. Nox

brachte sie nach Hause, legte sie aufs Bett und ließ sich neben ihr nieder. Er streichelte ihr Gesicht. „Wenn du willst, dass ich heute Nacht woanders schlafe", sagte er sanft, „bin ich nicht beleidigt. Was auch immer du brauchst, Baby, sag es einfach."

Livia sah ihn an. „Bitte halte mich fest, Nox. Mir ist so kalt."

Sofort schlang er seine Arme um sie. Keiner von ihnen schlief. „Willst du, dass ich unsere Urlaubspläne storniere? Wir können etwas anderes machen."

„Nein", sagte sie schnell, „ich möchte weit weg. Ganz weit weg, Nox."

„Ist Europa weit genug weg?"

Sie lächelte halb. „Europa, hm?" Er fühlte, wie sich ihr Körper entspannte. „Ja, das ist perfekt."

Er presste seine Lippen auf ihre Stirn. „Willst du, dass ich dir sage, wohin genau wir fliegen?"

„Nein, das soll eine Überraschung bleiben."

Er musterte ihr Gesicht. Ihre Augen wirkten immer noch verängstigt. „Es tut mir so leid, dass dir das passiert ist, Baby. Ich würde alles tun, um die Zeit zurückzudrehen und es zu verhindern. Ich schwöre, an dem Tag, an dem wir herausfinden, wer es war ..."

Livia schüttelte den Kopf. „Bitte nicht. Lass dich nicht auf sein Niveau herab."

Sie hatte ihm noch nicht alles erzählt, was sie der Polizei gesagt hatte. „Was verschweigst du mir? Was hat er zu dir gesagt?"

Livia zögerte einen langen Moment. „Dass er mich töten wird, wenn er mich das nächste Mal sieht. Wie Ariel."

„Jesus." Nox schloss die Augen und holte tief Luft. „Du wirst Jason künftig immer bei dir haben und die Spätschicht im Restaurant nicht mehr übernehmen. Liv, bitte ... denk darüber nach, dir längere Zeit freizunehmen. Wir könnten in Europa bleiben, so lange es dauert, das Arschloch zu fassen. Ich will, dass du in Sicherheit bist."

„Ich werde meinen Job im Restaurant kündigen. Marcel kann nichts mit mir anfangen, wenn ich mich jedes Mal, wenn ein Fremder kommt, panisch benehme. Ich denke, er rechnet ohnehin damit. Aber

erst nach Neujahr. Ich will ihn nicht in der geschäftigen Vorweihnachtszeit im Stich lassen."

Nox' Mund bildete eine dünne Linie. „Einverstanden – wenn du
zusätzlichen Schutzmaßnahmen zustimmst. Ich werde dafür sorgen,
dass Marcel für mögliche Umsatzeinbußen entschädigt wird und
Wachen im Restaurant postieren. Niemand wird dir Schaden zufügen
können. Aber danach … ich weiß, es ist viel verlangt, aber ich will
einfach nur, dass du in Sicherheit bist."

Livia versuchte zu lächeln. „Dabei wollte ich immer eine unabhängige Frau sein ..."

„Momentan ist das Wichtigste, dass dir nichts passiert und du am
Leben bleibst. Wenn wir diesen Kerl erwischt haben, kannst du die
ganze Welt haben. Bis dahin wäre es ziemlich unklug, so exponiert zu
sein."

Jetzt, zwei Tage später, waren sie endlich auf dem Weg nach Europa.
Livia sah gesünder aus, zumindest etwas, aber sie war stiller als sonst.
Er setzte sich neben sie und nahm ihre Hand. Sie drehte sich um und
lächelte ihn an. „Hey."

Er beugte sich vor, um sie zu küssen, und spürte, wie sich ihre
Lippen auf seinen bewegten. „Ich liebe dich."

Sie vergrub ihre Finger in seinen Locken. „Lass uns diesen Urlaub
nutzen, um die Schrecken der Vergangenheit zu vergessen und uns
ganz auf uns beide zu konzentrieren. Auf Romantik und Liebe."

Nox sah etwas überrascht aus. „Schatz, wenn du dich im Moment
mit Sex unwohl fühlst, müssen wir das nicht tun."

Sie küsste ihn leidenschaftlich. „Nox Renaud, du fickst mich in
diesem Urlaub besser ordentlich, denn das ist, was ich mit dir tun will."

Er lachte verblüfft. „Nun, dann haben wir eine Abmachung." Wenn
sie das wollte – oder dachte, dass sie es wollen könnte –, warum sollte
er widersprechen? Aber Nox wusste, wenn sie in Panik geraten sollte,
würde er für sie da sein, was auch immer sie von ihm brauchte.
Verdammt, wenn sie einfach nur wütend werden und sich an jemandem
abreagieren wollte, würde er es ihr nicht verdenken können.

. . .

Er konnte sie davon ablenken, noch mehr zu grübeln, als sie Europa erreichten. Sie flogen über Frankreich und Deutschland, bevor er endlich nachgab und ihr den Zielort verriet. „Wien. Oder eher eine kleine Skihütte direkt davor. Ich dachte, du würdest das musikalische Erbe der Stadt lieben."

Livia sah begeistert aus. „Im Ernst? Mein Gott, Nox, du hättest nicht besser wählen können."

„Eigentlich hast du Wien ausgewählt. Erinnerst du dich?"

Livia blinzelte ihn an. „Bist du sicher?"

„Ich schwöre es. Dein Finger ist auf Österreich gelandet ... beziehungsweise in der Nähe."

Livia musste über seinen schelmischen Gesichtsausdruck kichern. „Was bedeutet in der Nähe? Wo war mein Finger wirklich?"

Nox zuckte mit den Schultern. „Irgendwo in Kaschmir."

Livia lachte und setzte sich auf seinen Schoß. „Du bist verdammt verschlagen." Sie kicherte, als er ihre Schultern küsste. „Verrückter Junge."

Nox grinste sie an. „Ich bin also dein Junge? Und du?"

„Ich bin dein Mädchen. Für immer."

Die abgelegene Skihütte auf halber Höhe eines Berges war bereits warm bei ihrer Ankunft. Livia trat mit offenem Mund ein. „Das ist großartig, Nox. Einfach wunderschön." Sie schlüpfte schnell aus ihrem Mantel, denn ein Feuer brannte im Kamin. Livia grinste Nox an. „Hast du deine Weihnachtselfen vor unserer Ankunft herbeordert?"

„So ähnlich." Er lachte und streckte seine Hand aus. „Komm mit. Ich habe noch mehr Überraschungen für dich."

In der Küche zeigte er ihr den Kühlschrank, der mit allen möglichen Speisen gefüllt und bereit für das Weihnachtsfest war. „Und wir haben eine Speisekammer voller Köstlichkeiten aus Zucker, Butter und chemischen Zusatzstoffen", sagte Nox gespielt ernst, um Livia zum Lachen zu bringen.

Sie grinste. „Gut gemacht.“

„Und jetzt das Schlafzimmer.“ Er führte sie den Flur entlang und stieß eine Tür auf, hinter der sich ein ganz in Weiß gehaltenes Zimmer mit einem riesigen Bett in der Mitte und einem Panoramafenster mit Blick auf die Berge verbarg. „Vom Wohnzimmer aus kann man nachts die erleuchtete Stadt sehen.“

„Das ist himmlisch“, schwärmte Livia und nickte dann zu einer Schachtel auf dem Bett. „Was ist das?“

Nox grinste etwas verlegen. „Ich war nach allem, was passiert ist, nicht sicher, ob es angemessen ist, aber ich denke, du wirst es genießen. Mach auf.“

Livia zog den Deckel der Schachtel und eine Schicht Seidenpapier beiseite. Dann fing sie an zu lachen. „Oh, sexy.“

In der Schachtel befand sich ein geschmeidiges Ledergeschirr mit cremefarbenen braunen Riemen, die sich auf ihrer blassen Haut überkreuzen und ihren Körper umschließen würden. Eine Reitgerte, Dildos, Gleitmittel und samtene Fesseln befanden sich ebenfalls unter den vielen Sexspielzeugen, die Nox besorgt hatte.

Er grinste. „Ich war einkaufen.“

„Das sehe ich.“ Livia nahm das Ledergeschirr und hielt es an ihren Körper. Sie konnte sehen, dass es perfekt passen würde. „Himmel, Nox, schon allein der Anblick dieser Sachen macht mich geil.“

Nox lachte. „Kannst du dir vorstellen, wie es war, das alles zu kaufen? Ich habe es natürlich online gemacht, weil ich …“

„Feigling.“ Sie lachten beide und Nox wickelte eine ihrer Haarsträhnen um seinen Finger und zog sie zu sich.

„In der Stadt gibt es einen sehr bekannten und gut sortierten Erotikladen. Einer der besten in Europa. Ich dachte, wenn wir noch etwas brauchen ...“

Livia schlang ihre Arme um seinen Hals und fühlte sich zum ersten Mal seit langer Zeit absolut glücklich. Hier konnte sie so tun, als ob zu Hause nichts Schlimmes passiert wäre und der Rest der Welt nur eine Illusion war. „Nox Renaud, du machst mich so glücklich.“ Sie presste ihre Lippen auf seine. „Nun, lass uns duschen und etwas essen, dann planen wir unseren Urlaub. Willst du, dass ich heute Abend dieses wunderschöne Geschenk anprobiere?"

Nox grinste. „Eigentlich dachte ich, wir warten damit bis zum Weihnachtsabend."

„Da das morgen ist, bin ich damit einverstanden. Also nur normaler Sex heute Abend?"

„Oh, verdammt", sagte er und verdrehte die Augen, „wenn es sein muss." Er kitzelte sie, bis ihr vor Lachen die Tränen kamen. Dann nahmen sie ein langes Bad zusammen.

Livia schamponierte Nox' dunkle Locken, die in letzter Zeit noch wilder geworden waren, und betrachtete sein hübsches Gesicht. „Weißt du, man sieht uns als Paar gar nicht an, dass zwölf Jahre zwischen uns liegen. Du wirkst so viel jünger, als du tatsächlich bist."

Nox verzog das Gesicht, und sie lachte, bevor sie ihm Wasser über den Kopf goss.

Er seufzte. „Weißt du, niemand hat das für mich getan, seit ich ein Kind war. Meine Mutter hat immer für mich gesungen, während sie mir die Haare gewaschen hat."

„Das ist süß. Jedes Mal, wenn ich Fotos von ihr sehe, kann ich dich in ihren Gesichtszügen erkennen. Deinem Vater siehst du weniger ähnlich."

„Ja, das haben immer alle gesagt."

Sie genossen ein kleines Abendessen und setzten sich an das große Panoramafenster mit Blick auf die erleuchtete Stadt. „Es ist so friedlich hier und so gemütlich."

„Solange es keine Lawine gibt", sagte Nox grinsend und sie war sofort alarmiert. „Entspann dich, ich mache nur Witze." Er nahm ihre Hand. „Ich liebe dich, Livia Chatelaine."

Sie strahlte ihn an. „Ich liebe dich auch, reicher Junge."

Er lachte. „Weißt du, wenn du mich heiraten würdest, wäre es auch dein Geld."

Livia erstarrte. „Was?"

Nox grinste halb. „Denk darüber nach."

Livia schluckte schwer. „Ich würde dich nicht für dein Geld heiraten, Nox."

„Das weiß ich doch."

Es war lange still. „Nox ... es sind erst drei Monate."

„Deshalb stelle ich die Frage noch nicht", sagte er leichthin, aber sie konnte die Tiefe seiner Gefühle in seinen Augen sehen. „Aber täusche dich nicht, ich werde um deine Hand anhalten. Du bist die Liebe meines Lebens, Livia Chatelaine."

Tränen rannen aus ihren Augen. „Und du meine, Nox Renaud."

Er hob ihre linke Hand und küsste ihren Ringfinger. „Eines Tages. Schon bald."

Später, nachdem sie sich geliebt hatten, lag Nox mit dem Kopf auf ihrem Bauch, während seine Hände unter ihren Hüften waren. Livia hatte ihre Finger in sein Haar vergraben und strich mit ihrem Daumen sanft über sein Gesicht.

„Du bist so schön", sagte sie grinsend und er zog eine Grimasse und pustete in ihren Bauchnabel. Livia kicherte. Auf allen Vieren kletterte er auf dem Bett nach oben, bis ihre Gesichter gleichauf waren. Er biss zärtlich in ihre Unterlippe und küsste sie dann. Sie zog ihn auf sich, so dass sein ganzes Gewicht auf ihr war, und seufzte glücklich.

„Was denkst du?", fragte er und küsste ihren Hals und ihre Schultern.

„Ich denke, ich wünschte, ich könnte die letzten zwanzig Jahre für dich auslöschen und das hier für immer andauern lassen."

„Nun ..." Er rollte sich zur Seite. „Ich kann die letzten zwanzig Jahre nicht auslöschen, aber ich kann dir versprechen, dass es für immer so sein wird wie jetzt." Er grinste sie an und fuhr mit seiner Hand über ihren Körper, wobei er seine langen Finger über ihrem Bauch spreizte. Livia seufzte vor Glück und sah, wie sein Gesicht ernst wurde.

„Was ist?"

Er schaute weg. „Ich wünschte ... Ich wünschte, meine Familie hätte dich kennenlernen können. Meine Mutter, Teague ... sogar mein

Vater. Liv, ich habe nachgedacht und kann nicht glauben, dass er meine Mutter und meinen Bruder getötet hat. Ich will, dass der Fall neu aufgerollt wird. Ich kannte meinen Vater. Das hat er unmöglich getan. Ich glaube, er wurde ebenfalls ermordet und jemand hat versucht, ihn wie den Täter aussehen zu lassen."

Liv setzte sich auf und nickte angespornt von dem, was er sagte. „Gut. Nox, ich bin froh, dass du so denkst, weil ich es auch so sehe. Lass uns die Wahrheit herausfinden. Etwas sagt mir, dass es mit dem zusammenhängt, was gerade passiert."

„Er war ein guter Mann", sagte Nox leise und Livia nickte.

Sie presste ihren Mund auf seinen. „Das bist du auch. Der allerbeste."

Nox schüttelte den Kopf. „Nein, ich mache viel zu oft Fehler ..."

Sie ließ ihn nicht ausreden. „Jeder macht Fehler. Jeder hat seine Dämonen. Du bist nicht perfekt. Ich auch nicht. Das ist niemand. Aber du und ich zusammen, nun, wir haben definitiv Potenzial."

Sie setzte sich rittlings auf ihn und er grinste sie an.

„Oh, bist du jetzt der Boss?"

Sie lachte. „Ich bin jetzt dein Häuptling. Du darfst mich Häuptling Immer Einsatzbereit nennen."

„Ein schöner indianischer Name."

„Ich danke dir."

„Häuptling?"

„Ja?"

„Ich denke, das ist meine Friedenspfeife, die du da in der Hand hältst."

„Ach ja?"

„Oh ja ..."

Es war später Abend, als das Seniorenheim Sandor kontaktierte, um ihm zu sagen, dass sein Vater gestorben war. Sandor hörte schweigend zu und bedankte sich bei der Krankenschwester. „Ich werde die Beerdigung arrangieren", sagte er so stoisch wie immer, aber als er auflegte, spürte er eine Veränderung in sich. Verdammt, Dad, hättest du nicht bis nach Weihnachten warten können?

Er fühlte sich sofort schlecht. Er hatte gewusst, dass sein Vater nicht mehr lange durchhalten würde, aber es war dennoch ein Schock. Seine letzte verbleibende Familie. Scheiße.

Sein Handy klingelte erneut und er sah, dass Odelle anrief. „Hi, Odie, was ist los?"

„Es geht um Roan. Die Polizei hat mich gerade angerufen, weil Nox und Livia nicht in der Stadt sind. Das Sperma, das Livvys Angreifer hinterlassen hat, und Roans DNA stimmen überein. Zur Hölle mit diesem Mann, Sandor. Es tut mir leid, dich damit zu belästigen, aber ich wusste nicht, was ich tun soll."

„Es ist okay, Odie. Wo ist Roan jetzt?"

„Ich weiß es nicht. Er war den ganzen Tag weg. Fast hätte ich Amber angerufen, um zu fragen, ob er bei ihr ist, aber dann dachte ich, ich würde sie nur wieder anbrüllen, also ..."

„Ich verstehe. Wir können uns treffen und reden. Bist du zu Hause?"

„Ja."

„Ich komme zu dir und wir überlegen uns, was zu tun ist."

Er legte auf und seufzte, da er überhaupt nicht überrascht darüber war, dass Roans DNA auf Livia gefunden worden war. Er fragte sich, wie er ihr und Nox die Neuigkeiten mitteilen sollte, aber er wollte ihren Urlaub nicht unterbrechen. Stattdessen rief er Amber an und erreichte ihre Mailbox. „Wenn du weißt, wo Roan ist, Amber, sag es mir jetzt. Das alles ist schon viel zu weit gegangen. Ruf mich zurück."

KAPITEL VIERUNDZWANZIG

Am Weihnachtsmorgen briet Nox Rühreier zum Frühstück und nippte an seinem Kaffee, während er in die verschneite Landschaft blickte. Er hörte, wie die Dusche lief, und ein paar Minuten später tauchte Livia mit feuchten Haaren in einem dünnen weißen Morgenmantel auf. Nox lächelte sie an.

„Mein Gott, was für ein schöner Anblick. Frohe Weihnachten, Baby."

Sie stellte sich auf die Zehenspitzen, um seinen Mund zu küssen. „Frohe Weihnachten, schöner Mann."

„Hast du Hunger?"

„Und wie."

Sie frühstückten und als sie sich die Zähne putzten, sah er sie vor sich hin grinsen. „Was bedeutet dieses freche Lächeln?"

Sie wandte sich zu ihm. „Willst du dein Weihnachtsgeschenk jetzt schon öffnen?" Sie nickte zum Gürtel ihres Morgenmantels und grinste noch breiter. Er hakte einen Finger ein und zog daran, so dass ihr Mantel sich öffnete.

Darunter trug sie das Ledergeschirr, das er ihr gekauft hatte. Die Riemen kreuzten sich über ihren Brüsten und ihrem Bauch, bevor sie zwischen ihren Beinen verschwanden. Nox spürte, wie sein Schwanz sofort hart wurde.

„Mein Gott ..." Seine Stimme zitterte und Livia ließ den Morgenmantel von ihren Schultern gleiten, um dann seine Hand zu ergreifen.

„Lass uns spielen, Baby."

Als er ihr ins Schlafzimmer folgte, bewunderte er ihre perfekt gerundeten Pobacken, die Grübchen dort und die zarte, makellose Haut. Sein Schwanz drückte sich schmerzhaft gegen seine Leinenhose und Livia umfasste ihn mit ihrer Hand. „Ist das alles für mich?" Sie sah unter ihren langen Wimpern zu ihm auf und ihr Mund öffnete sich leicht. Nox gab ein Knurren von sich.

„Jeder Zentimeter. Ich werde dich so hart ficken, mein hübsches Mädchen."

Livia kicherte, als er sie in seine Arme nahm und auf das Bett legte. Er zog eine Spur von Küssen von ihrem Hals zu ihren Brüsten, saugte an jeder Brustwarze, bis sie steinhart war, und erkundete dann ihren Bauchnabel mit seiner Zunge. Livia wand sich unter ihm mit offensichtlicher Lust und als seine Zunge endlich ihre Klitoris fand, sah Nox, wie ihr Geschlecht anschwoll und bereit war, von ihm auf jede erdenkliche Weise gefickt zu werden. Er fühlte sich wie der mächtigste Mann der Welt. Um ihr Vergnügen zu verlängern, brachte er sie nur fast zum Orgasmus und trat dann zurück, um sich auszuziehen.

Livia beobachtete ihn mit Begierde in ihren Augen und einem kleinen Lächeln auf ihren Lippen. Nox zog sich langsam aus, dann griff er in die Schachtel und schob einen Penisring um die Basis seines bereits erigierten Schafts. „Willst du das?", sagte er zu ihr, während er die Wurzel packte, und sie nickte.

„Ich will dich schmecken."

Nox grinste. „Bald, meine Schöne. Zuerst ... lass mich dich fesseln und sehen, wie dir die Gerte gefällt."

Livia stöhnte leise. Sie war unheimlich erregt und spreizte ihre Beine, damit er sehen konnte, wie sehr sie ihn wollte. „Ich begehre dich so sehr."

Nox lächelte. „Erinnerst du dich an unser erstes Date? Als wir über Vorfreude gesprochen haben? Gut ..."

Er fixierte ihre Hände und Füße an den Bettpfosten. Dann griff er nach einer Tube mit Gleitmittel und rieb etwas davon auf ihr Geschlecht. „Kannst du das Kribbeln fühlen?"

Livia nickte. „Himmel, das fühlt sich so gut an."

Er nahm die Reitgerte aus der Schachtel. „Sollen wir es versuchen? Wo würde es dir gefallen?"

„Brüste und Bauch", sagte sie atemlos und schrie vor Schmerz und Erregung, als er die Gerte auf ihren Bauch sausen ließ und ein roter Striemen zurückblieb.

„Magst du das?"

„Mehr, bitte, Baby, mehr ..." Ihr Rücken wölbte sich, als er sie wieder schlug und die Gerte ein Kreuz auf ihre weiche Haut zeichnete. Es erregte ihn ebenso, aber er hielt sich zurück, obwohl sein Schwanz pulsierte und sich danach sehnte, in ihr zu sein. Er schnappte sich einen Dildo, verteilte Gleitmittel darauf und tauchte ihn in ihr Zentrum, bis sie keuchte. Er küsste sie leidenschaftlich, während er sie mit dem Dildo fickte. Dann, als er nicht mehr länger warten konnte, rammte er seinen Schwanz tief in sie und hob ihre Hüften mit seinen starken Armen an, während er sie zur Ekstase brachte.

„Gehörst du mir?", fragte er und blickte ihr in die Augen. Livia nickte. Ihr Gesicht war entzückend rot.

„Für alle Zeit", keuchte sie und schrie auf, als sie kam und ihr Körper zitterte. Nox vergrub sein Gesicht an ihrem Nacken, als er dickes, cremiges Sperma tief in ihren Bauch pumpte.

„Gott, ich liebe dich, Livia ... so sehr, so sehr ..."

Sie sanken atemlos und zufrieden auf die Matratze und Nox befreite sie von ihren Fesseln. „Wow", hauchte Livia, „das ist definitiv eine besondere Art, Weihnachten zu feiern."

Nox lachte. „Das ist wahrscheinlich ziemlich zahm verglichen mit dem, was wir tun könnten."

„Wir haben viel Zeit." Livia rollte sich auf die Seite, legte ein Bein über seinen Körper und kuschelte sich an seine Brust. Sie lagen in wohlwollendem Schweigen nebeneinander, während sie wieder zu Atem kamen und sich hin und wieder sanft küssten. Nox blickte auf sie hinab.

„Ich kann mir mein Leben nicht mehr ohne dich vorstellen, Liv. Es würde einfach keinen Sinn ergeben."

„Ich empfinde genauso. Seltsam, wenn man an die Zufälle denkt, die uns hierhergebracht haben. Ich frage mich, was wäre, wenn du dich nicht dafür entschieden hättest, deine Halloween-Party von Marcel ausrichten zu lassen. Oder wenn ich nach Seattle anstatt nach New Orleans gezogen wäre."

Nox sah überrascht aus. „Du hast Seattle noch nie zuvor erwähnt."

Livia lächelte. „Es war die andere Option. Moriko und ich hatten noch eine Zimmergenossin, Juno, und sie stammte aus Washington. Du würdest sie und ihre Familie mögen. Es war ein Kopf-an-Kopf-Rennen zwischen Seattle und New Orleans. Schließlich hat New Orleans gewonnen."

„Warum?"

Livia lachte leise. „Es war weiter weg von meinem Vater."

„Ich verstehe." Seine Arme schlossen sich um sie. „Du redest nicht viel über ihn."

„Es gibt nicht viel zu sagen. Er ist ein Arschloch, das sich nie um mich oder Mom gekümmert hat, und sobald ich ihm entkommen konnte, tat ich es. Ich hatte mehrere Jobs gleichzeitig, um das Grundstudium bezahlen zu können, aber glaub mir, es war jede verlorene Stunde Schlaf wert."

Nox strich mit den Händen über ihr Gesicht. „Habe ich dir jemals gesagt, dass du meine Heldin bist?"

Liv grinste. „Hey, meine Geschichte ist nicht ungewöhnlich. So viele Menschen haben keinen Zugang zum College, obwohl sie viel Potenzial haben. Wir hatten ein paar Leute in unserer Klasse, die – und ich übertreibe nicht – Weltklasse-Musiker hätten werden können. Sie mussten ihr Studium abbrechen, weil sie sich nicht einmal mehr etwas zu essen leisten konnten, auch wenn sie zwei oder drei Jobs hatten. Es war tragisch."

Eine Idee entstand in Nox' Kopf. „Weißt du ... wir könnten etwas dagegen unternehmen."

Liv grinste ihn an. „Dein Blick sagt mir, dass du die Welt retten willst. Erzähle mir mehr."

„Eine gemeinnützige Stiftung – in deinem Namen – um Studenten mit musikalischem Talent zu unterstützen, die selbst keine Möglichkeit haben, ihre Ausbildung zu finanzieren."

Nox sah, wie sich Livs Augen mit Tränen füllten. „Nox ... ich bin sprachlos. Können wir das schaffen?"

„Mit deiner Hilfe? Bestimmt. Vielleicht können wir Charvi und einige Professoren aus der Musikabteilung dazu bringen, uns zu helfen. Wäre das in deinem Interesse?"

„Auf jeden Fall! Aber ich habe einen Vorschlag."

„Und der wäre?"

Sie berührte sein Gesicht. „Wir sollten es im Namen deiner Mutter tun. Wie klingt Gabriella-Renaud-Stiftung?"

Nox spürte, wie seine Kehle sich verengte. „Sie hätte das geliebt. Und ich liebe dich für diesen Vorschlag."

Livia lächelte und küsste ihn sanft. „Aber zuerst müssen wir uns um die Probleme zu Hause kümmern, Nox. Dann können wir uns angenehmeren Dingen widmen."

„Das sehe ich auch so."

Liv setzte sich auf. „Wir sollten anfangen, einen Plan zu machen, wie wir damit umgehen."

Nox lachte und zog sie wieder in seine Arme. „Nach unserem Urlaub", sagte er fest. „Bis dahin ... ist unsere Zweisamkeit alles, was zählt."

Roan Saintmarc vergrub seinen Kopf in seinen Händen. Er hatte gehört, wie Odelle den Anruf, der seine Verdammnis war, entgegennahm, und wusste, dass die Polizei ihn bald verhaften würde, weil er angeblich Livia angegriffen und Pia getötet hatte. Er war ein toter Mann. Er verließ Odelles Penthouse mit leeren Händen.

Dann hob er so viel Geld von seinem Girokonto ab, wie er konnte, und nachdem er hin und her überlegt hatte, ging er zu Nox' Herrenhaus und brach in den Keller ein. Er wusste, dass Nox und Livia weg waren und das Haus leer stand. Er wusste auch, dass er in Nox' Weinkeller unterkommen konnte, wo er wenigstens Essen, Trinken und Obdach hatte. Es dauerte nicht lange, bis er darin eingebrochen war. Er und Nox hatten den versteckten Eingang im Garten gefunden, als sie

Kinder waren. Er hatte sein Handy in der Stadt weggeworfen und mit seiner Kreditkarte ein Busticket gekauft, um die Polizei von seiner Spur abzubringen. Hoffentlich würden sie denken, dass er schon lange weg war.

Im Weinkeller warf er seine Tasche auf den Boden. Meine Güte, er hatte vergessen, wie verdammt kalt es hier unten im Winter war. Kalt und dunkel ... er griff nach einer weiteren Taschenlampe, aber gerade als er sie anmachen wollte, hörte er Schritte hinter sich. Als er herumwirbelte, nahm er die Gestalt eines anderen Menschen wahr, kurz bevor etwas Schweres seinen Kopf traf und alles um ihn herum schwarz wurde.

KAPITEL FÜNFUNDZWANZIG

In der letzten Nacht ihres Urlaubs – ihres glückseligen, entspannten, sinnlichen Urlaubs – nahmen Nox und Livia ein Bad in der riesigen Wanne. Das Fenster bot einen Ausblick auf die verschneite Winterlandschaft und sie hatten ein paar Kerzen angezündet, um den Raum noch romantischer zu machen. Livia wusste nicht, wie dieser Urlaub, dieser Ort, dieser Mann überhaupt noch romantischer sein könnten, aber die Kerzen waren eine nette Geste. Sie küsste Nox' Schläfe. „Können wir für immer hierbleiben?"

Nox lachte. „Das wäre schön, nicht wahr? Aber ich denke, irgendwann würde dir langweilig werden. Außerdem ist es gut, einen Ort zu haben, wo wir dem Stress entfliehen können. Einen sicheren Zufluchtsort, wenn es gerade schlecht läuft."

Livia streichelte seinen Oberkörper, während er seinen Kopf auf ihre Brüste legte. „Apropos ..."

„Ja?"

„Morgen geht es zurück in die reale Welt."

Nox stöhnte gequält.

Livia lachte. „Aber wir haben jetzt ein Ziel, Baby. Wir werden endlich mit der Vergangenheit abschließen, so schmerzhaft es auch sein mag. Ich bin bei dir."

Nox schlang seine Finger durch ihre. „Ohne dich könnte ich es nicht."

„Weißt du, was mich überrascht?"

„Was?"

„Dass keiner deiner Freunde es jemals vorgeschlagen hat – den Fall noch einmal aufzurollen und zu sehen, ob es eine Verbindung zwischen Ariels Ermordung und dem, was mit deiner Familie passiert ist, gibt. Wenn es so ist, stehst du im Zentrum davon. Wie kommt es, dass Sandor, Roan oder Amber nie zu dir gesagt haben: Komm, lass uns herausfinden, was hier wirklich los ist?" Sie seufzte und lehnte ihren Kopf gegen seinen. „Vielleicht dachten sie, sie würden dich beschützen."

„Könnte sein."

„Es ist schade, dass Sandors Vater kein Licht auf das werfen konnte, was mit deinem Vater los war. Ich weiß, dass sie sich nahestanden."

Nox sah überrascht aus. „Sie waren Geschäftspartner, aber ich würde nicht sagen, dass sie sich nahestanden. Dad hatte einen seltsamen Beschützerinstinkt, was Sandor betraf, so als wollte er ihn vor den Dingen bewahren, die Sandors Vater tat. Was für Dinge das waren, weiß ich nicht."

„Das klingt kompliziert."

„Nun, deshalb haben wir alles so lange ruhen lassen. Zu viele Fragen, nicht genug Antworten."

„War Sandors Vater ein böser Mann? Ich meine, ist er ein böser Mann?"

Nox dachte nach. „Er ist niemand, mit dem ich gerne Zeit verbringen würde."

„In Sandors Fall ist der Apfel wohl weit vom Stamm gefallen."

Nox nickte. „Sehr weit. Sandor ist einer der besten Männer, die ich kenne."

Sie lächelte liebevoll, zog ihn zu sich zurück, küsste seinen Kopf und strich mit ihren Händen über seine Brust.

„Du magst jeden."

Er lachte. „Ja." Er drehte sich zu ihr um.

„Dich mag ich am liebsten." Er zog sie zu sich und während seine eine Hand das feuchte Haar von ihrem Nacken schob, schlüpfte die andere zwischen ihre Beine. Sie seufzte bei der Berührung, als er sein Gesicht an ihrem Nacken vergrub. Er zog den Stöpsel und während das Wasser abfloss, liebten sie sich eng umschlungen, bis sie beide erschöpft, lachend und mit erhitzten Körpern in der leeren Wanne lagen.

Später, als Livia schlief, dachte Nox darüber nach, was sie gesagt hatte. Ja, es würde kompliziert werden. Damals, als seine Familie gestorben war, war DNA-Profiling keine große Sache gewesen, aber jetzt fragte er sich, ob es irgendwie helfen würde. Konnte er seine Familie exhumieren und die Skelette testen lassen? Was würde das beweisen? Gott, es war so verwirrend, aber er wusste einfach, dass etwas an dem akzeptierten Tathergang nicht stimmte. Erst jetzt hatte er den Mut gefunden anzuerkennen, dass er nicht glaubte, dass sein Vater seine Mutter und seinen Bruder getötet hatte. So etwas hätte der Mann, bei dem er aufgewachsen war, nicht getan. Nicht einmal eine Psychose war glaubhaft. Tynan Renaud war kein Mann gewesen, der deprimiert war – er hatte immer für jedes Problem eine Lösung gefunden. Nein. Er hätte Gabriella nicht getötet ... Nox' Mutter war Tynans große Liebe gewesen, so wie Livia Nox' große Liebe war. Einen schrecklichen Moment stellte er sich vor, wie er Livia in den Bauch schoss und beobachtete, wie sie einen langsamen, qualvollen Tod starb.

„Gott, hör auf", murmelte er vor sich hin und rieb sich die Augen, um das Bild zu vertreiben. Er musste sich auf den Anfang konzentrieren. Sein Vater, seine Mutter und sein Bruder waren erschossen worden. Wer hätte seine Familie töten wollen? Jesus, er wusste, warum die Polizei ihn stundenlang verhört hatte. Er erinnerte sich noch immer an die unaufhörlichen Fragen.

Wen hast du dafür angeheuert, Nox?

Wolltest du dein Erbe so sehr?

Warum hast du es getan?

Es dämmerte ihm, dass selbst die Polizei Tynan Renaud nicht als

Mörder betrachtet hatte. Warum hatten sie nicht daran festgehalten, selbst nachdem Nox' Unschuld festgestanden hatte?

Jemand musste sie veranlasst haben, umzudenken. Ein Schock durchfuhr ihn. Gott, ja. Das musste es sein. Jemand hatte die Polizei bestochen. Es wäre nicht das erste Mal gewesen. Aber warum?

Er konnte Sandor zu seiner Erleichterung ausschließen. Sandor mochte inzwischen wegen seiner eigenen harten Arbeit reich sein, aber es war unmöglich, dass er sich damals die Summe hätte leisten können, die die Polizei erwarten würde. Was Roan, Amber und Odelle übrigließ. Odelle schloss er sofort aus – die Frau mochte ein wenig sonderbar sein, aber sie liebte Nox und seine Familie wirklich.

Er zuckte zusammen, als er an Amber und Roan dachte. Sie hatten sicherlich das Geld und den Einfluss ... aber warum sollten sie ...

Gott. Hatte Amber ihn für Ariels Tod verantwortlich gemacht und deswegen seine Familie getötet? Er schüttelte den Kopf. Auf keinen Fall hätte Amber dieses Geheimnis zwanzig Jahre lang bewahren können. Aber der Gedanke ließ ihn nicht los.

„Nox?"

Livia schaute schläfrig vom Bett auf, und er ging zu ihr und legte sich neben sie. Sie streichelte sein Gesicht. „Bist du in Ordnung?"

„Ja. Ich denke nur darüber nach, was wir vorhaben."

Livia lächelte verführerisch. „Sex?"

Nox lachte leise. „Ich meinte eigentlich unser kleines Detektivabenteuer, aber ich mag deine Idee fast lieber."

Er bewegte sich über sie, als sie sich auf den Rücken rollte und ihre Beine um ihn schlang. „Wir werden alles wieder in Ordnung bringen", sagte sie leise. „Das verspreche ich dir."

Und Nox glaubte ihr.

KAPITEL SECHSUNDZWANZIG

Marcel begrüßte sie mit einer herzlichen Umarmung, aber Livia bemerkte die Anspannung in seinen Augen. „Alles okay?"

Marcel schüttelte den Kopf. „Liv, ich will dich nicht noch mehr belasten, aber ... hast du Moriko gesehen oder von ihr gehört? Sie ist gestern Abend nicht hier erschienen. Das sieht ihr gar nicht ähnlich. Ich habe versucht, sie anzurufen, aber sie geht nicht ran."

Livia sah Nox mit erschrockenen Augen an. Nox nickte Marcel zu. „Wir werden zu ihr fahren."

Im Taxi hielt Livia Nox' Hand fest umklammert. „Bitte mach, dass es ihr gut geht", betete sie flüsternd, während sie vergeblich versuchte, ihre Freundin telefonisch zu erreichen. Im Fahrstuhl zu Morikos Wohnung wurde sie fast wütend.

„Warum zum Teufel antwortet sie nicht?"

Während sie sprach, tropfte etwas auf ihre Schulter. Etwas Flüssiges. Sie starrten beide darauf. Blut. Es war von oben herabgefallen. Sie sahen sich um, während sie sich Morikos Etage näherten, und mit zunehmendem Entsetzen stellten sie fest, dass der Boden mit Blut bedeckt war, das definitiv aus Morikos Wohnung kam.

„Nein, nein, nein ..." Livia kämpfte mit den Aufzugtüren und riss sie schließlich auf. Nox versuchte, sie aufzuhalten, denn sein Instinkt sagte ihm, was sie finden würden, aber seine ausgestreckte Hand bekam sie nicht zu fassen. Er blieb in der Nähe, als sie durch die Wohnungstür ihrer Freundin rannte. Ihnen bot sich ein entsetzlicher Anblick. Moriko, die schöne, süße Moriko, lehnte an einer Wand, aufgeschlitzt von einem Messer, das immer noch aus ihrem Körper ragte. Ihre Kleidung war blutgetränkt, ihre Augen waren geschlossen und ihr Gesicht war bleich.

„Oh mein Gott, bitte nicht ..." Livia sank auf die Knie und kroch zu ihrer toten Freundin. Sie wünschte mit jeder Faser, sie würde noch leben, wusste aber, dass sie tot war. Abgeschlachtet. Erstochen. Livia stieß ein qualvolles Heulen aus, das Nox niemals vergessen würde. Sie zog Morikos Leiche an sich und flehte sie an, zu atmen und bitte, bitte zu ihr zurückzukommen. Livia klammerte sich an sie und kümmerte sich nicht darum, dass Morikos Blut ihre Kleidung durchnässte, während sie herzzerreißend schluchzte. Nox rief mit zitternder, leiser Stimme den Notarzt, aber die Unmengen Blut machten mehr als deutlich, dass ihr niemand mehr helfen konnte. Moriko war tot. Ermordet.

Alles, was Livia sehen oder riechen konnte, war Blut, selbst nachdem Nox sie im Hotel unter die Dusche gestellt hatte. Er hatte gesagt, das Herrenhaus sei jetzt zu gefährlich, und sie hatte stumm genickt, ohne wirklich etwas aufzunehmen. Sie fühlte sich losgelöst von allem und jedem, sogar von Nox. Moriko war tot.

Jetzt lag sie in einem fremden Bett und hörte zu, wie Nox und die Polizei im Nebenzimmer miteinander sprachen. Sie versuchte, ihre Stimmen zu ignorieren, wollte aber auch wissen, was zur Hölle los war.

Es klopfte. Odelle kam herein und schloss die Tür hinter sich. Sie sagte nichts, sondern setzte sich auf die Bettkante und ergriff Livias Hand.

Lange Zeit sagte keine von ihnen ein Wort. Dann sprach Livia mit zitternder Stimme. „Moriko ist tot."

„Ich weiß. Es tut mir leid, Livvy."

„Er hat sie getötet, weil Nox und ich zusammen sind."

Odelle schüttelte den Kopf. „Wer auch immer sie getötet hat, hat es getan, weil er ein Psychopath ist, Liv. Es ist nicht deine Schuld."

Livia schloss die Augen und schluchzte. „Warum passiert das alles?"

„Ich wünschte, ich könnte es dir sagen." Odelle streichelte ungelenk Livias Haare. „Roan wird gesucht."

„Glaubst du wirklich, dass er dahintersteckt?"

Odelle sah so traurig aus, dass Livia sich aufsetzte und sie umarmte. „Ich hätte es nie für möglich gehalten, aber jetzt ... Ich weiß es einfach nicht. Ich glaube immer noch, dass Amber mehr weiß, als sie zugibt, aber vielleicht bin ich nur voreingenommen. Hast du sie in letzter Zeit gesehen?"

„Nicht seit der Vorweihnachtszeit."

Odelle seufzte und ließ Livia los. „Nun, ich schätze, die Polizei wird sie ebenfalls befragen wollen."

„Nox hat gesagt, dass sie die Stadt verlassen hat."

„Das kann ich mir vorstellen. Sie hat sich seltsam benommen, seit sie mit Roan Schluss gemacht hat."

Livia musterte ihre Freundin. „Odie ... hat Roan möglicherweise Amber etwas angetan? Oder umgekehrt?"

„Ich weiß es nicht. Ich hatte das Gefühl, dass ihre Beziehung rein sexuell war. Roan hält nicht viel von tiefen Beziehungen."

„Außer mit dir."

Odelle lächelte halb. „Ich denke, du hast recht. Er vertraut sich mir an und teilt seine Träume und Hoffnungen mit mir."

„Ich möchte wirklich glauben, dass Roan nicht der Mörder ist, Odelle. Um deinetwillen, um seinetwillen und um unseretwillen."

Odelle nickte traurig. „Ich auch, Livvy, ich auch."

Aber eine Woche später, als Livia Morikos Beerdigung arrangierte, kam die Polizei mit vernichtenden Nachrichten zurück. Roans Sperma war auf Morikos Leiche gefunden worden. Ein landesweiter Haftbefehl wurde ausgestellt.

Nox, Livia, Sandor, Odelle und Amber trafen sich in einer kleinen

Bar im French Quarter. Alle sahen erschüttert aus, aber Livia konnte nicht anders, als Amber zu mustern, die am Rande von etwas zu sein schien. Hysterie? Trauer? Ihre roten Haare waren fettig und ungepflegt und ihre Fingernägel waren völlig abgekaut.

„Was ist los, Amber?", fragte Livia sanft, aber Amber ignorierte sie.

Nox fixierte seine langjährige Freundin mit seinem Blick. „Bist du high? Mein Gott, Amber, zu so einem Zeitpunkt?"

Sie schüttelte den Kopf, aber jetzt, da Nox es erwähnt hatte, konnten alle sehen, dass Amber nicht nüchtern war. Odelle verdrehte die Augen und sprach stattdessen mit Livia. „Wie geht es dir, Livvy?"

Livia zuckte mit den Schultern. „Ich sehe sie immer noch da liegen, Odie."

„Es ist nicht deine Schuld, Liv. Der Gerichtsmediziner sagte, sie sei seit Stunden tot gewesen."

„Ich hätte sie früher suchen sollen. Viel früher. Sie hat immer auf mich aufgepasst, und ich hätte das Gleiche für sie tun sollen." Livia lächelte durch ihre Tränen. „Einmal im College hat sie mich ange-schrien, weil ich ihr die Tür zu meinem Zimmer im Wohnheim geöffnet hatte, ohne zu überprüfen, wer davorstand. Dabei war es doch auch ihr Zimmer. Ich musste ihr versprechen, immer zu überprü-fen, wer an der Tür ist, und dass ich nicht öffne, wenn es ein Fremder ist." Ihr Gesicht wurde betrübt. „Was für eine Freundin bin ich, dass …"

„… du zu beschäftigt damit warst, Nox in diversen europäischen Städten zu ficken", sagte Amber plötzlich giftig. „Arme, kleine Livvy, die ihre Beine für den nächstbesten Milliardär breitmacht …"

Es war Odelle, die Amber so schnell und hart ins Gesicht schlug, dass alle zusammenzuckten. Amber wankte zurück und stürzte sich auf Odelle, die beiseite ging, so dass Amber zu Boden fiel. Sandor half Amber auf, während Nox zwischen die beiden Frauen trat. Livia war zu geschockt, um sich zu bewegen.

„Amber, geh nach Hause und werde nüchtern. Und rede nie wieder so mit Livia." Nox war wütend.

Amber zischte ihn an: „Denkst du, dass dieses kleine Miststück meine Schwester ersetzen kann? Meine Schwester, die dich liebte? Die dich verehrte?"

„Hau ab!", rief Nox und Amber stolzierte davon.

Sandor sprang auf. „Ich werde sie nach Hause bringen, Nox."

Alle anderen Gäste starrten sie an, manche fotografierten sogar. Nox legte seine Arme um Livia. „Es ist okay, Liebling. Sie ist weg."

„Was zum Teufel war das?", fragte Livia ungläubig. Nox schüttelte den Kopf und hielt sie fest.

„Ich weiß es nicht, Baby."

„Heute ist Ambers Geburtstag", sagte Odelle leise und Nox stöhnte.

„Oh Gott, das hatte ich vergessen. Es ist auch Ariels Geburtstag."

„Ich habe Amber noch nie so high gesehen. Normalerweise bewahrt sie die Fassung. Das war mehr als nur Marihuana."

„Sieht so aus."

Livia sagte nichts. Ambers Attacke war aus heiterem Himmel gekommen. Livia war erschüttert und lehnte sich an Nox. „Vielleicht solltest du zu ihr gehen. Ich versuche nicht, Ariel zu ersetzen."

„Das weiß ich. Amber weiß das auch. Ich entschuldige mich für sie ... sie ist nicht sie selbst."

Livia sah zu ihm auf. „Geh zu ihr. Versöhnt euch. Schau nach, ob sie Hilfe braucht."

Nox lächelte sie an und streichelte ihr Gesicht. „Das ist der Grund, warum ich dich so sehr liebe."

Nox ging am nächsten Tag zu Amber. Als sie ihm gegenübersaß, wirkte sie zerknirscht. „Ich habe das, was ich gesagt habe, nicht so gemeint", begann sie, „bitte sag Livvy, dass ich sie liebe. Ich meinte nichts davon erst. Ich war nur ... Gott, Nox, ich vermisse Ariel so sehr."

Nox nickte. „Ich auch, Amber, und das weißt du auch. Aber keiner von uns hätte es verhindern können."

Amber war still und Nox war überrascht, noch etwas anderes in ihren Augen zu sehen. „Was? Was ist los, Amber?"

Sie schüttelte den Kopf. „Ich kann nicht ... ich kann es dir nicht sagen, Nox. Es ist zu ... es ist etwas, das ich getan habe. Etwas, mit dem ich leben muss, aber ... Ich weiß nicht mehr, wie ich das schaffen soll."

Nox war jetzt wirklich besorgt. „Amber ... bitte sag mir, dass du nichts mit den Drohungen gegen Liv zu tun hast."

Amber gab ein freudloses Schnauben von sich. „Nein, Nox. Ich rede nicht von den Drohungen."

„Wovon dann?"

Sie murmelte etwas, aber Nox konnte die Worte nicht richtig verstehen. „Was? Hast du gesagt sie erschrecken?"

Amber starrte ihn mit unendlicher Trauer in ihren Augen an und stand plötzlich auf. „Ich kann nicht ... ich kann einfach nicht ... Es tut mir leid, Nox."

Erst als er später mit Livia im Bett lag, dämmerte ihm, was Amber gesagt hatte. Als er es begriff, drang ein eiskalter Pfeil durch sein Herz. Er wiederholte die Worte immer wieder im Stillen und hoffte verzweifelt, dass sie nicht das bedeuteten, was er vermutete.

„Er sollte sie nur erschrecken."

Amber redete nicht von Livia ... sie redete von Ariel.

Amber kannte Ariels Mörder.

KAPITEL SIEBENUNDZWANZIG

„Bist du sicher?" Livia sah ihn mit entsetzten Augen an. Nox hatte ihr seine Theorie beim Frühstück dargelegt und sie war fassungslos. „Du denkst, sie hat jemanden angeheuert, um ihre Schwester zu erschrecken, und er ist zu weit gegangen und hat sie getötet?"

„Genau das denke ich", sagte Nox grimmig. „Ich wusste immer, dass Amber eifersüchtig auf Ariel war, aber ich hätte nie gedacht, dass sie so etwas tun könnte."

Liv schüttelte den Kopf. „Vielleicht war es ein Streich, der schief-gegangen ist."

„Schlechte Streiche enden nicht damit, dass eine Frau erstochen wird, Livia. Wer auch immer Ariel getötet hat, hat es absichtlich getan. Er hat sie ausgeweidet ... es hat ihm Spaß gemacht."

„Also ist Amber an den Falschen geraten. Vielleicht wollte sie jemanden, der ihrer Schwester einen Schreck einjagt, hat aber statt-dessen einen Psychopathen erwischt, der Ariel getötet hat und sie seitdem erpresst."

„Wow." Nox war beeindruckt.

Liv lächelte halb. „Es ist nicht schwer, Ambers Motiv zu erkennen."

„Und was ist ihr Motiv?"

„Du. Was sonst? Amber ist in dich verliebt.“

„Nein.“

Livia verdrehte die Augen. „Nox, wach auf. Natürlich ist sie das. Sie war es immer, aber als der Plan mit Ariel schiefging und sie starb, wusste Amber, dass sie nie mit dir zusammen sein könnte, weil es sie schuldig wirken ließe und sie sich früher oder später verraten würde. Was machst du jetzt? Gehst du zur Polizei?“

Nox seufzte. „Ich denke, ich sollte besser zuerst mit Amber reden. Wenn der Mörder derselbe Typ wie damals bei Ariel ist und sie ihn kennt, verrät sie uns seine Identität vielleicht als Gegenleistung dafür, dass wir sie nicht in die Sache hineinziehen.“

„Aber was sollen wir der Polizei sagen, wenn man uns fragt, wie wir es herausgefunden haben?“

Nox' grüne Augen waren gefährlich. „Wir sagen der Polizei gar nichts. Ich werde mich selbst darum kümmern.“

Livia schluckte schwer. „Nox ...“

„Niemand bedroht die Frau, die ich liebe. Niemand. Für Moriko, Pia und Ariel ... Ich werde den Täter zur Strecke bringen.“

Livia empfand bei dem bedrohlichen Unterton in seiner Stimme sowohl Angst als auch Erregung. Sie beugte sich vor und presste ihre Lippen auf seine. „Ich liebe dich“, flüsterte sie. „Bitte pass auf dich auf.“

„Versprochen.“ Sein Kuss war süß und zärtlich und dauerte viel länger als erwartet, bevor sie vom Summen seines Handys unterbrochen wurden. Mit bedauerndem Blick löste er sich von ihr und schaute auf den Bildschirm.

„Es ist Detective Jones.“ Er nahm den Anruf entgegen und Livia sah, wie sein Gesicht sich verfinsterte.

Was jetzt?, dachte sie müde und stand auf, um zu duschen. Nox ergriff ihre Hand. „Okay, danke, Detective. Ich komme gleich.“ Er legte auf.

„Was ist los, Baby?“

„Amber muss warten. Heute wird meine Familie exhumiert.“

. . .

Nox bestand darauf, dabei zuzusehen, wie seine Angehörigen aus dem Familienmausoleum geholt wurden. Livia blieb bei ihm und hielt seine Hand, als sich sein entschlossener Gesichtsausdruck in Trauer verwandelte, sobald die Särge an die Oberfläche kamen. Er wandte sich ab, während der Gerichtsmediziner den Sarg seines Bruders öffnete.

Nox würgte und erbrach sich. Livia, die nicht wusste, was sie sonst tun sollte, streichelte seinen Rücken und versuchte, ihn zu trösten. „Es tut mir so leid, Baby."

Nox wischte sich den Mund ab. „Es ist in Ordnung. Ich weiß, dass wir das Richtige tun."

Die Särge seiner Familie wurden in den Wagen der Gerichtsmedizin geladen und weggebracht. Nox und Livia, die allein zurückblieben, blickten auf die leeren Gräber. „Versprich mir eines", sagte Nox. „Versprich mir, dass wir nach unserem Tod nicht so begraben werden. Lass uns beide zu Asche verbrennen und für alle Ewigkeit mit dem Wind fliegen."

„Einverstanden, Baby. Mausoleen sind ohnehin viel zu unheimlich."

Nox lächelte über ihren Versuch, ihn aufzumuntern. „Wir werden eine glückliche Familie haben."

„Das werden wir", sagte Livia fest. „Der ganze Mist, mit dem wir gerade zu tun haben, wird hinter uns liegen, und wir werden eine Menge Kinder haben und glücklich sein. Sommerurlaube in Italien, Weihnachten in Wien."

„Ich kann es kaum warten." Er spreizte seine Finger über ihrem Bauch. „Ist es falsch, dass ich gerade jetzt möchte, dass du schwanger wirst?"

„Ha", sagte sie. „Lass uns warten, bis ich nicht mehr von Psychopathen mit dem Tod bedroht werde, okay?"

Sein Lächeln verblasste und sie stupste ihn an. „Tut mir leid, schlechter Witz."

„Ich werde nicht zulassen, dass dir etwas passiert."

„Und ich werde nicht zulassen, dass dir etwas passiert", sagte sie. „Komm. Lass uns zu Detective Jones gehen."

Er beobachtete sie vom äußersten Ende des Friedhofs aus. Sie hatten keine Ahnung, dass alles, was sie taten, seinen Plan, Livia zu töten, noch besser machte. Er hatte sie fast in die Knie gezwungen ... aber was er als Nächstes tun würde, würde Nox Renaud für immer zerstören. Er musste jemanden beseitigen, der zu viel wusste – und er würde es auf spektakuläre Art und Weise tun.

Amber.

Amber war blass, aber nüchtern, als Nox sie in einem kleinen Café in der Innenstadt traf. Sie versuchte nicht einmal zu sprechen, bevor Nox sich hinsetzte und rezitierte: „Er sollte sie nur erschrecken."

Amber, die ihren Kaffee angestarrt hatte, hob den Kopf und nickte. „Es sollte ein Streich sein. Ich wusste, dass sie nach draußen gehen würde, um zu rauchen, bevor du sie abholst. Er sollte sie eine Runde um den Block mitnehmen und dann sofort zurückbringen. Ich wusste, dass etwas nicht stimmte, als er mich nicht anrief, obwohl es so abgesprochen war."

„Wer ist er, Amber?"

Sie schüttelte den Kopf. „Bitte lass mich die Geschichte fertig erzählen. Er hatte eingewilligt, es zu tun, weil ... er sauer auf dich war. Es hatte etwas mit deiner Familie zu tun, ich weiß es nicht genau. Als er Ariel nicht zurückbrachte, wusste ich es. Ich hatte immer geahnt, dass er ein bisschen seltsam war, aber nicht so gestört. Als ich sah, was er meiner Schwester angetan hatte ..." Sie bedeckte ihren Mund und unterdrückte ein Schluchzen. „Er sagte mir, wenn ich jemals jemandem davon erzähle, würde er alle wissen lassen, dass ich es geplant hatte und dass ich sie tot sehen wollte. Ich wollte nie, dass sie stirbt, Nox, das musst du mir glauben."

Nox, in dem ein Sturm aus Emotionen tobte, sah sie kalt an. „Das Traurige ist, dass ich dich geliebt habe. Dich und dein glänzendes rotes Haar und dein strahlendes Lächeln. Und du hast mich auch geliebt – solange ich so blieb, wie du mich haben wolltest. Einsam und verlassen. Solange ich um Ariel trauerte, wusstest du, dass du mich unter Kontrolle hattest. Ich habe dir Angst gemacht, das weiß ich. Als ich anfing, wieder zu leben, und aufhörte, diese Liebe zu verleugnen. Meine Liebe zu Livia. Ich wollte nicht glauben, dass du zu jenen Frauen zählst, die andere Frauen als Bedrohung betrachten. Dass du zu den Freunden zählst, die mich nur in ihrer Nähe haben wollen, um sie besser aussehen zu lassen – davon hatte ich schon genug. Verdammte Heuchler. Ich hätte nie gedacht, dass du eine von ihnen sein würdest. Aber du warst die Schlimmste von allen, weil ich dich wie eine Schwester geliebt habe, Amber."

Dann verstummte er, schwenkte sein Glas herum und sah zu, wie das Eis in dem Drink schmolz. Die Tür ging auf, und Stimmen mischten sich mit dem Prasseln von Regen auf Holzdielen. Zwei ältere Frauen in Wollmänteln versuchten, der Kälte zu entkommen.

Tränen fielen lautlos über Ambers Gesicht. Nox schüttelte den Kopf. „Du hast sie getötet. Deine eigene Schwester. Warum?"

Amber sah ihn an. Ihre Augen waren nicht wütend, nur traurig. „Ich habe dich geliebt. Ich liebe dich immer noch."

Nox versuchte, nicht die Beherrschung zu verlieren, aber seine Stimme zitterte, als er ihr die Fragen stellte, die er stellen musste. „Hattest du etwas mit den Angriffen auf Livia und mich zu tun? Hast du Pia ermordet? Was ist mit Moriko?"

„Nein, nein." Amber schien fast verzweifelt zu sein. „Das war ich nicht. Ich mag Livia wirklich und ich kann sehen, dass sie perfekt für dich ist. Gott, nein. Ich schwöre es. Aber ... ich habe etwas getan, das ich selbst nicht fassen kann."

Nox war nicht überzeugt von ihren Unschuldsbeteuerungen. „Was?"

„Roan hat ... Er hat seine gebrauchten Kondome in meinem Mülleimer liegen gelassen."

Nox gab ein angewidertes Geräusch von sich. „Was zur Hölle hat das mit dieser Sache zu tun?" Er beugte sich vor, um sie dazu zu bringen, ihn anzusehen. „Wen hast du angeheuert, um Ariel zu töten, Amber?"

Sie schloss die Augen. „Ich habe niemanden angeheuert ..."

Ein lauter Knall ertönte und für eine Sekunde erstarrten alle im Café. Ambers Augen weiteten sich, dann drang ein dünner Blutstrom aus ihrer Schläfe.

Voller Entsetzen starrte Nox auf das Einschussloch im Fenster. Dann fiel Amber mit offenen Augen tot auf den Tisch.

Panik brach aus. Leute schrien. Nox lief los und rannte auf die Straße, um nachzusehen, wo der Schütze war – und wer er war. Aber natürlich war der Mörder bereits verschwunden. Nox sank völlig benommen zu Boden und wartete auf die Ankunft der Polizei.

Livia rannte direkt in seine Arme. „Nox, Gott sei Dank bist du in Ordnung." Sie hielt ihn fest, als er sein Gesicht in ihren Haaren vergrub.

„Genug", sagte er mit gedämpfter Stimme. „Es sind mehr als genug Menschen gestorben. Wir müssen ihn finden."

„Wen, Liebling?" Livia starrte ihn mit verängstigten Augen an. „Wen?"

Nox sah innerlich gebrochen aus, als er sprach. „Roan. Wir müssen Roan finden."

KAPITEL ACHTUNDZWANZIG

Der Januar verging, während die überlebenden Freunde mit der Polizei zusammenarbeiteten, um Roan zu finden. Nox war mehr denn je überzeugt davon, dass Roan der Mörder war, und forderte die Polizei auf, jede alte DNA-Spur, die nicht zu seiner Familie gehörte, mit Roans DNA zu vergleichen.

Detective Jones stimmte zu. „Wir haben eine landesweite Suche nach Saintmarc gestartet, aber wenn er derjenige ist, der Ms. Duplas erschossen hat, ist er offensichtlich in New Orleans und wartet darauf, den Job zu beenden. Verfügen Sie über ausreichenden Schutz?"

Nox nickte. Sandor hatte sich ihrer angenommen mit den Worten: „Hört zu, im Hotel ist es nicht sicher. Zieht vorübergehend zu mir. Ich habe kein Herrenhaus, aber für einen Stalker gibt es bei mir deutlich weniger dunkle Winkel, um sich zu verstecken. Odelle, du auch. Wir müssen zusammenbleiben, bis Roan gefunden wird."

Sandors Haus war groß, aber gemütlich, und Livia fühlte sich dort sicherer als irgendwo sonst. Sie machte sich jedoch Sorgen um ihre Freunde, da sie wusste, dass einer von ihnen für so viel Leid und Tod verantwortlich war. Sie hatte Hass in ihrem Herzen für Roan Saintmarc, und obwohl sie es nicht laut auszusprechen wagte, wollte sie fast, dass er zu ihr kam, damit sie Moriko und sich selbst rächen konnte. Auch wenn es sie umbrachte.

Sie konnte jedoch fühlen, dass Odelle sie im Auge behielt, und wusste, dass sie ihr helfen würde, wenn sie zusammenbrach. Livia wollte Nox nicht noch mehr Schmerzen bereiten. Es hat ihn von allen am stärksten getroffen, dachte sie, schließlich ist Amber vor seinen Augen ermordet worden. Er sah immer noch schockiert aus, selbst ein paar Wochen später, und es war schwer zu sagen, ob Ambers Tod oder ihre Enthüllungen der Grund dafür waren.

„Was ich nicht verstehe", sagte Livia zu ihm, „ist, wie Roan es geschafft hat, sie in dem Moment zu erschießen, als sie dir von ihm erzählen wollte. Er konnte sie unmöglich abhören, dazu fehlten ihm die erforderlichen Ressourcen."

„Möglicherweise weiß er nicht, dass sie ihn gar nicht verraten hat", sagte Nox. „In diesem Fall denkt er, dass wir Bescheid wissen, und macht hoffentlich aus Verzweiflung einen Fehler."

„Oder etwas Tollkühnes, das noch jemandem das Leben kostet." Livia seufzte. „Es ist ein verdammtes Chaos ... aber was zum Teufel ist sein Motiv? Das verstehe ich einfach nicht."

„Ich habe wirklich keine Ahnung."

Livia kaute auf ihrer Unterlippe herum. „Und warum hat Amber uns von Roans weggeworfenen Kondomen erzählt? Das ergibt keinen Sinn ... Es sei denn ..."

Nox musterte sie eindringlich. „Es sei denn?"

Livia war angewidert. „Es sei denn, sie wollte uns sagen, dass jemand Roans Sperma benutzt, um den Verdacht auf ihn zu lenken. Und Amber wusste davon."

Detective Jones besuchte Livia eines Nachmittags in Nox' Büro. Nachdem sie ihren Job im Le Chat Noir aufgegeben hatte, arbeitete sie dort tagsüber an ihren College-Projekten. Zu ihrer Überraschung stellte sie fest, dass sie und Nox nicht müde wurden, einander den ganzen Tag und die ganze Nacht zu sehen.

„Das verheißt Gutes", erwiderte Nox grinsend, als sie ihm das sagte, und sie lachte. Es war eine Erleichterung zu lachen und glücklich zu sein, und sie liebten sich oft und hielten einander im Arm.

Sie sprachen auch über ihre Ideen für die Stiftung und baten Charvi, mitzumachen. Charvi – die widerwillig einen Leibwächter akzeptiert hatte – war begeistert. „Für einen reichen Kerl bist du nicht übel, Nox Renaud." Sie sah ihn mit stolzen Augen an und Livia wusste, dass ihre Anerkennung ihm die Welt bedeutete. Charvi weinte, als Nox ihr sagte, dass sie die Stiftung nach ihrer einstigen Geliebten benennen wollten, und umarmte Gabriellas Sohn.

„Ich dachte immer, du würdest mich vielleicht verachten", sagte sie ihm und wischte sich die Tränen ab, „weil ich mit deiner Mutter zusammen war, bevor sie deinen Vater getroffen hat. Aber sie liebte mich genauso aufrichtig wie Tynan auch. Sie war ein durch und durch guter Mensch."

Nox schluckte schwer und nickte. Livia lächelte beide an. „Familie wird nicht nur durch Blutsverwandtschaft definiert. Ich weiß das nur zu gut, denn ich habe meine Familie in euch gefunden."

Als Detective Jones kam, um mit ihnen zu sprechen, ging es wieder um das Thema Familie. „Etwas Seltsames ist passiert, Mr. Renaud. Als wir die DNA Ihres Vaters mit der Ihrer Freunde verglichen haben, haben wir eine Übereinstimmung gefunden. Eine verwandtschaftliche Beziehung. Leider wurde im Labor die Etikettierung durcheinandergebracht. Also brauchen wir noch eine DNA-Probe von Ihnen, um zu überprüfen, ob wir aus irgendeinem Grund einen Fehler gemacht haben."

Der Detective verstummte, und Nox und Livia wechselten einen Blick. „Was verschweigen Sie uns?"

Detective Jones holte tief Luft. „Hören Sie, wenn das Labor recht hat, dann ist einer Ihrer beiden engsten Freunde zugleich Ihr Halbbruder."

Nox' Augen weiteten sich. „Soll das ein Scherz sein?"

„Nein, Sir."

.   .   .

Als der Detective gegangen war, starrten Nox und Livia sich an. „Mein Bruder …"

„Das ist einfach bizarr. Ich bin mir sicher, dass sie die DNA von Teague und jemand anderem verwechselt haben."

„So muss es gewesen sein. Meine Eltern haben einander nie betrogen." Nox schüttelte entschieden den Kopf, aber Livia konnte Zweifel in seinen Augen sehen.

„Es können nur Roan oder Sandor sein, wenn überhaupt. Ich kann keine physische Ähnlichkeit zwischen euch erkennen."

„Es ist ein Fehler", sagte Sandor an der Tür, wo er offenbar ihre Unterhaltung mit angehört hatte. „Die Polizei irrt sich. Alter, so sehr ich dich auch als meinen Bruder betrachte, ist es unmöglich. Dad hatte nach meiner Geburt eine Vasektomie und Mom starb, noch bevor Teague zur Welt kam."

„Es erklärt nicht, wie es ein Halbbruder sein kann, wenn Teagues DNA verwechselt wurde. Teague war mein Bruder. Man konnte die Ähnlichkeit zwischen uns sehen." Nox seufzte. „Okay, vielleicht war mein Vater kein Killer, aber …"

„Was sagst du da?" Sandor sah überrascht aus, und Nox und Livia wechselten einen Blick.

Nox räusperte sich. „Ich war zu lange tatenlos, Sandor. Ich glaube nicht, dass mein Vater meine Mutter und Teague getötet hat. Auf keinen Fall. Jemand anderes hat sie getötet, und ich will wissen, wer."

Sandor nickte langsam und Livia musterte ihn. Verbarg sich etwas hinter seinem angespannten Gesicht oder war das nur der Schock? „Also gut. Ich denke, du musst drüber nachdenken. Es verfolgt dich schon zu lange. Ich bin immer an deiner Seite, Kumpel."

„Danke, Mann."

Sandor lächelte sie an, bevor er wieder aus dem Raum verschwand. Livia kaute auf ihrer Unterlippe herum. Unbehagen erfüllte sie – Sandors Reaktion darauf, dass sie Nachforschungen zu Nox' Familientragödie anstellen wollten, brachte sie zum Nachdenken. Sie blieb jedoch still – Nox brauchte keine weiteren Komplikationen.

„Du siehst müde aus, Baby." Nox presste seine Lippen auf ihre Stirn, und sie schlang ihre Arme um seine Taille.

„Das bin ich auch. Lass uns nach Hause gehen."

„Ich frage Sandor, ob er mitfahren will."

Livia zögerte. „Ich meinte ... unser Zuhause. Ich möchte Privatsphäre."

Nox seufzte. „Es ist nicht sicher dort, Baby. Es gibt zu viele Möglichkeiten, ins Haus zu gelangen, und glaube mir, Roan kennt sie alle."

„Können wir nicht die Eingänge sichern lassen?"

Nox zögerte. „Baby ... ich habe Angst. Schlimme Dinge sind dort passiert – mehr als einmal – und ich befürchte, dass ich für eine Sekunde die Konzentration verliere und jemand dir etwas antut. Im Ernst, bei Sandor ist es sicherer."

Weniger als eine Woche nachdem Nox diese Aussage gemacht hatte, wurde ihm klar, wie furchtbar falsch er damit gelegen hatte.

KAPITEL NEUNUNDZWANZIG

Sandor kam nicht mit ihnen nach Hause. „Ich habe Papierkram zu erledigen und danach werde ich wohl ein Mädchen treffen."

Nox grinste. „Ach ja?"

Sandor zuckte mit den Achseln. „Es ist nichts. Genießt eure Privatsphäre. Wir sehen uns später."

Auf der Heimfahrt war Livia nachdenklich. „Hmmm ..."

„Was?"

„Sandor sagte, wir sollen unsere Privatsphäre genießen. Woher weiß er, dass Odelle nicht zu Hause sein wird?"

Nox zuckte mit den Schultern. „Wahrscheinlich hat er ihre Anwesenheit vergessen. Sie neigt dazu, für sich zu bleiben – außer wenn ihr beide etwas ausheckt." Sein Handy summte. „Es ist der Detective. Hallo."

Er hörte zu und erbleichte. „Sind Sie sicher? Gott. Okay, ja, wir sind gleich da."

Er beendete den Anruf und sah Livia an. „Sie haben eine Leiche aus dem Bayou in der Nähe des Herrenhauses gezogen. Sie denken, dass es Roan sein könnte, und wollen, dass ich komme, um die Leiche zu identifizieren."

. . .

Livia wartete im Büro des Gerichtsmediziners, während Nox den Arzt begleitete. Bald war er zurück. Er schüttelte den Kopf und sah erschüttert aus. „Unmöglich zu sagen, wer es ist. Die Leiche lag zu lange im Sumpf."

Er musste nicht mehr sagen. Detective Jones folgte Nox.

„Wir werden die DNA überprüfen und sehen, wohin uns das führt."

Livia räusperte sich. „Detective Jones? Hat Sandor Carpentier eine DNA-Probe eingereicht?"

„Ich werde nachsehen, aber ich denke schon. Warum?"

„Ich bin nur neugierig."

Detective Jones lächelte sie an. „Gut, dann werde ich Sie jetzt verlassen. Danke, dass Sie hergekommen sind. Es tut mir leid, dass Sie das durchmachen müssen, Mr. Renaud."

„Ich bin immer bereit, Ihnen bei den Ermittlungen behilflich zu sein."

Im Auto atmete Nox aus und Livia sah ihn mitfühlend an. „War es schlimm?"

Nox nickte. „Die Leiche war verstümmelt und sah kaum menschlich aus. So sehr ich Roan auch verachte, ich hoffe, dass er es nicht ist. Die Leiche war schon eine ganze Weile im Sumpf."

Als sie nach Hause kamen, war Odelle da und Nox erzählte ihr sanft von der Entdeckung. Odelle nickte ruhig. „Er ist es", sagte sie, „ich weiß es einfach. Nox ... Ich denke, wir müssen anfangen, nach einem anderen Ort zu suchen, wo wir bleiben können."

Nox' Augenbrauen schossen hoch. „Warum?"

„Ich fühle mich hier nicht sicher. Fühlst du es auch, Liv?" Odelle sah sie an und Livia nickte.

„Ich weiß, was du meinst, aber ich weiß nicht, warum ich so empfinde. Vielleicht liegt es an der Verwirrung über die DNA oder daran, dass die Leiche – wenn es Roan ist – bedeutet, dass er Amber nicht getötet hat ... Aber bis wir eine Entwarnung wegen Sandors DNA bekommen ..."

Nox starrte die beiden Frauen an. „Glaubt ihr wirklich, dass Sandor etwas damit zu tun haben könnte?"

„Es ist nur ein Gefühl", sagte Odelle. „Ich habe keinen Beweis für irgendetwas, nur meinen Instinkt."

Nox wandte sich Livia zu. „Und du?"

„Bei mir ist es genauso. In letzter Zeit ist etwas an Sandor sonderbar – aber vielleicht spricht aus mir auch nur die Paranoia wegen dem, was passiert ist. Die einzigen Menschen, denen ich jetzt noch vertraue, sind in diesem Raum."

Nox seufzte und Livia konnte sehen, wie er mit der Vorstellung kämpfte, dass sein Freund vielleicht nicht der Mann war, für den er ihn hielt. Sie legte ihre Hand auf seinen Arm. „Hey, wir sagen nicht, dass Sandor etwas falsch gemacht hat. Sei einfach vorsichtig."

„Okay." Nox dachte eine Weile nach. „Wir werden ihm sagen, dass wir ausziehen, weil ... Gott, ich weiß nicht … Weil wir ihm seine Privatsphäre zurückgeben wollen oder so. Ich werde kurzfristig etwas mieten."

Am Ende war es Livia, die Sandor sagte, dass sie ausziehen würden. Er kam eines Morgens zu ihr, während Nox bei der Arbeit war. Livia packte gerade eine Tasche, als sie Schritte hinter sich hörte. Sie wirbelte herum und erschrak darüber, Sandor vor sich zu sehen. Er lächelte sie an. „Entschuldige, ich wollte dich nicht erschrecken."

Livia, deren Hand auf ihre Brust gepresst war, versuchte zu lächeln. „Es ist in Ordnung. Ich habe einfach nicht erwartet, dich zu sehen. Ich dachte, du wärst bei Nox." Ihr Herz schlug unangenehm hart gegen ihre Rippen. Sandor setzte sich ohne Einladung auf die Bettkante und nickte zu ihrer Tasche.

„Gehst du irgendwohin?"

Livia fühlte sich unbeholfen. „Hat Nox mit dir gesprochen?"

„Worüber?"

„Wir ziehen aus. Wir haben einfach das Gefühl, dass wir es dem Mörder zu einfach machen, wenn wir uns so zusammendrängen." Ihr kam ein Gedanke und sie lächelte halb. „Nox und ich wollen dich und

Odie nicht noch mehr in die Schusslinie bringen, als ihr es schon seid. Ich könnte es nicht ertragen, wenn euch beiden etwas passiert." Das ist es, trage ruhig dick auf.

Sandor berührte ihr Gesicht. „Du bist sehr süß, Livvy." Er stand auf und nahm zu Livias Überraschung und Unbehagen ihr Gesicht in seine Hände. „Jeden Tag", sagte er leise, „sehe ich mehr und mehr, warum Nox sich in dich verliebt hat. Du bist schön, innerlich und äußerlich, Livia Chatelaine. Ist es unangemessen zu sagen, dass ich wünschte, ich hätte dich vor Nox getroffen?"

Livia wollte das Kompliment abwehren, aber dann strich Sandor zärtlich und schnell mit seinen Lippen über ihre. Er ließ sofort seine Hände fallen, trat zurück und blickte sie mit übertriebenem Entsetzen an. „Tut mir leid, Liv. Das war so unpassend. Verzeih mir."

Livias Magen zog sich vor Angst zusammen. Was zur Hölle ging hier vor? „Es ist in Ordnung."

„Ich lasse dich jetzt allein. Ich werde euch alle vermissen, aber ich verstehe, warum ihr auszieht."

Als er ging, blieb sie benommen und den Tränen nahe zurück. Seltsam. Sie ließ sich schwer auf das Bett fallen und fragte sich, warum sie sich so aufgebracht fühlte. Der Kuss war völlig unpassend gewesen, aber er war nicht das, was sie erschüttert hatte. Es war der Ausdruck in Sandors Augen gewesen, während er sprach. Kalt. Tot. Es waren nicht die Augen des Mannes, für den sie ihn gehalten hatte.

Ihr Bauchgefühl schlug Alarm, als sie die Schlafzimmertür schloss und Nox anrief. Sobald er ranging, brach sie in Tränen aus und brauchte eine Minute, um sich zu beruhigen und zu sagen, was sie ihm mitteilen wollte. „Bitte, Nox. Komm und hol mich hier raus."

Sie zogen in ein Hotel, während Odelle einfach nach Hause ging. „Ich habe zusätzliche Security angeheuert", versicherte sie ihnen. „Und ich möchte nicht das fünfte Rad am Wagen sein, so sehr ich euch beide auch liebe."

Im Hotel bestellten Nox und Livia etwas beim Zimmerservice, nahmen eine lange heiße Dusche zusammen und liebten sich dann.

Livia hatte es nicht gemocht, bei Sandor Sex zu haben. Jetzt genoss sie ihre Privatsphäre und klammerte sich an Nox, während er sie langsam und zärtlich liebte. Sie streichelte seine dunklen Augenbrauen, als er sich über ihr bewegte. „Ich liebe dich so sehr, Nox."

Er grinste, als sein Tempo sich beschleunigte und sie einen kleinen Freudenschrei ausstieß. „Und ich liebe dich, schönes Mädchen."

Livia schlang ihre Beine um seine Hüften und ihre Vaginalmuskeln drückten seinen diamantharten Schwanz. Nox stöhnte. „Himmel, ja, genau so, Baby." Er schlug seine Hüften gegen ihre und Livia neigte ihr Becken, so dass sein riesiger Schwanz immer tiefer in sie eindringen konnte. „Verdammt, ich liebe es, dich zu ficken, Livia Chatelaine ... dein Körper wurde für die Liebe gemacht."

Livia grinste, dann wölbte sie bei ihrem Orgasmus ihren Rücken und presste ihren Bauch gegen seinen. „Nox?" Sie holte zitternd Luft, als sein Tempo rauer und schneller wurde. „Komm auf meinem Bauch."

Nox, der um Atem rang, kam ebenfalls zum Höhepunkt, zog sich zurück und schoss dickes, cremiges weißes Sperma auf ihren Bauch, während er ihre Klitoris berührte und sie noch einmal kommen ließ.

Während sie wieder zu Atem kamen, massierte Nox sein Sperma in ihre Haut und umkreiste ihren Bauchnabel mit seinem Finger. Livia blickte zu ihm auf. „Ich erinnere mich an unseren Weihnachtsurlaub und all die schmutzigen Dinge, die wir getan haben."

„Hast du es genossen?"

„Du weißt, dass ich das getan habe. Wenn alles vorbei ist, würde ich das gerne wiederholen und vielleicht sogar ein paar neue Sachen ausprobieren."

Nox schob seinen Finger in ihr Zentrum und bewegte ihn sanft, während sein Daumen ihre Klitoris streichelte. Livia konnte spüren, wie die Erregung in ihrem Körper wieder wuchs. „Das ist es, Livvy, leg dich einfach hin und lass mich die Arbeit machen." Nox knabberte an ihrer Brustwarze, bevor er sie in seinen Mund nahm und liebkoste. Livia vergrub ihre Finger in seinen dunklen Locken, während er an ihren Brüsten saugte, bis die Knospen steinhart waren. Dann bewegte er sich nach unten, um mit seiner Zunge ihren Bauchnabel zu ficken.

„Gott, das ist so gut."

„Du bist am Bauch sehr empfindlich."

„Oh ja." Livia seufzte, als er weiter nach unten ging, um ihre Klitoris in den Mund zu nehmen, während seine Finger über ihren Bauch rieben. Livia spreizte ihre Beine weiter und Nox' Zunge tauchte in ihr Zentrum ein. Er fing an, ihren Nabel mit dem Daumen zu ficken, und fand einen Rhythmus, der sie verrückt machte. Er brachte sie dazu, immer wieder zu kommen, bevor er seinen erigierten Schwanz erneut in sie stürzte. Livia schrie auf, als sie hart, atemlos und zitternd kam, sich an seinem Hintern festkrallte und ihn tiefer in sich drängte.

In Momenten wie diesem konnte sie so tun, als wäre alles in Ordnung und friedlich. Nox verstand es, ihren Körper vollständig zu beherrschen und sie zum Orgasmus zu führen. Gott, sie liebte diesen Mann. Sie würde alles tun und ausprobieren, was er wollte, um das animalische, wilde Verlangen zu befriedigen, das in ihnen tobte.

Sie fickten, bis sie erschöpft waren. Mit seinem Kopf auf ihren Brüsten und seinen Arme um ihren Körper schlief Nox schließlich ein, aber in Livias Kopf wirbelten mehr Fragen denn je herum.

Das alles war so verwirrend und es gab so viele Verdächtige. Aber in ihrem Herzen war Livia überzeugt davon, dass sie wusste, wer hinter all dem steckte. Morgen würde sie anfangen, mehr über den Mann herauszufinden, der versuchte, sie zu töten.

Sandor.

KAPITEL DREISSIG

Charvi Sood war überrascht, Livia nicht im Musikzimmer zu finden, sondern an einem der Computer in der College-Bibliothek. „Hey, Kleine."

„Hey, Charvi."

„Was machst du?"

Livia lächelte sie an. „Nachforschungen. Charvi, du könntest mir vielleicht helfen." Sie sah sich in der Bibliothek um und senkte die Stimme. „Was weißt du über Florian Carpentier, Sandors Vater?"

Charvi erstarrte. „Warum fragst du?"

Livia sah sie nur an und Charvi nickte schließlich. „Okay, aber nicht hier."

Sie gingen zu Charvis Büro und die ältere Frau schloss die Tür hinter sich ab. Sie bot Livia eine Tasse Kaffee an und setzte sich mit ihr auf die alte, bequeme Couch. Charvi seufzte. „Was ich dir sagen werde, habe ich noch nie jemandem erzählt, hauptsächlich aus Respekt vor Gabriellas Wünschen. Als sie starb, dachte ich darüber nach, zur Polizei zu gehen, aber die Behörden schienen so sicher zu sein, dass Tynan sie und Teague getötet hatte, dass ich Nox keine weiteren Schmerzen zufügen wollte. Das ist der wahre Grund, warum ich ihm fernblieb." Sie nippte an ihrem Kaffee und sammelte ihre Gedanken.

„Nach unserer Trennung und bevor Gabriella Tynan kennenlernte, war sie besorgt, was unsere Beziehung für meine Karriere bedeuten könnte. Kannst du dir das vorstellen? Sie hat eine Zeit lang für die Carpentiers als Beraterin gearbeitet. Eleanor Carpentier war eine liebenswerte Frau, und sie und Gabriella wurden gute Freundinnen. Eines Tages rief mich Gabriella hysterisch an. Ich ging in ihre Wohnung, die ein einziges Chaos war. Gabriella lag blutend und mit zerfetzten Kleidern da. Sie war vergewaltigt worden."

„Oh Gott." Livia wurde schlecht.

„Zuerst wollte sie mir nicht verraten, von wem. Sie sagte nur, sie könne nicht mehr in New Orleans ausgehen, aus Angst, ihn zu sehen. Irgendwann habe ich es aus ihr herausbekommen. Florian Carpentier war kein guter Mann. Er schlug Eleanor und vergewaltigte sie wohl auch, und er machte sich nicht einmal die Mühe, es zu verstecken. Ich habe versucht, Gabriella zur Polizei zu bringen, aber sie schwor, er würde sie töten, wenn sie Anzeige erstattete. Ich musste ihr Verschwiegenheit schwören und eine Weile schien es, als würde sich alles wieder normalisieren. Dann, ungefähr einen Monat später, verließ Gabriella die Stadt unerwartet und kehrte ein Jahr lang nicht zurück."

Livias Augen weiteten sich. „Sie war schwanger."

Charvi nickte. „Sie brachte das Kind zur Welt, und Florian und Eleanor zogen es als ihr eigenes auf."

„Sandor. Sandor ist Nox' Halbbruder."

Charvi nickte. „Als Eleanor starb und Florian Alzheimer bekam, übernahm Sandor mit Teague das Geschäft. Dann, als Nox am College war, starben sie alle. Im Lauf der Jahre habe ich versucht, die Gründe dafür zu finden, warum Tynan so etwas getan haben könnte, aber es gibt keine. Er liebte Gabriella, und die beiden Jungen waren sein Leben. Ich glaube wirklich, dass alle ermordet wurden."

Livia schluckte. „Von wem?"

„Ich glaube, Florian war verwirrt und dachte, dass sein Geheimnis entdeckt werden könnte. Er ist verrückt geworden und hat alle erschossen."

„Aber wie zum Teufel hätte er die Intelligenz haben sollen, die Morde Tynan in die Schuhe zu schieben?"

„Er war ein bösartiger Mann, daran besteht kein Zweifel, und glaubte, über dem Gesetz zu stehen. Aber ich vermute, er hatte Hilfe."

Livia schloss die Augen. „Sandor."

Charvi nickte. „Im Lauf der Jahre bin ich immer überzeugter davon geworden. Ich kenne Sandor überhaupt nicht, daher kann ich nicht sagen, ob er nach seiner Mutter oder seinem Vater kommt. Würde ein loyaler Sohn seinem Vater nicht helfen, selbst nachdem dieser eine so abscheuliche Tat begangen hat?"

Livia war eine Zeit lang still. „Aber den Verdacht auf Tynan zu lenken? Und seinem angeblich besten Freund so etwas anzutun? Wusste Sandor, dass er Gabriellas Sohn war?"

„Ich weiß es nicht."

„Was, wenn er es herausfand und wütend wurde? Sandor hat sich immer bemüht, freundlich und warmherzig zu wirken, aber da ist noch etwas anderes in ihm. Wut. Was, wenn nicht Florian Gabriella getötet hat? Was, wenn Sandor die Wahrheit über seine Abstammung herausfand, wütend wurde und sie damit konfrontieren wollte? Er nahm eine Waffe mit und als sie versuchte, ihn abzuwehren, tötete er sie. Tynan und Teague waren Kollateralschäden."

Livia sah gequält aus, aber Charvi nickte. „So hätte es gewesen sein können."

„Und Ariel ... was, wenn Amber und Sandor den Streich zusammen geplant haben, Sandor dann aber über die Stränge geschlagen hat. Vielleicht erregt es ihn, Frauen zu töten. Vielleicht hat er ..."

„Livia, lass uns ein Problem nach dem anderen lösen. Ich denke, du solltest dich aus dieser Sache heraushalten, wenn deine Theorie stimmt."

„Ich muss mit Nox reden", sagte Livia, „aber Sandor ist sein Geschäftspartner und sein bester Freund, und ich weiß, dass sie schon genug Ärger haben. Jemand hat alle Firmenanteile aufgekauft."

„Sandor? Versucht er, Nox aus dem Unternehmen zu vertreiben?"

Livia schüttelte den Kopf. „Er hat jemanden namens Roderick LeFevre erwähnt."

„Rod?" Charvi sah verblüfft aus. „Ich bin überrascht. Das klingt nicht nach ihm. Der Rod, den ich kenne, ist kein verschlagener Mensch."

„Wenn du ihn kennst, kannst du mich zu ihm bringen?"

„Ich bin sicher, dass das arrangiert werden kann."

Eine Stunde später wartete Livia nervös im Empfangsbereich von Roderick LeFevres Firma. Sein opulentes Hauptquartier ließ das Firmengebäude von Nox fast schäbig und altmodisch wirken. Warum in aller Welt sollte Roderick daran interessiert sein?

„Ms. Chatelaine?" Ein großer, blonder, klassisch gutaussehender Mann lächelte sie an. „Rod LeFevre. Bitte, lassen Sie uns in mein Büro gehen."

Liv folgte ihm. „Also sind Sie die Lady, die Nox' Herz gewonnen hat?"

Sie lächelte ihn zögernd an. „Die bin ich. Und Sie sind der Mann, der alle Anteile seiner Firma aufgekauft hat."

Rod lachte. „Der bin ich. Ich mag Sie jetzt schon. Auf den Punkt gebracht." In seinem Büro bat er sie, sich zu setzen. Livia musterte ihn. Er war ein wenig älter als Nox, Mitte Vierzig, und hatte kurze Haare und dunkelgrüne Augen. Sein Gesicht konnte vermutlich in einem Moment von freundlich zu gefährlich wechseln, aber er strahlte Wärme und Ehrlichkeit aus. Sie holte tief Luft.

„Sie scheinen Aufrichtigkeit zu mögen, also los. War es Ihre Idee, alle Anteile von RenCar zu kaufen, oder ist Sandor Carpentier zu Ihnen gekommen und hat Sie darum gebeten, es zu tun?"

Rods Augenbrauen schossen hoch. „Meine Güte. Okay, nun, Ms. Chatelaine ..."

„Livia."

„Livia. Ich könnte Ihnen natürlich sagen, dass Sie sich um Ihre eigenen Angelegenheiten kümmern sollen."

„Das könnten Sie tun, und das würde ich auch respektieren." Livia sah ihn ruhig an.

Rod lächelte. „Ja, ich mag Sie. Nun, um Ihre Frage zu beantworten, ja, er hat genau das getan. Er sagte mir, er wolle die Firma kaufen, weil er dachte, Nox wäre nicht mehr mit ganzem Herzen dabei. Er wollte ihm den Anstoß geben, etwas Neues zu versuchen. Sandor sagte, wenn ich die Aktien kaufe, würde er mir das Doppelte dafür bezahlen."

Livia erwiderte spöttisch: „Und Sie glauben ihm, dass er Nox helfen will?"

„Natürlich nicht, aber das geht mich nichts an. Ich bin Geschäftsmann, Livia, und was Sandor vorgeschlagen hat, hätte mir fast siebenhundert Millionen Dollar eingebracht."

Livia pfiff anerkennend und schüttelte den Kopf. „Das sind Zahlen, die ich kaum begreifen kann."

„Was machen Sie beruflich, Livia?"

Sie hob stolz ihr Kinn. „Ich bin Studentin und bis vor Kurzem war ich Kellnerin."

Rod lächelte. „Beides bewundernswerte Tätigkeiten. Ich habe gehört, Sie zählen zu den besten Studenten, die jemals an der Universität eingeschrieben waren."

Livia sah überrascht aus und Rod lachte. „Ich habe ebenfalls Nachforschungen angestellt, Livia. Und wenn ich auf Frauen stünde, würde ich Nox Renaud für eine Frau wie Sie herausfordern." Er grinste. „Zum Glück für uns alle hätte mein Ehemann etwas dagegen."

Livia lachte und entschied, dass sie den Mann mochte. „Kann ich Sie bitten, unsere Unterhaltung vor Sandor geheim zu halten?"

„Sie haben mein Wort."

Er führte sie zur Tür, hielt dann aber inne. „Livia ... Ich werde nichts verraten, aber ich kann nicht garantieren, dass nicht jemand gesehen hat, wie Sie hierhergekommen sind. New Orleans ist eine relativ kleine Stadt, wenn es darum geht, wer in bestimmten Kreisen wen kennt. Bitte sagen Sie Nox, dass Sie hier waren, und engagieren Sie jemanden zu Ihrem Schutz."

Livia betrachtete ihn. „Halten Sie Sandor für gefährlich?"

„Ich habe keine Beweise, nur ..."

„Ihren Instinkt."

Rod nickte halb lächelnd. „Genau."

Livia sah ihn an. „Haben Sie Sandors Vater gekannt? Florian Carpentier."

Rods Lächeln verblasste. „Ja, leider."

„Warum leider?"

„Er war ein kranker Bastard." Da war wieder diese Ehrlichkeit, und Liv lächelte.

„Ich verstehe. Vielen Dank, Mr. LeFevre."

„Nennen Sie mich Rod. Auf Wiedersehen, Livia."

Als Livia von Jason zurück ins Hotel gefahren wurde, rief sie Nox an. Sie wollte ihm nicht am Telefon erzählen, was sie entdeckt hatte, für den Fall, dass Sandor zuhörte, also sagte sie nur, dass sie später an diesem Tag in sein Büro kommen würde. „Ich liebe dich."

„Ich liebe dich auch, Baby."

Nachdem sie den Anruf beendet hatte, sah sie zu Jason hinüber. „Jason, können wir woanders anhalten, bevor wir nach Hause gehen?" Sie gab ihm die Adresse, und er wendete das Auto kommentarlos.

In dem Seniorenheim angekommen, fragte sie, ob sie Florian Carpenter sehen könne. „Ich bin seine Nichte und gerade in der Gegend", log sie geschickt. „Ich habe ihn seit Jahren nicht gesehen."

Die Empfangsdame sah sie lange an und wandte sich dann ab. „Einen Moment bitte, Ma'am."

Livia ballte die Fäuste, so dass sich ihre Fingernägel in ihre Handflächen gruben, und wartete. Bald kam eine elegant gekleidete Frau, um sie abzuholen. „Wenn Sie mir bitte in mein Büro folgen würden."

Scheiße, sie glaubten ihre Lügengeschichte nicht. „Wenn ich nur meinen Onkel sehen könnte ..."

Die Frau, auf deren Namensschild Susan stand, führte sie in ihr Büro. Ihr Gesicht wurde weicher. „Es tut mir so leid, Ms. Carpentier. Wir nahmen an, dass die ganze Familie Bescheid weiß. Hat Mr. Carpentiers Sohn Sie nicht informiert?"

„Worüber?"

„Es tut mir leid, Ihnen sagen zu müssen, dass Mr. Carpentier Sr. letzten Monat verstorben ist."

Livia starrte sie an und musste sich keine Mühe geben, geschockt auszusehen. „Was?"

„Es tut mir so leid, meine Liebe. Er ist friedlich eingeschlafen."

Gott, nein. Ich wollte nicht, dass er friedlich einschläft, ich wollte, dass er nach allem, was er Gabriella angetan hat, leidet. Livia bemühte sich, den Hass von ihrem Gesicht fernzuhalten. Susan schien zu glauben, sie sei aus anderen Gründen wütend. „Sie waren nicht seine nächste Angehörige, wissen Sie."

„Ich habe noch nicht mit Sandor gesprochen", sagte Livia zur Erklärung. Sie seufzte und schloss die Augen. „Darf ich sein Zimmer sehen?"

„Ich fürchte, es ist schon wieder belegt. Leider können wir die Räume nicht lange ungenutzt lassen. Zu viel Nachfrage."

„Natürlich. Es tut mir leid." Sie hatte eine andere Idee. „Hat Sandor, ich meine, Mr. Carpentier Jr. die persönlichen Gegenstände von Florian an sich genommen?"

Susan nickte. „Ja. Er wollte keine Zeit verschwenden. Er hat schnell die Einäscherung arrangiert und die wenigen persönlichen Besitztümer, die übrig waren, mitgenommen."

Livia bedankte sich bei der Frau und verließ dann das Seniorenheim. Sie saß schweigend im Auto, als Jason erneut wendete. „Wohin jetzt, Ms. Chatelaine?"

Sie kaute einen Moment auf ihrer Unterlippe herum. „Ich glaube, ich habe einige persönliche Gegenstände in Mr. Carpentiers Haus vergessen. Denken Sie, wir können dort anhalten?"

KAPITEL EINUNDDREISSIG

Nox sah auf, als Sandor den Kopf durch seine Bürotür steckte. „Ich gehe zum Mittagessen. Möchtest du mitkommen?"

Nox schüttelte den Kopf. „Nein, danke. Ich treffe mich nachher mit Liv."

„Okay. Bis später."

Nox kehrte zu seinen Unterlagen zurück, stellte aber fest, dass er sich nicht konzentrieren konnte. Livia hatte recht, etwas stimmte nicht mit Sandor. Oh, er vermittelte den Eindruck, ein netter Kerl zu sein, aber hinter seinen Augen ... verdammt. Nox schüttelte den Kopf. Waren sie beide einfach nur paranoid? Er rief Livia an und war überrascht, als sie ungewöhnlich verschlossen klang. „Wo bist du?"

„Ähm ... ich habe etwas bei Sandor vergessen und wir sind gerade dabei, es zu holen."

Nox runzelte die Stirn. Livia hatte immer wieder gesagt, dass sie sich dort nicht sicher fühlte. „Warum lässt du es Sandor nicht einfach ins Büro mitbringen?"

„Ich will ihn nicht damit belästigen. Es ist nur eine Haarbürste."

Sie log, er wusste es einfach. „Liv ... was hast du vor? Sag es mir."

„Nichts, ehrlich. Ich habe den Morgen mit Charvi verbracht und dann ist mir eingefallen, dass ich meine Haarbürste bei Sandor gelassen habe. Sie war ein Geschenk von Moriko."

„Ah. Nun, ist Jason bei dir?"

„Natürlich, Schatz. Es wird nicht lange dauern."

Ein paar Minuten später rief Harriet, die neue Empfangsdame, ihn an. „Ich habe Roderick LeFevre für Sie am Telefon."

Nox war überrascht. „Rufst du an, um meine Aktien zu kaufen, Rod?"

Rod lachte, aber dann wurde seine Stimme ernst. „Nein, eigentlich geht es um deine hübsche Freundin."

„Livia?", fragte Nox verblüfft.

„Es sei denn, du hast mehr als eine."

Nox schüttelte den Kopf. „Was ist mit Livia?"

„Sie ist heute Morgen zu mir gekommen und hat mich gefragt, ob Sandor Carpentier derjenige ist, der alle Aktien in deinem Unternehmen gekauft hat."

„Und was hast du ihr gesagt?" Nox gefror das Blut in den Adern. Was zur Hölle ging hier vor?

„Ich habe ihr gesagt, dass er es ist."

Der Schock traf Nox mit voller Wucht. „Was?"

Rod LeFevre erklärte Nox das Gleiche wie Livia. „Sandor Carpentier ist nicht dein Freund", sagte er schließlich, „und verdammt, ich kann nicht aufhören, mir Sorgen um deine Freundin zu machen. Wenn Sandor herausfindet, dass sie Fragen gestellt hat ...“

„Danke, Rod. Hör zu, ich muss sie anrufen."

„Pass auf sie auf, Renaud ... es tut mir leid."

Nox versuchte, Livia und dann Jason anzurufen, aber er konnte keinen von beiden erreichen. Als er auflegte, klingelte sein Telefon erneut und Detective Jones war dran.

„Die Leiche ist Roan Saintmarc", sagte ihm der Detective, „und er ist schon seit ein paar Monaten tot. Multiple Schädelfrakturen. Er wurde totgeprügelt. Somit hätte er Amber Duplas oder Moriko Lee gar nicht töten können."

Nox schloss die Augen. „Was ist mit der DNA? Sandor?"

„Es wurde bestätigt. Sandor Carpentier ist Ihr Halbbruder. Unsere Leute sind auf dem Weg zu Ihrem Büro und zu seinem Haus."

„Er ist nicht im Büro ... und Livia ist bei ihm zu Hause."

„Verstanden. Wir sind auf dem Weg."

Nox erhob sich und rannte aus dem Büro. Er ignorierte Harriets erschrockenen Schrei, als er sich an ihr vorbeidrängte und zu seinem Wagen lief. „Geh an dein Handy, verdammt nochmal!"

Verzweifelt rief er Charvi an. „Charvi, ich weiß, dass Livia heute Morgen zu dir gekommen ist. Du musst mir alles erzählen. Alles. Jetzt sofort ..."

KAPITEL ZWEIUNDDREISSIG

Als Livia mit hämmerndem Herzen durch die Korridore von Sandors Haus ging, suchte sie nach seinem Sicherheitsteam, aber da war niemand. „Wo zur Hölle sind alle?"

Jason sah angespannt aus. „Ich denke, ich sollte Sie von hier wegbringen, Ms. Chatelaine."

Livia schüttelte den Kopf und ging zu Sandors Arbeitszimmer. „Passen Sie auf, dass niemand kommt. Ich werde mich beeilen, das verspreche ich."

Drinnen durchsuchte sie jede Schublade in Sandors Schreibtisch und jede Akte, die sie in seinem Schrank finden konnte. Nichts. Schließlich fand sie eine Schachtel auf der Fensterbank hinter dem Vorhang. Sie öffnete sie und entdeckte verschiedene persönliche Gegenstände – eine Zahnbürste, Toilettenartikel, alte Postkarten und Fotos. Ganz unten war ein Stapel Briefe. Sie blätterte sie durch und sah, dass sie alle an Gabriella adressiert waren. Livia steckte sie in die Gesäßtasche ihrer Jeans und stellte die Schachtel dorthin zurück, wo sie sie gefunden hatte.

„Ms. Chatelaine, wir sollten jetzt gehen." Jason war in das Zimmer getreten, aber bevor sie antworten konnte, gab er ein seltsames Gurgeln von sich. Seine Augen weiteten sich und entsetzt beobachtete Livia, wie Blut aus seinem Hals strömte.

„Jason?"

Er blickte sie verwirrt und schmerzerfüllt an. Blut spritzte aus dem Loch in seinem Hals, das von Sandors Messer stammte. Sandor grinste sie an, als er Jason das Messer aus dem Leib riss und dieser tot zu Boden sank. „Hey, Livia. Schön, dich zu sehen." Er winkte mit dem Messer. „Jetzt bist du an der Reihe, hübsches Mädchen." Er kam auf sie zu.

Charvi erzählte ihm alles und Nox fuhr verzweifelt zu Sandors Haus, da er wusste, dass es vielleicht schon zu spät war. Sandor hatte einen Vorsprung und wenn er Livia beim Herumschnüffeln erwischte ... Bilder von Ariels und Pias Leichen tauchten in seinem Kopf auf, überlagert mit Livias Gesicht. Livia lag tot auf dem Grab, ihr Bauch war aufgeschnitten und ihr Blut durchtränkte alles.

Nein. Nicht schon wieder.

Und seine Familie. Nox wusste in seinem Herzen, dass Sandor und Florian sie getötet und die Morde seinem geliebten Vater angehängt hatten. Sie hatten seinen Bruder ermordet, die wehrlose Gabriella erschossen und sie einen langsamen, qualvollen Tod sterben lassen. Und alles nur, weil Florian Carpentier ein eifersüchtiger, psychopathischer Vergewaltiger war. Monster.

Das Einzige, woran er jetzt denken durfte, war zu Livia zu gelangen, um seine Geliebte zu retten. Bitte, bitte mach, dass es ihr gut geht ...

Obwohl Livia schockiert und entsetzt über Sandors Erscheinen war, war sie bereit zu kämpfen.

„Bastard!", schrie sie ihn an und stürzte sich auf den Mann, so dass die beiden mit voller Wucht zu Boden fielen. Das Messer flog durch die Luft und kam dabei Livias Körper gefährlich nahe. Sie schlug Sandor ins Gesicht und trat ihn wütend.

Sandor verpasste ihr einen Faustschlag, der ihre Ohren klingeln ließ. „Ich wusste, dass du mich verdächtigst, sobald ich dein Gesicht gestern gesehen habe, Livia. Als das Seniorenheim mich heute Morgen anrief und mir sagte, du hättest herumgeschnüffelt ...“ Er setzte sich rittlings auf sie und versuchte, ihre Hände zu fesseln. Livia kämpfte, schrie und hoffte, dass jemand, irgendjemand kommen würde. Er griff nach ihrem Kopf und riss ihn vom Boden hoch.

„Livia!“

Nox' Stimme. Nox war auf dem Weg zu ihr. Es gab ihr die Kraft, ihr Knie zu heben und es Sandor in den Unterleib zu rammen – aber das war nicht genug. Als sie fliehen wollte, zerrte er sie zurück, presste sie mit dem Rücken gegen die Wand und riss ihr Oberteil auf. Livia wehrte sich, aber er schlang seinen Unterarm um ihre Kehle und drückte so fest zu, dass sie nicht mehr atmen konnte.

„Fick dich, Arschloch“, keuchte sie, „du kannst mich töten, aber du wirst nicht damit durchkommen.“

Sandor lächelte nur und stieß sein Messer in ihren Bauch. Livia keuchte bei dem quälenden Schmerz, der sie durchfuhr. „Schade, dass ich nicht langsam machen kann, meine Liebe, aber wie du sehen kannst, habe ich es eilig.“ Blut floss aus der Wunde und es roch nach Rost und Salz. Sandor bewunderte sein Werk. „Du blutest so schön, Livia. Ich werde es genießen.“

Benommen vor Schmerz stockte Livia der Atem, als er erneut auf sie einstach. Er rammte das Messer durch ihren Nabel, so dass es tief in sie eindrang. Aber dann war Nox da und riss Sandor von Livia weg, die auf den Boden sank. Livia rollte sich auf die Seite und kroch weg. Sie blutete stark und ihre Hände versuchten, die teuflischen Wunden in ihrem Bauch zu bedecken.

Als sie sah, wie Nox und Sandor miteinander rangen, kroch sie auf Jasons Leiche zu. Sie griff nach der Pistole des Leibwächters und drehte sich rechtzeitig um, um zu sehen, wie Sandor sein Messer in Nox' Bauch versenkte. Nox schrie vor Schmerz auf, und Sandor lachte und zog das Messer aus seinem Körper.

„Nein!“, schrie Livia, zielte mit der Waffe auf Sandor und betätigte den Abzug. Die Waffe klickte. Livia fluchte. War sie ungeladen?

Sandor platzierte einen bösartigen rechten Haken auf Nox' Schläfe. Als Nox von Sandor wegstolperte, stürzte sich dieser auf Livia.

„Dumme Schlampe", knurrte er, „du musst sie entsichern. Gestatte mir, es dir zu demonstrieren."

Während Nox blutend hinter ihn trat, richtete Sandor die Waffe auf Livia und schoss auf sie. Die Kugel raste durch ihren Bauch. Es fühlte sich an, als würden Flammen in ihr auflodern. Ihr Körper zuckte bei dem Aufprall und sie konnte ihre Beine nicht mehr fühlen.

Wir werden hier sterben. Wir werden beide hier sterben ... „Nox ..." Ihre Stimme war schwach und sie fühlte, wie sie starb. Überall war Blut und sie konnte spüren, wie ihr Körper aufgab. Nox, der mit Sandor kämpfte, sah sie verzweifelt an.

„Halte durch, Baby. Halte durch, bitte ... atme, Livvy ..." Er versuchte, die Kontrolle über die Waffe zu bekommen. Ein weiterer Schuss ertönte. Die Kugel vergrub sich in der Wand. Noch ein Schuss und Nox zuckte mit blutender Schulter zurück. Sandor lachte.

„Was auch immer du jetzt mit mir machst, Nox", knurrte Sandor, „sie ist so gut wie tot. Schau sie an, sie verblutet. Und ich dachte, deine Ariel zu töten war befriedigend. Du kannst dabei zusehen, wie ich den Rest der Kugeln in dein schönes Mädchen schieße, Renaud." Er richtete die Waffe wieder auf Livia.

Nox, der geschwächt vom Blutverlust war, warf sich dennoch wieder auf Sandor und die beiden Männer kämpften erneut. Livia verlor immer wieder das Bewusstsein, aber sie wollte verzweifelt wach bleiben und Nox helfen. Irgendwie gelang es ihr, dorthin zu gelangen, wo Sandors Messer lag. Sie packte es, stieß es von hinten in Sandors Knie und riss es dann heraus, wobei sie die Achillessehne durchtrennte.

Sandor brüllte vor Schmerz, als er hinfiel, und Nox bekam seine Pistole zu fassen. Sandor lachte, weil er wusste, dass er geschlagen war. „Ich hoffe, sie leidet, bevor sie verblutet und stirbt. Ich bedaure nur, dass ich sie nur einmal töten kann." Er spuckte die Worte förmlich aus und sah Nox voller Hass an. Ohne zu zögern, schoss Nox seinem Halbbruder ins Gesicht. Im nächsten Moment lag Sandor tot auf dem Boden. Nox stolperte zu Livia, die dem Tod immer näher kam.

„Bleib am Leben, Baby, bitte ... wir werden unser Happy End bekommen. Ich schwöre es dir. Wir haben unser Happy End verdient ...“ Er brach neben ihr zusammen und versuchte, das Blut, das aus ihrem Körper strömte, zu stoppen, während er seine eigenen schweren Wunden ignorierte. „Bitte, Livvy, bleib bei mir.“

Livia streichelte sein Gesicht. „Wenn ich sterbe, sollst du wissen, dass ich dich mehr geliebt habe, als du ahnen kannst. Du bist der Grund, warum ich gelebt habe.“

„Wenn du stirbst, sterbe ich auch. Wir sterben zusammen oder wir leben zusammen, Baby, das ist der Deal ... Liv? Liv, bitte ... nein ...“

Livia hörte seine schöne Stimme, die sie anflehte zu leben. Sie hörte die Liebe darin. Aber dann war sie von Dunkelheit umgeben und hörte nichts mehr.

KAPITEL DREIUNDDREISSIG

Da war so viel Schmerz, dass Livia ihre Augen nicht öffnen wollte, aber sie musste wissen, ob sie noch am Leben war. Bitte, bitte, flehte sie, lass Nox auch am Leben sein. Wenn er tot ist ...

„Livvy." Sie hatte noch nie eine so schöne Stimme gehört. „Livvy, Baby, du kannst die Augen öffnen, Liebling."

Sie tat es und konzentrierte sich auf sein Gesicht. Nox war blass und musste sich rasieren, aber er war am Leben und lächelte sie an. Er strich ihr die Haare aus dem Gesicht. „Wir haben es geschafft, Livvy."

„Küss mich." Sie sagte die Worte, aber kein Laut kam aus ihrem Mund – ihre Kehle war so trocken. Nox lächelte und half ihr, etwas Wasser zu trinken.

„Küss mich", sagte sie noch einmal und diesmal klang ihre Stimme rein und stark. Nox drückte seine Lippen auf ihre und sie seufzte glücklich. „Wir leben."

„Ja, das tun wir." Nox nahm ihre Hand. „Du allerdings nur mit viel Glück. Aber du bist eine Kämpferin, Livvy."

Sie berührte sein Gesicht, als könnte sie nicht glauben, dass er echt war. „Sandor."

Nox' Blick wurde hart. „Tot. Zur Hölle mit ihm."

„Er war ein verdammt guter Schauspieler. Er hat all die Wut und

Eifersucht jahrelang am Brennen gehalten und darauf gewartet, dass du
dich wieder verliebst. Alles nur, weil sein Vater seine Begierden nicht
im Griff hatte."

Nox nickte. „Sandor hatte nicht vor, sich verhaften zu lassen. Er hat
einen Abschiedsbrief hinterlassen und an den lokalen Nachrichtensender geschickt. Er wollte erst uns töten und dann sich selbst. Ich
habe ihm die Mühe erspart. Er hatte Roan schon vor Wochen getötet.
Dadurch wusste ich, dass Sandor der Täter war, und ich zu dir musste."

„Mein Held." Sie küsste ihn wieder und stöhnte dann. „Gott, ich
könnte ihn noch einmal umbringen, so sehr tut es weh."

„Ich weiß. Es tut mir leid, mein Engel. Drücke hier, wenn du
Morphium brauchst. Die Ärzte sagen, dass du eine ganze Weile
Schmerzen haben wirst."

Livia drückte auf den Knopf, spürte ein warmes Rauschen in ihren
Adern und entspannte sich. „Was ist mit dir? Warum siehst du so
gut aus?"

Nox grinste und zog sein Hemd hoch. Die herzförmige Narbe dort
heilte gut und war rosa auf seiner Haut. Livia war verwirrt. „Nox ...
wie lange war ich bewusstlos?"

Nox' Lächeln verblasste. „Drei Wochen. Du hattest eine Lungen-
embolie und die Kugel hat deine Leber beschädigt. Es war verdammt
knapp. Du warst im Koma, was seltsamerweise ein Segen war." Er
schüttelte den Kopf, als könnte er selbst nicht glauben, was er sagte.
Livia versuchte, alles zu verarbeiten, und nickte dann.

„Nox?"

„Ja, Baby?"

„Ist jetzt alles vorbei?"

Nox nickte. „Ja, Schatz. Es stand alles in den Briefen, die Florian
meiner Mutter schrieb. Er hat nichts bereut, der Bastard. Er schrieb
abscheuliche Dinge darüber, wie er sie töten würde. Offenbar hat er sie
nie abgeschickt. Florian hat meine Mutter vergewaltigt. Sie hat das
Baby bekommen und es ihm überlassen. Dann hat sie meinen Vater
getroffen. Florian hat sich jahrelang an seine Eifersucht geklammert
und eines Tages drehte er einfach durch. Er tötete alle und hat meine
Mutter bis zum Ende aufgespart. In seinen Briefen schrieb er, dass er

nicht einmal derjenige war, der meine Mutter erschossen hat. Es war Sandor."

Livia wurde schlecht. „Sandor hat seine eigene Mutter ermordet?"

Nox nickte. „Er war ein krankes Arschloch."

„Ich verstehe nicht, warum er Pia und Moriko getötet hat. Ich begreife, dass er Roan seine Taten anhängen und Amber zum Schweigen bringen wollte, aber warum diese zwei unschuldigen Mädchen?"

Nox zögerte. „Liv ... sie denken, dass er noch viel mehr Menschen getötet hat. Die Polizei geht davon aus, dass er seit Jahren Frauen im ganzen Land ermordet hat. Er hat es genossen. Und er ist damit durchgekommen. Sandor hat selbst viel geschrieben. Es wurden Tagebücher gefunden, in denen er die Morde beschreibt. Er hat Ariel umgebracht und dann Amber zum Schweigen erpresst. Pia, Moriko ... es gibt auch ein Notizbuch, in dem er Methoden skizziert hat, dich zu töten. Mein Gott."

„Was für ein Monster."

„Das kannst du laut sagen."

Livia seufzte. „Wie geht es Odelle? Wie hat sie die Nachricht von Roans Tod verkraftet?"

„Es geht ihr gut. Sie ist draußen, falls du sie sehen willst."

„Gott, ja."

Nox grinste, küsste ihre Stirn und ging sie holen. Odelle kam herein und ihr Gesicht war leer, als sie Livia eine Sekunde lang anstarrte.

„Nun, sieh dich an, hier liegst du faul herum und tust nichts anderes, als meinen alten Freund noch mehr Geld zu kosten."

Einen Moment war Livia geschockt, aber dann brach Nox in Gelächter aus und Odelle lächelte. Livia kicherte.

„Odie, hast du gerade einen Witz gemacht?"

„Könnte sein. Hallo, meine Liebe, es ist schön, dich wach zu sehen." Odelle bückte sich und küsste Livias Wange, dann ergriff sie ihre Hand. Livia war überrascht, Tränen in ihren Augen zu sehen. „Wir haben dich fast verloren."

„Aber ich bin immer noch hier", sagte Livia und drückte ihre Hand. „Und ich gehe nirgendwohin."

„Ich bin so froh, dass es dir gut geht. Ich liebe dich."

Livia weinte und Odelle umarmte sie – ungeschickt, natürlich –, aber Livia klammerte sich an ihre Freundin. „Danke, Odie. Ich liebe dich auch."

Odelle war sprachlos und bald darauf verließ sie die beiden mit dem Versprechen, bald zurückzukommen und bei dieser Gelegenheit etwas Leckeres zu essen ins Krankenhaus zu schmuggeln.

Als sie allein waren, lächelte Livia Nox an. „Habe ich dir schon gesagt, wie sehr ich dich liebe?"

„Obwohl du meinetwegen so viel durchmachen musstest?"

Sie zog seinen Kopf für einen weiteren Kuss nach unten. „Ich würde alle Schmerzen immer wieder für dich ertragen, Nox Renaud. Für uns und unser gemeinsames Leben."

Nox küsste sie, als wäre es das erste Mal. „Von nun an", sagte er feierlich, „wird es ein gutes und glückliches Leben sein. Das schwöre ich dir."

„Nox?"

Er presste seine Lippen auf ihre Stirn. „Ja, Baby?" Seine Stimme war sanft und zärtlich.

„Nox Renaud?"

Er grinste über ihren formellen Tonfall. „Der bin ich."

Livia sah ihn mit leuchtenden Augen an. „Nox Renaud, würdest du mir die große Ehre erweisen, mich zu heiraten?"

Nox' Augen weiteten sich und er lachte. „Hey, das wollte ich dich fragen."

Livia grinste, zog sein Gesicht zu sich und presste ihre Lippen auf seine. „Ist das ein Ja?"

Nox küsste sie leidenschaftlich und nickte dann. „Ja, Ms. Chatelaine. Es ist ein Ja und ein Ja und ein Ja ..."

Ende

GEHEIMNISSE UND BEGIERDEN
ERWEITERTER EPILOG

Ein Jahr nach einer tragischen und tödlichen Vorweihnachtszeit können Nox Renaud und Livia Chatelaine endlich ihre Romanze fortsetzen. Sie heiraten mit einer opulenten Zeremonie in New Orleans und tauschen dann für ihre Flitterwochen die schwüle Hitze von Louisiana gegen das herrliche Inselparadies Guadeloupe ein. Nox und Livia sind entschlossen, ihr tropisches Weihnachtsfest zu genießen und nach der Genesung von ihren schrecklichen Verletzungen in ihrer privaten Luxusvilla die leidenschaftliche Seite ihrer Beziehung weiter zu erkunden. Sie suchen einen Weg, sich endgültig von der Vergangenheit zu befreien und ihr glückliches Eheleben zu beginnen – besonders als Livia etwas entdeckt, das ihr gemeinsames Leben für immer verändern wird ...

Livia verbarg ein Grinsen, als Odelle um sie herumwirbelte. „Dir ist klar, dass Nox und ich ohne deinen passiv-aggressiven Erpressungsversuch einfach aufs Standesamt gegangen wären, oder?"

Odelle starrte sie im Spiegel an. „Passiv-aggressiv ist mein Ding und das hättet ihr nicht gewagt. Du denkst vielleicht, dass es lächerlich ist, aber du brauchst eine richtige Society-Hochzeit. Die Leute sind trotz allem, was war, immer noch misstrauisch, was deine Absichten bezüglich Nox betrifft."

Livia seufzte. „Sie sehen mich immer noch als Kellnerin, die nur auf sein Geld aus ist."

Odelle hielt inne und legte Livia die Hände auf die Schultern. „Das habe ich nicht so gemeint, es tut mir leid. Du kennst mich."

„Ich bin nicht beleidigt und verstehe, worauf du hinauswillst. Ich habe auch schon bemerkt, dass einige von ihnen mich misstrauisch ansehen. Vor allem eine."

Odelle lehnte ihre Wange an die von Livia und beide zischten „Janine Dupois", bevor sie in Gelächter ausbrachen. Odelle steckte Livias dichte goldbraune Haare elegant hoch. „Du weißt, wie sie ist."

„Oh ja. Sie ist ständig ins Krankenhaus gekommen und um Nox herumgeschlichen. Sie hatte Glück, dass ich an all diese Maschinen angeschlossen war."

Odelle zuckte zusammen und Livia lächelte sie an. „Ich muss darüber scherzen, Odie, denn wenn ich es nicht tue, würde ich schreien."

Odelle nickte verständnisvoll. Livia und Nox waren beinahe von Sandor Carpentier, Nox' Geschäftspartner, angeblichem Freund und Halbbruder, ermordet worden, der besessen davon gewesen war, Livia umzubringen und Nox zu vernichten. Beide hatten Messerstiche und Schusswunden erlitten, aber Livia hatte das Meiste davon abbekommen. Nach monatelanger Reha fühlte sie sich erst jetzt wieder wie sie selbst. Sie würde immer beim Laufen hinken, weil eine Kugel, die durch ihren Bauch gefeuert worden war, sich in ihrer Wirbelsäule vergraben hatte, aber inzwischen war sie so weit, dass sie wieder wie ihr altes Ich funktionieren konnte.

Und heute würde sie es allen beweisen. Sie würde zum Altar schreiten, nur mit Odelle und ihrer alten College-Freundin Juno als Brautjungfern. Niemand würde sie dem Bräutigam offiziell übergeben – sie hielt nichts von diesem altmodischen Brauch, erklärte sie Nox, der zustimmend nickte. Und das war nicht der einzige moderne Aspekt ihrer Hochzeit. Nox hatte sie gefragt, ob sie wollte, dass er nach der Hochzeit ihren Namen annahm. Livia war verblüfft gewesen.

„Das würdest du wirklich tun?"

„Ja. Es ist der Mädchenname deiner Mutter, richtig?"

Livia fühlte, wie Tränen ihre Augen füllten. „Er war es. Ich wollte nie den Namen meines Vaters."

„Dann wäre ich geehrt, ihn mit dir zu teilen – mit deiner Erlaubnis."

Also würden sie nach ihrer Hochzeit *Mr. und Mrs. Chatelaine* sein. Es rührte Livias Herz mehr, als sie in Worte fassen konnte. Seitdem versuchte sie, Wege zu finden, wie sie Nox' Familie, die von Sandor und seinem Vater abgeschlachtet worden war, in ihre Hochzeit einbeziehen konnte. Sie hatte bereits entschieden, dass die Namen ihrer Kinder von denen seiner Familie inspiriert werden würden, aber sie wollte, dass Gabriella, Tynan und Teague auch Teil ihres großen Tages waren. Vor einer Woche hatte sie die perfekte Idee gehabt und mit Odelles Hilfe den Ehering, den sie auf Nox' Finger stecken würde, mit den Namen seiner Familie gravieren lassen. Sie hoffte, er würde die Idee mögen.

„Das wird er", sagte Odelle jetzt, „aber es wird ihm schwerfallen, etwas anderes als dich anzusehen, Liv. Ich bin fertig. Schau mal."

Livia stand auf und ging zu dem bodenlangen Spiegel. Sie erkannte sich kaum wieder. *Elegant.* Sie fühlte sich zum ersten Mal in ihrem Leben elegant. Das Kleid aus elfenbeinfarbener Seide war schmal geschnitten und betonte ihre Rundungen. Die Spitze an dem quadratischen Halsausschnitt und die langen, fließenden glockenförmigen Ärmel ließen sie wie ein Engel aussehen. Odelle hatte ihre Haare so gestylt, dass einzelne Strähnen ihr Gesicht umrahmten. Livias Make-up war natürlich, genauso, wie es ihr gefiel: Pinkes Rouge, rosige Lippen und subtiler goldener Lidschatten, um das Schokoladenbraun ihrer Augen hervorzuheben. „Bin ich das?"

Odelle sah stolz aus. „Definitiv."

Livia drehte sich um und umarmte Odelle. „Danke, Odie."

Odelle, die mit Körperkontakt immer noch wenig anfangen konnte,

umarmte sie trotzdem fest. „Herzlichen Glückwunsch, meine Liebe.
Du hast es geschafft."

Der Ausdruck auf Nox' Gesicht, als sie zum Altar schritt, um ihn zu
heiraten, ließ sie fast vor Freude weinen. Die Liebe in seinen Augen,
die offensichtliche Bewunderung, das Verlangen ... Er küsste sie sanft,
als sie ihn erreichte. „Du bist wundervoll", flüsterte er, „Ich liebe dich
so sehr."

Sie grinste ihn an. „Ich liebe dich auch. Was sehe ich da in deinen
Augen aufblitzen?"

„Du hast keine Ahnung, worüber ich gerade nachdenke, aber es ist
sicherlich nicht für die Kirche geeignet."

Livia unterdrückte ein Schnauben und Nox grinste, als sie sich dem
Priester zuwandten. Wenige Augenblicke später wurden sie unter dem
Jubel ihrer Freunde zu Mann und Frau erklärt. Odelle weinte, sehr zu
Livias Schock, und ihre andere Brautjungfer, die grinsende Juno, trös-
tete sie. Livia stellte sicher, dass Nox die Gravur auf der Innenseite
seines Eherings sah. Er reagierte sprachlos. „Das ist perfekt", sagte er.
Seine Stimme brach und er küsste sie leidenschaftlicher, als es ange-
messen war, aber das kümmerte sie nicht.

Nach der Hochzeitsfeier entführte Nox sie mit seinem Privatjet. Als
sie durch die Lüfte schwebten, grinste Livia ihren neuen Ehemann an.
„Ich dachte, du wolltest dieses Ding verkaufen?"

Nox grinste verlegen. „Es ist so praktisch. Ich verspreche, jedes
Mal, wenn ich es benutze, tausend Bäume pflanzen zu lassen. Was
nicht oft sein wird", fügte er hinzu und verdrehte die Augen angesichts
ihrer unverhohlenen Missbilligung. „Komm her, Frau."

Livia grinste, streifte ihre Schuhe ab und setzte sich auf seinen
Schoß. Sie küsste ihn und ihr Mund verzog sich zu einem Lächeln, als
er begann, ihr Kleid aufzuknöpfen. „Kann ich dir sagen, Mrs. Chatelaine, dass du in diesem Kleid wie eine Göttin aussiehst und ich trotz
meines verzweifelten Verlangens, dich jetzt nackt zu sehen, sehr darauf
bedacht bin, es nicht zu zerreißen?"

Livia lachte und half ihm, ihr das Kleid auszuziehen. Sie stand auf und streifte es ab, dann öffnete sie ihren BH und ließ ihre vollen Brüste in seine wartenden Hände fallen. Sie knöpfte sein Hemd auf, während er an ihrer Brustwarze saugte. „Nox?"

„Ja, Baby?" Seine Stimme war gedämpft, als sein Mund ihre andere Brust fand. Livia seufzte glücklich und zerrte ihm sein Hemd vom Körper.

„Bring mich ins Schlafzimmer und fick mich besinnungslos. Ich brauche heute Abend wilden, animalischen Sex."

Nox musste nicht überredet werden. Er hob sie hoch, schlang ihre Beine um seine Taille und trug sie zu dem kleinen Schlafzimmer im hinteren Teil des Flugzeugs. Dann warf er sie auf das Bett und streifte den Rest seiner Kleidung ab. Während er sich auszog, schlüpfte Livia aus ihrem Slip und spreizte ihre Beine, damit er sehen konnte, wie sie sich selbst berührte. Nox' Schwanz presste sich hart gegen seinen Bauch und er umfasste die Wurzel, als er sich ihr näherte. „Du hast den schönsten Körper der Welt", sagte er. Dann stieß er hart in sie und stellte fest, wie bereit sie für ihn war. „Himmel, du bist nass."

„Ich denke schon den ganzen Tag daran, dich zu ficken", murmelte sie, während ihre Lippen gegen seine gedrückt waren. „Daran, wie dein Schwanz tief in mir ist und mich in die Unterwerfung treibt. Ich wäre beinahe gekommen, als du mich am Altar berührt hast und ich mir deinen Körper auf meinem vorgestellt habe. Fick mich hart, Ehemann ..."

Er stieß mit jedem Mal härter und tiefer in sie und Livia neigte ihr Becken, um ihn noch besser in sich aufzunehmen. Sein Mund war rau auf ihrem, als er sie schmeckte, streichelte und mit den Zähnen an ihrer Unterlippe zog. Livia spannte ihre Schenkel um seine Taille an und schloss die Augen, als sich ihr Tempo beschleunigte und sie atemlos zu einem überwältigenden Orgasmus kamen.

Livia spürte, wie er sein Sperma tief in sie pumpte, und genoss das Gefühl, als ihre Vagina sich um seinen Schwanz zusammenzog. „Verdammt, ich wünschte, du könntest für immer in mir sein."

Keuchend lachte Nox. „Das würde den Alltag womöglich etwas komplizieren machen." Er zog sich aus ihr heraus und brach an ihrer

Seite zusammen, bevor er zärtlich ihren Mund küsste. „Gott, es wird einfach immer besser, nicht wahr?"

„Darauf kannst du wetten." Livia grinste ihn an und vergrub ihre Finger in seinem Haar. „Ich freue mich darauf, in den Tropen gründlich von dir gefickt zu werden." Nox lachte mit ihr.

„Du bist eine echte Lady. Nun, ich verspreche, dass ich dir diesen besonderen Wunsch erfüllen werde."

Livia legte sich auf ihn. „Ich werde deinen Schwanz lecken, bis du um Gnade bettelst."

„Ha, das glaube ich dir. Verdammt, du bist heute so gierig", sagte er, als sie in seine Brustwarze biss und sich dann seinen Körper hinunterbewegte, um seinen Schwanz in ihren Mund zu nehmen. Sie grinste ihn an.

„Mir wurde monatelang dein Körper vorenthalten. Ich habe viel nachzuholen."

Nox lachte und atmete scharf ein, als sie an seinem Schwanz saugte, die empfindliche Spitze mit ihrer Zunge neckte und sanft seine Hoden massierte. „Warte", sagte er und drehte seinen Körper um 180 Grad. „Wickle deine wunderschönen Beine um meinen Kopf, damit ich dich auch verwöhnen kann."

Er vergrub sein Gesicht an ihrem Geschlecht. Seine Zunge strich über ihre Schamlippen und suchte ihre Klitoris, während Livia seinen Schwanz bearbeitete, bis beide bebend kamen.

Danach lagen sie einander in den Armen, küssten sich und sprachen über ihre Zukunft, während das Flugzeug seine Reise fortsetzte. Als sie sich vor der Hochzeit erholt hatten, war Roderick LeFevre zu Nox gekommen und hatte ihm angeboten, sein Unternehmen zu kaufen.

„Kein Druck, aber es wäre ein Neuanfang für euch beide."

Roderick und Livia waren Freunde geworden – Rod schickte ihr Blumen ins Krankenhaus und besuchte sie. Nox, der immer noch um Roan und Amber trauerte, war der andere Mann ebenfalls sympathisch und inzwischen war Rod ein guter Freund des Paares geworden. Nox hatte lange über sein Angebot nachgedacht.

„Ich denke, ich werde an Rod verkaufen", sagte er jetzt zu Livia.

„Mein Herz ist nicht mehr bei der Sache und er macht einen fantastischen Job, seit er die Anteile des Arschlochs übernommen hat."

Mit *Arschloch* bezeichneten sie inzwischen Sandor, den Mann, der sie beide fast getötet und ihre Freunde sowie Nox' Mutter ermordet hatte. Sowohl Livia als auch Nox schworen, seinen Namen nie wieder auszusprechen, nachdem die Polizei ihre Ermittlungen beendet hatte.

Livia nickte. „Ich denke, es ist besser so. Wirst du dich auf die Stiftung konzentrieren?"

„Ja ... mit deiner und Charvis Hilfe. Ich habe Freunde in Italien, die vielleicht auch helfen können. Ich denke, ich war dazu bestimmt, die Stiftung zu gründen, so wie ich dazu bestimmt war, dich zu treffen."

„Ich empfinde genauso."

„Also, wirst du deinen Master beenden? Charvi war besorgt, du hättest die Motivation verloren."

„Ach ja? Nein, ich werde ihn abschließen ... und ich denke, ich mache danach meinen Doktor."

Nox sah beeindruckt aus. „Eine sexy Doktorandin? Ich bin dafür."

„Perverser." Sie kicherte, als er sie kitzelte. „Ich werde meine Abschlusskappe im Bett tragen, wenn ich dich reite."

„Das ist ein Versprechen." Nox lachte und seufzte dann zufrieden. „Nach allem, was passiert ist, haben wir dieses Glück verdient."

„Das haben wir wirklich." Sie küsste ihn und kuschelte sich an seine Brust. Nox zeichnete einen Kreis um ihren Bauchnabel, der von Sandors Messer gezeichnet war.

„Vielleicht können wir auch an Kinder denken?"

Livia nickte. „Ich will jede Menge, Nox, aber du weißt, was der Arzt gesagt hat. Wir müssen geduldig sein. Es wird passieren. Er sagte, ich kann immer noch schwanger werden, aber mit nur einem Eierstock ..."

„Ich weiß. Verdammt, diese Kugel ..."

„Ja, verdammt." Livia küsste ihn und lächelte. „Und trotzdem bin ich immer noch hier und wir können immer noch Kinder haben. Es könnte nur ein bisschen länger dauern. Ich habe die Pille abgesetzt, aber es dauert eine Weile, bis die Wirkung nachlässt."

„Ich weiß." Nox küsste sie. „Und ich genieße es, mit dir zu üben."

Livia lachte, als er ihren Körper wieder mit seinem bedeckte. „Werden Männer über vierzig nicht langsamer?"

„Hey, ich habe noch zwei Jahre bis zu meinem vierzigsten Geburtstag. Fühlt sich das so an, als würde ich langsamer werden?" Er stieß seinen Schwanz wieder in sie und sie liebten sich leidenschaftlich auf dem Rest des Fluges.

Die Villa war abgelegen, aber äußerst luxuriös mit großen Fenstern und weißen Möbeln. Es war Nacht und draußen leuchtete der helle Mond auf das Meer. Livia stieß die Türen auf und trat auf den Strand hinaus. „Wow."

Sie atmete die frische Meeresluft ein. „Wie spät ist es?"

Nox schlang seine Arme um sie und küsste ihren Hals. „Fast Morgengrauen. Bist du müde?"

Sie drehte sich in seinen Armen um und presste ihre Lippen auf seine. „Würdest du mich hassen, wenn ich Ja sage?"

Nox grinste. „Überhaupt nicht ... Ich bin ein alter Mann, erinnerst du dich? Ich könnte allerdings eine Dusche gebrauchen."

Sie duschten zusammen und fielen in das weiche Bett. Livia stöhnte, so bequem war es. „Jetzt, wo wir ein altes Ehepaar sind, wird es keine Sex-Marathons mehr geben, nur noch einmal im Monat Missionarsstellung."

Nox lachte. „Das kann ich mir nicht vorstellen." Er schlang seine Arme um sie, als sie sich an seine Brust schmiegte. „Schlaf gut, Baby, du wirst deine Energie für das brauchen, was ich morgen vorhabe."

„Das klingt vielversprechend", sagte Livia. Dann gähnte sie herzhaft und brachte Nox damit zum Lachen. Sie schloss die Augen und atmete seinen Duft ein. Ihre große Liebe, ihr Ehemann ...

Sie schliefen bis zum Mittag und liebten sich dann langsam und zärtlich, bevor sie ihren Tag begannen. Sie erkundeten die Insel und schnorchelten im klaren blauen Ozean. Danach fanden sie ein Restaurant und genossen ein köstliches Abendessen. Schließlich gingen sie Hand in Hand am Strand entlang, während die Sonne unterging.

Livia lehnte sich glücklich an Nox. „Irgendwie ist das verdammt kitschig."

„Das ist mir egal", lachte er. „Wir verdienen eine kitschige Romanze."

„Ja, das tun wir." Sie sah zu ihm auf. „Nox ... wenn wir zurück in die Villa kommen ... heute Nacht habe *ich* das Kommando."

„Ach ja?"

„Oh ja. Ich habe schon den ganzen Abend für dich geplant."

Nox hob eine Augenbraue und ihr Mund verzog sich zu einem Grinsen. „Herrin…"

„Darauf kannst du deinen sexy Hintern verwetten." Sie musterte ihn, als sie die Villa erreichten. „Warte hier, bis ich dich rufe. Ziehe dein T-Shirt aus, aber behalte die Leinenhose an. Ich mag es, wie sich dein Schwanz durch den Stoff abzeichnet."

Nox, der das Spiel bereits genoss, salutierte ihr. „Dein Wunsch ist mir Befehl, Ma'am."

Livia grinste ihn an, bevor sie in der Villa verschwand. Im Schlafzimmer zog sie sich schnell aus und schlüpfte in das Ledergeschirr, das sie in der Vergangenheit so gern getragen, aber seit ihrer Verletzung nicht mehr benutzt hatte. Sie befestigte die weichen Riemen um ihren Körper, so dass sie ihre Brüste und ihren Nabel umrahmten und zwischen ihren Beinen hindurchglitten. Sie war rasiert, weil sie das Gefühl seines Schafts auf ihrer nackten Haut liebte, und massierte etwas Gleitgel in ihr Zentrum – *nicht, dass ich es brauche*, dachte sie mit einem Grinsen. Dann schob sie ihre Beine in kniehohe Lederstiefel. Sie hatte vor der Hochzeit neues Sexspielzeug gekauft in der Hoffnung, es in den Flitterwochen als Überraschung zu nutzen, also nahm sie es mit, als sie zurück in den Wohnbereich ging. Dort angekommen, stieg sie auf einen Stuhl und setzte sich auf die Theke gegenüber dem Terrassenfenster, vor dem Nox wartete.

„Du darfst jetzt reinkommen."

Nox schob den wogenden Voile-Vorhang beiseite und betrat den

Raum. Livia lächelte ihn an und spreizte langsam ihre Beine. Nox seufzte. „Wow ... wow, Liv ...“

„Ma'am.“

„Ja, Ma'am.“

Livia steckte ihren Finger in ihr Zentrum und Nox gab ein Stöhnen von sich. Liv grinste. „Was würdest du jetzt gerne mit mir machen?“

Nox packte seinen Schritt und Liv konnte sehen, dass sein Penis bereits von ihrem Anblick hart geworden war. „Ziehe deine Hose aus und lass mich deinen prächtigen Schwanz sehen.“

Er zog an der Kordel und seine Leinenhose rutschte zu Boden. Sein Schwanz presste sich stolz an seinen Bauch. Liv lächelte. „Rede.“

„Ich will deinen Bauch küssen“, knurrte er, „in deine vollen Brüste beißen und deine perfekte Fotze ficken, bis du schreist. Ich will dich lecken, deinen tiefen, runden Bauchnabel mit meinen Fingern ficken, an deinen Haaren ziehen und jeden göttlichen Teil von dir in Besitz nehmen.“

Liv war unheimlich erregt, aber sie wollte sich selbst und Nox kontrollieren, um die Erfahrung zu verlängern. Sie griff nach einer kleinen Phiole Monoi-Öl und tropfte es zwischen ihre Brüste. Es floss über ihren Bauch und sammelte sich in ihrem Nabel, bevor es ihr Geschlecht erreichte. „Ich will deine Finger in mir.“

Nox ließ seinen Zeigefinger tief in sie gleiten und streichelte sie. „Darf ich dich küssen, Ma'am?“

„Ja.“

Ihre Münder pressten sich aufeinander und ihre Zungen forschten und kosteten, während Nox einen weiteren Finger in sie schob, dann noch einen und noch einen, bis nur noch sein Daumen frei war und ihre Klitoris streichelte. Livia gab ein Stöhnen von sich, aber sie unterdrückte es schnell, löste sich von seinem Kuss und versuchte, nicht zu lächeln. „Du darfst in meine Brüste beißen.“

Grinsend nahm Nox ihre Brustwarze in den Mund und biss zu, bis Livia seufzte. Sie vergrub ihre Finger in seinen dunklen Locken und zog hart daran. „Gefällt dir das?“

„Ja, Ma'am.“ Nox wechselte zu ihrer anderen Brust. „Würde es dir gefallen, wenn ich als Nächstes deinen Bauch küsse?“

Livia nickte und ihr Atem beschleunigte sich, als er tiefer ging, seine Zunge in ihren Bauchnabel tauchte und sanft hineinbiss. Nox' Hand glitt über die Lederstiefel und ertastete die Form ihrer Waden.

„Nox."

Nox sah auf. „Ja, Ma'am?"

„Leck meine Fotze. Lass mich kommen."

In dem Moment, als sein Mund ihr Geschlecht berührte, verlor sich Livia in dem Gefühl seiner Zunge, die um ihre Klitoris peitschte. Er war unerbittlich und sein Mund stimulierte ihre Sinne, bis Livia kam, erschauerte und seinen Namen rief. Sie vergaß ihr Rollenspiel, griff nach seinem Kopf und drückte ihre Lippen gegen seine. „Fick mich, fick mich hart, Nox."

„Ja, Ma'am." Sein Grinsen war breit und triumphierend, als er seinen erigierten Schwanz tief in ihr geschwollenes Zentrum rammte und Livia stöhnte. Nox hob sie hoch, legte sie auf den Boden und stieß wieder zu. Dann zerrte er ihre Hände über ihren Kopf und küsste sie so wild, dass ihr schwindelig wurde. „Wie nett von dir, dass ich dich so hart ficken darf, während du diese Stiefel trägst. Du machst den kleinen Noxxy gerade sehr glücklich."

Das war zu viel. Livia vergaß die Rolle, die sie spielte, und begann so heftig zu kichern, dass Nox aus dem Rhythmus kam. Sie brach vor Lachen zusammen, bevor Nox es schaffte, sie genug zu beruhigen, um wieder zu beginnen. Livia blickte zu ihm auf, als er langsam, aber fest zustieß. Die Kraft in seinen Bewegungen ließ sie nach Luft schnappen. Grinsend nahm Nox ihre Klitoris zwischen seine Finger und Livia kam zitternd zum Orgasmus. Nox kam stöhnend auf ihrem Bauch und sagte dabei immer wieder ihren Namen. Sie sanken beide eng umschlungen zu Boden.

„Ich liebe dich", flüsterte Livia. Nox nickte und küsste sie zärtlich. Livia lächelte ihn kläglich an. „Ich muss wohl noch an meinen Fähigkeiten als Domina arbeiten."

„Du warst perfekt." Er rieb seine Nase gegen ihre. „Und die Lederstiefel? Verdammt, du siehst heiß aus."

„Ich dachte, du würdest sie mögen. Ich habe uns auch ein paar neue Spielsachen gekauft."

„Ich mag das Öl, es ist sehr sexy."

Livia küsste ihn. „Und das Gleitmittel mit Erdbeergeschmack?"

„Nett, aber ich bevorzuge deinen Geschmack – Kirschen und Honig." Nox streichelte ihren Bauch. „Und deinen Bauch. Er ist so weich." Er spreizte seine Finger und genoss die sanfte Kurve. Dann zog er die Narben, die Sandor ihr hinterlassen hatte, nach und sein Gesicht verdüsterte sich. Livia streichelte seine gerunzelte Stirn.

„Was vorbei ist, ist vorbei. Vergangenheit." Das war das Mantra während ihrer langen Genesung gewesen. *Niemals zurückschauen.*

„Du hast recht." Er bewegte seine Finger über ihren Körper und umfasste ihr Gesicht. „Du bist so schön, Baby, innerlich und äußerlich. Ich bin der glücklichste Mann der Welt."

Livia küsste ihn, während ihre Fingernägel über seinen starken, muskulösen Rücken wanderten. „Verdammt richtig."

Sie stieß ihn auf den Rücken und setzte sich rittlings auf ihn. „Jetzt werde ich dich wie eine Wildkatze reiten, und dann wirst du mich mit dieser schönen Gerte dafür bestrafen, dass ich so eine Schlampe bin. Einverstanden?"

„Einverstanden."

Sie spielten bis tief in die Nacht miteinander, bis sie schließlich ins Bett fielen, wund, erschöpft, aber erfüllt von Glückseligkeit.

„Du bringst mich noch um den Verstand, Frau." Nox berührte die Striemen, die die Gerte auf ihren Brüsten und ihrem Bauch hinterlassen hatte. „Bist du sicher, dass ich nicht zu grob war?" Er runzelte leicht die Stirn.

„Absolut sicher", sagte Livia grinsend. „Weißt du, du kannst so grob mit mir sein, wie du willst. Aber kein Würgen. Ich stehe nicht auf Erstickungskram."

„Ich auch nicht. Weißt du, ich habe auch ein paar Sachen gekauft."

Livia grinste. „Ach ja? Was?"

„Oh nein. Du musst bis morgen Abend warten. Dann bin ich an der Reihe."

.   .   .

Livia war den ganzen Tag neugierig darauf, was Nox geplant hatte, und als der Abend kam, bat er sie, sich für ihn auszuziehen, während er zusah. Sie tat es und wiegte ihre Hüften zu einem imaginären Beat, als sie aus ihrem Kleid glitt. Auf Unterwäsche hatte sie ganz verzichtet. Bei ihren langen Wanderungen in den Wäldern der Insel hatten sie und Nox an mehr als einem Baum gefickt, wobei sie einmal fast von vorbeikommenden Touristen erwischt worden wären. Sie liebte, wie Nox ihren nackten Körper ansah und berührte, so als wäre sie zugleich zerbrechlich schön und animalisch wild.

Er stand auf und führte sie in ihr Schlafzimmer, wo er sie küsste und sanft ihre Klitoris streichelte. „Mein geliebtes Mädchen ... ich würde so gern deine schöne Fotze und deinen perfekten Hintern ficken ... aber ...“

Er ging zum Schrank und holte etwas heraus. Livia keuchte, als sie es sah. Ein Strap-on-Dildo. Nox grinste bei ihrer Überraschung. „Ich möchte, dass unsere Beziehung vollkommen ebenbürtig ist.“

„Als ob es nicht reicht, dass du meinen Nachnamen angenommen hast“, lachte sie, aber sie nahm den Dildo entgegen und betrachtete ihn. „Bist du sicher?“

„Du hast dich mir in jeder Hinsicht hingegeben. Deine Großzügigkeit übersteigt alles, was ich mir jemals erträumt habe. Ich will dir etwas zurückgeben.“

Livia drückte ihre Lippen gegen seine und küsste ihn. „Du bist ein einzigartiger Mann, Nox Renaud.“

„Nox *Chatelaine*“, erinnerte er sie mit einem Grinsen. Sie berührte sein Gesicht.

„Ich liebe dich von ganzem Herzen, Nox.“

Sie gingen ins Bett und genossen es, miteinander zu schlafen, bis Nox den Dildo an ihr Becken schnallte. Livia grinste. „Das fühlt sich seltsam, aber auch irgendwie gut an.“

„Dieser Teil“, erklärte er, „sollte deine Klitoris stimulieren und dir so viel Vergnügen bereiten, wie du mir.“

Er sagte es mit Zuversicht, aber sie konnte sehen, dass er nervös war. Sie grinste ihn an. „Ich verspreche, dass ich sanft mit dir sein werde.“

Sie sorgte dafür, dass er sich entspannte, indem sie ihm eine Massage gab, und als er bereit war, verteilte sie etwas Gleitmittel auf dem Dildo und drang vorsichtig in seinen Hintern ein. Livia bewegte sich langsam mit dem sonderbaren Gefühl, aber als sie Nox' lustvolles Stöhnen hörte, wurde sie selbstbewusster. Sie fickten langsam, bis sie beide einen sanften, aber exquisiten Höhepunkt erreichten. Dann nahm Livia den Strap-on ab, während Nox sich auf den Rücken drehte. Seine Erektion war riesig, und Livia ließ sich darauf nieder und ritt ihn hart. Er massierte ihre Brüste, während sie sich auf ihm bewegte, und als er wieder kam und sein dickes Sperma tief in ihren Bauch schoss, schrie sie seinen Namen und warf den Kopf zurück.

Sie schnappte nach Luft und legte sich auf ihn, und er schlang seine Arme um sie. „War das okay?"

„Mehr als okay", sagte Nox. „Wow. Ich hätte nie gedacht, dass ich das genießen würde."

„Und trotzdem hast du eingewilligt."

„Wie ich schon sagte", murmelte er und küsste ihre Stirn, „das ist eine gleichberechtigte Ehe."

„Meine Güte."

„Was?"

Livia sah ihn an und grinste. „Wir sind *verheiratet*."

Er lachte. „Ist dir das gerade erst bewusst geworden?"

Livia grinste. „Weißt du was? Ich denke, das ist wirklich so, obwohl ich mich schon die ganze Zeit mit dir verheiratet gefühlt habe. Ist das komisch?"

„Nein, ich verstehe es. So hat es sich für mich schon kurz nach dem Beginn unserer Beziehung angefühlt." Er streichelte ihren Körper. „Gott, du bist berauschend."

Livia lächelte ihn an und strich ihm die feuchten Locken aus dem Gesicht. „Lass uns für immer hierbleiben."

„Okay." Sie lachten beide und Nox küsste sie. „Wir können leben, wo immer du willst, Baby."

„Es ist mir egal, solange ich bei dir bin."

„Ich dachte ... wir sollten das Herrenhaus verkaufen und einen Ort finden, wo wir beide leben wollen. Lass uns einen Neuanfang machen.

Ich möchte unsere Kinder nicht dort großziehen, wo meine Familie gestorben ist."

Livia stützte sich auf ihren Ellbogen. „Das ist eine großartige Idee. Ich wollte nichts sagen, denn schließlich ist es deine Familie, aber ich dachte ... es ist nicht gerade kinderfreundlich."

„Okay." Er wickelte eine ihrer Haarsträhnen um seinen Finger. „Wir werden einige Makler kontaktieren, wenn wir nach Hause kommen. Möchtest du in New Orleans bleiben?"

Livia nickte. „Ja. Odelle und Charvi sind dort, genauso wie Marcel und Rod. Sie sind alle sehr wichtig für mich."

Nox lächelte. „Ich bin immer noch überrascht darüber, dass du mit Rod LeFevre befreundet bist."

„*Wir* sind mit ihm befreundet – und ja, er ist wie ein großer Bruder für mich geworden. Simon liebe ich auch ... die beiden sind ein wunderbares Paar."

„Stimmt. Und liebst du es nicht, dass Odelle die ganze Zeit bei ihnen rumhängt?"

Livia kicherte. „Ich liebe es – aber ich habe auch Angst davor, was sie zusammen entfesseln könnten. Rod hat wirklich Odelles spaßige Seite zum Vorschein gebracht."

„Odelle ist eine völlig andere Person als früher. Wenn jemand sie aus ihrem Schneckenhaus gelockt hat, dann du." Nox lächelte sie liebevoll an und seufzte dann. Livia streichelte sein Gesicht.

„Es ist in Ordnung, um Roan und Amber zu trauern, weißt du? Roan war naiv und rücksichtslos, und Amber ... nun ja. Sie wurde von Sandors Psychopathie mitgerissen. Ihre Fehler haben ihnen das Leben gekostet, aber wir können immer noch ihre guten Seiten in Erinnerung behalten. Das sollten wir wirklich."

Nox schüttelte lächelnd den Kopf. „Deine Fähigkeit zur Vergebung ist überwältigend."

„Es ist besser zu vergeben, als sich an seinem Zorn festzuklammern", sagte sie und sah von ihm weg. Er las ihre Gedanken.

„Dein Vater?"

„Es ist alles so lange her. Er ist nicht mehr in meinem Leben – beziehungsweise in unserem Leben. Das ist alles."

Nox war lange Zeit still, dann setzte er sich auf und sah sie an. Livia runzelte die Stirn angesichts seines unbehaglichen Blicks. „Was ist, Baby?"

Nox holte tief Luft. „Schatz ... dein Vater war vor der Hochzeit in New Orleans."

Livia war geschockt. „Was?"

Nox nickte. „Er hat das Büro kontaktiert und wollte mit mir sprechen. Ich habe seinen Anruf abgelehnt, aber danach von jemandem beobachten lassen. Er sah ziemlich übel aus."

Livia kaute auf ihrer Unterlippe herum. „Er wollte sicher versuchen, Geld von dir zu bekommen. Er sah so übel aus, weil er am Tag eine Flasche Whisky trinkt und sechzig Zigaretten raucht."

„Bist du wütend, weil ich seinen Anruf nicht angenommen habe?"

„Ganz und gar nicht. Hat er New Orleans wieder verlassen?"

Nox wurde blass. „Liv ... bitte sei nicht sauer auf mich, dass ich es dir nicht früher gesagt habe."

Livia kniff die Augen zusammen. „Was?"

„Dein Vater ist in eine Schlägerei in einer Bar geraten und hat verloren. Er wurde in den Michoud-Kanal geworfen. Die Polizei hat am nächsten Tag seine Leiche aus dem Wasser gefischt."

Er wartete auf ihre Reaktion, aber Livia nickte nur. „Um ehrlich zu sein, bin ich überrascht, dass es so lange gedauert hat. Es ist hart, aber ich fühle nichts als Erleichterung. Hättest du seinen Anruf entgegengenommen, wären wir ihn nie losgeworden. Er hat es nicht besser verdient." Sie lächelte Nox entschuldigend an. „Ich weiß, du würdest alles dafür geben, deinen Vater in deinem Leben zu haben, aber wir sind mit sehr unterschiedlichen Männern aufgewachsen. Ich wünschte, ich hätte Tynan, Gabriella und Teague gekannt. Auch wenn ich es nicht getan habe, spüre ich jeden Tag ihre Gegenwart in unserem Leben und bin so dankbar dafür."

Nox lächelte sie an. Seine grünen Augen waren voller Emotionen. „Du hast sie mir zurückgegeben, Baby. Trotz allem, was wir durchgemacht und verloren haben, hast du sie mir zurückgegeben."

Livia schlang ihre Arme um seinen Hals. „Wir sind eine Familie, Nox. Schon seit jenem ersten Abend in deinem Garten."

Er hielt sie an sich gedrückt und zog sie fest an seine Brust. „Du und ich, Livvy. Das ist alles, was zählt."

Es war der letzte Tag ihrer Flitterwochen, als Livia einen Schwindelanfall hatte. Sie trug gerade ihre Teller nach einem Abendessen im Freien in die Villa, als ihre Beine zitterten und sie das Geschirr schnell auf den Tresen stellen musste. Nox war sofort an ihrer Seite. „Alles in Ordnung, Baby?"

Sie lächelte, obwohl sich alles um sie herum zu drehen schien. „Mir ist nur ein bisschen schwindelig, das ist alles. Das wird schon wieder."

„Vielleicht solltest du dich hinlegen."

Livia wartete ein paar Minuten, aber weil sie sich immer noch seltsam fühlte, ließ sie sich von Nox überreden, sich auf ihr Bett zu legen. Sie schloss die Augen, aber ihr war immer noch nicht wohl. Nach ein paar Minuten spürte sie Übelkeit in sich aufsteigen und rannte zum Badezimmer, um sich zu übergeben. Nox hielt ihr Haar zurück und wischte ihr mit einem kühlen Tuch das Gesicht ab, als Livia wieder zu Atem kam. Sie sah zu ihm auf. „Ist dir auch schlecht? War es das Essen?"

Nox schüttelte den Kopf, und dann dämmerte es den beiden. „Denkst du ...?", begann er, verstummte dann aber. Livias Augen waren weit aufgerissen.

„Es könnte sein. Wo ist meine Tasche? Ich habe Schwangerschaftstests dabei."

Ihre Beziehung war jetzt so eng, dass es Livia nicht peinlich war, vor Nox zu pinkeln. Sie legte den Teststreifen neben das Waschbecken. „Jetzt warten wir."

Schwanger oder nicht – Livia war unglaublich nervös und als sie Nox anschaute, konnte sie sehen, dass er die gleichen Gedanken hatte. Sie begannen, zusammen die Sekunden zu zählen, und griffen dann nach dem Test.

Positiv. „Oh mein Gott", rief Livia, als Nox jubelte und sie in seine Arme nahm. „Wir haben ein Baby gemacht!"

Livia weinte und lachte gleichzeitig, während Nox sie begeistert herumwirbelte, bevor er sich an ihre Übelkeit erinnerte. „Entschuldige, Schatz." Er spreizte seine Hand über ihrem Bauch. „Da ist unser Kind drin."

Livia brach schluchzend zusammen und Nox umarmte sie. „Warum weinst du?"

„Weil ich so erleichtert bin, Nox. Ich bin glücklich, dass ich dir Kinder schenken kann. Seit ich niedergestochen und angeschossen worden bin, hatte ich solche Angst, dass ich keine Kinder mehr bekommen kann. Ich habe mich so danach gesehnt, dein Kind auszutragen und jetzt ..." Sie schluchzte heftiger und Nox hielt sie fest.

„Du bist meine Heldin und die Mutter meiner Kinder", sagte er, bevor seine Stimme brach. „Und ich liebe dich mit jeder Faser meines Körpers. Du hast mich so glücklich gemacht, Livvy, so verdammt glücklich."

Sie umarmten sich. Beide weinten jetzt und waren überwältigt vor Freude.

Achteinhalb Monate später wurde Charlotte Gabriella Renaud Chatelaine geboren und weitere dreizehn Monate später folgte Noah Teague. Livia war die perfekte Mutter und füllte das Leben ihrer Kinder mit Spaß und Liebe. Nox verwöhnte seine Sprösslinge und spielte oft mit ihnen, war bei Bedarf aber auch einmal streng und brachte ihnen alles bei, was er wusste.

Eines Nachts, als die Kinder im Bett waren, saßen Livia und Nox auf dem Balkon ihres Hauses, einem idyllischen Gebäude im Stil einer Hacienda außerhalb der Stadt, und dachten darüber nach, wie glücklich sie waren.

Nox hielt ihre Hand, als sie zu den Sternen aufblickten. „Wir haben es gut."

„Das haben wir wirklich." Livia beugte sich vor, um ihn zu küssen. „Danke, Nox."

Er sah überrascht aus. „Wofür?"

„Für alles."

Er lächelte. „Dann danke ich auch dir, meine geliebte Ehefrau."

Sie lachte. „Ich habe mich immer noch nicht daran gewöhnt. Es klingt so erwachsen", sagte sie ungläubig und Nox lachte laut.

„Wir haben zwei Kinder, aber *verheiratet sein* ist erwachsen?"

„Ja. Und was diese zwei Kinder angeht ..."

Nox sah sie neugierig an. „Was ist damit?"

Livia grinste ihn an. „Ein Wort ... *Supersperma* ..."

Nox grinste. „Im Ernst?"

„Im Ernst." Livia gab vor, resigniert zu seufzen. „Du hast mich schon wieder geschwängert, Mister."

Nox war entzückt und Livia lachte, als er auf die Knie sank und seinen Kopf auf ihren Bauch legte. „Das Geräusch, das du hörst, ist die Verdauung meines Abendessens. Ich bin im ersten Monat. Diesmal habe ich es früher herausgefunden."

Livia strahlte, als Nox sie in seine Arme zog und sie küsste, bis sie kaum noch atmen konnte ...

Ende

EIN FRECHER BOSS
EIN WEIHNACHTLICHER LIEBESROMAN (JAHRESZEIT DES VERLANGENS 2)

Inspiration kann so befriedigend sein …

*Sobald diese Traumerscheinung aus dem Auto ausstieg, wusste ich,
dass ich sie haben könnte, wie ich mir das vorgestellt hatte.
Volle Titten, ein runder Arsch und Hüften, an denen ein Mann sich
festhalten konnte, machten sie perfekt für meine Vorhaben.
Sie hatte keine Ahnung, was gleich mit ihr passieren würde. Ich würde
sie zu dem machen, was ich brauchte – meiner Therapie. Dann könnte
ich den Kopf freibekommen und wäre wieder produktiv.
Sie dachte, dass sie gekommen wäre, um einen amerikanischen Helden
zu interviewen, aber in Wirklichkeit war sie für mich da. Ich musste sie
ficken, bis ich wieder einen klaren Kopf hatte.
Ich verschwendete keine Zeit damit, ihre Fragen zu beantworten und
fragte sie dann gleich ein paar von meinen eigenen, zum Beispiel, ob
sie gerne eine bisschen mein Gesicht reiten würde...*

KAPITEL EINS

Seattle

Romy band ihr kastanienbraunes Haar zu einem Pferdeschwanz zusammen, während sie schnell durch die Korridore des Krankenhauses lief. Verdammter Stadtverkehr. Sie war so gut organisiert gewesen, bis sie von dem Verkehrsunfall auf dem Alaskan-Way-Viadukt aufgehalten worden war. Jetzt hatte sie die ersten Visite verpasst und das ausgerechnet heute. So würde sie bestimmt keinen guten ersten Eindruck hinterlassen. Sie fluchte immer noch leise, als sie zu ihren Kollegen in die allgemeine Chirurgie eilte.

Als sie hastig um die Ecke bog, hörte sie seine Stimme, noch bevor sie ihn sah. Ein tiefer, sinnlicher Bariton, der eine Frau schwach werden ließ. Sie hatte den Mann noch nie getroffen, aber seine Stimme war so legendär wie seine chirurgischen Fähigkeiten. Oh ja. Und sein Körper. Die Leute sprachen im selben Atemzug darüber wie über seine medizinischen Errungenschaften.

Er redete weiter und ein leichter Akzent – vielleicht Italienisch – fesselte sie.

„Wenn sich die Infektion verschlimmert, werden wir einen Shunt in

Betracht ziehen, aber aller Wahrscheinlichkeit nach wird sie rasch
abklingen, da sie in einem frühen Stadium entdeckt wurde."

Romy blinzelte überrascht angesichts der Worte. Blue Allende, der
Mann mit der sexy Stimme, war ein Superstar unter den Chirurgen. Mit
nicht einmal vierzig Jahren war er auf dem Höhepunkt seiner Karriere
und hätte sofort in jedem Krankenhaus des Landes anfangen können.
Der Ruf, wie ein Filmstar auszusehen und dabei die Intelligenz und
Weisheit eines erfahrenen Mannes zu besitzen, eilte Blue Allende
voraus. Warum also stand er mit einer bunt zusammengewürfelten
Gruppe aus Ärzten, Krankenschwestern und Praktikanten herum und
diskutierte etwas so Alltägliches wie eine Infektion?

Es ließ sie innehalten und weckte sofort ihre Sympathie für den
genialen Chirurgen, der offenbar kein bisschen arrogant war. Aber
Romy war spät dran und kein Arzt schätzte Verspätungen, besonders
keiner mit einem so vollen Terminplan ...

Gottverdammt.

Als sie vor der Tür stehenblieb, sah sie einige andere junge Assistenzärzte und schlüpfte dazwischen in der Hoffnung, dass sie nicht
bemerkt wurde.

Ihr Freund Mac, ein freundlicher Afroamerikaner mit einem netten
Gesicht und einem sarkastischen Sinn für Humor, grinste und stupste
sie an. „Du bist spät dran für den Rockstar, Sasse", zischte er.
„*Großartig*".

Romy stieß ihn mit dem Ellbogen an und verdrehte die Augen.
„Was habe ich verpasst?"

Plötzlich teilte sich die Menge und sie sah, wie Blue Allende sich
über einen sedierten Patienten beugte. Ihr Atem stockte in ihrer Kehle,
als er seine hellgrünen Augen auf sie richtete.

Alle üblichen Krankenhausgeräusche verschwanden in den Hintergrund, als sie von seinem scharfsinnigen, intelligenten Blick gefangen
genommen wurde.

Himmel, dachte Romy, *dieser Mann gehört nicht in einen Operationssaal, sondern auf einen Laufsteg oder das Cover der Vogue.*

Er war wunderschön. Seine leuchtend grünen Augen waren von
dichten schwarzen Wimpern umgeben und sein Gesicht war wie aus

italienischem Marmor gemeißelt. Dunkle Locken rankten sich wild um seinen Kopf ... dann bemerkte sie seinen vollen, sinnlichen Mund, der eine dünne Linie bildete.

Ah, Scheiße. Sie hätte seinen Mund so gern lächeln gesehen. Stattdessen zeigten die Mundwinkel missbilligend nach unten.

„Dr. Sasse, willkommen."

Diese Stimme aus der Nähe ... *Wowwowwow.* Und ... er kannte ihren Namen? Romy betete, dass sie nicht stottern würde. „Bitte entschuldigen Sie meine Verspätung, Dr. Allende. Es wird nicht wieder vorkommen."

War das ein Hauch von Belustigung, der in diesen verheerend schönen Augen aufblitzte, und vielleicht ein leichtes Zucken der Mundwinkel? Kaum dachte Romy, sie habe es gesehen, war es schon wieder weg. Allende wandte sich seinem Patienten zu und Romy war dankbar, dass er sie nicht vor allen anderen getadelt hatte. Ein weiterer Punkt zu seinen Gunsten.

„Glück gehabt", murmelte Mac in ihr Ohr und Romy seufzte erleichtert auf.

Während der Visite war sie beeindruckt von Allendes gründlicher Kenntnis seiner Fälle und der Art, wie er die jungen Ärzte dazu brachte, Antworten auf seine Fragen zu finden, anstatt nur Vorträge zu halten. Selbst wenn sie Fehler machten, wurde er nicht wütend und schrie sie nicht an. Darüber hinaus behandelte er die Patienten wie Freunde und sprach mit genauso viel Offenheit wie Mitgefühl mit ihnen, während er sich für jeden einzelnen Zeit nahm.

Hingerissen beobachtete Romy ihn aufmerksam und war verwirrt, als sie ihn in einem Moment ertappte, als die Gruppe über ein Krankheitsbild diskutierte und er anscheinend dachte, niemand würde ihm Aufmerksamkeit schenken. Das war ebenfalls untypisch. Erfolgreiche Chirurgen glaubten, immer im Rampenlicht zu stehen. In dieser kurzen Sekunde sah sie etwas in seinen Augen, das sie nur allzu gut kannte.

Schmerz. Trauer.

Romy war so abgelenkt von ihrer Entdeckung, dass sie nicht bemerkte, dass sich der Fokus verlagert hatte und alle sie anstarrten.

Plötzlich spürte sie die Hitze der Blicke und schluckte schwer. „Es tut mir leid, Dr. Allende, könnten Sie die Frage wiederholen?"

Der Humor in seinen Augen war zurück und verdrängte die Trauer. „Ich habe gefragt, ob Sie mir die Möglichkeiten nennen können, eine ankylosierende Spondylitis zu diagnostizieren."

Romy räusperte sich. „Natürlich." Sie ging die Optionen durch und sagte dann: „Natürlich ist die Krankheit notorisch schwer zu diagnostizieren und wenn sie einmal identifiziert ist, ist normalerweise Schmerztherapie erforderlich. Opioide haben bedenkliche Nebenwirkungen, aber wir könnten medizinisches Marihuana als letzten Ausweg versuchen."

„Wow, das nenne ich einen Silberstreifen am Horizont", sagte der Patient, ein junger Mann in den Zwanzigern, und alle lachten.

„Als letzten Ausweg, Billy." Blue lächelte und Romys ganzer Körper reagierte darauf. Als sein hübsches Gesicht aufleuchtete, konnte Romy ein Pochen zwischen ihren Beinen fühlen. *Hör auf damit*, sagte sie sich, *verliebe dich bloß nicht in deinen Boss.*

Nach der Visite bat Blue sie, in sein Büro zu kommen. Er deutete auf den Stuhl gegenüber seinem Schreibtisch und Romy setzte sich zitternd vor Nervosität hin. Würde sie wegen ihrer Verspätung angebrüllt werden?

„Schauen Sie nicht so verängstigt", sagte er sanft. Sein Tonfall war neutral, aber irgendwie immer noch warm. „Ich will Sie nur kennenlernen. So wie die anderen Assistenzärzte auch."

Bei jedem anderen hätte das passiv-aggressiv geklungen. Bei ihm wirkte es seltsam aufrichtig.

„Es tut mir leid, dass ich zu spät gekommen bin, Dr. Allende", entschuldigte sie sich.

„Das passiert uns allen manchmal."

Bevor sie überrascht blinzeln konnte, nahm er eine Akte und öffnete sie.

„Dr. Romy Sasse, neunundzwanzig Jahre alt, Jahrgangsbeste in Stanford, absolvierte ihr Praktikum und einen Teil ihrer Assistenzzeit am Johns-Hopkins-Krankenhaus ... Warum sind Sie für Ihr letztes Jahr hierhergekommen? Johns-Hopkins wollte Sie fast nicht gehen lassen. Wir mussten regelrecht um Sie kämpfen."

Bei den alten Erinnerungen wurde ihr innerlich ganz kalt. „Ich musste nach Seattle kommen. Aus persönlichen Gründen. Außerdem will meine Mutter ziemlich unerwartet heiraten."

„Und sie braucht Ihre Anwesenheit hier?"

Romy zögerte. „Nein, das ist es nicht, aber ..."

„Aber was?"

Romy seufzte. Es ging ihn nichts an, aber sie schuldete ihm eine Erklärung, nachdem sie zu spät gekommen war. „Meine Schwestern, Juno und Artemis, haben mich gebeten zu kommen. Ich bin die mittlere Schwester, die Friedensstifterin. Sie haben Bedenken wegen Moms Verlobtem."

„Wirklich?" Blue sah interessiert aus, obwohl Romy keine Ahnung hatte, warum. Genauso wenig wusste sie, warum sie weiterredete.

„Es ist nicht so, dass er ein schlechter Mensch ist, obwohl ich ihn immer noch nicht offiziell getroffen habe. Aber er ist so ganz und gar nicht das, was wir für Moms Typ hielten ..." Sie verstummte, als sie merkte, dass sie plapperte. „Es tut mir leid, das müssen Sie wirklich nicht wissen."

„Nein, bitte, sprechen Sie weiter."

Romy runzelte die Stirn. „Nun, dann sollten Sie wissen, dass meine Mutter ein Freigeist ist, ein Regenbogenkind, ein Hippie. Wie man unschwer an unseren Namen erkennen kann."

Blue lächelte. „Okay, Juno und Artemis, aber Romy?"

„Kurz für Romulus. Ja, ich weiß, das ist eigentlich ein Männername, aber ich war ein Zwilling. Zweieiig. Mein Bruder, Remy – Remus – ist gestorben, als wir fünf Jahre alt waren." Der Schmerz quälte Romy immer noch. „Mom dachte, ich wäre auch ein Junge, als sie schwanger war, daher der Name."

„Also heißen Sie wirklich Romulus?"

Sie war dankbar, dass er sie nicht drängte, mehr über Remy zu erzählen. „Nein, sie hat es im letzten Moment geschafft, den Eintrag auf der Geburtsurkunde ändern zu lassen. Romy ist mein offizieller Name."

„Und Sie mögen Ihren zukünftigen Stiefvater nicht?"

„Ich kenne ihn nicht."

Plötzlich grinste Blue. „Ich denke, deine Mutter und Stuart Eames werden gut miteinander auskommen."

Romy starrte ihn erstaunt an. „Was zum Teufel …?"

Er lachte und sein Gesicht sah noch besser aus als je zuvor. „Ob du es glaubst oder nicht, ich habe dich nicht ohne Grund ausgefragt. Stuart Eames ist mein Vater, also sind wir technisch gesehen Geschwister. Willkommen in der Familie, Romy."

KAPITEL ZWEI

Romy war immer noch geschockt, als sie an diesem Abend zu ihrer Mutter ging. Teilweise von der Zeit, die sie hingerissen in Blues Büro verbracht hatte – er hatte darauf bestanden, dass sie ihn so nannte. Der Rest war ausschließlich auf seine Enthüllung zurückzuführen.

„Warum hast du mir nicht erzählt, dass Stuart Blue Allendes Vater ist?"

Magda Sasse blickte vom Schneidebrett auf und grinste über das abrupte Auftauchen ihrer mittleren Tochter. „Dir auch einen guten Tag, mein Schatz. Blue hat gesagt, dass er nicht will, dass du es sofort weißt. Er wollte, dass du in seiner Abteilung arbeitest, und dachte, dass du vielleicht ablehnen würdest, wenn du es gewusst hättest. Dein Ruf als erstklassige Ärztin eilt dir voraus und ich bin sehr stolz auf dich."

Romy lächelte und umarmte ihre Mutter. „Danke, Mom. Wie auch immer, Blue hat mir gesagt, dass er zu Thanksgiving bei uns sein wird." Als sie das gehört hatte, war es ihr schwergefallen, im Büro des Chirurgen die Fassung zu bewahren. Blue in ihrem Zuhause, beim Abendessen mit ihrer Familie ... warum war das seltsam heiß?

„Ist dir das peinlich?", fragte ihre Mutter besorgt.

Romy setzte sich auf die Küchentheke und stibitzte ein Stück

Paprika, das Magda für den Salat schnitt. „Ich denke nicht. Nun, zumindest hoffe ich es nicht. Er ist ein ziemlich entspannter Typ."

Magda lächelte. „Magst du ihn?"

Verdammt, ja. Er ist der verführerischste Mann, den ich je getroffen habe.

„Ja, er ist nett."

Nett war eine Untertreibung.

„Er ist ein unglaublicher Chirurg. Ihm zuzusehen ist, wie einen Maestro bei der Arbeit zu beobachten."

„Apropos Maestro." Magda wechselte oft spontan das Thema, also war Romy nicht verwirrt. „Deine Schwester hat einen neuen Job. Sie wird für Livias Stiftung als Dozentin arbeiten."

Romys Augenbrauen schossen hoch. „Wirklich? Juno zieht aus?"

Juno, die Jüngste, war die Schwester, die am meisten ihrer freigeistigen Mutter ähnelte. Groß und schlank, mit langen blonden Haaren, war Juno Sasse schon in jungen Jahren ein Wildfang gewesen und hatte Musik zu ihrer ersten Liebe und Leidenschaft gemacht. Sie war das verwöhnte Baby der Familie und Romy hatte halb vermutet, dass sie für immer zu Hause wohnen würde.

„Das tut sie", bestätigte Magda mit einem Hauch von Melancholie in ihrer Stimme. Sie unterstützte ihre Töchter bei allem, was sie taten, aber Romy wusste, dass ihre Mutter mit dem immer leerer werdenden Haus zu kämpfen hatte. „Obwohl ich verzweifelt versuche, nicht an diesen Tag zu denken. Sie fängt im neuen Jahr an, also haben wir wenigstens noch Weihnachten als Familie."

„Und Stuarts Familie kommt auch?"

Magda warf ihr einen nervösen Blick zu. „Nun, ja. Wenn das für dich und Arti in Ordnung ist."

„Warum sollte es das nicht sein?", fragte Romy.

Magda seufzte. „Es gibt einige, wie soll ich sagen, *Unannehmlichkeiten* mit Stuarts Frau. Hoffentlich bald Ex-Frau, wenn sie jemals die verdammten Papiere unterschreibt. Sie quält Stuart gern, normalerweise über ihren Sohn."

Romy hob eine Augenbraue. Das gefiel ihr gar nicht. „Wie heißt der Sohn?"

„Gaius. Ich habe ihn nur einmal getroffen, aber er scheint ganz nett zu sein. Hat Blue ihn nie erwähnt?"

„Wir achten darauf, Familienangelegenheiten aus der Arbeit herauszuhalten, und ich habe eigentlich nicht viel mit Blue Allende zu tun, erinnerst du dich? Bis heute hatten wir uns nie getroffen. Er könnte bald mein Bruder sein, aber er ist dennoch in einer völlig anderen Liga." Romy grinste, als Magda die Augen verdrehte.

„Du solltest viel mehr ausgehen. Romy, du bist schön und jung ... lass dich nicht von dem, was in New York passiert ist, davon abhalten, zu leben."

Romy verzog das Gesicht und spürte die vertraute Kälte der Erinnerungen. „Mom ... Dacre weiß nicht, dass ich wieder zu Hause bin, und wenn er es herausfindet, wird er herkommen und ... Mein Gott, ich will es mir nicht einmal vorstellen."

Ihre Mutter blickte auf ihre Hände hinab, während sie sich weiter schnell bewegten – ihre Messerkünste in der Küche waren so gut wie die eines Chirurgen in einem Operationssaal. „Ich hasse es, dass du mit ihm zusammen warst. Du bist zu jung, um schon eine Scheidung und alles andere, was er dir angetan hat, durchgemacht zu haben."

Romy zügelte ihre Emotionen und erinnerte sich daran, dass jene Tage längst vorbei waren. Sie war jetzt in Sicherheit, auch wenn Dacre Mortimer ein Tier war. Ihr Bein schmerzte immer noch an der Stelle, wo er im vergangenen Jahr darauf getreten war und es gebrochen hatte, während er sie beinahe zu Tode prügelte.

„Schau, wenigstens habe ich meine Lektion gelernt", sagte Romy zu ihrer Mutter. „Man darf niemals dem ersten Eindruck glauben. Dacre war ein echter Märchenprinz – bevor er zum Monster geworden ist."

„War das eine Anspielung auf mich?" Magda klang nicht verärgert, nur traurig. „Weil ich weiß, dass Stuart und ich uns noch nicht lange kennen."

Romy hüpfte von der Theke, küsste die Wange ihrer Mutter und umarmte sie herzlich.

„Mom, nein, dass bezog sich nicht auf dich, sondern auf mich."

Magda lächelte erleichtert. „Romy, ich habe mich noch nie so gefühlt. Nicht einmal bei deinem Vater", fügte sie entschuldigend hinzu.

„Das kann ich mir denken." Romy nickte wenig überrascht.

Romys Vater, der einst ein Professor von Magda gewesen war, war nie Teil des Lebens seiner Töchter gewesen. Er unterstützte sie finanziell, aber kurz nachdem Juno geboren wurde, waren er und Magda still und freundschaftlich geschieden worden und James Sasse hatte wieder geheiratet und war nach London gezogen. Eine alleinerziehende Mutter zu sein machte Magda nichts aus und sie hatte ihre Mädchen so gut sie konnte zu starken jungen Frauen gemacht, die nie von jemand anderem abhängig waren.

Der Verlust von Remy, Romys Bruder, hatte sie alle erschüttert, aber die vier Frauen standen einander so nah wie eh und je. Artemis, Magdas älteste Tochter, war ihrem Vater beruflich gefolgt und lehrte nun Physik an der Universität von Washington. Romy hatte sofort nach ihrem Abschluss in Harvard Medizin studiert und Juno war ein musikalisches Wunderkind. Das Einzige, was James zur Verfügung gestellt hatte, war Geld für ihre Ausbildung gewesen, und Magda war dankbar dafür, wie sie oft zu Romy sagte.

Magda war in einer Hippie-Kommune großgeworden, hatte sich diese Werte ihr ganzes Leben lang bewahrt und schließlich einen Punkt in ihrem Leben erreicht, an dem sie sich mit der Bildhauerei ihren Lebensunterhalt verdienen konnte.

Deshalb waren Romy und ihre Schwestern erstaunt darüber, dass Magda einen Multimilliardär heiraten wollte. Stuart Eames hatte sein Vermögen in der Technologie-Branche gemacht und einen so großen Marktanteil erobert, dass niemand mit ihm konkurrieren konnte. Romy freute sich darauf, den Milliardär zu treffen, der das Herz ihrer Mutter für sich gewonnen hatte.

Als sie nach der Salatschüssel griff und begann, die verschiedenen Zutaten zu mischen, die ihre Mutter gewürfelt hatte, kam ihr ein Gedanke. „Warum hat Blue einen anderen Nachnamen?"

Magda schüttete überschüssiges Wasser aus dem Topf Reis, den sie gerade kochte. „Er ist Stuarts Sohn aus einer Affäre."

Romys Augenbrauen schossen hoch.

„Ich glaube, seine Mutter war Italienerin", fuhr Magda fort und bestätigte zumindest diesen Verdacht, obwohl Romy sich viel mehr für die andere Offenbarung interessierte.

„Also ... hatte Stuart eine Affäre?"

Magda warf ihr einen warnenden Blick zu. „Liebling, wenn du jemals seine Frau getroffen hättest, würdest du ihm das nicht vorwerfen."

Obwohl Magda weit davon entfernt war, konservativ zu sein, war sie sehr loyal und diese Haltung sah ihr nicht ähnlich. Trotzdem beschloss Romy, das Thema fallen zu lassen, zumindest bis sie die Gelegenheit hatte, Eames näher unter die Lupe zu nehmen und sicher-zustellen, dass er ihre Mutter nicht betrügen würde. Denn wenn er das tat, würde er es mit ihr und ihren Schwestern zu tun bekommen.

„Mom", sagte sie und bemerkte plötzlich, wie viel Essen ihre Mutter zubereitete. „Du weißt, dass wir nur zu viert sind, oder?"

„Zu fünft." Magda errötete und senkte den Kopf. „Stuart schließt sich uns an."

„Oh, das sollte wohl eine Überraschung sein, hm?" Romy grinste. „Dann helfe ich dir besser mit dem Rest des Abendessens ...""

Stuart Eames hatte die gleichen hellgrünen Augen wie sein Sohn, aber sein Haar war kurz geschoren und weiß. Er hatte ein sympathisches Lächeln, das Romy mochte, und eine freundliche Art, bei der sich alle Beteiligten wohlfühlten. Er begrüßte sie alle mit äußerster Achtung. „Es ist so schön, euch endlich zu treffen. Magda ist so stolz auf euch."

Juno machte es sich auf ihrem Stuhl bequem und grinste ihn an. „Ich versichere dir, dass wir das nicht verdient haben."

Artemis, deren blonde Haare anmutig auf ihre Schultern fielen, warf ihrer jüngeren Schwester einen warnenden Blick zu. „Necke ihn nicht, Juno."

Stuart lachte. „Nein, nur zu. Blue und ich machen das ständig. Das sollten alle Familien tun. Apropos, stört es euch, wenn ich mich kurz unter vier Augen mit eurer Mutter unterhalte? Ich schwöre, es dauert nicht länger als fünf Minuten."

„Sicher."

Als sie allein waren, sahen sich die Schwestern an.

„Er ist süß", verkündete Juno und Artemis kicherte.

„Kann man einen Sechzigjährigen als süß bezeichnen?" Artemis strich ihren Rock über ihren langen Beinen glatt und überkreuzte sie elegant.

Romy seufzte. Bei den Sasse-Schwestern fiel sie etwas aus der Reihe – dunkle Haare, dunkle Augen und zierlich. Während ihre Schwestern groß und athletisch waren, war Romy kurvig, vollbusig und klein. Sie trainierte genauso viel wie ihre Schwestern, aber ihre Figur würde immer runder und weniger athletisch sein. Juno und Artemis kamen nach ihrer Mutter. Romy wusste nicht, woher sie ihre Kurven hatte. Sie erinnerte sich kaum daran, wie ihr Vater aussah. Oh, sie wusste, dass die Leute sie für schön hielten, aber sie stylte sich nie auffallend. Seit ihrer Kindheit hatte sie eine leichte Sehschwäche, trug bei Bedarf eine Brille anstatt Kontaktlinsen und steckte ihr langes, dichtes kastanienbraunes Haar oft zu einem unordentlichen Knoten hoch.

Juno stupste sie mit einem Fuß an. „Kommst du dieses Jahr zu unserem traditionellen Thanksgiving-Lauf?"

Romy grinste ihre Schwester strahlend an, sagte dann aber: „Leider werde ich arbeiten müssen."

„Romy!"

„Tut mir leid." Romy zuckte mit den Schultern. Sie verabscheute Laufen, es sei denn, sie hatte ein lohnenswertes Ziel. Wie zum Beispiel eine Pizzeria.

Juno schmollte, während Artemis Romy angrinste. „Nicht übel, Romy. Und was meinen verstauchten Knöchel betrifft ..."

„Was für ein verstauchter Knöchel?" Juno warf ihrer ältesten Schwester einen verwirrten Blick zu.

„Der verstauchte Knöchel, den ich mir auf mysteriöse Weise zu Thanksgiving zuziehen werde." Artemis lachte und gab Romy eine High-Five.

„Macht mir keine Vorwürfe, wenn ihr beide alt und fett werdet." Juno seufzte dramatisch, dann senkte sie die Stimme und nickte in

Richtung Küche, wo Stuart und ihre Mutter miteinander sprachen. „Was denkt ihr?"

„Es ist noch zu früh, um das zu sagen."

„Er sieht ein bisschen wie Blue aus. Sie haben die gleichen Augen."

Juno grinste. „Bist du etwa verknallt, Romulus?"

Romy warf ein Kissen auf sie. „Sei nicht immer so neugierig."

Das Abendessen war eine lustige Angelegenheit und Romy kam zu dem Schluss, dass sie Stuart sehr mochte. Er war charmant, intelligent und schien ihre Mutter zu verehren. Romy bemerkte jedoch, dass Artemis ruhiger als sonst war und als sie ihre Schwester danach fragte, zuckte sie nur mit den Schultern.

„Ich halte mich vorerst mit einem Urteil zurück, Romy. Wir kennen ihn noch nicht besonders gut."

Als Romy am nächsten Tag zur Arbeit ging, fragte sie sich, ob sie Stuart Blue gegenüber erwähnen sollte, aber als sie den Umkleideraum betrat, herrschte dort Chaos und alle rannten wild durcheinander.

„Was ist los?", fragte sie und bereitete sich geistig und körperlich auf eine lange Schicht vor.

„In einem Studentenwohnheim hat es einen Angriff gegeben", erklärte Mac, der geschockt wirkte. „Wirklich schlimm. Acht Mädchen wurden attackiert, drei davon sind tot. Der Rest wird hierhergebracht. Allende operiert bereits."

Jedes Mal, wenn sie dachte, sie sei an die dunklere Seite ihres Berufes gewöhnt, bekam Romy einen Realitätscheck. Weil es einfach unmöglich war, sich jemals daran zu gewöhnen, dass Unschuldige abgeschlachtet wurden.

Sie griff automatisch nach ihrem Kittel und fragte: „Will er uns im Beobachtungsraum haben?"

„Nein." Sie hörten Blues Stimme hinter sich und drehten sich um. In seiner blutbefleckten Kleidung wirkte der gutaussehende Chirurg müde und grimmig. „Romy, du kommst mit mir in OP3. Mac geht mit Dr. Fredericks in OP7. Jim, Molly und Flynn gehen in die Notaufnahme, bis wir OPs für die leichter verletzten Mädchen finden können. Komm schon, Romy."

Sie zog sich in weniger als einer Minute um und Blue informierte sie auf dem Weg zum Operationssaal. „Die Patientin ist Yasmin Levant, neunzehn Jahre alt, mehrere Stichwunden am Bauch, zerschmetterter linker Oberschenkelknochen – sieht aus, als wäre der Killer darauf getreten, möglicherweise um sie außer Gefecht zu setzen. Wir haben die Orthopädie verständigt, aber ihre Bauchverletzungen sind katastrophal. Mindestens neunundneunzig separate Wunden."

„Gott, armes Mädchen."

Blue nickte, als sie sich die Hände wuschen. „Hör zu, Romy, wir werden alles tun, um sie zu retten, aber ich muss dich warnen. Die Chancen stehen schlecht."

Sie hatte das schon erwartet, wusste die Warnung aber trotzdem zu schätzen.

Nach dem Händewaschen folgte Romy Blue in den Operationssaal, wo das Opfer auf dem Tisch lag. Die junge Frau war blutüberströmt und atmete kaum, während versucht wurde, sie mit Blutkonserven und Kochsalzlösung am Leben zu halten. Romy vermied es automatisch, auf etwas anderes als die Verletzungen zu blicken. Sich die Gesichter direkt anzusehen, wenn die Situation so schlimm war, half nicht wirklich.

Stundenlang operierten sie und bemühten sich, die Schäden zu beheben, die das Messer angerichtet hatte, während sie weitere Bluttransfusionen durchführten, aber als es Mitternacht wurde, beendete Blue die OP. Sie konnten nichts mehr tun …

Yasmin Levant war tot.

KAPITEL DREI

Als das Adrenalin ihr System verließ, fühlte Romy sich gleichzeitig seltsam emotional, entsetzt und erschöpft. Sie wartete, bis fast alle den Raum verlassen hatten, bevor sie zu Yasmins Kopf ging. Schließlich betrachtete sie das bleiche Gesicht des Mädchens. Ihr dunkles Haar war blutgetränkt und kastanienbraun. Romy erkannte sich in den erstarrten Gesichtszügen des Opfers wieder. Sie flüsterte eine stille Entschuldigung für ihr Versagen und begann, die Schläuche aus Yasmins Kehle zu entfernen.

„Die Krankenschwestern machen das", sagte Blue sanft und legte seine Hand auf ihren Rücken. Romy brachte keinen Ton heraus. Sie schüttelte nur den Kopf und Blue begann, ihr zu helfen. Die beiden arbeiteten schweigend, bis die gesamte medizinische Ausrüstung weggeräumt war und Yasmin immer noch leblos, aber mit etwas mehr Würde auf dem OP-Tisch lag.

„Kann ich ihr Gesicht waschen?" Romy hörte ihre Stimme brechen, als sie die Frage stellte, aber Blue schüttelte mit traurigen Augen den Kopf.

„Nein, wir müssen sie für das forensische Team so lassen. Unsere gesamte Ausrüstung wird ebenfalls auf Spuren untersucht werden und die Polizei wird wahrscheinlich eine Aussage von uns allen wollen."

Romy sah wieder auf Yasmin hinunter und ein Schluchzen drang aus ihrer Brust. „Wer würde so etwas tun? Und warum?"

Sie spürte, dass Blue sie von dem Opfer wegzog und seine Arme um sie schlang. Es war nicht das, was Kollegen normalerweise taten, aber Romy ließ es zu, weil sie es brauchte. Sie lehnte sich an ihn, während Tränen ihre Augen füllten.

„Ich wünschte, ich könnte dir sagen, dass es mit der Zeit leichter wird, Romy, aber das wird es nicht", sagte er leise. Seine Stimme war schmerzerfüllt, traurig und zugleich freundlich. „Die abscheulichen Dinge, die Menschen einander antun – manchmal gibt es keinen Grund dafür. Manchmal sind Menschen einfach Monster."

Romy nickte, sah zu ihm auf und wischte sich die Augen ab. „Ich kenne den Typ."

Blue hielt inne und seine grünen Augen waren intensiv auf ihr. Sie sahen sich lange an, bevor Romy errötete und verlegen lächelnd zurücktrat. „Mir geht es jetzt gut. Wir sollten besser mit der Familie reden."

„Natürlich." Da war Schmerz in seiner schönen Stimme und Romy wollte ihn festhalten und trösten, wie er es bei ihr getan hatte, aber Blue ging weg. Sie folgte ihm und musste fast rennen, um mit seinen langen Beinen Schritt zu halten. Er war mindestens dreißig Zentimeter größer als sie mit ihren knapp 1,60 Metern, und plötzlich wurde er langsamer. „Tut mir leid, *piccola*, ich werde versuchen, nicht so schnell zu gehen."

„*Piccola*?"

„Kleine", erklärte er. Die Zärtlichkeit in seiner Stimme zerrte an ihrem Herzen, genauso wie die Andeutung seines Lächelns. Als sie sich dem Angehörigenzimmer näherten, verblasste es. „Ist das dein erstes Mal?"

„Mein erster Mord." Romys Herz klopfte wild.

Blue nickte und drückte ihre Hand. „Folge mir einfach."

Sie klopften und traten ein. Eine Frau mittleren Alters saß verängstigt da und hatte ihre Arme um sich geschlungen. Als sie ihre Gesichter sah, stöhnte sie. „*Nein, nein, nein, nein ...*"

Ihr Ehemann stand mit schmerzverzerrtem Gesicht auf. „Doktor? Bitte sagen Sie mir nicht ...“

„Es tut mir leid, Mr. und Mrs. Levant. Trotz unserer besten Bemühungen waren Yasmins Verletzungen zu schwerwiegend und sie ist verstorben.“

Die Frau brach schluchzend zusammen und Blue redete weiter mit ihrem Mann, während Romy lostlief, um Yasmins Mutter zu trösten.

„Es gibt keine Worte für das Bedauern, das wir über Ihren Verlust empfinden.“

Romy versuchte erfolglos, den unendlichen Kummer der Mutter zu lindern und hörte dabei zu, wie Blue mit Yasmins Vater redete. Dann beobachtete sie, wie er sanft ihre trauernde Mutter ansprach. Er tat sein Möglichstes, um die beiden zu trösten und ihre Fragen so geduldig und vollständig wie möglich zu beantworten. Aber die Wahrheit war, dass eine Frage niemals zufriedenstellend beantwortet werden konnte.

Warum?

Romys Brust war verengt vor Leid, aber sie bewahrte die Fassung. Danach sprachen sie mit der Polizei, deren Fragen die endlose Nacht noch länger hinzogen. Als schließlich die Morgendämmerung über Seattle hereinbrach, ging Romy zurück in den Umkleideraum, um sich den blutigen Kittel auszuziehen. Der Raum war leer, und jeder Schritt und Knall der Spint-Tür hallte darin wider.

Irgendwie schaffte Romy es, ihre Jeans und ihr Shirt anzuziehen, sank dann auf eine Bank und legte ihren Kopf in ihre Hände. Das Adrenalin der Operation war schon lange weg und jetzt fühlte sie sich völlig kaputt. Ihre Hüfte und ihr Bein taten weh, weil sie zu lange gestanden hatte, aber sie ignorierte den Schmerz, um nicht zusammenzubrechen. Dennoch strömten stille, heiße Tränen über ihr Gesicht. Sie vergrub ihr Gesicht in ihren Händen und ihr ganzer Körper zitterte, als sie weinte.

Sie hörte ihn hereinkommen. Es war unmöglich, es in der Stille nicht zu bemerken, aber sie erwartete nicht, seine Arme zum zweiten Mal an diesem Abend um sich herum zu spüren. Vorsichtig zog er ihren Kopf an seine Brust. Sein sauberer, würziger Duft kam ihr inzwischen vertraut vor, und Romy drückte ihr Gesicht in seinen Pullover und atmete ihn ein. Er streichelte ihr Haar, flüsterte leise italienische Worte, als er sein Kinn auf ihren Kopf legte, und ließ sie einfach weinen.

Als sie endlich aufhörte zu schluchzen, sah sie zu ihm auf. Seine Augen waren traurig, aber er hielt ihren Blick einen Moment, bevor er seine Lippen kurz an ihre drückte. Sein Gesichtsausdruck machte deutlich, dass er es nur als Mittel zur Beruhigung geplant hatte, aber die Hitze, die sofort zwischen ihnen aufflammte, veränderte diese Absicht. Sie spürten es beide, also gab es nicht die geringste Chance, ihre Chemie zu leugnen.

Blue umfasste ihr Gesicht mit seinen großen Händen. „Bist du sicher, Romy?" Seine Stimme war tief und ließ einen Schauder der Begierde durch ihren Körper dringen.

„Ist es falsch?", flüsterte sie und sah in seine mitfühlenden Augen. „Sie ist gerade gestorben. Wie können wir …"

„Das Leben muss weitergehen, *piccola*", sagte er leise. „Der beste Weg, diejenigen zu ehren, die vor uns gegangen sind, besteht darin, weiterhin unser Leben vollständig auszukosten Aber wenn du es lieber nicht tun willst, verstehe ich das absolut …"

„Nein. Doch." Romy schob ihre Hand in seine dunklen Locken und küsste ihn hart. Sie brauchte ihn. Ihre Münder bewegten sich hungrig und als Blue aufstand und sie hochhob, war es, als ob sie in seine feste Umarmung gehörte. Er trug sie, als ob sie nichts wiegen würde, trat die Tür zum Bereitschaftsraum auf und verriegelte sie hinter sich.

Dann stellte er sie auf die Füße, öffnete ihre Jeans, so dass sie über ihre Beine rutschte, und zog ihr Oberteil über ihren Kopf. „Gott, du bist schön", sagte er leise und sie konnte die Lust und Bewunderung in seinen Augen sehen. Ihre eigenen Hände wanderten bis in seine Leistengegend hinunter und berührten seinen harten Unterleib durch seine Jeans. Verdammt, er war riesig ...

Blue zog die Spitzen-Cups ihres BHs herunter und legte seinen Mund auf ihre Brustwarze, während er ihr Höschen über ihre Beine gleiten ließ. Dann öffnete er fachmännisch ihren BH und ließ ihre vollen, reifen Brüste in seine Hände fallen. Das Gefühl seiner Haut auf ihrer ließ ein Kribbeln durch ihren Körper ziehen, und sie schob ihm seinen Pullover über seinen Kopf und fuhr mit ihren Händen über seine muskulöse Brust. Nackt war Blue Allende noch gottähnlicher – groß und breitschultrig mit schlanken Hüften. Er legte sie auf die kleine Liege und küsste sie, während er seine Unterwäsche abstreifte. Romy griff nach unten, um seinen Schwanz zu streicheln. Die Haut war seidenweich und die harte, heiße Länge füllte ihre Hände.

Blue küsste ihre Brüste und ihren Bauch, als er die Liege hinunterrutschte und ihre Beine über seine Schultern hakte. Er lächelte sie an. „Ich werde dich lecken, bis du schreist, schönes Mädchen ...“

Romy stöhnte und holte scharf Luft, als seine Zunge um ihre Klitoris peitschte und seine Finger geübt ihre zarten Innenschenkel massierten. „Gott, Blue ... Blue ...“

Ein Ansturm von Gefühlen überschwemmte ihr System, als sie kam, und sie begann zu ihrer großen Verlegenheit wieder zu weinen. Sein Mund auf ihrem war zart und liebevoll. „Weine nicht, *piccola*“, murmelte er mit sanften Augen. Romy streichelte sein Gesicht und bewunderte seine Schönheit.

„Willst du mich in dir spüren?“

Sie nickte und als sie ihm zusah, wie er ein Kondom über seinen harten Schwanz schob, wusste sie, dass sie diesen Mann vom ersten Moment an begehrt hatte.

Blue legte ihre Beine um seine Taille. „Okay?“

Sie nickte. Er lächelte und hielt inne, um ihren Bauch zu streicheln, bevor sie ihn zu ihrem Eingang führte. Mit einem langen Stoß drang er in sie ein und Romy keuchte, als er sie füllte und schnell seinen Rhythmus fand. Sie bewegte sich mit ihm, kam ihm entgegen und hielt seinen Blick, bis beide zitterten und nach Luft schnappten. Ihre vaginalen Muskeln verengten sich um seinen pulsierenden Schwanz, als er ihren Namen stöhnte. Als sie schließlich kam, wölbte sich ihr Rücken und sie schrie auf, während er ihre Kehle und ihre Brüste küsste.

Danach hielt er sie fest, während sie versuchte, ihren Körper am Zittern zu hindern, und küsste ihre Stirn und die Tränen, die nach all den Emotionen immer noch in ihren Augenwinkeln verweilten. „Alles in Ordnung, *piccola*?“

Sie nickte und streichelte sein Gesicht. „Alles in Ordnung. Überra-
schenderweise. Hätten wir das tun sollen?"

Blue lächelte trocken. „Wahrscheinlich nicht ... aber ich gebe zu,
dass ich es wollte, seit ich dich das erste Mal gesehen habe."

Romy war erstaunt. „*Mich*?"

Er lachte. „Ja, warum ist das so schwer zu glauben? Du bist schön,
intelligent, lustig, das ganze Paket. Wer würde dich nicht wollen?"

„Aber du könntest jede Frau haben, die du willst, Blue. Jede."

„Und ich will dich, Romy." Er seufzte. „Aber ich bin nicht naiv. Es
wird kompliziert werden, nicht nur bei der Arbeit, sondern auch bei
unseren Familien."

Romy stöhnte. „Ich habe gar nicht darüber nachgedacht ... Meine
Güte. Vielleicht sollten wir das", sie deutete auf ihre nackten Körper,
„für uns behalten."

Blue nickte und grinste sie an. „Ich möchte deinen Körper ganz für
mich behalten."

Romy lachte, als er ihren Körper mit seinem bedeckte, und spürte,
wie sein Schwanz wieder hart wurde. „Ich meine es ernst."

„Eine geheime Liaison? Das ist ziemlich heiß." Er küsste ihren
Hals und kehrte dann zu ihren Lippen zurück. „Ich kann nicht genug
von diesen Lippen bekommen."

Sie lächelte und ihr Mund verzog sich, als er sie küsste, aber als er
sich von ihr löste, waren ihre Augen ernst. „Das ist so kompliziert,
Blue. Du bist mein Boss, und dann sind da auch noch unsere Familien.
Ich meine es wirklich ernst. Wir sollten das für uns behalten ... vorausgesetzt, ähm, vorausgesetzt, das ist kein One-Night-Stand." Sie wurde
wieder rot, aber er lachte.

„Das ist es nicht, jedenfalls nicht für mich, aber ich stimme dir zu.
Vielleicht sollten wir es nächstes Mal nicht im Krankenhaus tun, aber
heute Abend, nach dieser emotionalen Erfahrung, habe ich das
gebraucht. Ich habe dich gebraucht."

Gerührt legte sie ihre Hand an seine Wange. „Du hast mich. Nur ...
im Verborgenen. Ich kann meine Karriere nicht riskieren, Blue, so sehr
ich dich auch begehre."

„Du hast recht, Romy." Er seufzte und lehnte seine Stirn gegen ihre. „Und ich hasse es, das zu sagen, aber ich muss in drei Stunden wieder auf Visite gehen und du auch."

„Ja, wir gehen besser nach Hause. Ich meine jeder zu sich nach Hause", fügte sie hinzu und lächelte, als er grinste.

Irgendwie gelang es ihnen, die Hände lange genug voneinander zu lassen, um sich anzuziehen und nach draußen zu gehen.

Auf dem Parkplatz stahl er noch einen Kuss. „Du bist himmlisch", sagte er leise, aber mit Intensität in seinen Augen. „Wir sehen uns in ein paar Stunden. Lass dir Zeit. Niemand wird dir Vorwürfe machen, wenn du später kommst."

Romy sah, wie er ihrem Auto nachblickte, als sie wegfuhr. Ihre Emotionen waren in Aufruhr. Der Mann ließ ihren Körper reagieren wie noch niemand zuvor. Und er schien etwas in ihr zu sehen, von dem sie gedacht hatte, dass Dacres Angriff es für immer vernichtet habe. Blue war gütig und zärtlich, so dass es nicht nur glühend heißer Sex gewesen war, sondern mehr, sogar dieses erste Mal.

Sie war sich nicht sicher, ob sie ihr Geheimnis für sich behalten konnte, aber es war definitiv einen Versuch wert.

KAPITEL VIER

Zu Hause stellte Romy den Wecker und fiel vollständig bekleidet auf ihr Bett. Sie stöhnte, als der Wecker zwei Stunden später klingelte, rollte aus dem Bett und trat in die Dusche. Während sie schnell frühstückte, schaltete sie den Fernseher ein und suchte eine lokale Nachrichtensendung. Es war eine schreckliche Idee, aber sie musste es irgendwie mit eigenen Augen sehen, als ob es helfen könnte, Buße dafür zu tun, dass sie es nicht geschafft hatte, Yasmin zu retten. Als ob es ihr helfen könnte, das, was geschehen war, besser zu verstehen.

Bei den vier verstorbenen jungen Frauen, die brutal in ihrem Studentenwohnheim angegriffen wurden, handelt es sich um Rebecca Fulsome, 20; Oona White, 19; Madelaine Culpepper, 21; und das jüngste Opfer, Yasmin Levant, die mit nur 18 Jahren letzte Nacht im Rainier-Hope-Krankenhaus verstorben ist. Krankenhaussprecher sagen, dass die besten Chirurgen unermüdlich im Einsatz waren, um Miss Levant zu retten, sie jedoch in den frühen Morgenstunden ihren schweren Verletzungen erlag. Die Polizei sagt, dass der Angreifer durch ein offenes Fenster eingedrungen ist und jedes Mädchen in seinem Schlafzimmer angegriffen hat, bevor er das Gelände wieder verließ. Bisher wurden keine Verdächtigen identifiziert, aber die Morde erinnern an einen ähnlichen Fall in New York vor zwei Jahren.

Romy schluckte ihr Müsli herunter und ihr wurde schlecht. Sie hatte die Morde in New York ganz vergessen. Himmel, überall waren Monster. Sie erinnerte sich an ihr persönliches Monster, an die Schläge um Mitternacht und den erzwungenen Sex.

Vergewaltigung. Nenne es ruhig so, Sasse. Er hat dich vergewaltigt. Bastard.

Sie fuhr zur Arbeit und wurde von ihren Freunden bestürmt, die wissen wollten, wie es war, in einer Notsituation mit Blue zusammenzuarbeiten. Romy war erschöpft und dankbar, als Mac sie rettete, alle verscheuchte und sie in die Cafeteria brachte. „Allende hat mich geschickt. Er sah dich reinkommen und wusste, dass alle sich auf dich stürzen würden. Verdammte Hyänen."

Romy lächelte ihn an und dankte Blue in Gedanken für seine Voraussicht. „Mac, wenn es jemand anderes gewesen wäre als ich, wären wir auch Hyänen gewesen."

Mac zuckte mit den Schultern. „Gutes Argument. Bist du in Ordnung? Du siehst fertig aus."

„Es war eine lange Nacht." In mehr als einer Hinsicht. „Geht es Dr. Allende gut? Er hatte es noch schwerer als ich."

„Er sieht gut aus, aber das tut er ohnehin immer."

„Stimmt."

Mac grinste sie an. „Also bist du doch nicht immun gegen das Charisma des Mannes? Ich dachte, du wärst die Einzige, die ihm widerstehen kann."

Romy fluchte leise, täuschte aber ein Lächeln vor. „Ich bin hier, um zu arbeiten, nicht um Sex zu haben."

„Ich sage ja nur ... von uns allen wärst du wohl am ehesten sein Typ."

Romy wechselte das Thema. „Hast du heute Morgen die Nachrichten gesehen? Über die Morde in New York? Die gleichen wie hier?"

„Ja. Meine Güte, Menschen sind zu fürchterlichen Taten fähig, nicht wahr?"

„Oh ja", stimmte sie ihm zu. Ihr Piepser ging eine Sekunde vor dem von Mac los. „Wir werden gerufen."

Es war Abend als sie Blue wiedersah. Es gab so viel Papierkram von den Morden und den nachfolgenden medizinischen Verfahren zu erledigen, dass Romy den größten Teil des Tages mit einem Team der Polizei verbringen musste. Sie gingen alles immer wieder mit ihr durch. Romy erzählte ihnen mehrfach, dass Yasmin Levant so brutal erstochen worden war, dass ihre Bauchschlagader zerfetzt wurde und sie einfach verblutete, noch bevor sie auch nur versuchen konnten, ihr zu helfen.

„Was ist mit ihrem linken Oberschenkelknochen?", fragte Detective Halsey sie schließlich. „War Ihre orthopädische Abteilung bei der Operation anwesend?"

Romy nickte. „Ja, aber um ehrlich zu sein, ging es in erster Linie um die Bauchwunden. Ich bin keine Expertin, aber ich nehme an, dass der Täter – oder die Täterin – ihr den Oberschenkelknochen gebrochen hat, um sie so weit zu schwächen, dass sie ihn – oder sie – nicht bekämpfen konnte."

„Wir sind ziemlich sicher, dass es ein Täter war", sagte Halsey.

Romy war übermüdet und fühlte Trotz in sich aufsteigen. „Weil Frauen nicht stark genug sind, um einer Person so etwas anzutun?"

Halsey hob die Hände. „Ich wollte Ihnen nicht zu nahe treten, Dr. Sasse. Wir haben DNA auf dem Opfer gefunden. Männliche DNA."

Romy senkte den Kopf. „Es tut mir leid. Schlechter Tag."

„Natürlich. Hören Sie, wir müssen über die Verletzungen der Überlebenden reden. Wir haben den Bericht erhalten, dass sie nicht so ernst wie bei den verstorbenen Opfern waren."

„Nein, das war seltsam", sagte Romy. „Sie wurden heftig verprügelt und werden wahrscheinlich in psychiatrische Behandlung müssen, aber ja, es ist merkwürdig, dass der Täter den Job nicht beendet hat. Mein Gott."

„Und Ms. Levant war die Einzige mit einem gebrochenen Oberschenkelknochen?"

Romys eigenes Bein schmerzte und sie rieb es unbewusst. „Detective, der Oberschenkelknochen ist der längste und stärkste Knochen im menschlichen Körper. Die Kraft, die es braucht, um ihn zu brechen ... es würde Wut brauchen. Zorn. Es ist auch sadistisch ... aber darüber reden wir hier, nicht wahr? Er ist ein Sadist."

„Das ist er", stimmte der Detective ihr zu und lächelte sie freundlich an. „Sagen Sie Ihren Freundinnen, dass sie vorsichtig sein sollen, wenn sie nachts rausgehen, okay?"

Romy lachte hohl. „Detective, das ist Alltag für jede Frau auf dieser Welt."

Als ihre Schicht noch nicht einmal halb vorbei war, war Romy völlig erschöpft. Sie wusste nicht, ob sie überhaupt noch die Kraft hatte, für frische Luft das Krankenhaus zu verlassen, als Blue im Pausenraum erschien. Er sagte kein Wort und trank nonchalant eine Tasse Kaffee, bevor er in den Lagerraum trat.

Sie wusste, dass er ihr die Chance gab, selbst eine Entscheidung zu treffen, und genau das tat sie. Sie stand mühsam auf, folgte ihm in den kleinen Raum und verschloss die Tür.

„Ich dachte, wir wollten Arbeit und Privatleben nicht mehr vermischen, Dr. Allende."

Blue griff nach ihr. „Sei still und küss mich, Frau."

Er drückte seine Lippen auf ihre, und seine Arme legten sich um ihre Taille und zogen sie fest an seinen Körper. Romy stöhnte, als sie seine Erektion hart an ihrem Bauch spürte. Einen Moment ließ sie sich gehen und stützte sich auf ihn. „Ich will dich, aber ..."

Die Realität trat in ihr Bewusstsein und sie löste sich sanft aus seinen Armen. „Böser Junge." Sie wackelte mit dem Finger und er lachte.

„Komm heute Abend mit mir nach Hause und ich werde dir zeigen, was für ein böser Junge ich sein kann."

Romy zögerte, aber die Verlockung seiner grünen Augen, seine dunklen Locken und dieser Körper ...

„*Piccola*, wenn du lieber ausschlafen willst, ist das okay", sagte er leise, musterte ihr Gesicht und hielt sie sanfter. „Kein Druck, verstehst du? Es waren zwei lange Tage. Wenn dir ein anderer Tag lieber ist ...."

„Nein." Romy dachte nach. *Der beste Weg, diejenigen zu ehren, die vor uns gegangen sind, besteht darin, weiterhin unser Leben vollständig auszukosten.* „Morgen habe ich frei, also kann ich es riskieren."

Blue grinste breit. „Oh, du hast morgen frei ... Was für ein Zufall ... Ich auch."

Romy musste lachen. „Ich frage mich, wie das passiert ist?"

„Komm her."

Sie küssten sich wieder und Romy griff nach seinem diamantharten Schwanz. Er stöhnte und vergrub sein Gesicht in ihrem Nacken. „Es ist gut, dass wir frei haben, weil ich sicherstellen werde, dass du den ganzen Tag nicht richtig laufen kannst."

„Ist das so?"

„Verdammt, ja."

Romy kicherte, als er ihr einen leidenschaftlichen Kuss gab. „Ganz ruhig. Du bist derjenige, der nicht mehr richtig laufen können wird, und wir haben immer noch Visite vor uns."

„Spielverderberin."

„Komm schon, Doc."

Romys Körper war den ganzen Tag wie elektrisiert bei dem Gedanken daran, was Blue versprochen hatte. Diese Elektrizität gab ihr einen dringend benötigten Energieschub, der sie zusammen mit Koffein durch den Rest der langen Stunden ihrer Schicht brachte. Aber als der Tag endete und sie zum Kiosk ging, um sich eine neue Zahnbürste zu holen, stöhnte sie innerlich, als eine große, blonde und sehr vertraute Gestalt sich ihr näherte.

„Hey, Romy." Juno grinste und warf ihre langen Arme um ihre Schwester.

„Hey ... was machst du hier?"

„Ich habe gerade einen Kurs beendet und wollte Hallo sagen und den berühmten Doktor sehen ... ist er hier?"

Romy öffnete den Mund, um zu antworten, als Blue grinsend auf sie zukam. Sie schüttelte den Kopf fast unmerklich und senkte ihren Blick auf Juno. Blue verlangsamte sein Tempo und sein Lächeln wich Verwirrung.

„Dr. Allende, haben Sie einen Moment Zeit?", sagte Romy förmlich. „Meine Schwester Juno würde Sie gern kennenlernen."

Blue verstand, lächelte Juno an und schüttelte ihre Hand. „Hey, freut mich, Sie endlich zu treffen."

„Ich freue mich auch." Junos Verblüffung stand ihr ins Gesicht geschrieben, als sie den hinreißenden Mann ansah. „Kann ich dich Blue nennen?"

„Natürlich. Hört zu, würdet ihr beide gern einen Kaffee trinken?"

Romy gestikulierte wild hinter Junos Rücken, aber Blue verstand ihr Signal nicht, und als Juno zustimmte – ein wenig zu enthusiastisch –, seufzte Romy. Sie kannte ihre Schwester – sie nutzte jede Ausrede, um über Nacht bei Romy in der Stadt zu bleiben, vor allem, wenn es eine Gelegenheit für Klatsch und Tratsch gab. *Verdammt.*

Sie gingen zu einem kleinen Café in der 6th Avenue. Blue lächelte Juno an. „Also werden wir bald Geschwister sein?"

„Sieht so aus." Juno stopfte sich Gebäck in den Mund. „Wir haben deinen Bruder noch nicht getroffen. Mom freut sich auf das Thanksgiving-Dinner. Aber ich warne dich, sie kocht Rosenkohl, und da es nur noch" sie schaute auf ihre Uhr, „zwei Wochen bis Thanksgiving sind, wird sie das Zeug jetzt schon auf den Herd stellen."

Blue lachte. „Verstanden. Dad und ich freuen uns darauf, diesen Tag mit euch zu verbringen."

„Und dein Bruder?"

Es gab eine Pause, die einen Herzschlag zu lang war. „Und Gaius. Natürlich."

„Du erwähnst deinen Bruder nicht oft", sagte Romy und sah etwas in seinen Augen aufflackern, bevor er ihnen ein halbes Lächeln schenkte.

„Wir stehen uns nicht so nah wie ihr drei. Ich wollte immer eine Schwester. Juno, Romy hat mir erzählt, dass du ein musikalisches Wunderkind bist."

„Ha." Juno grinste ihn an. „Sie schmeichelt mir. Aber es ist meine Leidenschaft und ich werde bald anfangen, für die Gabriella-Renaud-Stiftung in New Orleans zu arbeiten."

„Ausgerechnet wenn ich nach Seattle zurückkehre, zieht sie weg", sagte Romy grinsend. „Soll ich das persönlich nehmen?"

„Nein. Aber du musst das Beste daraus machen, dass ich noch hier bin. Apropos ... kann ich heute bei dir übernachten?" Juno sah so hoffnungsvoll aus, dass Romy sich bemühte, ihre Enttäuschung nicht zu zeigen.

„Sicher." Sie warf einen entschuldigenden Blick auf Blue, der ihr zuzwinkerte, während seine Lippen *Keine Sorge* formten. „Aber", fügte Romy hinzu und dachte schnell nach, „ich muss morgen für ein Fortbildungsseminar früh raus. Es dauert den ganzen Tag."

„Ja, das stimmt", bekräftigte Blue und versuchte, nicht zu lächeln. „Ich führe dieses Seminar und ich bin sehr streng in Bezug auf die Zeit. Pünktlichkeit ist mir ausgesprochen wichtig."

„Oh ja."

Juno zuckte überrascht mit den Schultern. Normalerweise konnte sie so etwas spüren. „Worum geht es bei der Fortbildung?"

„Orthopädie", sagte Blue schnell, „hauptsächlich um die Erholungzeit, die es braucht, bis nach anstrengenden körperlichen Übungen wieder ein normaler Gang möglich ist."

Romy schnaubte und putzte sich verlegen die Nase. „Entschuldigung, ich habe nicht aufgepasst."

„Das sieht dir gar nicht ähnlich", sagte Blue unschuldig und Romy musste ihr Lachen hinter ihrem Taschentuch verstecken. Juno merkte immer noch nichts, sondern naschte von Romys übriggebliebenem Karottenkuchen. Romy versuchte, ihr Kichern zu stoppen und räusperte sich.

„Also, wenn es dir nichts ausmacht, allein in der Wohnung zu bleiben ..."

„Natürlich nicht." Juno zuckte mit den Schultern.

Blues Augen funkelten. „Vergiss nicht, dass wir einen Patienten haben, nach dem wir möglicherweise über Nacht sehen müssen. Ich kontaktiere dich, wenn ich dich brauche."

„Bitte mach das." Romy genoss ihr kleines Spiel. „Ich würde gern überprüfen, wie der Patient auf, ähm, Stimulation reagiert."

Jetzt war es an Blue, sein Lachen zu verbergen. „Entschuldigt mich, ich muss das Badezimmer benutzen."

Als sie allein waren, wandte sich Juno an Romy. „Er ist wunderschön und süß. Wie kannst du dich auf die Arbeit konzentrieren, wenn so ein Mann in der Nähe ist?"

„Ein Mann, der bald unser Bruder sein wird", erinnerte Romy sie und zuckte innerlich zusammen. Sie hasste es, Juno anzulügen, die so vertrauensselig war, dass sie alles glaubte, was Romy ihr erzählte. „Außerdem ist er mein Boss."

„Ha, ein flirtender Boss." Aber Juno vertiefte das Thema nicht. Als sie den Karottenkuchen gegessen hatte, leckte sie die Frischkäseglasur von ihren Fingern. „Vielleicht sollte ich mich jetzt auf den Heimweg machen. Anscheinend bist du sehr beschäftigt mit der Arbeit. Aber wir müssen unbedingt noch einen Schwesternabend machen, bevor ich nach New Orleans gehe."

„Gehst du noch vor Weihnachten?" Aus irgendeinem Grund war Romy verwirrt über die Zeitlinie. Hatte Juno es ihr gesagt und sie hatte es einfach vergessen?

„Nur für ein paar Wochen, damit Livia mich einweisen kann, bevor sie ihr Kind bekommt. Kannst du glauben, dass sie ein Baby erwartet?"

„Ich bin nur froh, dass es ihr wieder gut geht." Ihre Freundin Livia war im Vorjahr von einem Psychopathen mit einem Messer attackiert und angeschossen worden und hatte nur knapp überlebt. „Viele Grüße von mir an sie und Nox, okay?"

„Apropos schöne Männer", murmelte Juno und grinste, als Blue zurückkehrte. „Es war nett, dich kennenzulernen, Bruder, aber ich denke, ich werde jetzt nach Hause gehen und dir deine Assistenzärztin überlassen." Sie schlang ihre Arme um seinen Nacken und umarmte ihn. Leicht überrascht, lächelte Blue und erwiderte die Umarmung. „Du kommst auch an Thanksgiving, oder?"

Blue nickte. „Nichts kann mich aufhalten. Ich liebe zerkochten Rosenkohl.“

Lachend küsste Juno Romy auf die Wange, dann lief sie nach draußen und erntete neben dem Ausgang bewundernde Blicke von einem Tisch junger Männer.

Blue grinste Romy an. „Also ... hast du doch frei?“ Er setzte sich neben sie und strich mit seiner Hand über ihren Oberschenkel. Romy zitterte vor Vergnügen.

„Dr. Allende?“

„Ja, Dr. Sasse?“

„Ich glaube, du hast mir vorhin knochenzerschmetternden Sex verschrieben ... wie wäre es, mein Rezept einzulösen?“

Blue lachte. „Das war der schlimmste Dirty Talk, den ich je gehört habe ... aber ja, das muss ich sofort machen ...“

Gaius Eames klopfte an die Tür seines Vaters und wartete nicht auf eine Antwort, bevor er sie öffnete. „Hey, Dad.“

Stuart sah genervt von seinem Computer auf. „Gaius, warum klopfst du überhaupt an, wenn du sowieso reinkommst?“

Gaius zuckte reuelos mit den Schultern, als er sich auf den Stuhl gegenüber seinem Vater fallen ließ. „Ich bin gerade in der Stadt einge-troffen und das ist die Begrüßung, die ich bekomme? Hätte ich dich bei irgendetwas ertappen können? Mit einer deiner Sekretärinnen?“

„Das ist genug, Gaius.“ Stuart funkelte seinen ältesten Sohn an.

Gaius grinste breit und wusste, dass sein Angriff ein Treffer gewesen war. „Meine Güte, Dad, entspann dich. Ich habe nur gescherzt. Wie geht es der lieben Magda?“

Stuarts Gesicht wurde weicher. „Wunderbar. Sie freut sich darauf, dich an Thanksgiving zu sehen – du kommst doch, oder?“

Gaius nickte. „Obwohl Mom nicht glücklich darüber ist. Aber ja, ich werde da sein.“

Stuart seufzte. „An diesem Punkt ist es mir wirklich egal, was Hilary denkt, Gaius. Sie hat alle Brücken vor langer Zeit abgebrochen.“

„Ich will nicht streiten, Dad." Gaius hob die Hände. „Also, Thanks-giving. Werde ich auch die Töchter treffen? Ich habe nachgeforscht, zwei Blondinen und eine Brünette – haben sie denselben Vater? Ich frage nur", fügte er hinzu, als sein Vater genervt aussah, „ich verurteile niemanden."

„Soweit ich weiß, ja. Artemis und Juno kommen nach Magda und Romy nach ihrem Vater, soweit ich das verstanden habe. Wie auch immer, du wirst sie alle bald kennenlernen. Hast du mit …"

„… dem Italiener gesprochen?", beendete Gaius den Satz seines Vaters. „Nein, aber das ist nichts Neues."

Stuart seufzte. „Blue ist dein Bruder, Gaius, und es ist an der Zeit, dass ihr beide erwachsen werdet."

Gaius blieb still. Er würde niemals eine enge Verbindung zu Blue Allende aufbauen und das nicht nur, weil er sein Bastard-Halbbruder war. Die Eifersucht, die in ihm brodelte, wenn er an Blues Erfolg, sein verheerend gutes Aussehen und seine Anständigkeit dachte ... verdammt.

„Ich habe gehört, dass er mit einem der Sasse-Mädchen zusammen-arbeitet."

Stuart nickte. „Romy. Sie ist in ihrem letzten Jahr als Assistenzärz-tin. Blue sagt, sie ist die beste, die er je gesehen hat."

Gaius lachte dunkel. „Fickt er sie?"

Stuarts blaue Augen wurden grau und Gaius wusste, dass er dieses Mal zu weit gegangen war. „Sprich nie wieder so über eine von Magdas Töchtern."

„Verzeih mir." Gaius versuchte, den Sarkasmus aus seiner Stimme zu verbannen. „Hör zu, ich bin gerade in der Stadt angekommen – kann ich die Wohnung benutzen? Ich nehme an, du bist schon bei Magda eingezogen oder?"

„Fast. Ich verbringe jede Nacht dort. Hier." Stuart griff in seine Schreibtischschublade und warf Gaius einen Schlüsselbund zu. „Du kennst die Regeln."

„Dad, dir ist klar, dass ich zweiundvierzig bin, richtig?"

„Und Charlie Sheen ist Mitte fünfzig. Keine Huren, keine Drogen. Nicht in meiner Wohnung."

Gaius schnaubte und stand auf. „Also gut. Nun, dann sehen wir uns an Thanksgiving."

Stuart seufzte ergeben. Der Mann hatte eine Schwäche an sich, die Gaius dazu brachte, ihn noch weniger zu respektieren. „Lass uns am Dienstagabend essen gehen."

Gaius verbarg ein Grinsen. „Einverstanden."

In der Wohnung seines Vaters packte Gaius seinen Koffer aus, holte sich ein Bier aus dem Kühlschrank, streckte sich auf der Couch aus und ging die Fernsehsender durch. Es nagte an ihm, wie sein Vater über Blue sprach, voller Stolz und Liebe in seiner Stimme. Gaius war siebzehn gewesen, als sein Vater seine Affäre mit Blues Mutter offenbart hatte. Er hatte seinem Vater seine Untreue nicht vorgeworfen – er wusste, dass seine eigene Mutter Hilary zu keinem Zeitpunkt der Ehe seiner Eltern treu gewesen war –, aber er hatte ein Problem damit, dass ein Kind daraus hervorgegangen war.

Blue war zwölf Jahre alt gewesen, als sein Vater ihn in ihre Familie brachte. Er war still, freundlich, charmant und alles, was Gaius sein wollte. Schon als Kind waren Blues große grüne Augen voller Intelligenz und Mitgefühl gewesen, was ihm schnelle Akzeptanz im Kreis ihrer Familie verschafft hatte – etwas, das Gaius immer schwergefallen war. So sehr Blue auch versucht hatte, sich mit seinem neuen Bruder anzufreunden – Gaius, der von Eifersucht zerfressen war, war nicht darauf eingegangen.

Gaius lachte humorlos. Jetzt hatte Blue bereits die neue Frau seines Vaters und ihre Töchter für sich eingenommen. *Zur Hölle mit ihm.* Gaius griff nach seinem iPad und tippte einen Namen in die Suchmaschine ein.

Doktor Romy Sasse. Ihr Foto erschien sofort auf der Alumni-Webseite von Stanford und Gaius betrachtete es. Mit ihrem langen, dunklen Haar, das in Wellen über ihre Schultern fiel, war Romy eine rehäugige Schönheit. Ihre leicht gebräunte Haut, das Rosa in ihren Wangen und die Wölbung ihrer Brüste unter ihrem weißen Arztkittel waren vielversprechend.

Ja, dachte Gaius, wenn Blue sie nicht fickt, ist er ein Idiot. Gaius las alles, was er über die junge Frau erfahren konnte, aber es gab überraschend wenig Informationen. Veröffentlichten Ärzte nicht ständig Forschungsergebnisse? Warum waren ihr Name und ihr Profil nicht auf der Webseite des Rainier-Hope-Krankenhauses, sondern nur auf der Alumni-Seite von Stanford? Wollte sie nicht, dass die Leute wussten, wo sie war?

Fasziniert zog Gaius sein Handy hervor und wählte. „Ja, Greg? Hier ist Gaius Eames. Ja, gut. Danke. Hören Sie, ich habe einen Job für Sie, wenn Sie interessiert sind. Ich möchte, dass Sie alles über Dr. Romy Sasse in Erfahrung bringen. Sie arbeitet im Rainier-Hope-Krankenhaus. Ich will wissen, was sie versteckt ... oder vor wem sie sich versteckt."

KAPITEL FÜNF

In dem Moment, als Gaius mehr über Romy herauszufinden versuchte, tat sein Halbbruder das Gleiche – wenn auch auf eine körperliche Art. Er fuhr mit seinen Lippen über ihre Wirbelsäule und spürte ihr Zittern. Ihre Haut war so weich, dass es ihn verrückt machte. „Dreh dich um, Baby.“

Romy rollte sich auf den Rücken und legte ein Bein über seinen Körper. Ihre Lippen pressten sich gegen seine, als er seinen steinharten Schwanz tief in ihr vergrub, und er hörte sie vor Vergnügen stöhnen. Er konnte nicht genug von dieser Frau bekommen. Sie war so weich, und ihre Haut war seidig und hatte die Farbe von Milchkaffee. Wenn sie mit ihren dunklen Schokoladenaugen zu ihm aufsah ...

Er fand seinen Rhythmus, bewegte sich in sie hinein und fühlte, wie sich ihr süßes Zentrum um seinen Schwanz zusammenzog. Blue liebte die Art und Weise, wie ihre Brüste und ihr Bauch bei der Bewegung erbebten. Er hatte magere Mädchen nie attraktiv gefunden und Romy hatte einen kurvenreichen Körper, der einen Mann um den Verstand bringen konnte. Er hatte sie von dem Moment an gewollt, als er sie sah. So hatte er schon lange nicht mehr empfunden.

Blue war sich bewusst, dass sein gutes Aussehen dazu führte, dass die Leute ihn für einen Casanova hielten, und hatte wenig unternommen, um dieses Image zu ändern, aber die Wahrheit war ... dass er vorsichtig mit seinem Herzen umging. So viele Frauen wollten nur mit ihm angeben oder von seinem Ruhm als Superstar-Chirurg profitieren. Nur sehr wenige wollten Blue, wie er wirklich war unter seiner attraktiven Fassade – ein humorvoller, verspielter Geek, der nur jemanden finden wollte, mit dem er lachen konnte.

Sehr schnell nach ihrer Ankunft in Seattle hatte Romy sich als diese Frau erwiesen. Dass sie bald durch Heirat miteinander verwandt sein würden und Geschwister wären, nun ja, damit würden sie später fertig werden müssen.

Jetzt wollte er einfach nur mit ihr schlafen. Er strich ihr die Haare aus dem Gesicht, während sie sich zusammen bewegten, und staunte über die schöne Röte in ihren Wangen, als sie kam, während sie zitternd und seufzend seinen Namen flüsterte. Sie lächelten sich an, als sie wieder zu Atem kamen.

„Ich habe noch nie so guten Sex gehabt", sagte Romy, streckte sich aus und schmiegte sich an ihn.

Einen langen Moment starrte Blue sie an. „Ich wünschte, wir könnten an die Öffentlichkeit gehen", sagte er bedauernd. „Ich möchte der Welt die brillante, schöne Frau zeigen, die mich wundersamerweise begehrt."

Romy lachte. „Zunächst einmal danke, dass du zuerst meinen Intellekt erwähnt hast. Dafür bekommst du extra Punkte. Zweitens weißt du, dass du jede Frau haben kannst, die du willst, Blue Allende. Sei nicht so bescheiden. Du weißt, dass es die Wahrheit ist."

„Es ist der Akzent", sagte er augenzwinkernd, bevor er etwas auf Italienisch sagte. *„Ho incontrato la ragazza più gloriosa und voglio portarla in tutte le mie parti favorite d'Italia und farle vedere dove vengo."*

„Meine Güte, das ist unverschämt heiß!", rief Romy und küsste ihn hungrig.

„Ah, das hat hervorragend funktioniert", neckte er sie, kitzelte ihre Rippen und genoss es, als sie sich gegen ihn wand.

„Mmm, ja. Nun ... was hast du gesagt? Etwas über glorreiche Ravioli?"

Blue grinste. „Ich habe gesagt, dass ich das herrlichste Mädchen der Welt getroffen habe und ich ihr meine Lieblingsorte in meiner italienischen Heimat zeigen möchte."

„Wow. Wo kommst du nur her?", fragte sie gedankenverloren. „Ich meine, ich weiß, dass Stuart eine Affäre mit deiner Mutter hatte ..." Sie verstummte, als ihr klar wurde, dass das nicht das beste Gesprächsthema für ein leidenschaftliches Stelldichein war.

„Das stimmt", bestätigte Blue, der sich längst mit diesem Aspekt seiner DNA arrangiert hatte.

„Offiziell war er – und ist es bedauerlicherweise immer noch – mit Hilary verheiratet." Als er ihren Namen erwähnte, zog sich sein Magen aus Gründen zusammen, die niemand außer ihm kannte. „Aber die Ehe ist seit Jahren vorbei. Mom war Witwe. Ihr Ehemann wurde drei Jahre nach der Hochzeit bei einem Autounfall getötet und sie trauerte lange um ihn. Stuart ging zu einer Konferenz nach Rom, traf dort meine Mutter und es kam ihr vor, als hätte der Blitz in ihrem Herzen eingeschlagen."

Blue rollte sich auf den Rücken und zog Romy an sich. Er genoss es, sie an seine Brust zu drücken. „Ich wurde bei diesem ersten Treffen versehentlich gezeugt und meine Mutter gab Stuart einen Ausweg, indem sie sagte, sie würde mich allein großziehen. Stuart war ein anständiger Kerl. Er und meine Mutter ... ihre Chemie war unübersehbar, selbst als ich noch ein Kind war, und als meine Mutter starb, zögerte Stuart nicht, mich in die Vereinigten Staaten zu holen."

„Ich freue mich sehr, das zu hören", sagte Romy. „Natürlich nicht die Sache mit der Affäre, aber es scheint nicht so, als würde er meiner Mutter das Herz brechen."

„Nein, das wird er nicht, Romy", versicherte ihr Blue. „Er hat Fehler gemacht, ja, aber er ist ein wirklich guter Mann."

Romys Gesicht verdunkelte sich. „Wie ist deine Stiefmutter?"

„Hilary?" Blue lachte humorlos und fühlte wieder dieses Ziehen im Bauch. „Hilary Eames ist eine unerbittliche, miese Schlampe. Tut mir leid, wenn das hart klingt, aber es ist die Wahrheit. Sie behandelt meinen Vater immer schon als ihren persönlichen Geldautomaten, tut aber öffentlich so, als wäre sie eine gottesfürchtige, wohltätige Christin. Dabei hat diese Frau noch nie in ihrem Leben an etwas geglaubt."

„Ist sie wirklich so schlimm?"

Blue nickte. „Zum Glück kam Dad zur Vernunft und reichte die Scheidung ein, aber das hat sie nicht davon abgehalten, ihn zu kontrollieren. Und Dad ist so verzweifelt, ihre Einwilligung in die Scheidung zu bekommen, dass er ihr ständig nachgibt. Sie blutet ihn aus. Ich habe deine Mutter noch nicht getroffen, Romy, aber ich würde sie warnen ..." Er sah sie eindringlich an. „Sie darf Hilary nicht an sich heranlassen. Sie ist so hartnäckig und vernichtend wie Krebs. Ich könnte dir noch viel mehr über ihre Untaten erzählen."

Romy stützte sich auf ihren Ellbogen und musterte ihn. „Sie wird keine Chance bekommen, Mom zu schaden. Niemand verletzt meine Mutter – dazu muss er zuerst an mir und meinen Schwestern vorbei und wir können uns wehren, das garantiere ich dir."

Blue lächelte sie liebevoll an. „Ich wette, dass ihr das könnt. Und ich freue mich sehr darauf, Magda zu treffen. Sie macht meinen Vater sehr glücklich und dafür stehe ich in ihrer Schuld."

„Also Thanksgiving?"

Es gab eine kleine Pause, bevor er bei der Einladung nickte. „Thanksgiving. Ja." Er beugte sich vor, um sie zu küssen. „Nun, Romy, sei ein braves Mädchen und lege dich für mich hin ... Ich will jeden Zentimeter deines spektakulären Körpers küssen."

Bald hakte er ihre Beine über seine Schultern und vergrub sein Gesicht an ihrem Geschlecht. Sie schmeckte so gut und die Röte ihres geschwollenen Zentrums war wunderschön, als seine Zunge ihre Klitoris liebkoste und reizte, bis sie zitternd unter ihm kam. Er gab ihr keine Zeit, sich zu erholen, bevor er seinen Schwanz tief in sie rammte und sie gnadenlos fickte, bis sie vor Ekstase weinte, den Rücken wölbte und ihn anflehte, niemals aufzuhören.

Artemis Sasse fuhr in die Stadt, um ein paar frühe Weihnachtseinkäufe zu machen. Ihr Partner Glen hatte sie angerufen, um zu sagen, dass er später nach Hause kommen würde, und Artemis genoss die Zeit allein.

Sie und Glen hatten sich in letzter Zeit nicht besonders gut verstanden und sie wusste in ihrem Herzen, dass es vorbei war. Trotzdem deprimierte der Gedanke sie. Sie waren seit der High-School zusammen, seit fast zwanzig Jahren, und der Gedanke, dass sie nicht länger ein gemeinsames Leben führen würden, weckte eine tiefe Traurigkeit in ihr. Offenbar stimmte es, dass Menschen sich auseinanderentwickelten. Er war in eine Richtung gegangen und sie in die andere. Es gab keine Chance mehr, sich in der Mitte zu treffen, obwohl sie es lange versucht hatten.

Mit sechsunddreißig Jahren hatte sich Arti in der ansonsten von Männern dominierten Fakultät hochgearbeitet und war nun Professorin an der Universität. Irgendetwas fehlte in ihrem Leben, aber sie wusste nicht, was. Sie liebte ihre Familie – sie stand sowohl ihren beiden Schwestern als auch ihrer Mutter nahe – sie hatte gute Freunde und doch ...

Etwas machte sie seit ein paar Wochen nervös und das passte gar nicht zu ihrem stoischen, praktischen Wesen. Es war Romy. Artemis hatte das Gefühl, dass ihrer mittleren Schwester schwere Zeiten bevorstanden, konnte aber nicht herausfinden, warum sie so empfand. Sicher, Romy passte gut in das Krankenhaus, zumindest sagte sie das, und sie war glücklich in ihrer kleinen Wohnung, aber Artemis konnte nicht anders, als Angst um ihre Schwester zu haben.

Warum nur?, fragte sie sich, während sie im Kaufhaus herumstöberte. *Warum fühle ich mich so?*

Vielleicht war es Dacre, Romys Ex. Er war immer noch da draußen und wütend auf Romy, weil sie ihn verlassen hatte. Wie er sie das letzte Mal geschlagen hatte, verfolgte Artemis immer noch. Das Krankenhaus in New York hatte sie angerufen, und sie war mit ihrer Mutter und Juno zu Romy geflogen. Als sie in ihr Zimmer traten, war ihre Schwester fast bis zur Unkenntlichkeit entstellt gewesen. Ihr Gesicht war blutig und mit blauen Flecken überzogen, ihre Augen waren geschwollen, ihr Bein war zerschmettert ... Romy hatte Anklage erhoben, aber Dacre hatte dank seiner wohlhabenden Eltern die besten Anwälte angeheuert, die es für Geld gab. Die Sasse-Frauen hatten dem wenig entgegenzusetzen gehabt. Dacre war mit einer Geldstrafe davongekommen und hatte sich reuig gezeigt, aber Romy und ihre Familie wussten, dass er über das Gerichtsverfahren und die anschließende Scheidung zornig war.

Artemis schüttelte den Kopf. *Romy ist erwachsen und kann auf sich selbst aufpassen. Reiß dich zusammen.* Artemis fragte sich, ob sie sich von ihrer gescheiterten Beziehung ablenken wollte, indem sie so viel Aufmerksamkeit auf ihre Schwester richtete. Schließlich schob sie alles beiseite und ging zu ihrem Lieblingscafé.

Nach einem Lebkuchen-Latte und etwas Gebäck fühlte sie, wie die Anspannung ihren Körper verließ. Sie blätterte gerade ein Buch durch, das sie für Juno zu Weihnachten gekauft hatte, als sie eine Hand auf ihrer Schulter spürte. Als sie aufblickte und einen sehr großen, gutaussehenden Mann erblickte, lächelte sie erfreut. „Dan? Dan Helmond?“

Ihr alter Freund grinste sie an. „Genau der. Hey, Kleine.“

Artemis stand auf und umarmte ihn. Dan war in der High-School ein paar Klassen über ihr und Glen gewesen. Jetzt war er ein Bär von einem Mann, sein dunkles Haar war mit Silber durchzogen und er trug einen Vollbart. Mit seinem karierten Hemd, seiner Camouflage-Hose und seinen Ohrsteckern sah Dan eher wie ein Hell's Angel aus als der Architekt, der er war. Aber er war immer schon ein freundlicher, sanfter Mann gewesen und alle Sasse-Schwestern hatten sich früher oder später in ihn verknallt.

„Kann ich dir einen Kaffee holen?“, fragte Artemis hoffnungsvoll.

„Nein, ich habe schon bestellt. Aber ich kann dir einen Nachschlag besorgen von ... äh, was ist das für ein Monstrum?“ Er spähte in ihren halb leeren Becher und Artemis grinste.

„Das ist ein Lebkuchen-Latte, du Ahnungsloser, und nein danke. Das war genug Zucker für mich.“

Dan entschuldigte sich, um seinen Kaffee zu bezahlen – Americano, kein Zucker, keine Sahne – und setzte sich dann zu ihr. Seine braunen Augen funkelten sie fröhlich an. „Nun, Mädchen. Du siehst gut aus. Wie ist das Leben?“

„Alles okay, danke. Ich habe eine feste Stelle an der Universität und meiner Familie geht es gut. Meine Mutter wird bald heiraten.“

Dan sah überrascht aus. „Wow wirklich? Jemand hat Magda Sasse gezähmt?"

„Ich würde nicht sagen, dass sie gezähmt wurde. Du kennst Mom. Sie hat immer noch den Kopf in den Wolken und ist wunderbar verrückt." Artemis nippte an ihrem Latte. „Sie heiratet Stuart Eames."

Mit Befriedigung sah sie das Erstaunen auf Dans Gesicht. „Unmöglich."

„Oh doch."

Dan atmete tief durch. „Wow. *Wow*."

„Einer seiner Söhne ist in der Immobilienbranche ... Gaius Eames. Kennst du ihn?"

Dan schüttelte den Kopf. „Ich habe von ihm und seinem berühmten Chirurgen-Bruder gehört, aber ich kenne sie nicht persönlich. Was ist mit dir, Missy? Bist du immer noch mit Glen zusammen?"

Kaum. „Ja, wir sind, ähm, immer noch ... zusammen."

„Du scheinst dir nicht allzu sicher zu sein."

Artemis zuckte mit den Schultern. Sie wollte nicht mit Dan über Glen reden und die Atmosphäre ruinieren. „Und du?"

„Meine Frau ist vor ein paar Jahren an Krebs gestorben." Dan rührte seinen Kaffee um und schien einen langen Moment in seinen Erinnerungen verloren zu sein. Schließlich berührte Arti seine Hand.

„Das tut mir leid, Dan."

Er nickte, sah auf, bedeckte kurz ihre Hand mit seiner und machte dann weiter, als hätte er den elektrischen Schlag nicht gespürt. „Ich habe eine siebzehnjährige Tochter, Octavia. Sie geht nächstes Jahr nach Harvard."

„Das ist aufregend."

Dan strahlte und Artemis bekam Herzflattern. Dieses Lächeln ... „Sie ist mein Engel", fuhr Dan fort, zog sein Portemonnaie aus der Tasche und zeigte ihr das Foto eines hübschen Teenagers mit langen dunklen Haaren und großen, seelenvollen braunen Augen – die gleichen Augen wie Dan sie hatte.

„Sie ist hinreißend. Sie könnte Romys Zwilling sein."

„Ja. Wie geht es deiner Schwester? Zuletzt habe ich gehört, sie sei in New York."

Artemis spürte, wie ihre Brust sich zusammenzog. „Sie ist jetzt zurück und arbeitet als Assistenzärztin im Rainier-Hope-Krankenhaus. Man sagt, sie sei der nächste Superstar am Chirurgenhimmel."

„Das überrascht mich nicht. Und Juno?"

„Sie wird bald für eine gemeinnützige Stiftung in New Orleans arbeiten."

„Die Sasse-Schwestern haben es weit gebracht."

Artemis lächelte. „Es läuft ganz gut."

Dan warf einen Blick auf seine Uhr. „Hör zu, ich hasse es, dich zu verlassen, aber ich habe ein Meeting in der Stadt. Hättest du Lust, mich regelmäßig auf einen Kaffee zu treffen? Tavia sagt mir immer, ich soll langsamer machen und mir Zeit nehmen, mich zu entspannen. Und ich würde dich gern wiedersehen."

„Das würde ich liebend gern tun ... hier." Sie zog eine leicht zerknitterte Visitenkarte aus ihrer Tasche. „Das ist meine Handynummer. Du kannst mich jederzeit anrufen. Es war wirklich toll, dich wiederzusehen."

Dan bückte sich und küsste ihre Wange. „Bis bald, okay?"

„Bis bald."

Artemis fühlte sich absurd glücklich, als sie zu ihrem Auto zurückging. *Ein neuer Freund*, dachte sie, *ein neuer Freund, der ein alter Freund ist*. Sie verdrängte den Gedanken an alles, was über Freundschaft hinausging, obwohl sie sich immer wieder daran erinnerte, dass Dan sie „Missy" genannt hatte – sein Spitzname für sie an der High-School.

Als sie nach Hause kam, war Glen gut gelaunt und sie genossen zum ersten Mal seit langer Zeit ein angenehmes Abendessen zusammen.

Sobald Glen wie üblich in seinem eigenen Zimmer zu Bett gegangen war, sah Artemis auf ihrem Handy, dass Dan ihr eine SMS geschickt hatte. Im Anhang war ein Foto von ihm und seiner Tochter, die das Daumen-hoch-Zeichen machte. Süß und lustig.

Artemis ging mit einem breiten Grinsen ins Bett.

. . .

Von einem anderen Café auf der gegenüberliegenden Straßenseite aus hatte Dacre Mortimer beobachtet, wie die Schwester seiner Exfrau mit einem großen Mann plauderte. Er wusste, dass Artemis nicht zögern würde, die Polizei zu rufen, wenn sie ihn sah, und konnte es nicht riskieren, erwischt zu werden, nicht solange Romy noch am Leben war. Es war ihm egal, was mit ihm passierte, nachdem sie tot war, aber im Moment hatte er einen Job zu erledigen.

Er musste Romy finden, die schöne, sexy Liebe seines Lebens, die jetzt seine Ex-Frau war.

Und dann würde er sie töten.

KAPITEL SECHS

„Dr. Allende, kann ich dich bitte kurz sprechen?"

Romy verbarg ihr Grinsen, als Blue von seinen Unterlagen aufblickte und seine Augen funkelten. „Natürlich, Dr. Sasse. Wo?"

Weniger als eine Minute später hatten sie sich in einem Lagerraum im ruhigsten Stock des Krankenhauses eingeschlossen. Blues Lippen lagen auf ihren und seine Hände hoben ihren Rock an, während sie seinen Schwanz aus seiner Hose befreite. Er hob sie hoch und seine starken Arme stützten sie, als sie seine Erektion in sich einführte. Sie fickten hart, aber leise, während ihre Augen aufeinander gerichtet waren und ihre Münder hungrig einander suchten.

„Gott, du bist unglaublich", stöhnte Romy und vergrub ihr Gesicht an seiner Schulter, um den Schrei bei ihrem Orgasmus zu dämpfen.

Blue stöhnte, als er kam, und schnappte nach Luft. Er küsste sie so heftig, dass er Blut kostete. „Glaubst du, alle wissen von uns?"

„Ich war vorsichtig ... aber wir sollten wirklich damit aufhören ... Verdammt, Blue, das ist *nicht*, was ich mit *aufhören* meinte, du Verrückter."

Er streichelte ihre Klitoris erbarmungslos, bis sie bei einem weiteren Orgasmus erbebte. „Ich bin süchtig danach, dir zuzusehen, wie du kommst", murmelte er. „Deine Haut hat eine wunderschöne

Farbe, wenn ich dich ficke. Mein Schwanz in dir ist alles, woran ich den ganzen Tag und die ganze Nacht denken kann ... die Art, wie du meinen Schwanz umhüllst, wenn ich in dir bin."

„Verdammt, *Blue*!" Romys Kopf rollte zurück, als sie erneut kam. Seine dreckigen Worte machten sie feucht, zitternd und schwach. Blue grinste triumphierend, schob seinen riesigen Schwanz erneut in sie und Romy schrie fast vor Vergnügen.

Als sie schließlich wieder zu Atem kamen, lachte Romy und schüttelte den Kopf. „Du bist eine Maschine, Allende."

„Eine Liebesmaschine." Er grinste sie an und sie kicherte.

„Und du bist albern."

Er küsste sie und half ihr dann, ihre Kleidung zu richten. „Hör zu, ich dachte ... wir sollten über Verhütung reden."

„*Wie man in zehn Sekunden die Stimmung zerstört* von Dr. Blue Allende." Aber sie grinste ihn an. „Was denkst du?"

„Wir sind beide Ärzte und haben Zugang zu, äh, Tests. Du hast recht, das ist nicht sexy, aber das, worauf ist hinauswill, ist es hoffentlich."

„Und was ist das?"

„Ich will dich spüren. Ich will dich wirklich spüren, wenn ich in dir bin. Wenn du deine Visite-Runden machst, will ich wissen, dass du meinen Samen in dir trägst. Klingt das egoistisch? Ich meine es nicht so, ich ... Ich will in deiner Nähe sein. Oh, verdammt, ich klinge wie ein Perversling. Ich erkläre es nicht gut."

Romy schüttelte den Kopf. „Nein, aber ich verstehe, was du meinst. Und das will ich auch." Sie lehnte sich an ihn und rieb ihre Nase an seiner. „Haut an Haut", sagte sie mit leiser, verführerischer Stimme, „du und ich zusammen." Sie glitt mit der Hand in seine Leistengegend und spürte, wie er wieder hart wurde.

„Verdammt, Frau, wieso kann ich das nicht so ausdrücken?"

Romy kicherte. „Dr. Allende?"

„Ja?"

„Wenn wir heute Abend in deine Wohnung zurückkehren, werde ich deinen Schwanz lecken, bis du um Gnade flehst."

Mit diesen Worten nahm Romy grinsend ihre Akten und ging zur

Tür. „Übrigens", sagte sie zu Blue, der darauf wartete, dass seine Erektion verschwand, „habe ich mich letztes Jahr in New York vollständig untersuchen lassen. Ich bin absolut gesund. Jetzt bist du dran, Doc."

Sie warf ihm eine Kusshand zu und ließ ihn im Vorratsraum zurück.

Romy grinste immer noch, als sie fünfundvierzig Minuten später in die Notaufnahme gerufen wurde. Ein nervöser junger Praktikant kam zu ihr. „Hallo, Dr. Sasse. Es tut mir leid, dass ich Sie persönlich gerufen habe, aber da ist ein Patient, der nach Ihnen fragt. Er ist hinter Vorhang sechs."

„Name?"

„Er will ihn mir nicht sagen."

Romys Herz begann unangenehm zu pochen. *Sicher nicht.* Bestimmt hatte Dacre sie nicht schon gefunden, oder? Sie strich sich über die Stirn und nickte dem Praktikanten zu. „Kein Problem, ich gehe zu ihm."

Bevor sie den Vorhang zurückzog, stellte sie sich einen schrecklichen Moment lang vor, es wäre ihr gewalttätiger Ex-Mann, der sich auf sie stürzen, seine Hände um ihren Hals legen und sie erwürgen würde.

Die Erleichterung, als sie den Patienten sah, war immens, und sie lächelte den fremden Mann an, der eine blutige Hand an seine Brust presste. Er lächelte zurück. „Dr. Sasse?"

„Ja. Und Sie sind Mr. ...?"

Beim Grinsen des Mannes leuchtete sein attraktives Gesicht auf und seine blauen Augen funkelten. „Eames. Hey, Romy, ich bin Gaius, dein zukünftiger Stiefbruder."

Ihre Augenbrauen schossen hoch, als sie nach einer Ähnlichkeit mit Blue suchte und sie definitiv fand. Die hohen Wangenknochen und der starke Kiefer waren anscheinend genetisch bedingt. „Hey, äh, hey", stammelte sie und lachte dann. „Wow, du hast mich überrascht. Es ist schön, dich endlich kennenzulernen, wenn auch unerwartet."

Gaius hob die Hand. „Ich war unvorsichtig, als ich mein Auto repariert habe."

„Lass mich einen Blick darauf werfen."

Romy zog einen Stuhl heran und ergriff seine Hand. „Wolltest du nicht zu Dr. Allende?"

„Ich wollte dich kennenlernen. Damit zumindest irgendetwas Gutes aus dieser Sache herauskommt. Au."

„Tut mir leid." Romy untersuchte die schlimme Schnittwunde. „Nun, sie ist tief, aber du brauchst keine Operation. Ich reinige sie und gebe dir eine lokale Betäubung. Dann kann die Wunde genäht werden."

Gaius nickte und seine Augen verließen nie ihr Gesicht. „Danke, Romy."

Während sie ihn behandelte, stellte er ihr Fragen zu ihrem Job. „Arbeitest du eng mit Blue zusammen?"

War da ein scharfer Unterton in seiner Stimme? Sie hielt ihren Ton neutral. „Nun, er ist der Leiter der allgemeinen Chirurgie, und das ist die Spezialisierung, für die ich mich entschieden habe. Es ist seltsam, dass er bald mein Bruder sein wird."

„Das kann ich mir vorstellen. Ich habe nicht daran gedacht, Dad zu fragen, aber ... steht das Hochzeitsdatum schon fest?"

„Ich denke nicht, aber Mom macht ein großes Geheimnis daraus. Weiß der Himmel, warum. Sie ist normalerweise alles andere als zurückhaltend. Aber natürlich ist die Scheidung deines Vaters noch nicht abgeschlossen, da ist es schwierig, Pläne zu machen."

Gaius lachte. „Geheimnisse werden überbewertet. Hast du irgendwelche Geheimnisse, Dr. Sasse?" Seine Stimme wurde leiser, und Romy errötete, nicht vor Vergnügen, sondern vor Verlegenheit.

Er flirtete mit ihr und es beunruhigte sie. Eine Sekunde lang stellte sie sich vor, sie würde sagen *Nun, dein Halbbruder hat es mir gerade ihm Vorratsraum verdammt gut besorgt, aber abgesehen davon ...* „Nein. Langweilig, ich weiß, aber so bin ich nun einmal. Wir sind hier fertig." Sie schenkte ihm ein Lächeln und wich zurück. „Die Krankenschwester kommt gleich, um die Wunde weiter zu versorgen."

Er streckte die Hand aus und packte ihren Arm. „Romy ... zum Dank würde ich dich gern zum Abendessen einladen. Was sagst du?"

Romy löste sich anmutig aus seinem Griff. „Nun, wir sehen uns in ein paar Tagen an Thanksgiving und ich fürchte, dass ich bis dahin ziemlich viel arbeiten muss."

Gaius griff nach ihrer Hand und küsste sie. Statt der Hitze, die Romy durchströmte, wenn Blue sie berührte, spürte sie, wie ihre Haut seltsam kalt wurde. „Dann muss ich mich damit zufriedengeben."

Nachdem er gegangen war, fühlte Romy sich verunsichert. Gaius war charmant und höflich gewesen, aber da war etwas unter der Oberfläche, das sie unruhig machte. Sie fragte sich, ob sie Blue sagen sollte, dass sein Bruder dagewesen war, entschied sich aber, es nicht zu tun. Es war schließlich nichts passiert.

Sie bedauerte ihre Entscheidung an diesem Abend nicht, als Blue ein Blatt Papier auf ihren Schoß fallen ließ, während er seine Krawatte löste. Bluttests. Sie überflog die Ergebnisse und grinste ihn an. „Einige dieser Tests dauern Wochen. Wie hast du das geschafft?"

„Nun, Schatz, lass uns einfach sagen, dass es gerade einen sehr glücklichen Mitarbeiter im Labor gibt."

Romy kicherte über den verwegenen Ausdruck auf Blues Gesicht. „Blue Allende, was hast du getan?"

„Er hat ein paar Tage Urlaub für eine Hochzeit in seiner Familie gebraucht und ich habe dafür gesorgt, dass er sie bekommt."

„Bestechung, Allende?", neckte sie ihn. „Das ist nicht okay."

„Ich weiß. Ich bin angewidert von mir selbst." Blue grinste breit, als er ihr die Jeans auszog und sich zwischen ihre Beine kniete. Romy beobachtete ihn erwartungsvoll, als er ihr Höschen über ihre Beine streifte.

Sie hakte ihre Beine über seinen Schultern ein. „Küss mich, Doktor, oder ich vergesse mein Versprechen, dich zu lecken, bis du um Gnade flehst."

Grinsend vergrub Blue sein Gesicht in ihrem Geschlecht und Romy schloss die Augen und stöhnte leise, als seine Zunge um ihre Klitoris wirbelte und dann in sie eintauchte, bis sie kam. Im Anschluss machte sie ihr Versprechen wahr, nahm seinen Schwanz in ihren Mund, verwöhnte ihn, bis er ebenfalls kam und schluckte seinen Samen.

Blue nahm sie in seine Arme, trug sie zum Bett, zog ihren Pullover und seinen eigenen aus und fühlte, wie ihre vollen Brüste sich weich an seinen harten Oberkörper schmiegten. Er legte sich auf sie, schaute auf sie herab und strich ihr die Haare aus dem Gesicht. „Also ... müssen wir heute ein Kondom benutzen?"

Romy schüttelte den Kopf. „Ich nehme die Pille ... lass es uns tun. Ich will dich in mir spüren."

Blue drückte seine Lippen auf ihre, bevor er seinen Schwanz langsam und tief in sie stieß. Romy zitterte und Blue stöhnte. „Himmel, du fühlst dich gut an. Samtweich, Baby."

Sie begannen, sich zusammen zu bewegen, und Romy genoss jede Empfindung, die er durch ihren Körper schickte. Ihre Verbindung war intensiver denn je, als sie sich ansahen und süße Worte murmelten, während sie sich liebten. Romy hob die Hüften, damit er sie härter nehmen konnte, grub ihre Nägel in seinen Hintern und trieb ihn an. Verdammt, dieser Mann ... sein Schwanz war so groß und so dick, als er sie in die Unterwerfung fickte, und seine intensiven grünen Augen waren sanft vor Liebe und feurigem Verlangen nach ihr ... Romy konnte ihr Glück kaum fassen.

Sie rief seinen Namen, als sie zitternd kam und spürte, wie sein Sperma aus ihm herausbrach und ihren Bauch füllte. Dieser Mann, dieser unglaubliche Mann ... sie wollte herausschreien, dass sie sich in ihn verliebt hatte, dass er ihr Schicksal war, ihre heißeste Begierde.

Aber Romy begnügte sich mit seinen süßen Küssen und wollte den Augenblick nicht mit voreiligen Liebeserklärungen verderben. Sie wusste jedoch, dass es stimmte. Sie hatte sich in ihn verliebt. Nicht nur in sein hübsches Gesicht, seinen glorreichen Körper oder die Art, wie er sie animalisch und doch so zärtlich fickte. Es war sein Sinn für Humor, seine Bescheidenheit – obwohl er mit Recht behaupten konnte, einer der Besten zu sein – und seine Verspieltheit.

Mehr als alles andere glaubte Romy, dass sie ihm vertrauen konnte, und nach dem, was Dacre ihr angetan hatte ... war das sehr wichtig für sie.

Sie sagte ihm, dass sie das Gefühl hatte, ihm vertrauen zu können (den Teil über Dacre ließ sie weg), und zu ihrer Überraschung sah Blue äußerst gerührt aus. „Ich bin froh, das zu hören, *piccola*. Du sollst wissen, dass es mir eine Ehre ist ... Ich empfinde ebenso. Was auch immer zwischen uns ist, was auch immer sein wird ... du bist alles für mich ... meine Geliebte, meine Muse, meine beste Freundin ... und meine Familie."

Romys Augen füllten sich mit Tränen. „Und du bist alles für mich."

Blue küsste sie zärtlich. „Gott sei Dank bist du nach Seattle gekommen, Romy. Gott sei Dank."

Und sie fingen wieder an, sich zu lieben, und hörten nicht auf bis tief in die Nacht.

Gaius lächelte grimmig, als er in seinem Auto vor der Wohnung seines Halbbruders saß. Er war Romy aus dem Krankenhaus gefolgt und konnte kaum glauben, dass sie hierhergefahren war. Er sah, wie Blue herunterkam, um sie zu begrüßen, und wie sie sich küssten. Also fickte sein Bastard-Halbbruder seine zukünftige Stiefschwester. Gaius drehte es vor Eifersucht fast den Magen um. Romy Sasse war wunderschön und süß, und *natürlich* war Blue ihm zuvorgekommen.

Verdammt nochmal.

Trotzdem ... Gaius grinste vor sich hin. Romy Sasse hatte eine Menge Geheimnisse, von denen Blue ganz sicher nichts wusste. Dass ihr Ex-Mann sie missbraucht hatte, zum Beispiel.

Dacre Mortimer. Sohn eines New Yorker Society-Paars, selbst Milliardär. Also mochte Romy Geld ... das würde nützlich sein, obwohl Gaius anhand der Scheidungspapiere festgestellt hatte, dass sie nicht einen Penny von Mortimer gefordert hatte, nicht einmal das Geld, auf das sie laut Ehevertrag Anspruch gehabt hätte. Das war interessant.

Gaius wusste auch, dass Romy im Vorjahr ins Krankenhaus eingeliefert worden war, als sie gerade ihr letztes Jahr als Assistenzärztin im Johns-Hopkins beginnen wollte. Zertrümmerter linker Oberschenkelknochen, mehrere Wunden durch Schläge, geprellte Leber und ein geplatzter Eierstock von einem Tritt in den Bauch. Mortimers Eltern hatten es geschafft, es vor den Medien geheim zu halten, aber ihr Sohn hatte Romy brutal angegriffen, als sie um die Scheidung bat.

Warum zur Hölle hatte sie ihn geheiratet? Gaius konnte es nicht verstehen, aber wenn er Mortimer fand, würde er ihn fragen. Romy war aus New York geflohen, sobald sie gesund genug war, und hatte sich bei Rainier-Hope beworben, um ihre Assistenzzeit dort zu beenden und ein neues Leben zu beginnen.

Hmm. Gaius malte sich eine Schreckenskampagne aus, mit der er das Paar quälen könnte – besonders wenn er Dacre Mortimer finden und ihn zu seiner Exfrau führen konnte. Er lächelte, als er daran dachte, wie Dacre seine Ex-Frau konfrontieren würde und wie Blue herausfinden würde, was passiert war. Blue würde Romy natürlich verteidigen und vielleicht würde Dacre Blue ein für alle Mal ausschalten.

Gaius war jetzt aufgeregt. *Ja, ja, das ist perfekt.* Wenn er Mortimer dazu brachte, Blue zu töten, konnte er, Gaius, den Retter spielen. Die arme Romy würde am Boden zerstört sein – außer natürlich, sie wäre auch tot. Gaius zuckte mit den Schultern. Wie auch immer, er würde gewinnen.

Er griff nach seinem Handy, rief seinen Detektiv an, dankte ihm für all die Informationen, die er bereits gesammelt hatte, und hielt dann inne. „Ich möchte, dass Sie noch etwas für mich tun, und ich bin bereit, Ihnen das Doppelte zu bezahlen, wenn Sie es schaffen."

„Klingt gut. Worum geht es?"

Gaius lächelte. „Finden Sie heraus, wo Dacre Mortimer ist, und bitten Sie ihn, sich mit Ihnen zu treffen. Ich habe ein sehr interessantes Angebot für ihn."

KAPITEL SIEBEN

Am Thanksgiving-Morgen warf Magda einen Blick auf das düstere Gesicht ihres Verlobten und seufzte. „Oh je. Was hat sie jetzt getan?"

Es war fast ein Witz zwischen ihnen geworden. Hilary Eames' Versuche, die Scheidung von Stuart in die Länge zu ziehen, waren kreativ, das musste Magda ihr lassen. Aber für Stuart waren sie eine große Belastung und seine sonst so fröhlichen grünen Augen verloren ihr Funkeln. Magda stellte sich auf die Zehenspitzen, um ihn zu küssen. Sie war selbst eine große Frau, aber Stuart war ein großer Mann, breitschultrig und langbeinig.

Er schlang seine Arme um sie. „Ich verstehe das einfach nicht, Magda. Sie hat ihren Einspruch gegen die Scheidung zurückgezogen."

Einen Moment lang war Magda so geschockt, dass sie nicht sprechen konnte. Nach dem monatelangen teuflischen Hin und Her zwischen Hilary und Stuart gab Hilary ihren Anspruch auf fünfundsiebzig Prozent von Stuarts Vermögen auf? Wie das? Und wichtiger noch, warum? Magda hatte Hilary nur zweimal getroffen, aber es war genug, um einen Eindruck von der Frau zu bekommen. Sie mochte Macht und liebte Geld. Hilary Eames würde sicher nicht einfach so auf Stuarts Milliarden verzichten.

„Was zur Hölle soll das?" Magda betrachtete Stuart, der verloren aussah.

„Keine Ahnung ... aber ich traue der Sache nicht."

Magda schüttelte den Kopf. „Hast du Gaius angerufen und ihn gefragt, ob er etwas weiß?"

„Ja, und er versteht es auch nicht. Er ist so verwirrt wie ich. Er will sie anrufen und später beim Abendessen berichten."

Magda stieß den Atem aus. „Also ... unterschreibt sie die Scheidungspapiere?"

Stuart lächelte jetzt. „Ja ... was bedeutet, dass wir heiraten können, meine schöne Magda. Und zwar bald. Ich dachte an ... Weihnachten?"

„Wird die Scheidung so schnell rechtskräftig sein?"

Stuart grinste schief. „Manchmal hilft es, reich zu sein."

„Angeber." Aber sie küsste ihn und lachte leise. „Ich liebe dich, Stuart. Auch wenn du keinen Penny hättest, würde ich dich immer noch von ganzen Herzen lieben."

„Wie kitschig." Aber er küsste sie zärtlich und strich mit seinen Fingern durch ihre kurzen, stahlgrauen Haare. „Mein Gott, Frau, du bist schön."

Sie lächelte ihn an. „Nun, du bist alt. Deine Sehkraft lässt nach und ... hey, hör auf damit", kreischte sie, als er sie kitzelte.

Juno kam herein, sprang auf die Theke und beobachtete sie. „Ist das eine Art Senioren-Vorspiel?"

Magda warf ihrer jüngsten Tochter einen vernichtenden Blick zu. „Wir sind nicht *so* alt. Vielleicht habe ich doch nichts dagegen, dass du bald ausziehst ..."

Juno grinste und warf ihrer Mutter eine Kusshand zu. „Ich weiß, dass du mich liebst, Mom ..."

Stuart lachte über ihr Wortgefecht. „Hey, Kleine", sagte er zu Juno, „ich versuche, deine Mutter zu überreden, mich an Weihnachten zu heiraten. Hilf mir, okay?"

Junos Augen wurden groß. „Vampira hat die Scheidungspapiere unterschrieben?"

„Ja."

Juno hob jubelnd die Hände hoch in die Luft. „Yeah! Verdammt,

Mom, schnapp dir den Typen, bevor ich ihn dir stehle. Kann ich euch trauen?"

Magda und Stuart sahen sich an. „Kannst du noch vor Weihnachten eine Lizenz bekommen?"

Juno sah selbstgefällig aus. „Die habe ich schon. Ich habe darauf gewartet, dass ihr euren Hochzeitstag verkündet, um euch damit zu überraschen. Was sagt ihr?"

„Ich sage, ich vergebe dir die Sache mit dem Senioren-Vorspiel", sagte Magda strahlend und umarmte ihre jüngste Tochter fest. „Stuart ... ja? Nein?"

Stuart grinste. „Ich denke, das würde den Tag noch perfekter machen, also ja. Jetzt müssen wir nur noch diskutieren, wo wir heiraten."

Magda lachte. „Okay, ihr zwei, macht langsamer. Heute feiern wir erst einmal Thanksgiving. Juno, sind deine Schwestern unterwegs?"

„Arti ist auf dem Weg, aber Romy hat gesagt, sie kommt vielleicht etwas später. Notfall im Krankenhaus. Sie sagte, dass sie und Blue vielleicht zusammen kommen, weil es praktischer ist."

„Das ist okay ... aber ich hoffe, dass sie nicht an die Arbeit gefesselt sind."

Romy war in der Tat gefesselt, aber nicht so, wie ihre Mutter gemeint hatte. Blues Krawatte war um ihre Handgelenke gewickelt und ihre Hände befanden sich hinter ihrem Rücken, während sie auf seinem Esstisch lag. Ihre Beine waren um seine Taille geschlungen und während er seinen Schwanz immer härter und brutaler in sie stieß, streichelten seine Hände ihre Brüste und ihren Bauch liebevoll und zärtlich. Romy kam zu einem explosiven Orgasmus, bevor Blue sich aus ihr herauszog und dickes, cremiges Sperma auf ihren Bauch schoss.

Romy flehte ihn an, nicht aufzuhören, also drehte er sie auf den Bauch und zog dabei an ihren Händen, so dass sie vor Schmerz und Vergnügen aufschrie. Er drang in ihren perfekt gerundeten Hintern ein und fickte sie dieses Mal langsam. „Verdammt, Romy, du bist so wunderschön, so exquisit ... ich werde nie genug von dir bekommen, niemals ..."

Er ließ sie immer wieder kommen, bevor sie erschöpft zusammen duschten und in sein Bett fielen. Sie hatten die ganze Nacht gearbeitet und waren erst kurz nach Tagesanbruch nach Hause gekommen. Nachdem sie eine Stunde geschlafen hatten, erwachten sie beide gierig aufeinander, und die nächsten drei Stunden hatten sie leidenschaftlichen Sex.

Jetzt lagen sie müde Seite an Seite. Blue griff nach dem Wecker und stellte ihn auf zwei Uhr nachmittags. „Ich möchte nicht zu spät zu deiner Mutter kommen." Er grinste, aber dann sah er, dass Romy bereits eingeschlafen war. Ihr Kopf ruhte an seiner Schulter. Blue betrachtete ihr Gesicht, das auch im Schlaf so lieblich und ausdrucksvoll war. Er wusste, dass er in sie verliebt war, schon seit Wochen. Allerdings war er nicht sicher, ob er es ihr sagen sollte. Sie mussten das Abendessen mit ihren Eltern hinter sich bringen und dann entscheiden, ob sie mit ihrer Beziehung an die Öffentlichkeit gehen sollten oder nicht.

Die einzige Person, die Blue informiert hatte, war sein Chefarzt, Beau Quinto, weil er einerseits einen Eintrag für unangemessenes Verhalten in seiner Personalakte vermeiden wollte, und er andererseits seinem Mentor und Freund nichts verschweigen konnte.

„Es ist keine Affäre, Beau", hatte er ihm ernst gesagt, „Ich bin verrückt nach ihr, aber es wird weder auf meine noch Romys Arbeit Auswirkungen haben. Wir sind Profis. Ja, Romy und ich arbeiten eng zusammen, aber ich versichere dir, dass ich sie nicht gegenüber den anderen Assistenzärzten bevorzuge." Er grinste leicht. „Auch wenn sie die beste angehende Allgemeinchirurgin ist, die ich je gesehen habe."

Quinto hatte die Augen verdreht. „Blue ... Ich habe das alles schon hinter mir. Als ich Dinah kennenlernte, war sie meine Patientin, also weiß ich alles über unangemessenes Verhalten. Ich vertraue dir und Romy, dass eure Beziehung sich nicht auf eure Arbeit auswirkt. Enttäuscht mich nicht."

„Das werden wir nicht, darauf gebe ich dir mein Wort. Danke, Boss."

Blue legte seinen Kopf auf den von Romy und schloss die Augen. Sie in seinen Armen zu spüren war wie eine Droge für ihn. Er liebte ihre Intelligenz, ihre Hingabe für ihre Arbeit und das Krankenhaus ... Himmel, er hatte sein ganzes Leben lang davon geträumt, eine Frau wie Romy zu finden. Die Einzige, die jemals an Romy herangekommen war, war Julia, seine College-Liebe, gewesen, aber sie hatte während ihres letzten Jahres in Harvard eine Affäre mit Gaius gehabt. Als dieser sie bald wieder fallen gelassen hatte, hatte Blue kein Interesse daran gehabt, die Beziehung weiterzuführen, obwohl er ihr die Grausamkeit seines Bruders nicht gewünscht hatte. Die wünschte er niemandem.

Gaius war immer neidisch auf Blue und alles gewesen, was er selbst nicht hatte. Erfolg, Fokussierung, Pflichtbewusstsein – Gaius dachte, diese Dinge seien etwas, das man hatte oder nicht, anstatt Eigenschaften, die man sich erarbeiten konnte. Blue hielt nicht viel von seinem rücksichtslosen älteren Halbbruder und noch weniger von seiner Stiefmutter. Hilary hatte Blues Mutter das Leben zur Hölle gemacht und ihr Andenken nach ihrem Tod weiter beschmutzt.

Er schüttelte den Kopf. Später würde er Gaius begegnen und durfte dabei nicht verraten, dass er in Romy verliebt war. Er hatte Albträume, dass Gaius seine Bösartigkeit auf die schöne junge Frau in seinen Armen richten könnte. Natürlich waren sie nichts gegen die anderen Albträume, die ihn plagten, seit die acht jungen Frauen in der Stadt brutal angegriffen worden waren und Yasmin Levant auf seinem Operationstisch gestorben war. Sie hatte Romy so ähnlich gesehen, dass Blue unwillkürlich von der Vorstellung heimgesucht wurde, dass es seine Geliebte war, die verblutet und tot im OP lag.

Seine Arme schlossen sich reflexartig um sie und er presste seine Lippen auf ihre Stirn. Romy murmelte im Schlaf, öffnete die Augen und lächelte zu ihm auf. Er küsste ihre weichen Lippen und genoss jeden Moment, bevor sie seufzte und wieder einschlief.

Gott, ich liebe dich, piccola. Er hatte nicht übertrieben, als er ihr gesagt hatte, er wolle sie nach Italien entführen, um ihr die Orte zu zeigen, die er als Kind geliebt hatte, die Orte, wo er am glücklichsten gewesen war, bis er sie getroffen hatte.

Er schloss die Augen und schlief mit diesem glücklichen Traum ein, bis der Wecker um zwei Uhr nachmittags klingelte und er und Romy sich noch einmal liebten, bevor sie schließlich aufstanden, um Thanksgiving mit ihrer Patchwork-Familie zu feiern.

Er verfolgte Artemis schon seit Wochen und endlich hatte sie ihn zum Haus der Familie Sasse geführt. Als er und Romy heirateten, hatte sie ihm nicht sagen wollen, wo ihre Mutter wohnte – sogar in ihrer Hochzeitsnacht hatte sie sich schon vor ihm gefürchtet. Dacre lächelte vor sich hin. Sie hatte nicht vor der Trauung mit ihm schlafen wollen und Dacre war sich einer Sache sicher gewesen – er würde Romy in ihrer Hochzeitsnacht ficken, und wenn es ihn oder sie umbrachte. Er hatte seinen Unterarm auf ihre Kehle gepresst, bis Tränen über ihr Gesicht strömten, als er ihre Beine auseinanderdrückte.

„Du gehörst *mir*", hatte er sie angeknurrt. Er hatte sie monatelang bearbeitet, um sie dazu zu bringen, ihn zu heiraten, und dabei ihr Selbstvertrauen zerstört und sie von ihren Freunden isoliert.

Bei der Hochzeit – einer fünfzehnminütigen Zeremonie im Rathaus – war Romy ein Schatten ihres früheren Ichs gewesen. Dacre war sich immer noch nicht sicher, wie er sie so sehr eingeschüchtert hatte, dass sie tatsächlich zustimmte, seine Ehefrau zu werden, aber er erinnerte sich immer noch stolz daran, wie viel Macht er über sie gehabt hatte. Er hatte sie absichtlich von ihren verdammten, neugierigen Schwestern ferngehalten, damit sie sich nicht einmischen konnten.

Sie hatte ihre Gelübde so leise gesagt, dass der Richter sie bitten musste, sie zu wiederholen. Erst als sie die unverhohlene Wut auf Dacres Gesicht sah, hatte sie nachgegeben und lauter, aber mit monotoner Stimme gesprochen. Dacre hatte gesehen, wie die beiden Trauzeugen, Fremde, die er in einer Bar gefunden hatte, besorgte Blicke tauschten. Die Frau hatte Romy ihre Telefonnummer zugeschoben. *Wenn Sie Hilfe brauchen.* Er wusste, dass Romy sie nicht angerufen hatte. Es hätte ohnehin keinen Unterschied gemacht, wenn sie es getan hätte.

Dacre tötete die Frau namens Regan ein paar Wochen später in einer dunklen Gasse hinter der Bar, wo sie arbeitete, während einer Rauchpause. Hand um ihren Hals, Messer in ihren Bauch, eins, zwei, drei ...

Tot. Gott, das Gefühl, der Rausch, den er dabei empfand, wenn er sich vorstellte, sein Opfer wäre Romy. Sein Schwanz wurde hart und er konnte ihr Blut riechen. Das süße Keuchen voller Schock und Schmerz, als das Messer die Haut durchtrennte, war das von Romy ... sie gab keinen Laut von sich, wenn sie Sex hatten, und wollte ihn nie auf den Mund küssen. Sie machte sich nicht einmal die Mühe, einen Orgasmus vorzutäuschen, und es machte ihn verrückt. Als er herausfand, dass sie wieder Kontakt zu ihrer Familie hatte, war das der letzte Strohhalm gewesen und die Prügelorgien hatten begonnen.

Die letzte hatte sich ereignet, als sie vom Krankenhaus nach Hause kam und er getrunken hatte. Alles ganz normal, aber er hatte sie die Treppe heraufkommen gehört und sich aus Spaß hinter der Tür versteckt, um sie zu erschrecken.

Er hatte seinen Arm um ihren Hals geschlungen und sie hatte vor Angst geschrien. Als sie sich von ihm löste, hatte sie ihn mit großen, panischen Augen angestarrt, die in ihrer Angst wunderschön waren, und ihm gesagt, dass sie ihn für immer verlassen würde. Dacre hatte die Beherrschung verloren. Er hatte sie gnadenlos geschlagen, bis sie nicht mehr stehen konnte, Blut aus den Wunden über ihren Augen strömte, ihre Nase gebrochen und ihr Mund geschwollen war. Er hatte an ihren Haaren gezogen, bis sie schluchzte, und dann, als sie zu Boden gefallen war, war er auf ihren linken Oberschenkel getreten und beide hatten das Knacken gehört, als der Knochen brach. Romy, die fast an ihrem eigenen Blut erstickte, konnte nicht einmal mehr um Hilfe schreien.

Dacre hatte sie leidenschaftslos gemustert, sich ein Messer aus der Küche geholt und seine Frau vergewaltigt. Er hatte vorgehabt, sie umzubringen, das wusste er jetzt, aber als er seine Nachbarn schreien und an die Tür klopfen hörte, hatte er einen Rückzieher gemacht. Stattdessen hatte er einen Krankenwagen für Romy gerufen, zu schluchzen begonnen, sich immer wieder entschuldigt und sie angefleht, am Leben zu bleiben.

Im Krankenhaus hatte die Polizei ihn verhaftet und er hatte eine große Show daraus gemacht, nicht dagegen zu protestieren. Insgeheim hatte er darauf gewartet, dass sein Anwalt ihm sagte, dass Romys Verletzungen so schlimm waren, dass sie gestorben war. Die Polizei hatte herausgefunden, wer er war, und ihre Einstellung hatte sich sofort geändert. Sein Vater hatte Freunde in der Führungsetage des NYPD, die ihm ihre Unterstützung signalisierten, falls Romy Anklage erheben würde.

Seine Mutter und sein Vater waren außer sich vor Kummer gewesen. Sie hatten Romy geliebt und geglaubt, sie würde Dacres Exzesse zähmen können. Als klar wurde, dass Romy überleben und ihn anzeigen würde, hatte Dacres Vater Hubert durch Bestechungsgelder erreicht, dass die Anklage fallengelassen wurde. Keine Gefängnisstrafe für Dacre. Romy und ihre Familie hatten sich gewehrt, aber keine Chance gehabt.

Im Gegenzug hatte Romy die ersehnte Scheidung bekommen, aber von den Mortimers keinen Penny erhalten. Hubert Mortimer hatte seinem Sohn einen Scheck über drei Millionen Dollar gegeben und dann den Kontakt zu ihm abgebrochen. Seine Eltern hatten ihn komplett verstoßen.

Und das ist deine Schuld, Romy Sasse. Du hättest mich nicht wütend machen sollen.

Dacre parkte sein Auto hinter der Baumgrenze des Waldes neben Magda Sasses Grundstück und trat näher an das Haus heran. Er sah ein Auto herfahren und einen dunkelhaarigen Mann und Romy aussteigen. Sie lachten und scherzten. Himmel, Romy sah so wunderschön aus. Dacres Schwanz zuckte bei dem Anblick ihrer langen dunklen Haare, die um ihr hübsches Gesicht fielen. Wer war dieser Kerl bei ihr?

Im nächsten Moment beobachtete er, wie der Mann Romy in eine kleine Nische schob, die von den Fenstern aus nicht einsehbar war, und sie küsste. Romy blickte den Mann mit Liebe in den Augen an und Dacre kochte innerlich vor Wut.

Verdammte Schlampe. Wie kann sie es wagen, mich zu betrügen? Weil sie trotz der Scheidung immer noch ihm gehörte. Sie hatte ihm ewige Treue geschworen und würde immer ihm gehören, ganz gleich, mit wem sie es sonst noch trieb.

„Sie ist exquisit, nicht wahr?"

Dacre zuckte zusammen und drehte sich um. Ein großer, amüsiert aussehender Mann mit durchdringenden blauen Augen starrte ihn an. Dacre war sprachlos. Der Mann streckte die Hand aus.

„Du musst Dacre Mortimer sein", sagte er freundlich. Er nickte in Richtung des Paares, das jetzt im Haus verschwand. „Und das ist mein Bastard-Halbbruder Blue Allende, der gerade deine Ex-Frau geküsst hat. Und ja, sie ficken auch. Widerlich, findest du nicht?"

„Und wer zum Teufel bist du?"

„Gaius Eames. Hallo, Mortimer. Ich denke, wir werden viel Spaß zusammen haben."

KAPITEL ACHT

Romy fühlte sich zunehmend unwohl. Das Abendessen hatte gut angefangen. Jeder war offiziell vorgestellt worden und das Essen war
fantastisch. Wenn es etwas gab, das Magda außer Kindererziehung und
Bildhauerei vorzüglich beherrschte, dann war es Kochen. Der Truthahn
war saftig und zart, die Beilagen aus cremigem Püree und Süßkartof-
feln schmeckten himmlisch und alles war gut gewürzt. Sogar die Cranberry-Soße war selbstgemacht und Blue grinste sie an, als sie sich
einen Nachschlag holte.

Sie zuckte reuelos mit den Schultern. „Moms Cranberry-Soße ist
die beste, die es gibt."

Der schlimmste Teil des Essens bestand darin, nicht zu verraten,
dass sie und Blue zusammen waren, und keine intimen Blicke oder
privaten Neckereien auszutauschen. Es hatte ein paar Ausrutscher
gegeben, aber sie hatten sie als „Arbeitswitze" abgetan.

Alles lief gut, bis Gaius sich ihr zuwandte.

„Freut mich, dich so bald wiederzusehen, Romy."

Oh verdammt. „Wie geht es deiner Hand?" Sie konnte spüren, wie
Blue sie neugierig anstarrte.

„Schon viel besser, dank dir." Gaius wirkte freundlich, auch wenn seine Stimme einen harten Unterton hatte. Er sah Blue an. „Sie ist außergewöhnlich, Blue. Hast du das schon bemerkt?"

„Natürlich", sagte Blue sanft, aber sein Lächeln hatte eine Schärfe, die Romy noch nie bei ihm gesehen hatte, und ihr wurde kalt. „Romy ist unsere beste Assistenzärztin im Rainier-Hope. Die Beste seit vielen Jahren, wenn ich ehrlich bin."

„Du klingst beeindruckt, Bruder."

Blue fixierte Gaius mit seinem Blick. „Das bin ich wirklich, Gaius. Wann hast du Romy kennengelernt?"

Romy öffnete den Mund, um etwas zu sagen, aber Gaius war schneller. „Vor ein paar Tagen ... Hast du es nicht erwähnt, Romy?" Sein Gesicht zeigte unschuldige Verwirrung.

„Die Privatsphäre der Patienten hat oberste Priorität", sagte Romy leise. Sie riskierte einen Blick auf Blue, der ihn unverwandt erwiderte. *Wir reden später*, sagten seine Augen und sie nickte schnell, fast unmerklich, und glaubte mit jeder Faser ihres Wesens, dass er verärgert sein, sie aber nicht verletzen würde, wie Dacre es getan hatte, wenn er wütend war.

„Der perfekte Profi", sagte Gaius.

Artemis räusperte sich, als sie die plötzliche Anspannung wahrnahm. „Ich habe Neuigkeiten."

Romy warf ihr ein dankbares Lächeln zu. „Ist alles in Ordnung?"

„Oh, ja ... nun, nein, oder doch ... Ich weiß, dass das keinen Sinn ergibt. Glen und ich haben beschlossen, uns zu trennen. Du denkst jetzt sicher, dass das eine schlimme Sache ist, Mom, aber für Glen und mich ... wir haben uns auseinanderentwickelt. Keiner von uns denkt schlecht über den anderen, nur passen wir nicht mehr als Paar zusammen. Glen zieht aus ... heute, weshalb er nicht hier sein kann. Es ist vollkommen freundschaftlich, das versichere ich euch, also ist es nicht nötig, Partei für einen von uns zu ergreifen."

„Darüber bin ich froh", sagte Juno sofort, „aber du weißt, dass wir immer hinter dir stehen, Arti."

Artemis grinste sie an.

„Das weiß ich, Kleine. Aber, ja ... ich bin Single und im Moment glücklich damit."

„Das ist das wichtigste, Schatz." Magda sah ein wenig betroffen aus, lächelte aber ihre älteste Tochter wie immer unterstützend an. Artemis beugte sich vor und drückte ihre Hand.

„Nun zu einem anderen Thema." Artemis grinste ihre Mutter an. „Ich habe gehört, dass ein ganz besonderer Mensch euch beide trauen wird."

Juno strahlte, während Romy und Blue überrascht aussahen. „Wirklich, Juno? Das ist großartig. Hey", flüsterte Romy ihrer Schwester ein wenig zu laut zu. „Kannst du bei deiner Rede die Stelle mit dem Küssen weglassen? Ich will das nicht sehen."

Magda warf Rosenkohl auf ihre Tochter. „Ungezogenes Mädchen."

Der Rest des Essens verlief mit leichter Konversation und Gelächter, aber Romy spürte die Anspannung, die von Blues Körper ausging. Es half nichts, dass Gaius so tat, als wären er und Romy Freunde, mit ihr scherzte und ihr schmeichelte, als hätten sie sich schon länger gekannt. Romy sah, dass ihre Schwestern verwirrt über sein seltsames Verhalten waren, und als sie sie beim Abräumen des Geschirrs allein erwischten, fragten sie, was los sei. Romy zuckte mit den Schultern.

„Ich verstehe es auch nicht. Ich habe ihn nach seiner Handverletzung behandelt, das war alles. Ich kenne den Mann nicht. Vielleicht versucht er nur, sich einzuschmeicheln, keine Ahnung."

„Warum ist er dann zu mir und Arti nicht genauso übertrieben freundlich?" Juno schüttelte den Kopf. „Der Kerl ist unheimlich."

„Um Himmels willen, Juno, sprich leiser", zischte Artemis sie an und Juno verdrehte die Augen. Romy war elend zumute. Sie hätte es Blue sagen sollen. Es war offensichtlich, dass er sauer war – zumindest für sie. *Verdammt.* Sie sah Artemis an und überlegte kurz, ob sie ihr gestehen sollte, wie sie für Blue empfand. Nein, das war ihm gegenüber nicht fair. Sie hatten einander geschworen, es für sich zu behalten, zumindest bis nach Stuarts und Magdas Hochzeit. Romy wandte sich wieder dem Geschirr zu und hörte nur halb hin, während ihre Schwestern plauderten.

Irgendwann war sie allein in der Küche und räumte weiter auf. Sie spürte eine Hand in ihrem Nacken und drehte sich in der Erwartung um, Blue zu sehen. Sie zuckte zurück, als sie merkte, dass es Gaius war. Er hob die Hände.

„Entschuldige, ich wollte dich nicht erschrecken, Romy. Es sah einfach so aus, als wärst du ziemlich verspannt."

Romy zitterte. „Gaius, fass mich nicht an, außer ich bitte dich ausdrücklich darum."

„Tut mir leid." Sein Lächeln war unschuldig, aber seine Augen funkelten boshaft. „Ich nehme an, du bist immer noch ein bisschen nervös nach dem, was dein Ex-Mann dir in New York angetan hat."

Romy war so geschockt, dass sie nicht bemerkte, wie Blue hinter ihr in die Küche kam, während Gaius grinste. Erst als sie hörte, wie er die Auflaufform, die er trug, abstellte, drehte sie sich um – und sah den Schmerz in seinen Augen. Er blickte sie einen Moment lang an, dann drehte er sich um und ging aus dem Raum. Romy starrte ihm entsetzt nach.

„Habe ich etwas Falsches gesagt?", fragte Gaius und lachte kalt.

KAPITEL NEUN

Blue war still, als er Romy zurück nach Hause fuhr. Romy war niedergeschlagen, als er ihr in ihre kleine Wohnung folgte und die Tür schloss. Trotz ihres totalen Vertrauens in ihn waren ihre Nerven zum Zerreißen gespannt und sie hatte Angst. Sie wartete darauf, dass er sie anschrie, als sie ins Wohnzimmer kamen, aber er holte eine Flasche Scotch mit zwei Gläsern aus ihrer Küche und setzte sich neben sie.

„Jetzt", sagte er leise, ruhig und geduldig im Gegensatz zu Dacre, „erzähl mir alles."

Romy holte tief Luft und presste ihre Hände fest zusammen. „Es ist wahr. Ich war verheiratet, obwohl ich nicht weiß, wie zur Hölle Gaius davon erfahren hat. Übrigens ist er ein Arschloch, weil er sich so benimmt, als ob er und ich uns besser kennen würden, als es nach der fünfminütigen Untersuchung in jener Nacht im Krankenhaus der Fall ist."

Blue nickte langsam. „Aber du hast mir nichts davon erzählt."

„Nein, und im Moment weiß ich selbst nicht, warum. Blue, er ist ein Mistkerl. Ich bekomme eine Gänsehaut bei ihm."

Blue sah besänftigt aus. „So war Gaius schon immer. Aber warum hast du mir nicht gesagt, dass du verheiratet warst?"

„So weit sind wir noch nicht. Du hast mir auch nie von deinen früheren Freudinnen erzählt."

„Tu das nicht, Romy. Keine Spielchen. Ein Ehemann unterscheidet sich sehr von einer Freundin. Wer war er?"

Romy sah ihn fest an. „Er war ein gewalttätiger, ignoranter, verwöhnter, reicher Psychopath, der versucht hat, mich umzubringen. So. Jetzt weißt du es."

„Was?", sagte Blue mit offensichtlichem Entsetzen.

Romy war froh, dass er geschockt war. „Deshalb habe ich es dir nicht gesagt. Ich spreche nicht gern darüber. Es ist sehr kompliziert. Er schlug mich regelmäßig und vergewaltigte mich, und als ich ihm sagte, dass ich mich scheiden lassen will, griff er mich so heftig an, dass ich beinahe starb. Er kommt aus einer reichen Familie und ist arrogant und sadistisch ... Dacre Mortimer ist ein Monster und wenn er mich findet, bin ich tot. Je weniger Menschen über ihn Bescheid wissen, desto weniger Menschen sind in seiner Schusslinie und können ihm helfen, mich zu finden. Warum denkst du, dass mein Foto und Name nicht auf der Rainier-Hope-Webseite oder in den Werbebroschüren zu finden sind? Er weiß, dass ich in Seattle lebe, aber er weiß nicht, wo." Sie seufzte und rieb sich das Gesicht. „Offensichtlich hat Gaius seine Hausaufgaben gemacht."

„Mein Gott, Romy." Blue erhob sich und ging auf und ab. „Warum hast du ihn überhaupt geheiratet?"

„Das ist eine Frage, die ich immer noch nicht vollständig beantworten kann", sagte sie leise. „Er ... hat mich eingeschüchtert. Mich von meiner Mutter und meinen Schwestern isoliert. Ich schätze, nach monatelangem Missbrauch und psychischer Folter kann man Menschen dazu bringen, alles zu tun. Sogar dazu, den Teufel höchstpersönlich zu heiraten."

Zu Romys großer Erleichterung kam Blue zu ihr zurück, legte seine Arme um sie und hielt sie fest. Er vergrub sein Gesicht in ihren Haaren und Romy war schockiert, sein Zittern zu spüren.

„Blue?"

„Der Gedanke, dass dir irgendetwas passiert ..." Seine Stimme war gedämpft und seine Arme hielten sie umklammert.

„Es ist okay, Baby. Mir wird nichts passieren." Romy brachte ihn dazu, sie anzusehen. Sie streichelte sein Gesicht und fragte sich, wie sie jemals hatte denken können, dass dieser Mann ihr etwas antun würde. Er war ein so guter Mann. Wie konnte sie dieses Mal so viel Glück haben? „Es tut mir leid, dass ich dir nicht von Gaius erzählt habe. Ich wollte dich einfach nicht aufregen. Es ist klar, dass er einen Keil zwischen uns treiben will."

Blue presste seine Lippen auf ihre. „Romy ... das wird nicht passieren. Ich werde es nicht zulassen. Ich liebe dich. Der Gedanke, dass jemand dich verletzen könnte, bringt mich um."

Nun war es an Romy zu weinen. „Ich liebe dich auch, Doc", sagte sie lächelnd durch ihre Tränen und er küsste sie leidenschaftlich. Romy drückte ihren Körper an seinen. „Bring mich ins Bett, Dr. Allende."

Er zog sie langsam aus und küsste jeden Zentimeter ihrer Haut, bis ihr ganzer Körper vor Sehnsucht vibrierte. Nackt wickelte sie ihre Beine um ihn und nahm ihn in sich auf. Sein Schwanz drang in langen, rhythmischen Stößen tief in ihr Zentrum ein und seine Lippen bewegten sich zärtlich und liebevoll über ihre, als sie sich liebten. Blues Augen waren die ganze Zeit fest auf sie gerichtet.

„Lass uns unseren Familien sagen, dass wir uns lieben. Ich kann kaum glauben, dass sie es noch nicht erraten haben." Er lächelte, als Romy vor Vergnügen stöhnte, sobald er sich tiefer in ihr vergrub. „Ich möchte der Welt von der Frau erzählen, die ich liebe, der brillanten, schönen Romy ... Ich verspreche dir, dass ich dich immer lieben und beschützen werde ..."

Romy schrie seinen Namen, als sie kam. Ihr Rücken wölbte sich und ihre Schenkel spannten sich an, als er ebenfalls kam und seine Lippen an ihre Kehle presste. „Ja", sagte sie, als sie wieder atmen konnten. „Ja, Blue ... ja ..."

Am nächsten Morgen zog Romy gerade ihren Kittel im Umkleideraum an, als Mac zu ihr kam. „Du siehst so anders aus", bemerkte er. „Strahlend. Du bist nicht schwanger, oder?"

„Nein, definitiv nicht." Sie verdrehte amüsiert die Augen. „Was steht heute an? Es ist so still hier."

Macs Lächeln verblasste. „Hast du es nicht gehört? Ein weiteres Massaker. Vier Frauen wurden auf dem Gelände der Gaswerke gefunden. Alle erstochen. Sie wurden in die Notaufnahme gebracht, aber bei der Ankunft waren sie schon tot. Alle sind damit beschäftigt, das Durcheinander aufzuräumen, den Papierkram zu erledigen und mit der Polizei zu sprechen. Schon wieder. Ich bin es so leid, ständig mit der Polizei reden zu müssen."

„Oh Gott, nicht schon wieder." Romy wurde schlecht. Sie folgte Mac aus dem Umkleideraum, als er zur Visite ging.

„Und weißt du was?", fuhr er fort. „Die Opfer haben einander nicht gekannt. Die Polizei denkt, dass sie alle aus irgendeinem Grund ausgewählt und dann zusammen liegen gelassen wurden. Bei einer der Frauen war der Oberschenkelknochen wie bei Yasmin Levant zerschmettert."

Romy blieb stehen. „Was hast du gesagt?"

„Der linke Oberschenkelknochen war zerschmettert. Warum?"

Eine Welle des Grauens begann sich in ihr zu bilden, ein Zweifel, ein entsetzlicher Gedanke. Morde in New York und jetzt in Seattle ... zerschmetterter Oberschenkelknochen ... *Nein, du bist paranoid und albern, Sasse.* „Kann ich die Akten sehen?"

Mac zuckte mit den Schultern. „Sicher." Sie gingen hinunter zur Notaufnahme und Romy versicherte Mac, dass sie Blue beschwichtigen würde, wenn sie zu spät zur Visite kämen. Romy nahm die Akten vom Schreibtisch und las sie durch. Es gab zahllose Stichwunden, und alle Frauen waren dunkelhaarig und hatten dunkle Augen und gebräunte Haut.

„Huh."

Sie sah zu Mac auf, der die Akten mit einem seltsamen Gesichtsausdruck studierte. „Was?"

„Ihre Namen. *Roberta, Ornella, Margaret, Ynez.* Ihre Initialen bilden deinen Namen."

Romy fühlte sich, als wäre sie von einem Vorschlaghammer in die Brust getroffen worden. Nein, das musste ein Zufall sein. Sie wandte sich zum Computer und öffnete die Krankenakten von Yasmin Levant und den anderen Frauen, die mit ihr umgekommen waren. Dann las sie die Namen und sah Mac an, dessen Augen beunruhigt waren. Romy atmete tief durch, loggte sich im Internet ein und googelte die Morde in New York. „Oh Gott …"

Alle Opfer hatten Namen, deren Initialen ihren Vornamen bildeten. Mac legte seine Hand auf ihre Schulter. „Weißt du, Romy, das könnte wirklich Zufall sein …"

„Ist es aber nicht." Romy begann zu zittern. „Ich muss mit der Polizei reden."

Mac sah alarmiert aus. „Du weißt nicht, wer es ist, oder?"

Romy nickte grimmig. „Oh doch. Und ich muss Dr. Allende finden."

In seinem Büro sah Blue auf, als sie eintrat, aber sein Lächeln verblasste, sobald er ihr Gesicht erblickte. Er stand auf, kam sofort zu ihr und ergriff ihre Hand. „Was ist, Liebling?"

Romy holte tief Luft. „Dacre. Er ist in Seattle. Und er will mich."

KAPITEL ZEHN

Artemis versuchte, sich nicht allzu aufgeregt zu fühlen, als sie durch die eisigen Straßen von Seattle zum Café ging. Sie und Dan hatten sich ein paar Mal getroffen, aber an diesem Tag war sie zum ersten Mal Single. Glen war am Wochenende ausgezogen, und obwohl sie beide traurig gewesen waren und sogar ein bisschen geweint hatten, war Artemis noch nie so überzeugt davon gewesen, das Richtige zu tun.

Und jetzt würde sie gleich Dan wiedersehen, den Mann, der sie seit Wochen in ihren Träumen verfolgte. Sie hatte sich immer wieder gesagt, dass es nur Freundschaft war, aber sie konnte den Blick in Dans Augen nicht leugnen, wenn er bei ihr war. Sie war sicher, dass er sich in ihren Augen widerspiegelte. Verlangen. Eine Bindung. Sie hatte sich noch nie in ihrem Leben so wohl bei einem Mann gefühlt, so entspannt und glücklich – und gleichzeitig wollte sie ihn jedes Mal, wenn sie bei ihm war, ausziehen und küssen, bis sie nicht mehr atmen konnte.

Sie fühlte sich schuldig – schließlich hatten sie und Glen sich gerade erst getrennt –, aber andererseits hatten sie so viele Jahre lang praktisch separate Leben geführt. Es war Zeit für etwas Neues und heute war ein großer Schritt nach vorn, um genau das zu erreichen. Heute wollte Dan seine Tochter mitbringen. Er hatte Artemis gefragt, ob es ihr etwas ausmachte, und als sein Gesicht rot wurde, wusste

Artemis, dass sie für ... *etwas* begutachtet werden sollte. Gott, sie hoffte, sie würde die Prüfung bestehen. Sobald sie die Tür zum Café öffnete, grinsten Dan und seine weibliche Miniaturversion sie an und alle Nervosität fiel von Artemis ab.

Octavia war eine reizende Mischung aus typischem Teenager und Nerd. Sie erinnerte Artemis mit ihrem Selbstvertrauen an Juno und mit ihren dunklen Haaren und Augen an Romy. Als sie Octavia davon erzählte, lächelte die junge Frau. „Dad hat das Gleiche gesagt. Er hat immer über die Sasse-Schwestern gesprochen – ihr seid in unserem Haus fast legendär."

„Wirklich?" Artemis fühlte sich absurd geschmeichelt und Dan verdrehte die Augen.

„Hör auf, mein cooles Image zu zerstören, Kleine."

Octavia kicherte. „Tut mir leid, Dad, aber es ist die Wahrheit. Ich würde mich freuen, deine Schwestern zu treffen."

„Das können wir arrangieren, obwohl Juno bald nach New Orleans geht. Romy ist immer noch hier, im Krankenhaus."

Sie unterhielten sich etwa eine Stunde, dann stand Octavia auf und küsste Artemis auf die Wange. „Entschuldige, ich muss jetzt los. Meine Lerngruppe fängt gleich an."

Ihr Vater hustete etwas, das verdächtig nach „Nerd" klang. Octavia grinste. „Ich bin das, wozu du mich gemacht hast. Bye, Missy, ich hoffe, wir sehen uns bald wieder. Dad, ich werde wahrscheinlich heute bei Gail übernachten, also warte nicht auf mich."

„Schreib mir einfach eine Nachricht, wenn du es tust."

„Okay. Bye." Und sie war weg.

Artemis grinste Dan an. „Sie ist großartig."

Dan lächelte erfreut. „Ich weiß, sie ist ein gutes Kind. Ich denke, sie mag dich auch."

„Ha, das will ich hoffen." Artemis erwiderte seinen Blick, hielt ihn und errötete heftig, denn Dan, dessen dunkle Augen funkelten, lächelte sie auf eine Weise an, die ihr Herz schneller schlagen ließ.

„Missy?"

„Ja?" Ihr Herz hämmerte wild und sie fühlte sich atemlos.

„Ich werde dich jetzt küssen." Dan beugte sich vor und strich mit seinen Lippen sanft über ihre, bevor er den Kuss vertiefte. Artemis sank in seine Umarmung und spürte, wie seine Hände ihr Gesicht bedeckten. „Gott, Missy, wenn du wüsstest, wie lange ich das schon wollte."

Artemis lächelte. „Ich auch. Was passiert jetzt?"

„Nun, Option A ... wir bleiben den ganzen Tag hier und küssen uns. Option B ... Ich bringe dich zu mir nach Hause, ziehe dich langsam aus und küsse jeden Zentimeter deiner perfekten Haut, bevor wir uns zärtlich lieben. Option C ... wir werfen alle Vorsicht über Bord und ficken bis zur Besinnungslosigkeit. Die letzten beiden Optionen kannst du auch gern kombinieren." Er grinste und Artemis musste lachen.

„Dan Helmond, ich sage ... Option C zuerst, dann Option B. Option A heben wir uns für später auf."

Bevor sie ihren Satz beenden konnte, griff Dan nach ihrer Hand und sie rannten zu seinem Auto. Dreißig Minuten später waren sie nackt in seinem Bett, und Dan stieß seinen riesigen, dicken Schwanz tief in sie und fickte sie hart. Artemis vergaß alle Schüchternheit. Sie spürte eine animalische Begierde für diesen Mann, seinen großen, muskulösen Körper, neben dem sie sich so klein und beschützt fühlte, und seine Küsse, die zärtlich und wild zugleich waren.

Danach bestellten sie Pizza und aßen im Bett, während sie sich wieder wie verliebte Teenager fühlten. Artemis grinste über Dans selbstzufriedenes Gesicht. „Denke bloß nicht, dass ich Glen für dich verlassen habe, Helmond."

„Doch, das hast du." Aber sie konnte sehen, dass er scherzte, und lachte. „Gib es zu, Frau, du musstest mich einfach haben."

„Meine Güte, ich gehe", stöhnte sie und kicherte, als er sie wieder in seine Arme zog und küsste. „Meeresfrüchte-Küsse."

„Ich glaube, ich habe Mozzarella in meinem Bart hängen, wenn du interessiert bist." Sein Grinsen war so breit, dass Artemis nicht anders konnte, als zu kichern.

„Das ist so eklig. Deine Verführungskünste sind erbärmlich, Helmond."

„Aber du liebst sie, Missy."

Sie küsste ihn. „Oh ja. Du magst verrückt sein, aber ich bin verrückt nach dir. Wenn ich ehrlich bin, mache ich gerade eine High-School-Fantasie von mir wahr."

Dan grinste und strich ihr blondes Haar aus ihrem Gesicht. „Das hier ist keine Fantasie mehr. Das ist echt, Missy." Sein Gesicht war jetzt ernst, aber Artemis konnte die Liebe in seinen Augen sehen. „Ich brauche dich, Missy. Du und ich, das ist alles, was ich will."

Artemis seufzte glücklich und schmiegte sich in seine Umarmung. „Ich auch, großer Mann, ich auch."

„Bleib heute Nacht bei mir."

Sie nickte und ihre Lippen waren plötzlich zu beschäftigt, um zu sprechen. Sie liebten sich wieder, dieses Mal langsam, erkundeten einander und vergaßen die Zeit bis tief in die Nacht.

Romy nippte an ihrem inzwischen kalten Kaffee. Sie hatte den größten Teil des Tages mit der Polizei verbracht, und jetzt saßen sie und Blue zusammen im Vernehmungszimmer, während sie der Detective, der für die Mordfälle zuständig war, erneut verhörte.

„Es tut mir leid, wenn ich Fragen wiederhole, Dr. Sasse, aber es ist wichtig. Nun, es könnte Zufall sein, aber wir suchen immer nach Mustern und haben bemerkt, dass die verstorbenen Frauen Vornamen mit den gleichen Initialen hatten. Bis Sie zu uns gekommen sind, wussten wir allerdings nicht, für wen die Botschaft bestimmt war."

Blue stöhnte bestürzt und der Detective sah ihn an. „Keine Sorge, Dr. Allende. Wir haben Dacre Mortimer landesweit zur Fahndung ausgeschrieben. Wenn er hier ist, finden wir ihn. In der Zwischenzeit werden wir Ihnen Schutz zuweisen, Dr. Sasse."

„Darum kümmere ich mich", sagte Blue mit rauer Stimme. „Der beste Schutz, der für Geld zu haben ist. Er wird nicht einmal in deine Nähe kommen, Romy."

Oh Gott, geschah das wirklich? Romy schloss die Augen und fragte sich, ob sie wirklich geschockt darüber war. Dacre hatte niemals akzeptiert, dass sie ihn verließ ... aber hatte er wirklich all diese unschuldigen Opfer getötet, um ihr eine Botschaft zu übermitteln?

„Warum hat er mich nicht einfach umgebracht?" Ihre Stimme war leise und überraschend ruhig.

„Nicht." Blue konnte kaum die Fassung bewahren. Der Detective lächelte sie an.

„Es war unglaublich mutig und hilfsbereit von Ihnen, zu uns zu kommen. Gehen Sie jetzt nach Hause und ruhen Sie sich aus. Ich melde mich."

Romy bat Blue, sie zum Haus ihrer Mutter zu fahren. „Ich möchte, dass alle erfahren, was vor sich geht – es ist nicht fair, sie nicht wissen zu lassen, dass sie ebenfalls in Gefahr sind. Dacre ist ein Monster."

Ihr Herz sank jedoch, als sie bei ihrer Mutter ankamen. Gaius war auch dort und traf sich mit seinem Vater.

Magda wusste, dass etwas nicht stimmte, als sie ihre mittlere Tochter ansah. „Romy?"

Blue nahm Romys Hand. „Magda, Dad ... wir haben euch etwas zu sagen. Zwei Dinge. Erstens: Wir hoffen, dass ihr glücklich darüber sein werdet, weil wir es auch sind. Romy und ich daten schon eine Weile, und Magda, ich bin so verliebt in deine Tochter ..."

Magda stieß einen entzückten Schrei aus und warf ihre Arme um sie. „Ich dachte mir schon, ich hätte etwas gespürt!"

Stuart grinste breit und klopfte seinem Sohn auf den Rücken. „Junge, ich freue mich für euch beide."

„Oh, Romy ... Schatz, endlich. Ich bin so glücklich, dass du einen guten Mann gefunden hast." Magda war in Tränen aufgelöst und Romy musste sich beherrschen, um nicht ebenfalls zu weinen und die Stimmung noch emotionaler zu machen.

„Mom ... Da ist noch etwas."

Gaius grinste im Hintergrund und beugte sich vor. Seine Augen funkelten hinterlistig. „Nicht so schüchtern, Schwester, sag es uns."

Romy errötete bei seinen Worten, aber sie spürte, wie Blue ihre Hand drückte. „Halt die Klappe, Gaius. Dies ist nicht der richtige Zeitpunkt für deine Bosheiten. Magda, Dad, ich fürchte, es gibt auch schlechte Nachrichten. Wir glauben, dass Dacre Mortimer in Seattle ist."

„Gott, nein." Magda wurde blass und klammerte sich an die Hand ihrer Tochter. „Setz dich hin, Liebling, und erzähle uns, was vor sich geht."

Romy erzählte ihnen von den Morden und davon, wie sie zu der Vermutung gelangt war, dass Dacre dahintersteckte. „Ich wusste oder hätte wissen müssen, dass er mich verfolgen würde. Er hat nichts zu verlieren, wenn er mich ermordet. Seine Familie hat ihn bereits verstoßen und alles, was ihm bleibt, ist Rache."

Blue räusperte sich und Romy sah ihn an. Seine schönen Augen waren tief beunruhigt und sie konnte die Anspannung in seinem Körper spüren. „Dad ... Ich habe bereits zusätzlichen Schutz arrangiert. Ich weiß, dass es lästig ist, besonders angesichts der bevorstehenden Hochzeit, aber ich werde nicht riskieren, dass uns jemand verletzt." Er hielt inne und warf seinem Halbbruder einen Blick zu. „Gaius, du auch. Und ich denke, du solltest deine Mutter vielleicht auch besser warnen."

„Das ist sehr rücksichtsvoll von dir." Gaius' Stimme war monoton und Romy konnte nicht sagen, ob er es ernst meinte oder nicht. Sie musterte ihn. Die Bosheit war aus seinen Augen verschwunden, aber er lächelte nicht. Er sah sie an. „Das Einzige, was für *mich* zählt, ist, dass es dir gut geht, Romy."

Arschloch. Dieser intime Unterton war wieder in seiner Stimme und sagte *Ich kenne dich besser, als du ahnst.* Sein Grinsen kehrte ebenfalls zurück. Romy wandte sich von ihm ab und Blue presste seine Lippen gegen ihre Schläfe.

„*Piccola*, ich weiß, es ist übereilt, aber ich würde mich viel besser fühlen, wenn du bei mir einziehen würdest."

„Ich auch, Romy", fügte ihre Mutter schnell hinzu und Romy nickte.

„Okay. Ja, sicher. Gott, es tut mir so leid."

Magda sah jetzt wütend aus. „Hör zu, Mädchen, du musst dich nicht entschuldigen. Dieser Mistkerl hätte ins Gefängnis wandern sollen, als er dich letztes Jahr verletzt hat. Bastard. Ich könnte ihn mit bloßen Händen umbringen. Ich werde es tun, wenn er jemals in meine Nähe kommt."

Später, als Blue und Romy in seine Wohnung zurückkehrten, ließ Blue sie heißen Tee trinken, während Romy unkontrolliert zitterte. „Ich dachte, alles wäre vorbei", sagte sie mit leiser Stimme. „Ich war so dumm."

„Nein." Blue schlang seine Arme um sie und küsste sie sanft. „Es gibt überall Verrückte. Das hat nichts mit den Entscheidungen zu tun, die du im Leben getroffen hast. Ich werde nicht zulassen, dass dir etwas passiert."

Romy beugte sich zu ihm vor. „Es ist seltsam. Ich habe Angst, aber gleichzeitig kann ich mich nicht erinnern, jemals so glücklich gewesen zu sein wie jetzt. Ich liebe dich, Blue."

„Und ich liebe dich, Baby. Vielleicht sollten wir eine Weile weggehen."

Romy schüttelte den Kopf. „Er wird nur noch mehr Menschen töten. Wenn er weiß, dass ich hier bin, kann er versuchen, zu mir zu gelangen. Dann haben wir ihn."

„Himmel, Romy, du bist kein Köder." Blues Stimme wurde laut, senkte sich dann aber genauso schnell wieder. „Entschuldige, ich wollte nicht schreien, aber wir müssen das ernst nehmen. Du hast gesehen, was er Yasmin Levant angetan hat."

„Ich habe es gesehen", sagte Romy leise. „Ich habe sie sterben gesehen, erinnerst du dich? Ich stand direkt neben dir."

Blue erbleichte und presste sie fest an seine Brust. „Es tut mir leid, Baby. Verzeih mir, *piccola*. Ich meinte nicht … Der Gedanke, dass du in Gefahr bist, macht mich noch wahnsinnig."

Sie schmiegte sich an seinen warmen, starken Körper. „Ich werde mich nicht absichtlich in seine Reichweite begeben, aber sobald wir sicher wissen, dass er es ist … vielleicht kann ich dabei helfen, ihn zu fassen. Ich muss *irgendetwas* tun, Blue. Diese armen Mädchen."

Blue holte tief Luft. „Lass uns heute Nacht einfach … versuchen, ihn zu vergessen. Hier ist es sicher. Morgen heuere ich ein Security-Team an. Baby, fühlst du dich sicher?"

„Bei dir immer." Sie küsste ihn und er streichelte sanft lächelnd ihr Gesicht.

„Ungeachtet der Umstände bin ich froh, dass du hier bist. Ich wollte dich schon heute Morgen darum bitten, zu mir zu ziehen, aber dann hat der vernünftige Teil von mir befürchtet, dass es dich abschrecken könnte."

Romy lächelte ihn an. „Das hätte es heute Morgen vielleicht getan, obwohl ich es geliebt habe, neben dir aufzuwachen." Sie seufzte. „Ich hasse, dass der Grund dafür, dass ich hier bin, dieser Bastard ist."

„Nein", sagte Blue und seine Lippen streiften ihre, „der Grund, warum du hier bist, ist, dass wir uns lieben."

„Oh ja, Doc." Romy drückte ihren Körper gegen seinen, und Blue hielt sie fest.

„Bist du müde, *piccola*?"

Romy lächelte. „Nein ... aber ich bin am Verhungern."

Blue lachte. „Natürlich, vergib mir. Nun, wie wäre es mit italienischer Hausmannskost?"

„Pasta? Okay. Sollen wir beim Lieferdienst bestellen?"

Blue gab vor, beleidigt zu sein. „Wie kannst du es wagen?"

Romy kicherte. „Kannst du etwa kochen?"

Blue stand auf, zog sie auf die Füße, warf sie über seine Schulter und trug sie in seine hochmoderne Küche. „Ob ich kochen kann? Ich bin Italiener, *piccola*. Setz dich hier hin", er ließ sie auf einen Stuhl fallen, „und bewundere den Maestro bei der Arbeit."

Romy beobachtete, wie er einen Teig herstellte, ihn ausrollte und geübt Ravioli zubereitete. Wie im Operationssaal erklärte er dabei ausführlich, was er tat, und als die Pasta fertig war, war Romy hingerissen von dem herrlichen Duft und dem Knoblauch-Butter-Aroma.

„Mein Gott, Allende", murmelte sie zwischen zwei Bissen, „gibt es irgendetwas, in dem du nicht gut bist?"

Er gab vor zu überlegen und zuckte dann mit den Schultern. „Nein." Er lachte, als sie ihre Serviette auf ihn warf.

„An eine Sache hast du nicht gedacht, Dr. Gourmet. Ich habe jetzt Knoblauchatem."

„Ha", sagte er, „ich auch." Er presste seine Lippen auf ihre und sie kamen beide zu dem Schluss, dass es kein Problem war. Der Kuss vertiefte sich und bald waren die Reste der Pasta vergessen, als Blue sie zu Boden zog.

In den nächsten Stunden tat Blue sein Bestes, um sie alles außer ihrer sinnlichen Leidenschaft vergessen zu lassen, aber im Laufe der Nacht schlief er schließlich ein, während Romy wach lag.

Kaum finde ich mein Glück, kommt Dacre, um alles zu zerstören. Bastard.

Jetzt, wo sich die Angst ein wenig gelegt hatte, spürte sie Wut über die Ungerechtigkeit. All diese unschuldigen Mädchen. Romy löste sich aus Blues Armen, stand auf und ging zu dem riesigen Panoramafenster mit Blick auf Seattle. Sie lehnte ihre Stirn gegen das kalte Glas und starrte auf die Straßen hinunter.

Wo auch immer du bist, Dacre, komm zu mir. Ich bin bereit für dich, du Monster. Komm nur.

Ich bin bereit.

KAPITEL ELF

New Orleans

Juno Sasse streckte sich auf der Couch ihrer Freundin aus und beobachtete, wie Livia einen Teller mit Keksen auf ihrem riesigen Babybauch balancierte. Juno grinste sie an. „Ich kann nicht glauben, dass du ein Baby erwartest, Livvy. Wenn man bedenkt, wo du vor einem Jahr warst ...“

Livia Chatelaine lächelte. „Du bist nicht die Einzige, die es nicht glauben kann. Als Sandor mich mit dem Messer verletzt und angeschossen hat, dachte ich, das war's. Ich dachte, ich würde sterben. Aber das ist Vergangenheit.“ Sie strich über ihren Bauch. „Mein kleines Mädchen ist fast hier. Ich kann es kaum erwarten.“

Juno grinste. „Mein erstes Patenkind.“

„Darauf kannst du wetten. Apropos, du hast mir noch nicht erzählt, was deine Schwestern machen. Hat Arti Glen schon geheiratet? Was ist mit Romy? Gefällt es ihr in dem Krankenhaus in Seattle?“

„So viele Fragen“, sagte Juno lachend. „Okay, also eins nach dem anderen: Nein, sie haben sich getrennt. Ihr geht es gut. Und ja.“

Livia spuckte fast ihren Keks aus. „Glen und Arti haben was getan?"

„Sie haben sich getrennt", wiederholte Juno. „Es war keine böse Trennung oder so, sie hatten sich einfach auseinanderentwickelt."

„Wow. Soviel zu Märchen", murmelte Livia bestürzt. „Außer meinem eigenen. Ich kann nicht leugnen, dass ich den Traum lebe. Arme Arti."

„Ich glaube, sie ist jetzt viel glücklicher", sagte Juno. „Aber was Märchen angeht … Romy erlebt gerade eines. Sie ist verliebt ... in unseren zukünftigen Stiefbruder Blue. Hier ..." Sie griff nach Livias iPad, tippte etwas ein und zeigte ihr dann ein Foto von Blue Allende. Livias Augen weiteten sich.

„Wow, er ist verdammt attraktiv ... und er und Romy …?"

„… ficken sich gerade wahrscheinlich besinnungslos. Sie haben es erst kürzlich Mom und Stuart gesagt, aber ich wusste es schon eine Weile."

Livia grinste über Junos süffisanten Gesichtsausdruck. „Sie haben es dir gesagt?"

„Nein, ich bin spontan mit ihnen Kaffee trinken gegangen und es war offensichtlich." Ihr Lächeln verblasste. „Nach dem, was Romys Ex ihr angetan hat ..."

Livia nickte mit traurigen Augen. „Und die Polizei denkt, dass er hinter den Morden steckt?"

„Ja. Gott, der Gedanke daran, dass ihr wieder etwas passieren könnte ... Sie ist so winzig, Liv. Sie kann für sich einstehen, glaub mir, aber Dacre ist ein krankes Ungeheuer."

Livia stemmte sich etwas ungeschickt hoch und umarmte ihre Freundin. „Juno, du kannst die Angst nicht dein Leben regieren lassen. Ich wette, Romy ist heute wieder bei der Arbeit und rettet Leben. Ich erinnere mich daran, wie Sandor seinen Rachefeldzug geführt hat ... Der Gedanke daran, dass er Nox oder Odelle verletzen könnte ... Wenn Romy nur halb so viel Wut empfindet wie ich damals, wird sie Dacre nicht an sich oder die Menschen, die sie liebt, heranlassen."

Juno fühlte sich durch die Worte ihrer Freundin getröstet und als sie später im Bett lag, rief sie Romy aus dem prunkvollen Gästezimmer von Nox' und Livias Villa an. Sie war überrascht, als ihre Schwester sofort ranging.

„Perfektes Timing, Juno." Romy hörte sich fröhlich an. „Ich habe gerade eine vierstündige Operation hinter mich gebracht und mache eine Pause. Wie ist es in New Orleans? Und wie geht es Livvy und dem hinreißenden Nox?"

„In New Orleans ist es warm", neckte Juno sie und hörte ein neidisches Seufzen. „Livvy sieht aus, als würde sie jede Sekunde platzen, und Nox ist, naja, so charmant wie immer. Alles klar bei dir, Romulus?"

„Mir geht es gut", sagte Romy entschlossen. „Ich lasse mich nicht so leicht fertigmachen. Von niemandem!"

„Du hattest letzte Nacht heißen Sex, hm?" Juno lachte, als ihre Schwester kicherte.

„Letzte Nacht, heute Morgen und sobald Blue in etwa fünf Minuten Feierabend hat wahrscheinlich wieder. Das Bereitschaftszimmer ist frei."

„Hey, du bist ja zu einer Nymphomanin geworden. Aber im Ernst, bist du okay?"

„Ja, wirklich, Kleine. Bitte mach dir keine Sorgen."

Juno hörte Stimmen im Hintergrund und dann die vertraute Stimme von Blue. Sie hörte ihre Schwester lachen. „Ich nehme an, du musst, äh ... jetzt schlussmachen. Mit dem Telefonieren, meine ich."

Romy lachte. „Oh ja. Aber dir geht es auch gut, oder?"

„Ja, sehr gut. Lass uns morgen weiterreden."

„Okay. Ich liebe dich."

„Ich dich auch."

Juno schaltete ihr Handy aus und kuschelte sich in ihr Bett. Romy klang glücklich und nicht eingeschüchtert von dem, was passierte, und Juno musste damit zufrieden sein. Sie schlief ein, wurde aber drei Stunden später von Livia geweckt, die Nox zurief, dass das Baby kam.

Seattle

. . .

Romy stöhnte, als Blues Schwanz immer tiefer in sie eindrang. Seine Lippen waren hungrig auf ihrem Mund und ihrem Hals und saugten an ihren Brustwarzen, während er sie fickte. Sie packte seine dunklen Locken fester, als ihr Liebesspiel immer animalischer wurde.

„Himmel, Frau, du machst mich noch verrückt", stöhnte Blue, stieß seine Hüften gegen ihre und versenkte sich vollständig in ihrem geschwollenen Zentrum. Romy war vor Freude fast im Delirium und ihr Orgasmus ließ sie atemlos und schwindelig zurück. Blue kam ebenfalls und schoss dickes, cremiges Sperma tief in sie. Sie spannte ihre Beine um ihn an und hielt ihn in sich eingeschlossen. Sein dunkelbraunes Haar war feucht vor Schweiß, seine Haut salzig und seine Augen schläfrig vor Liebe und reinem Verlangen. Er war so schön, dass Romy weinen wollte.

Sie streichelte sein Gesicht und zeichnete eine kleine Narbe auf seiner Wange nach. „Wie hast du das bekommen?"

Blue lächelte. „Ich wünschte, ich könnte dir etwas Cooles erzählen, aber als ich ein Kind war, bin ich vom Fahrrad gefallen."

„Das ist nicht uncool."

„Das Fahrrad hatte noch Stützräder. Und ich bin *trotzdem* runtergefallen." Blue wirkte deprimiert, als Romy anfing zu lachen.

„Tollpatsch. Ein sexy Tollpatsch, aber trotzdem."

Blue zuckte mit den Schultern und grinste. „Ich war nicht so elegant wie jetzt."

Romy schnaubte. „Elegant? Du hast vor zwei Tagen beim Abendessen nicht bemerkt, dass du Marinara-Soße auf deinem hübschen Gesicht hattest, Allende."

„Oh doch. Ich habe nur gehofft, dich dazu zu bringen, sie abzulecken."

„Ah", Romy nickte weise. „Du kennst mich gut, Doktor."

„Ich kenne dich gut genug, um zu wissen, dass Essen aller Art dich verführen kann."

Romy küsste ihn, als er selbstzufrieden grinste. „Wo wir gerade von Verführung sprechen – ich will deinen Schwanz in mir spüren, Boss."

Blue lachte. „Hmm, *Boss*. Das gefällt mir." Er zog ihre Beine um seine Taille und sein Schwanz war schon wieder hart. Als er in sie glitt, seufzte Romy glücklich und schlang ihre Arme um seinen Hals.

„Weißt du, Boss, wenn dir das gefällt ... Ich wäre bereit, mich im Bett dominieren zu lassen ... von dir. Verdammt, das wäre so heiß."

Er kniff sie fest in ihre Brustwarze und sie schrie überrascht auf, aber ihr Inneres zitterte vor Erregung. „Oh, du bist so nass, Süße", sagte Blue und rammte seinen Schwanz tiefer in sie. Sie liebten sich und kratzten, bissen und verschlangen einander, bis beide erneut kamen. Nachdem sie sichergestellt hatten, dass ihre Piepser eingeschaltet waren, schliefen sie eng umschlungen ein.

Kurz nach Mitternacht öffnete sich die Tür zum Bereitschaftsraum. Mac spähte hinein und entdeckte sie in dem schmalen Lichtstrahl aus dem Flur. Romy hörte, wie die Tür aufging, und sie und Mac lächelten einander an. Mac legte eine Hand über sein Herz, warf ihr eine Kusshand zu und verließ dann den Raum. Romy fühlte sich sicher und geliebt. *Niemand wird mir das wegnehmen*, dachte sie und schloss die Augen in der Umarmung des Mannes, den sie liebte.

Dacre hatte gesehen, wie Romy mit Blue Allende in den Bereitschaftsraum gegangen war, und sein Bauch hatte sich vor Wut zusammengezogen. Er wusste, dass die Polizei nach ihm suchte, aber sie hatten alte Fotos von ihm, die ihn zeigten, bevor er sich den Kopf rasiert hatte. Zusätzlich hatte er sich einen Bart wachsen lassen und seinem neuen Look Piercings, eine Halstätowierung und eine dicke Brille hinzugefügt. Er hatte auch an Muskelmasse zugelegt. Es erleichterte das Töten, wenn seine Opfer seiner körperlichen Stärke nicht gewachsen waren.

Gaius Eames hatte die neue Identität arrangiert, damit er sich für einen Job im Rainier-Hope bewerben konnte. Dacre traute dem Mann immer noch nicht. Er fragte sich, warum er seinen Halbbruder so sehr hasste, wenn Gaius selbst unbegrenzte Ressourcen zu haben schien. Vielleicht wollte Gaius Romy, aber das würde Dacre nicht erlauben. Romy gehörte ihm. Sie hatte ihn nicht einmal erkannt, als sie ihm direkte Fragen gestellt hatte. Sie war freundlich und höflich gewesen und hatte mit den Patienten und ihm gescherzt. Er hatte auch seine

Stimme mithilfe von Whiskey und Zigaretten tiefer gemacht. Niemand, nicht einmal seine verdammten Eltern, würde ihn jetzt noch als Dacre Mortimer, den adretten Harvard-Absolventen von einst, wiedererkennen.

Gaius Eames hatte ihn um einen Gefallen gebeten. „Töte deine Ex-Frau noch nicht", hatte er gesagt. „Ich will, dass Blue sich wirklich in sie verliebt, damit es ihn vernichtet, wenn sie stirbt."

Dacre hatte die Zähne zusammengebissen. „Der Gedanke an seine Hände auf ihr ..."

Gaius hatte gelächelt. „Denk daran, wie du sie bestrafen wirst, Mortimer. Die Mädchen, die du getötet hast, hatten es im Vergleich zu dem, was du Romy antun wirst, leicht."

Dacre hatte das gefallen, also hatte er zugestimmt. Die Arbeit im Krankenhaus war eine weitere Idee von Gaius gewesen, genau wie das kleine Studio-Apartment in der Nähe.

Als er nun hörte, wie sich die Tür des Bereitschaftsraumes schloss, wusste er, dass Allende seine Hände überall auf seiner Romy hatte, und es machte ihn wütend. Dacre sah auf die Uhr – seine Schicht würde in fünf Minuten enden. Er hielt inne und stellte sich vor, in den Bereitschaftsraum zu stürmen und seine Ex-Frau und ihren Liebhaber abzuschlachten. Stattdessen verließ er nach Ende seiner Schicht das Krankenhaus. Sein Körper kribbelte vor Wut und dem Verlangen zu töten. Gaius hatte ihm gesagt, dass sein kleines Spiel, Frauen, deren Initialen Romys Vornamen bildeten, zu töten, entdeckt worden war – gut, das bedeutete, dass sie Angst hatte.

Dacre ging nach Hause, aß ein spärliches Abendessen in Form von Mikrowellen-Hotdogs und trank ein paar Bier. Er sah stundenlang geistesabwesend fern und ging dann kurz nach Mitternacht in die Stadt. Er achtete immer darauf, Schwarz zu tragen, damit das Blut seiner Opfer nicht auf seinen Kleidern sichtbar war, und wenn er nach Hause kam, stopfte er seine Sachen in einen Sack, den er bei der Arbeit heimlich in die Müllverbrennungsanlage steckte.

Heute Abend suchte er nach einer Frau, die Romy ähnelte. Er fand sie hinter der Theke einer Bar in der Innenstadt, folgte ihr nach Ladenschluss bis zum Ende einer Gasse und zerrte sie in die Dunkelheit. Sie war wunderschön mit ihren langen, dunklen, welligen Haaren, rehäugig und zierlich. Er überwältigte sie leicht und als das Messer tief in ihren Körper sank, spürte Dacre die übliche Befreiung. Er starrte das Mädchen an und dachte nur daran, wie es sich anfühlen würde, Romy so zu töten. Seine Klinge schnitt durch ihr zartes Fleisch, durchtrennte die Arterien und zerstörte ihre lebenswichtigen Organe. Dieses Mädchen starb zu schnell, weil sein Messer ihre Bauchschlagader traf. Genüsslich zog er die Klinge aus seinem Opfer.

Er ließ die Frau, die um ihr Leben kämpfte, auf den Boden sinken, zerriss ihr Shirt und tötete sie mit einigen brutalen Stichen. Ihre Augen waren vor Entsetzen und Schmerz weit aufgerissen und sie gab ein gurgelndes Geräusch von sich, als Blut sich in ihrer Kehle sammelte. Dann wurde sie still. Dacre stand schwer atmend da und starrte auf sie herab. Er sah nur Romys Gesicht auf dem misshandelten Körper des Mädchens.

Dacre atmete tief den rostigen, salzigen Blutgeruch seines Opfers ein, ging langsam nach Hause und fiel in einen tiefen, friedlichen Schlaf.

KAPITEL ZWÖLF

Stuart Eames blickte auf, als seine zukünftige Ex-Frau sich dem Tisch näherte. Er erhob sich, küsste sie pflichtschuldig auf die Wange und zog ihren Stuhl für sie heraus. Hilary Eames lächelte und setzte sich.

„Der perfekte Gentleman."

Stuart versuchte, seine Augen nicht zu verdrehen. Hilary war offensichtlich in einer ihrer verführerischen Stimmungen. „Du siehst gut aus, Hilary."

Sie lächelte. „Gleichfalls. Magda Sasse kümmert sich offensichtlich gut um dich ... und ich habe gehört, ihre Tochter kümmert sich um den Italiener."

Stuart seufzte. „Sein Name ist Blue, wie du weißt, Hilary, und ja, er und Romy sind ein Paar."

„So bleibt alles in der Familie."

Er verzog angewidert das Gesicht. „Ich bin nicht hergekommen, um über Blues Liebesleben zu reden, Hilary. Wir haben vereinbart, uns zu treffen, um die Scheidung abzuschließen, also sollen wir uns an dieses Thema halten."

Hilary grinste. Stuart musterte sie. Sie war einmal eine schöne Frau gewesen, aber jetzt war sie klapperdürr, hager und faltig. Ihr dunkles Haar, einst ihr ganzer Stolz, war nun so frisiert, dass die Haarteile

versteckt waren, die sie benutzte, um die Illusion von Fülle zu erzeu-
gen. Ihre blauen Augen waren mit harten Kajal-Linien umrandet. Ihre
übermäßig vollen Lippen – direkt vom Schönheitschirurgen – ließen
sie etwas lächerlich aussehen. Ihre Wangenknochen ragten hervor und
selbst all das Make-up, das sie trug, konnte das Grau ihrer Haut nicht
verbergen, das die ständigen Diäten mit sich brachten.

Reich und dünn zu sein war Hilarys Lebenssinn – und sie liebte es,
den Menschen, die sie beneidete, das Leben schwer zu machen. Stuart
fragte sich, wie er diese Frau jemals lieben konnte. Sie war das
komplette Gegenteil von Magda.

„Du hast deinen Anspruch auf finanzielle Entschädigung aufgegeben und ich frage mich, was du im Schilde führst, Hilary."

Hilary versteckte ein Lächeln hinter ihrem Wasserglas. „Ich dachte,
du wärst glücklich darüber."

„Wer ist er? Ich weiß, dass es einen neuen Mann in deinem Leben
geben muss. Du würdest niemals auf mein Geld verzichten, wenn du
nicht schon das nächste Opfer gefunden hättest."

„Hältst du so wenig von mir?"

Stuart blieb still, anstatt zu lügen. Hilary zuckte mit den Schultern.
„Nicht, dass es dich etwas angeht, Stuart, aber Giles ist ..."

„Giles?" Plötzlich fing Stuart an zu lachen. „Du meinst Giles St.
Clement? *Lord* Giles St. Clement? Oh, Hilly, du bist wirklich so durch-
schaubar."

Hilarys Gesicht verzog sich vor Wut. „Giles und ich lieben uns und
sobald die Scheidung abgeschlossen ist, werden wir heiraten."

„Und du ziehst nach London? Ich kann es schon vor mir sehen. Tee
mit dem Premierminister, während du die gütige Charity-Lady spielst.
Ein paar Blowjobs und plötzlich, Lady St. Clement, erhältst du eigene
Titel. Vielleicht eine Ehrendamenschaft?"

Stuart hatte nicht vorgehabt, so bissig zu sein – das war nicht sein
Stil, und dieses Treffen diente schließlich dazu, sicherzustellen, dass
Hilary die Scheidungspapiere unterzeichnete –, und jetzt erkannte er,
dass er zu weit gegangen war. Hilarys Augen glitzerten hasserfüllt.

„Was interessiert es dich, wen ich heirate oder wem ich einen
blase? Giles ist der Mann, den ich will, Stuart, genau wie du deine

erbärmliche kleine Hippie-Frau willst. Bist du nicht froh darüber, dass ich für immer aus deinem Leben verschwinde?"

Stuart zuckte mit den Schultern. „Sicher ... ich hoffe nur, dass Giles weiß, worauf er sich einlässt."

„Fick dich, Stuart. Ich habe dich niemals geliebt. Ich war dumm, das zu denken."

Stuarts Lächeln verblasste. „Denkst du, dass ich das nicht weiß? Und du hast Bianca das Leben zur Hölle gemacht."

„Sie hat deinen kostbaren Bastard, den heiligen Blue, geboren. Wenn du nur alles über deinen Bastardsohn wüsstest, Stuart."

„Was zum Teufel soll das heißen?" Stuart war jetzt verärgert, aber Hilary lächelte nur.

„Du hast zwei Söhne, Stuart. Ist es nicht an der Zeit, dass du dich auf deinen Erstgeborenen konzentrierst? Gaius sagt, er fühlt sich in deiner neuen Familie ausgeschlossen."

„Das ist nicht wahr, Hilary. Gaius erzählt dir einfach, was du hören willst, weil es ihm gefällt, sich wie ein ungeliebtes Stiefkind zu fühlen. Magda hat große Anstrengungen unternommen, ihn einzubeziehen. Viel mehr Anstrengungen als du bei Blue."

„Du bist nur von Heiligen umgeben, nicht wahr?"

Stuart knirschte mit den Zähnen. Das war die Hilary, die er kannte – boshaft, niederträchtig, nachtragend. „Ich denke wirklich, wir sollten bei der Unterzeichnung der Papiere bleiben. Willst du erst zu Mittag essen, Hilary?"

Sie schüttelte abweisend den Kopf. „Ich habe keine Zeit." Sie nahm ihm die Papiere ab und kritzelte ihre Unterschrift an die erforderliche Stelle. Stuart steckte die unterschriebenen Dokumente zurück in seine Jackentasche.

„Danke. Ich wünsche dir alles Gute, Hilary."

Hilary lächelte ihn an und eine kurze Sekunde konnte Stuart die schöne Frau sehen, die sie einmal gewesen war. Dann schlich sich die Bosheit wieder in ihr Gesicht. „Sag der Tochter deiner Freundin, dass sie bei Blue vorsichtig sein muss ... er ist nicht das, was er vorgibt."

· · ·

Hilarys letzte Worte gingen Stuart immer noch im Kopf herum, als er zurück zu Magdas Haus fuhr. Sie hatten beschlossen, dass er nach der Hochzeit bei ihr einziehen und seine riesige Wohnung verkaufen würde. „Ich brauche sie nicht", hatte er ihr gesagt, „mein Zuhause ist bei dir."

Magda sah die Besorgnis auf seinem Gesicht und Stuart erzählte ihr, was Hilary gesagt hatte. Magda schüttelte den Kopf. „Sie versucht nur, dich zu ärgern. Blue ist ein guter Mann. Das wissen wir alle."

Stuart seufzte. „Ich weiß. Ich traue Hilary einfach nicht. Sie verabscheute Bianca und sprach kaum mit Blue – bis er ein attraktiver Teenager wurde. Plötzlich hat sie ihn wie eine Trophäe herumgezeigt. Blue war nicht wie Gaius. Er hasste es, so vorgeführt zu werden. Sobald er achtzehn wurde, verließ er das Haus, um von ihr wegzukommen. Ich gestehe, ich habe ihm geholfen, auszuziehen." Er setzte sich und rieb sein Gesicht, lächelte dann aber Magda an. „Aber immerhin hat sie die Papiere unterschrieben."

Magda grinste und setzte sich auf seinen Schoß. „Also bist du ein freier Mann?"

„Ich bin ein freier Mann ... also noch einmal offiziell … Magdalena Helen Sasse ... würdest du mir die große Ehre erweisen, mich zu heiraten?"

Magda lachte und nickte. „Ja, Stuart Gregory Eames. Ich will dich heiraten … am ersten Weihnachtstag."

Stuart grinste, wohlwissend, dass die Vorbereitungen für ihre Hochzeit fast abgeschlossen waren. Er küsste sie zärtlich und blickte in ihre marineblauen Augen. „Ich kann es kaum erwarten, mein Schatz. Ich kann es kaum erwarten."

Romy konzentrierte sich so sehr auf die Übungspuppe, die sie gerade operierte, dass sie nicht sah, wie Mac in den Raum kam, bis er sie anstupste und sie zusammenzuckte. „Hey! Du hast gerade meine Patientin getötet."

Mac lachte. „Sie hatte sowieso keine Chance. Also …"

Romy verbarg ein Grinsen. „Ja?"

„Du und Dr. Allende?"

Romy errötete, lächelte aber. „Ja."

„Wie lange schon?"

„Ein paar Monate."

„Romy?" Sie sah auf und sah sein Lächeln. „Ist es Liebe?"

Sie nickte und errötete erneut. „Das ist es. Ich bin verrückt nach ihm."

„Gut für dich, Mädchen. Es ist nicht so, als ob es eine große Überraschung für irgendjemanden wäre."

Romy sah ihn scharf an. „Was?"

Mac hielt die Hände hoch. „Ganz ruhig. Ich habe es niemandem erzählt. Aber die Chemie zwischen euch beiden spricht für sich."

Er beobachtete sie ein paar Minuten, während sie arbeitete. „Romy? Hast du schon gehört? Es gab weitere Morde."

Romys Hand rutschte aus und sie zog fluchend ihre Handschuhe aus, um die kleine Schnittwunde an ihrem Finger zu untersuchen. Mac half ihr, sie zu säubern. „Warum hast du Handschuhe angezogen, um eine Puppe zu operieren?"

„Gewohnheit", sagte sie. „Au."

„Tut mir leid. Sieh mal, ein Stich ist nötig, mehr nicht. Kein Problem. Soll ich es machen?"

„Bitte."

Mac betrachtete ihr Gesicht, als er ihr half. „Ich weiß, dass du denkst, dass diese Morde deine Schuld sind. Das sind sie nicht. Sie sind das Werk eines sehr kranken, sehr bösen Mannes. Weißt du, wie oft ich Gott dafür danke, dass er dich an jenem Tag nicht sterben ließ? Und ich kannte dich damals nicht einmal. Du bist eine Überlebende, Romy."

„Aber was nützt das, wenn unschuldige Frauen meinetwegen getötet werden?"

„Das liegt nicht an dir!", sagte Mac wütend. „Mein Gott, ich könnte Dacre Mortimer mit bloßen Händen töten. Hat die Polizei etwas über die Suche nach ihm erzählt?"

Romy schüttelte den Kopf. „Er könnte überall sein, Mac."

„Außer hier. Wir haben sein Bild an jedem Eingang aufgehängt und das Sicherheitsteam und die Mitarbeiter an der Rezeption wurden angewiesen, die Augen offenzuhalten."

„Ich weiß und ich bin dankbar dafür."

Er beendete die Behandlung ihres Fingers. „Du verdienst es, glücklich zu sein, Romy. Wir können alle sehen, dass du und Blue einander glücklich macht. Lebe im Jetzt, nicht in der Vergangenheit."

Romy umarmte ihren Freund. „Danke, Mac."

Romy war begierig darauf, Blue zu sehen und ihn zu küssen, aber als sie sich seiner Bürotür näherte, konnte sie ihn streiten hören. „Auf keinen Fall. Ich will dich nicht sehen oder mit dir reden. Warum kannst du das nicht in deinen Kopf bekommen?"

Romy blieb stehen und lauschte, aber sie konnte niemanden antworten hören. Es musste ein Anruf sein. Sie fühlte sich schuldig und blieb direkt vor der Tür. Dann hörte sie ihn seufzen. „Hör zu, ich weiß nicht, warum du das jetzt erwähnst. Hast du vielleicht gehört, dass ich in jemand anderen verliebt bin? Das dachte ich mir. Behalte deine wenig subtilen Drohungen für dich und fahr zur Hölle." Sie hörte, wie er den Hörer auf das Telefon knallte und vor sich hinmurmelte. Romy wartete einen Moment und klopfte dann an seine Tür.

Blue sah auf und eine Sekunde lang war sein Gesicht stürmisch, dunkel, wunderschön – und erschreckend. Als er merkte, dass sie es war, klärte sich der Sturm und er grinste sie an. „Warum klopfst du, Baby? Komm rein."

Romy lief in seine Arme und er küsste sie zärtlich. „Mein Gott, ich liebe dich, Frau."

Romy kicherte. „Ich dich auch. Ich bin gekommen, um mir den Zeitplan für die Operationen anzusehen – und natürlich um dein Gesicht zu küssen."

„Natürlich." Er zog sie auf seinen Schoß und griff nach dem Zeitplan. „Heute ist nicht viel los, wenn wir keine Notfälle bekommen." Er strich ihr die Haare aus dem Gesicht. „Du kannst dich davonschleichen und Weihnachtseinkäufe machen, wenn du willst. Ich werde dich decken."

„Nein. Dafür ist *Amazon.com* da." Romy lehnte ihre Wange an seine und schloss die Augen. Sie war so neugierig, mit wem er gesprochen hatte, konnte sich aber nicht dazu durchringen, ihn danach zu fragen. „Ich habe beim Mittagessen online eingekauft. Apropos ... Ich habe keine Ahnung, was ich dir schenken soll."

„Alles, was ich brauche, bist du, Baby." Blue küsste sie. „Wenn ich dich habe, habe ich alles."

Romy grinste. „Wie kitschig. Okay, also werde ich deinen Vater fragen."

„Als ob er das weiß. Ehrlich, Romy, ich brauche nichts." Er drehte eine ihrer Haarsträhnen um seinen Finger. „Wie wäre es damit? Anstatt Geschenke auszutauschen, verreisen wir nach Weihnachten gemeinsam."

Romy lächelte. „Willst du mich aus Seattle wegbringen?"

„Ein bisschen", gab Blue mit einem schiefen Lächeln zu. „Aber ich träume auch davon, dass wir uns in einer rustikalen italienischen Villa und in den Olivenhainen lieben. In meiner Fantasie trägst du ein Sommerkleid ohne Unterwäsche und ich ficke dich an einer Zypresse. Mein Schwanz ist tief in deinem seidigen Inneren vergraben, meine Finger streicheln deine Klitoris, meine Zunge ist in deinem Mund ..."

Romy stöhnte erregt. „Verdammt, Blue ..."

Grimmig grinsend schob er seine Hand in ihr Oberteil, zog es über eine Brust, zerrte den Spitzen-Cup ihres BHs herunter und nahm ihre Brustwarze in seinen Mund. Seine andere Hand rutschte langsam über ihren Oberschenkel unter ihren Rock, streichelte sie durch ihr zunehmend feuchtes Höschen und schlüpfte dann hinein, um ihre Klitoris zu berühren. „Ich werde dich so hart ficken, dass dich die ganze Toskana hört, schönes Mädchen."

Romy vergrub ihren Kopf an seinem Nacken. „Blue ... Himmel, ich bin so nass für dich."

Blitzschnell hatte er sie auf die Couch getragen, die Tür abgeschlossen und das Licht ausgeschaltet. Die ganze hintere Wand seines Büros war aus Glas und Romy sah schnell nach, ob jemand sie beobachtete. Blue grinste sie an, als er seine Hose öffnete und ihr die Unterwäsche auszog. „Vielleicht werden wir erwischt, Baby."

Sein Lächeln und seine Worte machten sie nur noch nasser. Er rammte seinen steinharten Schwanz in sie und sie fickten, ohne sich darum zu kümmern, ob sie ertappt wurden. Romy seufzte, als sie kam und fühlte, wie er seinen Samen tief in sie pumpte. „Wow, wir sind wirklich Sexbesessene."

Blue grinste. „Ja, das wir sind."

Lachend zogen sie sich an und gingen wieder an die Arbeit. Die routinemäßige Laparotomie, die auf dem OP-Plan stand, verlief problemlos und danach führte Blue Romy zum Abendessen aus.

Romy wusste nicht, wann sie begann, sich unwohl zu fühlen, aber im Auto auf dem Weg nach Hause sah sie immer wieder nach hinten, als hätte sie etwas bemerkt. Blue runzelte die Stirn. „Alles in Ordnung, Baby?"

Romy nickte, aber ihre Brust war verkrampft. „Ich weiß nicht, warum, aber ich fühle mich ... als ob uns jemand beobachtet hat."

„In meinem Büro?"

Sie schüttelte den Kopf. „Nein, im Restaurant. Ich ging auf die Toilette und hätte schwören können ... egal. Ich bin nur paranoid." Sie blickte sich wieder um.

Blue schaute in den Rückspiegel. „Schatz, wenn deine Instinkte dir etwas sagen, sollten wir auf sie hören. Denkst du, dass wir verfolgt werden?"

Romy wollte nicht wahnsinnig klingen, aber Blues Gesicht war ernst. „Es ist verrückt, aber ja. Da ist ein dunkler Sedan, der uns seit dem Restaurant folgt."

„Verstanden." Geschickt lenkte Blue seinen Wagen von der Autobahn in eine Seitenstraße. Er drehte eine Runde durch das fast verlassene Geschäftsviertel und fuhr dann zurück zu seiner Wohnung. „Wie ist es jetzt?"

Romy beobachtete aufmerksam die Umgebung. „Ich kann ihn nicht mehr sehen. Tut mir leid, Schatz, vielleicht habe ich mir das nur eingebildet."

„Vorsicht ist besser als Nachsicht."

Sie lächelte ihn dankbar an. „Ich verspreche dir, dass ich keine hysterische Frau bin."

Blue lachte. „Ich hätte dich nie dafür gehalten."

Als sie den Wagen in der Garage unter seinem Wohngebäude abstellten, konnte Romy nicht widerstehen, die anderen Autos dort zu überprüfen. Blue grinste sie an. „Immer noch als Superspionin unterwegs?"

„Ganz genau."

Er nahm ihre Hand. „Komm schon, meine schöne Agentin, lass uns nach oben gehen und kuscheln."

Als sie allein im Aufzug waren, küsste er sie zärtlich. „Weißt du, wenn du willst, können wir uns zusammen eine Wohnung suchen. Wir müssen nicht hierbleiben."

„Ich liebe deine Wohnung", sagte sie, lehnte sich an ihn und spürte, wie seine Arme sich um sie schlossen. Sie griff nach unten und drückte seinen Schwanz durch seine Jeans. Blue grinste.

„Du bist unersättlich."

„Oh ja."

Er lachte immer noch, als er die Tür zu seiner Wohnung aufschloss und sie für Romy aufhielt. „Nach dir, Ma'am."

Romys Lachen hallte durch den Flur, aber als sie ins Wohnzimmer kam, verstummte es. Sie hörte Blue hinter sich fluchen.

„Was zum Teufel soll das?"

Die nackte dunkelhaarige Frau spreizte langsam ihre Beine und hatte ein breites Lächeln auf dem Gesicht. „Hallo, mein lieber Blue. Ist das dein neues Spielzeug? Würde sie gern bei uns mitspielen?"

Romys ganzer Körper wurde eiskalt. Sie wandte sich langsam an Blue. „Ich nehme es zurück. Ich hasse deine Wohnung."

Sie schob sich an ihm vorbei und riss ihren Arm los, als er nach ihr griff. „Nein, Baby, warte, es ist nicht so ..."

Aber Romy rannte los und knallte die Tür hinter sich zu. Ihr Schluchzen hallte einsam durch den Flur.

. . .

Hilary Eames stand auf und ging zu ihrem Stiefsohn hinüber. „Sie ist ziemlich schreckhaft, hm?"

Blue, dessen Wut ihn zu überwältigen drohte, funkelte sie an. „Was zum Teufel machst du hier, Hilary?"

Sie berührte seine Wange und er wich zurück. Sie lächelte. „Ich fordere zurück, was mir gehört, Blue."

„Verschwinde." Blue ballte die Hände zu Fäusten, um sich davon abzuhalten, sie aus seiner Wohnung zu zerren. „Jetzt, Hilary, und komm nie wieder zurück."

Hilary gab vor zu schmollen. „Komm schon. Erinnerst du dich nicht an den Spaß, den wir hatten? Du warst damals wie ein römischer Gott." Sie musterte ihn. „Jetzt ... siehst du müde aus, Blue. Sie laugt dich aus und lässt dich so tun, als wärst du gut genug für sie, wenn du und ich wissen, dass das nicht stimmt."

„Geh jetzt, Hilary, oder ich bin nicht verantwortlich für das, was ich tue."

Hilary grinste. „Also gut. Ich gehe. Du kennst meine Telefonnummer."

„Warte nicht auf meinen Anruf. Du weißt, was du mir angetan hast. Tu nicht so, als wäre es mehr als ..." Blue kniff die Augen zusammen und versuchte, die Erinnerungen und Gefühle von damals, als er noch ein Junge war, zu löschen.

„Nenn es, wie du willst, Blue." Hilary griff nach unten und drückte seine Leistengegend. „Was du auch sagst, dein großartiger Schwanz hat eine andere Geschichte erzählt."

Blue verlor die Beherrschung, zerrte sie am Oberarm zur Tür und warf sie hinaus. Ein heller Blitz blendete ihn und er bemerkte, dass ein Paparazzo im Flur gewartet hatte, um ein Foto von ihm zu machen, wie er eine nackte und grinsende Hilary aus seiner Wohnung warf.

Aber alles, woran er denken konnte, war, dass Romy schutzlos da draußen war. Blue rief die Sicherheitsfirma an. „Finden Sie sie. Beschützen Sie sie. Sie wird mich im Moment nicht sehen wollen und das ist in Ordnung. Aber bitte, sorgen Sie für ihre Sicherheit."

„Verstanden, Boss."

KAPITEL DREIZEHN

Romy rannte auf die mitternächtlichen Straßen hinaus, immer weiter, bis sie nicht mehr atmen konnte. Sie hielt inne, sog dringend benötigten Sauerstoff in ihre Lunge und erlaubte sich, den Schmerz über das zu fühlen, was gerade passiert war. „Gott. Oh mein Gott."

Als ihre Atmung sich langsam normalisierte, ging sie benommen weiter. Sie wusste, dass es nicht sicher war, das zu tun, aber in diesem Moment schien der Schmerz über Blues Verrat stärker als jede Angst zu sein, dass Dacre sie erwischen könnte.

Komm jetzt zu mir, Dacre, und beende meinen Schmerz. Es ist mir egal.

Sie setzte sich auf eine niedrige Mauer und legte ihren Kopf in ihre Hände, während die Tränen über ihre Wangen strömten.

Wie dumm ich war zu denken, dass ein Mann wie Blue nicht unzählige Frauen in seiner Vergangenheit hat. Wie lange hat er wohl mit der Frau von vorhin geschlafen? Wer zum Teufel war sie? Sie war wunderschön, wenn auch zu dünn, aber definitiv viel zu alt für ihn ... Verdammt, darauf konzentrierst du dich, Sasse?

Romy wischte sich die Augen ab. Sie wollte gerade ein Taxi rufen, als ein silberner Audi neben ihr anhielt. Nervös begann sie, schneller zu laufen.

„Romy?"

Sie blieb stehen und wandte sich dem Sprecher zu. Gaius lächelte sie an. „Was um alles in der Welt machst du so spät hier draußen?"

„Ich ..." Romy wusste nicht, was sie sagen sollte. „Blue wurde zu einem Notfall gerufen und ich habe mich entschieden, ein Taxi zu suchen." *Lahme Ausrede.*

„Mädchen, steig rein. Da dein tollwütiger Ex auf freiem Fuß ist, solltest du nicht allein auf der Straße sein."

„Mir geht es gut." Ihre Stimme zitterte und verriet sie. Gaius stieg aus und kam zu ihr.

„Komm schon, Romy. Ich bringe dich nach Hause."

Romy ließ sich von ihm zum Beifahrersitz führen und aus Blues Nachbarschaft wegbringen. Gaius sah sie besorgt an.

„Bist du wirklich in Ordnung?"

Romy nickte. „Würde es dir etwas ausmachen, mich zu meiner Schwester zu bringen? Zu Artemis?" Sie gab ihm die Adresse und lächelte ihn dann zögernd an. „Danke, Gaius."

„Kein Problem ... aber bist du dir sicher, dass es dir gut geht? Du siehst aufgebracht aus."

„Mir geht es gut."

„Das hast du bereits gesagt."

Romy lachte halbherzig. „Ich bin einfach müde."

Sie starrte aus dem Autofenster. Der Schock ließ langsam nach und Romy begann zu bereuen, dass sie weggerannt war. Sie hätte sich gegen die Hure in Blues Wohnung behaupten sollen. Romy biss die Zähne zusammen. Aber warum zum Teufel war Blue ihr nicht gefolgt?

Fühlte er sich schuldig, weil er erwischt worden war? Mein Gott. Romy schloss die Augen. Der Schmerz in ihrer Brust brachte sie fast um. Hatte sie ihn so falsch eingeschätzt?

Nein. Sie war sich absolut sicher, dass Blue sie liebte. Es musste irgendeine rationale Erklärung dafür geben.

Gaius ließ sie auf der Fahrt in Ruhe und drehte sich erst zu ihr um, als sie in Artemis' Straße einbogen. „Bist du sicher, dass ich nicht mehr für dich tun kann, Romy?"

„Ja, danke nochmal, Gaius." Ein Gedanke kam ihr in den Sinn. „Was hast du heute Nacht in Blues Nachbarschaft gemacht?"

„Ich hatte gehofft, dass ich meinen Bruder ein paar Minuten sehen kann. Nichts Wichtiges."

Das klang nicht aufrichtig, aber Romy hatte nicht die Energie, nachzufragen. Sie stieg aus und bückte sich, um ihm noch einmal zu danken.

Gaius lächelte sie an. „Gern geschehen. Wenn du etwas brauchst, bin ich immer für dich da, Romy. Immer."

Sie beobachtete, wie er wegfuhr, und kramte in ihrer Handtasche nach dem Schlüssel. Alle Schwestern hatten Schlüssel zu den Wohnungen und Häusern der anderen und Romy war froh, dass sie Arti nicht wecken musste. Sie schlich sich ins Haus, aber auf halber Höhe der Treppe vibrierte ihr Handy. Sie wusste, dass es Blue sein musste.

Baby, wo bist du? Ich schwöre, dass es nicht so ist, wie es aussah. Bitte glaube mir, dass ihre Anwesenheit nichts mit uns zu tun hat. Bitte lass mich wissen, dass du in Sicherheit bist. Ich liebe dich.

Romy seufzte und all ihre Wut verflog.

Wir reden morgen, Blue. Das ist alles, was ich im Moment versprechen kann. Ich übernachte bei Arti. Ich bin in Sicherheit.

Natürlich. Ich will nur, dass du weißt, dass ich dich liebe.

Ich liebe dich auch. Bis morgen.

Bis morgen.

Romy stieg müde die Treppe hinauf und schlüpfte in Artis Gästezimmer. Sie zog sich bis auf die Unterwäsche aus und legte sich ins Bett – nur um dort nackter Haut zu begegnen. Sie kreischte, genauso wie die andere Person im Bett, und Romy rannte durch den Raum, um das Licht anzumachen.

Eine junge Frau mit dunklen Haaren und riesigen braunen Augen starrte sie an und hatte die Hand auf ihren Mund gepresst.

„Wer bist du?", fragte Romy atemlos, aber das Mädchen hatte keine Zeit zu antworten, bevor Artemis in den Raum stürmte, gefolgt von einem Riesen von einem Mann, der Romy bekannt vorkam. Sie starrte ihn an. „Dan? Dan Helmond?"

Der Mann grinste breit und stellte damit einen seltsamen Kontrast zu den drei Frauen dar, die unter Schock standen. „Romy Sasse, genau der bin ich. Ich nehme an, du hast Octavia, meine Tochter und deine Miniaturversion, getroffen. Tavia, das ist Romy Sasse, Artemis' Schwester."

Romy und ihre jüngere Doppelgängerin starrten einander lange an, bevor Romy, die nicht wusste, was sie sonst tun sollte, in Gelächter ausbrach.

KAPITEL VIERZEHN

Romy zuckte mit den Schultern und erzählte ihrer Schwester die Geschichte. „Also bin ich einfach gegangen. Hättest du das etwa nicht getan?"

Artemis, die ihr gegenübersaß, kaute nachdenklich auf ihrem Toast herum. „Könnte sein. Nein, wahrscheinlich nicht. Du kennst mich, ich hätte eine vollständige und detaillierte Erklärung verlangt."

„Mit Farbcodierung."

Artemis grinste, als Dan und Octavia lachten. „Aber, du, Schwesterchen, bist deutlich aufbrausender, also kann ich es dir wohl nicht vorwerfen, dass du gegangen bist."

Romy seufzte. „Ich habe Blue gesagt, dass ich ihn heute Morgen in der Stadt treffe. Kannst du mich hinfahren?"

„Ich kann dich mitnehmen", sagte Octavia und löffelte ihr Müsli in ihren Mund. „Ich muss sowieso in die Bücherei, das ist kein Problem."

Romy grinste sie an. „Danke. Ich kann immer noch nicht begreifen, wie ähnlich wir uns sehen. Dan, bist du sicher, dass du nichts mit meiner Mutter angefangen hast, als wir auf der High-School waren?"

Die Frauen lachten, als Dan seine Hände hob. „Magda ist eine schöne Frau, aber …"

„Dad! Gott, du bist so peinlich." Octavia verbarg ihr Gesicht in ihren Händen, als ihr Vater grinste.

Romy schnaubte vor Lachen und stieß Octavia an. „Komm schon, Kleine, lass uns gehen."

Auf der Fahrt in die Stadt plauderten Romy und Octavia. Dann lächelte Octavia sie an.

„Artemis hat mir gesagt, dass du tatsächlich ein Zwilling bist. Es tut mir leid wegen deines Bruders."

Romy spürte einen Kloß in ihrer Kehle. „Danke ... Ich vermisse ihn immer noch, obwohl es über zwanzig Jahre her ist."

„Was ist passiert? Wenn es dir nichts ausmacht, es mir zu sagen."

Romy räusperte sich. „Überhaupt nicht." Ihre Stimme zitterte ein wenig, aber sie ignorierte es. „Es ging so schnell, ein normaler Moment an einem normalen Tag. Er fiel auf dem Schulhof um. Er spielte mit seinen Freunden, stolperte und schlug sich den Kopf an. Ein paar Stunden war er in Ordnung, aber am nächsten Morgen fand Mom ihn tot im Bett. Gehirnblutung."

Noch jetzt erinnerte sich Romy an die Qual, ihren Zwilling, die Person, die ihr am nächsten stand, mit blauen Lippen leblos vor sich zu sehen.

Octavia hatte Tränen in den Augen. „Das tut mir so leid, Romy."

„Du weißt, wie es ist, jemanden zu verlieren, Tavia. Es wird nie einfacher. Man gewöhnt sich nur an den Schmerz."

Octavia nickte. „Ich weiß. Mom hat zweimal gegen den Krebs gekämpft, einmal bevor sie mich bekommen hat. Damals hat sie gewonnen und war fest entschlossen, dass es sie und Dad nicht daran hindern würde, Kinder zu haben. Sie haben sieben Versuche mit künstlicher Befruchtung gestartet, bevor es funktioniert hat. Manchmal frage ich mich, ob es die Schwangerschaft mit mir war, die sie so schwach gemacht hat, dass der Krebs zurückkam."

Romy drückte ihre Hand. „Nein, Kleine, so funktioniert das nicht. Und glaub mir, sie hätte den Kampf gegen den Krebs immer wieder aufgenommen, wenn sie dafür dich in ihrem Leben gehabt hätte."

Octavia schniefte. „Danke, Romy." Sie lachte leise durch ihre Tränen. „Ich wünschte, du wärst meine Schwester."

„Wie wäre es, wenn wir so tun, als wären wir Schwestern? Schließlich sieht es so aus, als ob Arti und dein Vater eine solide Beziehung haben – das macht dich zur Familie. Natürlich wäre ich tatsächlich deine Stieftante, aber Schwester klingt besser, oder?"

Octavia grinste Romy an. „Einverstanden."

Octavia setzte Romy an einem Café ab und winkte zum Abschied. Romy holte tief Luft und ging hinein, da Blue bereits auf sie wartete. Seine grünen Augen waren besorgt und vorsichtig, aber Romy erlaubte ihm, sie in eine Umarmung zu ziehen. „Danke, dass du gekommen bist, Baby."

Romy lehnte sich an ihn und atmete seinen würzigen, sauberen Duft ein. „Lass uns reden."

Sie bestellten Rührei und Toast mit starkem schwarzem Kaffee und Romy wartete. Blue sah sie an. „Ich habe keine Ahnung, wie sie in meine Wohnung gekommen ist, aber ich schwöre dir, Romy, dass ich nicht mit ihr schlafe."

„Wer ist sie?"

Blue zögerte. „Eine Ex-Patientin, die mir ein bisschen zu nahegekommen ist."

„Hast du mit ihr geschlafen, bevor du mich gekannt hast?" Romy beobachtete sein Gesicht genau. *Lüg nicht, bitte lüg nicht.*

Wieder zögerte Blue. „Es ist komplizierter als das."

Seine Antwort verärgerte Romy. „Entweder du hattest Sex mit ihr oder nicht, Blue."

Sein Gesichtsausdruck war undeutbar. Dann sagte er leise: „Technisch gesehen hatte ich Geschlechtsverkehr mit ihr."

„Was soll das heißen?"

„Romy ... Ich habe eine Vergangenheit, und manche Dinge sind zu schmerzhaft, um sie zu diskutieren. Das solltest du wissen."

Au. „Versuche nicht, von dir abzulenken, indem du Dacre ins Spiel bringst, Blue."

„Das versuche ich nicht. Es ist, was es ist."

Romy seufzte. Sie wollte Blue glauben, aber ihr Bauchgefühl machte es schwierig. „Aber du bist nicht mehr mit ihr involviert?"

„Nein, weder mit ihr noch irgendeiner anderen Frau. Glaub mir, Romy, du bist meine Liebe und mein Leben." Er beugte sich vor und strich mit seinem Mund über ihre Lippen. Sie entzog sich ihm nicht. „Nichts wird das jemals ändern. Was mich betrifft, sind wir beide für immer zusammen."

Romy spürte eine Wärmewelle in sich bei seinen Worten. „Wirklich?"

„Ja." Diesmal klang er entschlossen. Blue hielt ihren Blick. „Ich liebe dich."

Romy lächelte. „Ich liebe dich auch, Doc."

„Können wir das alles hinter uns lassen?"

Sie überlegte einen langen Moment und nickte dann. „Ich denke schon. Aber keine schönen nackten Frauen mehr in der Wohnung."

Blue grinste. „Außer dir."

Romy lachte und ihre Anspannung ließ nach. „Außer mir. Und lass bitte die Schlösser austauschen, okay? Wenn diese Frau so leicht reingekommen ist, kann das jeder."

„Schon erledigt", sagte er grimmig. „Und ich habe mich über das Sicherheitsteam des Gebäudes beschwert."

„Vielleicht sollten wir doch zusammen eine Wohnung suchen."

Blue nickte. „Das wäre großartig. Ich möchte an einem Ort wohnen, den wir zusammen ausgesucht haben."

Romy träumte vor sich hin. „Vielleicht auf einer Insel? Ich ..." Ihre Aufmerksamkeit wurde plötzlich auf den Flachbildfernseher in der Ecke des Cafés gelenkt. Er zeigte ein Foto der nackten Frau, wie sie aus seiner Wohnung geworfen wurde, und Blues schockiertes, wütendes Gesicht hinter ihr. Romys Herz setzte einen Schlag aus, als sie die Schlagzeile las.

Prominenter Chirurg aus Seattle bei nächtlichem Stelldichein mit seiner nackten Stiefmutter, der Society-Lady Hilary Eames, erwischt. Fotograf fängt den Moment ein, indem ein Streit unter Liebenden zu öffentlicher Demütigung eskaliert.

Romy spürte, wie ihr schlecht wurde. „Oh mein Gott ...“, hauchte sie und wandte sich dem geschockten Blue zu. „Eine Ex-Patientin, hm? Du kranker, perverser Mistkerl ... Zur Hölle, Blue, deine eigene Stiefmutter?“

„Es war nicht so, wie es aussieht. Das schwöre ich.“ Blues Stimme war rau und gebrochen. Seine Schultern sackten zusammen, aber Romy hatte kein Mitgefühl.

„Wie konntest du nur?“ Sie wartete nicht auf seine Antwort, sondern stürzte zur Toilette und übergab sich, bis sie schluchzend würgte. Sie setzte sich auf den Boden und weinte. Ihr Herz war gebrochen. *Was zum Teufel ist los mit der Welt?*

Eine junge Kellnerin kam. „Alles in Ordnung?“

Romy schüttelte den Kopf. „Nein.“

„Ihr Freund hat mich gebeten, nachzusehen, ob es Ihnen gut geht.“ Die Kellnerin setzte sich neben sie. Ihr freundliches Gesicht war besorgt und Romy versuchte zu lächeln.

„Er ist nicht mein Freund.“ Sie wischte sich das Gesicht ab. „Gibt es hier einen Hinterausgang?“

Die Kellnerin führte Romy durch die Küche. Romy dankte ihr und gab ihr ein großzügiges Trinkgeld. „Lassen Sie mir ein paar Minuten Vorsprung, bevor Sie ihm sagen, dass ich weg bin, okay?“

„Natürlich. Ich hoffe, es geht Ihnen bald wieder besser.“

„Danke.“

Romy lief auf die kalten Dezemberstraßen und ging zur Arbeit. Was sollte sie jetzt tun? Alles war so verfahren. *Du hättest niemals mit ihm schlafen sollen.* Würde sie in ein anderes Krankenhaus wechseln müssen? Oh Gott.

Sie war im Umkleideraum, als Mac kam und sie umarmte. „Geht es dir gut? Ich habe den Mist in den Nachrichten gesehen.“

„Nein, es geht mir nicht gut, aber ich muss arbeiten, also ... hier bin ich.“ Sie senkte ihre Stimme. „Ist er hier? Hast du ihn gesehen?“

Mac nickte, sah sich um und sprach leiser. „Er sieht gebrochen aus,

Romy. Völlig am Boden zerstört. Ich habe gesehen, wie er mit Quinto geredet hat."

„Verteidigst du ihn etwa?"

„Auf keinen Fall. Ich bin auf deiner Seite, Romy. Ich sage nur, dass es ihm auch alles andere als gut geht."

Romy fühlte sich ein wenig besser und gleichzeitig ein bisschen schlechter nach seinen Worten. Sie wollte beinahe, dass Blue reuelos war, damit sie weiter böse auf ihn sein konnte. *Er hat mit seiner Stiefmutter geschlafen*, sagte sie sich, *das ist genug Grund, um sauer zu sein.* Ein paar Minuten später, gerade als Romy und Mac auf dem Weg zur Visite waren, kam der Chef der Chirurgie, Beau Quinto, zu ihnen.

„Okay, Leute, es gibt Neuigkeiten. Dr. Allende ist auf eigenen Wunsch beurlaubt worden. Deshalb werde ich vorläufig die Visite übernehmen. Sasse und Jones, ich möchte, dass Sie den Operationsplan aufrechterhalten. Ich werde Dr. Allende auch im OP ersetzen."

Quintos Augen wanderten kurz zu Romys Gesicht und sie konnte den Ausdruck darin nicht deuten. War er sauer auf sie? Sie wollte sich schon verteidigen, riss sich dann aber zusammen. Der Mann war ein Profi – und sie hatte nichts falsch gemacht.

Quinto gab auch den anderen Assistenzärzten Anweisungen und sie verteilten sich im ganzen Krankenhaus. Romy war erleichtert, dass sie etwas Luft hatte. Mac stupste sie an, während sie an den OPs vorbeigingen. „Ich frage mich, wie lange Allende weg sein wird."

Sie zuckte mit den Schultern. „Bis er sein Leben auf die Reihe bekommen hat."

„Schließt das dich mit ein?"

Romy wusste nicht, was sie ihm darauf antworten sollte.

KAPITEL FÜNFZEHN

An Heiligabend saß Romy bis spät an ihren Krankenakten, die sie auf den neusten Stand bringen wollte, bevor sie sich Zeit für die Hochzeit ihrer Mutter nahm. Wenn sie ehrlich war, zögerte sie, nach Hause zu gehen und Blue zum ersten Mal seit der Sache mit Hilary gegenüberzutreten, aber es gab keinen Ausweg. Am nächsten Morgen würde ihre Mutter Stuart heiraten, und weder sie noch Blue würden ihre Eltern im Stich lassen.

Vielleicht sollten wir uns einfach die Hände reichen und als Stiefgeschwister leben, dachte sie jetzt. Der Gedanke deprimierte sie jedoch und sie fühlte sich plötzlich den Tränen nahe. *Ich brauche Ablenkung.*

Sie ging durch die Flure, überprüfte all ihre postoperativen Patienten, unterhielt sich mit den wenigen, die noch wach waren, und wünschte ihnen ein frohes Weihnachtsfest, auch wenn sie es nicht mit ihren Familien verbringen konnten. Das Krankenhaus versuchte immer dafür zu sorgen, dass alle eine möglichst angenehme Weihnachtszeit hatten. Dabei gab es eine Patientin, die nicht einmal wusste, dass es Weihnachten war. Kelly Yang, eine junge Frau, die vor ein paar Wochen einen Autounfall gehabt hatte, lag im Koma. Keine Familie, keine Besucher, also entschloss Romy sich dazu, bei ihr zu sitzen, ihre

Hand zu halten und mit ihr zu reden in dem Versuch, in das Bewusstsein der jungen Frau vorzudringen.

„Hey, Kelly", sagte Romy und zog einen Stuhl an die Seite ihres
Bettes. „Wie geht es dir? " Sie überprüfte Kellys Vitalzeichen, untersuchte ihre Pupillen und setzte sich dann hin. „Frohe Weihnachten. Ich
wünschte, du wärst wach, um mit uns zu feiern, aber ich verspreche,
wenn du aufwachst, werde ich sicherstellen, dass du dein Weihnachten
bekommst."

Sie saß fast eine Stunde mit Kelly zusammen und wäre beinahe
eingeschlafen, als sie jemanden an der Tür hörte. „Wie geht es ihr?"

Romy drehte sich um und sah einen der Pfleger, einen riesigen
Mann, der in Kellys Richtung nickte. Er war kahlköpfig mit einem
dichten dunklen Bart, mehreren Piercings und einer dicken Brille, aber
sein Lächeln war freundlich. Romy zermarterte sich das Gehirn nach
seinem Namen. Wally? Warren?

„Wie immer", antwortete sie und sah Kelly an, „obwohl ich die
Hoffnung habe, dass sie aufwacht."

„Das hoffe ich auch. Entschuldigen Sie die Störung, Doktor, aber
ich wollte fragen, ob Sie mich heute Abend noch brauchen."

Romy lächelte ihn an. „Nein danke ... Warren. Frohe
Weihnachten."

„Ihnen auch, Doc. Danke."

Als sie wieder allein war, drückte Romy Kellys Hand. „Tu mir
einen Gefallen. Mach mir das beste Weihnachtsgeschenk der Welt,
indem du aufwachst, okay? Träume süß."

Im Krankenhaus war es so still, dass Romys Schritte auf dem polierten
Boden widerhallten, als sie durch den Empfangsbereich auf den Parkplatz ging. Draußen wurde es immer kälter und dicke, weiche Schnee-
flocken fielen vom Himmel. *Ein perfektes Weihnachten für uns*, dachte
Romy, als sie vom Parkplatz fuhr und den Wagen zum Haus ihrer
Mutter lenkte. Die Straßen waren fast leer, als der Schnee begann,
dichter zu werden. Romy fuhr besonders vorsichtig und ihr Herz
pochte schmerzhaft auf dem gesamten Heimweg.

Als sie das Haus ihrer Mutter erreichte, sah sie nur ein Licht – in Artemis' altem Zimmer. Mit einem Seufzer der Erleichterung darüber, dass alle anderen im Bett zu sein schienen, schlich sie sich durch das Haus in ihr ehemaliges Zimmer. Juno, die aus New Orleans zurückgekehrt war, lag zusammengerollt auf einer Seite des Bettes.

Romy zog ihre nassen Stiefel und Jeans aus und streifte ihren warmen, weichen Baumwollpyjama und einen Morgenmantel über. Trotz der späten Stunde war sie nicht müde und statt Juno mit ihrer Unruhe aufzuwecken, zog Romy eine Decke aus dem Schrank und ging wieder nach unten. Das Wohnzimmer war von ihrer Mutter in ein Winterwunderland verwandelt worden – überall waren winzige Lichter, weiße Bänder und geschmackvolle Weihnachtsdekorationen.

Es wird wirklich eine Märchenhochzeit, dachte Romy mit Traurigkeit, aber auch Freude. Ihre Mutter verdiente ihr Glück. Romy nickte nachdenklich. Sie würde nicht zulassen, dass die Sache mit Blue den großen Tag ihrer Mutter ruinierte. Sie würde ihm sagen, dass sie reden konnten – nach der Hochzeit. In der Zwischenzeit würden sie tapfer lächeln und eine Familie sein.

Plötzlich spürte sie, dass jemand hinter ihr war. Romy drehte sich um und sah Blue, der ohne Hemd, barfuß und in Jeans dastand und sie anstarrte. Im blauen Licht der frühen Morgenstunden sah er aus wie eine mystische Erscheinung. Seine Augen waren groß und traurig. Romy sah ihn einen langen Moment an. Dann zog sie langsam ihren Morgenmantel und ihr Oberteil aus, löste die Kordel ihrer Hose und trat daraus heraus.

Wortlos kam er zu ihr, anfangs zögerlich. Dann, als seine kalten Hände ihre Haut berührten, zitterte sie vor Verlangen und er presste seine Lippen auf ihre. Romy konnte nicht anders, als in seine Umarmung zu sinken. Ihre Sehnsucht nach ihm lähmte sie fast. Ihre Hände wanderten zum Hosenschlitz seiner Jeans und bald war auch er nackt. Sein Schwanz stand stolz von seinem Bauch ab und bebte, als sie ihn streichelte. In Blues Augen war eine Frage und Romy antwortete mit einem Nicken. Sie legte sich auf die Couch und öffnete ihre Arme für ihn.

Blue kam zu ihr, zog ihre Beine um seine Taille und stieß mit einer schnellen Bewegung in sie hinein. Romy keuchte, als er sie füllte. Ihr Zentrum zog sich um seinen Schwanz zusammen und sie bewegte sich mit ihm, während sie sich liebten. Romy dachte in diesem Moment an nichts anderes als ihre Bedürfnisse und ihr Verlangen nach dem Mann in ihren Armen.

Blue hielt ihren Blick, während er sich immer schneller und härter bewegte, und Romy neigte ihre Hüften, um ihn so tief wie möglich in sich aufzunehmen. Blues Stöße waren jetzt so heftig, dass sie Romys Hüften brennen ließen, als er seinen Schwanz in sie rammte. Er war wütend, das konnte Romy spüren, aber gerade jetzt wollte sie diese Wut, um ihre Erregung zu befeuern. Blue kam in ihr zum Orgasmus und vergrub sein Gesicht in ihrem Nacken, als er stöhnte. Sein Sperma schoss aus ihm heraus und füllte ihren Bauch. Romy grub ihre Fingernägel in seinen Hintern, als auch sie ihren Höhepunkt erreichte, und keuchte und stöhnte leise.

Danach sahen sie sich an. „Ich hasse, wie sehr ich dich liebe", sagte sie und er nickte.

„Ich verspreche, dass ich alles wieder in Ordnung bringe, Romy. Wir müssen reden."

„Ich weiß." Romy schloss die Augen, als er ihren Hals küsste. „Aber nach der Hochzeit."

„Einverstanden. Ich liebe dich, Romy", sagte er mit zitternder Stimme. „Ich habe noch nie jemanden oder etwas so geliebt wie dich, schönes Mädchen. Bitte verlass mich nie wieder."

Romy war unheimlich gerührt von seinen Worten, und heiße Tränen drangen aus ihren Augen und fielen auf ihren nackten Körper. Blue streichelte ihr Gesicht und wischte ihre Tränen weg. „Ich verspreche, dass ich dir alles erzählen werde. Alles. Es wird keine Geheimnisse mehr zwischen uns geben."

Blue nahm sie in seine Arme und trug sie nach oben in das Gästezimmer. Sie schmiegten sich aneinander, um sich so nahe wie möglich zu sein, Lippen an Lippen, Bauch an Bauch, ihre weichen Brüste an seinem harten Oberkörper.

Romys letzter Gedanke, bevor sie einschlief, war, dass vielleicht, nur vielleicht, alles gut werden würde.

. . .

Gaius hatte beobachtet, wie sein Stiefbruder und Romy sich liebten, seine Hand in seine Shorts gesteckt, und beim Anblick von Romys spektakulärem nacktem Körper onaniert. Sie war so wunderschön, dass Gaius es für eine Schande hielt, wenn Dacre Mortimer sie tötete. Was für eine Verschwendung ... andererseits war der Gedanke, sie verwirrt und in Todesangst zu sehen, wenn Mortimer sie ermordete, auch erregend. *Wenn Dacre sie jetzt sehen könnte*, dachte Gaius mit einem Lächeln. Romy ritt Blue. Ihre großen, weichen Brüste bewegten sich rhythmisch und ihr flacher Bauch war weich und sinnlich. Gaius stellte sich vor, ihr eine Kugel zu verpassen, während sie Blue ritt, und das Entsetzen auf dem Gesicht seines verhassten Stiefbruders zu sehen, wenn sie auf ihm verblutete.

Er dämpfte sein Keuchen, als er kam, und wischte seine Hand an einem Bündel Taschentücher ab. Verdammt ... er würde Romy gern ficken, bevor sie starb, aber was würde der eifersüchtige Mortimer dann tun? Ihn umbringen? Wahrscheinlich. Nein, Gaius würde sich bei der mittleren Sasse-Schwester mit Voyeurismus begnügen müssen. Wichtiger war, dass Blue zerstört wurde ... Gaius knirschte mit den Zähnen. Als er das Foto von Blue gesehen hatte, wie er Gaius' nackte Mutter aus seiner Wohnung warf, war eine noch nie dagewesene Wut in ihm aufgestiegen.

Gaius war so wütend gewesen, dass er die Anrufe seiner Mutter ignoriert hatte und still geblieben war, als sie vor seiner Tür um Vergebung gebettelt hatte.

Wie konntest du nur, Mom? Mit dem Mann, den ich mein ganzes Leben gehasst habe ... verdammte Hure.

Gaius sah zu, wie Blue Romy in seine Arme zog, und biss die Zähne zusammen. *Du hast mir die Frau genommen, die ich geliebt habe, Bruder, und jetzt werde ich dir das Gleiche antun. Romy ist so gut wie tot, Blue, und weißt du was?*

Das ist ganz allein deine Schuld.

KAPITEL SECHZEHN

Romy wachte auf und fühlte sich friedlicher als erwartet. Blues Arme hielten sie umschlungen, als sie zu ihm aufblickte. Ja, sie liebte diesen Mann. Was auch immer er in der Vergangenheit getan hatte, war vorbei. Er hatte gesagt, er würde ihr alles erzählen, und sie glaubte ihm.

Romy war erstaunt über sich selbst. Seit Dacre hatte sie Probleme damit, anderen zu vertrauen, und doch riskierte sie noch einmal ihr Herz für diesen Mann.

Als sie sich später für die Hochzeit anzogen, lächelte Romy ihn an. „Verdammt, das steht dir gut."

Er trug einen dunkelgrauen, exquisit geschnittenen Anzug, der das Grün seiner Augen zum Vorschein brachte. Er grinste sie an. „Frau, du solltest sehen, was ich sehe."

Das goldene Etuikleid betonte ihre gebräunte Haut und sein schlichtes Design war perfekt für ihre Kurven. Ihr natürliches Make-up und ihr dunkles Haar, das in Wellen über ihren Rücken fiel, vervollständigten ihren Brautjungfer-Look. Blue konnte seine Hände nicht von ihr lassen und küsste sie zärtlich.

Sie streichelte sein Gesicht. „Blue, heute dreht sich alles um Mom und Stuart. Das ist alles, was mir heute am Herzen liegt, also lass uns den ganzen Rest vergessen, bis die beiden in den Flitterwochen sind."

„Einverstanden ... aber kann ich nur eines sagen?"

„Nur zu."

„Ich liebe dich, Romy Sasse, und es gibt Dinge in meiner Vergangenheit, für die ich mich schäme. Aber nichts bedeutet mir mehr, als mir deine Liebe und dein Vertrauen zu verdienen."

Im Erdgeschoss arrangierte Artemis alles und Romy sah, dass einige der Gäste angekommen waren. Sie begrüßte sie und sorgte dafür, dass sie etwas zu trinken bekamen, bevor sie losging, um nachzusehen, wie Magda sich fühlte.

Ihre Mutter war ungewöhnlich ruhig. „Hallo, Schatz. Könntest du mir mit dieser Haarspange helfen?"

Magda trug ein schlichtes cremefarbenes Kleid mit kunstvollen Perlen am Halsausschnitt und an den Ärmeln. Die Haarspange war mit Rubinen überzogen – sie war ein Geschenk von Romys Großmutter gewesen, als Magda das College abgeschlossen hatte.

„Du siehst atemberaubend aus, Mom." Romy umarmte sie vorsichtig und Magda strahlte. Sie betrachtete ihre Tochter.

„Und du siehst glücklicher aus, Liebling. Hast du mit Blue geredet?"

Romy lächelte schwach. „Ein bisschen. Aber heute geht es nicht um uns, es geht um dich und Stuart. Als mittlere Tochter ist es wahrscheinlich meine Aufgabe, die peinliche Frage zu stellen. Bist du sicher, Mom?"

Ihre Mutter erwiderte ihren Blick fest. „Ja, Romy. Das bin ich."

Romy lächelte. „Dann wünsche ich dir ewiges Glück und Freude. Ich liebe Stuart. Er ist wirklich ein guter Mann. Oh, hier. Eine Nachricht von Dad."

Magda las die Karte, die James Sasse geschickt hatte. „Das ist nett. Dein Vater ist auch ein guter Mann, Romy. Trotz allem."

„Ich weiß, Mom. Und jetzt habe ich auch noch einen Stiefvater."

Magda lachte. „Noch nicht ganz." Sie sah auf die Uhr. „Wow, es ist schon fast soweit. In fünfundvierzig Minuten ist der offizielle Teil vorbei und wir können feiern.“

Eine halbe Stunde später begleitete Romy ihre Mutter die Holztreppe hinunter ins Wohnzimmer. Artemis war eine der Brautjungfern und eine grinsende Juno, die in ihrem Smoking atemberaubend aussah, begrüßte die Gäste zur Hochzeit.

Blue und Gaius standen neben Stuart, als er Magda heiratete. Blues Augen funkelten vor Glück, als er Romy zuzwinkerte.

Mein Gott, ich liebe dich, dachte sie, als sie zurücklächelte und fühlte, wie die Last der letzten Wochen von ihr abfiel. Das war alles, was zählte – Liebe, Familie und das gemeinsame Feiern. Als Magda und Stuart ihre Gelübde sprachen, fragte sie sich, ob sie und Blue jemals so weit kommen würden. Sie wusste nicht einmal, ob er die Ehe als Lebensziel betrachtete. Romy hatte das nie getan – bis sie Blue getroffen hatte.

Ihre Mutter sah so überwältigend glücklich aus, dass Romy in Tränen ausbrach und alle zum Lachen brachte, als Juno sie zu Mann und Frau erklärte.

Die Feier war eine entspannte Angelegenheit mit lockeren Gesprächen, improvisierten Reden, die alle zum Lachen brachten, leiser Musik und einem Buffet mit so köstlichem Essen, dass es bald weg war und die Caterer mit Dank verabschiedet wurden.

Blue saß mit Romy auf seinem Schoß in einem der Sessel. Juno lag ausgestreckt auf dem Sofa und hielt das schlafende Kleinkind eines Gasts in ihren Armen. Artemis, Dan und Octavia saßen auf dem Teppich und neckten sich gegenseitig.

Romy beobachtete, wie ihre Mutter durch den Raum ging und sich Zeit nahm, mit jedem Gast zu plaudern und allen ihren neuen Ehemann vorzustellen. Blue grinste Romy an. „Manche von Dads Freunden sind vielleicht ein bisschen ...“

„Hochnäsig?“

Blue lachte. „Ich wollte *zurückhaltend* sagen, aber *hochnäsig* stimmt auch. Sie haben keine Ahnung, was sie auf einer so ungezwungenen Veranstaltung tun sollen."

Romy zuckte mit den Schultern und kuschelte sich in seine Arme. Blue presste seine Lippen auf ihre Stirn. „Romy?"

„Ja, Baby?"

„Kommst du über Silvester mit mir nach Italien?"

Romy schaute zu ihm auf. „Blue, wir müssen zuerst die Dinge zwischen uns klären."

„Ich weiß, ich sage nur ... wir reden heute, morgen, vielleicht übermorgen. Es wird schwer für mich sein, über einige dieser Dinge zu sprechen. Ich dachte einfach ..., wenn, und das meine ich ganz ohne Druck, *wenn* wir eine Lösung finden – dann lass uns ein paar Tage von hier weggehen."

Sie nickte. „Sobald Stuart und Mom in die Flitterwochen gehen, fahren wir zu deiner Wohnung und klären das. Ich will dich nach Italien begleiten, Baby, das tue ich wirklich, aber nicht bevor alles besprochen ist."

„Das ist in Ordnung." Er presste seine Lippen auf ihre. „Ich liebe dich."

Magda umarmte ihre Töchter, während Tränen über ihr Gesicht strömten. „Ich liebe euch, Arti, Romulus und Juno. So sehr. Danke, dass ihr meinen Tag so perfekt und wunderschön gemacht habt."

Stuart, der selbst tief gerührt war, umarmte sie ebenfalls. „Ich werde euren Vater niemals ersetzen können, aber ihr sollt wissen, dass ihr für mich meine Töchter seid und ich der glücklichste Mann der Welt bin."

Selbst die stoische Artemis weinte, als sie ihnen nachwinkte.

„Meine Güte, ein Monat Barbados ...", seufzte Juno sehnsüchtig. Octavia kicherte. Die beiden waren schnell Freundinnen geworden. „Kommt schon, Leute, lasst uns das Aufräumen auf später verschieben und Moms Schnapsvorräte plündern."

. . .

Romy und Blue verabschiedeten sich, fuhren durch die kalte Nacht zurück in die Stadt und erreichten kurz nach Mitternacht Blues Wohnung. Blue öffnete ihr die Tür und Romy konnte nicht anders, als sich für einen weiteren unerwünschten Eindringling zu wappnen. Dieses Mal waren sie jedoch völlig allein.

Sie setzten sich an den Küchentisch. Blue fand eine Flasche Scotch und ein paar Gläser und goss ihnen einen Fingerbreit von der dunkelbraunen Flüssigkeit ein.

„Also", begann er und Romy nahm seine Hand.

„Also."

Blue atmete tief ein. „Hilary Eames ist ein rachsüchtiges, manipulatives Miststück. Das wissen alle. Sie ist aber noch mehr. Sie ..." Seine Stimme brach und er wich Romys Blick aus. „Sie mag junge Männer, Romy. *Sehr* junge Männer."

Romy brauchte eine Sekunde, um sich zu fangen, und ihr Herz sank. „Oh Gott."

„Ja. Nachdem Mom gestorben und ich zu Stuart gezogen war, sah sie mich nicht einmal an. Eines Abends, als ich fünfzehn war, kam sie spät in der Nacht nur in ihrem Bademantel in mein Zimmer."

Romy sagte nichts und schluckte den Kloß in ihrem Hals hinunter. Blue schenkte ihr ein humorloses Lächeln. „In dieser Nacht hat sie nichts anderes getan, als mein Gesicht zu streicheln und mir zu sagen, was für ein hübscher Junge ich war. Dass ich aussah wie eine Statue in einem der großen Paläste Italiens. Am nächsten Tag ignorierte sie mich wieder. Dann, ein paar Wochen später, kam sie in mein Zimmer, als ich schlief, und legte sich neben mich. Ich wachte auf und stellte fest, dass sie ... meinen Penis leckte. Ich war fünfzehn."

„Oh nein ..." Romy war entsetzt.

Blue sah trostlos aus. „Natürlich hat sie mir gesagt, wenn ich es jemandem erzählen sollte, würde sie alles abstreiten und ich würde von allen verstoßen werden. In der nächsten Nacht legte sie meine Hand auf ihre Genitalien und sagte, ich solle sie streicheln. Ich habe es getan, weil ich so große Angst vor ihr hatte."

Tränen strömten über Romys Gesicht. „Oh mein Gott, Blue, es tut mir so leid ..."

„Sie hat mich drei Wochen vor meinem sechzehnten Geburtstag zum ersten Mal vergewaltigt. Bis dahin hatte sie mich so oft bedroht, dass ich ein Schatten meiner selbst war. Ich stand komplett unter ihrer Kontrolle. Ich kann ihr Parfüm immer noch nicht riechen, ohne in jene Zeit zurückversetzt zu werden. Beim letzten Mal war ich achtzehn, kurz bevor ich nach Harvard ging. Sie wusste, dass sie die Kontrolle über mich verlor und wurde daher noch bedrohlicher. Sie sagte, sie würde mich umbringen lassen, wenn ich es jemandem erzählte. Ich bezweifelte nicht, dass sie sowohl die Mittel als auch die Bösartigkeit hatte, so etwas zu tun."

Er seufzte und rieb sich die Augen. „Also bewahrte ich das Geheimnis, sowohl aus Angst vor dem, was sie tun würde, als auch aus Scham darüber, diese Angst zu empfinden, Scham über das, was passiert war. Ich hatte immer das Gefühl, nichts sagen zu können, denn wie sollte ich das alles beweisen?"

„Sie ist also in deiner Wohnung aufgetaucht, weil sie versucht hat, Macht über dich auszuüben? Immer noch?"

Blue nickte. „Sie ist schrecklich eifersüchtig auf dich und Magda. Wir wissen immer noch nicht, warum sie plötzlich ihre Forderung nach einem größeren Anteil von Dads Vermögen fallen ließ."

Romy erhob sich und ging auf und ab. Ihre Trauer verwandelte sich in Wut. „Diese verdammte Schlampe." Sie blieb stehen und wandte sich an Blue. „Und ich wette, Gaius wusste, dass sie das tun würde."

Blue sah überrascht aus. „Wie das?"

„Er hat mich in jener Nacht mit seinem Auto abgeholt. Vor deiner Wohnung. Er sagte, er wäre gekommen, um mit dir zu reden. Ich wollte einfach nur weg, so dass ich es nicht infrage stellte, aber ..."

„Intrigantes Arschloch." Blue war jetzt auch wütend, aber Romy legte ihre Arme um ihn.

„Heute Nacht ist nicht der Zeitpunkt für Vergeltung. Heute Nacht reden wir, erinnerst du dich? Nur du und ich."

Blue blickte sie an. „Ich habe noch nie jemandem davon erzählt, was Hilary mir angetan hat. Nicht einer Person. Ich war dumm zu denken, ich könnte es dir vorenthalten, besonders nachdem du mir genug vertraut hast, um mir von Mortimer zu erzählen."

„Es gibt sehr böse Menschen auf der Welt", sagte Romy leise. „Und sie alle haben ihre wie auch immer gearteten Gründe, uns zu verletzen. Es liegt an uns, dafür zu sorgen, dass sie das nicht schaffen."

Blue strich mit den Fingern über ihre Wange. „Du hast recht."

Romy schmiegte sich an ihn. „Blue ... wir werden das durchstehen, das schwöre ich dir." Sie nahm seine Hand und führte ihn ins Schlafzimmer. „Lass uns ins Bett gehen, Baby. Morgen früh reden wir weiter und machen einen Plan, wie wir vorgehen."

Blue küsste sie zärtlich. „Einverstanden, meine Schöne."

Scheinbar nur wenige Augenblicke nachdem sie ihre Augen geschlossen hatten, kam der Anruf und sie wussten, dass es einer der schlimmsten Tage ihres Lebens werden würde.

KAPITEL SIEBZEHN

So viel Blut. Die Gänge der Notaufnahme waren damit bedeckt, so dass das Personal darauf ausrutschte, als es versuchte, den Zustrom schwer verletzter und sterbender Patienten zu bewältigen.

Ein Hochgeschwindigkeitszug hatte ein Haltesignal übersehen und war am Bahnhof in einen Personenzug gerast. Hunderte waren verletzt, Dutzende getötet worden und am schlimmsten war, dass unter den Opfern viele Familien waren, wie Mac Romy erzählte, als sie sich hastig umzogen.

„Viele sind noch Kinder", sagte er mit toten Augen und Romy wurde schlecht.

Es war noch schlimmer, als sie erwartet hatte. Blue, einige seiner Kollegen und Beau Quinto waren alle unten in der Notaufnahme oder in den Operationssälen und versuchten verzweifelt, Menschen mit entsetzlichen Verletzungen zu retten. In den ersten Stunden waren so viele Leute gestorben, dass Romy nicht mehr zählen konnte.

In der Notaufnahme ging es zu wie in einem Kriegsgebiet und sie fragte Mac: „Warum nehmen die anderen Krankenhäuser keine Notfälle auf?"

Mac sah sie ruhig an. „Das tun sie ... "

„Mein Gott." Romy konnte das Ausmaß des Unfalls nicht begreifen. Auch noch an Weihnachten.

Warren, der Pfleger, den sie vage kannte, half aus und wies den Behandelten den Weg. Romy sah ihn dankbar an. „Du bist der Beste, Warren."

Er nickte schüchtern. Romy erblickte Blue, dessen Gesicht blass und gestresst war. Er murmelte: „Bist du okay?"

Sie nickte. Wenn sie ihre Gefühle die Kontrolle übernehmen ließ, würde sie schreien.

Beau kam herüber. „Romy, wir schicken ein Team zum Unfallort. Du, Mac, Blue und ich sind dabei. Hole Vorräte, so viele wie möglich, und lass uns gehen."

Während sie mit dem Krankenwagen zur King Street Station fuhren, informierte Beau das Team. „Das Bahnhofsgebäude selbst ist unbeschädigt, deshalb wurde ein Triage-Bereich in seinem Inneren eingerichtet. Es gibt viele Tote und Verletzte, wie Sie wissen, aber auch Leute, die eingeklemmt wurden und an Ort und Stelle operiert werden müssen. Es wird schwierig und gefährlich sein, aber ich vertraue Ihnen allen. Seien Sie vorsichtig."

Beaus Worte hatten sie nicht auf das Entsetzen vorbereiten können, das sie in den Trümmern fanden. Romy spürte, wie ihre Selbstkontrolle Risse bekam, als sie die Leichen zweier Kinder sah, die durch ihre Verletzungen unkenntlich gemacht worden waren. Sie wandte sich ab und atmete tief durch. *Die Leute brauchen dich. Reiß dich zusammen.*

Die Ärzte gingen mit der gleichen Effizienz an die Arbeit wie sonst in der Notaufnahme. Romy arbeitete eng mit den Ersthelfern an der Strecke und in dem riesigen Wartebereich des Bahnhofs zusammen.

Stunden vergingen, und die Nacht wurde zum Tag, der wieder zur Nacht wurde. Trotz seiner Erschöpfung behandelte das medizinische Personal so viele Patienten wie möglich und schickte andere in Krankenhäuser in der Umgebung. Die leichter Verletzten wurden bis nach Portland gebracht, wo noch Betten frei waren.

Blue kam, um Romy zu finden, als sich die zweite Nacht hinzog, und sie nahmen sich ein paar private Momente.

„Alles klar, Romy?"

Sie nickte, konnte aber erkennen, dass er nicht überzeugt war. „Erster größerer Unfall?"

Sie lachte schwach. „Ja, ich erlebe dieses Jahr viele Premieren."

Er umarmte sie fest. „Beau sagt, in einer Stunde sind wir hier fertig."

„Okay. Ich werde hier noch eine Runde drehen."

„Okay, ich nehme mir das andere Ende des Bahnhofs vor. Wir sehen uns."

Romy kletterte vorsichtig auf die Gleise zurück, um der Leitung auszuweichen, obwohl man ihnen versichert hatte, dass die Stromversorgung ausgeschaltet war. Sie rutschte hinter den Trümmerhaufen und suchte im Dunkeln nach Verletzten. Ihr Fuß glitt auf Blut aus und sie wankte und fiel nach hinten – zum Glück wurde sie von zwei starken Armen gefangen.

„Danke", sagte sie atemlos und drehte sich zu ihrem Retter um, aber bevor sie sehen konnte, wer es war, packte er ihren Kopf und knallte ihn gegen den Stahl des Wracks. Romy hatte nicht einmal Zeit zu schreien, als er sie angriff und wiederholt ihren Kopf gegen den Stahl schlug, bis sie fast bewusstlos war. Blut strömte von ihrer Stirn in ihre Augen und sie konnte fühlen, wie sie schwächer wurde.

„Hallo, mein Schatz", knurrte eine vertraute, entsetzliche Stimme in ihr Ohr, als sie ohnmächtig wurde. „Wie ironisch, dass dein Leben hier enden wird, Romy, während du die Leben anderer rettest."

Nein ... nein ... das kann nicht sein, so darf es nicht enden. Romy stellte fest, dass sie ihre Arme nicht bewegen konnte, um gegen ihn zu kämpfen, und als er seine Hände um ihren Hals legte, war alles, woran sie denken konnte, Blue.

Mein Gott, Blue, es tut mir leid, ich liebe dich ...

„Romy!"

Der Druck auf ihren Hals hörte auf und sie hörte Dacre gedämpft „Fuck!" sagen. Plötzlich wusste sie, dass sie allein war und ihr Möchtegern-Killer verschwunden war, aber jetzt begann die Dunkelheit ihre Sicht zu trüben und das Letzte, an das sie sich erinnerte, war Blues gequälter Schrei.

KAPITEL ACHTZEHN

Beaus attraktives Gesicht war grimmig, als er den Fernsehkameras gegenüberstand. „Wie Sie wissen, sind inzwischen achtundsiebzig Todesfälle, einhundertdreiundfünfzig Schwerverletzte und siebenundvierzig Leichtverletzte beim Zusammenstoß in der King Street Station bestätigt. Mein Team und ich waren vor Ort, um die Ersthelfer zu unterstützen, denen ich für ihre außergewöhnliche Leistung danken möchte. Mein Team hat sowohl im Bahnhof als auch hier im Rainier-Hope in den zwei Tagen seit dem Unfall unermüdlich gearbeitet, und ich applaudiere jedem einzelnen Mitarbeiter."

Er sah einen Moment nach unten und versuchte, seine Wut zu zügeln. „Leider wurde während unseres Einsatzes mit dem Ziel, so vielen Opfern wie möglich das Leben zu retten, eine unserer Ärztinnen, Dr. Romy Sasse, von einem Unbekannten angegriffen und schwer verletzt. Dr. Sasse wird derzeit im Rainer-Hope wegen Kopfverletzungen behandelt. Wir bitten jeden, der am 26. Dezember in der Nähe der King Street Station war und Informationen hat, sich zu melden." Quinto blickte direkt in die Kamera. „Wer auch immer du bist, du sollst eines wissen. Niemand greift meine Mitarbeiter an und kommt damit durch. Wer auch immer du bist, du wirst vor Gericht gestellt werden."

Blue schaltete den Fernseher aus und war dankbar für die Unterstützung seines Vorgesetzten. Im Bett neben ihm öffnete Romy die Augen, wie sie es schon seit einiger Zeit tat, doch diesmal richtete sich ihr Blick auf ihn. „Blue?"

Er stieß einen zitternden Atemzug aus. „Gott sei Dank ... Baby, ich hatte solche Angst. Wie fühlst du dich?"

„Mein Kopf tut weh."

„Erinnerst du dich daran, was passiert ist?", fragte Blue und beugte sich vor, um sanft ihr Haar zu streicheln.

Romy nickte, dann zuckte sie zusammen.

„Dacre hat mich gewürgt, bis er dich meinen Namen rufen hörte. Du hast mich gerettet, Baby."

„Ich hätte dich nicht aus den Augen lassen sollen", sagte er reumütig.

„Du kannst mich nicht rund um die Uhr bewachen und wir hatten einen Job zu erledigen. Wer hätte gedacht, dass Dacre verrückt genug ist, so etwas zu tun? Wenn ich darüber nachdenke ... Wie zur Hölle wusste er, dass ich dort unten war? Und warum riskierte er, mich an einem Ort umzubringen, wo überall Polizisten waren? Er ist wahnsinnig."

„Nun, zumindest das wussten wir. Wie auch immer, denk nur daran, wieder gesund werden. Das ist alles, was mich interessiert."

Romy lehnte sich zurück in die Kissen. „Ich fühle mich ehrlich gesagt okay, was mich überrascht. Er hat wie besessen meinen Kopf attackiert."

„Wir haben einen CT-Scan gemacht. Zum Glück wurde keine Hirnblutung festgestellt, aber du wirst ein paar Tage eine Gehirnerschütterung haben."

Romy schob die Decke beiseite und schwang ihre Beine über die Bettkante. Blue war sofort neben ihr.

„Whoa, whoa, whoa. Wohin gehst du?"

„Eine Gehirnerschütterung kann ich auch zu Hause auskurieren, Blue", sagte Romy und runzelte die Stirn, als er sie packte und dazu brachte, sich wieder zu setzen. „Ich belege ein Bett, obwohl ich es nicht brauche."

Blue seufzte. „Du gehst nirgendwohin, Romy. Beau will dich zur Beobachtung hierbehalten und er ist der Boss."

„Wir brauchen die Betten für die Unfallopfer."

Er schüttelte den Kopf. „Liebling ... die weniger schwer Verletzten wurden in Krankenhäuser außerhalb der Stadt gebracht in der Erwartung, dass wir mehr Betten brauchen würden." Seine Stimme klang rau. „Wir brauchten aber nicht so viele Betten, wie wir gehofft hatten."

„Oh verdammt", stöhnte Romy. „Wie viele?"

„Achtundsiebzig tot, über fünfzig schwerverletzt und mehr als ein Drittel in kritischem Zustand. Es war ein schrecklicher Unfall, Baby."

„Frohe Weihnachten."

„In der Tat." Er streichelte ihr Gesicht und sie schmiegte sich an seine Hand. „Vielleicht fühlst du es jetzt nicht, weil du Morphium bekommen hast, aber du wirst Kopfweh haben, wenn es nachlässt. Also verordne ich dir Bettruhe. Ich werde die ganze Zeit hier sein."

Romy seufzte und ging zurück ins Bett. Sie griff nach oben und versuchte, das Muster der Schmetterlingsstiche auf ihrem Kopf zu ertasten. „Werde ich danach wenigstens ein paar tolle Narben haben?"

Blue lachte leise. „Nein, du hast viel geblutet, aber die Wunden an sich waren nicht allzu ernst. Die Blutergüsse sind schwerwiegender."

„Kann ich sie sehen?"

Blue sah sie schief an und nickte dann. Er ging ins Badezimmer, um einen Spiegel zu holen. „Du warst eines dieser Kinder, die geprahlt haben, wenn sie sich das Knie aufgeschürft hatten, hm?"

„Verdammt, ja." Sie nahm den Spiegel von ihm entgegen. „Whoa." Ihre ganze Stirn war eine wütende Gewitterwolke aus Purpur, Schwarz und Rot, durchkreuzt von dem Weiß der Stiche. „Wow, das sieht interessant aus."

„Du siehst irgendwie aus wie die Frau aus dem Film mit dem Straßenrennen."

„Penelope Pitstop?"

Blue lachte. „Nein, Charlize Therons Charakter in *Mad Max*."

Romy sah beeindruckt aus. „Furiosa. Ja, Baby." Sie zog Blue zu sich, um ihn zu küssen. „Nun, das ist ein Rollenspiel, das mir gefallen könnte."

„Ähm …"

Sie sahen beide auf und erblickten einen müde aussehenden, aber lächelnden Beau an der Tür. „Störe ich?"

„Überhaupt nicht." Romy lächelte ihn an. Er kam in den Raum und zwinkerte Blue zu, bevor er Romys Vitalzeichen überprüfte.

„Gut. Das ist alles gut."

„Also kann ich nach Hause gehen?" Romy sah hoffnungsvoll aus, während Blue die Augen verdrehte.

Beau grinste. „Noch nicht. Bleib zumindest über Nacht, Romy. Auf Befehl des Chefs. Hör zu", sein Lächeln verblasste und er zog einen Stuhl heran, „die Polizei will mit dir reden. Ich habe mit dem Krankenhausvorstand gesprochen. Wir werden die Sicherheitsmaßnahmen hier verstärken. Es wird mehr Kontrollen bei Besuchern und Personal geben. Ich kann dir nicht sagen, wie leid es mir wegen des Angriffs tut."

„Danke, Boss."

Beau verließ sie etwas später und Blue küsste Romys Hand. „Wenn sie dich rauslassen, fahren wir ein paar Tage weg. Das habe ich mit Beau vereinbart."

Romy sank zurück auf die Kissen. Ihr Kopf begann jetzt schmerzhaft zu pochen. „Okay." Sie schloss einen Moment die Augen und stieß ein verzweifeltes Keuchen aus. „Meine Güte. Mom. Du hast sie nicht angerufen, oder?"

„Es war in den Nachrichten. Ich musste Stuart anrufen. Er hat mir gesagt, er würde es ihr sanft beibringen."

„Ich will nicht, dass sie zurückkommen und ihre Flitterwochen ruiniert sind."

Blue streichelte ihren verletzten Kopf. „Ich denke, ich konnte sie überreden, es nicht zu tun."

„Gott sei Dank." Romy beugte sich zu Blue vor. „Ich glaube, ich muss jetzt schlafen."

„Nur zu. Brauchst du Schmerzmittel?

Romy nickte und zuckte zusammen. Als Blue mit den Tabletten zurückkam, schluckte sie sie dankbar und leerte ihr Wasserglas. Sie fühlte sich erschöpft und ausgelaugt, und jetzt, da das Adrenalin ihren

Blutkreislauf verlassen hatte, breitete sich der Schock über den Angriff in ihr aus. Sie schloss die Augen bevor sie sich mit Tränen füllen konnten, und fiel in einen unruhigen Schlaf.

Gaius war außer sich vor Wut. „Du verdammter Idiot! Weißt du, wie viele Polizisten am Unfallort waren? Und du hast versucht, sie *dort* zu töten?"

Dacre wartete, bis Gaius fertig war, dann verengte er seinen Blick auf den anderen Mann. „Ich hatte nicht die Absicht, Romy zu *töten*, sondern sie zu erschrecken. Ich verspreche dir, dass es funktioniert hat."

„Aber du hättest gesehen werden können. All unsere Arbeit, um dich in ihre Nähe zu bringen, wäre zunichte gemacht worden."

„Wie, wenn jemand versucht hätte, die beiden auseinanderzubringen, bevor wir unseren Plan ausgeführt haben? Wie deine Mutter, diese Schlampe?" Dacre genoss die dunkle Wut auf Gaius' Gesicht.

„Glaub mir, meine Mutter und ich werden uns ernsthaft unterhalten. Mein Gott." Gaius' Gesichtsausdruck war reiner Ekel. „Wie konnte sie mit diesem italienischen Hurensohn schlafen?"

Dacre sagte nichts und grinste nur. Gaius starrte ihn missbilligend an. „Ja. Lach nur, aber jetzt ist sein Schwanz in Romys Mund."

Dacre knurrte und Gaius lachte. „Ja, das tut weh, hm?"

„Nicht mehr lange."

„Halte dich dieses Mal an das, was wir geplant haben, und wir werden alle bekommen, was wir wollen."

Dacre nickte, sagte aber nichts. Gaius war bis jetzt nützlich gewesen, aber Dacre würde ihm auf keinen Fall sagen, was sein wirklicher Plan war. Etwas, das Romys letzte Momente auf der Erde zur Hölle machen würde.

KAPITEL NEUNZEHN

Nach drei Tagen entließ Beau Romy, und Blue setzte sich sofort mit ihr in seinen Privatjet nach Italien. Als sie in den milden italienischen Winter hinaustrat und die Sonne auf ihrer Haut spürte, seufzte Romy glücklich. „Ja, das ist genau das, was ich brauchte." Sie lächelte Blue an, der ihre Koffer in den großen Mietwagen lud. Sie liebte es, dass Blue es trotz seines Reichtums vorzog, solche Dinge selbst zu erledigen, anstatt Personal anzuheuern.

Er fuhr sie durch die toskanische Landschaft, vorbei an Olivenhainen, Weinbergen und Zypressenalleen, bis er auf eine große Villa auf einem Hügel zeigte. „Da ist sie."

Romy sah eine terracottafarbene Steinvilla und als sie näherkamen, seufzte sie. „Himmel, sie ist wunderschön."

„Und sie gehört uns." Blue grinste über ihre Überraschung. „Frohe Weihnachten, Baby."

Romy starrte ihn an. „Du hast das alles hier *gekauft*?"

Blue lachte. „Fast ... Ich wollte mit dem Unterzeichnen des Kaufvertrags warten, bis du mir deine Zustimmung gibst. Aber ja. Ich wollte dich überraschen."

„Das hast du geschafft."

In der Villa ließ Blue ihre Koffer in der Lobby fallen. Dann nahm er Romys Hand und führte sie durch das Haus. Ziegelsteinwände, wogende weiße Vorhänge, Bücherregale, handgemachte Holzmöbel – es war wie in einem romantischen Traum. Romy ging mit offenem Mund von Zimmer zu Zimmer. „Meine Güte, Blue, ich dachte, solche Orte existieren nur in Filmen."

„Gefällt es dir?"

„Ich *liebe* es."

Blue lachte erfreut. „Gut. Ich bin froh, dass du so denkst. Komm und sieh dir die Küche an."

Die Küche war ein riesiger Raum mit offenem Kamin, einem modernen Herd und einem riesigen Holztisch, dem man den jahrelangen Gebrauch ansah. Getrocknete Kräuter hingen an den Wänden und an einem Ende des Zimmers befanden sich drei bequeme Sofas. „Das ist das Herz des Hauses", sagte Romy, „Hier können Menschen zusammenkommen, essen, trinken und lieben. Kannst du dir unsere Familie hier vorstellen? Alle reden durcheinander, Mom übernimmt das Kochen, Juno liegt auf einem der Sofas ..."

„Unsere Kinder rennen wild herum." Blue lächelte, als sie zu ihm aufsah.

„Eines Tages, hoffentlich."

Er küsste sie sanft. Als sie reagierte, wurde der Kuss leidenschaftlicher, bevor er sich atemlos von ihr löste und sie betrachtete. „Fühlst du dich gut?"

Romy nickte. In Wahrheit hatte sie nach ihrer Verletzung immer noch Kopfschmerzen, aber sie wollte Blue so sehr, dass sie jeden Zweifel beiseiteschob. Sie drückte ihren Körper an seinen. „Bring mich ins Bett, Allende."

Blue nahm sie in seine Arme, trug sie durch die Villa und grinste sie an. „Ich werde jeden Zentimeter von dir küssen, mein hübsches Mädchen."

Blue liebte sie zärtlich, ein wenig zögerlich und in dem Bewusstsein, dass sie noch nicht vollständig genesen war. Die Blutergüsse auf ihrem lieblichen Gesicht erinnerten ihn täglich schmerzhaft daran, dass er sie fast verloren hätte. Wer griff an einem Unfallort einen Arzt an? Warum sollte Dacre Mortimer so viel riskieren?

Verdammter Psychopath.

Als Romy einschlief, lag Blue noch wach. In ihm tobten Wut, Liebe und Verwirrung. Er hatte ein Sicherheitsteam angeheuert – sogar hier in Italien war es nicht weit entfernt. Er hatte nicht gewollt, dass Romy sich gefangen fühlte, also behielt er diese Information für sich, aber es beruhigte ihn, dass niemand hierher zu ihnen gelangen konnte. So konnte er sich entspannen und Romy konnte wieder gesund werden.

Schließlich schlief er ein und wurde von Romys sanften Küssen geweckt. Er lächelte, ohne seine Augen zu öffnen. „Du schmeckst so süß, Baby."

Er hörte ihr kehliges Kichern, dann spürte er, wie sie sich das Bett hinunterbewegte, seinen Schwanz in ihren Mund nahm und mit ihrer Zunge über den harten Schaft bis zur empfindlichen Spitze strich. Er gab ein leises Stöhnen von sich, als sein Schwanz noch steifer wurde und unter ihrer Berührung zitterte. Blue streichelte ihr weiches Haar, während sie ihn verwöhnte. Als er seinem Orgasmus immer näher kam, packte sie seine Hüften, und er ergoss sich auf ihre Zunge.

„Himmel, Romy ..."

Sie kletterte auf seinen Körper und setzte sich auf ihn. Blue öffnete die Augen und lächelte sie an. „Guten Morgen, meine Schöne."

„Morgen, sexy Mann. Berühre mich, Allende."

Er grinste bei ihrem Befehl, umfasste ihre vollen Brüste mit seinen Händen und spürte ihre weiche, zarte Haut und ihre Brustwarzen, die sich unter seiner Berührung verhärteten. „Habe ich dir schon gesagt, wie sehr ich deine Brüste liebe?"

Romy grinste. Ihr dunkles Haar fiel über ihre Schultern und ihr makelloses Gesicht war im Licht des frühen Morgens fast überirdisch schön. Sie führte seinen Schwanz in sich ein und Blue holte scharf Luft. „Und deine Möse ... deine glorreiche, seidige, enge, kleine Möse ... *Verdammt*, Romy ..."

Sie bewegte sich auf ihm, nahm ihn immer tiefer in sich auf und presste ihre Muskeln um seinen Schwanz zusammen, bis er unter ihr erzitterte. Als sie bei ihrem Höhepunkt aufschrie, drehte er sie auf den

Rücken und begann, immer härter in sie zu stoßen, während er ihre Hände auf das Bett presste und ihren Blick hielt.

Romy kam immer wieder und Blue, der nicht genug von ihr bekommen konnte, spritze zitternd dickes, cremiges Sperma tief in ihren Bauch. Sie fielen zusammen auf die Matratze und küssten sich leidenschaftlich. „Mein Gott, ich liebe dich", sagte Blue mit rauer Stimme.

„Ich liebe dich auch, Blue. Lass uns das einfach für den Rest unseres Lebens machen." Sie war außer Atem und Blue bewunderte die Art und Weise, wie ihre Brüste und ihr Bauch sich bewegten. Er strich mit seiner Hand über die weiche Kurve ihres Bauches.

„Abgemacht", sagte er und küsste sie erneut. Sie drückte ihre Brüste gegen seinen harten Oberkörper.

„Ich habe mich noch nie so gefühlt", sagte sie flüsternd und berührte zärtlich sein Gesicht.

„Das ist wahrscheinlich nur die Gehirnerschütterung", neckte Blue sie grinsend und sie lachte.

„Auf keinen Fall. Das hier ist echt, Blue. Darum geht es im Leben."

„Ich könnte dir nicht mehr zustimmen, Romy Sasse." Er schmiegte sich an sie und sah ihr tief in die Augen. „Heirate mich. Heirate mich heute oder morgen oder sobald wir es arrangieren können."

Romy starrte ihn an und einen langen Moment dachte er, sie könnte Nein sagen. *Wenn sie vernünftig ist*, dachte er, *wird sie Nein sagen. Aber bitte, bitte, Romy, sag ...*

„Ja."

Einen Moment verstand Blue ihre Antwort nicht, dann jubelte er laut, während Romy kicherte. Er rollte sie auf dem Bett herum und lachte, bis sie beide außer Atem waren.

Nachdem sie sich beruhigt hatten, strich er ihr die Haare aus dem Gesicht. „Wirklich?"

„Wirklich."

„Gott sei Dank. *Mio dio, mio dio.*"

„Unter einer Bedingung."

„Ja?"

„Wir halten die Zeremonie auf Italienisch ab. Es passt einfach."

Blue grinste sie an. „Ich werde mit dir üben."

Romy kicherte. „Ich lasse prüfen, ob du mich in den Gelübden nicht zu irgendwelchen verrückten sexuellen Spielereien verpflichtest."

„Verdammt, du hast mich erwischt." Blue stützte sich auf seinen Ellbogen und grinste sie an. „Und ich dachte, das würde dir gefallen."

„Oh, das würde es." Romy lachte. „Aber dazu brauchst du meine ausdrückliche Zustimmung nicht, es ist implizit." Sie griff nach unten und streichelte seinen Schwanz, der wieder zum Leben erwachte. „Lass es uns tun, Allende. Mach mich zu deiner Frau."

Genau das tat er zwei Tage später.

KAPITEL ZWANZIG

Octavia Helmond grinste bei der Nachricht auf ihrem Handy und ihre Freundin Mandy stupste sie an. „Was ist los?"

„Meine Schwester hat gerade spontan in Italien geheiratet."

„Das ist romantisch. Warte, was für eine Schwester?" Mandy, die Octavia seit Beginn der High-School kannte, sah verwirrt aus. „Ich dachte, du wärst ein Einzelkind."

Octavia grinste und erklärte ihr Verhältnis zu Romy und den Sasses. „Wow", sagte Mandy, als Octavia ihr ein Foto von Romy zeigte. „Sie sieht aus wie du. Bist du sicher, dass sie vor siebzehn Jahren keine Eizellen gespendet hat?"

„Wohl kaum. Sie wäre zwölf gewesen." Octavia verdrehte ihre Augen.

„Ihre Mutter könnte es aber getan haben. Ich sage ja nur." Sie saßen in der Cafeteria der Bibliothek und warteten darauf, dass zwei weitere Freundinnen sich ihnen anschlossen. Das neue Jahr hatte noch mehr Schnee gebracht und die Mädchen wollten rodeln gehen, bevor sie sich in das Ferienhaus von Octavias Vater zurückzogen, um heiße Schokolade zu trinken und Pizza zu essen.

Rebecca, eine feurige Rothaarige, begrüßte sie lautstark, als sie das Café betrat. Sie neigte manchmal zum Angeben, war aber gutmütig.

Hinter ihr folgte die stille, süße Yelena. Das dunkelhaarige Mädchen war vor fünf Jahren aus Russland eingewandert und hatte sich anfangs ausgeschlossen und einsam gefühlt. Octavia hatte sie in ihre Clique aus Wildfängen und Bücher-Nerds aufgenommen, wo Yelena aufgeblüht auf.

Sie machten sich in Octavias Geländewagen auf den Weg zur Hütte ihres Vaters in den Bergen. Dan war nicht begeistert darüber gewesen, dass vier Teenager allein da draußen waren, aber Octavia hatte ihn sanft daran erinnert, dass sie jetzt alle erwachsen waren.

„Fast", hatte er mit zusammengekniffenen Augen betont, aber Octavia hatte ihn finster angesehen. „Dad."

Dan seufzte. „Na gut ... aber du rufst mich an, wenn ihr da seid und schreibst mir jeden Morgen und Abend eine Nachricht."

„Einverstanden."

Nach Einbruch der Dunkelheit erreichten sie die Hütte und trugen hastig ihr Gepäck hinein. Octavia zündete das Feuer im Kamin an und Yelena machte heiße Schokolade. Sie unterhielten sich lange und lachten, dann streckte Octavia ihre Arme und Beine aus. „Ich gehe jetzt ins Bett, damit ich morgen genug Energie für einen aufregenden Tag habe."

„Verdammt, ja!" Rebecca hob ihren Becher und fluchte, als sie den Inhalt verschüttete. Mandy verdrehte die Augen und half ihr dabei, sauberzumachen.

Octavia war die Letzte, die einschlief. Sie teilte das Zimmer mit Mandy, die sich neben ihr zusammengerollt hatte und in einen tiefen Schlaf gefallen war. Octavia kuschelte sich unter die Decke und schloss die Augen.

Es war schon fast Morgen, als sie es hörte. Ein leiser Schrei aus dem anderen Schlafzimmer weckte sie. Sie setzte sich auf, lauschte und hörte ein seltsames Geräusch, wie ein Schlag gegen etwas Weiches. Was zum Teufel war das? Sie schwang ihre Beine über die Bettkante und schlich leise in den Flur. Als sie sich dem anderen Raum näherte, fing sie an zu zittern – etwas fühlte sich nicht richtig an. Die Tür war leicht geöffnet und zu ihrem Entsetzen sah sie die Gestalt eines großen Mannes mit einer Kapuze, der sich über das Bett ihrer Freundin beugte. Er bewegte seinen Arm auf und ab, und im Mondlicht sah Octavia das Glitzern von Stahl. Oh Gott, nein …

Eine Sekunde lang war sie wie erstarrt und traute ihren Augen nicht. Dann stieß sie einen gellenden Schrei aus und rannte los, um sich auf den Angreifer zu stürzen. Sie traf ihn mit voller Wucht, aber er warf sie leicht von sich, so dass sie gegen die Wand krachte und sich den Kopf anschlug. Als sie sich davon erholte, sah sie, wie Mandy zu ihr eilte.

„Nein, Mandy, renn weg, hol Hilfe."

Aber es war zu spät. Mandy kam durch die Tür und schaltete das Licht ein, und Octavia sah das Blutbad, das sie umgab. Rebecca und Yelena, die beide blutüberströmt nach Luft schnappten, versuchten, die teuflischen Stichwunden in ihren Bäuchen mit den Händen zu bedecken.

„Mandy, lauf", krächzte Rebecca, bevor der Mörder ihr die Klinge in den Hals stieß und sie würgend und sterbend zurücksank. Octavia rappelte sich auf und schob Mandy zurück in den Flur, aber dort war ein weiterer maskierter Mann, der Mandy mühelos hochhob und ein Messer tief in ihren Unterleib rammte. Der Killer warf ihren Körper auf den Boden und kam dann mit seinem Komplizen auf Octavia zu.

Sie erreichte fast die Tür der Hütte, aber dann riss einer von ihnen sie zu Boden und der andere packte ihre Beine und spreizte sie. Er riss ihren Pyjama auf und nahm dann zu Octavias Unglauben seine Maske ab.

Gaius. Er grinste sie an. „Überraschung."

„Bitte töte mich nicht, Gaius, bitte."

Er lachte und sah den anderen Angreifer an. „Sollen wir sie leben lassen? Nein?" Er schob langsam das Messer in ihren Nabel und Octavia zitterte bei dem schrecklichen Schmerz. Gaius vergrub das Messer bis zum Anschlag in ihr.

„Ich habe recherchiert, kleine Octavia, und die Akten der Leihmutteragentur unter die Lupe genommen. Scheint so, als wären wir verwandt. Magda Sasse ist deine biologische Mutter, was dich zu

Romys Schwester macht – was wiederum bedeutet, dass wir dich genauso töten werden wie sie. Langsam. Schmerzhaft. Gnadenlos." Er riss das Messer aus ihr heraus und Octavia spürte, wie Blut aus der Wunde strömte. Gaius lächelte.

„Ah, verdammt ... ich fürchte, ich habe deine Bauchschlagader durchtrennt. Du wirst in ein paar Minuten verbluten, also sollten wir das Beste daraus machen ..."

Octavia schrie, als der andere Killer ebenfalls sein Messer aus der Tasche zog und beide Männer immer wieder auf sie einstachen, bis sie nichts mehr umgab außer Dunkelheit.

KAPITEL EINUNDZWANZIG

Romy Sasse-Allende rollte sich im Bett herum und lächelte ihren Mann an. „Hey, Ehemann."

Blue öffnete seine Augen und grinste. „Hey, Ehefrau." Er beugte sich vor, um sie zu küssen und sie schmiegte sich in seine Arme und hakte ein Bein über seinen Körper. Sie spürte, wie sein Schwanz sich versteifte, als sie ihren Körper an seinen drückte.

„Fick mich."

Lachend rollte Blue sie auf den Rücken und legte ihre Beine um seine Taille. „Verdammt, du bist so nass."

Romy grinste schläfrig zu ihm auf. „Ich habe von dir geträumt." Sie bewegte ihren Körper so, dass ihre Brüste und ihr Bauch erbebten, und mit einem Knurren stürzte Blue seinen Schwanz tief in ihr geschwollenes Zentrum, presste ihre Hände auf das Bett und rammte sich immer wieder in sie. Romy stöhnte und trieb ihn an, während er sie fickte. Sie liebte es, als er grob wurde und seine Ladung in sie schoss, während er immer wieder kam. Er drehte sie auf den Bauch, rammte sich in ihren Hintern und zog an ihren Haaren, während sie seinen Namen schrie.

Sie krallten sich aneinander und das Bett knarrte bei der Wildheit ihres Liebesspiels. Später fickte Blue sie gegen die Wand der Dusche und hob sie mühelos in seinen starken Armen hoch. Romy stemmte sich gegen die kühlen Fliesen, während sein Schwanz ihr Zentrum dehnte, bis sie glaubte, den Verstand zu verlieren.

Als sie das Frühstück zubereiteten, beugte er sie über den Tresen und nahm sie von hinten, während er ihr immer wieder sagte, wie sehr er sie liebte, und später, als sie in den Olivenhainen spazieren gingen, nahm er sie wieder und machte seinen Anspruch auf ihren Körper und ihr Herz geltend, bis sie beide atemlos und gesättigt waren.

Es wurde Abend, als sie zur Villa zurückkehrten. Blue zog Gras und Zweige aus ihren langen, dunklen Locken, und seine Augen waren so sanft vor Liebe, dass Romy nicht anders konnte, als stehenzubleiben, um ihn zu küssen. Er strich mit seinen Händen über ihren Körper.

„Wie konnte ich jemals ohne dich leben, Romy Sasse?"

Romy grinste ihn an. „Romy Sasse-Allende. Und ich weiß es nicht, Blue, denn ich frage mich das Gleiche."

Er lachte. „Ich denke, das war genug Kitsch für dieses Jahr."

Romy lachte. „Das ist mir egal. Wir sind in den Flitterwochen, mein schöner Ehemann. Kitsch gehört einfach dazu. Weißt du, was auch noch dazugehört?"

„Was?"

„Essen. Ich bin am Verhungern."

Blue fuhr sie nach Florenz zu einem seiner Lieblingsrestaurants, und sie aßen köstliche Hummer, Pasta und Knoblauchbrot. Blue bestellte Wein und als Dessert gab es Zabaione mit frischen Beeren.

Der Kaffee war stark und dunkel, und sie unterhielten sich noch lange an diesem Abend. Romy lehnte ihren Kopf an Blues Schulter. „Ich bin gerade so entspannt. Dieser Ort ist himmlisch."

„Ich bin froh, dass du so denkst. Also, wie lautet dein Urteil? Soll ich die Villa kaufen?"

Romy nickte lächelnd. „Blue, wir haben noch nicht über Kinder gesprochen, aber ich denke, die Villa wäre der perfekte Ort, um sie großzuziehen."

Er lächelte warm. „Ich auch, Baby."

Auf der anderen Straßenseite gab es eine Reihe kleiner Geschäfte in Familienbesitz und einige davon hatten noch am späten Abend geöffnet. *Dieser Ort hat etwas so Reines und Natürliches an sich,* dachte Romy. Ihr Blick fiel auf das Flackern eines Fernsehers in der Bar auf der anderen Straßenseite. Einen Moment konnte sie nicht glauben, was sie sah.

„Tavia?" Nein, das konnte nicht sein. Das Gesicht ihrer jungen Freundin blitzte wieder auf und Romy sah jetzt, dass der Nachrichtensender einen verschneiten Tatort und Polizisten vor einer kleinen Blockhütte zeigte. Romy stand auf, um sich dem Fernseher zu nähern, und Blue, der das Essen eilig mit einem Bündel Euro-Scheine bezahlte, folgte ihr.

Sie hatten ein paar Tage keinen Handy-Empfang und kein Internet gehabt und es beide genossen, aber jetzt starrte Romy entsetzt auf den Fernseher. „Können Sie das bitte lauter machen?", fragte sie in die Runde.

Blue wiederholte die Frage auf Italienisch, und der Barkeeper griff nach der Fernbedienung und erhöhte die Lautstärke.

Die vier jungen Frauen, alle siebzehn Jahre alt, wurden heute Morgen erstochen von dem Besitzer der isolierten Blockhütte aufgefunden. Es wird vermutet, dass es sich um den Vater eines der Mädchen handelt, den ortsansässigen Geschäftsmann Daniel Helmond.

„Nein!" Romys Beine gaben unter ihr nach und Blue fing sie auf. „Nein, nicht Tavia, bitte nicht Tavia", schrie sie, ohne sich darum zu kümmern, dass die ganze Straße sie anstarrte.

Die Opfer wurden offiziell als Rebecca Moore, Octavia Helmond, Mandy Fitkins und Yelena Schostakowitsch identifiziert. Alle Frauen stammten aus Kings County, Seattle und wurden brutal erstochen. Die Polizei sagt, dass der oder die Mörder sehr wenige physische Spuren hinterlassen haben, und bittet darum, dass sich mögliche Zeugen melden. Zurück ins Studio.

Zwei Stunden später, als Romy endlich zu einer verzweifelten Artemis durchgekommen war, sprach sie ein paar Minuten mit ihrer Schwester und ging dann zurück zum Tisch. Sie war jetzt ruhig, zu ruhig, dachte Blue, als er aufstand, um sie in seine Arme zu nehmen. Das Restaurant war offiziell geschlossen, aber der Besitzer war ein freundlicher Mann, der ihnen sagte, sie sollten sich die Zeit nehmen, die sie brauchten, um zu telefonieren. Er versorgte sie mit heißem, starkem Kaffee und Gebäck, obwohl weder Blue noch Romy etwas essen konnten.

Romy lehnte sich an ihren Ehemann. „Wir müssen zurück. Es ist Dacre. Er wird weitere unschuldige Frauen töten. Wir müssen ihn aus seinem Versteck locken."

„Romy ..."

„Nein, Blue. Keine Einwände. Es ist das Einzige, was uns noch bleibt." Sie blickte ihn an und er konnte das endlose Leid in ihren Augen sehen. „Ich werde nicht ohne Widerstand aufgeben. Ich bin bereit, mit allen Mitteln zu kämpfen, Blue, glaub mir."

„Du bist nicht allein."

„Ich weiß." Sie seufzte und schloss die Augen, um nicht wieder in Tränen auszubrechen. Ihr Körper schmerzte vom Weinen. „Lass uns zurück zur Villa gehen."

„Ich werde den Jet morgen kommen lassen."

„Danke, Baby."

Dacre und Gaius sahen zufrieden die Nachrichten, dann holte Gaius zwei Flaschen Bier aus seinem Kühlschrank. Dacre stieß seine Flasche gegen die von Gaius und lehnte sich dann zurück, um den anderen Mann eingehend zu betrachten.

„Wie hast du dich gefühlt? Bei deinem ersten Mord."

Gaius lächelte. „Gottähnlich."

Dacre lachte. „Darauf trinke ich." Er nahm einen langen Schluck. „Romy wird jetzt auf dem Weg zurück in die Staaten sein."

„Das sagt ihre Schwester auch."

Dacre seufzte. „Es ist Zeit, Mann. Als wir diese Mädchen töteten, konnte ich nur daran denken, Romy das Gleiche anzutun und das Messer immer wieder in ihren Bauch zu rammen. Ich werde hart, wenn ich es mir vorstelle."

Gaius nickte. „Stimmt, es ist Zeit."

Dacre war tief in Gedanken versunken. „Der beste Ort dafür wäre im Krankenhaus. Niemand vermutet mich dort. Zur Hölle, sie erkennt mich nicht einmal."

„Nun, du hast eine Verwandlung vom adretten Arschloch zum Redneck-Psycho durchgemacht." Gaius grinste, als Dacre lachte. „Sie wird dich nicht kommen sehen."

„Verdammt." Dacre packte seinen Schwanz und drückte ihn. „Die Vorfreude auf den Moment, in dem mein Messer in ihre Haut schneidet ..."

„Alter, wichse nicht vor mir." Gaius rümpfte angeekelt die Nase, aber Dacre lachte nur.

Er nahm noch einen langen Schluck Bier. „Was ist mit dir? Wirst du deinen Bruder erledigen? Oder willst du ihn in Ruhe lassen, damit er um Romy trauern kann?"

„Beides." Gaius' Augen glitzerten vor Bosheit. „Ich werde ihn halbtot schlagen und ihn dann zwingen, dabei zuzusehen, wie du Romy umbringst. Wie klingt das?"

Dacres Lächeln breitete sich langsam über seinem Gesicht aus. „Alter ... das klingt perfekt."

KAPITEL ZWEIUNDZWANZIG

Die Beerdigung war gut besucht und so schmerzhaft, wie sie alle erwartet hatten. Octavias Sarg wurde in den kalten Januar-Boden herabgelassen. Dan, ihr Vater, hatte einen so trostlosen Ausdruck auf seinem Gesicht, dass Romy ihn kaum ansehen konnte. Die Schuld, die sie empfand, war überwältigend, und seit sie und Blue vor einer Woche nach Seattle zurückgeflogen waren, hatte sie mit der Polizei zusammengearbeitet, um Dacre zu fassen.

Im Krankenhaus hatten sie und Blue eine Besprechung mit Beau und dem Sicherheitschef gehabt und beschlossen, dass die Maßnahmen vorläufig bestehen bleiben würden. „Ich werde weder dein Leben noch das Leben anderer Menschen riskieren, Romy", sagte Beau. „Und ich habe Erfahrung mit rachsüchtigen Ex-Partnern – meine Dinah wäre fast gestorben."

„Ich weiß, Beau, und danke." Romy schaute zwischen den beiden Männern hin und her. „Es tut mir leid, dass ich so viel Chaos angerichtet habe."

„Es ist nicht deine Schuld", wiederholte Blue zum hundertsten Mal, aber Romy konnte nicht anders, als so zu empfinden. Der schreckliche Mord an Octavia hatte die ganze Familie tief getroffen. Weder Dan noch Artemis hatten Romy dafür verantwortlich gemacht, aber sie hatte beinahe gewollt, dass er sie anschrie.

Nachts, wenn sie und Blue im Bett lagen und ihr geliebter Ehemann eingeschlafen war, während er seine Arme fest um sie schlang, lag Romy wach und dachte darüber nach, wie sie Dacre dazu bringen könnte, aus seiner Deckung zu kommen. Ihre Wut war alles verzehrend. Sie schlief ein paar Stunden, stand dann auf, holte ihren Laptop und ging alle Informationen durch, die sie über Dacre, seine Familie und die Morde finden konnte. An mehr als einem Morgen fand Blue sie schlafend auf dem Sofa, den aufgeklappten Laptop noch auf ihrem Schoß.

Sie wusste, dass Blue sich Sorgen um sie machte, und konnte es ihm nicht vorwerfen. Noch nie, selbst nach dem Angriff im Vorjahr, hatte sie sich so nervös gefühlt, als wäre sie auf einem Drahtseil und nichts könnte sie davon abhalten, zu fallen.

Nur bei der Arbeit konnte sie sich auf etwas anderes konzentrieren. Sie und Blue waren im Operationssaal noch besser aufeinander eingestimmt, und ihre kürzliche Heirat hatte ihr Verhältnis zu ihren Kollegen nicht beeinträchtigt – sehr zu ihrer Erleichterung.

Mac war der einzige andere Assistenzarzt, der alles wusste. Romy stellte fest, dass sie sich immer mehr auf ihren Freund stützte.

„Ich scheine nur noch über Dacre zu reden", sagte sie mit einem traurigen Lächeln. „Versprich mir, dass wir uns künftig nur noch necken oder einfach nur über die Arbeit oder unser Liebesleben reden – eher über dein Liebesleben."

Macs Lächeln ließ sein attraktives Gesicht strahlen. „Alles klar."

Und er hielt sein Versprechen, scherzte mit ihr und linderte ihren Stress. Romy war noch nie jemandem so dankbar gewesen wie Mac.

Magda, die von ihren Flitterwochen zurück war, war gestresst und nervös, als Romy sie besuchen ging. Nachdem Magda sie viel zu lange umarmt hatte, entkam Romy den Armen ihrer Mutter und verdrehte die Augen. „Mom, mir geht es gut. Es sind Arti und Dan, um die du dir Sorgen machen solltest."

„Oh, das mache ich", sagte Magda grimmig, „aber Dacre versucht nicht, sie zu töten, oder?" Sie seufzte und bedeckte ihr Gesicht mit den Händen. Romy sah verzweifelt zu, wie ihre Mutter weinte.

„Mom, ich werde mehr als gut beschützt. Sieh dir nur die zwei riesigen Typen an, die ich mitnehmen musste, um dich zu besuchen. Dacre wird nicht an mich herankommen, es sei denn, ich lasse ihn."

Magda ließ ihre Hände fallen und funkelte ihre Tochter an. „Was soll das bedeuten? Es sei denn, du lässt ihn?"

Romy verfluchte sich für den Ausrutscher. „Nur eine Redewendung, Mom, entspann dich."

Magda seufzte und ihr normalerweise jugendliches Gesicht schien plötzlich viel älter zu sein.

„Als du letztes Jahr im Krankenhaus warst", sagte Magda, „habe ich bei dir gesessen und mir ausgemalt, Dacre Mortimer umzubringen. Auf ziemlich brutale Arten."

Romy lächelte halb. „Ich auch, Mom."

Magda nickte, zögerte und fixierte Romy mit einem festen Blick. „Könntest du es tun? Ihn töten?"

Romy nickte mit grimmigem Gesicht. „Ich würde nicht einmal zögern."

Magda nickte. „Gut. Mein Gott, Romy, ich hasse, dass ich dich damals nicht beschützen konnte und es jetzt auch nicht kann."

„Wovon redest du? Du hast mir, Arti und Juno die beste Kindheit aller Zeiten ermöglicht, Mom. All die Liebe in diesem Haus und dass wir alle unsere Träume verfolgen konnten, haben wir dir zu verdanken. Du bist meine Heldin."

Magda weinte jetzt offen und Romy schlang ihre Arme um ihre Mutter. „Mom, wir werden das durchstehen."

Magda nickte. Sie sah Romy an. „Liebling, ich muss dir etwas sagen."

Romy versuchte die Stimmung aufzuhellen und lächelte sie an. „Hat Stuart dich geschwängert?" Sie bereute den Scherz sofort, als sie sah, wie ihre Mutter zusammenzuckte. „Himmel, Mom, was ist los?"

„Liebling, komm und setz dich. Das wird nicht einfach."

. . .

Später in der Nacht kam Blue nach Hause und fand Romy im Dunkeln sitzend vor. Er ahnte sofort, dass etwas passiert war, und setzte sich neben sie. „Was ist?"

Romy sah ihn an und die Trauer in ihren Augen war bodenlos und sengend. „Octavia war tatsächlich meine Schwester. Die Polizei hat Artemis und Dan gesagt, dass Octavias DNA mit der von Mom übereinstimmte. Mom hat mir erzählt, dass sie vor zwanzig Jahren ihre Eizellen gespendet hat, nachdem sie Juno geboren hatte. Sie wusste, dass sie keine Kinder mehr wollte, also haben sie und Dad Eizellen befruchtet und gespendet. Deshalb sah Octavia genauso aus wie ich. Wir waren Schwestern."

„Oh nein." Blue spürte, wie der Schock in seinem Körper widerhallte. Romy sah ihn unheimlich ruhig an.

„Es muss enden, Blue. Es reicht. Und wenn es mich umbringt – Dacre Mortimer muss gestoppt werden."

Blue schaute seine Frau unglücklich an. „Das wird nicht gut enden, Romy."

„Ich weiß, Baby, aber wir werden es schaffen. Wir werden bereit sein."

Romy konnte nicht ahnen, wie schnell sie ihre Theorie in die Praxis umsetzen musste.

KAPITEL DREIUNDZWANZIG

Beau war nicht glücklich, aber schließlich stimmte er Romys Vorschlag zu, ihre Bodyguards im Krankenhaus abzuziehen. „Zumindest den sichtbaren Schutz", ergänzte Blue mit einem Blick auf seine Frau. „Romy ist entschlossen, den Kerl hervorzulocken."

„Er weiß, dass ich in Seattle bin und hier arbeite." Romy sah Blue an. „Blue hat arrangiert, dass mich ein Journalist über die Morde interviewt. Ich werde ihn in den Medien reizen, so dass er keine andere Wahl hat, als zu mir zu kommen."

Beau tauschte einen Blick mit Blue, und Romy seufzte. „Leute, es ist meine Entscheidung. Ich bin diejenige, die er will, und ich werde mir von niemanden mein Leben diktieren lassen."

Später arbeitete sie im Zimmer der Assistenzärzte, als Warren, der freundliche Pfleger, an die Tür klopfte. „Hey, Dr. Sasse, kann ich Sie etwas fragen?"

Romy lächelte ihn an. „Nur zu."

Warren kam herein und setzte sich. „Das Personal redet darüber, was zwischen Ihnen und Ihrem verrückten Ex los ist."

Romy fühlte sich peinlich berührt. „Es wird geredet ..."

„Ja ... tut mir leid, wenn das unpassend ist, aber wir kümmern uns hier um unsere Leute."

Romy lächelte ihn an. „Das ist nett, aber ich denke, wir haben die Situation unter Kontrolle."

„Ich sage nur ... ich bin hier. Falls Sie sich jemals bedroht fühlen, passe ich auf Sie auf."

Romy war gerührt. „Warren, Sie sind der Beste, aber ich denke, ich habe alles im Griff. Ich kann ziemlich knallhart sein."

Warren lachte. „Daran habe ich keinen Zweifel. Nun, ich habe gesagt, was ich sagen wollte, also ..."

„Danke, Warren. Ich weiß es zu schätzen."

Nachdem der Pfleger gegangen war, fühlte Romy sich seltsam, als ob ihre Freunde und Kollegen sie als Opfer betrachteten. Himmel, das war das Letzte, was sie brauchte. Ihr Magen drehte sich um und sie schob sich vom Tisch weg und stand auf, fest entschlossen, damit aufzuhören, sich selbst zu bemitleiden.

Im Krankenhaus war es ruhig, als der Tag zu Ende ging und Romy den OP-Plan überprüfte, da Blue immer noch eine ältere Frau mit Blinddarmentzündung operierte. Sie sah nach all ihren postoperativen Patienten und machte sich daran, ihre Krankenakten zu aktualisieren.

Sie hatte gerade festgestellt, dass es fast zwei Uhr morgens war, als sie den ersten Schuss hörte. Sie erstarrte und fragte sich einen Moment, ob es ein Auto war, das auf dem Parkplatz eine Fehlzündung gehabt hatte, aber als sie die Schreie hörte, rannte Romy in ihre Richtung. Bald gesellten sich andere Mitarbeiter und das Sicherheitsteam des Krankenhauses zu ihr.

Als weitere Schüsse erklangen, stoppte das Sicherheitsteam das medizinische Personal. „Die Schüsse kommen aus der OP-Etage."

Romys Herz blieb stehen und sie stürzte nach vorn, nur um von einem der Wachleute angehalten zu werden. „Entschuldigung, Doc, aber wir können Sie nicht nach unten gehen lassen."

„Aber Blue ist dort", sagte Romy und ihre Stimme brach, als die Panik einsetzte.

Mac packte ihren Oberarm. „Romy, komm. Wir müssen uns um unsere Patienten kümmern. Lass das Sicherheitsteam seine Arbeit machen."

„Das Krankenhaus ist abgesperrt", sagte der Sicherheitschef ihnen allen. „Gehen Sie dorthin zurück, wo Sie hergekommen sind und schützen Sie Ihre Patienten, so gut Sie können."

Mac zog Romy zurück zu den postoperativen Patienten. Einige von ihnen waren jetzt wach und wunderten sich, was vor sich ging. Romy versuchte, sie zu beruhigen, aber als das Gewehrfeuer sich näherte, kam ein spürbares Gefühl der Panik auf.

„Lass uns die Patienten holen, die nicht laufen und sich verstecken können", sagte Mac und Romy nickte. Ihr Magen drehte sich vor Angst um. Sie griff nach ihrem Handy und schrieb Blue eine Nachricht.

Bist du in Sicherheit?

Es gab keine Antwort. Als sie den Sicherheitsbeamten wiedersah, packte sie seinen Arm. „Was ist hier los?"

„Es gibt einen Schützen." Er sah sie an, als wäre sie zurückgeblieben, und Romy verdrehte die Augen.

„Das weiß ich ... wo ist er? Wurde jemand verletzt?"

„Keine Ahnung, Doc. Die Situation ist unübersichtlich."

Er ging weg, bevor sie noch weitere Fragen stellen konnte, und sie schnaubte frustriert. Sie versuchte vergeblich, Blue anzurufen, und hoffte, dass sie ihn deshalb nicht erreichte, weil er sein Handy immer ausschaltete, wenn er operierte.

Bitte sei am Leben.

Mein Gott, wieviel mehr Entsetzen würden sie ertragen müssen? Romy machte ihren Job, half den Patienten und sicherte die Etage, aber sie konnte nicht anders, als sich zu fragen, wie zur Hölle ein Mann mit einer Pistole ins Krankenhaus gekommen war. War es, weil Beau die Sicherheit auf ihre Bitte hin reduziert hatte?

Sei nicht dumm – das hat nichts mit dir zu tun.

Aber ihre Instinkte sagten ihr das Gegenteil. Romy spürte, wie sie die Fassung verlor, also rannte sie in ein leeres Zimmer und holte tief Luft. *Es geht ihm gut, es geht ihm gut.*

Jemand klopfte leise. „Ja?"

Warren öffnete die Tür und lächelte sie zögerlich an. „Alles okay, Doc?"

Sie schüttelte den Kopf. „Nein. Ein Schütze ist in der OP-Etage unterwegs und Blue ist dort. Nein, nichts ist okay, Warren. Man will mich nicht zu ihm lassen."

Er starrte sie lange an und sagte dann: „Ich kann Sie nach unten bringen."

Romys Augen weiteten sich. „Ach ja?"

Warren nickte. Seine Augen waren wachsam, als er sie anstarrte. „Ja. Kommen Sie mit."

Romy dachte nicht zweimal nach, so wichtig war es für sie, zu Blue zu gelangen. Sie folgte Warren bis zum Ende des Korridors und hob die Augenbrauen, als er den Notausgang aufstieß.

„Kein Alarm."

„Der Strom an den Türen wurde abgeschaltet, um den Schützen einzuschließen, deshalb gibt es keinen Alarm."

Sie folgte ihm zwei Treppenabsätze nach unten, aber als sie die OP-Etage passierten, stolperte sie. „Warren?"

Er drehte sich um, ergriff ihre Hand und zog sie hinter sich her. „Wir müssen ganz runtergehen, um wieder nach oben zu können, Romy."

Sie brauchte eine Sekunde, um zu verarbeiten, wie er sie genannt hatte, und eine Woge des Entsetzens überschwemmte sie. „Wie haben Sie mich genannt?"

Warrens Hand schlang sich fester um ihr Handgelenk, als er sich ihr zuwandte. „Hast du mich vermisst, Romy?"

Das konnte nicht sein ... Romy starrte den großen Mann entsetzt an und begann, ihn zu erkennen. Dacre hatte seinen Typ komplett verändert. Er hatte jetzt eine Glatze, dazu der dichte Bart und die Piercings ... aber ja, es war ihr Ex-Mann.

„Wie habe ich das nicht sehen können?", sagte sie laut und als Dacre sie näher zu sich zog, lachte er.

„Weil du es nicht sehen wolltest. Du hast nur Augen für den Italiener gehabt, nicht wahr, du Hure? Seine Hände waren überall auf dir, hm?"

Er zerrte sie die Treppe hinunter und ihr zierlicher Körper war seiner Stärke nicht gewachsen. „Sie werden deine Leiche im Keller finden, Romy, aufgeschlitzt und ausgeblutet. Zu diesem Zeitpunkt bin ich natürlich schon längst weg. Sie werden immer noch nach dem Schützen im Krankenhaus suchen."

„Warst du das, du Monster? Hast du noch mehr unschuldige Menschen getötet?"

„Dumme Schlampe, da ist kein Schütze. Das idiotische Sicherheitsteam durchkämmt das Krankenhaus und versucht, jemanden zu finden, der nicht da ist. Ich habe es so eingerichtet, dass jemand in der Nähe in die Luft schießt und alle in Panik versetzt."

Verwirrt von seinen Worten versuchte Romy verzweifelt, ihre Hand in ihre Tasche zu stecken. Sie hatte eine Injektionsnadel dabei – wenn sie sie nur erreichen und als Waffe benutzen könnte ... Ihre Finger schlossen sich darum und mit aller Kraft stieß sie sie nach hinten, direkt in Dacres Gesicht. Sie spürte einen Widerstand und als Dacre aufheulte und sie losließ, wusste sie, dass sie getroffen hatte. Dacre wankte zurück. Die Nadel hatte sich in sein linkes Auge gebohrt. „Verdammte Schlampe!"

Romy hatte keine Zeit zu verlieren. Er blockierte den Weg nach oben, also rannte sie die Treppe hinunter. In ihrer Tasche vibrierte ihr Handy. Blue.

„Baby, wo bist du? Es ist verrückt. Da ist eine Art ..."

„Blue! Es ist Dacre ... er ist hier, er ist hinter mir her ... ich bin in Treppenhaus C und ich weiß nicht, wie ich ihm entkommen kann."

„Mein Gott, Baby, geh runter so weit du kannst. Vom Keller aus kannst du ins Foyer gelangen. Von dort aus ..."

Romy hörte etwas krachen und Blue vor Wut und Schmerz aufschreien. „Blue!", rief sie entsetzt.

„Romy ..." Und dann brach die Verbindung ab. Was zur Hölle ging hier vor? Hinter sich hörte sie, wie Dacre die Treppe hinunterstürzte. Was war mit Blue passiert?

Sie bahnte sich den Weg in den Keller des Krankenhauses, ein riesiges Labyrinth aus Rohren und feuchten Korridoren. Romy lief so schnell sie konnte zu dem, was sie für die Vorderseite des Krankenhauses hielt. Dacre war fast bei ihr, als sie die Tür aufstieß und in das Foyer des Krankenhauses gelangte.

Dacre packte sie und beide stürzten zu Boden. Romy kämpfte mit seinem gewaltigen Gewicht auf ihr. Selbst der Anblick der Klinge des Messers, das er zog, machte sie eher wütend als ängstlich und sie trat, biss und kratzte ihn, als er versuchte, sie zu überwältigen.

„Nein", schrie sie ihn an. „Du wirst dieses Mal nicht gewinnen, Dacre. Nie wieder."

Er lachte sie aus und schlug ihr ins Gesicht. „Gib auf, Schlampe. Es würde immer so enden."

Er überwältigte sie mit seiner Körperkraft, stieß Romys Kopf auf den kalten, harten Boden und hielt sie fest, als sie sich wehrte. Sein Mund senkte sich auf ihren und seine Zunge drang in ihren Mund ein. Romy biss so fest sie konnte zu und schmeckte Blut, während Dacre vor Schmerz und Wut brüllte.

Er zog seinen Arm zurück, um sie zu erstechen, erstarrte dann aber. Dacres Augen weiteten sich plötzlich, als Blut aus seiner Brust strömte. Romy wimmerte, als er auf sie stürzte, dann trat sie ihn von sich und ihre Augen wanderten wild durch den Raum.

Hinter ihnen senkte Gaius Eames die Pistole, die er hielt. Romy hatte den Schuss noch nicht einmal gehört.

Er kam sofort zu ihr und half ihr auf die Füße. Sein Gesichtsausdruck war ungläubig. „Geht es dir gut? Bist du verletzt? Wer zum Teufel war das?"

Romy lehnte sich an ihn und war erleichtert, ein freundliches Gesicht zu finden, auch wenn es Gaius war. „Mein Ex-Mann. Und nein, ich bin nicht verletzt."

„Gut." Er presste seine Lippen auf ihre Schläfe und schlang einen Arm um sie, so dass Romy sich getröstet fühlte.

„Blue. Ich muss zu Blue."

Gaius nickte und steckte seine Waffe in seine Hose. Romy blinzelte. „Gaius, warum hast du eine Pistole?"

„Ich habe die Lizenz, eine versteckte Waffe zu tragen", sagte er achselzuckend. Er nickte in Richtung von Dacres Leiche. „Gott sei Dank."

„Du musst aufpassen. Er hat es so arrangiert, dass es sich anhört, als ob hier ein aktiver Schütze ist, und wenn das Sicherheitsteam dich mit einer Waffe sieht ..."

Gaius nickte. „Ja, lass uns von hier verschwinden. Wir sollten Blue finden und abhauen."

Sie gingen vorsichtig zur OP-Etage. Es war dunkel und still, und Romy spürte, wie sich die Kälte über sie legte. Sie konnte Kordit in der Luft riechen. OP3. Dort hatte Blue operiert. Sie führte Gaius darauf zu und der Geruch von Waffenrauch wurde stärker.

Romy betrat den Vorraum und schaute durch das Fenster. Im OP herrschte Chaos. Blut, Instrumente, zerrissene Vorhänge ... Sie ging hinein – und sah ihn.

Er war blutverschmiert und Romy schrie auf und fiel neben ihm auf die Knie. „Blue?"

Er öffnete die Augen. Ihr Grün war hell im Kontrast zu dem Blut auf seinem Gesicht. Er lächelte. „Du bist hier."

„Wurdest du angeschossen?" Romy fuhr mit ihren Händen über seinen Körper und versuchte, Wunden zu finden. Blue schüttelte den Kopf.

„Nein, er hat mich nur geschlagen. Mein Gott, Romy, ich habe es nicht geahnt. Ich wusste nicht, dass er mich so sehr hasst."

Eis drang durch ihre Adern. „Dacre kannte dich nicht einmal, Blue. Er wollte dich nur aus dem Weg haben."

Blue sah verwirrt aus. „Nein, nicht Dacre, Romy ..." Er verstummte, als er hinter sie schaute, und sein Gesicht wurde blass. „Romy ..."

Romy wirbelte herum. Gaius lächelte sie beide an und zielte mit seiner Waffe auf Blue. „Nein, Romy, Dacre wusste nicht viel über Blue. Er wollte dich töten und ich bot ihm meine Hilfe dabei an – unter der Bedingung, dass Blue dazu gezwungen wird, Zeuge deiner Ermordung zu sein. Nachdem wir deine ...... was war sie? ... deine Schwester und ihre Freundinnen getötet hatten, wusste ich, dass ich dich selbst umbringen wollte, aber Dacre war strikt dagegen. Also musste ich ihn loswerden."

Romy starrte ihn entgeistert an, dann warf sie sich mit einem Schrei auf Gaius. Er hatte damit gerechnet und stieß sie mühelos weg, aber nicht bevor Blue die Chance hatte, auf die Beine zu kommen und sich auf seinen Halbbruder zu stürzen.

„Du Bastard! *Figlio di puttana!*"

Gaius war ein großer Mann, aber nicht so stark wie Blue. Die beiden Männer fielen auf den Boden und Romy suchte verzweifelt nach etwas, um Blue zu helfen. Sie schnappte sich ein Skalpell, sprang auf Gaius und schnitt ihm damit in den Arm. Als er aufschrie, schlug Blue so hart zu, dass Gaius nach hinten fiel. Sie versuchten, von ihm wegzukommen, aber er zog seine Waffe.

Blue blieb stehen, als Gaius auf ihn zielte. „Gaius, sei nicht dumm. Mich umzubringen wird dir nicht helfen. Hier sind überall Polizisten. Sie werden dich sofort verhaften."

Gaius starrte ihn an, während Blue und Romy mit angehaltenem Atem dastanden. Dann verzog sich Gaius' Mund zu einem Lächeln. „Du hast recht." Und er drehte sich leicht und schoss auf Romy.

Die Kugel krachte in ihren Bauch und sie fiel zu Boden, als Blue halb verrückt vor Entsetzen auf Gaius zustürzte. Gaius war allerdings zu schnell für ihn und presste die Waffe an seine eigene Schläfe. „Du hast meine Mutter gefickt", sagte er und klang dabei wie ein Kind.

Blue schüttelte den Kopf. „Sie hat mich vergewaltigt, Gaius."

„Nein."

Blue, der den wahnsinnigen Ausdruck in Gaius' Augen sah, aber verzweifelt zu Romy gelangen wollte, kauerte sich neben seinen Halbbruder. „Tu es nicht, Gaius. Deine Mutter ist ein schlechter Mensch, aber sie liebt dich."

Gaius lächelte schwach. „Sie ist nichts mehr. Ich habe sie an dem Tag, nachdem ich herausgefunden hatte, dass sie dich gefickt hat, erwürgt. Wahrscheinlich wurde ihre Leiche schon gefunden."

Blue war entsetzt. „Mein Gott, Gaius."

Gaius starrte Romy an, die ihren blutenden Bauch mit den Händen bedeckte, aber ruhig und tief atmend beobachtete, was vor sich ging. „Sie ist hübsch, Blue. So bezaubernd. Ich bin froh, dass ich sie töten konnte, bevor ich sterbe." Er steckte sich die Waffe in den Mund und drückte ab.

Blue zögerte nicht. Er lief zu Romy und nahm sie in seine Arme. Romy starrte ihn immer noch unnatürlich ruhig an. „Blue", sagte sie mit leiser Stimme. „Blue ... rette unser Baby. Bitte, rette es. Ich liebe dich so sehr." Ihre Augen schlossen sich und sie wurde ohnmächtig.

Geschockt trug Blue sie aus dem Raum und in einen unbenutzten OP. Er presste seine Hand auf die Schusswunde und griff nach seinem Handy. „Beau, der Schütze ist tot. Aber Romy ist angeschossen worden. Ich brauche sofort ein Team in OP2. Bitte hilf mir, meine Frau zu retten ... und unser Kind. Bitte ..." Seine Stimme zitterte, aber er wusste, dass es Romys Todesurteil wäre, die Fassung zu verlieren. „Bitte, Beau ... ich brauche dich jetzt ..."

KAPITEL VIERUNDZWANZIG

Romy öffnete die Augen und fragte sich, warum sie keinen Schmerz fühlte. Das musste das Morphium sein. Sie atmete süße, reine Luft ein und lächelte. Dann sah sie sich im Raum um und bemerkte, dass Blue ihre Krankenkarte überprüfte. Er blickte auf und grinste. „Hallo, meine Schöne."

„Komm her und küss mich, Allende."

„Dein Wunsch ist mir Befehl." Er drückte seine Lippen auf ihre und sie küssten sich, bis sie sich voneinander lösen mussten, um zu atmen. Er streichelte ihre Wange. „Wie fühlst du dich?"

„Gut, wirklich gut. Blue ... wie geht es ...?"

„Unserem Baby? Es geht ihm gut. Warum hast du es mir nicht gesagt?"

„Ich wollte es dir sagen, aber ich hatte noch nicht einmal einen Schwangerschaftstest gemacht." Romy seufzte und legte ihre Hand auf ihren Bauch. „Ich kann nicht länger als ein paar Wochen schwanger sein. Es war nur ein Gefühl."

„Drei Wochen, um genau zu sein." Blue grinste und bedeckte ihre Hand mit seiner. „Ich kann es kaum erwarten, unseren Sohn oder unsere Tochter im Arm zu halten."

„Wir werden wirklich Eltern, oder?" Romy war nervös und aufgeregt, aber Blue lachte.

„Darauf kannst du wetten. Wir haben spontan geheiratet und genauso spontan eine Familie gegründet. Bist du bereit, dieses Abenteuer mit mir zu wagen?"

Romy blickte zu ihrem Mann auf und grinste. „Nichts kann mich aufhalten."

Drei Monate später ...

Blue lächelte seine aufgeregte Frau an. „Ich dachte ehrlich, du würdest deswegen mit mir streiten."

„Machst du Witze? Das sind unsere Flitterwochen, Blue. Wir haben sie uns verdient."

Sie flogen in Blues Privatjet in die Karibik zu einer der weniger bekannten Inseln, die einem seiner Freunde gehörte.

Romy hatte sich schnell von der Schusswunde erholt und jetzt, da ihr Kind in ihrem Bauch heranwuchs, war sie bereit, zur Arbeit zurückzukehren. Blue hatte jedoch darauf bestanden, dass sie sich zuerst Zeit für sich nahmen, also würden sie sich in den nächsten zwei glückseligen Wochen lieben, in der Sonne faulenzen und essen, was auch immer sie wollten.

„Ich kann es kaum erwarten", Romy streckte ihren Körper aus und rieb Blues Leistengegend mit ihrem Fuß, „nackt und leidenschaftlich mit dir zu werden, Blue."

Er lachte und kam zu ihr. „Warum sollen wir warten?" Er zog sie sanft auf den Kabinenboden und küsste sie, bis sie beide atemlos waren. Romy verwickelte ihre Finger in seinen dunklen Locken, während er ihr Kleid aufknöpfte, den Stoff beiseiteschob und seinen Mund auf ihre weiche Haut presste. Blue befreite ihre Brüste aus ihrem BH, nahm die Brustwarzen abwechselnd in seinen Mund und neckte die harten Knospen. Romy seufzte glücklich, als er die sanfte Wölbung ihres Bauches küsste, während er ihr Höschen über ihre Beine streifte.

„Ich will dich in mir spüren", flüsterte sie. Blue küsste ihren Mund, während er seinen Schwanz aus seiner Hose befreite.

„Du willst mich in dir haben, hübsches Mädchen?"

Romy lächelte, als sie die glühende Lust in seinen Augen sah. „Immer ... *Oh!*"

Blue stieß seinen Schwanz tief in sie, zog ihre Hände über ihren Kopf und küsste sie mit tierischer Leidenschaft. Romy spannte ihre Beine um ihn an und hob ihre Hüften, um ihn tiefer in sich aufzunehmen. Nichts anderes auf der Welt existierte für sie, als sie sich liebten. Ihre Blicke ließen einander nie los und ihre Körper bewegten sich im perfekten Rhythmus.

Als sie kam, wölbte sich Romys Rücken und Blue vergrub sein Gesicht an ihrem Nacken, bevor er seinen Samen in sie spritzte. Schließlich sanken sie zusammen zu Boden und schnappten lachend nach Luft. Blue küsste sie und Romy streichelte sein Gesicht. „Ich liebe dich so sehr, Blue Allende."

„Du und ich. Für immer, Baby."

Romy grinste und zwickte ihm spielerisch in die Pobacke, als sie nickte. „Darauf kannst du deinen süßen Hintern verwetten, mein schöner Mann."

Und sie liebten sich wieder, während das Flugzeug in ihrem karibischen Paradies landete ...

Ende

EIN FRECHER BOSS ERWEITERTER
EPILOG

Fünf Jahre, nachdem sie sich kennengelernt und verliebt haben, sind Romy Sasse und Blue Allende die liebenden Eltern von Grace und auf dem Gipfel ihrer Karriere als Chirurgen angekommen. Als Blue zum Chefchirurgen des Rainier-Hope-Krankenhauses ernannt wird, wird Romy von einer anderen Klinik umworben, die sie zur Leiterin der dortigen allgemeinen Chirurgie machen möchte. Romy muss sich entscheiden, ob sie unter ihrem Ehemann arbeiten und eventuell Karriere-Rückschläge hinnehmen will oder ob sie das Job-Angebot annimmt, weit weg von ihrer Familie arbeitet und damit möglicherweise ihre Ehe aufs Spiel setzt.
In der Weihnachtswoche fahren Romy, Blue und Grace an ihren Rückzugsort in den Bergen, um gemeinsam die Feiertage zu genießen, und Romy kommt zu einer Entscheidung, die ihr ganzes Leben für immer verändern wird ...

Blue hob seine vierjährige Tochter auf seine Schultern und grinste, als Grace kicherte und sich an die dunklen Locken ihres Vaters klammerte. „Alles okay da oben, Kleine?"

„Ja, Daddy."

Romy lächelte die beiden an. Grace sah ihrem Vater mit ihren leuchtend grünen Augen und dunkelbraunen Locken sehr ähnlich, obwohl Grace' Haare lang und wild waren, während Blue silberne Strähnen bekommen hatte. Romy betrachtete hingerissen ihre schöne Familie, die zwei Menschen, die ihr auf der Welt am meisten bedeuteten. „Seid ihr bereit?"

Blue und Grace lachten. „Los."

Der SUV war beladen mit ihrem Gepäck und jeder Menge Geschenke, hauptsächlich für Grace. Blue schnallte seine Tochter in ihren Kindersitz, während Romy auf den Fahrersitz kletterte und das Navi einstellte. Sie hatten die Hütte in den Bergen erst dieses Jahr gekauft und Romy war mit der Strecke dorthin noch nicht vertraut. Tatsächlich hatte sie nur Fotos auf der Webseite des Maklers gesehen – Blue war derjenige, der die Hütte besichtigt und die endgültige Entscheidung gefällt hatte.

Sie erinnerte sich immer noch daran, wie er in jener Nacht nach Hause gekommen war. Seine strahlenden Augen und sein Enthusiasmus waren ansteckend gewesen. „Es ist perfekt, Romy, einfach perfekt."

„Ist es gemütlich?"

Er hatte gezögert und Romy hatte gegrinst. Sie wusste, dass die Hütte besser als alles war, wovon die meisten Leute nur träumen konnten. Es gab dort hochwertige Holzmöbel, riesige Panoramafenster, eine hochmoderne Küche und riesige Schlafzimmer. „Wir werden es uns gemütlich machen", versprach Blue und Romy hatte daran nicht gezweifelt.

Als sie die lange Fahrt von Seattle aus starteten, war Romy aufgeregt und nervös. Sie freute sich auf Weihnachten mit ihren Lieben, war aber auch angespannt wegen der Entscheidung, die sie treffen musste.

Da Beau Quinto, der Chef der Chirurgie, von seinem Amt zurückgetreten war, um aus Seattle wegzuziehen, war Blue Beaus erste und einzige Wahl für seinen Nachfolger gewesen. Romy war überglücklich für ihren Mann – Blue hatte unermüdlich und mit größter Loyalität für Beau und Rainier-Hope gearbeitet und verdiente seinen Erfolg.

Erst nachdem sie länger über die Folgen seines neuen Jobs nachgedacht hatten, waren ihr Zweifel gekommen. Romy war die beste Fachärztin des Krankenhauses, aber sie war auch seine Ehefrau. Für andere könnte es so aussehen, als würde Blue sie bevorzugen, wenn er sie beförderte, und Romy war besorgt, dass ihr Ruf leiden könnte. Andererseits würde ihre Karriere darunter leiden, wenn Blue sie aus Angst vor Kritik bei Beförderungen überging.

„Ich werde Beaus Angebot ablehnen", hatte Blue entschlossen verkündet. „Ich würde niemals meine Karriere über deine stellen, Baby. Auf keinen Fall."

Romy lächelte ihn gerührt an. „Das wirst du nicht tun. Wir werden einen anderen Weg finden, aber ich lasse nicht zu, dass du für mich zurücksteckst. Du hast dir diese Beförderung verdient, Blue, und mit deinem Blut dafür bezahlt. Du *bist* der Chef der Chirurgie."

Sie brauchte ein paar Wochen, um ihn zu überreden, aber schließlich hatte sich Blue gefügt. Dann, zwei Wochen später, erhielt Romy einen Anruf von der Portland-General-Klinik.

Wir wollen, dass Sie die neue Leiterin unserer allgemeinen Chirurgie werden. Wir werden nicht die Ersten oder die Letzten sein, die Sie abwerben wollen, Dr. Sasse-Allende. Ihr Ruf eilt Ihnen voraus.

Portland. Ja, es waren nur drei Stunden mit dem Auto, aber das bedeutete sechs Stunden Fahrzeit pro Tag – oder sie könnte fliegen, was zwei bis drei Stunden bedeutete. Und was war an den Tagen, an denen sie durch Operationen oder Notfälle oder das Arbeitspensum einer Führungsposition Überstunden machen musste? Die Freude, die sie nach dem Anruf verspürt hatte, löste sich schnell auf. Es würde bedeuten, Blue und Grace kaum noch zu sehen und weder beim Schlafengehen noch beim Baden oder Kindergartenaktivitäten anwesend zu sein. *Mein Gott.*

Die Klinik in Portland hatte recht. Ständig kamen Job-Angebote, aber sie lehnte alle sofort ab – außer Portland. Man hatte ihr bis Silvester Zeit gegeben, sich zu entscheiden.

Sie hatte mit Blue darüber gesprochen, nachdem Grace eingeschlafen war. Romy lag in seinen Armen und ihr nackter Körper drückte sich gegen seinen. Blue küsste sie zärtlich. „Du verdienst es,

Baby. Ich werde pendeln. Wir ziehen alle zusammen nach Portland. Wir beide lieben die Stadt sowieso, also wird es kein großes Opfer sein."

„Aber dann hast du die Probleme, die ich sonst hätte. Beau war ein Workaholic und du wirst das als Chef auch sein." Romy seufzte. „Ich liebe unser Zuhause. Und ich möchte Grace nicht ständig bei Tagesmüttern lassen. Ich will in der Lage sein, sie von der Schule abzuholen, mit ihr zu spielen und ihr bei den Hausaufgaben zu helfen."

Blue grinste. „Ja, sie braucht alle Hilfe, die sie im Alter von fünf Jahren beim Triangel-Lernen bekommen kann."

Romy lachte. „Je jünger sie beginnt ... aber ernsthaft, nein. Sieh mal, es gibt noch andere Dinge, die ich machen kann ... vielleicht kann ich mich sogar selbstständig machen."

„Mit einer Privatpraxis?"

Romy nickte. „Aber nichts Elitäres. Etwas, wo jeder kommen und behandelt werden kann, unabhängig von finanziellen Einschränkungen."

„Also eine Sozial-Klinik?"

„Ja ... aber ich bin nicht sicher ..."

Blue streichelte ihr Gesicht. „Wie auch immer du dich entscheidest, wir werden es schaffen." Er grinste plötzlich. „Hast du jemals Triangel-Kenntnisse bei der Arbeit benötigt?"

„Noch nie. Kein einziges Mal in meinem ganzen Erwachsenenleben."

Blue küsste sie und strich mit den Händen über ihren Körper. „Das einzige Dreieck, für das ich mich momentan interessiere, ist dieses hier." Er schob seine Hand zwischen ihre Beine, während Romy vor Vergnügen erbebte. „Nun, Doc, ich muss den Winkel hier ermitteln, aber, oh nein, er scheint sich zu erweitern ..."

Romy kicherte mit Tränen in den Augen. „Nein, Allende, du kannst Dreiecke nicht sexy machen, auf keinen Fall ... *oh!*"

Blue stieß seinen diamantharten Schwanz in sie und sie liebten sich langsam und zärtlich, bis sie beide erschöpft waren. Blue schlief in ihren Armen ein, aber Romy lag wach und dachte nach. *Was will ich von meinem Leben? Muss ich mich wirklich zwischen meiner Familie und meiner Karriere entscheiden? Warum kann ich nicht beides haben?*

Sie war eingeschlafen, ohne eine Entscheidung getroffen zu haben, und jetzt, als sie durch den verschneiten Bundesstaat Washington fuhren, wollte sie nichts mehr, als sich einfach nur zu entspannen und die Zeit mit ihrer Familie zu genießen.

Blue hatte dafür gesorgt, dass ein Feuer im Kamin der Hütte brannte und die riesige Küche mit allem ausgestattet war, was sie für ihren Urlaub brauchten. Die Fenster leuchteten warm, als sie nach Einbruch der Dunkelheit endlich ankamen. Grace, die den größten Teil der Reise verschlafen hatte, wollte unbedingt in dem dicken Schnee, der die Hütte umgab, spielen. Romy befreite ihre Tochter aus dem Kindersitz und hielt ihre Hand, als Grace vor Freude aufschrie und sich in den Schnee warf.

„Verrücktes Kind", sagte Romy liebevoll. Dann kreischte sie, als Blue einen Schneeball auf ihren Rücken warf. Die drei verbrachten zwanzig Minuten mit einer Schneeballschlacht, bevor Romy alle in die Hütte scheuchte, damit sie trocken und warm wurden.

Nach einem Abendessen mit heißen Steak-Sandwiches und überbackenen Ofenkartoffeln saßen sie zusammengekuschelt auf der riesigen, bequemen Couch vor dem Kamin im Wohnzimmer.

„Morgen schmücken wir den Baum", sagte Blue zu Grace und nickte in Richtung der Fichte in der Zimmerecke. Grace lächelte.

„Viele funkelnde Lichter?"

„Natürlich, Kleine."

Blue schlang seine Arme um seine Tochter und begegnete Romys Blick. Er presste seine Lippen auf ihre und liebkoste ihren Hals. „Später", murmelte er in ihr Ohr und Romy wusste genau, was er meinte. Ihr Herz schlug schneller – nach all den Jahren schaffte er das immer noch – und sie lächelte verführerisch.

„Später."

Grace war so aufgeregt, dass sie viel länger aufblieb als sonst, aber Romy zuckte nur mit den Schultern. „Es ist Weihnachten."

Schließlich, kurz nach Mitternacht, schlich Romy aus Grace' Zimmer und schloss leise die Tür. Sie ging nach unten und sah, dass Blue die Deckenbeleuchtung ausgeschaltet und kleine weiße Lichterketten im Raum drapiert hatte. Außerdem hatte er das Sofa zurückgeschoben und eine Decke auf den Boden vor dem Kamin gelegt. Romy lächelte ihn an, als er ihr die Hand reichte und sie sanft in seine Arme zog.

In dem Moment, als seine Lippen ihre trafen, schloss Romy die Augen und fühlte, wie sich die Anspannung von ihrem Körper löste. Sie küssten sich lange und Blues Finger streichelten ihr Gesicht, während sie ihre eigenen Hände auf seine muskulöse Brust legte.

„Gott, ich liebe dich, Romy Sasse."

„Ich liebe dich auch, Blue Allende."

Seine Finger waren plötzlich an den Knöpfen ihres Kleides und während er es ihr vorsichtig auszog, küsste er ihre entblößte Haut und ließ sie vor Verlangen zittern. Sie zog ihm den Pullover über den Kopf, was sein Haar noch zerzauster machte, und befreite seinen Schwanz, der so dick, hart und lang war, aus seiner Hose. Sie streichelte ihn und fühlte, wie er in ihren Händen zuckte.

Blue reizte ihre Klitoris, bis sie geschwollen war, und glitt dann mit zwei Fingern in sie. „Du bist so nass, Baby."

„Für dich bin ich das immer."

Er legte sie auf den Boden und küsste ihren Mund. Romy war unter ihm, genoss das Gewicht seines Körpers auf ihrem und spürte, wie die Spitze seines Schafts ihr Geschlecht berührte, bevor er in sie eindrang und tief in sie sank.

„Himmel, das fühlt sich so gut an", stöhnte Romy, als er sich langsam in ihr bewegte, ohne seine Augen von ihren zu nehmen. Romy schlang ihre Schenkel um seine Hüften. „Fick mich hart, Allende."

Blue grinste und erhöhte das Tempo, als Romy ihre Fingernägel in seine Pobacken grub. „*Mio dio*, du bist so verdammt sexy, Baby ... ich werde dich die ganze Nacht ficken, bis du mich bittest aufzuhören ..."

„Ich werde dich *niemals* bitten aufzuhören", keuchte Romy, deren Brüste sich bewegten, so dass ihre Brustwarzen seinen Oberkörper streiften, während sie fickten. „Nimm mich, Blue, nimm mich so hart, als ob du mir wehtun willst ...“

Blue gab ein Knurren von sich, presste ihre Hände auf den Boden und knallte seine Hüften gegen ihre, wobei sein Schwanz immer tiefer und härter in sie eindrang. Romy neigte ihre Hüften, um ihn so weit wie möglich in sich aufzunehmen. Sie blickte ihm tief in die Augen und schmeckte Blut, als er sie wild küsste.

In diesem Moment sah Romy nichts anderes als ihre Liebe, ihren Blue. Ihre Verbindung, die vor so vielen Jahren so schnell entstanden war, war noch stärker geworden durch die schrecklichen Umstände, die sie beide beinahe getötet hätten, und die ekstatische Freude über Grace' Geburt. Sie hatte nicht gewusst, was es bedeutete, wirklich einen Partner zu haben, bis Blue in ihr Leben getreten war, und sie dankte Gott jeden Tag dafür.

Blues Schwanz, der in ihr vergraben war, schien noch größer zu werden, als sie sich ihrem Orgasmus näherte und sie zusammen kamen. Blue stöhnte, als er dickes, cremiges weißen Sperma tief in ihren Bauch spritzte. Romy dämpfte ihre Schreie, indem sie in seine Schulter biss – was Blue nur noch mehr erregte. Ein paar Minuten später war er wieder in ihr und sein Verlangen für sie war beinahe animalisch.

Der Morgen dämmerte schon fast, als sie schließlich in ihrem Schlafzimmer ins Bett fielen. Blue umschlang Romy, während sie schliefen, und als sie ein paar Stunden später von Grace geweckt wurden, die in ihr Bett kletterte, begrüßten sie ihre Tochter glücklich und lauschten ihrem freudigen Geplauder darüber, den Baum zu schmücken.

Nachdem sie ausgiebig gefrühstückt hatten, nahmen sie Grace auf eine kleine Erkundungstour mit in den Wald. Sie waren von Fichten und tiefem, weichem Schnee umgeben, aber die Sonne schien und die Luft war kalt und erfrischend.

Später, als Blue Grace ihr Mittagessen machte, fuhr Romy zu dem kleinen Bauernmarkt in der Stadt am Fuße des Berges. So gut gefüllt die Vorratskammer der Hütte auch war – es gab Dinge, die Romy selbst kaufen wollte, etwa kleine Geschenke für Grace' Weihnachtsstrumpf und ein paar frische Sachen.

Sie ging langsam durch die Gänge in dem Wissen, dass Grace ein Nickerchen machen würde, bevor sie den Baum dekorierten, und Blue seine E-Mails durchgehen musste. Der Bauernmarkt bot zahlreiche einheimische Produkte und frisch geschlachtetes Fleisch. Romy kaufte ein großes Hähnchen für ihr Weihnachtsessen und schnappte sich so viel Obst wie sie konnte. Sie sah niedliche kleine Bären aus Holz und wählte gerade einen für Grace aus, als sie ihren Namen hörte.

„Romy? Romy Sasse?"

Sie drehte sich um und sah einen großen, gutaussehenden Mann mit kurzen braunen Haaren und fröhlichen haselnussbraunen Augen, die sie anfunkelten. Sie starrte ihn an. „Atlas? Atlas Tigri?"

„Genau der. Wie geht es dir, Kleine?"

Romy schlang ihre Arme um ihn und umarmte ihn fest. Atlas Tigri war einer ihrer besten Schulfreunde gewesen, aber sie hatte ihn jahrelang nicht gesehen. Er war ein ruhiger, fleißiger Typ – schüchtern, bis man ihn kennenlernte, dann zeigte er seine scharfe Intelligenz und seinen schnellen Verstand. Er war am besten mit Artemis' Ehemann, Dan, befreundet gewesen. Romy betrachtete ihn.

„Also, Tigri, was gibt's? Ich habe gehört, du lebst in London."

Er grinste. „Meistens. Aber ich bin dieses Jahr zu Weihnachten nach Hause gekommen. Mom ist, naja, nicht mehr so fit wie früher, deshalb dachte ich, ich sollte ihr helfen. Die Kinder meiner Schwester sind ziemlich temperamentvoll. Glücklicherweise hält Mateos Kind sie in Schach." Atlas war wie Romy ein Zwilling, aber im Gegensatz zu Romy war Atlas' Zwilling Mateo seine exakte Kopie – groß, breitschultrig und traumhaft.

„Hast du eigene Kinder?"

„Noch nicht. Ich habe gehört, du bist verheiratet."

Romy erzählte ihm von Blue und Grace. „Mein Gott, es ist schön, dich zu sehen. Warum besuchst du uns nicht in der Hütte und trinkst etwas mit uns? Wir sind die ganze Woche hier."

Sie tauschten Handynummern aus. Atlas versprach, sie anzurufen,

und küsste sie auf die Wange. „Es hat mich auch gefreut, dich wiederzusehen, Kleine."

Sie lächelte immer noch, als sie ihre Einkäufe zur Kasse brachte.
Der Mann hinter der Ladentheke, der sein schwarzes Haar ungepflegt
und zu lang trug, grinste sie an. „Wie geht es dir heute Morgen?"

Romy lächelte höflich. „Gut, danke. Das hier bitte."

Sie suchte nach ihrem Portemonnaie, als sie bemerkte, dass er sie
anstarrte. Unbehaglich warf sie einen Blick auf die Kasse. „Was
schulde ich Ihnen?"

„17 Dollar 53 Cent ... und vielleicht deine Handynummer?"

Oh Gott. Sie versuchte, das Gesicht nicht zu verziehen. „Ah. Tut
mir leid." Sie hielt ihre Hand mit dem Ehering hoch. „Ich bin
verheiratet."

„Das ist schade."

Nerviger Widerling. „Nicht für mich. Danke." Sie griff nach der
braunen Papiertüte mit ihren Sachen und wollte gehen, als er seine
kalte, verschwitzte Hand auf ihre legte.

„Nicht so hastig. Du hast dem anderen Mann deine Handynummer
gegeben – warum kann ich sie nicht haben?"

Ist das sein Ernst? Romy zog ihre Hand scharf zurück, sah sich im
Laden um und stellte fest, dass sie allein waren. „Ihr Verhalten ist
unangemessen. Ich möchte nicht den Manager holen, aber ich werde es
tun."

Sein Lächeln wurde gemein. „Er ist heute krank. Du bist sehr
hübsch."

Romy ging zur Tür. Blitzschnell war er vor ihr, knallte die Tür zu
und lehnte sich dagegen. „Komm schon ... es ist Weihnachten. Gib mir
ein bisschen Zucker."

Er will Zucker? Romy musste trotz ihres Unbehagens laut lachen.
„Hör zu, *Junge*", sagte sie mit stahlharter Stimme. „Geh mir aus dem
Weg und ich werde darüber nachdenken, dich nicht der Polizei zu
melden."

Er packte sie an den Schultern. „Ich möchte nur ein bisschen Spaß
haben. Du musst nicht gleich zickig werden."

Was zum Teufel ist hier los? Romy stellte ruhig ihre Tüte auf den

Boden. Ohne Vorwarnung hob sie das Knie und rammte es in die Leistengegend des aufdringlichen Typen, der in die Hocke ging und laut fluchte. Romy nahm in aller Ruhe ihre Tüte und ging mit den Worten „Fick dich, Perversling" zur Tür hinaus.

Erst als sie im Auto saß und den Berg hinauffuhr, stellte sie fest, dass sie so heftig zitterte, dass das Auto auf der vereisten Straße ins Rutschen geriet. Sie hielt am Straßenrand und beruhigte sich, indem sie die Augen schloss und tief durchatmete, bis ihr Herz langsamer schlug. *Was zum Teufel ist los mit der Welt?*

Sie hörte das Heulen einer Sirene, als ein Streifenwagen hinter ihr anhielt und ein großer Deputy ausstieg. Sie rollte das Fenster herunter.

„Alles in Ordnung, Ma'am?"

Sie nickte, dann schüttelte sie den Kopf. Die Worte sprudelten aus ihr heraus und sie sagte ihm genau, was passiert war. Sein Mund bildete eine grimmige Linie. „Ja, wir haben schon Gerüchte gehört. Sind Sie sicher, dass es Ihnen gut geht? Hat er Sie verletzt?"

„Nein, alles in Ordnung, ich zittere nur ein bisschen. Warum in aller Welt darf er dort arbeiten?"

Der Deputy verdrehte die Augen. „Er ist der Freund der Tochter des Ladenbesitzes. Hören Sie, ich werde Sie nach Hause begleiten, Ma'am. Wenn Sie Anzeige erstatten möchten …"

Romy überlegte. „Ja, das möchte ich. Es gibt keinen Grund, warum noch mehr Frauen unter diesem Kerl leiden sollten."

Zu Hause sah Blue alarmiert aus, als sie ihm den Deputy namens Jim vorstellte und ihm erzählte, was passiert war. „Dieser Hurensohn! Ich werde ihm Manieren beibringen." Blue war wutentbrannt, aber sowohl Romy als auch Jim stellten sich ihm in den Weg.

„Wir werden uns um ihn kümmern, Sir, machen Sie sich keine Sorgen. Mrs. Sasse-Allende möchte Anzeige erstatten, und wir werden ihn wegen Körperverletzung und Belästigung belangen."

Romy sah leicht schuldbewusst aus. „Ich habe wahrscheinlich auch eine Körperverletzung begangen, als ich ihm in die Eier getreten habe."

Blue und Jim grinsten beide. „Hat er zuerst Hand an Sie gelegt, Mrs. Sasse-Allende?"

Romy nickte und Jim zuckte mit den Schultern. „Dann ist es Selbstverteidigung. Lassen Sie uns Ihre Aussage aufnehmen."

Nachdem Jim ihre Aussage aufgenommen und sich verabschiedet hatte, umarmte Blue Romy fest. „Ärger folgt dir überallhin, *piccola*", sagte er, lachte dabei aber, und Romy konnte sehen, dass es vor allem Erleichterung war.

Dass er ihren Spitznamen benutzte, erinnerte sie daran, dass sie Atlas getroffen hatte. „Das hatte ich ganz vergessen. Ich habe ihn eingeladen, abends für Drinks vorbeizukommen – ich hoffe, es macht dir nichts aus."

„Überhaupt nicht, ich würde ihn gern treffen. Schade, dass du nicht mit ihm aus dem Laden gegangen bist."

„Ha", sagte Romy sanft, „ich kann auf mich selbst aufpassen."

„Ja, das kannst du, meine sexy Ninja-Frau." Er sah sie anerkennend an. „Grace wird bald aufwachen ... aber ich denke, wir haben noch Zeit für einen Quickie."

Romy brach in Gelächter aus. „Wow, wie sexy", scherzte sie und kicherte, als Blue sie in seine Arme nahm und auf die Küchentheke setzte. Er schob ihren Rock bis zu ihren Hüften hoch und zerrte ihr Höschen ihre Beine hinunter, über ihre Stiefel, die sie auf seinen Wunsch anbehielt. Romy musste zugeben, dass sie zur Sinnlichkeit des Moments beitrugen. Als Blue seinen Schwanz in sie stieß, gab sie ein Stöhnen von sich und vergaß all ihre Aufregung. Das Wissen, dass ihr Mann sie liebte, war alles, was sie jemals brauchen würde.

Sie waren gerade damit fertig geworden, den Baum zu dekorieren, als der Deputy anrief. „Wir haben ihn verhaftet – offenbar gibt es auch andere Kundinnen, die sich beschwert haben. Er wird bald auf Kaution freikommen, nehme ich an, aber wir behalten ihn im Auge."

„Vielen Dank", sagte Romy. „Es tut mir leid, dass Sie sich damit herumschlagen mussten."

„Überhaupt kein Problem. Ich wollte den Kerl schon seit Jahren verhaften. Frohe Weihnachten, Ma'am."

„Ihnen auch, Deputy."

Romy legte den Hörer auf, zeigte einem erleichterten Blue das Daumen-hoch-Zeichen und beobachtete, wie ihre Tochter verstohlen die Geschenke unter dem Baum untersuchte. „Ich kann dich sehen, Grace Allende."

Grace lachte leise. „Mommy, warum hat der Weihnachtsmann sie so früh gebracht?"

„Äh, weil du ein braves Mädchen warst."

„Dann kann ich sie jetzt aufmachen?" Sie sah ihre Eltern hoffnungsvoll an.

Romy lachte, als Blue seine Tochter hochhob. „Vergiss es, Prinzessin. Komm schon, Weihnachten ist erst morgen. Genieße die Vorfreude."

„Ja, wir werden Weihnachtsfilme anschauen und genug Zucker essen, um uns alle in ein Diabetikerkoma zu versetzen", sagte Blue mit einem Grinsen zu seiner Frau, die die Augen verdrehte.

„Hey, Grace, wir bauen ein Lebkuchenhaus – willst du helfen?"

Romy schob den ärgerlichen Vorfall im Bauernmarkt beiseite, als sie den Abend mit ihrer Familie genoss. Nachdem sie ein großes, aber ziemlich schiefes Lebkuchenhaus gebaut hatten, setzten sie sich zusammen hin, um Teil 1 und 2 von *Kevin allein zu Haus* mit Grace anzusehen, während sie Makkaroni mit Käse zum Abendessen verspeisten.

Trotz ihrer Überzeugung, dass sie nicht in der Lage sein würde, ein Auge zuzumachen, schlief Grace in Romys Armen ein, als der zweite Film endete. Romy trug ihre Tochter zum Bett, setzte sich neben sie und streichelte ihr kleines Gesicht, während sie seine süße Schönheit bewunderte. Sie fühlte, dass Blue ihr gefolgt war, und beide sahen Grace eine Weile beim Schlafen zu.

„Ist sie nicht perfekt?"

„Genau wie ihre Mutter", sagte Blue sanft und nahm ihre Hand. Er führte sie leise aus Grace' Zimmer in ihr eigenes Schlafzimmer. Dort küsste er sie zärtlich, streichelte mit seinen Daumen ihre Wangen und sah sie mit so liebevollen Augen an, dass Romy schwach wurde. „*Ti amo.*" Seine Stimme war sanft und ließ ein Kribbeln über ihren Rücken laufen.

„*Ti amo*, Blue."

Ihr Liebesspiel in dieser Nacht war langsam und sinnlich. Sie verwöhnten einander ausgiebig, während sie sich im perfekten Rhythmus miteinander bewegten. Romy seufzte und zitterte bei mehreren Orgasmen, als Blue sie im indigofarbenen Mondlicht, das durch ihr Fenster strömte, liebte.

Bevor sie einschliefen, unterhielten Romy und Blue sich leise, hauptsächlich über ihre Tochter und darüber, wie aufgeregt sie am Morgen sein würde.

Blue steckte eine Haarsträhne hinter ihr Ohr. „Ich kann immer noch nicht glauben, dass wir Eltern sind, Romulus."

Sie grinste über den Spitznamen, den ihre Familie ihr gegeben hatte. „Ich weiß, es ist so erwachsen."

Sie waren eine Weile still, dann sagte Romy: „Denkst du, es ist der richtige Zeitpunkt, um es noch einmal zu versuchen? Willst du noch ein Kind?"

Blue grinste. „Baby, ich möchte noch viele Kinder mit dir haben. Ich war etwa drei Sekunden nach Grace' Geburt bereit für das nächste."

Romy lachte. „Selbst nachdem ich dir körperliche Gewalt ange-droht hatte, wenn du mich jemals wieder schwängerst?"

„Selbst dann. Was denkst du? Ich meine, ich würde das Kind gern für dich austragen, aber das wird nicht passieren. Also sprechen wir über ein Jahr deines Lebens, in dem deine Karriere pausiert. Und mit dieser anderen Sache ..."

„Ja, es wird kompliziert werden. Aber ich bin jetzt vierunddreißig.

Es gibt ein Zeitlimit – okay, es ist nicht dringend, aber trotzdem. Und ich will ein weiteres Kind, Blue, sehr sogar. Ich möchte dir einen Sohn schenken."

Blue küsste sie. „Hauptsache, das Kind ist gesund. Ich mag es, bei Frauen in der Unterzahl zu sein."

Romy lachte. „Das kann ich mir denken. Hör zu, das ist nicht der richtige Zeitpunkt, um so große Entscheidungen zu treffen ... lass uns morgen weiterreden. Am Ende der Woche werde ich auf die eine oder andere Weise schwierige Entscheidungen treffen müssen."

„Ich unterstütze dich, meine Schöne, wie auch immer du dich entscheidest."

Romy lächelte ihn dankbar an. „Solange ich dich und Grace habe, bin ich zufrieden. Das ist alles, was zählt."

Der nächste Morgen brachte Gelächter, zerrissenes Geschenkpapier, viel zu viel Zucker und ein sehr aufgeregtes und glückliches kleines Mädchen. Romy und Blue spielten mit Grace, halfen ihr, ihre Spielsachen zusammenzubauen und folgten ihren Anweisungen – Blue wurde verpflichtet, ihre neue Puppe zu wickeln, und Romy schmuggelte heimlich etwas Schokolade in die Windel und kicherte, als sie sein entsetztes Gesicht sah.

Romy und Blue spielten abwechselnd mit Grace und kochten ihr ein Festmahl. Draußen verbarg sich die Sonne hinter grauen Wolken, die schwer von Schnee waren, und als der Abend hereinbrach, begannen dicke Flocken vom Himmel zu schweben. Sie machten das Licht in der Hütte aus und sahen hingerissen zu.

Ein perfektes Weihnachten, dachte Romy und spürte ein Ziehen in ihrer Brust. Sie wollte nicht ständig von Blue und Grace weg sein. Und dennoch war ihre Karriere ihr so wichtig, dass sie keinen Ausweg sehen konnte. Sie bemerkte nicht, dass sich ihre Traurigkeit auf ihrem Gesicht zeigte, bis sie und Blue in dieser Nacht wieder allein waren und er sie fragte, worüber sie nachgedacht hatte.

„Nur über die Arbeit", sagte sie mit einem schwachen Lächeln. „Der Gedanke, dich und Grace in Seattle zu lassen, während ich in

Portland arbeite ... Nein, das kann ich nicht tun. Vor allem nicht, wenn wir uns entscheiden, ein weiteres Baby zu bekommen. Ich liebe meinen Job, er ist meine Berufung ... aber ich liebe dich und Grace mehr. Ich denke, ich werde bei Rainier-Hope bleiben. Ich weiß, es ist nicht das Beste für meine Karriere, aber es ist das Beste für mich und unsere Familie."

Blue sah nachdenklich und zugleich unglücklich aus. „Ich hasse es, dass du dich entscheiden musst."

„Ich hatte die Wahl, niemand hat mich zu etwas gezwungen. *Ich* allein habe diese Entscheidung getroffen."

Blue schlang seine Arme um sie. „Ich verspreche, dass ich dich fair unterstützen werde, wo ich nur kann. Ich werde dich nicht hinter deinen Kollegen zurückstecken lassen."

„Das will ich doch sehr hoffen", sagte Romy mit einem Grinsen. Sie verwickelte ihre Finger in seinen Haaren. „Ich weiß, dass du der beste Chef aller Zeiten sein wirst, und ich weiß auch, dass du gerecht bist – mit nur einem Hauch Voreingenommenheit."

„Mehr als einem Hauch, aber danke." Blue lachte.

„Baby ... alles was mich wirklich interessiert, sind wir. Es ist ein Segen, dass ich dich getroffen habe und wir Grace haben. Meine Mutter ist glücklich, meinen Schwestern geht es gut und ich darf jeden Morgen neben dir aufwachen. Was gibt es Schöneres?"

„Wow." Blues Wangen hatten sich bei dieser Liebeserklärung leicht gerötet, aber er grinste. „Wie wäre es dann, wenn wir damit beginnen, unser zweites Kind zu machen?"

„Einverstanden." Romy lachte, als er sie die Treppe hinauftrug. „Frohe Weihnachten, Liebling."

„Frohe Weihnachten, meine Schöne."

Zwei Tage später, als sie ihre Entscheidung traf, spürte Romy, wie eine Last von ihren Schultern fiel. Sie rief die Klinik in Portland an und drückte ihr Bedauern darüber aus, den Job ablehnen zu müssen. Die Klinikleitung war enttäuscht, bot ihr aber jede Position an, die sie wollte, falls sie ihre Meinung ändern sollte. Romy sah Blue und Grace miteinander spielen und wusste, dass sie die absolut richtige Entscheidung getroffen hatte.

Romy öffnete die Tür und begrüßte Atlas, der durch den Schnee stapfte. „Hey, Kleine", sagte er grinsend, als sie ihn umarmte.

„Komm, ich will dir Blue und Grace vorstellen."

Eine halbe Stunde später hatte Atlas mit seinem natürlichen Charme sowohl Romys Ehemann als auch ihre Tochter von sich überzeugt. Grace kletterte auf Atlas' Knie und erzählte ihm alles über ihre Weihnachtsgeschenke. Er und Blue fanden leicht einen gemeinsamen Nenner, da sie den gleichen Sinn für Humor hatten.

Später genossen die Erwachsenen ein spätes Abendessen. Blue öffnete eine Flasche Champagner. „Auf alte – und neue – Freunde", sagte er grinsend und sie stießen an.

„Nun, ich habe Neuigkeiten. Ich habe es neulich nicht erwähnt, weil es noch zu früh war, aber ... ich werde für immer nach Seattle zurückkehren." Atlas grinste über Romys überraschtes Gesicht.

„Das ist wunderbar ... aber was ist mit deinem Unternehmen in London?"

„Mein Partner hat meinen Anteil aufgekauft. Er wusste, dass es mir nicht mehr am Herzen lag, Medikamente zu verkaufen. Ich hatte immer mehr das Gefühl, nur von der Welt nehmen, anstatt etwas zurückzugeben."

Romy nickte. „Okay, aber was wirst du jetzt tun?"

„Ich bin froh, dass du das fragst, weil ich vielleicht einen Rat brauche." Atlas zog ein zerknittertes Blatt Papier hervor. „Vor ein paar Jahren wurde eine meiner Nichten angegriffen. Sie war am College allein in einem Arbeitsraum und ihr Freund, mit dem sie gerade schlussgemacht hatte, fand sie und ... Ihr könnt es euch denken. Seither stört es mich, dass es in der Stadt keine Einrichtung gibt, die misshandelten Frauen hilft – und in geringerem Maße auch Männern, die sich keine medizinische Versorgung leisten können. Also haben ich und ein paar andere lokale Unternehmer genau so etwas gegründet. Seattles erste sichere Unterkunft mit medizinischem Personal. Ich möchte auch dafür sorgen, dass wir eine voll funktionsfähige chirurgische Abteilung haben – und eine Notaufnahme. Es soll ein Ort sein, wo verzweifelte Menschen Zuflucht finden. Irgendwann möchte ich es auch auf Obdachlose ausweiten."

Romy und Blue sahen sich verwundert an. „Das ist fantastisch", sagte Romy kopfschüttelnd. „Mein Gott, Atlas ..., wenn ich so etwas gehabt hätte, als ich Dacre verlassen habe ..." Ein Kloß bildete sich in ihrer Kehle. „Atlas…"

Blue rieb ihr den Rücken und sah, dass sie den Tränen nahe war. „Und wir sollen uns nach medizinischem und chirurgischem Personal für dich umhören?"

Atlas nickte. „Bitte ... Es handelt sich natürlich um unbezahlte, ehrenamtliche Positionen. Es ist nicht leicht, Ärzte zu bitten, ihre knapp bemessene Zeit zu opfern, und ich mache niemandem Vorwürfe, wenn die Kandidaten zu dem Schluss kommen, dass sie es nicht schaffen. Ich brauche allerdings einen Leiter der Chirurgie."

„Ich mache es."

Sowohl Blue als auch Atlas sahen Romy an. Sie erwiderte ihre Blicke ruhig. „Es ist perfekt. Weißt du, Atlas, in den letzten Tagen haben wir versucht, eine Rolle für mich zu finden, die mich bei meiner Familie in Seattle bleiben lässt, aber auch meine Karriere nicht einschränkt. Das ist es. Denkst du nicht auch, Blue?"

Blue nickte langsam und Romy konnte sehen, dass er nachdachte. „Ja ... ja, ich denke es ist perfekt. Was denkst du, Atlas?"

Atlas wirkte ein wenig geschockt. „Nun, ich meine ... Mein Gott, wirklich? Du würdest das tun? Meine Mitarbeiter ausbilden? Unsere Leiterin der Chirurgie sein? Kostenlos?"

Romy musste lachen. „Soll das ein Scherz sein? *Natürlich.* Es gibt nur einen Haken. Es ist sehr wahrscheinlich, dass ich bald wieder schwanger sein werde, also müssen wir uns etwas einfallen lassen."

Atlas hielt seine Hände hoch. „Hey, selbst eine Stunde deiner Zeit würde uns die Welt bedeuten – ich denke, wir können mit einer Schwangerschaft umgehen." Er lachte. „Aber wir sollten langsamer machen und das Ganze besprechen, wenn wir nicht gerade betrunken von eurem guten Champagner sind."

Aber Romy konnte sehen, wie begeistert er war, und später, nachdem Atlas nach Hause gegangen war, lächelte sie Blue an. „Das ist es, oder? Das ist, was ich tun sollte. Alles spricht dafür."

Blue betrachtete sie. „Weißt du was, Romulus Sasse? Du bist meine verdammte Heldin. Meine absolute Wonder Woman. Ja, Baby, ich stimme dir zu. Alle Wege haben hierhergeführt. Es ist nicht nur eine Chance, der Gesellschaft etwas zurückzugeben, sondern wird dir helfen, Dacre endlich aus deinen Erinnerungen zu verbannen."

„Ganz genau. Im Ernst", Romy schlang ihre Arme um den Hals ihres Mannes, „ich kann es kaum erwarten, anzufangen."

„Lass uns feiern gehen."

„Bring mich ins Bett, Allende."

Drei Monate später öffnete Atlas' Klinik ihre Türen.

Weitere sechs Monate später wurde Zachery Stuart Allende geboren, dem sechs Minuten später seine Zwillingsschwester Rosa folgte. Mutter und Vater sahen überglücklich auf ihre neugeborenen Zwillinge herab und wussten, dass ihre Familie nun vollständig war.

Ende.

IHRE DUNKLE MELODIE
EIN WEIHNACHTLICHER LIEBESROMAN (JAHRESZEIT DES VERLANGENS 3)

Inspiration kann so befriedigend sein …

Sobald diese Traumerscheinung aus dem Auto ausstieg, wusste ich, dass ich sie haben könnte, wie ich mir das vorgestellt hatte.
Volle Titten, ein runder Arsch und Hüften, an denen ein Mann sich festhalten konnte, machten sie perfekt für meine Vorhaben.
Sie hatte keine Ahnung, was gleich mit ihr passieren würde. Ich würde sie zu dem machen, was ich brauchte – meiner Therapie. Dann könnte ich den Kopf freibekommen und wäre wieder produktiv.
Sie dachte, dass sie gekommen wäre, um einen amerikanischen Helden zu interviewen, aber in Wirklichkeit war sie für mich da. Ich musste sie ficken, bis ich wieder einen klaren Kopf hatte.
Ich verschwendete keine Zeit damit, ihre Fragen zu beantworten und fragte sie dann gleich ein paar von meinen eigenen, zum Beispiel, ob sie gerne eine bisschen mein Gesicht reiten würde…

∽

(Atlas)

Am schlimmsten Tag meines Lebens war sie für mich da...
Ebony... Ihre Stimme verzauberte mich, ihre Schönheit raubte mir den
Atem.
Als sie auf unsere Halloween-Party für mich und meinen Bruder Mateo
sang, wusste ich, dass ich sie zu meiner Frau machen musste.
Ich wollte sie in meinem Leben haben, in meinen Armen, in meinem
Bett...
Nichts konnte das aufhalten, was wir für einander empfanden, nichts...
Doch dann traf uns das schreckliche Schicksal und unser Leben ist
plötzlich zum Stillstand gekommen.
Ebony ist nun der einzige Grund, der mich weitermachen lässt, der
einzige Grund, warum ich überhaupt noch lebe und atme.
Nur wenn wir uns lieben, verspüre ich noch so etwas wie Glück.
Doch jemand will sie mir wegnehmen.
Ich kann es nicht zulassen, es darf nicht passieren, dass man mir meine
wunderschöne Frau entreißt.
Sie ist alles was ich noch übrig hab...

KAPITEL EINS

New Orleans

Bestürzt starrte Ebony Verlaine den Plastikstab an, den sie in der Hand hielt. *Um Himmels willen.* Sie lehnte den Kopf an die kühlen Fliesen des Badezimmers und ließ ein paar Tränen über ihre Wangen kullern. Sie war völlig verzweifelt. Ihr ganzes Leben war auf einmal umgekrempelt worden und alles, wofür sie so hart gearbeitet hatte, schien ihr nun zu entgleiten.

Schwanger. Schwanger und Single mit sechsundzwanzig. Verdammte Scheiße.

Vor der Toilette erklang eine laute Stimme und sie riss sich zusammen. Sie war gerade in der Gabriella Renaud Stiftung, der Wohltätigkeitseinrichtung, welche sie in den letzten zwei Jahren unterstützt hatte. Ihre beste Freundin Juno Sasse, die nun auch ihre Schwägerin war, war zunächst ihr Mentor gewesen, hatte sie in den Gesangstunden und in den Songwriting-Kursen gefordert und sie auf eine Karriere im Musikgeschäft vorbereitet.

Noch als sie klein war, hatte Ebony gerne gesungen und Auftritte veranstaltet. Es war die logischste Konsequenz, dass sie damit auch

ihren Lebensunterhalt gewinnen wollte, doch obwohl die Musikprodu-
zenten, die sie kennengelernt hatte, ihre rauchige, volle Stimme gelobt
und von ihrer dunklen Schönheit noch mehr begeistert gewesen war,
war niemand begeistert gewesen von dem Gedanken, Jazz und Blues
mit ihr zu produzieren. Sie konnte gar nicht zählen, wie viele von
ihnen sie zu einer Karriere als Popstar hatten bewegen wollen – aber
daran hatte sie gar kein Interesse.

Diese Abwehrhaltung brachte ihr ungerechter Weise den Ruf einer
Diva ein und das führte dazu, dass sie immer weniger Angebote
bekam. Niedergeschlagen sang sie weiterhin in den Jazzclubs von New
Orleans, bis Livia Chatelaine auf sie zukam.

Livia war selbst Musikerin und Leiterin einer Wohltätigkeitsorgani-
sation, die Musikern abseits vom Mainstream eine Chance geben
wollte ebenso wie jenen, die sich den Besuch eines traditionellen
College nicht leisten konnten. Zu Ebonys großer Freude war Livia ein
großer Fan des Jazz und die beiden Frauen entwickelten eine enge
Beziehung.

„Wir arbeiten darauf hin, zusammen mit Quartet unsere ersten
Aufnahmen zu veröffentlichen", erklärte ihr Livia bei einem ersten
Treffen. „Wir möchten klein anfangen, mit einigen wenigen Künstlern,
und wir veröffentlichen nichts, bis wir uns nicht sicher sind, dass du
bereit bist."

Ebony lachte. „Dir ist schon klar, dass du mir damit gerade meinen
Traum verwirklichst… umsonst. Das ist einfach unglaublich."

„ Freu dich nicht zu früh", neckte sie Livia. „Wir wollen, dass du
dich der Sache verpflichtest. Wir erwarten harte Arbeit von dir, wenn
wir Vertrauen in dein Talent haben – und das habe ich. Deine Stimme
ist wirklich einzigartig, Ebony. Es wäre ein Vergehen, dich nicht zu
fördern."

Ebony nippte an ihrem Eistee; tausend Gedanken jagten ihr durch
den Kopf. „Livia… du hast doch sicher die Gerüchte über mich gehört.
Dass ich eine Diva bin. Dass ich nie zufrieden bin."

Livias Lächeln verschwand. „Lass mich dir sagen, was ich davon
halte. Diese Gerüchte wurden von alten, weißen Kerlen gestreut, die
Plattenfirmen führen, denen es nur um Kohle geht. Sie sagen auch

sonst gern Frauen, was sie tun sollen, wie sie sich anziehen sollen und was sie essen sollen... ich schenke diesen Gerüchten keinerlei Glauben. Offensichtlich bist du eine starke Frau, die ihrer Leidenschaft folgt, und die keine Kompromisse eingeht, nur um mal schnell ein paar Dollar zu verdienen. Und das, Ebony Verlaine, ist der Grund, warum ich auf dich zugekommen bin."

Nun erinnerte Ebony sich an die Worte ihrer Mentorin und Freundin, während sie den Schwangerschaftstest in den Müll warf – aber so, dass ihn niemand dort entdecken konnte. Das würde auf keinen Fall ihr Leben aus der Bahn werfen, beschloss sie überzeugt. Sie war höchstens in der zweiten Woche – in den letzten Monaten hatte es nur einen Kerl gegeben –, also hatte sie jede Menge Zeit, über die nächsten Schritte nachzudenken. Sie wusch sich die Hände und das Gesicht, bevor sie wieder in ihr kleines Aufnahmestudio zurückkehrte.

Dort wartete Juno auf sie, und zu Ebonys großer Freude auch Livia. Sie hatte ihre Freundin seit einige Wochen nicht gesehen – Livia hatte soeben ihr viertes Kind zur Welt gebracht, eine Tochter namens Amita. Es war ein seltsames Gefühl, das kleine Mädchen im Arm zu halten in dem Wissen, dass sie auch schon bald ein Kind haben könnte. „Sie ist so schön... und so winzig!"

Livia und Juno mussten lachen. „Das haben die so an sich", bemerkte Livia, „obwohl sie sich gar nicht so klein anfühlen, wenn sie da rauskommen."

Ebony und Juno zuckten beide zusammen und Livia grinste. „Das werdet ihr schon noch sehen."

Ebony wandte sich ab und tat so, als würde sie etwas aus ihrer Tasche holen. „Hey, ich habe endlich das Lied an dem wir gearbeitet haben fertiggeschrieben." Sie reichte Juno das Notenblatt und diese legte es aus.

„Sieht gut aus... vielleicht noch ein bisschen Feinschliff, aber wir spielen es mal durch. Aber bevor wir mit der Arbeit anfangen, es gibt einen Grund, dass Liv hier ist. Wir möchten dir etwas vorschlagen."

„Was denn?", fragte Ebony und ihre Zukunftssorgen wichen für einen Augenblick ihrer Neugier.

Juno grinste. „Romy hat mich gestern angerufen. Die Organisation, für die sie arbeitet, hält eine Wohltätigkeitsgala ab und sie brauchen jemanden, der dort auftritt."

„Juno hat mich angerufen und wir sind uns beide einig – *du* musst das übernehmen, Ebony. Du bist wirklich bereit. Du arbeitest so hart und jetzt wird es langsam Zeit, dass du richtige Erfahrungen sammelst. Das wird echt eine große Sache." Livia sah so aufgeregt aus wie Ebony sich gerade fühlte.

„Wirklich? Meine Güte, das ist ja toll." Ebony hatte es vermisst, aufzutreten, doch gleichzeitig befiel sie großes Lampenfieber, als Livia ihr erklärte, wie groß diese Veranstaltung sein würde.

„Obwohl der Veranstaltungsort eine Einrichtung für mittellose Mitbürger ist, kommt zu diesem Ereignis die High Society – ein Ticket kostet mehrere tausend Dollar und der Erlös geht selbstverständlich an die Einrichtung."

Ebony spürte, wie ihre Beine nachgaben, und musste sich setzen. „Ich soll also ein Lied singen?"

„Ein Set, vielleicht sieben oder zehn Lieder. Es findet in Seattle statt", fügte Juno hinzu, „und es bedeutet vielleicht, dass du Weihnachten in Seattle verbringen musst. Romy hat gemeint, sie beherbergt dich gerne bei ihr, wenn du nicht in einem Hotel versauern willst."

Ebony lächelte. „Nach Hause nach Seattle."

Juno grinste. „Genau das habe ich mir gedacht. Obe und ich sind über die Feiertage auch dort, also bist du nicht alleine, aber bei dem Auftritt können wir leider nicht dabei sein."

„Atlas Tigris ist der Vorsitzende der Veranstaltung. Er hat gemeint, dass er dich vielleicht für weitere Veranstaltungen buchen will, wenn dieser Auftritt gut läuft, und dass er dir das Doppelte der üblichen Gage zahlt. Du schaffst das schon, Ebony, du könntest das im Schlaf, und es hat unglaubliche Vorzüge, für die Tigris zu arbeiten. Ihr Stiefvater Stanley Duggan ist ein wohl bekannt in der Musikwelt und außerdem ist er total nett."

„ Ihr müsst mich dazu nicht überreden, ich bin dabei. Wann ist der Auftritt?"

„Am 20. Dezember für die Wohltätigkeitsgala, aber vielleicht braucht Atlas dich auch für die Neujahrsparty. Meinst du, das schaffst du?"

Ebony spürte, wie sie eine Welle der Erleichterung überrollte. Sie konnte sich auch nach diesen Veranstaltungen Sorgen um ihre Schwangerschaft machen. „Ich schaffe das." Sie grinste ihre Freundinnen an. „Ich werde euch nicht enttäuschen."

Seattle

Atlas Tigri warf einen Blick auf die Uhr. Schon fast zehn. Selbst als er für ein Pharmazeutisches Unternehmen gearbeitet hatte, hatte er nicht so häufig bis so spät gearbeitet.

„Du tust eben etwas, was du liebst", hatte sein Bruder Mateo einmal freundlich zu ihm gesagt. „Deshalb strengst du dich so sehr an."

Mateo hatte recht. Seit Atlas beschlossen hatte, diese Einrichtung zu gründen, die Männern und Frauen half, welche chirurgische und ärztliche Hilfe benötigten, hatte er Zwanzig-Stunden-Tage durchgemacht und sich doch nie erschöpft gefühlt.

Er fühlte sich eigentlich nur einsam, wenn er Zeit mit Romy und Blue verbrachte. Sie waren beide Chirurgen und Hals über Kopf ineinander verliebt. Sie hießen ihn als Teil ihrer Familie willkommen, doch obwohl er sie vergötterte, führte ihm ihr Glück nur vor, wie sehr er jemanden in seinem Leben vermisste. Jemanden, mit dem er ebensolches Glück verspüren konnte.

Seine Familie war sein Leben. Sein Zwillingsbruder Mateo stand ihm näher als sonst jemand; er glich ihm nicht nur bis aufs Haar, sie hatten auch ähnliche Persönlichkeiten – obwohl Mateo in der Regel lauter war als Atlas. Mateo hatte einen siebenjährigen Sohn namens Fino, dessen Mutter einfach das neugeborene Kind und Mateo verlassen hatte und seitdem nie mehr gesehen wurde. Mateo liebte Fino und der Junge verehrte seinen Vater.

Wenn er sie zusammen sah, wünschte Atlas sich eigene Kinder, doch in Wirklichkeit hatte er einfach keine Zeit, eine Partnerin zu suchen. Auf den Wohltätigkeitsveranstaltungen genoss er immer die Aufmerksamkeit zahlreicher Damen der High Society, doch er konnte einfach keinen Funken erzwingen, wo keiner war. Er fand sie allesamt oberflächlich und langweilig.

„Hey, du. Bist du noch wach?"

Romy Sasse stand in der Tür seines Büros, das lange Haar zu einem losen Pferdeschwanz zusammengebunden, den weißen Kittel gesprenkelt mit frischen, roten Blutstropfen. Sie ließ sich in einen Stuhl ihm gegenüber fallen. Atlas musterte ihr blasses, müdes Gesicht.

„Alles in Ordnung?"

„Wir haben einen Notfall eingeliefert bekommen. Eine Frau, die von ihrem Ex, ziemlich übel zugerichtet worden war. Dieses Arschloch." Romy biss die Zähne zusammen. „Sie hat nicht überlebt."

„Oh Gott, das tut mir leid, Romy." Atlas sah, wie erschöpft seine Freundin aussah. Romy hatte erst drei Monate zuvor Zwillinge auf die Welt gebracht, aber sie hatte auf den Großteil ihrer Elternzeit verzichtet. Jetzt fragte sich Atlas, ob sie es bereute, ihren Job am Rainier Hope Krankenhaus aufgegeben zu haben, um hier zu arbeiten. Schließlich wurde sie hierfür nicht bezahlt – obwohl sie und ihr Mann auch eigentlich kein Geld brauchten.

Die letzten neun Monate hatte sie zusammen mit Atlas unermüdlich gearbeitet, um sein Zufluchtszentrum für missbrauchte Frauen und Männer aufzubauen, und meistens war den beiden bewusst, dass sie damit einen großen Beitrag zu Seattle leisteten. Doch an Tagen wie diesem sah Romy fast entmutigt aus. „Du kannst nicht alle retten, Romy." Atlas stand auf und schenkte ihr eine Tasse heißen Kaffee ein. Romy nahm sie dankbar an.

„Ich weiß schon, Chef." Sie seufzte und nippte an ihrem Getränk. „Konzentrieren wir uns lieber auf etwas anderes. Harriet hat mir gesagt, dass die Wohltätigkeitsveranstaltung schon komplett geplant ist?"

Atlas lächelte. „Das stimmt. Juno hat mich angerufen und hat mir gesagt, dass ihre Freundin, die Sängerin, bereit ist, den Auftritt zu übernehmen."

„Ebony? Das ist wirklich toll… ehrlich, Atlas, wenn du sie singen hörst… sie ist unglaublich. Sie ist außerdem noch richtig nett."

„Stanley hat erzählt, sie hätte Eindruck bei ein paar Plattenfirmen in L.A. gemacht aber sie hätten sie nicht unter Vertrag genommen, weil sie nicht Pop singen wollte?"

„Stimmt genau."

„Gut für sie, dass sie sich nicht reinreden lässt. Klingt integer."

Romy nickte. „Das vermutest du ganz richtig." Sie fuhr sich mit der Hand über das Gesicht. „Also ist das alles geklärt." Sie warf einen Blick auf die Uhr. „In Ordnung, wenn ich gehe? Clark übernimmt für mich und meine Babys schlafen wohl schon."

„Klar, geh nur."

Romy grinste ihn an. „Und du solltest auch nach Hause gehen, Atlas. Glaub ja nicht, ich hätte nicht bemerkt, bis wie spät du in letzter Zeit arbeitest."

„Ich habe nicht so viele Gründe wie du, nach Hause zu gehen", wischte er ihre Sorgen beiseite, doch dennoch stand er auf. „Komm. Ich begleite dich zu deinem Auto."

Mateo war immer noch wach und verdrückte gerade in ihrer Küche ein dick belegtes Sandwich, als Atlas eintrat. Er bot Atlas die andere Hälfte an und der nahm sie dankend an; plötzlich stellte er fest, dass er am Verhungern war.

„Wie läuft das Geschäft?", fragte Mateo mit vollem Mund. Das Haar von Atlas' Bruder war noch zerzauster und länger als sein eigenes Haar. Er trug ein schlichtes T-Shirt aus weißer Baumwolle, obwohl es tiefster Winter in Seattle war. Mateos Weinimport-Geschäfte führten ihn in alle Winkel der Welt und er war vom Familienurlaub in Italien immer noch schön braun. Die Mutter der Zwillinge war Italienerin und ihre ältere Schwester Clelia lebte in Sorrento mit ihrem Ehemann und ihren fünf Kindern.

„Wie geht es Fino?"

Mateo grinste. „Er hat heute in seiner Prüfung super abgeschnitten. Molly hat gesagt, sie hätte noch nie ein fleißigeres Kind gesehen.

Manchmal frage ich mich doch, ob es richtig ist, ihn zu Hause unterrichten zu lassen, aber nur so kann ich meiner Arbeit nachgehen und ihn trotzdem jeden Tag sehen. Findest du, das ist egoistisch?"

Atlas stand auf, um ein Bier aus dem Kühlschrank zu nehmen. „Überhaupt nicht. Fino ist das ausgeglichenste Kind, das ich je kennengelernt habe." Er grinste seinen Bruder an. „Aber vögle bitte Molly nicht, wie du es mit der letzten Lehrerin gemacht hast."

„Zu spät." Mateo trank sein Bier leer und Atlas stöhnte auf.

„Dein Ernst?"

Mateo setzte sich auf und sein Lächeln verschwand. „Okay, ich rede Klartext. Ich bin verrückt nach ihr, Atlas. Ich schwöre dir, ein paar Monate lang habe ich mich zurückgehalten, aber als wir in Italien waren… ich weiß nicht. Da ist irgendwas passiert, wir hatten einen Moment. Wir haben darüber gesprochen und was für Folgen das haben würde und dann beschlossen, dass wir es bleiben lassen sollten, Fino zuliebe."

„Was hat sich dann geändert?"

Mateo lehnte sich zurück und betrachtete seinen Bruder ruhigen Blickes. „Ich habe mich in sie verliebt."

Atlas hob die Augenbrauen. Dieses Wort verwendete Mateo gar nicht oft, vor allem nicht, wenn er von Frauen redete. Er wickelte sie flink um den Finger und sah sich dann ebenso flink nach der Nächsten um.

„Ja, verliebt", wiederholte Mateo, dem Atlas' Gesichtsausdruck nicht entgangen war. „Nicht nur, weil sie fantastisch aussieht, Atlas – obwohl sie das wirklich tut –, aber wenn wir uns unterhalten, dann *reden* wir wirklich miteinander. Es gibt keine Hemmschwellen. Sie behandelt mich nicht wie ein reicher Kerl, der Papa spielen will. Sie ermutigt mich, sie liebt Fino und sie holt auch aus ihm das Beste heraus."

Seine Stimme wurde ganz emotional und Mateo lächelte schüchtern. „Wir haben beschlossen, dass wir das ganz langsam angehen – Fino ist unsere oberste Priorität. Aber Atlas… ich denke andauernd an sie."

„Jetzt beruhige dich mal, Bro", lachte Atlas und boxte seinen

Bruder sanft in die Schulter. „Das wurde ja auch mal Zeit. Genieß es. Wir alle lieben Molly – sogar *Clelia* liebt sie, und das grenzt an ein Wunder."

Beide Brüder mussten lachen – ihre große Schwester hatte einen starken Beschützerinstinkt und war gerne mal ruppig zu Leuten, bei denen sie Verdacht schöpfte, sie würden ihre Brüder nur ausnutzen.

Mateo nickte mit leuchtenden Augen. „Ich glaube, ich würde die Beziehung gerne öffentlich machen, Atlas. Mich zu ihr bekennen. Natürlich müssen wir erst Fino davon erzählen, denn seine Meinung ist uns am wichtigsten. Und deine natürlich", fügte er schnell hinzu.

Atlas grinste. „Du hast meinen Segen, Bruder. Aber was weiß ich schon von der Liebe?"

Atlas lag bis kurz nach Mitternacht wach. Mateo hatte sich früher immer mit vielen Frauen vergnügt – er sah so gut aus, dass er jede Frau haben konnte – doch als Fino auf die Welt gekommen war, war sein Bruder schlagartig erwachsen geworden. Nun war es offensichtlich, dass er verrückt nach Molly war. *Schnapp sie dir, mein Bruder. Wenn sie die Richtige für dich ist, halte dich nicht zurück.* Er war stolz auf seinen Zwillingsbruder.

Atlas drehte sich um und versuchte, in den Schlaf zu finden. Er war niemand, der sich um seinen Status als Single Sorgen machte, doch in letzter Zeit setzte es ihm zu.

Du bist Milliardär, siehst gut aus, bist charmant… warum tust du dich so schwer mit der Liebe? Atlas schüttelte den Kopf. *Weil ich nicht nur eine Liebhaberin will, sondern auch eine beste Freundin, jemand, der mich wirklich versteht.*

Er seufzte, drehte sich noch einmal um und versuchte einzuschlafen.

KAPITEL ZWEI

Ebony stieg aus dem Flugzeug und ging schnellen Schrittes durch den Flughafen. Sie sah Romy, die in der Ankunftshalle auf sie wartete und winkte ihr aufgeregt zu. Romy schlang ihre Arme um sie. „Hey, Mädel. Danke sehr, dass du dies machst."

„Ich freue mich wahnsinnig, dich zu sehen, Romy." Ebony erwiderte ihrer Umarmung. Sie hatte Romy erst ein paar Mal gesehen, seitdem Juno ihren Bruder geheiratet hatte, aber sie mochte die kleine Brünette sehr gerne. „Und ich freue mich so sehr, dass du mich eingeladen hast, für euch aufzutreten."

„Du wirst umwerfend sein. Ich muss dich allerdings warnen, Zach und Rosa brüllen zu Hause gerade wild rum. Wir haben dich ganz ans andere Ende des Hauses verlegt, aber wir können dich auch in einem Hotel unterbringen, wenn du das möchtest."

„Ich will euch keine Umstände machen."

Romy verdrehte die Augen und lächelte. „Mädel, ich *verzehre* mich nach ein bisschen Klatsch und Tratsch. Grace gibt sich wirklich Mühe, aber sie ist eben erst fünf."

Ebony lachte. „Ich gebe mein Bestes."

. . .

Zusammen mit ihren zwei Freunden und deren drei umwerfenden Kindern saß Ebony später am Esstisch der Allendes und aß hausgemachte Lasagne. Dabei überkam sie eine Sehnsucht. Diese Familie war so glücklich und so liebevoll, dass Ebony sich fragte, ob sie selbst je so eine tolle Familie haben würde.

„Mein Kind, beruhige dich. Lieber Himmel." Romy versuchte gerade, einen ausgesprochen hibbeligen Zach zu beruhigen. Blue nahm seiner Frau seinen Sohn ab und sofort wurde der ganz ruhig und lächelte seinen Vater an. Romy verdrehte die Augen. „Du bist wirklich ein Kinderflüsterer, Blue." Sie grinste Ebony an. „Freust du dich auf morgen?"

Ebony nickte. „Ich freue mich, aber ich bin auch nervös. Ich hoffe, dass Mr. Tigri die Set Liste absegnet."

„Da bin ich mir sicher, vor allem, wenn er erstmal deine Stimme hört. Und er wird außerdem darauf bestehen, dass du ihn Atlas nennst."

„Das ist ja mal was anderes", bemerkte Ebony. „Wie ist er so?"

„Atlas? Der ist super. Als wir noch in der Schule waren, waren alle in ihn und in Artis Mann Dan verliebt – und natürlich in Mateo. Das ist Atlas' Zwillingsbruder und wenn du Atlas siehst, verstehst du, warum das eine gute Sache ist."

„Chr-chrm", räusperte sich Blue.

„Du bist immer noch meine Nummer Eins", kicherte Romy und stöhnte dann auf, als Rosa sie vollspuckte. „Tolles Timing, mein kleiner Schatz."

„Ich hole das Tuch, Mama." Grace Allende, ein schüchternes, kluges Mädchen, die Ebony verehrte, flitzte hinaus und war kurz darauf wieder da.

„Ich weiß nicht, wie du das alles machst, Romy", sagte Ebony, während sie ihre Freundin dabei beobachtete, wie sie sich selbst und ihre Tochter abputzte.

„Wir sind einfach ein ausgespieltes Team", sagte Gracie stolz, sodass die Erwachsenen lachen mussten.

„*Ein*gespielt, nicht ausgespielt, mein Schatz", sagte Romy und küsste Gracie auf den Kopf. „Aber sie hat recht. Es funktioniert einfach. Klar, es ist anstrengend mit den Neugeborenen, aber es ist jede Sekunde wert. Und ich habe die besten Helfer der Welt.

Blue grinste Ebony an. „Was ist mit dir? Gibt es da jemanden am Horizont?"

Ebony schüttelte den Kopf. „Ich bin glücklicher Single. Ich konzentriere mich einfach auf meine Karriere."

„Schön für dich", sagte Blue, doch dann strich er Romy übers Haar und wickelte eine Strähne um den Finger. Ebony hätte heulen können, so viel Liebe strahlte aus seinen Augen, während er seine Frau anblickte. *Das hätte ich auch gerne,* dachte sie bei sich.

Am nächsten Tag erwachte sie früh und fand die ganze Familie in der Küche vor. Romy grinste sie an. „Atlas hat gerade angerufen. Er schickt um zehn ein Auto für dich vorbei und wollte wissen, ob das zu früh ist. Ich habe gehört, dass du schon geduscht hast, also habe ich gesagt, es sei in Ordnung – stimmt doch, oder?"

„Klar." Auf einmal war Ebony nervös.

„Ich muss dir einen Schlüssel geben", sagte Romy und schnappte sich ihre Handtasche. „Wir gehen gegen neun aus, um Gracie in den Kindergarten zu bringen."

„Bis soweit kann ich schon zählen", verkündete Gracie und streckte beide Hände aus. „Eins, zwei, drei…"

„Lass sie bloß nicht damit anfangen, sonst kommen wir nie aus dem Haus", warnte Romy sie und überreichte Ebony einen Schlüssel. „Nimm dir, was du brauchst. Du hast meine Nummer – tut mir leid, dass ich bei dem Treffen mit Atlas nicht dabei sein kann."

„Kein Problem. Du hast wirklich schon genug getan."

Während die Familienmitglieder sich alle versammelten, blieb Ebony still in der Küche sitzen und trank einen koffeinfreien Kaffee in Gedanken an ihre Schwangerschaft, die sie immer noch zu verdrängen versuchte. Ohne das Geplauder der Familie war es zwar friedlich, aber auch irgendwie einsam.

· · ·

Um punkt zehn Uhr fuhr ein marineblauer Mercedes vor dem Tor der Allende-Villa vor und Ebony ließ ihn herein. Sie ging langsam die Treppen der Villa hinab und fühlte sich, als würde sie hier nicht hingehören. Der Fahrer stieg aus und Ebony atmete scharf ein. Wenn selbst der Chauffeur schon so gut aussah... er war groß, hatte wilde, dunkle Locken und fröhliche, grüne Augen und ein Lächeln, das sein ganzes Gesicht zum Strahlen brachte.

„Miss Verlaine?"

Ebony lächelte ihn an. „Das bin ich. Freut mich, sie kennenzulernen."

Der Fahrer öffnete die Beifahrer Tür und Ebony war erleichtert. Sie hätte es gar nicht gemocht, hinten zu sitzen wie eine reiche Schnepfe. Der Fahrer half ihr beim Einsteigen und sie bedankte sich bei ihm.

Während er hinter dem Steuer Platz nahm, stieg ihr der Duft seines Rasierwassers in die Nase: nach sauberen Laken und frischer Luft. Er grinste sie an. „Ich habe gehört, dass Sie von hier sind."

Ebony nickte und konnte einen Akzent in seiner Stimme feststellen, doch sie konnte ihn nicht einordnen. „Hier bin ich geboren und aufgewachsen, doch leider wohnt niemand aus meiner Familie mehr hier. Mein Bruder wohnt in New Orleans."

„Ich weiß – er ist mit Juno verheiratet, das hat Romy mir erzählt."

Ebony war ein wenig verwirrt. Er war ganz schön gut informiert für einen Chauffeur. Vielleicht lief das so in der Welt von Atlas Tigri – Romy hatte ja gemeint, er sei total nett – es sei denn...

„Tut mir leid, ich hätte Sie nach Ihrem Namen fragen sollen. Wie unhöflich von mir."

Der Fahrer lachte und Ebony spürte ein Kribbeln im Magen. Himmel, er war wirklich *umwerfend*...

„Kein Problem. Ich bin Atlas Tigri."

Ebony spürte, wie sie puterrot wurde. „Oh Gott, das tut mir leid, Mr. Tigri, ich dachte... Romy hat gemeint, Sie würden ein Auto vorbeischicken, nicht dass Sie mich selbst abholen würden."

Atlas grinste. „Atlas, bitte. Ich habe es mir eben anders überlegt, ich dachte, das würde das Eis zwischen uns schneller brechen. Hoffentlich ist das in Ordnung."

Und wie. Ebony lächelte ihn an. „Das erklärt auch den italienischen Akzent."

„Das tut es. Und da wir uns nun offiziell kennengelernt haben, würden Sie den Tag mit mir verbringen, Miss Verlaine? Ich möchte Ihnen die Einrichtung zeigen und sie dann zum Mittagessen ausführen. Danach können wir uns am Veranstaltungsort über Ihren Auftritt unterhalten."

„Ebony, bitte, und das hört sich gut an."

Auf dem Weg zum Zufluchtszentrum wurde Ebony stetig beeindruckter von Atlas Tigri – schnell wurde klar, dass er nicht nur reich und gutaussehend war, sondern dass es ihm wirklich am Herzen lag, den Opfern häuslicher Gewalt beizustehen. „Ich wollte einen sicheren Ort kreieren, an dem Gewaltopfer medizinische Hilfe bekämen, aber auch psychologische Hilfe, Trost und Mitgefühl", erklärte er ihr, während sie vor dem Gebäude vorfuhren. Es war schlicht und modern, doch es wohnte ihm eine warme Atmosphäre inne, die Atlas kommentierte, als sie die Treppen zum Eingang hinaufstiegen, wobei sie von den Angestellten freundlich begrüßt wurden.

„Ich möchte, dass sie sich an diesem Ort sicher fühlen, zu essen bekommen, sich warm fühlen. Hier sollen sie sich sammeln und den nächsten Schritt in ihrem Leben planen können. Eine Art Zuhause, wenn man so will." Er lächelte sie reumütig an. „Es ist mittlerweile viel größer geworden, als ich je gedacht hätte, und zwar ziemlich schnell. Es arbeiten nun auch Anwälte für uns, ebenso wie herausragende Chirurgen wie Romy. Ich hoffe außerdem, dass ich irgendwann die Leute in neuen Wohnungen unterbringen kann, aber im Augenblick lassen meine Buchhalter mich so ein Projekt noch nicht finanzieren."

In seinen Augen blitzte Frustration auf und wenn Ebony daran gezweifelt hatte, räumten seine nächsten Worte das aus. „Dabei ist es mein Geld. Ich sollte es in alles investieren können, worauf ich Lust habe", murmelte er und hörte sich dabei eher nach einem frustrierten Philanthropen an als nach einem Finanzhai. „Aber deshalb habe ich ja meine Finanzberater, damit wir sichergehen können, dass wir auch in späteren Jahren noch ausreichend Geld haben."

Sie nickte und betrat das Gebäude, als er ihr die Tür aufhielt. „Langfristige Planung, statt impulsives Handeln."

„Genau." Er trat auch ein und lächelte eine der Bewohnerinnen an, die gerade an ihnen vorbeiging. Ihr angespannter Gesichtsausdruck entspannte sich beim Anblick von Atlas' warmem Lächeln. „Wir haben keine Probleme, aber diese Wohltätigkeitsveranstaltung wird Geld für Vorräte, Essen und Medizin liefern. Wenn alles gut läuft, könnte es zu einer regelmäßigen Veranstaltung werden."

Ebony war zutiefst bewegt und sah sich um, während sie durch die sauberen, frisch gestrichenen Gänge in einige der Wohnbereiche gingen. Die Zimmer waren in warmen Farben gestrichen und mit erlesenen Kunstwerken dekoriert, durch die sie gleichzeitig gemütlich und stilvoll wirkten.

Ebony bekam leuchtende Augen, als sie sah, mit welcher Liebe zum Detail das alles eingerichtet worden war. „Es ist unglaublich, Atlas … wow."

„Wir haben nie genügend Betten", erklärte er nüchtern, „und das bricht mir das Herz."

Von einer Laune geleitet legte sie ihre Hand auf seinen Arm und blickte in sein schönes Gesicht. „Was du hier aufgebaut hast – mal abgesehen von der Dekoration, den ganzen Programmen, dem hochqualifizierten Personal und der Hingabe, mit der du ihnen hilfst, sich selbst zu helfen –" Sie schüttelte den Kopf. „Das ist einfach unglaublich, Atlas. Mehr, als man erwarten könnte. Aber du kannst eben nicht jeden retten."

Atlas lachte leise und legte seine Hand sanft auf ihre, was Ebony einen wohligen Schauer bescherte. „Das sagt Romy auch immer." Sein Lächeln verschwand. „Gestern wurde eine Frau in die Notaufnahme eingeliefert und Romy musste operieren. Das Opfer hat nicht überlebt. Das sind die schwersten Momente."

„Aber du machst trotzdem einen Unterschied", sagte sie bestimmt und blickte ihm fest in die Augen. Dieser Mann war einfach hypnotisierend; er war fast wie diese Einrichtung: innerlich und äußerlich schön. Ebony spürte einen Adrenalinstoß, sie war inspiriert vom Herzen, von der Vision dieses Mannes. „Es ist unglaublich, Atlas, wirklich. Wenn ich irgendwie helfen kann, wenn auch nur durch ein Konzert, würde ich das nur zu gerne. Durch meine Arbeit mit der GRF weiß ich, wie sehr eine Stiftung ein Leben verändern kann. Mein Leben hat sich geändert, als ich Livia Chatelaine kennengelernt habe. Und ich bin nur Sängerin."

„Du bist nicht *nur* Sängerin, Ebony. Du beschenkst die Leute mit deinem Naturtalent."

„Du hast mich noch nicht einmal singen hören." Sie wurde rot, aber sie spürte, wie sich zwischen ihnen etwas veränderte. Auf einmal war da eine Spannung und sie spürte intensiv die Hitze seines Körpers. Einen langen Augenblick lang starrten sie einander an, dann lächelte Atlas mit weichen Augen.

„Ich kann es jedenfalls kaum erwarten", sagte er sanft und strich ihr mit dem Finger über die Wange. Dort, wo er sie berührt hatte, brannte ihre Haut und in ihrem Bauch tanzten tausend Schmetterlinge umher. „Ich auch nicht."

Zum Mittagessen ging er mit ihr in einen Burger Laden und es gefiel ihr, dass er keine Allüren hatte. Ihm schmeckte das Fastfood genauso gut wie ihr und sie unterhielten sich mit Leichtigkeit. Sie nahm sich Zeit, um ihn eingehend zu studieren; wie er sich kleidete – ein dunkelblauer Pullover, der seine grünen Augen unterstrich und blaue Jeans, die seine langen, schlanken Beine betonten, ebenso wie seinen knackigen Po; der gefiel Ebony besonders. Doch wirklich in ihren Bann zogen sie nur seine Augen. Ihre Farbe, die so hell leuchtete unter den dicken, langen, schwarzen Wimpern, über die sie am liebsten mit dem Finger gestrichen hätte. Sie waren so dunkel, dass er damit aussah, als trüge er Eyeliner. Sein Gesicht, jungenhaft mit rundlichen Wangen, und sein Lächeln machten sie schwach.

Verknall dich bloß nicht in ihn, warnte sie sich, doch sofort wurde ihr klar, dass es dafür zu spät war. Außerdem war Atlas Tigri eben flirty, witzig und blickte ihr selbst immer etwas zu lang in die Augen, wenn sie sich unterhielten. Sie war es gewöhnt, von Männern bemerkt zu werden, doch das fühlte sich ganz anders an.

Ebony war der Inbegriff der Liebesgöttin Venus, sie war kurvig, ihre dunkle Haut leuchtete lebendig und ihr Gesicht erinnerte an den Glamour der vierziger Jahre; sie betonte dies gerne, indem sie ihr Haar wie Josephine Baker stylte. Wenn sie auftrat, kleidete sie sich in engen Flapper-Kleidern, die ihre Kurven betonten. Aber im Alltag zog sie vor allem Jeans und T-Shirts an.

Nun, als sie diesen Mann anblickte, spürte sie, wie ihr ganzer Körper sich nach ihm sehnte. Sie fragte sich, wie er wohl im Bett sein mochte; ob er seiner wilden, italienischen Seite freien Lauf ließe oder reservierter war. Sie fragte sich, wie er wohl nackt aussehen würde, wie sein Schwanz sich in ihr anfühlen würde …

Himmel, Schluss damit. Sie spürte, wie sie feucht wurde, und versuchte, sich abzulenken, indem sie das Thema der Set Liste für die Party ansprach. Das war aber ziemlich schwierig, denn auch Atlas verschlang sie mit Blicken, als würde er sie am liebsten hier und jetzt vernaschen.

Doch sie zwang sich, wieder in das Gespräch einzusteigen. „Ich habe eine Mischung von Jazz-Klassikern und eigenen Songs auf Lager, aber die Reihenfolge können wir gemeinsam festlegen. Oder ich könnte moderne Hits in Jazz-Versionen darbieten."

„Die Idee gefällt mir", nickte Atlas. „Du könntest zum Beispiel ein paar Songs von Pearl Jam als Jazz performen."

Sie lachten beide und Ebony nickte. „Ich habe sie nie als Klassiker gesehen, aber wenn du darauf stehst, dann könnte ich mir was einfallen lassen."

„Das möchte ich wetten."

Es folgte eine Pause, knapp ein Atemzug, in der sie einander nur anlächelten. Ebony lachte leise. „Wieso kommt es mir so vor, als würde ich dich schon viel länger kennen als nur ein paar Stunden, Atlas?"

Er lächelte. „Das liegt wohl an der Chemie."

„Mit Sicherheit."

Sie starrten einander einen langen Augenblick lang an, bevor Atlas sich vorbeugte und sie auf den Mundwinkel küsste. „Du hattest da noch Senf."

Ebony kicherte und ihr ganzer Körper fing an zu kribbeln. „Ach so, danke."

Atlas umschloss ihr Gesicht mit seinen Händen. „Darf ich dir sagen, dass du wunderschön bist, ohne dass ich mich wie der totale Spanner anhöre?"

„Hast du doch gerade", flüsterte sie und stöhnte sanft auf, als er wieder seine Lippen auf die ihren drückte. Diesmal küssten sie sich so lange, bis beide außer Atem waren und zitterten. Atlas löste sich von ihr und nahm sie bei der Hand.

„Ich möchte nicht vorschnell sein", sagte er leise. „Und ich will mich auch nicht unprofessionell verhalten oder dich in eine unangenehme Lage bringen. Die Party ist in zwei Tagen..."

Er musste nicht einmal zu Ende sprechen. Ebony wollte ihn zwar jetzt und hier, doch sie musste ihm recht geben. Sie mussten sich zurückhalten bis zum Abend der Wohltätigkeitsveranstaltung. Sie küsste ihn erneut. „Ich verstehe schon, Atlas, und ich sehe das genauso." Sie grinste. „Außerdem wird uns die Vorfreude noch mehr auf die Folter spannen."

Er rieb seine Nase an ihrer. „Das stimmt. Vor allem, da du so sexy bist, dass ich heulen könnte."

Sie lachten beide. „Jetzt komm, Tigri, sehen wir uns den Veranstaltungsort mal an."

Als sie das Restaurant verließen, hielt Atlas sie an. „Wir müssen uns vielleicht wie Erwachsene verhalten, aber ich werde dich so oft heimlich knutschen, wie es nur geht."

Ebony lachte, denn mit diesem tollen Mann fühlte sie sich so wohl. Sie nahm seine Hand. „Das war auch mein Plan."

Sofort küsste er sie leidenschaftlich. Himmel, er schmeckte so gut und seine Lippen ließen Schauer der Lust durch ihren ganzen Körper strömen. Sie wollte ihm befehlen, sie zu ficken, *jetzt* und *hart*, doch sie riss sich zusammen – wenn auch nur mit Mühe und Not. Der Gedanke daran, nach der Party allein mit ihm zu sein, nackt, und seinen

Schwanz in ihr zu spüren… sie erbebte. Atlas lächelte sie an. „Ist dir kalt?"

„Nein. Ich… spüre nur Vorfreude." Sie nahm ihren ganzen Mut zusammen und legte ihre Hand in seinen Schritt. Himmel, sein Teil war *riesig* und hart wie Stein.

Seine grünen Augen waren nun dunkel und hungrig, während er ihre Hand wegnahm und sie hitzig in die Handfläche küsste. „Bald, Baby."

Unter der Berührung seiner Lippen fing ihre Haut Feuer und sie stellte sich sofort vor, diese Lippen an einem noch intimeren Orten zu spüren. „Bald."

Irgendwie schafften sie es ans andere Ende der Stadt, obwohl sie kaum ihre Finger voneinander lassen konnten und praktisch immer an den Lippen verbunden waren. Als sie eines von Seattles teuersten Hotels betraten, mussten sie sich allerdings zusammenreißen – abgesehen von ihrer Fahrt im Aufzug, welche sie intensiv in Anspruch nahmen.

Als sie in der Penthouse ankamen, hatte Ebony weiche Knie von seinen leidenschaftlichen, zärtlichen Küssen. Er hielt ihre Hand in seiner warmen Hand, als sie die wunderschöne Suite betraten, und sie erblickte sofort die kleine, gut-situierte Bühne. Kaum etwas hätte sie in diesem Augenblick von Atlas ablenken können, doch die Musik war schon immer die erste Priorität für Ebony gewesen und sie schob sich gerade rechtzeitig ins Bild, dass sie von Atlas wegtreten und ihre Bühne unter die Lupe nehmen konnte.

Sie ging vor und zurück und überlegte sich dabei, wo sie stehen würde, wo die Instrumente stehen könnten, wie weit sie vom Publikum weg sein müsste… „Lerne ich die Band noch vorher kennen?"

„Ja, ich habe arrangiert, dass ihr morgen den Tag miteinander verbringt, wenn das in Ordnung ist. Das Hotel versorgt euch den ganzen Tag mit Essen und Snacks, aber Juno hat gemeint, du bräuchtest vielleicht einen Tag, um dich mit ihnen einzuspielen."

„Das wäre toll, danke. Einfach perfekt –" Ihre Augen erblickten den eleganten Flügel und sie keuchte auf. „Ist das ein Bösendorfer Imperial Grand?"

Während sie die Worte aussprach, ging sie bereits hinüber, um mit den Fingern über die Tasten zu streichen, und sobald sie den ersten Ton anschlug, wusste sie, dass sie richtig gelegen hatte. Nun war sie aus einem ganz anderen Grund von den Socken, setzte sich vor den Flügel und spielte ein paar Takte.

„Meine Buchhalter haben sich fast auf den Kopf gestellt", flüsterte er ihr ins Ohr. „Aber nachdem mir Romy von deiner tollen Stimme erzählt hat – und als ich sie selbst gehört habe – konnte mich nichts mehr davon abbringen."

Sie stimmte eine langsame Melodie an und verlor sich wie immer darin, bis er mit den Lippen über ihre Schulter strich.

„Romy und Blue haben mich gebeten, morgen zum Abendessen zu ihnen zu kommen." Ebony stöhnte leicht auf, denn bei der Kombination von Musik und diesem Mann wurde ihr fast schwindelig vor Verlangen.

„Wenn du das tust, dann kann ich mich möglicherweise nicht zurückhalten."

Atlas hob sanft ihr Kinn und küsste sie zärtlich. „Willst du heute mit mir Abend essen?"

„Oh mein Gott." Sie schloss kurz ihre Augen, bevor sie sie wieder öffnete und ihre Hand auf seine legte. „Ich will dich, Atlas Tigri, aber wir haben eine Abmachung getroffen. Außer du möchtest dir blaue Eier abholen", grinste sie verschmitzt.

Atlas stöhnte und lehnte seine Stirn an ihre. „Fräulein, warte mal ab, bis diese Party vorbei ist. Dann werde ich ein Zimmer hier mieten und dich dorthin bringen. Und glaube mir, am Tag danach wirst du Probleme haben, geradeaus zu gehen."

Auf einmal sah der Marmorboden aus wie eine samtweiche Matratze, doch Ebony gelang es aufzustehen und den Gedanken daran zu verdrängen, sich mit Atlas darauf zu vergnügen. „Ich glaube, wir sollten uns unters Volk mischen, bevor wir unser Wort brechen."

Atlas stand auf und zog sie an sie. „Nur eins noch."

Ebony lächelte zu ihm auf und spürte, wie seine große Erektion sich an ihren Bauch drückte. „Und das wäre?"

Er beugte sich zu ihr hinab und küsste sie leidenschaftlich. „Wenn ich dich ins Bett bekomme, Fräulein, besorge ich es dir so hart, dass du davon Sterne siehst."

Sie erbebte. „Ich hoffe, du hältst Wort, Atlas Tigri."

Ihr Körper fühlte sich an, als hätte sie einen elektrischen Schlag bekommen, doch als sie wieder bei Romy zu Hause war, wurde sie jäh daran erinnert, dass ihr Körper nicht mehr nur ihr gehörte. Sie lag im Bett, las und versuchte, nicht an Atlas Tigri zu denken, als ihr plötzlich schlecht wurde. Sie taumelte in das angrenzende Badezimmer und übergab sich. Dann stöhnte sie auf und lehnte ihren Kopf gegen die kühlen Fliesen. Innerhalb der nächsten zwei Stunden musste sie sich immer wieder übergeben und schließlich hörte Ebony, wie sich die Tür zu ihrem Schlafzimmer öffnete und Romy sie leise rief.

„Hier drin", krächzte Ebony, deren Hals ganz wund war vom Übergeben. Romy stand die Sorge ins Gesicht geschrieben, als sie eintrat und sich neben sie kniete.

„Liebes, bist du krank?"

Ebony versuchte zu lächeln, während Romy ihr die Hand auf die Stirn legte. Ihre kühlen Finger fühlten sich gut an auf ihrer heißen Stirn. „Wahrscheinlich habe ich mein Mittagessen nicht vertragen."

„Hmm. Ich glaube nicht, dass du Fieber hast, aber heiß ist deine Stirn schon. Willst du ein Pepto?"

Ebony wusste nicht, ob man als Schwangere Pepto nehmen durfte, also schüttelte sie den Kopf. „Ich glaube es ist echt einfach nur eine schlechte Auster gewesen."

„Du hast Austern gegessen?"

„Nein." Ebony lachte auf einmal. „Aber es geht mir gut, wirklich. Mein Magen fühlt sich schon wieder viel ruhiger an."

Romy half Ebony zurück ins Bett, aber Ebony konnte sehen, dass sie sich immer noch Sorgen machte. „Ehrlich, Romy, es geht mir gut."

Romy zögerte. „Ich bin nur ein paar Türen weiter, wenn du mich brauchst."

„Danke, Schätzchen. Tut mir leid, dass ich dich geweckt habe."

„Kein Problem, die Zwillinge haben mich ohnehin auf Trab gehalten. Wenn ich sie nachts nicht mehr füttern muss, vermisse ich das kein Stück, das schwöre ich dir. Gute Nacht, Liebes."

„Nacht, Romy."

Während ihre Freundin ging und Ebony alleine ließ, fragte die sich, ob sie Romy von ihrer Schwangerschaft erzählen konnte. Sie hatte noch mit niemandem darüber gesprochen und das nagte an ihr. Atlas war heute eine wunderbare Ablenkung gewesen und sie konnte es kaum erwarten, ihn wieder zu sehen – und auch der Gedanke an eine gemeinsame Nacht mit ihm verleihte ihr Flügel. Doch sie konnte ihren Zustand nicht länger beiseiteschieben.

Nein, daran will ich nicht denken, dachte sie entschlossen. *Nicht heute Nacht. Gib mir nur noch ein paar Tage und dann treffe ich eine Entscheidung, versprochen.* Ebony merkte, dass sie bereits jetzt ihr Kind als eine Person ansah, sie beide als Team verstand, und seufzte. Das würde die Entscheidung nur noch schwieriger machen.

Sie drehte sich auf die Seite, schloss die Augen und träumte von Atlas Tigri, der sie anlächelte, als würde er sie lieben, und *ihr* Baby im Arm hielt.

KAPITEL DREI

Fino Tigri blickte von seinem Vater zu seinem Onkel und wieder zurück. Mateo zuckte mit den Schultern. „Ich glaube, er hat dich gehört, *Cucciolo*, aber ich bin mir nicht sicher. Atlas?"

Atlas blinzelte und erwachte aus seinem Tagtraum. „Tut mir leid, ich habe gerade gedacht an… ach, egal."

„Ich frage mich wirklich, woran du gedacht hast…" Mateo grinste wissend. „Fino hat dich gerade etwas gefragt."

Atlas wandte sich an seinen Neffen, der sich in Höchstgeschwindigkeit Cornflakes in den Mund schaufelte. „Tut mir leid, Fino. Ich habe gerade nicht zugehört."

Fino grinste seinen Onkel an. „Ich habe nur gefragt, ob du dich darauf freust, Papi und Vita zu sehen. Bella hat mir geschrieben, um mir zu sagen, dass wir zum Reiten gehen werden."

„Klar freue ich mich." Atlas wechselte einen bedeutungsvollen Blick mit Mateo, der nicht mehr ganz so verschmitzt dreinblickte.

‚Papi' war der Stiefvater der Zwillinge, Stanley, und Fino liebte sowohl ihn als auch Stanleys Stieftochter Bella. Stanleys Frau Vita war leider eine ganz andere Sache. Sie war eine Goldgräberin wie sie im Buche stand und hatte Stanley bereits ein paar Wochen nach dem Tod ihres ersten Ehemannes geehelicht. Stan, der lieb und gütig war, war zu diesem Zeitpunkt immer noch durch den Wind, nachdem er die Mutter der Zwillinge an Krebs verloren hatte, und sowohl Atlas und Mateo waren entsetzt gewesen über die voreilige Heirat.

Er hatte sich am Tag der Hochzeit bei ihnen entschuldigt. „Ich brauche einfach Ablenkung", hatte er gesagt und dabei hilflos mit den Schultern gezuckt. „Es tut einfach so sehr weh."

Die Zwillinge hatten seine neue Frau akzeptiert, vor allem aufgrund ihrer Tochter Bella; sie war ein schüchterner, ungeschickter Teenager und tat sich schwer damit, den Ambitionen ihrer Mutter gerecht zu werden. Vita drängte Stanley ständig dazu, Bella bei seinem Plattenlabel unter Vertrag zu nehmen, obwohl sie keine gute Stimme und auch keinerlei Interesse an einer Karriere im Musikgeschäft hatte. Atlas und Mateo hatten sie unter ihre Fittiche genommen und schützten sie so vor dem herablassenden Gehabe ihrer Mutter, weshalb sie die Brüder und Fino ebenso schätzte.

Stanleys eigener Sohn war eine weitere Klasse für sich. Cormac Duggan war selbst ein Milliardär, denn er arbeitete an der Wall Street, und er hatte wenig übrig für die schönen italienischen Zwillinge, denn in seinen Augen waren sie einfach nur Player. Atlas hatte um Stans willen versucht, eine Beziehung zu ihm aufzubauen, doch Mateo hatte seinem Zwillingsbruder geraten, sich keine Mühe zu machen.

„Er ist ein Vollidiot, At. Verschwende deine Zeit nicht."

Atlas wusste, dass Mateo und Cormac sich einmal beinahe ordentlich in die Haare bekommen hätten, aber Mateo erzählte ihm niemals Einzelheiten. „Das war nichts, mein Bruder."

Als Cormac also verkündet hatte, er würde Weihnachten mit ihnen verbringen, hatte Mateo zwar die Augen verdreht, sonst aber nichts gesagt. Wenigstens war Cormac immer gut zu Fino, der den älteren Mann auch bewunderte. Mateo verstand das zwar nicht, doch er machte sich nichts weiter draus.

Nun hörte Atlas eine Frauenstimme und Molly, Finos Lehrerin und Mateos Liebhaberin, betrat die Küche, ein sonniges Lächeln im Gesicht. Die große, schlanke Blondine war Finos Rettung gewesen, der sich vorher mit keinem anderen Lehrer so richtig hatte anfreunden können. Molly war es allerdings gelungen und nun, als Atlas beobachtete, wie sein Bruder sie mit einer innigen Umarmung begrüßte (offenbar küssten sie sich vor Fino noch nicht), sah er die Liebe in seinen Augen und wurde sofort an Ebony Verlaine erinnert.

Himmel, sie war so sexy, dass er sich beinahe selbst vergaß. Nicht nur das, sie war zudem noch klug, witzig und nett – alles, wonach er gesucht hatte. Er befahl sich, sich zu beruhigen, einen Schritt zurück zu treten, doch wenn er ehrlich war, musste er sich mit aller Kraft daran hindern, sie sofort anzurufen und zu sagen: „Scheiß auf die Veranstaltung, lass uns den ganzen Tag im Bett verbringen."

Atlas lächelte Molly an und versuchte, sich damit vom Gedanken an Ebonys unglaublichen Körper abzulenken. „Du verbringst hoffentlich auch Weihnachten mit uns."

Molly lächelte schüchtern und Mateo nickte. „Darum habe ich sie bereits gebeten." Mateo wandte sich wieder an Molly, die ihn mit verliebten Augen anblickte. „Du bist jetzt Teil dieser Familie, Mols." Er strich ihr sanft über die Wange.

Sie waren so süß zusammen, dass Atlas sich wie ein Eindringling fühlte. Er lächelte und stand auf. „Ich muss an die Arbeit. Molly, es wäre toll, wenn du die Feiertage mit uns verbringst – und ich hoffe, dass Mateo dich morgen zu der Gala mitbringt?"

Molly nickte schüchtern und Mateo grinste. „Darauf kannst du deinen Ar… deinen Hintern wetten." Atlas lachte und Fino musste kichern, dass sein Vater beinahe geflucht hatte.

„Bis später, Kinder."

Auf der Fahrt in die Stadt merkte er, dass der erste Schnee fiel, und musste lächeln. Fino würde sich doppelt über weiße Weihnachten freuen. Als er und Mateo noch klein waren, hatten sie den Winter immer in Italien verbracht und dort war es viel wärmer. Selbst mit fünfunddreißig Jahren fand Atlas also die Aussicht auf weiße Weihnachten inspirierend. Im letzten Winter hatte er ein paar Tage in den Olympic Mountains verbracht, wo er seine alte Freundin Romy getroffen hatte.

. . .

Was für ein leben veränderndes Treffen das doch war, dachte er nun bei sich. Und wie weit sie seitdem gekommen waren. Er liebte es, mit seiner alten Freundin zusammenzuarbeiten und war ihr unendlich dankbar, dass sie ihr Chirurgengehalt aufgegeben hatte, um ihm dabei zu helfen, das Zentrum aufzubauen. Sie war so viel mehr als nur die Leitung der Chirurgie. Sie war wie Familie für ihn und ein Teil des Herzens des Zentrums. Er freute sich darauf, an diesem Abend mit Romy, Blue und Ebony zu speisen.

Nun dachte er wieder an die schöne, junge Sängerin. Sie war höchstens vierundzwanzig, zehn Jahre jünger als er. Würde das ein Problem werden? Er glaubte es kaum. Sie hatten den gleichen Sinn für Humor und das würde ihnen helfen, den Unterschied zu überbrücken.

Er konnte es kaum erwarten, sie wieder zu sehen.

Im Zufluchtszentrum wurde seine Aufmerksamkeit jedoch komplett von einer jungen Frau beansprucht, die eilig in die OP gebracht wurde, nachdem ihr gewalttätiger Ehemann sie niedergestochen und verprügelt hatte. Romy versuchte verzweifelt, ihr das Leben zu retten.

„Mr. Tigri?"

Atlas war kein aggressiver Mensch, doch dass man ihn mitten in diesem Kampf um Leben und Tod unterbrach, störte ihn massiv – auch wenn er nur daneben stand und um das Wohl des Opfers betete. Er riss sich kurz zusammen und wandte sich an den Sicherheitsmann.

„Tut mir wirklich leid", erklärte Noah Valdez eilig. „Aber wir haben… ein Problem. Einige Gäste sind schon ganz nervös und die Polizei ist aufgehalten worden."

„Geh nur", sagte Romy angespannt, ohne den Blick zu heben, und Atlas zog es vor, keine Diskussion anzufangen, um sie nicht zu stören.

Er trug immer noch die Kleidung, die er für den OP-Saal angezogen hatte, schritt nach draußen und fand dort einen Mann Ende Zwanzig vor, der mit den Sicherheitsleuten rang und dessen Gesicht vor Wut verzerrt war.

„Meine Frau ist da drin und ich will sie sehen!", brüllte er, als er Atlas entdeckte. „*Jetzt,* du Mistkerl."

„Keine Chance." Plötzlich packte Atlas eine eiskalte Wut, wie er sie nur selten verspürte, als er den Mistkerl betrachtete, der die Frau unter Romys Händen so schwer verletzt hatte. „Und da ich die Polizei gerufen habe, halte ich es für höchstwahrscheinlich, dass Sie wegen versuchten Mordes festgenommen werden. Sie haben *siebzehn* Mal auf Ihre Frau eingestochen. Und da erwarten Sie von uns, dass wir Sie zu ihr lassen? Sie haben Glück, dass ich Sie nicht gleich erledige, *Sie Mistkerl.*"

Er wusste durchaus, dass er sich mit solchen Aussprüchen zurückhalten und den Kerl der Polizei überlassen sollte, doch es kam nicht oft vor, dass der Übeltäter sich ins Zufluchtszentrum wagte. War dieser Mann ein Idiot?

Der Angreifer kniff die Augen zusammen. „Ich habe ihr nichts angetan… ich habe sie so gefunden."

Atlas warf einen Blick auf die Hände des Mannes. „Und die Verletzungen an Ihren Händen?" Er packte den Mann am Arm, als der in seine Tasche griff.

Der Mann schrie auf vor Schmerz, denn Atlas drückte fest zu. Er hätte dem Kerl am liebsten die Schulter ausgerenkt, damit er sich auf dem Boden zusammengekrümmt hätte, doch leider gingen die Sicherheitsleute des Zentrums dazwischen und brachten den Ehemann weg. Er ließ nur unter größtem Widerstand los, doch als sie ihn von Dannen zogen, fiel ein blutverschmiertes Messer aus seiner Jackentasche auf den Boden. In der Ferne hörte man bereits Sirenen.

„Sie werden gleich wegen versuchten Mordes festgenommen", knurrte Atlas den Mann an, die Hände zu Fäusten geballt. „Machen Sie es nicht noch schlimmer."

Romy erschien auf einmal neben Atlas, die OP-Kleidung blutverschmiert. „Er wird festgenommen wegen Mordes", sagte sie mit freudloser Stimme. „Kiersten hat es nicht geschafft."

Kierstens Mörder grinste und ehe er sich zurückhalten konnte, hatte Atlas ihm bereits die Faust gegen den Kopf gedroschen, sodass er rückwärts taumelte und auf dem Steinboden landete. Er machte einen Satz nach vorne und hätte am liebsten dem Typen die Glieder gebrochen, obwohl Romy ihm zurief, er solle damit aufhören.

„Atlas! Du machst es nur noch schlimmer!" Mit aller Kraft zerrte sie ihn von dem Übeltäter weg, während dieser sie beide lautstark beschimpfte.

„Fickt euch alle! Scheiß auf dieses Miststück! Ich würde euch alle kalt machen. Und Sie, hübsche Ärztin, soll ich sie genauso ausnehmen wie meine Frau? Wäre mir ein Vergnügen…"

Vom ruhigen Atlas war nach diesem Ausspruch nichts mehr übrig. Er explodierte förmlich und es waren drei muskelbepackte Polizisten nötig, ihn von seinem Ziel abzubringen. Romy folgte Atlas, während die Polizei den Mörder festnahm, und ein paar Minuten später, während Atlas immer noch vor Wut schäumte, kam ein Beamter, um sie zu vernehmen.

„Er könnte Sie wegen Körperverletzung anzeigen, Mr. Tigri, doch da er auch Ihnen mit Mord gedroht hat, glaube ich kaum, dass eine Klage standhalten wird."

„Er hat nicht nur mir gedroht sondern auch Dr. Sasse. Er hat gedroht, ihr das Gleiche anzutun wie seiner mittlerweile verstorbenen Frau." Atlas hatte schon immer einen ausgeprägten Beschützerinstinkt gehabt, doch der Gedanke daran, dass jemand Romy auch nur ein Haar krümmen wollte, brachte ihn zur Weißglut. „Er ist ein kranker *Wichser*."

„Daran besteht kein Zweifel, aber wir müssen uns ans Protokoll halten. Wir brauchen Zugang zu der Leiche und zu ihren Räumlichkeiten, während wir unsere Ermittlungen durchführen."

„Natürlich, wir helfen gerne", erklärte Romy sofort. Sie hatte ihre Hand auf Atlas' Rücken gelegt und streichelte ihn beruhigend. Atlas atmete tief durch, als der Beamte endlich wieder ging. Endlich hatte er seinen Gefühlsausbruch wieder unter Kontrolle und nun war ihm das Ganze peinlich.

„Es tut mir leid, Romy. Solches Verhalten ist nie in Ordnung. Ich habe einfach rot gesehen. Geht es dir gut?"

„Ja." Sie nickte und ließ schließlich von ihm ab. „Ich bin nur traurig, dass ich schon wieder ein Opfer verloren habe. Aber so ist eben der Job. Wir wussten ja, dass das passieren könnte."

Atlas schüttelte den Kopf, wie betäubt vor Trauer über das Ableben der jungen Frau. Für gewöhnlich ließ er sich durch nichts aus der Ruhe bringen, sodass dieser Gefühlsausbruch ihn mit einem Gefühl tiefer Erschöpfung zurückließ. „Blue wird mich fertig machen, weil ich dich in Gefahr gebracht habe.“

„Du hast doch gar nichts gemacht“, erwiderte Romy. „Ich habe mir diesen Job ausgesucht. Ich war mir den Gefahren bewusst. Außerdem ist unser Haus praktisch eine Burg. Du weißt genau, wie streng es Blue mit der Sicherheit unserer Familie nimmt.“

„Ich glaube, wir sollten auch die Sicherheitsmaßnahmen im Zentrum verschärfen.“

„Mal sehen, was die Polizei dazu sagt. Und jetzt kümmere ich mich erst mal um deine Hand.“

Romy wusste nicht, ob sie Blue später von dem Vorfall erzählen sollte, und als er gut gelaunt nach Hause kam, weil seine OPs gut verlaufen waren, entschied sie sich dagegen. Außerdem wollte sie Ebony keine Angst machen. Als sie nach Hause kam, klopfte sie bei Ebony an der Tür. „Eb? Schätzchen, wie geht es dir heute?“

Ebony öffnete lächelnd die Tür. „Alles gut. Wahrscheinlich habe ich einfach nur etwas Falsches gegessen. Darf ich dir beim Abendessen helfen? Ich habe schon ein ganz schlechtes Gewissen, weil ich nur herumsitze.“

„Das wäre wirklich toll, wenn dich das nicht stört. Ich will einfach die Kinder gefüttert und im Bett haben, bis Atlas hier aufkreuzt.“

Als Ebony bei diesen Worten feuerrot wurde, sagte sie nichts. Sie war zu müde, um heute noch Fragen zu stellen. Während sie beide in der Küche werkten, lächelte Ebony Romy an. „Ich hätte gedacht, dass alle Milliardäre Personal haben.“

Romy lachte müde. „Ach, Blue hat schon Personal, aber wir mögen es nicht so gern, wenn ständig Leute da sind, vor allem zur Familienzeit. Natürlich haben wir eine Nanny, die ganz toll ist und ohne die ich nicht arbeiten könnte, aber Blue und ich kochen beide richtig gerne. Deshalb haben wir keine Sterneköche. Wo wir schon beim Thema sind, ich hoffe, Atlas war gestern nett zu dir.“

„Er ist wirklich toll", sagte Ebony. „Es macht so viel Spaß mit ihm und ich freue mich schon richtig auf die Veranstaltung."

„Gar kein typischer Milliardär, was?", fragte Romy, die sich insgeheim immer noch über Atlas Wutausbruch wunderte. Diese Seite an ihm hatte sie zuvor nicht gekannt.

„Rein gar nicht. Er hat mir das Zentrum gezeigt und ich muss schon sagen, eure Arbeit dort ist einfach… inspirierend."

„Danke. Ihr habt euch also gut verstanden?"

Ebony nickte und diesmal musste Romy sich ein Grinsen verkneifen, als sie die leichte Röte wieder in das Gesicht ihrer Freundin steigen sah. Sie hatte zwar keine kupplerischen Absichten gehabt, doch wenn Atlas und Ebony sich gut verstanden, freute sie sich sehr für die beiden. Ebony würde solch ein hingebungsvoller Partner gut tun und Atlas brauchte schon lange eine Frau an seiner Seite. Sie wusste schon, was Blue sagen würde. Er würde die Augen verdrehen und meinen, dass sie nicht zwischen allen Menschen der Welt Liebe schüren konnte.

Ich wünschte, ich könnte es, dachte sie bei sich und wieder wurde sie an das schreckliche Ereignis des Nachmittages erinnert. Schon wieder war eine Frau, der Eifersucht ihres Mannes zum Opfer gefallen. Romys eigene Erfahrung mit ihrem mordlustigen Ex kochte an solchen Tagen leicht hoch, obwohl sie schon fast sechs Jahre zurücklag. Dacre Mortimer hatte geschworen, sie zu töten und *hatte* eine Reihe Frauen getötet, um zu ihr zu gelangen. Sie musste sich jeden Tag ins Gedächtnis rufen, dass Dacre tot war und ihr nichts mehr zufügen konnte. Ironischerweise war es nicht einmal Dacre gewesen, der sie letztendlich fast getötet hatte. Es war Blues Stiefbruder Gaius gewesen, krank vor Eifersucht auf seinen Bruder, der Romy angeschossen hatte, um seinen Halbbruder leiden zu sehen.

„Ich bin immer noch da." Dieses Mantra wiederholte sie jeden Morgen und auch nun murmelte sie es in sich hinein, als die Tür aufging und Grace eintrat, die sie und Ebony freudig begrüßte.

Wie versprochen kehrte Blue früher als sonst aus dem Krankenhaus zurück und während die Nanny Grace fütterte, schlichen er und Romy

sich in ihr Schlafzimmer, um sich „vor dem Abendessen umzuziehen".
Doch kaum war die Tür zu – und abgeschlossen, schließlich hatten sie
eine fünfjährige Tochter –, machte Blue sich am Reißverschluss von
Romys Kleid zu schaffen. Romy genoss das Gefühl seiner Lippen auf
ihrer Haut, während sie seinen Schwanz aus seiner Hose holte. Sie
lächelte ihn neckisch an, sank dann auf die Knie und nahm ihn in den
Mund. Sie leckte und lutschte an ihm, bis sein Schwanz steinhart war
und vor Erregung pulsierte; dann hob Blue sie hoch, legte sie auf das
Bett, schlang ihre Beine um seine Taille und ließ seinen Schwanz in
ihre geschwollene, feuchte Pforte gleiten.

Romy stöhnte vor Lust, während sie sich liebten, und Blue küsste
sie so leidenschaftlich, dass ihr der Atem stockte. Sie würde sich nie
mit ihm langweilen, würde nie seines heißen Körpers müde werden
oder seiner meisterhaften Art, sie zu lieben. Wie er sie anblickte, wenn
er in ihr war…

„Ich liebe dich so sehr", flüsterte sie ihm zu und Blue stupste ihre
Nase mit seiner an.

„Du bist der Grund für jeden meiner Atemzüge", sagte er schlicht
und einfach. „Du bist mein Leben, Romulus."

Sie fing an zu kichern und Blue musste grinsen, während er offensichtlich den Anblick ihrer hüpfenden Brüste genoss. Dann kam Romy
schon, sie keuchte seinen Namen, bäumte sich zu ihm auf, drängte ihre
Brüste, ihren Bauch an seinen Körper. Blue stöhnte auch auf und
spritzte seine Saat tief in ihren Schoß, bevor sie auf die Matratze
sanken und sich innig küssten, während sie wieder zu Atem kamen.
Blue strich seiner Frau das Haar aus dem Gesicht.

„Weißt du, wenn die Kinder ein bisschen älter sind, sollten wir
auch mal ohne sie wegfahren. Wenn auch nur übers Wochenende."

Romy nickte. „Das wäre toll. Mom und Stuart würden sie sicher
unglaublich gerne aufnehmen."

„Zwei ganze Tage lang?" Blue grinste, während Romy lachte.

„Seien wir mal ehrlich; Gracie hätte da das Sagen."

„Unsere kleine Erwachsene", sagte Blue liebevoll. Dann betrachtete er seine Frau. „Geht es dir gut?"

Romy nickte. „Natürlich. Wieso fragst du?"

Blue fuhr eine kleine Falte zwischen ihren Augen nach. „Die habe ich schon länger nicht mehr gesehen. Schon seit Jahren nicht."

„Ich habe dir Stirn gerunzelt?"

„Naja, jetzt gerade nicht, aber als ich nach Hause gekommen bin, war da mal ein Moment. Vielleicht habe ich mir das auch nur eingebildet."

Erzähl es ihm. Romy schluckte und schüttelte den Kopf. Blue hatte sich immer noch nicht dafür vergeben, dass sie vor all diesen Jahren beinahe zu Tode gekommen war, obwohl er keine Schuld daran trug und sie sogar gerettet hatte. Wieso sollte sie ihm wieder Sorgen bereiten? „Ich habe einfach ein wenig Kopfweh, wahrscheinlich lag es daran."

„Soll ich dir ein Aspirin holen?"

„Alles gut, Baby, das vergeht schon, wenn wir jetzt essen. Übrigens sollte ich mich wohl wirklich fertig machen."

Sie duschten gemeinsam, trödelten dabei unsäglich und küssten und streichelten einander, während sie sich danach ankleideten. Romy schlüpfte in ein fliederfarbenes Cocktailkleid, von dem sie wusste, dass Blue es mochte, und ließ ihr offenes, dunkles Haar über eine Schulter fallen. Sie schminkte sich nur wenig und war schon bereit. Als sie sich umdrehte, sah sie, dass Blue sie beobachtete.

„Komm her."

Sie ging zu ihm hinüber und er küsste sie. „Ich liebe dich, Dr. Sasse."

Romy blickte ihren Ehemann versonnen an und fragte sich, womit sie so das große Glück verdient hatte, ihn kennenzulernen. „Ich liebe dich auch, Doc. Komm, amüsieren wir uns mit unseren Freunden."

KAPITEL VIER

Ebony trug ein dunkelrotes Kleid, eine lange Goldkette und hatte ihr kurzes, dunkles Haar zu einem Bob gekämmt. Sie war gleichzeitig nervös und freudig erregt bei dem Gedanken, Atlas wieder zu sehen. Sie fragte sich, ob sie sich die Chemie zwischen ihnen nur eingebildet hatte, doch dann trat er ein und sofort stand die Luft zwischen ihnen wieder unter Strom.

Seine grünen Augen blickten in die ihren, warm vor Verlangen, doch er riss sich zusammen und küsste sie einfach auf die Wange. Schon diese kleine Geste machte Ebony weiche Knie.

Sie atmete den Duft seines teuren Rasierwassers ein, holzig und scharf, und spürte, wie ihr Herz schneller schlug. „Morgen Nacht", flüsterte sie.

Atlas strich mit einem Finger über ihre Wange und ließ ihr keinen Zweifel, dass er sie innig geküsst hätte, wenn keine anderen Leute im Raum gewesen wären. „Morgen."

Das Abendessen war entspannt und heiter und Ebony fühlte sich in Gesellschaft ihrer Freunde glücklicher denn je. Atlas saß neben ihr und versuchte auch nicht, die Chemie zwischen ihnen zu verbergen, wofür sie ihm dankbar war. Es war, als kannten sie sich bereits seit Jahren.

„Hört mal", sagte er nun zu Romy und Blue. „An Weihnachten. Fährt ihr da zur Hütte?"

Blue schüttelte den Kopf. „Nein, Arti und Dan fahren heute mit Grey dorthin und wir wollten uns nicht aufdrängen. Also wird es wahrscheinlich ein ruhiges Weihnachten bei uns zu Hause."

„In diesem Fall würde ich euch gerne einladen, bei uns zu Hause zu feiern. Wir haben schon jede Menge Gäste – Stan kommt und ich glaube, der Todesengel schaut auch vorbei."

Ebony hob eine Augenbraue und formte mit den Lippen das Wort „Todesengel?" in Romys Richtung, die den Kopf schüttelte.

„Da bekommen wir doch *richtig* Lust", bemerkte Blue trocken. „Ich nehme an, du redest vom lieben Cormac?"

„Stimmt genau." Atlas grinste. „Mateo ist ganz aus dem Häuschen, wie du dir vielleicht denken kannst. Aber Vida ist an Weihnachten nicht ganz so nervig, das muss ich schon zugeben und ich weiß, dass Fino, Mateo und Stan sich echt über euren Besuch freuen würden."

„Dann ist das abgemacht", sagte Romy und Blue nickte.

Atlas wandte sich an Ebony. „Und du?"

„Was ist mit mir?"

„Du, Weihnachten, wir…" Er machte eine ausschweifende Handbewegung. „Wir wollen zusammen feiern."

Ebony nickte langsam, überglücklich und überrascht zugleich. „Natürlich. Wenn es euch nichts ausmacht…"

„Du bist jetzt Teil der Familie", unterbrach Atlas sie und so, wie er sie anblickte, konnte es Romy und Blue keinesfalls entgangen sein, doch das war Ebony egal. „Ich würde nur zu gerne, aber ich glaube, dass Juno und Obe auch aus New Orleans anreisen."

„Dann sind sie auch eingeladen." Unter dem Tisch strich er sanft über ihr Knie. „Bitte komm."

Ebony konnte ihren Blick nicht von Atlas losreißen. „Mit Vergnügen."

. . .

Nach dem Abendessen bemerkte Ebony, wie Romy und Blue sich etwas offensichtlich entschuldigten, um den Abwasch zu machen, sodass Ebony und Atlas alleine im Wohnzimmer zurückblieben. Atlas setzte sich neben sie und legte seinen Arm über die Couchlehne. Ebony musste der Versuchung widerstehen, sich bei ihm einzukuscheln.

Atlas spähte aus dem Zimmer und riskierte einen Kuss. „Ich habe den ganzen Tag lang nur an dich gedacht", sagte er leise. „Und die ganze Nacht lang auch."

Sie strich mit ihrem Finger über seinen Mund. „Ich auch… zumindest, wenn ich nicht gerade mit deiner Band geprobt habe. Die Jungs sind echt super."

„Sind sie wirklich. Mike hat mich auch noch mal angerufen und mir gesagt, er hätte noch nie so eine tolle Stimme gehört. Morgen wird so ein besonderer Abend, Ebony… auf mehr als eine Art."

Ebony erbebte vor Vorfreude. Sie riskierten noch einen Kuss und sie rückte näher an ihn heran, sodass Atlas mit einer Hand über ihren Oberschenkel strich und ihrem Schoß gefährlich nahe kam. Ebony konnte nicht widerstehen – sie packte seine Hand und drückte sie zwischen ihre Beine.

„Ich will dich so sehr", flüsterte sie ihm ins Ohr und hörte, wie ihm ein Lachen aus tiefer Kehle hochstieg.

„Wenn wir jetzt nicht aufhören, werde ich dich hier und jetzt auf der Couch ficken und das gehört sich einfach nicht für eine Dinner Party." Doch er erwiderte leidenschaftlich ihren Kuss und stöhnte, als sie seinen steinharten Schwanz durch seine Hose massierte.

„Nimm dir für übermorgen besser nichts vor", sagte er, „denn ich werde den ganzen Tag mit dir im Bett verbringen und werde dabei jeden Zentimeter deiner himmlischen Haut küssen, Ebony Verlaine. Du hast dich in mein Gehirn gebrannt und die Dinge, dich ich mit dir anstellen will… sind an manchen Orten der Welt verboten." All das brachte er mit einem verschmitzten Grinsen über die Lippen und Ebony spürte, wie sie immer feuchter wurde.

Sie beugte sich vor. „Ich bin herrlich auf die Folter gespannt."

„Und ich erst."

Romy und Blue machten eine Menge Lärm im Gang, damit deutlich wurde, dass sie bald wieder in das Zimmer kommen würden und als sie eintraten, sah Ebony, wie sie bis über beide Ohren grinsten. Atlas nahm seinen Arm nicht weg und gab sich auch keine Mühe, sein Verlangen nach ihr zu verbergen und Ebony schenkte ihm dafür ein Lächeln.

Mitten in der Nacht kehrte die Übelkeit zurück, doch diesmal versuchte sie, so leise wie möglich zu übergeben. Danach spülte sie sich den Mund aus, setzte sich auf den kühlen Fliesenboden und legte eine Hand auf ihren Bauch. Kam die morgendliche Übelkeit immer so früh? Ebony atmete ein paar Mal tief ein. Wie hätte sie in dieser Nacht vor zwei Wochen nur so dumm sein können? Ein Clubabend mit ihrer Freundin Kate war schließlich zu etwas ganz anderem geworden.

Ebony konnte gar nicht glauben, dass sie all diese Dinge in dieser Nacht getan hatte. Kate, die schon immer abenteuerlicher gewesen war, hatte sie herausgefordert, an diesem Abend mit ihr in den Sex Club zu gehen. Erst hatte Ebony sich gesträubt, doch nach einem Gläschen zu viel hatte sie sich breitschlagen lassen. „Wir schauen nur kurz mal rein."

Kate hatte grinsend genickt. Aber natürlich ging es um weit mehr, als nur mal kurz hineinzuschauen, und wenig später hatte sie sich in einem Raum wiedergefunden, in dem sie sich fesseln und vögeln ließ von einem Mann, dessen Gesicht hinter einer Gummimaske verborgen war. Er hatte einen unglaublichen Körper gehabt, wenn auch ein wenig zu muskulös für ihren Geschmack, doch sein Rücken Tattoo von einem roten Phönix hatte sie in seinen Bann gezogen. Er hatte kein Wort zu ihr gesagt. Er hatte auch ein Kondom verwendet, also war es großes Pech gewesen, dass sie schwanger geworden war, doch am nächsten Tag schämte sie sich schrecklich für das, was sie getan hatte.

Kate hatte sie an diesem Tag besucht und sich ausgiebig bei ihr entschuldigt. „Es tut mir leid, Ebony. Ich wollte dich nur ein bisschen locker machen. Ich habe nicht geahnt, dass es so weit kommt."

„Schon in Ordnung", sagte Ebony. „Ich habe es mir ja ausgesucht, aber…"

„Ich weiß. Aber ich weiß auch, dass diese Szene nichts für dich ist und ich hätte dich aufhalten sollen."

„Vielleicht hätte ich ja gar nicht auf dich gehört", beruhigte Ebony ihre Freundin. „Schon in Ordnung, weißt du, das Leben ist voller lehrreicher Erfahrungen und ich bin schließlich auch keine Jungfrau mehr. Aber normalerweise habe ich eben die Kontrolle darüber, mit wem ich schlafe und mit wem nicht."

„Ich weiß, ich habe ein richtig schlechtes Gewissen."

Ebony hatte Kate umarmt, die sich wirklich zu schämen schien. „Ach, komm schon, weißt du, Sex ist toll und ich bin mir sicher, dass es Leute gibt, die diese Szene total feiern. Aber für mich ist es eben nichts."

Sie hatte sich wieder und wieder eingeredet, dass alles in Ordnung war, dass Sexclubs auch ihre Daseinsberechtigung hatten, aber dennoch fühlte sie sich ein wenig beschmutzt. Sie hatte nicht einmal das Gesicht dieses Kerls gesehen und nun wuchs sein Kind in ihr heran. Himmel hilf.

Es war nur… sie versuchte zwar, es nicht vor sich selbst zuzugeben, doch ein kleiner Teil von ihr freute sich darauf, Mutter zu werden. *Viele Frauen haben im jungen Alter Kinder*, dachte sie bei sich. *Das Timing ist einfach nicht das Beste. Wenn ich Atlas nicht kennengelernt hätte …*

Aber sie *hatte* Atlas kennengelernt und sie war richtig gespannt, wo das mit ihm noch hinführen konnte. So gespannt, dass sie den Gedanken an die Komplikationen verdrängte, die von der Schwangerschaft hervorgerufen werden könnten. Wieso sollte sie sich Sorgen machen, wenn noch gar nichts passiert war?

Sie erhob sich langsam und warf einen Blick auf ihr Handy. In Seattle war es erst vier Uhr morgens und sie fragte sich, ob ihr Bruder in New Orleans wohl schon wach war. Sie ging wieder ins Bett und schrieb Obe.

Wach?

Hey, Sis.

Sie rief ihn sofort an. „Hey Kumpel, tut mir leid, dass ich dich so früh nerve."

„Kein Stress. Warum bist du schon wach?"

„Ich... mache mir einfach Gedanken", wich sie aus. „Wie läuft's in unserem alten Jagdrevier?"

„Geht um deinen Auftritt, was? Unser Jagdrevier ist wunderschön, aber kalt."

„Bist du bei Juno?"

„Ja, sie schläft noch. Ich wollte gerade ins Gym, aber ich rede noch lieber mit dir. Ich vermisse dich, Kleine."

Ebony lächelte am anderen Ende der Leitung. „Ich dich auch. Hör mal, der Typ mit dem Romy zusammenarbeitet ist einfach toll und er hat uns eingeladen, Weihnachten mit ihm und seiner Familie zu verbringen. Ihr könntet auch darüber nachdenken. Juno kennt ihn... er heißt Atlas Tigri."

„Ja, sie hat schon mal von ihm geredet. Ist ja cool. Ich bespreche es mit Juno, aber wenn du dir das wünscht, dann kriegen wir es sicher hin."

„Das wünsche ich mir" Ebony fragte sich, ob sie mit ihrem Bruder über die Anziehung zwischen ihr und Atlas sprechen sollte, entschied sich aber dagegen.

„Und? Bist du nervös wegen deinem Auftritt morgen?", fragte Obe erneut.

„Ein wenig", gab sie zu und ließ ihn in dem Gedanken, dass sie nur deswegen wach lag, obwohl sie noch nie in ihrem Leben Lampenfieber gehabt hatte. „Ich will Atlas und Romy nicht enttäuschen."

„Das kannst du gar nicht", lachte ihr Bruder. „Du rockst das, Sis."

Ebony bedankte sich bei ihm und beendete das Gespräch. Sie lag in ihrem Bett und ihr schwirrte der Kopf vor Gedanken an ihre Zukunft und wie schnell ihr Leben sich gerade veränderte. Sie hatte keine Ahnung, was sie als nächstes erwartete, aber eine Sache wusste sie sicher: Morgen um die gleiche Zeit läge sie im Bett mit dem heißesten Mann auf Gottes grüner Erde... und das konnte sie kaum erwarten.

KAPITEL FÜNF

Es war eine Gewohnheit von Ebony, den Veranstaltungsort am Tag des Anlasses früh aufzusuchen, um sich in die Atmosphäre einzufühlen. Am Tag des Events fühlte sich ein Ort immer so anders an als sonst.

Ebony betrat den Veranstaltungsort und hielt inne. Die Atmosphäre war unvergleichbar. „Wow." Der ganze Raum war in ein weihnachtliches Wonderland aus Weiß und Silber verwandelt worden und überall funkelten kleine, blinkende Lichter. Ebony blickte sich in dem Saal um, während das Personal die Tische aufstellte und deckte.

Es beunruhigte sie ein wenig, wie viel Geld Atlas in dieses Event investiert hatte – und zwar sein eigenes Geld, wie Romy ihr verraten hatte. Dieser Mann war reich – *sehr* reich, und das machte sie nervös.

Auf der Bühne hing ein Vorhang von Kristallen wie Regenfäden hinter dem Fleck, an dem sie singen würde. Auf einmal fühlte Ebony sich überwältigt, ein Gefühl, dass sie weder kannte noch besonders genoss.

„Miss Verlaine?"

Sie drehte sich um und erblickte eine junge Frau, die sie anlächelte. „Ja, das bin ich, guten Tag."

„Hi, ich bin Felicity. Mr. Tigri hat schon erwähnt, dass Sie vielleicht früh vorbeikommen würden."

Ebony blickte sie überrascht an. „Hat er das wirklich?" Es hätte sie verunsichern können, dass er sie jetzt schon so gut zu kennen schien, aber irgendwie verstärkte das nur seine Anziehungskraft auf sie.

„Ich soll Sie fragen, ob sie Änderungen anbringen wollen. Wir können alles umsetzen, was Sie sich wünschen."

Ebony musste sich kein zweites Mal umblicken. Dies war der schönste Event-Saal, den sie je betreten hatte. „Nein. Es sieht ganz unglaublich aus hier. Aber der Jazz-Trommler braucht eine Schutzscheibe." Felicity sah sie verwirrt an und sie erklärte sich genauer. „So einen Plastikkäfig, den man manchmal bei ihnen sieht. Das verhindert, dass schwächere Instrumente und meine Stimme übertönt werden. Im Jazz wird das nicht immer verwendet, aber bei den Proben heute Morgen hat der Schlagzeuger darum gebeten."

Felicity machte sich eine Notiz auf dem Handy. „Ich kümmere mich darum", versprach sie. „Mr. Tigri hat außerdem gemeint, dass Sie vielleicht ein neues Outfit für heute Abend möchten. Und weil dieser Abend so besonders ist, hat er mich gebeten, es Ihnen direkt zu sagen."

Eine Sekunde lang war Ebony beleidigt, weil Atlas scheinbar meinte, sie hätte nichts passendes für eine derart schicke Veranstaltung, doch dann wurde ihr klar, was er mit dem „besonderen Abend" wirklich meinte. Er schickte tatsächlich seine Assistentin vor, um mit ihr zu flirten.

„Ich liebe Shoppen", gab Felicity schüchtern lächelnd zu. „Vor allem, wenn es kein Ausgabelimit gibt. Ich würde Ihnen gerne dabei helfen, etwas auszusuchen. Mr. Tigri hat mich angewiesen, mir dafür frei zu nehmen und dafür zu sorgen, dass keine Kosten gescheut werden."

Ebony lächelte. „Das hat er also gesagt? Na dann, von mir aus. Bringen Sie mich in Ihren Lieblingsladen, Felicity."

Kurz darauf befanden sie sich in einer exklusiven Boutique und Ebony machte beim Anblick all der Designerkleidung große Augen. „Das ist zu viel."

Felicity lachte. „Ganz im Gegenteil. In welchem Stil kleiden Sie sich?"

Ebony zögerte und sagte: „Ich mag Retro-Kleidung. Die Mode der Zwanziger, Dreißiger und Vierziger gefällt mir sehr.“

Felicity nickte. „Dann sind wir an den richtigen Ort gekommen. Carmen ist eine aufstrebende Designerin aus Seattle und sie steht auch total auf Retro-Chic. Wir werden uns so amüsieren…“

Die nächste Stunde lang unterhielten sie sich mit der Designerin höchstpersönlich, die mehrere Kleidungsstücke vorführte, bei denen Ebony ins Schwärmen geriet. Schließlich wählte sie ein anliegendes, goldenes Kleid aus, das sich an ihre Kurven schmiegte und an ihrer dunklen Haut einfach sensationell aussah. Anschließend brachte Felicity sie in einen Beauty Salon und ließ ihr dort die Haare im Stil der Zwanziger machen. Ebony musste schon zugeben – sie erkannte nicht einmal die umwerfende Frau im Spiegel.

„Und jetzt“, sagte Felicity, „was ist mit der Unterwäsche?“

Ebony wurde rot. „Ähm …“

Felicity grinste verschmitzt. „Mr. Tigri hat vorgeschlagen, Sie von Kopf bis Fuß einzukleiden, wenn Sie das auch so wollten. Er möchte Sie nicht zu seiner Anziehpuppe machen – so hat er mir das gesagt.“

Neue, schicke Unterwäsche war zwar verlockend, aber Ebony fühlte sich trotzdem ein wenig unwohl. „Nur unter einer Bedingung: Meine Unterwäsche möchte ich selbst bezahlen.“

„Das ist Ihnen überlassen.“

Sie gingen in einen kleinen Laden und Ebony suchte sich verführerische, dunkelrote Unterwäsche aus, die viel zu teuer war für etwas, das Atlas vielleicht innerhalb von drei Sekunden zu Fetzen reißen würde. Und dennoch hoffte sie, dass es möglichst schnell auf dem Boden landen würde. Es wäre dann immer noch sein Geld wert. Jeden Cent.

„Gute Wahl“, lobte Felicity und lächelte. „Und jetzt essen wir besser zu Mittag.“

Ebony genoss beim Mittagessen Felicitys Gesellschaft und nutzte die Gelegenheit, die junge Frau kennenzulernen. „Wie lange arbeitest du schon für Atlas?“ Sie waren mittlerweile per Du.

„Fünf Jahre“, sagte Felicity und kaute dabei auf ihrem Sandwich herum. „Er hat mich als Praktikantin angeheuert – als bezahlte Praktikantin – und nachdem seine Sekretärin in den Ruhestand gegangen ist, bin ich zu seiner Assistentin geworden. Ich glaube, er mag mich, weil ich mich von ihm nicht blenden lasse. Ich sage, was ich denke."

Ebony lächelte. „Den Eindruck habe ich auch von ihm. Er ist ein guter Typ."

„Das ist er wirklich." Felicity beäugte Ebony. „Er hat mir erzählt, dass du ursprünglich aus Seattle kommst?"

Ebony nickte. „Ich bin hier aufgewachsen. Als mein Bruder nach New Orleans gezogen ist, bin ich auch von hier weg. Glücklicherweise, denn dort habe ich eine Stiftung gefunden, die mich und meinen Werdegang unterstützt."

Felicity nickte. „Der Bruder meiner Freundin ist auch bei ihnen. Er heißt Ben Faldo."

„Ich kenne Ben, er ist ein toller Künstler und ein echt lieber Kerl."

Felicity strahlte. „Das ist er wirklich, danke."

Ebony beschloss, dass sie Felicity sehr gerne mochte und als sie diese wieder am Veranstaltungsort ablieferte, gab sie ihr ihre Nummer. „Falls du mal was trinken gehen willst."

Felicity grinste. „Nur zu gerne. Hau sie um heute Abend."

„Du kommst nicht?"

„Leider habe ich heute ein Familientreffen, aber ich habe vollstes Vertrauen in dich."

Ebony hängte ihr Kleid für heute Abend an die Tür ihres Umkleidezimmers, setzte sich eine Duschhaube auf und trat unter die Dusche. Sie war sich nicht sicher, ob alle Umkleidezimmer über eine Dusche verfügten, aber praktisch war es auf jeden Fall. Sie wusch sich, rasierte sich und rieb sich mit Massageöl ein, bevor sie ihre neue Unterwäsche anzog. Das Öl verfügte über einen leichten Goldglanz, der ihre dunkle Haut zum Leuchten brachte, und die dunkelrote Unterwäsche sah einfach fantastisch aus. Sie zog wieder ihr normales Kleid an, damit das schicke Kleid vor dem Auftritt keine Falten bekäme – erst in zwei Stunden würde sie auf der Bühne stehen.

Gut gelaunt fing sie an, Stimmübungen zu machen, obwohl es

dafür eigentlich noch zu früh war. Mitten in einer Tonleiter klopfte es auf einmal an der Tür.

Sie machte sie auf, während ihr Herz begann, schneller zu schlagen. Atlas grinste sie an. „Hey, Schönheit."

Sie konnte nicht anders: Sie packte ihn beim Schlips und zog ihn in den Raum, drängte sich an ihn, während er sich vorbeugte um sie zu küssen. Sie vergrub ihre Finger in seinen dunklen Haaren und genoss jeden Augenblick des Kusses, den festen, doch zärtlichen Druck seiner Lippen, die brennende Leidenschaft.

Endlich riss sie sich von ihm los, schnappte nach Luft und lachte. „Himmel, Atlas Tigri... du machst mich ganz verrückt."

„Heute Nacht werde ich dich völlig um den Verstand bringen", sagte er und legte seinen Arm um ihre Taille. „Da ist dieser Kuss gar nichts dagegen."

Ebony stöhnte vor Vorfreude auf. „Träume ich? Ich kann es mir nicht anders erklären."

Atlas lachte und seine grünen Augen funkelten. „Dann muss ich den gleichen Traum träumen, meine Schöne. Jetzt sage mir, hat Felicity dich nach allen Regeln der Kunst verwöhnt, wie angewiesen?"

Nun musste Ebony lachen. „Das hat sie. Ich habe mich gefühlt wie Julia Roberts in Pretty Woman, bis auf die Nutten-Background-Story."

„Solange es dich nicht beleidigt hat. Ich wollte es dir erklären, ohne uns dabei zu verraten."

„Ich habe es kapiert", versprach sie und sie küssten sich erneut, dann strich er eine Strähne hinter ihr Ohr. „Bist du nervös?"

Ebony schüttelte den Kopf. „Nein. Nicht im *Geringsten*, Atlas."

Er stöhnte auf. „Ich habe mir noch nie gewünscht, dass eine Party so schnell vergeht. Ich werde wahrscheinlich einen schrecklichen Gastgeber abgeben."

Ebony lächelte. „Das kann ich mir nicht vorstellen."

Atlas grinste. „Hey, hast du Hunger? Ich habe Pizza bestellt."

„Du kannst wohl Gedanken lesen."

Irgendwie schafften sie es, während dem Essen die Finger von einander zu lassen, und Ebony dachte sich schon, dass die beiden Heilige waren, als Atlas sie auf die Wange küsste und dann verließ, damit sie sich fertig machen konnte. „Zieh dich an." Er beugte sich vor und flüsterte ihr ins Ohr: „Damit ich dich nachher ausziehen kann."

Mit diesen heißen Worten verschwand er.

Ebony zerging zwar innerlich fast vor Geilheit, doch nun musste sie sich zusammenreißen. Sie schlüpfte in ihr Abendkleid und wärmte ihre Stimme auf, während sie sich darauf einstellte, vom Floor Manager gerufen zu werden. Während sie auf die Bühne zuging, hörte sie das Stimmengewirr der Gäste und warf einen Blick auf das Publikum. Es bestand aus wunderschön gekleideten Leuten, die sie alle nicht kannte und die sich mit Champagnerflöten in der Hand unterhielten und amüsierten.

Sie sah, wie Atlas ans Mikrophon trat – er sah ganz umwerfend aus in seinem Armani-Anzug mit der Fliege. Ebony spürte erneut das Verlangen in ihrer Magengrube, als er mit seiner tiefen, sinnlichen Stimme den Gästen dafür dankte, gekommen zu sein. Er sprach mit solcher Leidenschaft von dem Zufluchtszentrum und welche Ziele er dafür hatte, dass Ebony beinahe zu Tränen gerührt war.

Ihr wurde bewusst, dass Atlas bald ans Ende seiner Rede gekommen sein würde und sie dann ankündigen würde. Ihre Haut kribbelte, als sie hörte, mit welcher Wärme er von ihr sprach und als er sie schließlich ankündigte, betrat sie unter wohlwollendem Applaus die Bühne. Atlas küsste sie auf die Wange und zwinkerte ihr zu. „Hau sie von den Socken, Kleines."

Ebonys Körper schüttete Adrenalin aus, während sie das Publikum begrüßte und die Band vorstellte, und dann, als die Musik aufspielte, begann sie zu singen.

Atlas stand neben der Bühne und konnte seinen Blick nicht von Ebony losreißen. Ihre Stimme, tief und sinnlich, jagte ihm einen Schauer nach dem anderen den Rücken hinunter. Sie sah einfach hinreißend aus in ihrem engen, goldenen Kleid und als sie zu ihm hinüberblickte und ihn anlächelte, während sie sang, hämmerte sein Herz in seiner Brust.

Atlas hatte sich in den letzten beiden Tagen öfter gefragt, ob es richtig war, sich mit Ebony einzulassen. Nicht wegen ihr, sondern wegen ihm. Nutzte er sie aus? Er dachte nicht gerne so, aber Ebony war noch sehr jung. Doch seine Intuition verriet ihm, dass sie etwas Besonderes war, und fürs Erste würde er sich danach richten. Er hatte von ihrer dunklen Haut und ihren tiefbraunen Augen geträumt, seit er sie zum ersten Mal gesehen hatte, und wenn er sie küsste, war er sich sicherer denn je.

Gestern Nacht hatte er Mateo seine Gefühle für sie gebeichtet und Mateo, der Romantiker, hatte sich aufrichtig für ihn gefreut. „Bruder, solange keiner von euch zu Schaden kommt, ist doch nichts falsch daran. Leb dein Leben, Atlas. Dich umkreisen schon dein Leben lang Schmeichler und Goldgräberinnen. Wenn deine Intuition dir sagt, dass dieses Mädchen anders ist, höre auf sie. Wage den Sprung."

Jetzt schloss Atlas einen Augenblick die Augen und verlor sich im Klang ihrer Stimme. Sie schmiegte sich so sanft in seinen Gehörgang, wie ihr Körper sich später an den seinen schmiegen würde. Ebony gelang es, selbst ausgelutschte Klassiker neu und frisch klingen zu lassen und ihre samtige Stimme mit dem Hauch von Rauchigkeit zog auch die Zuschauer in ihren Bann. Nach jedem Lied applaudierten sie lautstark, manche jubelten ihr sogar zu und Atlas konnte förmlich sehen, wie Ebony immer selbstbewusster wurde. Ihr liebliches Lächeln, ihre Art, locker über ihre Songs zu plaudern… sie war Star-Material, so viel stand fest. Atlas machte eine mentale Notiz, sich später mit Stanley darüber zu unterhalten – sein Stiefvater würde Ebony mit seinen Kontakten sicherlich behilflich sein können und diese Chance hatte sie wahrlich verdient.

Er spürte wie jemand seinen Arm berührte und sah, dass Romy sich in ihrer mitternachtsblauen Robe neben ihn gestellt hatte. „Das macht sie ziemlich gut, was?"

„Unglaublich gut", stimmte Atlas zu, denn Ebonys Stimme hielt ihn immer noch fest. „Wie geht es dir?"

„Sehr gut. Blue holt uns gerade Drinks. Hör mal, ich wollte mich bei dir bedanken, dass du kein Wort über den Typen gestern im Zentrum verloren hast. Ich möchte nicht, dass Blue sich ständig um mich Sorgen macht – das tut er ohnehin schon."

Atlas' Lächeln schwand. „Der Inspektor hat angerufen. Der Typ ist freigekommen. Du solltest dein Sicherheitsteam immer in deiner Nähe haben."

Romy schien sich keine Sorgen zu machen. „Das werden wir, keine Sorge. Ich kann nicht glauben, dass sie ihn freigelassen haben. Er hat sie *umgebracht*."

„Anscheinend kennt seine Familie die richtigen Leute."

Romy sah wütend aus. „Diese miesen reichen Wichser. Dacre war genauso."

Atlas drückte ihre Hand. „Dacre ist tot."

„Ich weiß", seufzte Romy. „Aber es gibt immer wieder Typen wie ihn…"

„Und deshalb müssen wir den Opfern helfen." Er legte seinen Arm um sie und umarmte sie. Ebony setzte gerade zu einem weiteren Song an und Romy lächelte.

„Diesen Song liebe ich."

Es war ein Cover von *At Last* von Etta James, ein Publikumsliebling und die Zuschauer sangen mit Ebony mit, die sie dazu nur noch mehr ermunterte. Sie fraßen ihr aus der Hand, so viel stand fest, und Atlas wurde bei dem Anblick ganz warm ums Herz. Er sah in seinem Leben so viele Schmerzen, sah so oft die schlechteste Seite von Leuten, dass es heilsam war zu sehen, wie jemand so eine starke Verbindung zu anderen aufbaute. Er spürte, wie Romy grinste und blickte zu ihr hinab.

„Du bist hin und weg", sagte sie und stupste ihn mit ihrer Schulter an, sodass er lachen musste.

„Das muss ich zugeben", sagte er.

Romy lächelte und umarmte ihn von der Seite. „Ich freue mich für dich, Atlas. Ich finde Ebony ganz toll und ihr beiden verdient das Glück. Ihr geht es genauso, das kannst du mir glauben."

„Das hoffe ich. Das ist der Anfang von irgendwas, Romy. Ich hoffe, dass es sich zu mehr entwickelt, aber im Augenblick…"

„Ich weiß, ich weiß. Genieße es einfach. Wow, ihre Stimme ist wie purer Samt, nicht wahr?"

. . .

Atlas war wie verzaubert – so wie das Publikum – als Ebony ihr Set beendete, und ebenso wie alle anderen im Saal applaudierte er sie ausgiebig. Er trat zu ihr auf die Bühne, während sie sich schüchtern verbeugte. „Meine Damen und Herren, das ist zwar ein Klischee, aber ich glaube, wie haben die Geburt eines Sterns erlebt. Miss Ebony Verlaine!"

Ebony kicherte mit hochrotem Kopf, während Atlas sie auf die Wange küsste. „Du warst unglaublich, Baby. Einfach unglaublich."

KAPITEL SECHS

Für das Abendessen nach der Show hatte Atlas sie neben sich platziert und auch Romy und Blue saßen an ihrem Tisch. „Ich dachte, du willst dich vielleicht in Gesellschaft von Freunden wissen."

Ebony lächelte ihn dankbar an. „Ich kann dir gar nicht genug danken für diese Gelegenheit", erklärte sie ihm und Romy. „Wenn ich noch irgendwie helfen kann, fragt mich gerne. Es wäre mir eine Freude."

„Ich glaube, nach heute wirst du dich vor Angeboten kaum retten können", sagte Blue mit einem Augenzwinkern. „Wenn ich mich nicht irre, habe ich auch Roman Ford hier irgendwo gesehen."

„Von Quartet?" Ebony kreischte fast auf. Quartet war eine der größten Plattenfirmen der Welt – aber sie waren auch unglaublich wählerisch wen sie repräsentieren wollten. Als Künstler bei Quartet hatte man unvergleichliche Chancen auf dem Musikmarkt.

„Da drüben ist er… ich stelle euch gerne vor, wenn du möchtest." Atlas nickte in Richtung eines Tisches, an dem Roman sich gerade mit einer wunderschönen Blondine unterhielt, die Ebony irgendwie bekannt vorkam. Plötzlich erkannte sie in ihr Kim Clayton, die Gitarristin von The 9th and Pine, einer Rockband aus Seattle die sie und Obe schon viele Male Live gesehen hatten.

Ebony schluckte nervös. Sie hatte jetzt stundenlang ihre Stimme geölt, aber plötzlich war ihr Mund trocken wie Sand. „Vielleicht ein andermal, ich möchte den heutigen Anlass ja nicht für meine persönlichen Zwecke nutzen."

Atlas und Blue lachten und Romy drückte Ebonys Hand. „Schätzchen, als du dort oben deinen Mund aufgetan hast, hast du dich allen Produzenten vorgestellt, glaub mir."

Romy hatte sich nicht geirrt. Nach einem köstlichen Dessert aus Champagnersorbet mit Erdbeeren, kam Roman Ford zu ihnen an den Tisch und gab ihr die Hand. Ebony fing fast an zu stottern, als er ihr Komplimente machte. „Diese Stimme ist unglaublich, Ebony." Und als er lässig hinzufügte: „Ruf mich an. Ich würde dich gerne meinen Partnern vorstellen", wäre sie sicher in Ohnmacht gefallen, wenn Atlas sie nicht von hinten gestützt hätte.

Er überreichte Ebony eine Visitenkarte und unterhielt sich dann noch eine Weile mit ihnen. Ebony saß da und lauschte ihren Freunden, wie sie redeten und lachten; Atlas strich ihr über den Rücken, sie hatte eine Visitenkarte von Quartet in der Tasche und sie war umgeben von Freunden. Plötzlich spürte sie ein Flattern im Bauch – wie der Beginn eines neuen Lebens, aber in mehr als einem Sinne. *Geschah das alles wirklich?*

Als die Gäste nach und nach gingen, verabschiedeten Atlas und Ebony sich von ihren Freunden und fuhren Hand in Hand im Aufzug in die Penthouse Suite. Sie blickten einander versonnen an, ohne Worte sagen zu müssen und als sie die Suite betraten, nahm Atlas sie in den Arm und küsste sie.

„Du warst unglaublich, die Party war ein voller Erfolg… aber ich bin richtig froh, dass sie vorbei ist…"

Ebony stöhnte auf, als er sein Gesicht in ihrem Nacken vergrub, die Lippen an ihrem Hals, während er sanft die Träger ihres Kleides von ihren Schultern schob. Der goldene Stoff glitt ihren Körper herab auf den Boden und nun musste Atlas aufstöhnen – beim Anblick ihrer Kurven. „Du bist noch schöner als ich gedacht hatte."

Ebony öffnete mit zitternden Fingern seine Fliege und knöpfte dann sein Hemd auf. Sie drückte ihre Lippen an seine Brust, seine strammen Muskeln mit einem Hauch schwarzen Brusthaares, strich mit den Fingern über seinen flachen Bauch und spürte, wie er sich unter ihrer Berührung zusammenzog. Während sie seine Hose öffnete, streichelte Atlas ihren Bauch. Sie blickte zu ihm auf, während sie seinen riesigen, stahlharten Schwanz aus seiner Boxershorts befreite und ihn an ihrem nackten Bauch rieb.

Atlas murmelte etwas auf Italienisch, umfasste ihr Gesicht und küsste sie voller Leidenschaft. Mit seiner Hand schlüpfte er zwischen ihre Beine, streichelte sie zunächst durch ihr Höschen und zog es ihr dann aus. Mit einem einzigen Handgriff öffnete er ihren BH und fing ihre vollen Brüste auf, die sodann in seine Hände fielen. Er streichelte ihre Nippel mit seinen Daumen, küsste sie erneut, hob sie dann in seine Arme und trug sie ins Schlafzimmer.

Auf dem Bett legte er sich auf sie, küsste sie und rutschte dann etwas abwärts, um ihre Nippel nacheinander in den Mund zu nehmen. Ebony vergrub ihre Finger in seinem dunklen Haar, während er immer weiter an ihr herabsank, ihren tiefen Nabel mit seiner Zunge umspielte und dann endlich ihr Geschlecht beschlagnahmte. Sie keuchte erregt auf.

Er neckte sie, knabberte an ihr, schmeckte sie und schon bald überkam ihren Körper der erste Orgasmus. „Ich will dich auch schmecken."

Lächelnd drückte sie ihn auf den Rücken und nahm seinen Schwanz in den Mund. Er war so groß, dass sie ihn gar nicht auf einmal hineinbekam, also packte sie seine Wurzel mit der Hand, während ihre Zunge über die seidige Haut strich und seine Härte spürte.

„Oh mein Gott, Ebony…"

Sie wusste, dass er schon beinahe soweit war, doch sie ließ nicht von ihm ab, bis er seine Saat auf ihrer Zunge ergoss, wobei er ihren Namen stöhnte. Sie schluckte seine flüssige Gabe und setzte sich dann auf ihn, während er wieder zu Kräften kam.

Atlas streichelte ihren Bauch und umfasste ihre Brüste. „Dein Körper ist einfach himmlisch", sagte er atemlos und lachte dann auf, als sie sich vorbeugte, um ihn zu küssen, und ihre Brust und ihren Bauch an ihn drückte.

Er drehte sie auf den Rücken. „Ich werde dich ordentlich durchnehmen, Ebony, die ganze Nacht lang."

Ebony lächelte. „Na, sowas höre ich doch gerne", schnurrte sie, während er sich aufsetzte, ein Kondom nahm und es über seinem immer steifer werdenden Schwanz abrollte. „Dein Schwanz ist so groß, Baby."

„Und ich schiebe ihn dir bis zum Anschlag rein, Baby." Er griff zwischen ihre Beine. „Du bist so feucht, Liebling."

„Ich bin schon den ganzen Tag lang feucht vom Gedanken an genau diesen Augenblick", flüsterte Ebony. „Wenn ich daran denke, wie du dich in mir anfühlen wirst... *oh... mein Gott...* "

Atlas glitt langsam in sie hinein und füllte ihre samtige Spalte bis zum Bersten mit seinem steinharten Gerät. Einen Augenblick lang hielt er inne und sie blickten einander in die Augen, genossen den Moment, doch dann überkam sie beide eine animalische Lust und sie fickten hart und schnell, zerrissen einander fast, Ebony bohrte ihre Nägel in seinen Rücken, in seinen Hintern, und sie feuerte ihn keuchend an.

Atlas rammte seine Hüften gegen ihre, spreizte ihre Beine immer weiter, bis ihre Hüften brannten, doch Ebony genoss auch diesen Schmerz. Sie wollte ihn, ganz und gar, sein Schwanz, der sich immer tiefer in sie bohrte, brachte sie fast zur Ekstase. Ihr schwamm der Kopf vor Verlangen und Atlas drückte ihre Hände auf die Matratze und rammelte sie so ordentlich durch, bis sie aufschrie von einem heftigen Orgasmus, bei dem sie sprichwörtlich Sterne sah. Sie spürte, wie Atlas Schwanz heftig in ihr zu pulsieren begann und hörte, wie er ihren Namen stöhnte, als auch er zum Höhepunkt kam. Dann brachen sie ineinander zusammen und atmeten schwer.

„Bleib noch ein wenig in mir", sagte sie und Atlas grinste.

„Ich würde am liebsten für immer in dir bleiben, meine Schöne." Seine Lippen legten sich nun sanft auf ihre, voller Zärtlichkeit und Liebe. Ebony strich ihm die feuchten Strähnen aus der Stirn.

„Du bist einfach ein wunderschöner Kerl", meinte sie kichernd. Sie konnte immer noch nicht glauben, dass er ausgerechnet sie wollte, doch sie war hin und weg von dem liebevollen Blick in seinen Augen. „Ich hoffe, ich habe dich nicht enttäuscht."

Atlas lachte und verdrehte die Augen. „Baby, enttäuscht ist das Letzte, was ich bin. Vielleicht eher überwältigt, von den Socken... es war noch besser als alles, was ich mir in diesen letzten 48 Stunden vorgestellt habe. Es ist einfach unglaublich, wie dein Körper sich meinem anpasst... hast du so etwas schon einmal erlebt?"

Ebony schwang ein wenig die Hüften und genoss die Tatsache, dass sein immer noch halbsteifer Schwanz noch tief in ihre Spalte steckte. „Fick mich noch einmal", sagte sie und knabberte sanft an seiner Unterlippe. „Ich will deinen Namen schreien."

Atlas grinste. „Dein Wunsch ist mein Befehl."

Er stieg kurz aus dem Bett, um das benutzte Kondom zu entsorgen, und kehrte dann schnell wieder in ihre Arme zurück. Er hängte ihre Knie über seine Schultern und setzte sich auf. „Ist das unbequem?"

Ebony schüttelte den Kopf. Atlas holte ein neues Kondom hervor und während er sein Gesicht in ihrem Geschlecht vergrub, rollte Ebony den Gummi über seinem langen, dicken Schaft ab und spürte, wie der harte Muskel in seinem Inneren unter ihrer Berührung zuckte. Sie umgriff seine Eier und kitzelte und neckte sie, bis Atlas aufstöhnte, wobei seine Stimme angenehm über ihre Klit vibrierte. Dann war er wieder in ihr.

Diesmal war es noch intensiver. Sie blickte einander unaufhörlich in die Augen, während sie fickten. Ebony bäumte sich zu ihm auf und Atlas packte sie grob an. Sie kamen immer wieder, vögelten auf den Boden, gegen die Wand und sogar vor dem wandhohen Fenster, vor dem Atlas Ebony von hinten nahm, während ihre Brüste und ihr Bauch gegen das kühle Glas gedrückt wurden.

Selbst in der Dusche, als schon der Morgen graute, konnten sie gar nicht genug von einander bekommen. Atlas spreizte ihre knackigen, runden Pobacken, versah sich und Ebony mit einer großzügigen Portion Gleitgel und schob sich langsam in sie hinein, während Ebony ihn dazu ermunterte. Sie erkundeten jeden Zentimeter ihrer Körper mit ihren Augen, ihren Händen und ihren Mündern. In den kurzen Momenten, in denen sie sich von der letzten Runde erholten, unterhielten sie sich, lachten und machten Witze, und Ebony spürte, wie sich tief in ihr drin etwas veränderte. Sie hatte noch nie so eine Verbindung zu jemandem verspürt.

Atlas streichelte ihr das Gesicht, als es draußen Tag wurde. „Ich habe mir für heute nichts vorgenommen. Hast du auch Zeit?"

„Das habe ich." Sie schmiegte sich enger an ihn und er schlang seine Arme um sie.

„Möchtest du mit zu mir nach Hause kommen und meinen Bruder und meinen Neffen kennenlernen?"

Ebony lächelte. „Das wäre fantastisch." Sie freute sich über den hoffnungsvollen Blick in Atlas' Augen – er wünschte sich wirklich, dass sie Teil seiner Familie wurde. Dieser Gedanke bescherte ihr unglaublich tiefe Gefühle, die mindestens genauso intensiv waren wie die Höhepunkte zuvor.

„Da ich aber ein alter Mann bin…"

„Mit deinen vierunddreißig Jahren…"

Atlas lachte. „So schön das hier auch ist, wie wäre es, wenn wir ein bisschen schlafen? Ich will dich im Arm halten und mich ausruhen."

Ebony legte ihren Kopf an seine Brust. „Ich liebe Nickerchen."

Atlas kicherte und drückte seine Lippen an ihre Stirn. „Ich wusste doch, dass wir eine Menge gemeinsam haben."

„Träum süß, Atlas."

„Du auch, Baby."

KAPITEL SIEBEN

Felicity klopfte an der Tür zu Romys Arbeitszimmer. „Romy? Inspektor Halsey ist hier, um dich zu sprechen."

„Danke, Felicity." Romy stand auf, als der Inspektor eintrat und ihr die Hand gab. „Es würde mich ja freuen, Sie zu sehen, aber Ihr Gesichtsausdruck verrät mir, dass Freude erst gar nicht aufkommen wird."

Mit ihrer Hand machte sie eine Geste und ladete ihn ein Platz zu nehmen und der Inspektor bedankte sich bei ihr. „Ja, leider habe ich keine guten Neuigkeiten. Carson Franks wurde heute Morgen aus dem Gefängnis entlassen, gegen eine Kaution von drei Millionen Dollar. Anscheinend ist das für seine Familie nur Kleingeld."

„So ein Mist", seufzte Romy. *Schon wieder ein reicher Wichser, der mit einem Mord davonkommt.*

„Stimmt genau. Franks musste zwar seinen Pass abgeben, aber…"

„Aber bei so viel Geld, wie er hat, kann er sich leicht einen gefälschten beschaffen."

Inspektor John Halsey blickte sie an. „Dr. Sasse… ich habe von Ihrem Exmann gelesen, also weiß ich, dass Sie in diesen Dingen Erfahrung haben."

„Leider habe ich das. Das ist auch der Grund, warum ich beim

Zentrum angefangen habe. Das Opfer, Kiersten Merchant, ähnelte vielen Opfern, die zu uns kommen. In letzter Zeit läuft es besonders schlecht: besonders viele Tote und Opfer, die wir nicht mehr retten können." Romy seufzte und strich sich über das Gesicht. „Tut mir Leid, Inspektor, wollten Sie noch etwas?"

Er nickte. „Dr. Sasse, wir haben Grund zur Annahme, dass Franks seine Drohungen ernst gemeint hat. Ich bin vorbeigekommen, um sicherzustellen, dass Mr. Tigri und Sie wirklich die Sicherheitsmaßnahmen verschärft haben."

Romy nickte. „Das haben wir. Hier im Zentrum und zu Hause haben wir den Sicherheitsaufwand beinahe verdoppelt. Er wird unserer Einrichtung nicht zu nahe kommen können, das versichere ich Ihnen."

„Ich sehe regelmäßig nach Ihnen und halte sie auf dem Laufenden." Er warf einen Blick aus dem großen Fenster von Romys Erdgeschossbüro und Romy konnte seine Gedanken förmlich lesen.

„Das Glas ist kugelsicher", sagte sie, „aber wenn Sie meinen, wir sollten zusätzliche Maßnahmen ergreifen …"

John Halsey nickte. „Es ist nur… ich habe nicht zum ersten Mal mit Besessenen zu tun. Carson Franks gibt dieser Einrichtung, Mr. Tigri und Ihnen die Schuld an Kierstens Tod. So denken eben Psychopathen. Auch wenn er siebzehn Mal auf sie eingestochen hat: Immer ist jemand anders schuld."

Alte Erinnerungen stiegen wieder in Romy auf und sie verdrängte sie. Dacre war schon lange kein Teil ihres Lebens mehr und sie wollte ihm auch keine Energie mehr schenken.

Zu Hause legten Romy und Blue sich in die Badewanne, als die Kinder endlich im Bett waren. Romy lehnte sich an Blues durchtrainierte Brust, während er mit den Fingern sanft über ihren Bauch strich und ihre Brüste ab und zu sanft umfasste. Sie musste kichern, als er versuchte, sie in die Schulter zu beißen.

„Wie war dein Tag, meine Schöne?"

Romy zögerte, bevor sie Antwort gab, denn sie war es nicht gewöhnt, Details vor ihrem Ehemann zu verbergen. Doch das Verlangen, ihn zu beschützen, wog stärker. „Ach, alles wie immer. Wir hatten keinen Neuzugang, das ist immer gut, also konnte ich mich um etwas Papierkram kümmern."

„Langweilig."

Sie lachte. „Du bist Chirurg durch und durch. War heute was Spannendes los?"

„Da du nachfragst, ja. Wir führen bald eine Domino-Operation durch."

„Wow." Eine Domino-Operation war selten und hochriskant: Hierbei wurden unterschiedlichen Empfängern unterschiedliche Spender-Organe gleichzeitig eingepflanzt. „Ist das deine erste?"

Blue küsste sie auf die Schläfe. „Das ist sie… willst du dabei sein?"

„Was für eine Frage! Aber geht das denn?"

„Selbstverständlich wäre es kein Problem, dich in meinen OP zu schleusen."

Romy blickte ihn an. „Das ist wohl der Vorteil daran, wenn man mit dem Chef vögelt."

Blue lachte. „Was sonst?"

Romy drehte sich um und setzte sich auf ihn. Sofort griff Blue nach ihrem Busen und sie grinste und seufzte dann glückselig auf, als er einen ihrer Nippel in den Mund nahm. Sie griff nach unten, um seinen Schwanz zu streicheln, und spürte, wie er unter ihrer Berührung bereits härter und dicker wurde. Blue hob sie hoch und spießte sie auf seinem Gerät auf. „Oh mein Gott, deine Muschi ist so seidig", sagte er und küsste sie auf den Mund, hungrig, leidenschaftlich, während sie anfing, ihn zu reiten. Seine Finger bohrten sich in ihre Hüften und sie nahm ihn tiefer in sich auf, immer tiefer. „Romy, Romy, Romy…"

Es jagte ihr einen Schauer über den Rücken, wie er ihren Namen flüsterte, und sie ritt ihn noch schneller, während sie nach unten blickte, wo sein Schwanz immer wieder in ihre Fotze glitt. „Sieht geil aus, oder?", flüsterte Blue. „Ich sehe uns gerne beim Ficken zu."

„Ja, richtig geil…" Romy war dem Höhepunkt schon nahe und als Blue anfing, ihre Klit zu streicheln, erbebte sie und schrie sanft auf, als sie kam. Dann lächelte sie ihn an, während sie spürte, wie er seine sahnige Wichse tief in ihren Schoß pumpte. „Ich liebe dich so sehr, Blue Allende."

„Und ich liebe dich", sagte er und küsste sie leidenschaftlich. Während sie wieder zu Atem kamen, blickte Blue sie mit solcher Liebe in seinen grünen Augen an, dass Romy die Tränen in die Augen stiegen.

„Hey, hey, hey…", sagte er besorgt und zog sie an sich, um sie erneut zu küssen. „*Perché piangi, bella?* Wieso weinst du?"

Sie lächelte, während die Tränen über ihre Wangen kullerten. „Das sind Freudentränen… versprochen… ich bin noch nie so glücklich gewesen. Unsere wunderbare Familie… und du. Blue, ich weiß nicht, was ich ohne dich tun würde."

„Das wirst du nie herausfinden müssen, Baby. Ich könnte auch nicht ohne dich."

Romy drängte wieder ihre Lippen an die seinen. „Komm, wir steigen aus dieser Wanne und gehen ins Bett. Ich will dich die ganze Nacht lang vernaschen."

Während sie sich abtrockneten, cremte Romy sich mit Körperlotion ein. Sie strich mit ihren Händen über ihren Körper und dabei auch über die kleine Narbe des Einschussloches, die sie sich vor all diesen Jahren zugezogen hatte. Sie hatte Glück gehabt; die Kugel hatte keine lebenswichtigen Organe beschädigt und ihre Tochter, die zu diesem Zeitpunkt noch ein winziger Embryo gewesen war, hatte auch überlebt.

Blue stellte sich hinter sie, hob sie in seine Arme und trug sie kichernd zum Bett. Als er sich auf sie legte, blickte sie zu ihm auf und wusste in diesem Augenblick, dass sie alles hatte, was sie sich je gewünscht hatte. Niemand konnte ihnen etwas anhaben.

Doch schon bald würde sie herausfinden, dass sie sich da gewaltig irrte.

KAPITEL ACHT

Ein Junge, der kaum älter war als sieben oder acht, machte Halt vor Ebony und gaffte sie an. Er hatte das gleiche, verwuschelte schwarze Haar und die gleichen hellgrünen Augen wie Atlas und Ebony lächelte ihn an. „Du bist bestimmt Fino."

Kurz zögerte der Junge, doch dann lächelte er und er hatte das gleiche umwerfende Lächeln mit dem auch sein Onkel und wahrscheinlich auch sein Vater gesegnet waren. Einen Augenblick später erblickte Ebony seinen Vater, der die Stufen zur Tigri-Villa hinabkam, um sie beide zu begrüßen.

„Hey At, hey Ebony, freut mich, euch zu sehen."

Ebony dachte, dass er ihr einen Kuss auf die Wange geben würde; stattdessen hob Mateo sie hoch und wirbelte sie einmal im Kreis herum, sodass sie vor Lachen quietschte. Atlas kicherte und schüttelte den Kopf. „Er überrascht gerne Leute."

„Ebony ist nicht ‚Leute', sie gehört zur Familie", verbesserte sein Bruder ihn, stellte Ebony wieder auf den Boden und grinste sie an. „Das hast du mir gesagt."

„Hast du das wirklich?" Ebony blickte Atlas an und lächelte; sie war schon wieder gerührt, obwohl er das bereits bei Romy und Blue gesagt hatte.

„Ich verrate dir nie wieder ein Geheimnis", neckte Atlas seinen Bruder, während er mit seinem Neffen rang.

„Ich habe ihn noch nie so begeistert gesehen", fuhr Mateo grinsend fort.

Ebony wurde rot und Atlas seufzte. „Alter."

Mateo demonstrierte keinerlei Reue. „Tut mir leid, Bro. Fino, sag schön hallo zu Ebony."

Ebony wollte gerade einwenden, dass das nicht sein musste, als Fino sich ihr um den Hals warf. Sie umarmte den kleinen Jungen und war ein wenig überwältigt von der herzlichen Begrüßung durch die Tigris, doch schon bald wurde ihr klar, dass das einfach die Art der Tigri-Zwillinge war. Ihr Haus war zwar buchstäblich ein Palast, doch es wurde dort auch viel gelacht und gespielt. Mateo stellte ihr die entzückende Molly vor, die offensichtlich sowohl Mateo als auch seinen Sohn liebte und mit Atlas immer wieder frotzelte. Ihre Köchin Annalise bereitete ein köstliches Buffet zum Mittagessen zu und danach zeigte Atlas Ebony das gesamte Anwesen.

Es war eiskalt, doch Ebony wickelte sich in ihren dicken Wollmantel und Atlas bot ihr seinen Arm dar. Draußen sah es aus wie in einem winterlichen Märchenland – die Äste der Bäume waren beladen mit Schnee, ebenso wie alle Pflanzen und Zäune.

„Du bist hier aufgewachsen?"

Atlas nickte. „Den Großteil des Jahres über. Wir haben auch viel Zeit in Italien verbracht. In Padua, dort sind wir auf die Welt gekommen." Er lächelte zu ihr hinab. „Vielleicht reisen wir dort auch einmal hin."

Ebony grinste. „Eines nach dem anderen, Atlas, ich komme immer noch nicht darauf klar, dass jemand wie *du* jemanden wie *mich* wollen kann."

Atlas runzelte die Stirn. „Was meinst du damit?"

„Ich meine, sieh dich doch nur um." Sie machte eine ausladende Bewegung in Richtung des Grundstücks und der Villa. „Ich bin nur ein Mädchen aus St. Anne's. Obe und ich sind auf eine ganz normale Schule gegangen, wir hatten unser Pausenbrot in der Tupperbox dabei, wir haben während dem College in drei verschiedenen Jobs gearbeitet, um das alles zu bezahlen. Ich bin... normal und du bist... ein Halbgott."

Atlas kicherte, doch sein Blick war ernst. „Ebony, du bist alles andere als normal. Und was hat das außerdem zu bedeuten, mal abgesehen davon, dass wir das Glück hatten, reich geboren zu werden? Glaub mir, ich bin der Letzte, den du für einen Gott halten solltest, was auch immer das bedeuten soll. Ich habe viele Leichen im Keller."

Ebony hob die Augenbrauen. „Sexy."

Atlas lachte, doch wieder blickte er ernst. „Wir kennen einander noch nicht, Ebony, aber ich werde nichts vor dir verbergen. Ich möchte alles über dich erfahren und es gibt nichts in meinem Leben das ich vor dir verstecken möchte. Du kannst mich alles fragen."

Ebony kicherte und verdrängte dabei, dass sie wohl etwas vor ihm verbarg. „Alles klar. Wann sind deine Eltern gestorben?"

„Unser Vater als wir noch Kinder waren, meine Mutter vor ein paar Jahren."

Sie nickte. „Und dein Stiefvater hat wieder geheiratet?"

„Wir glauben, dass es aus einer Laune heraus war, aber Stan hat uns praktisch großgezogen, also unterstützen wir ihn in jeder seiner Entscheidungen."

„Und er hat einen Sohn, der ein Todesengel ist."

Atlas lächelte schief, doch man sah, dass er das nicht witzig fand. „Es ist nicht so, als würde ich Cormac nicht mögen; wir haben einfach nichts gemeinsam. Dieser Kerl hat keinen Sinn für Humor, er ist der totale Hai. Er ist mit der Erbin einer ausgesprochen reichen Familie aus New York verlobt, denn", und das sagte er ganz trocken, „anscheinend genügt es ihm noch nicht, Stanleys Milliardenvermögen zu erben."

Ebony kicherte. „Das ist bestimmt nicht leicht für ihn."

„Oder? Cormac will immer Abkürzungen zum großen Geld nehmen – solange diese Abkürzungen legal sind. Das muss ich ihm lassen, er ist gesetzestreu. Er verbirgt seinen Ehrgeiz nicht." Ganz plötzlich nahm Atlas sie in den Arm. „Ebs, er kommt an Weihnachten und ich möchte dich vor ihm warnen. Er hat kein Taktgefühl und wird dich stundenlang ausfragen. Ich werde dich beschützen, aber er hat die Angewohnheit, sehr penetrant zu sein, wenn er etwas wissen möchte."

Sie kapierte sofort seine implizite Andeutung. „Du willst damit sagen, dass er mich für eine Goldgräberin halten wird?"

„Ich fürchte, ja."

Ebony zuckte mit den Schultern. „Atlas, es wäre mir egal, wenn du arm wärst und unter einer Brücke hausen würdest. Dein Geld interessiert mich nicht."

Atlas blieb stehen und hob ihr Kinn an, damit er sie küssen konnte. „Das weiß ich doch, Ebony." Er drückte seine Lippen auf ihre und massierte ihre Zunge sanft mit der seinen. „Himmel, du bist so schön."

Ebonys Lippen verzogen sich zu einem Lächeln. „Ich bin froh, dass du das denkst."

Atlas kicherte, nahm dann ihre Hand und entfernte sich von der Villa. „Komm mit."

Er führte sie weiter in das Grundstück hinein in einen Bereich, der vom Haus aus nicht einzusehen war, und Ebony bemerkte erfreut, dass sie sich in einem Labyrinth befanden. „Wow. Wie bei Harry Potter."

Atlas lachte. „Das sagt Fino auch immer. Aber was ich hier vorhabe, ist nicht mal so jugendfrei wie die Erwachsenenbücher von JK Rowling."

„Was für Bücher? Du meinst, sie hat nach Harry noch etwas geschrieben? Das bricht mir das Herz", witzelte Ebony, während er sie in den Arm nahm, sie küsste und dabei mit den Händen über ihren Körper strich.

„Gut, dass du einen Rock angezogen hast, Baby."

„Bei dieser Kälte?", neckte sie ihn. „Ich wusste doch, dass in dir ungeahnte Fähigkeiten schlummern."

Mit seinen Händen zog er ihr Höschen über ihre Schenkel, dann über ihre Stiefel, während sie seinen Reißverschluss öffnete. Aus seiner Hinter Tasche zauberte Atlas ein Kondom hervor und Ebony lachte. „Du hast das also geplant?"

„Natürlich... Ebony im Schnee... davon träume ich schon die ganze Zeit."

Sie befreite seinen Schwanz aus seiner Unterhose und er fluchte ein wenig über die Kälte, sodass sie hemmungslos lachen musste. Trotzdem stieß er blitzschnell in sie hinein und hob sie hoch, lehnte sie gegen die dicke Hecke, um sie durchzuvögeln. Es gelang nicht ganz; je schneller sie wurden, desto unsicherer stand Atlas auf den Beinen und schließlich sanken sie beide in den Schnee, was in einem Lachkrampf endete. „Mist", sagte Atlas und schüttelte den Kopf. „In meiner Vorstellung war das so erotisch."

Ebony hatte Lachtränen in den Augen, als er ihr auf die Beine half. „Einen Versuch war's wert", sagte sie, während sie ihm half, sich herzurichten. „Heute Abend mache ich es wieder gut bei dir."

„Das will ich hoffen." Er gaffte sie witzelnd an und sie kicherte.

„Du bist so albern dafür, dass du ein milliardenschwerer Businessmann bist. Seid ihr nicht alle arrogant und überheblich?"

Atlas zuckte mit den Schultern. „Das hört sich viel zu anstrengend an. Mateo kriegt das manchmal hin, aber er ist auch ein besserer Schauspieler als ich."

„Du bist also der Softie von euch beiden?"

Atlas dachte darüber nach, während er sie an der Hand nahm. „Auf unterschiedliche Arten als er. Mateo wird schnell wütend – ich zwar nicht so schnell, aber wenn ich dann wütend werde, ist es das reinste Armageddon."

Ebony betrachtete ihn. „Das kann ich mir gar nicht vorstellen."

„Neulich habe ich bei der Arbeit meine Nerven verloren", gab er zu. „Ein Mann ist aufgetaucht, dessen Frau Romy gerade unter den Händen weggestorben war. Wenn sie mich nicht zurückgehalten hätte…"

Sie küsste ihn sanft. „Manchmal ist eine wütende Explosion gut verständlich."

„Ich bin so froh, dass du das genauso siehst." Er grinste sie an und schwang die Hüften, erneut verspielt, als er sie wieder in den Schnee warf und sie mit Küssen bedeckte. Ihr Lachen war auf dem ganzen Gelände zu hören.

Der Rest des Tages verging wie im Flug. Sie spielte mit Fino, der ihr das Herz gestohlen hatte, und schäkerte mit den Tigri-Zwillingen. Als sie und Atlas wieder in Richtung Stadt aufbrachen, umarmte Mateo sie.

„Dann sehen wir uns in zwei Tagen zu Weihnachten?"

Ebony nickte und küsste ihn auf die Wange. „Das werden wir, Mateo, danke. Danke, dass ich mich hier so willkommen fühlen darf."

„Die Freude ist ganz meinerseits, Schätzchen." Er zwinkerte seinem Bruder zu. „Ich habe schon immer gefunden, dass mein Bruder guten Geschmack hat. Du lernst dann auch meine Molly kennen. Ich weiß jetzt schon, dass ihr beiden euch gut verstehen werdet."

Fino klammerte sich auch an sie und Ebony spürte, wie sich etwas in ihr veränderte. Fühlte es sich also so an, ein Kind zu haben? War es eine solche Freude, ständige Überraschungen? „Komm bald wieder", befahl Fino und Ebony grinste ihn an.

„Wie könnte ich da nein sagen? Tschüss, Fino, nächstes Mal musst du mir beibringen, wie man Schach spielt."

Mateo hüstelte „Streber" und Fino grinste seinen Vater an.

Im Auto blickte Atlas Ebony an. Sie lächelte in sich hinein. „Magst du meine Familie, Baby?"

Sie nickte. „Und wie, Atlas. Mateo und Fino haben so eine tolle Beziehung."

„Das haben sie wirklich. Niemand war überraschter als ich, als Mateo sich zum Vatersein bekannt hat. Er hat mich wirklich überrascht. Er war immer der Playboy von uns beiden, total rücksichtslos, aber als Fino geboren wurde, hat er sich fast sofort komplett geändert. Er ist unglaublich."

Atlas lächelte Ebony an, doch zu seiner Überraschung entdeckte er Tränen in ihren Augen. „Hey, hey, hey…"

Ebony kicherte bemüht. „Ist schon in Ordnung, das ist einfach so rührend. Und Fino ist so ein toller kleiner Junge."

„Das ist er." Atlas berührte ihre Wange. „Was ist mit dir? Willst du Kinder?"

Sie zögerte kurz und das überraschte ihn, denn sie hatte sich ausgesprochen gut mit Fino verstanden. „Wenn die Zeit kommt. Und ich will eine Garantie dafür, dass er oder sie *genau* so wird wie Fino." Ebony wurde rot. „Ich meine… ich meine damit nicht… meine Güte, jetzt habe ich mich wirklich in eine Sackgasse geredet."

Atlas grinste sie an. „Nein, hast du nicht. Ich weiß schon sicher, dass ich unglaublich gerne Kinder mit dir zeugen würde. Macht dir das Angst?"

Ebony lachte unsicher, es hörte sich fast an wie ein Schluchzen. „Ein wenig."

„Kein Druck", sagte Atlas leicht mutig, um die Stimmung zu retten. „Das ist einfach nur eine Tatsache."

Den Rest der Fahrt schwieg Ebony und Atlas fragte sich, ob er sie verschreckt hatte. „Hör mal", sagte er, während sie im Aufzug zu seiner Wohnung fuhren. „Ich meinte doch nur…"

„Schon in Ordnung", unterbrach Ebony ihn und legte ihre Hand auf sein Gesicht. „Ich weiß, was du damit gemeint hast, und mir geht es genauso. Aber wir beide stehen noch ganz am Anfang."

Atlas lächelte reumütig. „Du entdeckst schon langsam meine Fehler – ich freue mich zu früh und überreagiere dann. Ich bin einfach nur froh, dass ich dich kennengelernt habe."

Ebony lächelte ihn an. „Ich auch, Atlas."

Sie redeten noch bis tief in die Nacht und kuschelten gemeinsam auf der Couch, bis Atlas sie in die Arme nahm und ins Bett trug.

Diesmal liebten sie sich sanft und langsam und Atlas' dicker, langer Schwanz stieß kontrolliert in sie hinein, während sie einander küssten und streichelten. Atlas bewunderte Ebonys Luxuskörper, während sie sich unter ihm wand. Der Schweiß auf ihrer Haut ließ sie erstrahlen, ihre vollen Brüste und ihr sanft gewölbter Bauch bewegten sich unter seinen Stößen mit. Atlas genoss es zutiefst, in ihrer samtigen Spalte begraben zu sein. Ihre Scheidenmuskulatur zog sich um seinen Schaft zusammen, molk ihn, erregte ihn, bis er seinen Saft tief in ihrem Schoß ergoss.

„Himmel, du bist unglaublich", keuchte er, als er bebend und stöhnend kam und den Anblick genoss, wie sie sich zu ihm aufbäumte und ihre Schenkel sich um seine Taille schlossen, als auch sie ihren Höhepunkt erlebte. Sie passten so gut zusammen.

Sie schliefen eng umschlungen ein, doch frühmorgens erwachte Atlas auf einmal. Neben ihm war die Matratze leer, also setze er sich auf und lauschte. Aus dem Badezimmer erklang lautes Würgen und sofort stand er besorgt auf. „Ebs?"

Er bekam keine Antwort, also stand er auf, ging zur Tür und klopfte leise. „Ebony? Alles gut bei dir?"

Erneutes Würgen. „Ich komme rein."

„Nein, es ist..." Aber aufgrund eines erneuten Kotzanfalls konnte sie ihren Satz nicht zu Ende sprechen. Atlas öffnete die Tür, die zum Glück nicht zugesperrt war, und ging neben ihr in die Hocke, während sie über der Schüssel hing. Er griff nach einem Waschlappen, befeuchtete ihn etwas und wischte ihr sanft das Gesicht ab, als sie mal wieder eine Atempause machte.

„Geht es dir gut?", fragte er sie ausgesprochen besorgt angesichts ihres bleichen Aussehens.

„Ja, tut mir leid, Atlas. Ich bin einfach aufgewacht und mir war schlecht."

„Wieso entschuldigst du dich dafür?" Er strich ihr das feuchte Haar aus der Stirn und ließ seine Finger noch ein wenig auf ihrer Haut liegen.

„Das", meinte Ebony und zeigte auf sich, „ist alles andere als sexy."

Atlas verdrehte die Augen. „Du darfst doch auch einfach Mensch sein. Soll ich einen Arzt rufen?"

Ebony schüttelte den Kopf. „Nein, danke. Ich sitze das einfach aus – hoffentlich ist es in vierundzwanzig Stunden einfach vorbei."

Atlas runzelte die Stirn. „Das hoffe ich, Baby. Komm, ich bringe dich wieder ins Bett. Ich glaube, ich habe irgendwo auch ein Pepto."

Als sie wieder im Bett lagen, tat Ebony so, als schliefe sie ein, und als sie hörte, wie Atlas wieder normal atmete, öffnete sie ihre Augen. *Du kannst das nicht länger so durchziehen*, dachte sie bei sich. *Nicht, wenn du eine Zukunft mit diesem Mann willst. Du bist schwanger und das wird sich nicht von selbst auflösen. Geh zu einem Arzt. Geh zu irgendwem. Triff eine Entscheidung.*

Der Gedanke an eine Abtreibung gab ihr ein schreckliches Gefühl, obwohl sie es prinzipiell gut fand, wenn Frauen es sich aussuchen konnten; doch wie sollte sie diesem wunderbaren Mann erklären, dass sie das Kind eines anderen in sich trug? Was würde er nur von ihr denken, wenn er wüsste, wie das Kind gezeugt worden war? Würde er sie für eine Hure halten?

Himmel, du dummes, dummes Weib, schalt sie sich und spürte, wie ihr die Tränen in die Augen traten. *Nein. Ich werde mich nicht selbst bemitleiden. Morgen früh rufe ich Romy an und bitte sie um Rat.*

Mit dieser Entscheidung kuschelte sie sich wieder an Atlas und schlief endlich ein.

KAPITEL NEUN

Romy nahm ihre Latexhandschuhe ab und tätschelte Ebony die Schulter. „Ja, so zirka drei Wochen, würde ich mal sagen. Du darfst dich jetzt anziehen, Liebes."

Während Ebony sich herrichtete, setzte Romy sich. Ebony hatte sie am Morgen angerufen um ein privates Gespräch gebeten. Romy hatte sie zu sich nach Hause eingeladen und nun lächelte Ebony sie dankbar an.

„Danke, dass du das hier gemacht hast, Romy. Ich hätte dich ja sonst nicht gefragt, aber ich stecke im Zwiespalt."

„Das wundert mich gar nicht." Romy lächelte sie warm an. „Hör mal, das ist eine verwirrende Zeit mit dieser Sache mit Atlas, ich verstehe, warum du es ihm noch nicht gesagt hast. Aber Atlas ist alles andere als ein nichtsahnender Milliardär. Er weiß, dass manchmal Dinge passieren, die nicht gerade geplant waren. So ist das Leben."

„Du meinst also, ich soll es ihm sagen?"

„Das ist nicht meine Entscheidung, aber ich glaube einfach, Ehrlich währt am längsten. Willst du das Baby? Das ist jetzt die große Frage, Ebony."

Ebony seufzte und trank den koffeinfreien Tee, den Romy ihr hingestellt hatte. „Das ist es ja. Ich weiß es einfach nicht. Rational halte ich es für keine gute Idee, aber der Gedanke daran, es abzutreiben... ich weiß ja nicht. Und ich habe keine Möglichkeit, mich mit dem Vater in Verbindung zu setzen, ich habe nicht einmal sein Gesicht gesehen."

Sie spürte, wie sie rot wurde, und wandte den Blick ab von Romy, die sich vorbeugte, um ihr die Hand zu tätscheln. „Weißt du was? Blue und ich waren auch schon mal in so einem Club, wir fanden das abenteuerlich. Dafür muss man sich nicht schämen."

„Außer, man wird dort aus Versehen schwanger."

„Das bringt mich auf etwas, wir müssen noch an andere Sachen denken. Wir sollten ein paar Bluttests machen."

Ebony schloss die Augen. „Ich habe nicht einmal an Geschlechtskrankheiten oder so gedacht."

„Ich bin mir sicher, dass du ganz gesund bist, aber wir müssen auf Nummer sicher gehen."

„Meine Güte."

Romy stand auf und nahm sie in den Arm. „Süße, hör zu. Wir haben alles unter Kontrolle. Du und Atlas verwendet Kondome, nicht wahr?"

Ebony nickte. „Natürlich."

„Dann mach dir keine Sorgen. Mach einen Schritt nach dem anderen, aber ich würde mich schon mal mit Atlas unterhalten. Dann weiß er wenigstens Bescheid."

Ebony lächelte die andere Frau dankbar an. „Du bist so wunderbar, Romy. Alle Frauen der Sasse-Familie, ich finde euch einfach super."

„Du bist wie Familie für uns, Ebs", sagte Romy schulterzuckend. „So sind wir einfach. Wir kümmern uns um einander."

Ebony dachte immer noch darüber nach, was Romy gesagt hatte, als sie zwei Tage später mit Atlas zur Villa fuhr, um mit allen Weihnachten zu feiern. Ebony war ein wenig nervös – Juno und Obe hatten angerufen und gesagt, sie würden es doch nicht mehr nach Seattle schaffen, also fühlte sich Ebony ein wenig haltlos. *Romy wird da sein, das wird schon in Ordnung,* sagte sie sich. Sie trafen als erste ein, und Fino eiste

Ebony sofort los, um ihr seine Geschenke zu zeigen. Sie saß gerade mit ihm auf dem Boden und spielte ein spiel, als sie die Stimme einer Frau vernahm. „Fino?"

„Bella!" Fino stand auf und raste aus dem Zimmer, nur um ein paar Augenblicke später mit einer hübschen Frau am Arm zurückzukommen. Sie war ein wenig jünger als Ebony, hatte langes, rotes Haar und ein schüchternes Lächeln. „Ebony, das ist Bella."

Ebony stand auf und schüttelte dem Mädchen die Hand. Bella lächelte sie an. „Atlas hat schon viel Gutes über dich gesagt", sagte sie mit sanfter Stimme. „Vor allem über deine Gesangskünste."

Ebony lachte. „Da ist er aber parteiisch. Es freut mich, dich kennenzulernen."

„Mich auch." Die beiden hörten draußen eine lautere Stimme, gefolgt von dem leisen Kichern eines Mannes, einem melodischen Klang, und zwei weitere Personen betraten den Raum. Der Mann, vielleicht Mitte sechzig, hatte ein warmes Lächeln und tiefbraune Augen hinter einer Lesebrille. Sein brauner Bart und sein braunes Haar waren mit weißen Strähnen durchsetzt. Er stellte sich Ebony vor. „Stanley Duggan, meine Liebe, und das ist meine Frau Vida."

Vida Duggan war genauso, wie Atlas sie beschrieben hatte – eine gealterte Schönheitskönigin mit dunkelrotem Haar und stechend scharfen, silbergrauen Augen, die Ebony genau unter die Lupe nahmen.

„Hallo Schätzchen", sagte sie. „Wir haben schon viel über dich gehört. Vielleicht kannst du Bella mit ihrem Gesang helfen."

Bella verdrehte die Augen. „*Mom*."

Ebony lächelte Bella an. „Das würde ich nur zu gerne."

„Siehst du, Bella? Einem geschenkten Gaul schaut man nicht ins Maul. Hallo, Fino, Schätzchen."

Fino schenkte Vida ein übertriebenes, gekünsteltes Lächeln, bei dem Ebony beinahe laut losgelacht hätte. Stattdessen unterdrückte sie ein Lächeln, wobei sich ihre und Stanleys Blicke kreuzten. Er schien auch amüsiert zu sein und Ebony hatte das Gefühl, dass sie beide einen Insider-Witz miteinander teilten. Ebony fühlte sich gleich wohl mit ihm, obwohl sie nicht verstehen konnte, wieso so ein netter Mann so ein Luder geheiratet hatte.

Atlas kehrte mit einem Tablett voller Drinks zurück und hatte einen leicht irritierten Mateo im Schlepptau und einen dunkelhaarigen Mann mit versteinertem Gesicht: offensichtlich der Todesengel.

Beim Gedanken an den Spitznamen hätte sie fast wieder lachen müssen, doch Ebony riss sich zusammen und hörte, wie er etwas über Harvard zu Mateo sagte. Mateo seufzte genervt. „Er ist erst sieben, Cormac. Ich glaube, wir haben noch jede Menge Zeit, um zu überlegen, wo er aufs College gehen soll."

„Ich meine ja nur, es ist nie zu früh, ihn auf das harte Unileben vorzubereiten."

„Ich weiß noch nicht mal, ob er überhaupt aufs College will, Cormac. Fino findet schon seinen eigenen Weg."

Cormac wollte noch etwas sagen, doch Atlas unterbrach ihn, um einem Streit zuvorzukommen. „Cormac, das ist meine Ebony. Ebony, Cormac Duggan."

Dass er sie „Mein" nannte, wärmte sie von innen. Sie hatte sich zuvor noch nie gewünscht, von jemandem beansprucht zu werden, doch nun gefiel es ihr ausgesprochen gut.

„Ich freue mich, dich kennenzulernen." Ebony trat einen Schritt vor und reichte ihm die Hand. Cormac Duggan blickte sie an, machte aber keine Anstalten, ihre Hand zu nehmen, und nach einem Augenblick ließ Ebony sie wieder sinken. Sie wurde puterrot und warf Atlas einen verwirrten Blick zu.

Cormac schüttelte sich kurz. „Tut mir leid, ja, hallo. Du bist die Sängerin?" Nun bot er ihr seine Hand an, ergriff ihre und hielt sie dann einen Augenblick zu lange fest. Ebony entzog ihm ihre Hand sanft. Sie wollte ihn nicht beleidigen.

„Ich bin Sängerin, ja."

„Mehr als nur eine Sängerin, Cormac." Nun klang Atlas irritiert. „Ein Ausnahmetalent. Stanley... ich präsentiere dir deinen neuesten Star... wenn du Quartet Konkurrenz machen kannst. Ebony, Roman Ford hat mich gestern angerufen und wollte wissen, warum du ihn noch nicht angerufen hast." Atlas grinste. „Ich habe die Schuld auf mich geladen und habe erklärt, ich beanspruche gerade ganz egoistisch deine ganze Zeit für mich."

„Meine Liebe", sagte Stanley und legte seine Hand auf Ebonys Arm. „Wenn Quartet dir einen Vertrag anbietet, dann sag ohne zu zögern zu. Wenn nicht, helfe ich dir gerne. Ansonsten muss ich sagen, dass ich bald in Rente gehe. Ich habe meine Zeit gefristet und jetzt will ich einfach nur mein Leben genießen."

Vida blickte ihren Mann scharf an. „Was ist mit *Bellas* Karriere?"

„Meine Güte, nicht das schon wieder", murmelte Mateo und legte seinen Arm um Bellas Schultern. „Bells, wollen wir mal nach dem Essen sehen? Und übrigens… frohe Weihnachten euch allen."

Sofort änderte sich die Stimmung in dem Raum, als allen wieder einfiel, warum sie eigentlich hier waren. Als noch mehr Gäste eintrafen – unter anderem Romy, Blue und ihre Kinder – füllte sich das Haus mit Gelächter und Geplauder und als sie sich alle an den Tisch setzten, um ein köstliches Mittagessen zu verspeisen, war Ebony bereits entspannter. Atlas saß neben ihr und auf der anderen Seite saß Blue.

Atlas beugte sich vor, um sie auf die Wange zu küssen. „Ich glaube, Cormac ist ein bisschen verknallt in dich. Irgendwie witzig."

Ebony blickte zu dem Mann hinüber und wurde rot, als sie merkte, dass er sie anstarrte. Sie fand das gar nicht witzig. Irgendetwas an seiner Art machte sie nervös. Neben ihm unterhielt sich seine Verlobte Lydia Van Pelt mit Vida und Ebony hörte, wie sie versuchten, sich gegenseitig mit ihren Käufen von Designer-Klamotten zu übertrumpfen. Mateo, der links von Vida saß, blickte zu Ebony hinüber und verdrehte die Augen. Sie grinste ihn an.

„Woher kommst du, Ebony?", ertönte auf einmal Cormacs laute Stimme, sodass alle anderen Tischgespräche verstummten. Ebony wurde rot wie eine Tomate.

„Ich bin tatsächlich hier geboren", sagte sie. „Ich komme ursprünglich aus Seattle, aber die letzten Jahre habe ich in New Orleans gelebt. Mein Bruder ist dort Tanzlehrer."

„Und du bist nur wegen Atlas zurückgekehrt?"

Ebony warf ihrem Geliebten einen Blick zu, der mittlerweile ganz still geworden war. „Ich bin zurückgekommen, um bei der Wohltätigkeitsgala für das Zentrum zu singen", sagte sie langsam. Dann betonte sie: „Geblieben bin ich wegen Atlas."

Atlas berührte ihre Wange. „Und darüber bin ich sehr froh."

„So ein Zufall", sagte Cormac mit einem gehässigen Grinsen, sodass klar wurde, was er eigentlich meinte. Anstatt verletzt zu sein, funkelte Ebony ihn an.

Du gefällst mir gar *nicht*, dachte sie bei sich und schenkte ihm das gleiche künstliche Lächeln, mit dem er sie bedachte. Mateo zwinkerte ihr zu und flüsterte: „Ignoriere ihn." Atlas drückte ihre Hand und sie sah, wie Romy Cormac Todesblicke zuwarf. *Ich bin in Gesellschaft von Freunden*, dachte sie und entspannte sich. Sie blickte Atlas an. „Liebster... wir müssen uns nachher über etwas unterhalten. Etwas Wichtiges, das ich dir schon früher hätte sagen sollen."

„Natürlich, meine Liebe." Atlas sah neugierig aus, aber nicht besorgt. „Geht es dir gut?"

Ebony lächelte auf einmal friedlich. „Sehr gut."

Nach dem Mittagessen traf Molly ein, denn sie hatte noch bei ihrer eigenen Familie gegessen und Ebony sah sofort, wie stark die Liebe zwischen ihr und Mateo brannte. Sie und Ebony verstanden sich ab der ersten Sekunde und unterhielten sich fröhlich, während die Zwillinge mit ihnen über das schneebedeckte Grundstück spazierten. Es wurde bereits Abend und auf einmal leuchteten Tausende winziger Lichter auf, sodass der Spaziergang noch romantischer wurde.

Mateo und Molly gingen eng umschlungen voraus, doch Atlas blieb neben Ebony stehen und küsste sie zärtlich und liebevoll. „Danke, dass du Weihnachten mit mir verbringst, meine Liebe."

„Danke, dass du mich eingeladen hast." Sie streichelte seine dunklen Locken und blickte zu ihm auf. Hatten sie sich wirklich erst vor ein paar Tagen kennengelernt?

„Worüber wolltest du mit mir reden?"

Ebony atmete tief durch. „Atlas... etwa eine Woche bevor ich nach Seattle gekommen bin, hatte ich einen One-Night-Stand. Es war... ein Fehler, aber er ist nun mal passiert. Vor ein paar Tagen habe ich nur herausgefunden..." Konnte sie die Worte wirklich aussprechen? Ihr Magen zog sich schmerzhaft zusammen. „Dass ich schwanger bin."

So. Jetzt war es raus. Atlas hielt inne. „Oh."

„Ja. Hör mal, ich habe mich noch nicht entschieden, was ich tun werde. Aber ich wollte nicht, dass unsere Beziehung noch intensiver wird, bevor du darüber Bescheid weißt. Das wäre nicht fair."

Sie konnte Atlas' Gesichtsausdruck nur schwer lesen und Ebony blickte ihn mit klopfendem Herzen an. „Habe ich jetzt alles kaputt gemacht?"

Atlas schüttelte den Kopf. „Nein, nein, nein, ich bin nur ein wenig… überrascht." Er lachte kurz auf. „Nun ja…" Er verstummte, musste offensichtlich nachdenken, und Ebony wartete ab. Er hielt immer noch ihre Hand; sie wollte das als gutes Zeichen interpretieren.

Atlas atmete tief ein. „Nun, denken wir mal ganz logisch darüber nach. Hast du dem Vater davon erzählt?"

„Nein." Ebony schüttelte den Kopf. „Atlas, ehrlichgesagt… es ist mir peinlich, das zuzugeben, aber ich weiß nicht, wer der Vater ist. Ich habe ihn kennengelernt… in einem speziellen Club, sagen wir mal?"

Einen Augenblick war Atlas verwirrt, dann machte er „Ah".

Ebony bekam es mit der Angst zu tun. „Atlas, ich schwöre es dir, ich bin keine Hure."

Atlas blickte sie entsetzt an. „Ebs, das würde ich nie von dir denken, und auch du solltest dich nie so sehen. Meinst du etwa, ich bin noch nie in einem Sexclub gewesen?"

Ebony fiel ein riesiger Stein vom Herzen. „Du warst aber nicht zufällig vor zwei Wochen in einem in New Orleans, oder?", versuchte Ebony einen Witz, aber Atlas grinste.

„Nein, aber ich wünschte mittlerweile, ich wäre es gewesen." Er schlang seine Arme um sie. „Also, erst überlegst du dir, ob du das Kind behalten willst. Dann sehen wir weiter. Ebony, ich möchte wissen, wie sich das alles entwickelt, ob es mit uns klappt. Wenn du das Kind willst, bin ich für dich da."

„Das kann ich nicht von dir verlangen." Ebony schüttelte den Kopf. „Das ist zu viel. Wir kennen einander erst seit einer Woche."

Er blickte ihr tief in die Augen. „Ich weiß." Seine Stimme war ganz sanft. „Und doch ist es schon um mich geschehen, Ebony. Ich will dich ganz und gar."

Ihre Augen füllten sich mit Tränen, so viel Liebe lag in seiner Stimme. „Genau so geht es mir", flüsterte sie und schon drängte er seine Lippen an ihre und küsste sie, während die heißen Tränen über ihre Wangen liefen.

Atlas legte so beschützerisch eine Hand auf ihren Bauch, dass ihr erneut die Tränen kamen. „Schauen wir einfach mal, wo uns das hier hinführt", meinte er. „Vielleicht schaffen wir es ja."

Ebony schloss die Augen, ihr schwirrte der Kopf. Wollte er wirklich der Vater ihres Kindes sein? Selbst wenn es nicht sein eigenes war? Das Gespräch hatte sie überwältigt, als wäre letztendlich nichts wirklich vernünftig geklärt worden.

Doch nun gab sie sich erst einmal zufrieden mit seinem Kuss und seinem Versprechen. So konnte sie den Rest der Feiertage genießen.

In dieser Nacht liebten sie sich ganz leise, während der Rest des Hauses schlief. Ebony lächelte zu ihm auf, während Atlas sich zärtlich in ihr bewegte, und wusste in diesem Augenblick, dass sie sich in ihn verliebte. Wie könnte es auch anders kommen? Er war alles für sie, er war einfach perfekt. Oder nicht?

Ich weiß es nicht, dachte sie. *Aber jetzt ist er erst mal perfekt für mich. Können wir glücklich werden?* Sie stellte sich unterschiedliche Zukunftsszenarien vor und fand noch immer keine Antwort auf ihre Frage. Während er in ihren Armen schlief, wusste sie aber, dass sie es zumindest versuchen würde. Und dann war da noch etwas.

Sie wusste nicht genau, wann sie diese Entscheidung getroffen hatte, doch sie wusste sofort, dass es die richtige war.

Sie würde das Baby behalten.

KAPITEL ZEHN

Am Morgen wachte sie auf von lauten Stimmen, die sich im Erdgeschoss anbrüllten. Neben ihr war das Bett leer und sie schlüpfte in ihren Bademantel, um sofort nach unten zu gehen.

„Du *Wichser*", brüllte gerade einer der Zwillinge. „Du hast kein Verständnis von Treue."

„Mateo", gab Cormac lautstark zurück, „was erlaubst du dir, über mein Sexleben zu urteilen? Gerade *du?* Du und Atlas seid auch nicht gerade Unschuldsengel, was Frauen anbelangt. Ich meine, ganz plötzlich seid ihr beide treue Lover in festen Beziehungen? Ich bitte dich."

„Und das von dem Kerl, der eine Heirat wegen Geldes bevorstehen hat. Weiß Lydia, dass du ihr nur deswegen den Antrag gemacht hast?"

„Frag doch sie! Du scheinst ja ausgezeichnet zu wissen, was sie will."

„Das war vor sechs Jahren und wir haben uns im Guten getrennt." Mateo knurrte schon fast. „Ich will einfach nicht, dass sie verletzt wird."

„Oder vielleicht möchtest du noch etwas zu Ende bringen."

„Ich liebe *Molly*." Nun klang Mateo gefährlich und Ebony lief ein Schauer über den Rücken beim eiskalten Klang seiner Stimme.

„Ach, stimmt ja, die Lehrerin. Du und dein Bruder habt echt hohe Ansprüche an Frauen. Eine Lehrerin und eine Huren Sängerin."

„Du Wichser!" Ebony hörte, wie unten Möbel krachten, und verstand, dass Mateo auf Cormac losgegangen war. „Du hast kein Recht, Ebony eine Hure zu nennen, und sag bloß nichts Schlechtes über Molly, du Arschloch!"

Sie fand, sie müsste etwas tun, bevor jemand verletzt wurde, also eilte Ebony ins Frühstückszimmer, in dem die Männer gerade miteinander rangen. „Aufhören!"

Beide Männer hielten augenblicklich inne und Ebony hörte Schritte hinter sich. „Was zum Teufel ist hier los?"

Atlas trat um Ebony herum, berührte ihre Wange und zerrte dann seinen Bruder von Cormac, der hämisch grinsend aufstand.

Mateo war immer noch wutentbrannt. „Schaff mir diesen Wichser aus den Augen, Atlas, bevor bei mir alle Sicherungen durchbrennen. Bitte."

Cormac hielt die Hände hoch. „Ich geh ja schon, keine Sorge. Wenn ich noch eine Minute dieser Familie bei dieser Scharade zusehe, muss ich ohnehin kotzen."

Während er den Raum verließ, blieb er vor Ebony stehen, die vor ihm zurückwich. Gierig musterte er ihren Körper, sodass sie sich nackt, praktisch belästigt fühlte. Cormac fand ihr Unwohlsein scheinbar belustigend und ging dann aus dem Zimmer.

Mateo fuhr sich durch die Haare. „Tut mir Leid, Ebony, Atlas. Ich konnte mich nicht zusammenreißen."

„Er hat schon gestern den ganzen Tag versucht, dich zu provozieren", sagte Atlas und legte seinem Bruder die Hand auf die Schulter.

„Und ich habe es zugelassen. *Verdammt.*" Mateo blickte Ebony an. „Geht es dir gut, Liebes? Hör nicht auf das, was er gesagt hat. Wir wissen alle, dass das nicht stimmt."

Ebony lächelte ihn an. „Danke, dass du mich verteidigt hast, Mateo."

„Klar, immer gerne." Mateo sah seinen Bruder an. „Cormac ist das reinste Gift. Er wird Lydias Leben ruinieren, wenn wir es zulassen."

„Das ist nicht unsere Aufgabe, Mateo. Lydia weiß schon selbst, wie

Cormac ist."

Atlas und Ebony fuhren an diesem Abend zurück zu Atlas' Wohnung in der Stadt. „Leider muss ich morgen arbeiten. Was hast du vor?"

„Juno und Obe kommen jetzt morgen, also werde ich mich wahrscheinlich mit ihnen treffen", erklärte Ebony und strich ihm eine dunkle Locke hinter das Ohr.

„Rechtzeitig zu Silvester."

„So ist es."

„Cormac ist nicht eingeladen."

„Gottseidank."

Atlas blickte sie an. „Er ist echt ein toller Typ, was?"

„Und wie", bemerkte Ebony trocken. „Ein echter Hauptgewinn. Eklig."

Atlas lachte. „Manche halten ihn wirklich dafür."

Ebony streckte die Zunge raus. „Würg. Wer? Die Insassen im Irrenhaus? Die Mitglieder im Club der arroganten Vollpfosten?"

„So ungefähr." Sein Lächeln verschwand. „Ich wünschte trotzdem, dass Mateo sich nicht auf ihn einlassen würde. Cormac weiß genau, was er zu Mateo sagen muss, damit der sich vergisst. Cormac hasst es, dass Mateo als Erster mit Lydia geschlafen hat, obwohl das schon sechs Jahre zurückliegt. Ich glaube, dass er sie nicht nur des Geldes wegen heiratet, sondern auch, um Mateo auf den Sack zu gehen. Und jetzt ist er genervt, dass es Mateo egal ist, dass er mit Lydia schläft, weil er in Molly verliebt ist."

„Das Liebesleben der Reichen und Berühmten", seufzte Ebony gespielt dramatisch und Atlas lachte.

„Aber im Ernst, Cormac hasst Mateo und manchmal macht mir das ein bisschen Angst."

Ebony schüttelte den Kopf. „Cormac ist ein typischer Feigling, wenn du mich fragst. Viel heiße Luft und nichts dahinter. Und der soll mit Stanley verwandt sein."

„Ja, nicht wahr? Stanley ist dir also sympathisch?"

„Unglaublich sympathisch, genau wie Bella. Aber Vida... ich

Weihnachtliche Liebesromane 499

würde sie nicht vermissen, sagen wir es mal so."

Atlas lächelte sie an. „Ich liebe dich, Miss Verlaine."

„Ich dich auch, du Hengst." Sie drückte seinen Schwanz durch seine Hose hindurch. „Ganz schön groß, das Teil."

Sie witzelten und lachten auf dem ganzen Weg nach Hause, doch als sie erst einmal drinnen waren, rissen sie sich bereits die Kleider vom Leib, bevor sie überhaupt das Schlafzimmer erreicht hatten.

Während sie sich liebten, bemerkte Ebony, dass er noch vorsichtiger mit ihr umging als sonst. Ihr war sofort klar, dass er das wegen ihrer Schwangerschaft tat. Ihr wurde warm ums Herz davon... was musste das für ein Mann sein, dass er sich so sehr um ein Kind sorgte, das nicht einmal seinem Schoß entsprang?

„Ich bin so verrückt nach dir", erklärte sie ihm. „So, so verrückt."

Atlas grinste. „Ich habe das ernst gemeint, was ich gesagt habe, Ebony. Jetzt sind es nur noch wir beide, oder?"

Sie nickte. „Wir beide, was auch immer geschieht."

Und sie liebten sich bis tief in die Nacht.

Am anderen Ende der Stadt liebte sich ein anderes Paar. Blue strich mit seinen Händen über den Körper seiner Frau. „Freust du dich auf morgen, Baby?"

Am nächsten Tag würde ihre Domino-OP stattfinden und Romy und Blue, als echte Topchirurgen, waren naturgemäß aufgeregt. „Ich habe jemanden, der im Zentrum die vierundzwanzig Stunden für mich übernimmt, also kannst du auf mich zählen."

Sie hatte sich wieder und wieder die Krankenakten durchgelesen, bis sie jedes Detail auswendig wusste. Nun lächelte Blue sie an. „Ich muss schon sagen, ich kann es kaum erwarten, wieder mit dir im OP zu stehen."

Romy lächelte zu ihm auf und streichelte sein Gesicht. „Ich auch … ich habe es vermisst."

„Wir sind einfach ein super Team. Manchmal denke ich darüber nach, bei Rainier Hope zu kündigen und im Zentrum zu arbeiten, nur damit ich die ganze Zeit mit dir zusammenarbeiten kann."

„Ha, wage es bloß nicht", lachte Romy. „Du bist der beste Chefchirurg, den es je in Seattle gab."

„Sag das bloß nicht Beau, aber danke."

Romy seufzte und keuchte sanft auf, als sie kam, und Blue vergrub sein Gesicht in ihrem Nacken, bevor er selbst seinen Höhepunkt erlebte. „Meine Güte, Romy… das wird echt nie langweilig mit dir."

„Ich liebe dich, Blue."

„Ich liebe dich auch, Baby."

In einem weiteren Stadtteil befand sich ein Mann, der sich ganz und gar nicht geliebt fühlte. Carson Franks saß in seiner luxuriösen Penthouse-Wohnung und sah sich das Hochzeitsvideo mit seiner Frau Kiersten an, das vor all diesen Jahren entstanden war. Damals, bevor er sie dafür hatte bestrafen müssen, dass sie ihm ungehorsam gewesen war, dass sie ihn verlassen hatte wollen. Er erinnerte sich immer noch genau an den Moment, in dem er ihr dieses Messer in den Leib gerammt hatte, an ihr Entsetzen, an ihre Schmerzen, ihr Flehen, und er genoss diese Erinnerung zutiefst.

Es tat ihm nur leid, dass er sie nur einmal umbringen hatte können. Dieses Gefühl der Macht, als ihr Leben vor seinen Augen zu Ende gegangen war… er hatte gedacht, sie sei schon tot, als er ihren Körper in den Straßengraben geworfen, wo sie hingehörte, doch er hätte sich noch einmal vergewissern sollen.

Jetzt würden also dieser verdammte Philanthrop von einem Milliardär und seine Hure von einer Chirurgin vor Gericht gegen ihn aussagen und selbst die teuren Anwälte seines Vaters würden nichts dagegen tun können, wenn man das Todesurteil über ihn aussprach.

Also blieben ihm nur noch zwei Möglichkeiten. Selbstmord… oder die Beseitigung der Zeugen, und diese Entscheidung war nun wirklich kinderleicht. Er strich über das Messer in seiner Hand und lächelte in sich hinein.

Noch vor Ende der Woche, vor Ende des Jahres, wären Atlas Tigri und Dr. Romy Sasse tot… und er ein freier Mann.

KAPITEL ELF

Cormac Duggan schwang seine Beine aus dem Bett und schritt dann ins Badezimmer. Er hörte, wie Lydia nach ihm rief, doch er ignorierte sie und stellte sich unter den heißen Wasserstrahl. Er war immer noch angespannt von seinem Streit mit Mateo.

So lange er denken konnte, hatten er und Mateo Tigri einander schon gehasst. Der umtriebigere der Tigri Zwillinge war einfach so ein Player gewesen, dass Cormac keinerlei Respekt für ihn haben konnte, und selbst sein Geschäft des Weinimportes war in Cormacs Augen nichts weiter als eine Fassade, hinter dem sich sein faules Lotterleben abspielte.

Das Einzige was Mateo je richtig gemacht hatte, war, Fino großzuziehen, doch selbst das konnte Cormac nicht mit ihm versöhnen. Er hasste sich dafür, dass er diesen Jungen liebte, obwohl er seinen Vater so verachtete, doch Fino war wirklich ein toller Kerl und Cormac beneidete die beiden um die innige Verbindung, die zwischen Vater und Sohn bestand.

Denn Cormac würde so etwas nie haben. Vor einem Jahr hatte Cormac bei einer Routineuntersuchung den Arzt gebeten, sein Sperma zu untersuchen. „Lydia und ich wollen Kinder, sobald wir verheiratet sind."

Er war nicht darauf gefasst gewesen, dass der Arzt ihn zwei Tage später anrief und ihm sagte, dass es ihm zwar leid tat, dass Cormacs Spermienanzahl aber so gering war, dass eine Befruchtung nur schwer möglich sein würde. „Führen Sie die Tests noch einmal durch", hatte er befohlen und der Arzt hatte ihm gehorcht, doch das Ergebnis war gleich geblieben.

„Ich fürchte, es ist sehr unwahrscheinlich, dass Sie auf natürlichem Wege Kinder zeugen können, Mr. Duggan, aber geben Sie die Hoffnung nicht auf. Eine geringe Anzahl Spermien ist immer noch besser als gar keine Spermien."

Seitdem hatte er einen wachsenden Zorn in sich gespürt und Fino an Weihnachten zu sehen, hatte das nur noch schlimmer gemacht. Er hasste Mateo nun wirklich. Cormac wollte Kinder mehr als alles andere auf der Welt, selbst mehr als Geld. Er klammerte sich an diesen Wunsch, denn er wusste, dass das das Einzige war, worin er sich von einem totalen Arschloch unterschied.

Cormac schloss die Augen und versuchte, sich zu beruhigen. Er hörte, wie die Tür der Dusche sich öffnete, und spürte Lydias schlanke Arme, die sich um ihn schlangen. Kurz war er irritiert, doch dieses Gefühl wich schnell. Schließlich war Lydia nicht schuld an seinem Hass auf Mateo. Er drehte sich um und lächelte zu ihr herab.

„Guten Morgen."

Lydia, die mit grauen Augen zu ihm aufblickte, war dünner als die Frauen, die er sich normalerweise aussuchte; sie passte eher auf einen Laufsteg als in ein Büro, aber sie musste nicht arbeiten, um ihr Geld zu verdienen. Die Van Pelts waren etwa so wohlhabend wie die Rockefellers und Vanderbilts dieser Welt und Lydia, die zwar ihre Fassade als Moderedakteurin aufrecht erhielt, war eine große Mitspielerin in der Szene der hohen Gesellschaft. Außerdem hasste sie Seattle; für ihren kostbaren Geschmack waren die Leute hier zu entspannt und tolerant. Cormac musste ihr da zustimmen. Der einzige Grund, warum er sich bereit erklärt hatte, Weihnachten hier zu verbringen, war, um Mateo unter die Nase zu reiben, dass er nun mit Lydia zusammen war. Das war gehörig in die Hose gegangen, das musste er schon zugeben, bis auf eine Sache. Nun dachte er an diesen letzten Hoffnungsschimmer und lächelte.

Lydia, die sein Lächeln für Zuneigung hielt, drückte ihre Lippen auf seine. Sie hatte sich im Sommer die Lippen aufspritzen lassen und nun sah es langsam natürlich aus, doch Cormac interessierte das nicht wirklich.

„Bitte versprich mir, dass wir Silvester wieder in New York feiern werden?", quengelte Lydia nun. „Wenn ich noch ein paar Tage hier verbringen muss, drehe ich durch."

„Tut mir leid, Schätzchen", sagte er mit samtiger Stimme, drehte das Wasser aus und stieg aus der Duschkabine. „Aber ich muss mich hier um Geschäftliches kümmern. Ich kann dir nicht versprechen, dass ich bis dahin wieder in New York sein werde, aber wenn du willst, dann fahr du ruhig."

Lydia wickelte ein Handtuch um ihren Kopf und kniff die Augen zusammen. „Dann feiern wir also nicht zusammen? Willst du das damit sagen?"

„Ich fürchte schon."

Lydia verließ das Bad und Cormac seufzte. Es machte ihn verrückt, dass sie ständig wissen wollte, wo er war – auch *wenn* sie damit recht hatte.

Cormac hatte nicht die geringste Absicht, sich sexuell einzuschränken, nur weil er jetzt verlobt war – aber er war sehr diskret. Er vögelte nie in New York herum, sondern nutzte dafür seine häufigen Geschäftsreisen. Fast immer beanspruchte er dafür auch bezahlte Profis, die mit Sicherheit dichthalten würden. Wenn Lydia davon Wind kriegte, würde sie ihn rauswerfen, soviel stand fest.

Nun ging er zu ihr. Sie saß auf dem Bett, in ihr nasses Handtuch gewickelt, und bürstete sich das lange, blonde Haar. Sie schmollte. Er setzte sich neben sie. „Schätzchen", sagte er und drückte seine Lippen an ihre Schulter. „Ich weiß, dass es dir hier nicht gefällt, deshalb habe ich gemeint, du solltest zurückfahren. Aber natürlich will ich das nicht. Ich möchte, dass wir gemeinsam Silvester feiern." Er seufzte. „Ich werde sogar meine Stiefbrüder aushalten und dich auf ihre Party mitnehmen – wenigstens bist du dort unter Freunden." Sofort fiel ihm auf, dass das wie ein Vorwurf klingen könnte. Lydia mochte Mateo immer noch richtig gern, obwohl sie sich getrennt hatten. „Ich meine… bei unserer Familie. So anstrengend sie auch sein mag."

Er spürte, wie ihre Schultern sich ein wenig entspannten und blickte mit einem intensiven Augenaufschlag zu ihr auf. Sie lächelte ihn an. „Na, wenn du das so sagst…"

Cormac lächelte ein wenig triumphierend. Er schob sie sanft auf die Matratze und legte ihre Beine um seine Taille. Lydia war zwar knochig, aber sie war nicht schlecht im Bett, und nun keuchte sie willig auf, während er seinen Schwanz in sie rammte. Sie klammerte sich an ihn, während sie vögelten, feuerte ihn an, bis er kam und sein Schwanz seinen Saft tief in sie hineinspritzte, während sie seinen Namen rief.

Romy war ungewöhnlich nervös, während sie sich neben ihrem Mann auf die OP vorbereitete. Blue warf ihr einen Blick zu. „Du wirst das super machen, Baby."

„Du auch, mein Schatz. Ich weiß nicht, warum ich so nervös bin."

„Wenn du es nicht wärest, würde ich mir Sorgen machen", sagte Blue und schrubbte seine Hände mit der Bürste ab. „Fünf Patienten auf einmal… das ist eine große Sache. Beau wird auch gleich kommen und Philippa und Rex machen sich im OP 5 fertig. Es passiert wirklich, Baby."

Romy musste lachen, so aufgeregt, wie er klang. „Chef, du bist echt heiß, wenn du so redest."

Blue grinste sie an. „Wenn alles gut läuft, treiben wir es nachher im Bereitschaftsraum."

Romy kicherte. „Wie früher. Erinnerst du dich noch an das erste Mal? Total unprofessionell, aber es war so schön."

„Und es wird immer besser. Ich liebe dich, Dr. Sasse."

„Ich liebe dich auch, Chef. Legen wir los."

Eine Stunde später war die Operation in vollem Gange. Romy und Blue waren sofort wieder das eingespielte Team von damals, gingen sich nie im Weg um, verstanden wortlos, was der andere brauchte. Romy spürte, wie ein Adrenalinschub sie durchfuhr. Sie hatte das vermisst, die geplanten Prozeduren, die durchorganisierte Routine. Im Zentrum führte sie in der Regel Notfalleingriffe durch, all ihre Fähigkeiten waren gefragt, aber es belastete sie schon, dass der Großteil der Verletzungen durch Gewaltverbrechen verschuldet war. Hier versuchte sie nun, eine Krankheit im Körper des Patienten zu besiegen. Sie konnte methodisch arbeiten und ihre Kompetenzen steigern.

Sie bereute nie, für das Zentrum zu arbeiten, aber viele Patienten starben unter ihr weg und ließen sie nie ganz los. Sie gab es vor Blue nicht zu, doch oft quälten sie schlaflose Nächte.

„Okay." Blue entnahm eine kranke Niere aus seinem Patienten. „Es geht los."

Die Operation lief wie eine gut geölte Maschine und die Spenderniere wurde sofort in den Saal gebracht. Blue blickte seine Frau an. „Willst du die Ehre haben?"

Romy nickte und zwinkerte ihm über ihrem Mundschutz zu. Mit seiner Hilfe transplantierte sie die neue Niere in die junge Frau, die vor ihnen auf dem Tisch lag, und als sie langsam rosa wurde und anfing, zu reagieren, entspannten sie sich alle. „Gute Arbeit, Baby", sagte Blue und vergaß dabei, dass auch andere Leute im Raum waren. Die anderen kicherten. „Ach, kommt schon, seid nicht so", witzelte Blue. „Meine Frau ist der Hammer."

Zehn Stunden später entließ Blue sein erschöpftes Personal, warf seinen blutigen OP-Kittel in den Müll und gab Romy einen schnellen Kuss. „Ich schaue nochmal nach allen und dann sehen wir uns in einer Stunde im Bereitschaftsraum."

Sie erwiderte seinen Kuss. „Ich bringe die Patientenakten auf den neuesten Stand. Und danke, das war echt ein Erlebnis."

Blue zwinkerte ihr zu und ging fort, um nach den Patienten zu sehen. Romy legte auch ihren OP-Kittel ab und holte sich dann einen heißen Kaffee und einen Power Riegel, bevor sie sich mit den Akten in die Ärztelounge setzte. Sie warf einen Blick auf ihr Handy und sah, dass sie eine Nachricht von ihrer Mutter bekommen hatte.

· · ·

Kinder fast *pünktlich im Bett, die kleinen Süßen. Du erziehst sie wirklich gut. Hab dich lieb, viel Erfolg bei der OP. Mom. Xx*

Romy grinste. Ihre Mutter Magda war überglücklich gewesen, dass sie
sich ein paar Tage um die Kinder kümmern durfte. Trotzdem ging es
Romy ab, dass sie ihren Kindern heute keinen Gute-Nacht-Kuss geben
konnte.

Sie arbeitete eine Stunde durch, sah dann auf ihre Uhr und musste
grinsen. Sie wusste, dass Blue nun bereits auf sie warten würde, und
als sie den Bereitschaftsraum betrat, sah sie, dass er bereits sein Hemd
abgelegt hatte. „Das ist aber ein schöner Anblick."

„Schwing deinen knackigen Arsch hierher", sagte Blue grinsend
und sie folgte seinem Befehl. Sie drängte ihren Körper an den seinen
und spürte bereits seine steinharte Erektion an ihrem Bauch.

„Hmm, ist das alles nur für mich?", meinte sie grinsend und
kreischte dann vor Lachen, als er sie zu Boden warf und ihr die Ärzte-
kleidung samt Höschen vom Leib riss.

„Darauf kannst du Gift nehmen, meine Schöne."

Sie half ihm, seine eigene Hose auszuziehen und zog dann auch ihr
Top aus. Er befreite ihre Brüste aus ihrem BH und machte sich hungrig
über ihre Nippel her. Romy schlang ihre Beine um seine Taille. „Ich
will dich sofort in mir, Baby."

Ungeduldig half sie ihm, seinen Weg in sie zu finden, und als er
sich tief in ihr begrub, schauderte sie wohlig. „Ja… oh Gott, ja,
Blue, ja…"

Sie vögelten hart und hielten auch ihre Schreie nicht zurück,
während er seinen dicken Prügel immer wieder in sie rammte. „Oh
Gott, du bist so schön… deine Fotze fühlt sich so gut an auf meinem
Schwanz… oh *Gott… Romy… Romy…*"

Romy schrie auf, als sie kam, ihr Orgasmus zerriss sie innerlich
und sie zitterte hemmungslos. Blue stöhnte ihren Namen, während sein
Schwanz seinen dicken Liebessaft in sie hineinpumpte.

„Meine Güte, Romy… ich liebe dich, ich liebe dich so sehr…"

Als sie zusammensanken, küsste Blue sie, bis sie außer Atem

waren. „Ich bin der größte Glückspilz auf dieser Erde", sagte er und grinste sie an.

„Ich liebe dich, Blue Allende, so sehr. Wie in einem kitschigen Liebesroman, weißt du?"

Sie lachten beide und Blue, der sich aus ihr zurückzog, kuschelte sie eng an sich. „Ich liebe kitschig."

Er strich ihr das Haar aus dem Gesicht und blickte versonnen zu ihr hinab. „Niemand sonst auf diesem Planeten gibt mir so ein intensives Gefühl. Wenn ich dich anblicke, bin ich völlig verloren und fühle mich dabei völlig geliebt."

Romy wurde rot. Selbst nach all diesen Jahren gelang es ihm immer noch, dass sie wieder zum liebeskranken Teenie mutierte. „Als ich dich kennengelernt habe, Blue Allende, hat auf einmal alles Sinn gemacht."

Sie küssten einander und redeten, bis sie erschöpft miteinander einschliefen.

KAPITEL ZWÖLF

Juno und Obe hatten sie überrascht angeblickt, als Ebony ihnen erklärt hatte, dass sie vom Flughafen direkt zu Atlas nach Hause fahren würden. „Ich übernachte dort", gab sie errötend zu und sah, wie Juno und Obe einander wissend angrinsten. „Es ist noch ganz frisch", erklärte sie und bekannte sich damit zu ihren Gefühlen für Atlas, „aber es fühlt sich so gut an. Ihr werdet ihn sehr mögen, genau wie seine Familie."

Ihr Bruder und seine Frau schienen beeindruckt zu sein von der Limousine, die sie in die Villa fuhr, doch sobald sie ankamen, wurden sie von einem aufgeregten Fino begrüßt. Mateo grinste beide an. „Ich freue mich so sehr, euch kennenzulernen, bitte kommt herein."

Nachdem sie Steak Sandwiches und Champagner zum Mittagessen verspeist hatten – gottseidank hatte Ebony noch nie Champagner gemocht, also fiel es Obe nicht weiter auf, dass sie nicht trank – zeigte Mateo ihnen das Grundstück. Er und Obe gingen voraus und unterhielten sich, während Juno mit Ebony zurückblieb und sich bei ihr einhakte. „Du bist also hergekommen, um zu singen und hast dich in den Chef verliebt?"

Ebony kicherte. „Ich weiß, das totale Klischee, nicht wahr? Aber

Juno, wenn du Atlas kennenlernst, wirst du mich verstehen. Er ist unglaublich."

Juno nickte in Mateos Richtung. „Wenn er dem da auch nur ein bisschen ähnelt – *superheiß*, übrigens – dann verstehe ich dich bestens."

Ebony nickte. „Hoffentlich findet Livia das nicht unprofessionell von mir. Aber ich habe eben... noch *nie* so etwas Intensives verspürt. Die Chemie hat sofort gestimmt, weißt du?"

Juno grinste. „Ja, ich kenne das. So war es auch bei mir und deinem Bruder."

Der Gedanke daran, wie Juno und Obe ähnliche Dinge taten wie die, die sie mit Atlas zu tun pflegte, ließ sie puterrot anlaufen. „Das habe ich jetzt nicht gehört", neckte sie ihre Freundin, welche grinste.

„Dabei hört man dabei immer ziemlich viel", meinte Juno verschmitzt und Ebony stöhnte auf und vergrub ihr Gesicht in der Schulter ihrer Freundin.

„Das habe ich jetzt wirklich nicht gehört."

Sie gingen weiter und bemerkten, dass es langsam dunkel wurde. Mateo und Obe waren nun weit vor ihnen, beinahe verborgen von einem Hain von Bäumen, die mit Schnee beladen waren. Fino rannte grinsend auf sie zu. „Ich gehe wieder zum Haus, um die Weihnachtsbeleuchtung anzuschalten."

„In Ordnung, sei vorsichtig, Fino."

Der Junge rannte an ihnen vorbei, als Mateo und Obe gerade wieder ins Sichtfeld traten und ihnen zuwinkten.

Später würde Ebony versuchen, die genauen Vorgänge nach diesem Augenblick zu rekonstruieren, doch immer noch Verstand sie es nicht. Als sie sich umdrehte, um zu sehen, wie Fino im Haus verschwand, ertönte auf einmal ein lautes Geräusch. Einen Augenblick lang war alles still und dann wurde ihr schlagartig klar, was das für ein Geräusch gewesen war.

Jemand hatte einen Schuss gefeuert. Und als sie herumwirbelte, sah sie, wie ein Körper zu Boden viel. Dann hörte sie Schreie, eine Leiche lag auf dem Boden und um sie herum war Blut. So viel Blut.

. . .

Blue sah zum dritten Mal nach seinen Patienten und konnte immer noch nicht glauben, wie gut die OP gelaufen war. Alle erholten sich gut – ein Patient hatte leicht erhöhten Blutdruck, doch damit war zu rechnen. Er unterhielt sich mit ein paar, die bereits wach waren, und übergab dann das Zepter an seinen Stellvertreter Bill.

„Hol ein bisschen Schlaf nach mit deiner wunderbaren Frau", meinte Bill und Blue grinste.

„Ich hatte nicht unbedingt an Schlaf gedacht, aber danke für den Rat, Bill."

Blue ging in das Personalzimmer, um Romy zu finden, doch als er es leer vorfand, sah er noch einmal im Bereitschaftsraum nach und dann in der Cafeteria. Romy war nirgends zu finden.

Er ging wieder zu den OP-Sälen und fand dort eine Krankenschwester. „Hey, haben Sie Dr. Sasse gesehen?"

„Schon länger nicht. Das letzte Mal, als ich sie gesehen habe, war sie auf dem Weg zum Labor."

„Danke."

Während er zur Treppe ging, platzte auf einmal ein ausgesprochen blasser Mann durch die Tür, den Blue als den Ehemann einer der Patientinnen erkannte. „Bitte, können Sie helfen? Ich glaube, sie ist niedergestochen worden."

„Wer?" Blue rannte auf ihn zu.

„Ich weiß es nicht, vielleicht eine Schwester oder eine Ärztin, eine junge Frau… sie liegt im Gang auf dem Boden und überall ist Blut. Ich habe sie gerade gefunden."

Mit rasendem Herzen folgte Blue dem Mann und versuchte, die Panik in seiner Brust zu besiegen. *Sie ist es nicht, sie ist es nicht.* Doch noch bevor er den Gang erreichte, wusste er bereits, dass es sie *doch* war. Romy. Seine Romy, die in einer Pfütze ihres eigenen Blutes lag. Ihr Kitteloberteil war nach oben geschoben, ihr Bauch klaffte auf von mehreren Stichwunden und ihre Augen waren geschlossen. Sie war so still, so blass.

Er sank neben ihr auf die Knie, jammerte laut auf und tastete nach ihrem Puls. Nichts. Blue schrie seinen Schmerz in den Gang hinaus. „Nein, nein… Hilfe… jemand muss uns helfen…"

Im ganzen Krankenhaus hörte man seine Schreie und die Leute eilten ihm zu Hilfe.

Aus Mateos Gesicht sprach unfassbare Verwirrung, doch dann, als das Blut langsam einen großen Fleck auf seiner Brust formte, verstand er endlich. Und was er verstand, machte ihn unendlich traurig. Abschiedsworte formten sich auf seinen Lippen. „Fino…" Er keuchte den Namen seines Sohnes, während er das Blut mit den Fingerspitzen berührte. „Mein Sohn .. es tut mir leid... "

„Ruft einen Notarzt!" Obe reagierte als Erster und hob ihn hoch. Während Juno die Notrufnummer wählte, trugen er und Ebony Mateo in das Haus und sperrten die Tür hinter sich zu. Sie wussten schließlich nicht, ob der Schütze sich noch immer draußen rumtrieb. Obe legte Mateo auf den Boden und schob seinen Pullover hoch, um einen besseren Blick auf die Wunde zu bekommen. Auch aus seinem Mund und seiner Nase quoll Blut, so viel, dass man nicht erkennen konnte, ob er mehr als einmal getroffen worden war.

Ebony sank neben ihm auf die Knie. „Nein, bitte nicht… Mateo? Mateo?" Sie machte eine Herzdruckmassage und gab ihm Mund-zu-Mund-Beatmung. Nur eine Sekunde später hörten sie, wie Fino zurück-kam, und Ebony warf Juno einen panischen Blick zu. „Halt ihn auf…"

Doch es war zu spät. „*Papa!*", rief Fino und rannte auf seinen schwer verletzten Vater zu, bevor ihn jemand aufhalten konnte. „*PAPA!*"

Juno sammelte den Jungen auf, doch er schrie und trat um sich, heulte vor schierer Verzweiflung, während sie ihn unter Mühen aus dem Zimmer schaffte.

„Was zum Teufel ist passiert?", fragte Obe, während Ebony erste Hilfe leistete. Er war bereit, zu übernehmen, sobald sie müde wurde.

Draußen erklangen weitere Schüsse und laute Schreie.

„Verdammt… Ebony, wir müssen weg von diesem Fenster."

„Ich kann nicht aufhören", keuchte Ebony auf, während sie ihre Herzdruckmassage fortführte, doch sie konnten alle sehen, dass es zu spät war. Seine wunderschönen, grünen Augen waren ganz glasig, sein

Gesicht schlaff und fahl. Ebony prüfte noch einmal seinen Puls und fing dann an zu schluchzen. Sie legte ihren Kopf auf die Brust des Bruders ihres Liebhabers, während um sie herum alles in Chaos verfiel.

Irgendwie hatte Fino es zurück in den Raum geschafft und kroch auf seinen Knien durch das Blut. Er tätschelte Mateos Gesicht mit großen, ängstlichen Augen. „Papa?"

„Es tut mir so leid, Fino", flüstere Ebony. „Wir konnten ihm nicht mehr helfen."

Das Heulen des Sohnes brach ihnen allen das Herz und Ebony nahm das schluchzende Kind in die Arme, wo sich ihre eigenen, herzzerreißenden Tränen mit den seinen mischten.

KAPITEL DREIZEHN

Zwei Opfer, eines tot, das andere lebensgefährlich verletzt in einem Krankenhaus in Seattle. Beide sind vermutlich Opfer des Rachefeld-zuges eines Mannes, der seine Frau nur wenige Tage vor Weihnachten ermordete und anschließend den Opfer – oder, in einem Fall, dem Zwillingsbruder eines Opfers – die Schuld an ihrem Tod gab. Heute auf KOMO berichten wir über die schreckliche Geschichte, die Amerika den Atem raubt. Nach den Nachrichten sind wir wieder für Sie da.

Blue schaltete den Fernseher aus und rieb sich die Augen. Er hatte jede Sekunde der Berichterstattung mitverfolgt, die er zwischen die Finger bekommen konnte, und versucht, zu verstehen, was vor einer Woche geschehen war. Mateo Tigri war auf seinem eigenen Grundstück erschossen worden... und seine geliebte Romy brutal niedergestochen. Es war ein Wunder, dass sie noch lebte, doch wie sie da so lag, verbunden mit unzähligen Maschinen und Schläuchen, fragte er sich ernsthaft, ob sie je wieder aufwachen würde.

An diesem schrecklichen Tag war er wie gelähmt gewesen vor Panik, er hatte nichts tun können; also hatte Beau für ihn übernommen und ihn aus dem OP verbannt. „Nein, Blue. Wir haben das unter

Kontrolle. Ich habe sie schon einmal gerettet und ich werde es auch wieder tun. Das verspreche ich dir. Jetzt *geh*."

Er hatte seinem alten Freund eine verpassen wollen, dass er in diesen Augenblicken nicht bei ihr sein konnte, hatte ihn anbrüllen wollen, dass er sie vielleicht schon einmal gerettet habe, aber dass es damals nur eine einzige Kugel war und nicht unzählige Messerstiche in ihre lebenswichtigen Organe.

Niedergemetzelt.

Dieses Wort ging ihm nicht aus dem Kopf. Er zuckte zusammen und versuchte, nicht laut aufzuschreien, als er es dachte.

Fünfzehn Messerstiche hatte der Angreifer Romy versetzt. Ihre Arme und Hände waren voller Kratzer und Schnitte – sie hatte sich gewehrt. Ihr Angreifer hatte das Messer so tief in ihren Bauch gerammt, dass ihr Rückgrat verletzt worden war. Ihre Abdominal Arterie war durchtrennt worden, ihre Leber beschädigt, ihr Unterleib aufgeschlitzt. Wenn sie durchkam, würde das an ein Wunder grenzen, obwohl sie um ihr Leben kämpfte, so sehr sie nur konnte.

Und Mateo Tigri war tot. Anscheinend war er von dem gleichen Mann erschossen worden – ein Mann, der in diesem Augenblick immer noch frei herumlief. Carson Franks war zwar festgenommen worden, doch er hatte ein bombensicheres Alibi für beide Übergriffe. Sein hämisches Grinsen, das die Fernsehkameras einfingen, erzählte natürlich eine ganz andere Geschichte. Er hatte jemanden bezahlt, Atlas zu ermorden – der stattdessen Mateo getötet hatte – und die Bezahlung war anscheinend gut genug, dass derjenige ihn nicht verpfiff.

Blue wusste, dass Carson Romy selbst erstochen hatte. Das tat er gerne, hatte Atlas ihm erklärt; es machte ihn an, Frauen zu töten. Und jetzt, da sowohl Atlas als auch Romy außer Gefecht waren, gab es niemanden, der im Prozess gegen ihn aussagen konnte.

Doch sein bezahlter Killer hatte den falschen Bruder erwischt und jetzt begann Atlas einen wütenden Feldzug gegen die Presse, die Polizei und seine eigenen Sicherheitsleute, die es nicht geschafft hatten, seine Familie zu beschützen. Die Trauer über den Tod seines Bruders war durch die Nachricht von Romys Messerattacke noch größer geworden. Blue verspürte Mitgefühl für ihn… aber…

Er war auch wütend. Wütend auf Atlas, wütend auf Romy. Wieso zum *Teufel* hatten sie ihm nichts davon erzählt? Von den Drohungen, die Carson Franks gegen sie ausgesprochen hatte? Wenn er das gewusst hätte, hätte er das Krankenhaus auf die höchste Sicherheitsstufe gesetzt. Romys Angreifer war ihr gefolgt von ihrem Zuhause, wo es sicher war, ins Krankenhaus, das man für sicher hielt. Er hätte etwas tun können… zum Beispiel, Romy in einen kugelsicheren Safe schließen und nie wieder jemanden in ihre Nähe lassen.

Himmel. Wie waren sie nur wieder an diesem Punkt gelandet? Blue stand auf und stellte sich zu seiner Frau. Er streichelte ihr die blasse, kühle Wange und fragte sich, wie viel sie wohl in ihrem Koma spürte. Als er sie gesehen hatte, wie sie da in ihrem eigenen Blut lag, hatte er gedacht, sie sei tot. Der Angriff war so gnadenlos gewesen, so blutrünstig, dass siebzehn Stunden operiert werden musste, um sie einigermaßen zu stabilisieren.

Und dann oblag Blue die schreckliche Aufgabe, seinen Kindern zu erklären, dass ihre Mama sehr krank war. Die Zwillinge waren noch nicht alt genug, zu verstehen, dass ihre Mutter eine Weile nicht mehr nach Hause kommen würde. Doch es war schrecklich gewesen, als Gracie ihm ernst in die Augen geblickt hatte. „Daddy? Ist Mommy sehr krank?"

Und Blue konnte seine Tochter nicht anlügen. „Ja, Schätzchen. Sie ist sehr, sehr krank, aber die besten Ärzte in Daddys Krankenhaus kümmern sich um sie."

„Dürfen wir zu ihr?"

Er zögerte. Er wollte nicht, dass Gracie Romy in diesem Zustand sah, voller Schläuche und kaum fähig zu atmen, doch was geschah, wenn Romy nicht überlebte?

„Gracie… Daddy bringt dich bald zu Mommy, wenn es ihr ein wenig besser geht", sagte Magda, während sie im Vorbeigehen Blues Schulter berührte und Gracie auf den Arm nahm. Blue lächelte seine Schwiegermutter dankbar an. Magda war völlig am Boden nach dem Angriff auf Romy, aber sie kümmerte sich immer noch rührend um Blue und die Kinder.

Artemis, Romys älteste Schwester, war auch angereist und

kümmerte sich um die Zwillinge. Sie dachte an Dinge, die Blue völlig
entfallen waren, wie etwa, dass Romy die Babys noch stillte. Artemis
hatte ihn beruhigt. „Wir geben ihnen einfach Pulvermilch, das ist dann
schon in Ordnung. Mom, Juno und ich kümmern uns um die Zwillinge
und Gracie. Romy wird sich erholen und dann ist das einfach eine
weitere Hürde, die wir überwunden haben." Bei den letzten Worten
brach ihre Stimme und sie fing an zu schluchzen, sodass Blue sie fest
umarmte.

Carson Franks' Taten hatten so vielen Menschen Leid zugefügt. Er
küsste Romy auf die Stirn und ging in sein Büro. Beau Quinto, der
Chefarzt im Ruhestand, wartete dort auf ihn.

„Wie geht es Romy?"

„Sie ist stabil, bessere Nachrichten können wir noch nicht erhoffen.
Aber sie hat fast die Hälfte ihres Blutvolumens verloren, Beau … wenn
sie aufwacht … ich weiß nicht, ob sie Hirnschäden hat von fehlender
Sauerstoffzufuhr und diese Verletzung an der Wirbelsäule könnte alle
möglichen Folgen haben – "

„Stopp, stopp, stopp." Beau hielt beschwichtigend die Hände hoch.
„Mach mal halblang. Romy ist stabil, Blue. Konzentriere dich darauf.
Es gibt auch keine Anzeichen von Entzündung?"

Blue seufzte. „Gottseidank noch nicht."

„Das halte ich für ein gutes Zeichen, angesichts der Tatsache, wo
ihre Verletzungen sind."

Blue schloss die Augen, als das Bild von Romys zerschlitztem
Bauch auf einmal in ihm aufblitzte. Ihm wurde kotzübel. „Wer tut einer
Frau so etwas an, Beau?"

Beau hatte vor Jahren selbst ein Trauma durchlebt, als seine Frau
Dinah angeschossen worden war. Nun schüttelte er den Kopf. „Das
werde ich nie verstehen, Blue." Er musterte seinen Nachfolger.
„Blue… der Vorstand hat sich mit mir in Verbindung gesetzt. Sie haben
mich gebeten, dich zu vertreten, während Romy wieder auf die Beine
kommt. Ich habe ihnen erklärt, dass ich nichts hinter deinem Rücken
machen würde."

Blue setzte sich behäbig. „Ich weiß deine Loyalität zu schätzen,
aber das Board hat recht. Ich kann dieses Krankenhaus nicht leiten,

während ich darauf warte, dass meine Frau… lieber Himmel, Beau, sie könnte sterben. Und wenn sie *stirbt*, weiß ich selbst nicht mehr, wie ich weiterleben soll.“

Auch seinem Freund vielen dabei keinen tröstenden Worte ein.

Ebony hatte Angst. Nachdem Atlas den Schock über den Mord seines Bruders überwunden hatte, hatte er sich in eine Maschine verwandelt. Er wollte ständig Sex, traf sich täglich mit Plattenfirmen, trank über die Maßen und versuchte krampfhaft, sich nicht mit dem Tod seines Bruders auseinanderzusetzen.

Ebony, Stanley, Bella und eine am Boden zerstörte Molly gaben ihr Bestes, Fino durch den Schmerz zu helfen, doch seine Trauer war bodenlos. Atlas konnte seinem Neffen kaum in die Augen blicken. Er beantragte das zeitweilige Sorgerecht und bekam es auch zugeteilt, doch ansonsten hielt er sich von dem Jungen fern.

Schuldig. Er fühlt sich schuldig, dachte Ebony bei sich, aber es brach ihr das Herz, diese Familie so zerrissen zu sehen. Solche Schmerzen. Solch tiefe Wunden. Sie war froh, dass sie Atlas ein wenig Trost spenden konnte, doch der Sex fühlte sich an wie Rache und nicht wie ein Liebesspiel. Wenn er sie nun anfasste, fickte er sie, sie liebten sich nicht, und langsam schmerzten Ebony die Glieder davon. Atlas nahm sie zum Beispiel im Salon ran und ließ nur Sekunden bevor jemand anders eintrat von ihr ab, sodass in Ebony jedes Mal Schamesröte aufstieg.

Sie wusste nicht, was sie tun sollte. Sex schien das einzige Mittel zu sein, das ihn davon abhielt, durchzudrehen, doch wenn er so weitermachte, würde das alles gar nicht gut enden für Atlas.

Und dann war da noch das Kind, das in ihrem Bauch heranwuchs. Einen Monat schon. Ein Monat war vergangen, seit sie in New Orleans den Sexclub besucht hatte, und ihr Kind sorgte immer noch dafür, dass ihr zu den ungelegensten Zeiten schlecht wurde. Doch jeden Tag verspürte sie aufs Neue, wie die Bindung zu ihrem Kind stärker wurde. Am Anfang war sie sich nicht ganz sicher gewesen, doch nun gab es keinen Zweifel mehr daran, dass sie dieses Kind wollte.

Sie dachte immer noch darüber nach, als Atlas zu ihr kam. Er schien heute ruhiger zu sein, weniger darauf aus, sie durchzuvögeln, und als er sah, wie sie über ihren Bauch strich, breitete sich zum ersten Mal seit Tagen ein echtes Lächeln auf seinem Gesicht aus, obwohl er dabei immer noch so traurig aussah, dass ihr das Herz davon brach. Er legte seine Hand auf ihre. „Ich sehe schon an deinem Gesichtsausdruck, dass du deine Entscheidung getroffen hast."

Ebony nickte. „Das habe ich… und ich würde es nur zu gut verstehen, wenn du nichts damit zu tun haben willst. Darum kann ich dich nicht bitten, auch wenn ich sehr gerne mit dir zusammen sein will. Aber ich kann mich auch nicht von ihr trennen."

„Von ihr?"

„Nur so ein Gefühl."

„Baby." Atlas beugte sich vor, um sie zu küssen. „Was mich angeht, ist ein Vater jemand, der ein Kind großzieht, nicht jemand, der unbedingt anteilig die gleiche DNA hat. Wenn ich darf, wäre ich gerne ein Ersatzvater für das Kleine."

Ebony wurde warm ums Herz, doch sie hielt sich zurück. Atlas war nicht gerade im besten Stande, nun lebensverändernde Entscheidungen zu treffen. „Atlas, erst müssen wir uns um Fino kümmern.

Atlas wandte seinen Blick von ihr ab, doch sie drehte seinen Kopf wieder zu sich. „Es ist nicht deine Schuld. Mateo wurde nicht deinetwegen umgebracht. Ein Verrückter hat ihn auf dem Gewissen."

„Der dachte, er brächte *mich* um."

„Das können wir gar nicht wissen", seufzte Ebony. „Außerdem ist der Mann, der Mateo erschossen hat, bereits in Gewahrsam. Wenn er Carson Franks verpfeift, dann haben wir ihn. Dein Sicherheitsteam hat getan, was sie tun sollten: Sie haben sich den Schützen gekrallt."

„Aber wie ist er überhaupt auf das Grundstück gekommen?"

„Nun, das untersucht dein Sicherheitsteam bereits." Sie lehnte sich an ihn und redete sanft auf ihn ein. „Atlas, wir müssen die Beerdigung arrangieren."

„Meine Güte."

Er schlang seine Arme um sie und sie spürte, wie sein Körper zitterte. Sie blickte zu ihm auf und seine Augen waren voller Sorge und tiefster Trauer. „Ich liebe dich", flüsterte sie und wusste im gleichen Augenblick, dass sie die Wahrheit sprach.

Atlas versuchte zu lächeln. „Wenn du nur wüsstest, wie sehr ich mich in dich verliebt habe, Ebony Verlaine. Ohne dich würde ich das alles nicht schaffen." Er küsste sie sanft. „Ich will mich um dich kümmern, und um das kleine Baby auch."

„Und um Fino."

Er nickte. „Natürlich auch um Fino. Ich weiß, dass ich mich zurückgezogen habe und ich kann dir und Molly und Juno gar nicht genug danken. Ab jetzt mache ich es besser, das schwöre ich dir."

Er spreizte seine Finger auf der Wölbung, die eigentlich noch gar nicht zu spüren war. „Wenn du einen Vater für dein Kind suchst, dann bin ich der richtige. Und zwar für immer."

Sie küssten einander und hörten dann ein leises Keuchen. Als sie sich voneinander lösten, sahen sie Bella, die sie mit blassem Gesicht anlächelte. „Bist du *schwanger*?"

Zu spät nahm Atlas erst seine Hand von Ebonys Bauch, aber Ebony seufzte. „Das bin ich. Es ist noch sehr früh." Sie warf einen Blick zu Atlas, der den Kopf schüttelte.

„Wir sind überglücklich", erklärte Atlas, bevor Ebony noch etwas hinzufügen konnte. „Natürlich ist das Timing nicht ganz gelungen, aber wir hoffen, dass *unser* Kind uns allen dabei helfen wird, zu heilen. Vor allem Fino."

Bella jauchzte erfreut auf und umarmte beide. „Ich freue mich so sehr für euch."

Ebony lächelte; Bella war echt ein liebes Ding. Als sie weiterzog, um sich auf die Suche nach Fino zu machen, blickte Ebony zu Atlas auf. „Du hättest mein Baby und mich nicht vor der Wahrheit schützen müssen."

„Was mich betrifft, ist das *unser* Kind da drin", erklärte er leise. Er nahm ihr Gesicht in die Hände.

Ebony war überwältigt von der Liebe, die sie für diesen Mann verspürte, und sie war so erleichtert darüber, dass er sich scheinbar beruhigte und seine unglaubliche Trauer der Phase der Akzeptanz wich. Sie streichelte sein schönes Gesicht, in das sich einige tiefe

Trauerfalten gegraben hatten. „Komm, Baby. Sehen wir nach Fino.“

Während sie die breite Treppe hinaufstiegen, hörten sie, wie jemand an der Haustür klingelte, und Atlas' Assistent rief nach ihm. „Mr. Tigri?“

Atlas ging wieder hinunter und unterhielt sich kurz mit dem Mann an der Tür. Ebony sah, wie der Mann Atlas einen Umschlag über-reichte und sich dann zum gehen wandte. Atlas riss den Umschlag auf, fluchte laut und wurde zusehends wieder von seiner Wut eingenom-men. Ebony ging auf ihn zu. „Was ist los, Atlas? Was stimmt nicht?“

Atlas wedelte mit wilden Augen mit dem Brief in der Luft herum. „Von Cormac. Er will das Sorgerecht für Fino.“

KAPITEL VIERZEHN

Ebony streichelte Finos Rücken, während er sich durch seine Mathe-Hausaufgaben quälte und dann einen Blick zu Molly hinüber warf. Die andere Frau blickte aus dem Fenster, eine solche Trauer ins Gesicht geschrieben, dass Ebony tiefstes Mitgefühl mit ihr empfand.

„Molly, Schätzchen, willst du nicht ein wenig für dich sein? Ich kümmere mich so lang um Fino."

Molly drehte sich um, als ob sie nicht gehört hatte, was Ebony gesagt hatte, dann aber nickte sie wortlos und schlich aus dem Zimmer. Fino blickte Ebony mit dunklen Ringen unter den Augen an. „Sie vermisst Papa."

„Das tut sie, Baby, wir vermissen ihn alle." Sie strich Fino die dunklen Locken aus dem Gesicht. „Weißt du, wenn du über deinen Papa reden willst, bin ich immer für dich da, oder Onkel Atlas, oder Bella. Ich weiß, dass das sehr schwer für Molly ist."

„Für Onkel Atlas auch", sagte Fino, der sehr weise für sein Alter war. Er seufzte und schob seine Hausaufgaben von sich weg. „Ich habe keine Lust mehr hierauf."

„Du musst das auch nicht machen, Schätzchen."

Fino lächelte sie an, ganz zaghaft. „Du gehst doch nicht mehr weg, oder?"

Ebony schüttelte den Kopf. „Nein, mein Schatz, das verspreche ich."

Fino stand auf, kam auf sie zu, kroch in ihren Schoß und schlang seine Arme um sie. Ebony umarmte ihn fest. Finos kleiner Körper zitterte. „Ich will zu Papa."

„Ich weiß, Schätzchen, das wollen wir alle, aber… wenn du möchtest, können wir uns alte Videos oder Fotos von ihm ansehen."

„Das ist nicht dasselbe. Er würde mir vorsingen oder mich in die Luft werfen. Ich wünschte, Onkel Atlas täte diese Dinge."

„Du kannst ihn darum bitten, Liebling, ich bin mir sicher, dass er das gerne tun würde. Er möchte dich nur nicht traurig machen. Er glaubt, dass seine Anwesenheit dich traurig macht, weil er genauso aussieht wie dein Papa."

Sie spürte, wie Fino den Kopf schüttelte. „Er sieht mich gar nicht mehr an. Ich glaube, er mag mich nicht."

Ebonys Herz brach in tausend Stücke. „Fino… Onkel Atlas ist traurig, dein Papa war sein Zwilling und er fühlt sich… schuldig, dass er noch hier ist, während dein Papa schon von uns gehen musste. Aber er mag dich, Schätzchen. Er *liebt* dich so sehr."

„Es ist nicht seine Schuld, dass ein böser Mann Papa etwas angetan hat", flüsterte Fino.

„Das weiß ich, aber er fühlt sich eben verantwortlich."

„Ich vermisse ihn. Ich vermisse Papa. Und meinen Onkel Atlas."

Nun ließ Ebony ihren Tränen freien Lauf und sie vergrub ihr Gesicht in Finos Locken. „Er liebt dich, Baby, das schwöre ich dir. Du hast ihn nicht auch verloren. Gib ihm einfach nur ein wenig Zeit. Er kümmert sich gerade darum, dass du immer bei uns bleiben kannst."

Fino blickte zu ihr auf. „Wird er mein neuer Papa?"

„Deinen Vater wird er nie ersetzen, Liebes", versprach sie ihm, denn sie spürte, wie sein Körper sich vor Verwirrung versteifte. Während sie sprach, entspannte er sich leicht.

„Er ist mein Onkel. Aber willst du meine Mama sein?"

Sie lächelte, obwohl immer noch die Tränen über ihr Gesicht liefen. „Wenn du das möchtest, dann sehr gerne, mein Schatz."

Er sagte nichts weiter, aber seine kleinen Arme schlangen sich noch enger um sie. Ebony blickte auf und sah, wie Atlas sie von der Tür aus beobachtete. Sein Blick war ganz sanft. „Ich liebe dich", flüsterte er und sie lächelte ihn an.

Später, nachdem Fino ins Bett gebracht worden und das Haus still war, gingen auch Ebony und Atlas auf ihr Zimmer, legten sich gemeinsam ins Bett und unterhielten sich. Atlas, der sich an diesem Tag mit seinem Anwalt getroffen hatte, streichelte ihr sanft die Wange. „Cormac hat im Prinzip keine Argumente, so sieht's aus. Ich verstehe nur nicht, was er denkt, gegen mich in der Hand zu haben oder warum er denkt, dass er das jetzt bringen muss. Er war schon immer ein Arschloch, aber ich hätte nie gedacht, dass er so gemein ist."

Ebony schüttelte den Kopf. „Ich kann mir auch keinen Reim draus machen", sagte sie. „Vielleicht ist das bloß eine Kurzschlussreaktion auf Mateos Tod. Vielleicht fühlt er sich schuldig, weil er ihn so schlecht behandelt hat. Vielleicht denkt er, dass er das wieder gut machen kann, indem er sich nun um Fino kümmert."

Atlas lächelte und küsste sie. „Ich finde es so schön, dass du selbst in den schlimmsten Lagen versuchst, das Gute im Menschen zu sehen."

„Atlas, du weißt doch, dass du mit mir über alles sprechen kannst?" „Natürlich."

„Dann sag mir… gibt es etwas, was Cormac gegen dich verwenden könnte? Irgendwas, egal, wie klein und unbedeutend es dir erscheinen mag? Denn wenn ich davon weiß, können wir damit fertig werden."

Atlas setzte sich auf und musterte sie. „Ebony Verlaine… die Tatsache, dass du dich so sehr für mich einsetzt, bedeutet mir mehr, als du dir vorstellen kannst."

Ebony setzte sich auf und verschränkte die Beine unter sich. „Danke, aber du beantwortest meine Frage nicht. Wir haben einander doch geschworen, dass wir nichts vor einander verbergen würden."

Atlas seufzte zögerlich. „Das Einzige, wirklich das *Einzige*, was er gegen mich in der Hand hätte, wäre, dass ich einmal im College wegen Besitzes von Marihuana festgenommen worden bin und das war nur ein Joint für mich selbst. Ich wurde nicht einmal vor Gericht bestellt; eine Verwarnung hat gereicht. Aber das war vor fünfzehn Jahren und kein Richter wird mir daraus einen Strick drehen."

„Cormac weiß das doch sicher alles, warum hälst er sich dann überhaupt den Prozess auf?" Ebony seufzte und schmiegte sich enger an Atlas. „Schätzchen, ich kann mir kaum vorstellen, dass du als Verlierer aus dieser Sache hervorgehst."

Er drückte seine Lippen an ihre Stirn. „Ich auch nicht, Baby. Du, ich, Fino und das Baby werden eine Familie sein."

Er legte sie sanft auf ihren Rücken und legte sich dann auf sie. Ebony lächelte zu ihm auf, schlang seine Beine um seine Hüften und seufzte, während er mit seinem prachtvollen Schwanz in sie eindrang. „Ich liebe dich."

Atlas bewegte sich schneller, je stärker seine Erregung wurde. „Du bist so wunderschön, Baby."

Sie liebten sich bis nach Mitternacht und schliefen dann ein.

In dieser Nacht hatte Ebony schreckliche blutrünstigen Albträume von Mateos Mord. In ihren Träumen musste sie auch mit ansehen, wie ihre Freunde, ihr Bruder und sogar Fino von einem Mann ohne Gesicht niedergemetzelt wurden. Schließlich wandte er sich an sie, richtete eine Pistole auf sie und drückte wieder und wieder den Abzug, bis sie schreiend aufwachte.

Atlas setzte sich sofort auf und sie berichtete ihm von ihren Träumen. Er nahm sie in den Arm. „Niemand wird uns je wieder zu Leibe rücken, das verspreche ich dir."

Aber Ebony konnte danach nicht mehr einschlafen. Ihr war kotzübel und schließlich schlüpfte sie aus dem Bett, setzte sich ins Bad und lehnte ihren Kopf gegen die kühlen Fliesen. Ausnahmsweise spielte ihr Körper nicht gegen sie und sie musste sich nicht übergeben – vielleicht hatte sie die Übelkeit überwunden.

Um sechs Uhr klingelte das Telefon und Blue informierte sie, dass eine weitere Hürde überwunden worden war: Romy war aufgewacht.

KAPITEL FÜNFZEHN

Romy wünschte sich nichts sehnlicher, als wieder einzuschlafen. Obwohl sie sich darüber freute, Blue zu sehen – über seine Erleichterung, als sie aus dem Koma erwachte, über seinen Kuss auf ihren trockenen Lippen – waren die Schmerzen von ihren Verletzungen unerträglich und überdies durchlebte sie immer und immer wieder den Angriff.

Es war so schnell geschehen, so überraschend. Sie war ganz entspannt den Flur entlangspaziert, die Akten in der Hand, als plötzlich das Licht ausgegangen war. Sie hatte einen Schritt nach vorne gewagt und plötzlich einen unglaublich harten Schlag gegen den Kopf bekommen, sodass sie zu Boden sank. Dann warf sie ein Mann auf den Rücken und schob ihr Oberteil hoch. Ihr war völlig schwindelig, doch sie hörte ihn sagen: „Das werde ich jetzt genießen."

Die Schmerzen, *Himmel*, diese unvorstellbaren Schmerzen, während er immer wieder das Messer in ihren weichen Bauch rammte. Ihr schwirrte der Kopf. War es Dacre? Hatte er ihr das nicht antun wollen? War er von den Toten auferstanden? *Nein…*

Er packte den Griff des Messers und stach erneut auf sie ein, diesmal mit noch mehr Wucht. Romy spürte, wie ihr die Schmerzen bis ins Rückenmark drangen – er hatte ihre Wirbelsäule verletzt. *Lieber Himmel...* Nun würde sie also wirklich sterben, nicht wahr?

Kein Blue mehr. Kein Leben mehr. Auf sie wartete der Tod. Ihr Mörder stach erneut auf sie ein, offensichtlich machten ihre Schmerzen ihn an. *Bitte... hilft mir nur... irgendjemand...* Sie schloss die Augen, denn sie wollte den triumphalen Ausdruck in seinem Gesicht nicht sehen.

Sie hörte Schreien. Diesmal war es näher bei ihnen. Dacre... nein, *nicht* Dacre. Ein anderer Mann... Franks... Carson Franks, ja, er war es... er fluchte laut und zermetzelte sie nun eiliger. Sie hob eine Hand, wollte ihn aufhalten. Wer auch immer ihr zu Hilfe kam, käme zu spät.

Liebe Güte. Franks traf sie so fest, dass er hinterher kaum das Messer aus ihr heraus bekam. Sie roch den metallischen Geruch ihres eigenen Blutes.

Ihr Angreifer beugte sich zu ihr vor und flüsterte ihr ins Ohr, während sie in die Bewusstlosigkeit entglitt: „Ich habe es dir doch versprochen, meine Hübsche, dass ich dich ausnehme. Du überlebst das nicht... aber wenn doch, dann tue ich es wieder und wieder, bis ich ganz sicher weiß, dass du tot bist." Er kicherte gehässig. „Und dann bringe ich deinen Mann und deine Kinder um..."

Sie konnte nicht einmal aufschreien, bevor die Dunkelheit sie übermannte.

Nun stöhnte Romy auf, als sie einen Stuhl über den Boden kratzen hörte. „Liebes?" Ihre Mutter. Sie spürte, wie Magda eine Hand auf ihre glühend heiße Stirn legte. Sie fühlte sich kühl und beruhigend an.

Mama? Himmel, es war Jahre her, dass sie Magda so genannt hatte, aber nun wollte sie einfach nur heulen. Die letzten Jahre mit Blue, mit den Kindern, mit Dacre und Gaius fertig zu werden und jetzt das... alles war so schnell passiert.

„Ach, Liebes." Magda wischte ihrer Tochter die Tränen von den Wangen, während in ihren eigenen Augen Tränen glänzten. „Schon in Ordnung, wir sind alle da und lieben dich."

Blue. Romy formte das Wort mit den Lippen, ihr Rachen so trocken wie Brennholz. Magda half ihr, einen Schluck Wasser zu trinken.

„Er holt sich gerade Kaffee, Schätzchen. Er ist schon seit vierundzwanzig Stunden wach und hofft, dass er mit dir reden kann, jetzt wo du wach bist."

Müde.

Magda nickte. „Das ist normal, Schätzchen, du bist schwer traumatisiert."

Gracie, die Zwillinge.

„Artemis kümmert sich gerade um sie. Sie und Juno wechseln sich ab. Romy, erinnerst du dich daran, was passiert ist?"

Sie nickte bestimmt. *Carson Franks.* Magda runzelte die Stirn. „Bist du dir sicher?"

Romy nickte erneut und blickte ihre Mutter an. *Wieso?*

Magda seufzte. „Er sagt, er hätte ein Alibi, aber ich glaube dir, Liebling. Wir informieren die Polizei. Aber mach dir keine Sorgen… Blue arbeitet mit ihnen zusammen und Atlas auch."

Atlas?

Romy sah, wie der Blick ihrer Mutter sich verdunkelte. „Atlas geht es gut, Liebes… aber Mateo… Mateo ist erschossen worden. Wir glauben, dass man ihn für Atlas gehalten hat."

Romy stöhnte leise auf und fing an zu schluchzen. Sie vergrub ihr Gesicht in ihren Händen und war so untröstlich, dass Magda schließlich eine Schwester rufen musste. Sie verabreichte Romy ein Beruhigungsmittel. „Sie müssen sich entspannen, Mrs. Allende. Ihr Blutdruck ist mir ein bisschen zu hoch."

Romy schloss ihre Augen. Alles war so kaputt. Als sie ihre Mutter wieder anblickte, loderte Wut in ihren Augen. Es gelang ihr gerade so, zu krächzen: „Warum ist Franks nicht im Knast?"

„Sie arbeiten daran, Schätzchen. Jetzt, wo du wach bist, wirst du eine große Hilfe sein, und mach dir keine Sorgen um deine Sicherheit. Vor deiner Tür sind zwei monströse Wachen und die Kinder werden überwacht als wären sie Mitglieder der Royal Family. Für mich sind sie das ja auch." Magda lächelte schwach und Romy drückte dankbar ihre Hand.

Ich hab dich lieb, Mama.

Magda beugte sich vor und küsste ihre Tochter auf die Stirn. „Schlaf ein wenig, mein Schätzchen. Je mehr du dich ausruhst, desto besser wird es dir gehen. Ich bin mir sicher, dass Blue froh sein wird, dass du schon klar denken kannst. Er wartet hier auf dich wenn er wiederkommt und du noch schläfst."

Blue Allende ging langsam und schweren Schrittes die Treppen hinauf zu Romys Zimmer. Seit dem Angriff auf Romy hatte er kaum ein paar Stunden geschlafen und das rächte sich nun bei ihm. *Romy ist jetzt... nicht in Sicherheit,* dachte er bei sich, *das wird sie nie sein, solange Carson Franks in Freiheit ist.* Nein, Romy erholte sich gerade und das reichte ihm vorerst aus um wieder klar denken zu können.

„Blue?"

Er drehte sich um und sah, wie Atlas Tigri die Treppen hinter ihm hinaufging. „Hey, Atlas." Er war nicht mehr so wütend auf seinen Freund, seit Romy aufgewacht war – Blue hatte vermutet, dass Romy Atlas gebeten hatte, die Drohungen von Franks für sich zu behalten. Das sähe ihr ähnlich. Sie hätte keine extra Aufmerksamkeit gewollt.

Außerdem sah Atlas selbst ziemlich fertig aus. Er hatte seinen Zwillingsbruder verloren, der vermutlich an seiner Stelle ermordet worden war... Blue fragte sich, wie Atlas das nur aushielt. „Wie geht es dir?"

Atlas zuckte mit den Schultern. „Wie dir, nehme ich an. Es gibt gute und schlechte Tage – vor allem schlechte. Wenn ich Ebony und Fino nicht hätte..."

Blue tätschelte ihm sanft die Schulter. „Tut mir leid, Atlas, das mit Mateo. Ich finde keine Worte dafür."

Atlas überging die Anspielung auf seinen Zwillingsbruder, doch aus seinen Augen sprach die Trauer. „Wie geht es Romy?"

„Ist immer noch fertig. Ich bin grad auf dem Weg zu ihr um nachzusehen ob sie wach ist. Komm doch mit."

Die beiden Männer gingen in Romys Zimmer wo Magda sie beide mit einem Lächeln empfing. „Sie schläft immer wieder ein und kann noch nicht so gut reden, aber sie ist schon geistig da. Sie erinnert sich daran was passiert ist und wer ihr das angetan hat."

„Franks?"

Magda nickte. „Sie scheint wütend zu sein."

„Ist ja wohl klar. Hey, meine Schöne." Blue streichelte Romys Wange und sie öffnete die Augen, um ihn anzulächeln. „Hey, Liebste", sagte Blue noch einmal sanft und beugte sich vor um sie sanft zu küssen. „Ich habe dir einen Gast mitgebracht."

Er trat zur Seite, sodass Atlas Romy sehen konnte und sie auch ihn. Romy stiegen die Tränen in die Augen und sie griff nach Atlas' Hand. *Tut mir so leid.*

Atlas war sichtlich bewegt. „Danke, Romy. Werde bitte einfach gesund, in Ordnung? Für uns alle. Ebony schickt dir liebe Grüße. Wenn du wieder bei Kräften bist, möchte sie dich gerne besuchen."

Romy nickte. Sie blickte ihren Ehemann an. *Und die Kinder.* Blue zögerte und sie verengte den Blick. Er kicherte. „Von mir aus, solange sie nicht auf dir herumklettern. Du bist immer noch ziemlich krank, Baby."

Sie werden mir helfen... gesund zu werden, krächzte Romy und zeigte Blue, dass sie etwas trinken wollte.

Blue stellte einen Stuhl neben ihr Bett und half ihr dabei etwas zu trinken, dann strich er ihr Haar aus ihrem Gesicht und blickte ihr tief in die Augen.

„Keine Sorge, Baby", flüsterte sie und stellte fest, dass es ganz gut funktionierte, wenn sie flüsterte. „Ich werde schon wieder gesund."

Blue lächelte schwach. „Ich habe ein Hühnchen mit dir zu rupfen, Schätzchen."

„Ich weiß und es tut mir leid, dass ich dir nicht von Carson Franks erzählt habe. Wir bekommen dauernd Drohungen, also habe ich mir nichts daraus gemacht... es war meine Entscheidung, nichts zu sagen, also gib nicht Atlas dafür die Schuld."

Atlas wollte Einspruch erheben, aber Romy hielt ihn auf. „Atlas... mir fehlen die Worte. Das mit Mateo ist schrecklich."

„Romy, bitte. Ich hätte dafür sorgen sollen, dass du rund um die

Uhr überwacht wirst. Ich glaube ich habe genau wie du die Drohungen nicht ernst genug genommen."

Blue betrachtete immer noch seine Frau. „Romy… bist du sicher, dass Carson Franks dich niedergestochen hat?"

„Ohne Zweifel. Mom hat mir schon gesagt, dass er ein Alibi hat. Wer auch immer ihm das liefert ist ein Lügner. Ich habe ihn gesehen, habe ihn gehört, den ganzen Angriff über." Sie schluckte schwer, als die Erinnerungen wieder in ihr hochstiegen. „Er hat mir gedroht er würde auch dir und den Kindern etwas antun."

„*Dieser Mistkerl!*", zischte Blue und stand auf um im Raum auf und ab zu gehen. Er zückte sein Handy und rief Inspektor Halsey an. „Halsey?"

„Hey, Dr. Allende, ich wollte Sie gerade anrufen. Mateo Tigris Mörder hat Carson Franks gerade verpfiffen. Wir fahren jetzt zu ihm, um ihn festzunehmen."

KAPITEL SECHZEHN

Ebony ließ die Schultern hängen. „Wow, das sind tolle Neuigkeiten, Baby." Sie kniff die Augen zusammen und war froh, dass Atlas sie am anderen Ende der Leitung nicht weinen sehen konnte. „Und du versprichst mir, dass es Romy gut geht?"

„Sie hat noch einen langen Weg vor sich, aber ich glaube, dass Carson Franks jetzt erst einmal lange Zeit hinter Gitter kommt." Sie hörte wie er seufzte.

„Bist du müde?"

„Todmüde, aber ich muss mit meinem Anwalt reden, bevor ich nach Hause komme. Soll ich Essen mitbringen?"

„Gute Idee. Fino scheint ein wenig besser drauf zu sein, obwohl er immer noch stark klammert. Bella ist mit ihm eine heiße Schokolade trinken gegangen."

Atlas seufzte erneut. „Gut. Du bist wirklich ein Engel, aber ich bin froh, dass du wieder ein wenig Zeit für dich hast. Ich bin bald zu Hause. Ich liebe dich."

„Ich liebe dich auch, Baby. Fahr vorsichtig."

. . .

In dem leeren Haus kroch die Trauer aus jeder Ecke. Ebony beschloss, dass sie in der Küche Kekse backen würde, während sie auf die Rückkehr der anderen wartete. Stanley, mit dem sie sich in den letzten Wochen sehr gut verstanden hatte, war gerade in New York und kümmerte sich um seinen beruflichen Rücktritt und jetzt da nicht einmal Bella und Fino mehr da waren fühlte sie sich seltsam allein in dem großen Haus.

Mateos Tod hatte ihre Grundfesten schwer erschüttert und Ebony wusste nicht, wie sie das je wieder richten sollten. Sie versuchte sich vorzustellen wie es ihr ginge wenn Obe sterben würde, doch allein der Gedanke daran machte sie fertig.

Sie verdrängte ihn also und machte sich ans Werk, Haferkekse mit Rosinen zu backen. Als sie sie in den Ofen gab, fing die Küche an nach Zimt und Muskat zu duften. Ebony rieb sich gedankenverloren den Bauch und zuckte dann zusammen, als sie hinter sich Schritte hörte.

Cormac Duggan lächelte sie an, doch seine Augen waren zu kühlen, kleinen Schlitzen zusammengezogen. „Ah, Ms. Verlaine. Ich sehe, Sie fühlen sich ganz wie zu Hause."

Lass dich nicht provozieren. „Ich glaube, Atlas hätte etwas dagegen, Sie in diesem Augenblick hier zu sehen, *Mr.* Duggan", keifte sie zurück. „Solange Sie diesen lächerlichen Kampf ums Sorgerecht führen."

Cormac machte ein hämisches Geräusch. „Wow, er hat dich wirklich zu seinem Heimchen am Herd gemacht, was? Sag mal, was könnte Atlas noch so gefallen – du kennst diese Familie schließlich schon einen ganzen Monat lang."

Ebony verzog das Gesicht und wandte sich ab, doch er packte sie am Handgelenk. „Ich habe dich etwas gefragt."

Ebony wand ihren Arm aus seinem Griff. „Fass mich ja nie wieder an", spuckte sie ihn an und atmete dann tief durch. „Hör mal, ich bitte dich jetzt höflich. Bitte geh."

In diesem Augenblick zog sich ihr Magen heftig zusammen und Ebony musste sich vor Schmerzen krümmen.

Cormac schwenkte sofort um. „Geht es dir gut? Hier, setz dich." Er zog einen Stuhl heran und half ihr, sich zu setzen. Ebony hatte den

Kopf gesenkt, schwarze Punkte erschienen in ihrem Gesichtsfeld. Sie hörte, wie Cormac den Wasserhahn anließ und ihr einen feuchten Lappen reichte. „Hier, leg das auf deine Stirn."

Ebony atmete ein paar Mal tief durch und konzentrierte sich darauf festzustellen woher die Schmerzen kamen. Erlitt sie eine Fehlgeburt? *Himmel, jetzt sei nicht so dramatisch. Wahrscheinlich hast du nur Blähungen.* Noch einmal zwickte es sie so stark, dass sie die Hände zu Fäusten ballen musste. *Aua.* Das war definitiv ein Krampf gewesen, aber sie wusste, dass er eigentlich nichts bedeuten konnte.

„Geht es dir gut, Ebony?" Cormacs Stimme war nun ganz sanft. Sie nickte, aber dann überkam sie ein weiterer, noch heftigerer Krampf.

„*Nein*, verdammt… mir geht es nicht gut. Ich bin schwanger", presste sie zwischen zusammengebissenen Zähnen hervor. Ehe sie sich's versah, hatte Cormac sie in die Arme genommen und sie in sein Auto gesetzt.

„Was zum Teufel machst du da?" Zwischen zwei Krämpfen gelang es ihr, die Frage herauszubekommen.

„Ich fahre dich in die Notaufnahme", sagte Cormac. „Das ist erstens verantwortungsbewusst und du scheinst wirklich Schmerzen zu haben und zweitens will ich mir gar nicht vorstellen, wie Atlas das ausnutzen würde, wenn ich bei dir bin, während du eine Fehlgeburt erleidest."

Ebony sah ihn an. „Atlas ist nicht so kleinlich, Cormac."

Cormac lachte gehässig auf. „Ebony, sei nicht so naiv. Ich weiß, dass du ihn liebst, aber du bist jung und du hast die rosarote Brille auf. Mateo war nicht reif genug ein Kind großzuziehen – wieso hältst du Atlas dafür?"

„Mateo war ein toller Vater, das weißt du ganz genau. *Au … au …*" Die Schmerzen wurden immer schlimmer und sie schrie auf, als das Auto durch ein Schlagloch fuhr. Ebony spürte, wie Cormac ihr die Hand auf den Rücken legte und sie sanft streichelte. Sie konnte ihn nicht verstehen; er schien so liebevoll zu sein und dennoch war er besessen damit Atlas' – und damit auch Finos – Leben zur Hölle zu machen.

„Cormac, ich flehe dich an, diese Sorgerechtsklage fallen zu lassen.

Wenn unser Baby auf die Welt kommt, hat Fino einen Cousin und wir werden eine Familie. Wenn du wirklich diesen kleinen Jungen liebst, dann reiße uns nicht auseinander."

Cormac antwortete ihr nicht. Stattdessen gab er eine Nummer in das Handy auf seinem Armaturenbrett ein. Einen Augenblick später hörte Ebony Atlas' Stimme.

„Atlas, ich bin bei Ebony... ich fahre sie in die Notaufnahme im Rainier Hope. Ich glaube, sie hat bloß ein paar Krämpfe, aber ich fand, wir sollten es nachsehen lassen."

Atlas war einen Augenblick still. „Darf ich mit ihr sprechen?"

„Du bist auf laut gestellt. Ich fahre gerade."

„Atlas?"

Sofort wurde Atlas' Stimme weicher. „Geht es dir gut, Liebes? Hat Cormac dir Probleme gemacht?"

„Nein, gar nicht. Ich bin mir sicher, dass nichts dahintersteckt, aber natürlich will ich die Meinung eines Arztes hören."

„Wir sehen uns in der Notaufnahme, Baby." Stille. „Danke, dass du sie ins Krankenhaus fährst, Cormac."

„Gern geschehen. Bis nachher."

Ebony hatte nicht einmal die Gelegenheit sich zu verabschieden bevor Cormac auflegte.

Atlas wartete am Eingang auf sie und half Ebony in den Untersuchungsraum, in den die Sekretärin sie schickte. Cormac folgte ihnen, doch als er sich neben Ebonys Bett stellte, drehte Atlas sich zu ihm und gab ihm die Hand. „Danke, dass du sie hergebracht hast", meinte er kühl. „Aber ab jetzt habe ich es im Griff."

Cormac blickte Atlas' Hand einen langen Moment an, bevor er den Händedruck erwiderte. Er warf Ebony einen Blick zu, den sie nicht verstand und nickte dann einmal kurz. „Ich benachrichtige Bella was passiert ist."

„Danke."

Als er sich zum Gehen wendete, rief Ebony nach ihm. „Danke,

Cormac. Und denk bitte über meine Bitte nach. Mehr will ich gar nicht."

Cormac nickte erneut und blickte Ebony ein wenig zu lang in die Augen, bevor er sie endlich alleine ließ. Atlas zog einen Stuhl ans Bett heran. Er nahm ihre Hand, führte sie an seine Lippen und küsste sie. „Wie geht es dir?"

„Ich habe immer noch Krämpfe", zuckte Ebony beim nächsten Schub zusammen. „Meine Güte, ich habe vielleicht vorhin gesagt, dass ich nicht wüsste was ich will und ich war erst einmal ratlos, als ich das mit der Schwangerschaft herausgefunden habe. Aber ich hoffe so sehr, dass ich sie nicht verliere."

Atlas küsste sie sanft und sagte nichts; dieser Verlust wäre einfach zu viel für ihn.

Wenige Minuten später kam die Gynäkologin herein. Dr. Melissa Fraser lächelte Ebony an, während sie den Vorhang zuzog. „Hallo, ich habe gehört, dass Sie ziemlich schmerzhafte Krämpfe haben?"

Ebony nickte und Atlas hielt ihre Hand und musterte die Ärztin. „Ist es normal, wenn man so früh in der Schwangerschaft solche Symptome hat? Ihre Morgenübelkeit ist auch ziemlich ausgeprägt."

„Wie weit sind Sie?"

„Vielleicht sechs Wochen."

„Nun", meinte die Ärztin, während sie ihren Bauch untersuchte, „das kommt vermutlich daher, dass der Fötus sich gerade an der Gebärmutter festmacht. Haben Sie Zwischenblutungen?"

„Ganz wenig."

Dr. Fraser nickte. „Dann ist das wahrscheinlich der Grund. Aber wir machen einfach ein paar Tests um sicherzugehen, dass Sie keine Eileiter Schwangerschaft oder etwas Ähnliches durchmachen. Gibt es etwas in Ihren Krankengeschichten, das ich wissen sollte?"

Ebony und Atlas blickten einander lange an, dann räusperte Atlas sich und setzte zum Reden an. „Frau Doktor… ich bin nicht der leibliche Vater dieses Kindes, obwohl ich hoffe, dass ich der Ziehvater sein darf."

„Verstehe." Die Ärztin schien das nicht im Geringsten zu verstören und Ebony war erleichtert. „Wissen Sie etwas über den Vater?"

Ebony wurde knallrot. „Tut mir leid, leider nicht."

„Nun ja, keine Sorge, dann konzentrieren wir uns eben voll auf Sie."

Die Ärztin stellte ihr ein paar grundlegende Fragen, während sie Ebony untersuchte und ließ sie dann alleine, während sie sich auf die Suche nach einem verfügbaren Scanner machte. Atlas küsste Ebony sanft. „Alles in Ordnung, Schätzchen?"

Ebony nickte. „Ich fühle mich ein wenig idiotisch, aber ja, eigentlich schon. Allerdings wird mir gerade klar, wie unvorbereitet ich auf die Aufgabe des Mutterseins bin, wenn ich mich noch nicht einmal mit der Schwangerschaft richtig auskenne."

„Liebling, daran können wir arbeiten. Es gibt Unterricht, wir können online recherchieren, können uns mit Artemis oder Romy unterhalten – wenn sie wieder gesund ist."

„Du hast recht." Sie lehnte sich an Atlas, der ihr Gesicht zwischen die Hände nahm. „Vielleicht können wir sie besuchen, wenn wir hier fertig sind."

„Ich rufe Blue an und frage ihn ob sie bei Kräften ist. *Nach* dem Scan", fügte er hinzu, als Dr. Fraser zurückkehrte. Ebony musste grinsen über die Aufregung in seinem Blick. Es war so schön, wie sehr er sich darauf freute, Vater zu werden. Wie konnte Cormac ihn nur für unqualifiziert halten…

Während des Scans lächelte die Ärztin Ebony aufmunternd an. „Alles in bester Ordnung, Ebony. Ich glaube, es ist bloß der Fötus, der sich einnistet und dir dabei ein wenig Schmerzen bereitet. Wenn das anhält oder die Blutungen schlimmer werden, kommen Sie aber bitte wieder zu mir."

Ebony bedankte sich bei der Ärztin und war in Windeseile wieder angezogen und bereit zu gehen. Atlas telefonierte gerade und während sie ein paar Papiere unterschrieb und sich dann umdrehte war sie überrascht, Cormac im Flur stehen zu sehen. Er starrte sie an. Ebony machte einen Schritt auf ihn zu und hielt dann inne, als sie sah mit welcher Abneigung er sie ansah. Sie spürte dies durch und durch und konnte ihm nur entgeistert nachsehen, als er sich umdrehte und schnellen Schrittes von ihr entfernte. Was hatte sie bloß falsch gemacht?

Verdammt. Ihre Hormone hatten sich gegen sie gewandt, denn schon füllten ihre Augen sich mit Tränen. Schnell wischte sie sie weg, bevor Atlas sie sehen konnte. Er schlang seine Arme um sie. „Blue hat gesagt, dass Romy gerade schläft, aber dass wir uns zu ihr setzen können."

„In Ordnung."

Atlas blickte zu ihr herab. „Alles in Ordnung?"

Ebony nickte und küsste ihn. „Wenn du dabei bist, immer." Und sie nahm seine Hand und führte ihn zur Treppe.

Blue trat aus Romys Zimmer um einen Anruf von Inspektor Halsey entgegenzunehmen. „Haben Sie Franks festgenommen?"

Er hörte, wie John Halsey zögerte. „Er ist uns entwischt. Er wusste, dass wir auf dem Weg zu ihm waren und ist abgetaucht."

Blue fluchte laut. „Lieber Himmel, Halsey! Wie konnte das geschehen? Wer hat uns verraten?"

„Wir arbeiten daran, Doc, versprochen. Bis wir Genaueres wissen, schicken wir zusätzliche Sicherheitsleute zu ihrer Familie, zu der von Mr. Tigri und zum Zentrum. Wir schnappen ihn schon noch, Dr. Allende. Versprochen."

Blue beendete das Gespräch und fluchte leise. Es gefiel ihm gar nicht, dass Franks irgendwo da draußen war und Romy wieder angreifen konnte. Der Tag an dem sie niedergestochen worden war… es war der schlimmste Tag seines Lebens gewesen, sogar schlimmer als damals, als sein Stiefbruder sie angeschossen hatte. Würde die Liebe seines Lebens je in Sicherheit sein?

„Hey, Blue."

Beim Klang der sanften Stimme drehte er sich um und lächelte Ebony an. „Hey, meine Schöne. Ist alles in Ordnung?"

Sie lächelte ihn an. „Ja, dem Baby geht es gut."

Blue lächelte, küsste sie auf die Wange und gab Atlas die Hand. „Glückwunsch, ihr beiden. Und lasst euch von niemandem einreden, dass ihr zu schnell macht. Ich wollte Romy heiraten und Kinder mit ihr machen, als ich sie zum ersten Mal erblickt habe."

Atlas nickte. „Danke, Mann."

Blue blickte ihn an. „Hey, während Ebony bei Romy ist, kann ich mich kurz mit dir unterhalten? Ist nichts Schlimmes."

„Natürlich."

Als die beiden Männer alleine waren, erzählte Blue Atlas vertraulich, was der Inspektor ihm soeben erklärt hatte. Atlas' gute Laune war wie weggeblasen. „Verdammte Scheiße."

„Ja. Sicherheit ist jetzt natürlich unser oberstes Gebot."

Atlas nickte. „Bei dem Geld das wir haben, können wir uns auch die besten Männer leisten."

„Sehe ich auch so. Hör mal, ich glaube es wäre besser, wenn wir unsere Pläne so eng wie möglich koordinieren. Ist deine Villa sicher?"

„*Jetzt* schon", meinte Atlas grimmig. Er seufzte und rieb sich das Gesicht. „Hör mal, es fällt mir nicht leicht, aber es tut mir leid. Es tut mir leid, dass ich wegen den Drohungen nichts gesagt habe."

„Atlas, es bringt nichts sich deswegen Vorwürfe zu machen – das rede ich mir zumindest ein. Romy lebt... mir tut es auch leid. Ich habe Mateo sehr gerne gemocht, er war ein toller Kerl."

„Das war er. Jetzt mache ich mir nur Sorgen um Fino. Ebony und Molly kümmern sich allerdings wunderbar um ihn. Nur Cormac..."

„Der ist ein Vollidiot", meinte Blue wütend. „Wie kann er nur..." Er beendete seinen Satz nicht. „Mit Cormac werden wir schon fertig, Atlas. Wenn du Zeugen brauchst, wir sind für dich da. Aber bei Franks ist das nicht so einfach. Er hat gedroht meine Kinder umzubringen. Er hat damit gedroht, während er meine Frau abschlachten wollte. Franks kauft sich aus dieser Sache nicht mehr frei."

Atlas nickte langsam und wich Blues Blick nicht aus. „Verstanden."

„Ich schwöre es dir... Romy, meine Familie, deine Familie... ich werde alles tun, was nötig ist, um sie in Sicherheit zu bringen. Alles." Blue sah, dass Atlas genau wusste, wovon er sprach, denn er nickte mit düsterem Blick.

„Ich auch", meinte Atlas mit gesenkter Stimme. „Wirklich alles."

KAPITEL SIEBZEHN

Ebony spürte, wie Atlas' Arme sich um sie legten, als er neben ihr ins Bett schlüpfte. Sie drehte sich um und lächelte ihn an. „Komischer Tag heute."

„Sehr." Er drückte seine Lippen auf ihre, küsste sie sanft und seufzte dann. Er vergrub sein Gesicht in ihrem Haar. „Heute habe ich mich so auf das Baby gefreut, aber als wir uns den Scan angesehen haben, habe ich auch gedacht – wie kann es sein, dass dieses Baby *nicht* von mir ist? Es fühlt sich für mich so an und dennoch ist allein dieser Gedanke schon seltsam. Jetzt rede ich ", fügte er lachend hinzu und Ebony kicherte.

„Das tust du, aber ich verstehe schon was du meinst. Atlas, ich wünschte so sehr, dass es wirklich dein Kind wäre. Der heutige Tag hat mich aufgeweckt. Ich weiß wirklich nichts über das Kind und vielleicht... vielleicht sollte ich versuchen, den Vater zu finden." Sie blickte ihn mit sorgenvollen Augen an und sah, dass er leicht verletzt war. „Atlas, ich liebe dich und was mich angeht, sind du, ich und das Baby eine Familie. Aber meinst du nicht, es wäre besser, es zu wissen? Ist es Mateo nicht so ergangen, als er herausgefunden hat, dass er Finos Vater ist?"

Atlas seufzte und schloss die Augen, einen schmerzerfüllten

Ausdruck im Gesicht. „Natürlich, du hast schon recht. Wir sollten es versuchen und dem Vater die Chance geben, involviert zu sein." Er grinste sie verlegen an. „Aber ich hoffe echt, dass er dich nicht zurückwill."

„Ha, also erst mal waren wir nie zusammen und außerdem bringen mich keine zehn Pferde weg von dir, Mr. Tigri. Trotz allem was passiert ist bin ich mir immer noch felsenfest sicher, dass ich dich und dieses Baby liebe."

„Gut." Er nahm ihre Hand und küsste jeden einzelnen Finger. „Wenn ich dich also fragen würde ob du mich Heiraten möchtest, ginge das dann zu schnell?"

Ebony blieb fast das Herz stehen. Hochzeit? Jetzt schon? Sie bemerkte, dass sie mit ihrer Antwort schon verdammt lange zögerte und dass Atlas sie wieder verletzt anblickte.

„Schon in Ordnung, die Frage musst du nicht beantworten. Vergiss es einfach."

Ebony küsste ihn mit Leidenschaft. „Atlas, du bist alles für mich. Ich finde nur, wir sollten uns ein wenig Zeit lassen. Wenn du mich das in einem Jahr fragst, dann sage ich ja. Versprochen."

Atlas lächelte schwach. „Ich habe dir doch gesagt, dass ich impulsiv bin. Aber du hast natürlich recht. Wie immer."

Sie streichelte sein Gesicht, kratzte sanft seinen Dreitagebart und küsste ihn zärtlich. „Ich liebe dich so sehr."

Sie hätte sich nur zu gern mit ihm geliebt, aber beide waren einfach zu erschöpft von den Ereignissen des Tages. Sie kuschelten sich an einander und in einigen Minuten waren sie schon eingeschlafen.

Später als Atlas immer noch schlief, erwachte Ebony mit trockener Kehle und stand auf, um sich ein Glas Wasser zu holen. Während sie in die Küche tapste, hielt sie inne und horchte. Sie konnte jemanden weinen hören. Sie machte sich Sorgen, es könnte Fino sein, also folgte sie dem Geräusch, bis sie die Stimme einer jungen Frau hörte. Bella. Bella weinte und redete gerade mit jemandem. Ebony näherte sich der Tür und wollte gerade klopfen, als sie Bella aufstöhnen hörte.

„Nein, das kannst du nicht… nein, das ist nicht fair, das ist nicht richtig. Aber… ich kann nicht glauben, dass du das tun willst. Nein… nein… werde ich nicht. Nein, fick dich."

Ebony hörte Glas klirren und nahm an, dass Bella ihr Handy durch den Raum geschleudert hatte. Sie klopfte leise an. Bella zögerte, doch dann hörte sie ihre Stimme: „Herein."

Ebony schob die Tür auf und lächelte Bella an. Das rothaarige Mädchen saß im Schneidersitz auf ihrem Bett und war völlig verheult. Sie konnte Ebony nicht einmal in die Augen blicken.

„Ist alles in Ordnung, Schätzchen?" Ebony setzte sich neben sie und Bella zuckte mit den Schultern.

„Meine Mom einfach."

Ebony warf einen Blick auf das zertrümmerte iPhone auf dem Boden. „Aber die volle Dosis, würde ich mal sagen."

Bella lächelte schwach. „Sie macht mich einfach fertig."

„Willst du drüber reden?"

Bella schüttelte den Kopf. „Aber danke."

„Klar, jederzeit." Ebony stand auf und ging zur Tür, bevor Bella sie noch einmal zu sich rief.

„Ebony… sei… einfach vorsichtig. Manchmal sind die Leute nicht, wer sie vorgeben zu sein."

Ebony runzelte die Stirn. „Wen meinst du damit?"

„Niemanden. Sei… einfach vorsichtig."

Ebony sah noch einmal nach Fino und ging dann wieder ins Bett. Der Junge hatte abgenommen und sah nun im Schlaf so winzig und verletzlich aus, dass Ebony ihn umarmen und ihm versprechen wollte, dass ihm nie wieder etwas Schlimmes wiederfahren würde. Natürlich konnte sie ihm das nicht versprechen und Mateo käme davon auch nicht zurück.

Während sie in Atlas' warme Arme kroch, musste sie unwillkürlich an diesen schrecklichen Tag zurückdenken. Mateo hatte zunächst gar nicht verstanden, was mit ihm passierte, doch dann war er zerrissen gewesen vor Trauer um seinen Sohn. Sein letzter Gedanke hatte ihm gehört, das wusste Ebony und auf einmal musste sie weinen. Sie versuchte Atlas nicht zu wecken, doch sie konnte sich nicht zurückhalten. Als sie spürte wie er ihr einen Kuss auf die Stirn drückte und sie fester in den Arm nahm, ließ sie sich gehen und schluchzte enthemmt.

Als sie sich wieder einigermaßen beruhigt hatte, blickte sie mit festem Blick zu Atlas auf. „Atlas, frag mich nochmal. Stell mir nochmal diese Frage."

Atlas sah verwirrt aus. „Welche denn?"

Ebony lächelte, doch sie war nicht minder entschlossen. „Ja, Atlas Tigri, ich will dich heiraten. Ich will dich heiraten, weil ich dich liebe und in einem Jahr wird es mir genauso gehen. Ich will dich heiraten, damit wir gemeinsam um Fino kämpfen können und um unsere Kinder. Niemand wird dieser Familie je wieder Leid zufügen, hörst du mich? *Niemand.*"

Atlas nahm sie in die Arme und sagte mit seinem Kuss alles, was seine Stimme nicht ausdrucken konnte.

KAPITEL ACHTZEHN

Gracie Allende reiste ihre Zwillingsgeschwister vom Bauch ihrer Mutter weg. „Was habe ich euch gesagt?", fragte sie spitz und Romy musste ein Lächeln unterdrücken. Gracie tätschelte den Zwillingen sanft den Kopf. „Ihr dürft nicht auf Mamas Bauch herumkrabbeln. Sie ist krank und wir müssen vorsichtig sein."

Gracie blickte ihre Mutter mit großen grünen Augen an. „Stimmt doch, oder, Mama?"

„Stimmt genau, meine Liebe, aber nur eine Zeit lang. Bis ich wieder gesund bin. Dann werden wir uns wieder zu fünft vergnügen. Papa will mit uns irgendwo hin auf Urlaub fahren, wo es heiß ist… vielleicht irgendwo, wo es ein Traumschloss gibt?"

Romy lachte, als Gracie vor Freude jauchzte. *Wir haben alles Geld der Welt*, sinnierte Romy, *und meine Tochter will einfach nur zu Mickey Maus.*

Gracie runzelte die Stirn. „Hat dieses Schloss auch eine Bücherei?"

„Eine Bücherei?", fragte Romy verwirrt; sie wusste zwar, dass ihre Tochter liebend gern las, aber sie wusste nicht, was das mit Disney zu tun hatte.

„*Die Schöne und das Biest*", Juno steckte ihren Kopf zur Tür hinein und grinste ihre Schwester an. „Komm schon, Romulus, das müsstest du doch wissen."

Gracie musste über den Spitznamen ihrer Mutter lachen und Romy verdrehte die Augen. „Hey Zwillinge, ihr könnt vielleicht nicht über eure Mutter krabbeln, aber eure Tante Juno wäre da ganz scharf drauf!" Sie musste über den Gesichtsausdruck ihrer Schwester grinsen, während Gracie beim Scherz ihrer Mutter mitmachte und Juno die Zwillinge überreichte. Rosa übergab sich sofort auf Junos Pullover und grinste dann breit, als hätte sie etwas Wichtiges vollbracht.

Blue folgte seiner Schwägerin in das Zimmer und Romy sah seinem Blick an, dass er mit ihr über etwas sprechen wollte. „Hey, Gracie, meine Süße, hilf doch bitte Juno dabei, die Spucke abzuwischen. Dann geht sie vielleicht mit euch eine heiße Schokolade trinken."

Juno kapierte sofort, was Sache war, nickte und nahm die Kinder mit aus dem Zimmer. Blue schloss die Tür hinter sich und setzte sich dann neben Romy. Er beugte sich vor, um sie zu küssen. „Hey, *Piccola*."

„Hey, mein Schöner." Sie streichelte ihm den Kopf. „Du siehst müde aus."

„So sehe ich in letzter Zeit wohl öfter aus, ich bin es schon fast gewöhnt. Mach dir um mich mal keine Sorgen, Piccola."

„Tue ich trotzdem", sagte sie und zog ihn näher an sich um ihn zu küssen. „Ich liebe dich, mein Großer."

Blue seufzte und lehnte seinen Kopf an ihren. „Ich liebe dich auch, Baby, deshalb fällt es mir noch schwerer, dir diese Neuigkeiten zu überbringen."

Romy blickte ihn suchend an. „Franks?"

Blue nickte. „Er ist untergetaucht. Atlas und ich haben schon Suchtrupps nach ihm losgeschickt, aber fürs Erste werden wir die Sicherheitsvorkehrungen hier verstärken."

„Solange du und die Kinder in Sicherheit sind." Romy bewegte sich ein wenig und zuckte zusammen, als sie ein Schmerz in der Magengegend durchfuhr. Blue legte sanft seine Hand auf ihren Bauch.

„Himmel, Romy… ich habe dir geschworen, dass ich nach Gaius nie wieder zulassen würde, dass dir jemand etwas antut …"

„Das war nicht deine Schuld. Das war einfach ein geisteskranker Kerl, Blue, das ist alles. Bei meiner Arbeit im Zentrum sehe ich so oft, was für Auswirkungen Geisteskrankheit haben kann. Ich hätte wissen müssen, dass so etwas mal passieren kann."

Blue schloss die Augen. „Ich weiß, dass es nicht richtig ist, aber wenn ich daran denke, dass du wieder dort anfängst zu arbeiten…"

„Aber das ist doch genau, warum ich dorthin zurück muss. Sie dürfen nicht gewinnen"

Blue blickte sie mit traurigen Augen an, nickte aber. „Du bist meine Heldin."

„Ha", Romy grinste ihren Mann an. „Sobald ich gesund bin, kannst du mir wieder zeigen, wie sehr du mich bewunderst, und zwar jede Nacht."

Blue kicherte. „Darauf kannst du Gift nehmen, meine Schöne. Meine heiße Frau."

„Ja, ich sehe superheiß aus in meinem durchgeschwitzten Schlafanzug und mit fettigen Haaren. Ich würde nur zu gern duschen."

„Das könnte noch etwas dauern, Baby." Er berührte ihre Schenkel. „Kribbeln die immer noch?"

„Ein bisschen, aber es ist schon viel besser. Wenigstens kann ich meine Beine bewegen. Da habe ich echt Glück gehabt." Romy bereute ihre Worte, sobald sie die Trauer in Blues Gesicht sah. „*Glück*", brachte er hervor und wurde kaum Herr seiner Emotionen. Romy vergrub ihre Finger in seinen dunklen Haaren und zog ihn an sich.

„Ich habe mich versprochen", murmelte sie und brachte ihre Lippen an seine. „Ich meine damit… ich bin immer noch da. Immer noch bei dir."

„Das wirst du auch immer sein", sagte er heiser und legte seine Hände um ihr Gesicht. „Nach dieser Episode lasse ich dich nie wieder aus den Augen, meine Liebe, meine Leben."

· · ·

Ebony zitterte unwillkürlich, während sie sich an den Arm ihres Bruders klammerte. Obe stützte sie und zwang sie, ihn anzusehen. „Du musst das nicht tun, Ebs. Wir können in diesen Gerichtssaal gehen und Atlas sagen, dass es noch zu früh ist oder du noch nicht bereit bist. Sag es einfach."

Sie standen im Gang des Rathauses und in wenigen Augenblicken würde Ebony sich mit Atlas vor den Richter stellen und sich von ihm verheiraten lassen. Sie atmete tief ein und starrte ihren Bruder an. „Ich bin bereit, Mr. ‚Ich habe nach drei Wochen schon geheiratet'."

Obe grinste und zuckte wohlwollend mit den Schultern. „Wollte ja nur sichergehen, Schwesterherz. Ich freue mich wirklich für dich, ich will nur sicher sein, dass du das aus den richtigen Gründen tust. Heutzutage ist es kein Problem mehr, wenn man unverheiratet ein Kind zur Welt bringt."

„Darum geht es nicht." Ebony hatte ein schlechtes Gewissen, weil sie und Atlas noch niemandem gesagt hatten, dass er nicht der Vater des Kindes war. „Wir lieben uns und wir wollen eine gute Familie für Fino sein können, damit uns das in der Gerichtsverhandlung hilft. Nur gute Gründe stecken dahinter."

„Dann wünsche ich euch nur das Beste. Bist du bereit?"

Ebony nickte und gemeinsam betraten sie den Gerichtssaal. Ebony strich ihr Kleid glatt – es war schlicht und elegant und die Farbe unterstrich ihre goldene Haut. Ein einziger, tiefroter Hibiskus steckte in ihrem Haar und sie trug keinen Brautstrauß.

Atlas sah glorreich aus in seinem dunkelblauen Anzug und lächelte sie umwerfend an, als er sah wie sie auf ihn zukam. Als sie ihn erreichten, gab er Obe die Hand und beugte sich vor, um seiner Verlobten die Wange zu küssen. „Du siehst sensationell aus, Baby."

Der dunkelblaue Anzug brachte sein dunkles Haar und die hellgrünen Augen noch besser zum Strahlen und Ebony seufzte, ergriffen von seiner körperlichen Schönheit. Dieser Halbgott von einem Mann würde schon bald *ihr* Ehemann sein – sie konnte es selbst kaum glauben.

Fino schenkte ihr zum ersten Mal seit Wochen ein aufrecht glückliches Lächeln und stellte sich neben Atlas. Er würde als Trauzeuge agieren. Ebony beugte sich vor und küsste den Jungen auf die Wange. „Mein Hübscher."

Es ging so schnell: Schon hatten sie ihre Gelübde abgelegt und Atlas küsste sie so liebevoll, dass sie ohne jeden Zweifel wusste, dass sie die richtige Entscheidung getroffen hatten.

Sie blickte zu ihrem neuen Ehemann auf, als sie sich voneinander lösten. „Unsere Familie", sagte sie nur und Atlas nickte lächelnd.

„Sie bedeutet mir alles."

Juno, Obe, Bella und Fino hielten ein feierliches Mittagessen mit ihnen ab. Stanley war zwar immer noch in New York, aber er sandte ihnen seine Segenswünsche und Blue und Romy hatten Ebony an diesem Morgen angerufen.

Ebony saß neben Atlas, der den Arm um sie gelegt hatte und beide konnten einfach nicht aufhören einander selig anzulächeln. „Atlas, Fino… ich wollte das mit euch teilen", erklärte sie. „Aber ich wollte bis jetzt damit warten, für den Fall, dass ihr es betrübend finden würdet."

Sie öffnete den Anhänger ihrer Kette, in den sie ein Bild von Mateo platziert hatte. „Ich wollte, dass dein Vater, beziehungsweise dein Bruder, ein Teil dieses Tages ist. Er wird immer bei uns sein, Fino, und wenn wir das große Glück haben, deine Adoptiveltern zu werden, werden wir nie versuchen, ihn zu ersetzen, sondern seine hervorragende Erziehung weiterzuführen."

Fino nickte. Ihm stiegen die Tränen in die Augen, während er sich ihr um den Hals warf und fest umarmte. Atlas lächelte sie an und seine wunderschönen Augen strahlten. „Perfekt, Baby. Ich danke dir."

„Oh!", rief Bella laut auf, sodass alle aufschreckten. „Tut mir leid", grinste sie verlegen. „Ich habe nur zu Hause extra Konfetti gemacht und natürlich habe ich es vergessen."

Ebony lachte. „Wir finden schon noch eine Verwendung dafür, keine Sorge."

Am anderen Ende des Restaurants fiel ihr eine Bewegung ins

Auge. Einer der riesigen Sicherheitsleute telefonierte gerade. Auch Atlas wurde aufmerksam.

„Wie wäre es, wenn wir diese Party nach Hause verlagern?" Er fragte ganz ruhig, aber alle wussten, dass sie selbst an diesem Freudentag nicht in Sicherheit waren.

Als sie aufstanden, um zu gehen, entstand ein Gerangel zwischen einem der Sicherheitsleute und einem schick angezogenen Herren. „Ich muss das an Ms. Verlaine übergeben." Er wedelte mit einem Briefumschlag in der Luft herum, aber der Bodyguard ließ ihn nicht zu Ebony vor. Er tastete den Kerl ab und blickte dann zu Atlas, welcher ihm zunickte. Der neue Gast ging sichtlich genervt zu ihnen hinüber. „Miss Verlaine."

„Ich heiße jetzt Mrs. Tigri", bemerkte Ebony kühl, „aber ja, sie haben die richtige Person."

Der Mann überreichte ihr den Umschlag. „Herzlichen Glückwunsch zu eurer Hochzeit. Ich überreiche euch hiermit die Gerichtspapiere. Schönen Tag noch."

Während allen der Mund offen stehen blieb, machte er auf dem Absatz kehrt und ging wieder, wobei er dem Bodyguard einen finsteren Blick zuwarf.

Ebony öffnete den Umschlag und las den Brief. „Was zum Teufel?"

„Was ist los, Baby?"

Ebony blickte Atlas verwirrt an. „Cormac. Er verlangt einen Vaterschaftstest."

„Für Fino?"

Sie schüttelte den Kopf. „Nein… für das Baby. Er glaubt, dass du nicht der Vater bist."

Atlas starrte Ebony an und beiden wurde ganz schön heiß. Woher wusste Cormac das bloß… und was würde er tun, wenn er tatsächlich Recht bekam?

KAPITEL NEUNZEHN

„Kann er mich hierzu überhaupt zwingen?", fragte Ebony ihren Anwalt mit zitternder Stimme.

„Wenn er uns beweisen kann, dass er guten Grund zur Annahme hat, dass Atlas nicht der Vater ist. Vielleicht möchte er Ihnen unterstellen, dass Sie eine Heiratsschwindlerin sind oder dass Sie behaupten, Mr. Tigri sei der Vater, um Ihnen als Familie einen Vorteil bei den Sorgerechtsverhandlungen um Fino zu beschaffen."

„*Verdammte Scheiße*", spuckte Atlas und stand auf, um hinter Ebonys Stuhl aufgebracht auf und ab zu gehen. „Ebony ist keine Goldgräberin und was mich betrifft, ist das Kind in ihrem Bauch unseres. Wie *kommt* Cormac überhaupt auf so etwas?"

Ebony stöhnte auf. „Bestimmt hat er gelauscht, als ich im Krankenhaus den Ultraschall bekommen habe. Mist, warum bin ich da nicht draufgekommen?"

„Ist nicht deine Schuld, Liebes. Dieser Typ ist sich echt für nichts zu schade."

„Nun, wir haben eine Voranhörung, um herauszufinden, ob er Sie wirklich dazu zwingen kann. Ich bezweifle stark, dass der Richter ihm Recht geben wird, aber wir müssen mitmachen. Wenn Sie bei der Anhörung dabei sind, wird das gut aussehen. Sie kooperieren und zeigen, dass Sie nichts zu verbergen haben. Das könnte unserem Fall helfen.“

Bereits eine Woche später fand die Anhörung statt. Ebony verspürte zwar Morgenübelkeit, doch sie hielt Atlas’ Hand, während Cormacs Anwalt seine Bitte vorbrachte, Ebony möge einen Vaterschaftstest durchführen lassen. Ebony freute sich über den skeptischen Blick des Richters und als er den Anwalt unterbrach, hüpfte ihr Herz. *Er bricht das Ganze ab ...*

„Wenn ich meine Frage direkt an Mr. Duggan richten dürfte“, sagte der Richter ruhig. „Mr. Duggan, wieso sollte Mrs. Tigris Kind etwas mit diesem Fall zu tun haben? Mir scheint es nur ein schwacher Versuch zu sein, eine junge werdende Mutter allein aus Trotz zu beschämen. Könnten Sie uns Ihre Gründe darlegen?“

Cormac stand auf. „Natürlich, Euer Ehren. Ich kann Ihnen versichern, dass mich keinerlei Böswilligkeit antreibt. Ich möchte einfach nur herausfinden, wer der Vater dieses Kindes ist.“

„Aus welchem Grund?“

Atlas machte einen verabscheuenden Laut, aber als Cormac sich zu ihnen umdrehte, erkannte sie etwas anderes in seinen Augen. Triumph.

„Weil ich sehr guten Grund habe, Euer Ehren, *sehr* guten Grund, zu glauben, dass das Kind, das in Mrs. Tigri heranwächst... *mein* Kind ist.“

Ebony keuchte auf und Cormac lächelte. „Du hast es gehört, Ebony. Erinnerst du dich nicht an unsere gemeinsame Nacht vor fast zwei Monaten? In New Orleans? In diesem... besonderen Club, wenn man so will? Wir beide haben uns geliebt und nun, wie es scheint, trägst du mein Kind in dir.“

„Du lügst“, brachte Ebony hervor, als Atlas wutentbrannt aufsprang.

„Ich glaube, du weißt, dass ich die Wahrheit sage, Ebony. Atlas, du musst es leider einsehen... du hast eine *Hure* geheiratet.“

Cormac lächelte, denn er wusste genau, was Atlas als nächstes tun würde... und er wurde nicht enttäuscht. Atlas warf sich auf Cormac.

Im Gerichtssaal entstand Aufruhr und die Sicherheitsleute mussten Atlas von Cormac wegziehen. Ebony griff nach Atlas, aber er entwand sich ihrem Griff.

„Fass mich nicht an", keifte er sie an. „Komm mir bloß nie wieder zu nahe… du hast gerade mich verloren, meinen Neffen… *ich will dich nie wieder sehen…*" Seine Augen blickten wild um sich und sein Gesicht war verzerrt vor Wut.

Der Schock war so durchdringend, dass Ebony einen Augenblick versteinerte. Dann wirbelte sie herum und ging aus dem Gerichtssaal, zu betäubt um laufen zu können. Sie ging durch die Flure an den neugierigen Passanten vorbei und trat aus dem Gebäude in den strömenden Regen. Sie kannte sich nicht mehr vor Trauer und Schuldgefühlen und setzte ihren Weg durch den Regen einfach fort. Die Erkenntnis wollte sie einfach nicht loslassen.

Cormac Duggan war der Vater ihres Kindes, das wusste sie nun, und Atlas würde ihr niemals vergeben. Sie hatte alles verloren…

Stanley Duggan küsste seine Stieftochter, als er die Villa betrat. „Wo ist er?"

„Oben. Er ist… total fertig, Dad. Ein anderes Wort fällt mir dafür nicht ein." Bella seufzte und schlang ihre Arme um sich. „Wir können Ebony nirgends finden. Sie hat ihre Sicherheitsleute nach Hause geschickt und ist in der Stadt verschwunden. Juno und Obe suchen nach ihr."

„Was ist mit Fino? Ist er hier?"

„Das schon, aber er weiß, dass etwas nicht stimmt. Er fragt immerzu nach Ebony… ich weiß nicht, was ich ihm sagen soll."

Stanley seufzte. „Vielleicht solltest du ein wenig ausgehen mit ihm, um ihn abzulenken."

„Daran habe ich auch schon gedacht. Wir könnten zum Aquarium, dort geht er gerne hin."

Stanley lächelte sie an. „Deine Mutter hat beschlossen, noch eine Weile in New York zu bleiben, Bella."

„Gottseidank."

Stan kicherte und umarmte sie. „Familien sind selten unkompliziert, Bella, Liebes. Deine Mutter liebt dich, aber sie hat eine seltsame Art das zu zeigen."

Bella verdrehte die Augen. „Geh zu Atlas, Dad. Ich gehe mit Fino raus."

„Braves Mädchen."

Atlas starrte aus dem Fenster seines Schlafzimmers, als Stanley sein Zimmer betrat. „Wenn du gekommen bist, um mir einen Vortrag über Verantwortung zu halten, gehst du besser wieder", warnte Atlas Stanley, als er ihn erblickte.

Stanley seufzte. „Ich will dir gar keine Vorträge halten, mein Sohn." Er setzte sich auf Atlas' Bett und strich sich mit der Hand über den immer kahler werdenden Kopf. „Aber dort draußen läuft eine junge Frau herum, ängstlich, bedrückt, und schwanger."

„Es ist nicht mein Kind."

„Soweit ich weiß, wusstest du das von Anfang an. Wieso macht es jetzt einen Unterschied, da es möglicherweise Cormacs Kind ist?"

Atlas blickte Stanley einen langen Augenblick an. „Ich werde niemals verstehen, wie du einen Sohn wie Cormac auf die Welt gebracht hast. Er ist so hinterhältig und gehässig... und jetzt hat er mir alles geraubt. Glaubst du wirklich, dass mir das Gericht jetzt noch das Sorgerecht zusprechen wird? Er wusste genau, was er tat, er wusste, dass ich auf ihn losgehe."

„Ich frage dich noch einmal... dann ist es eben sein Kind. Ebony wusste das anscheinend auch nicht?"

Atlas zögerte. „Ich weiß es nicht. Ich weiß nicht mehr, wem ich noch vertrauen kann."

„Ich schon." Stanley stand auf und legte seine Hand auf die Schulter seines Stiefsohnes. „Du kannst der Frau trauen, die zu uns gehalten hat, als dein Bruder ermordet wurde. Die Frau, die die ganze Nacht bei Fino gesessen hat, ihn gehalten und getröstet hat und ihm dabei half, die Nachricht über den Tod seines Vaters zu verarbeiten. Die Frau, die ihr ganzes Leben auf den Kopf gestellt hat, um bei dir zu sein. Die Frau, die deine *Phasen* ausgehalten hat, in denen du deine Trauer begraben wolltest", sagte Stanley spitz, damit Atlas wusste, dass sein Verhalten bemerkt worden war. „Die Frau, die am Tag eurer Hochzeit einen Anhänger mit Mateos Antlitz darin getragen hat, damit er bei euch sein könnte – ja, Bella hat mir davon erzählt."

Atlas' Gesichtsausdruck verriet nichts und Stanley beobachtete ihn um aus seiner Laune schlau zu werden. „Ebony Verlaine liebt dich, Atlas. Sie liebt Fino und Bella und sogar mich und Vida. Sie ist in unser Leben getreten als wir nicht einmal wussten wie sehr wir sie brauchten. Kannst du dir jetzt noch vorstellen wie unser Leben ohne sie aussähe?"

Langes Schweigen. Dann: „Nein."

„Ich auch nicht. Komm, lass uns hinuntergehen und besprechen wie wir sie finden können. Denn du verhältst dich gerade nicht wie ein ehrbarer Mann. Und du verhältst dich auch nicht wie du selbst."

Bella parkte das Auto vor dem Diner und stieg aus. Fino zog seine Kapuze über seinen Kopf und blickte sich verwirrt um. „Hier essen wir sonst nie."

Nervös zog Bella ihn an sich heran. „Nein. Aber ich dachte, wir probieren mal etwas Neues aus. Ist schon in Ordnung", wies sie den Bodyguard an, der sie begleitet hatte. „Sie können hier warten."

Der Bodyguard sah skeptisch aus. „Aber meine Anweisungen sind…"

„Und ich sage Ihnen, dass Sie hier warten können." Bella funkelte ihn an, nahm dann Finos Hand und betrat mit ihm das Diner. Fino war sofort verliebt in seine altmodische Einrichtung.

„Total cool hier!"

„Dann suchen wir uns doch mal einen Tisch und bestellen was Leckeres zum Essen, was?" Bella lächelte ihn an, obwohl ihr Herz wie verrückt hämmerte. So lautete der Plan. *Bring den Jungen in das Diner und auf die Toilette…*

Bella schluckte. *Wieso mache ich das bloß?* Ihre Hände waren schweißnass, doch dann rief Fino etwas aus und sie zuckte entsetzt zusammen.

„Ebony!"

Bella wirbelte herum und sah, wie Fino sich in Ebonys Arme warf, während sie von ihrem Platz in der Ecke aufstand, um den Jungen zu begrüßen. Ebony sah müde und erschöpft aus und Bella bekam ein schlechtes Gewissen, doch dann wurde ihr klar, dass das noch besser wäre. Nun hätte sie einen Sündenbock.

Sie begrüßte Ebony mit einer Umarmung. „Alle sind auf der Suche nach dir."

Ebony schien den Tränen nah. „Ich wusste nicht, wo ich hin soll, was ich tun soll. Er hasst mich, Atlas hasst mich."

„Nein." Bella zwang sie, sich zu setzen und ein nervöser Fino kuschelte sich an Ebony. „Hör mal, ich hole uns einen heißen Kaffee… Fino, musst du aufs Klo?"

Er nickte. Ebony nahm seine Hand. „Ich gehe mit ihm."

Gut, das war gut… aber…

Was würde *er* Ebony antun? Der Mann, der Fino wollte, der Mann, der sie erpresste. Würde er Ebony töten?

Bella ballte ihre Hände zu Fäusten, aber sie zwang sich zu nicken und den Blick abzuwenden, während die beiden in Richtung Toilette gingen. Sie beugte sich zu der Kellnerin. „Könnten wir bitte zwei Tassen Kaffee haben?"

„Natürlich, kommt sofort."

Bella hörte, wie die Tür aufging und ihr Bodyguard auf sie zukam. „Tut mir Leid, Miss, ich habe gerade noch einmal bei Mr. Tigri nachgefragt. Er möchte nicht, dass ihr alleine gelassen werdet." Er blickte sich um. „Wo ist Mr. Tigri Junior?"

„Auf der Toilette", meinte sie betont lässig. „Wir haben zufällig Mrs. Tigri getroffen. Sie sind beide da drin."

Die Kellnerin brachte den Kaffee und Bella nahm mit zittrigen Händen einen Schluck. Sie hörte nichts aus der Toilette – aber Ebony und Fino kamen auch nicht heraus. Nach ein paar Minuten ging der Bodyguard zur Toilette hinüber. Als er wieder herauskam und wütend

Anweisungen in sein Handy durchgab, stand Bella auf und tat überrascht. „Was ist los? Was ist passiert?"

Der Bodyguard starrte sie an und versuchte, in ihrem Blick zu lesen. „Auf der Toilette sind Blutspuren, aber Fino und Ebony sind nirgends zu finden. Sie sind entführt worden. Sie sind weg."

KAPITEL ZWANZIG

„Was zum Teufel soll das heißen, *weg*? Wie konnten Sie das geschehen lassen?"

Es schien lange her zu sein, dass Atlas ein sanfter Mann gewesen war. Nun war er ständig wütend, wie jetzt, während er seinen Bodyguard zur Sau machte, der ständig Blicke in Bellas Richtung warf. Sie wandte den Blick ab. „Es tut mir Leid, Sir, ich habe sie nur ein paar Minuten aus den Augen gelassen."

Atlas rieb sich das Gesicht und wandte sich mit geballten Fäusten ab. Es war offensichtlich für alle Anwesenden, dass er am wütendsten auf sich selbst war dafür, wie er seine neue Frau behandelt hatte.

Wie konnte ich nur so reagieren? Was stimmt bloß nicht mit mir?

Die Angst schnürte ihm die Brust zu und er vermied es, daran zu denken, dass er sie möglicherweise nie wieder sehen würde. Dieser Gedanke musste tunlichst verdrängt werden, sonst würde er nicht lange genug überleben, um seine Frau gesund wieder nach Hause zu bringen – ganz zu schweigen von seinem Neffen. Den Rest seines Lebens würde er bei ihr in der Schuld stehen.

Stanley räusperte sich. „Hör mal, die Polizei ist unterwegs… ich glaube, wir wissen, wer dahinter steckt."

„Carson Franks", stöhnte Atlas auf. „Wie kann das nur sein? Woher wusste er, wo sie sind? Und wie konnte es kommen, dass Ebony in dem gleichen Diner war? Himmel …"

Bella sah aus wie ein Häufchen Elend. „Es tut mir so leid, Atlas."

Er gab ihr keine Antwort. Stanley tätschelte seiner Stieftochter den Rücken. „Mach uns doch bitte etwas Kaffee, Liebes."

Bella verschwand aus dem Zimmer. Der Bodyguard räusperte sich. „Sir, Mr. Duggan, Sie beide sollten wissen, dass Miss Duggan darauf bestanden hat, das Diner alleine zu betreten. Ich möchte die Schuld gar nicht abwälzen – ich trage die Verantwortung, aber sie hat sehr darauf beharrt."

„Bella hätte sie nie absichtlich in Gefahr gebracht", wehrte Stanley ab, aber Atlas hörte den Zweifel in seiner Stimme.

„Wieso sollte sie so etwas tun? Nein, ich kann nicht glauben, dass Bella hiermit etwas zu tun hatte, sie liebt Fino und Ebony."

Stanley ließ die Schultern hängen. „Danke, Atlas. Danke, dass du das sagst. Aber trotzdem beantwortet das nicht die Frage, woher Franks wusste, dass sie dort drin waren."

„Carson Franks hat Geld ohne Ende", gab Atlas zu bedenken. „Wahrscheinlich lässt er uns alle überwachen. Vielleicht hat er seine Chance kommen sehen als er gesehen hat wie Ebony aus dem Rathaus geflohen ist."

„Was will er mit ihnen? Er wird uns doch wohl nicht erpressen wollen."

„Nicht um Geld, aber er wird sich damit einen Fluchtweg sichern. Er weiß, dass er hier verfolgt wird und den Rest seines Lebens im Gefängnis verbringt, wenn sie ihn erwischen. Verdammt, ich muss Blue anrufen und ihm erklären was passiert ist."

„Erst", erklang eine wütende Stimme von der Tür, „kannst du mir erklären, was zum *Teufel* hier vor sich geht – und wo mein Neffe und die Mutter *meines* Kindes sind."

Atlas erkannte die Wut und die Angst im Gesicht seines verhassten Halbbruders und war zum zweiten Mal an diesem Tag schockiert – diesmal jedoch nicht so schlimm wie das erste Mal, denn zum ersten Mal wollten sein Bruder und er genau dasselbe:

Ebony und Fino sollten gesund wieder nach Hause zurückkehren.

. . .

„*Nein*. Oh mein Gott." Romy war zutiefst schockiert, als Blue ihr von der Entführung erzählte. „Blue, der Typ ist ein Psychopath. Es macht ihm Spaß, Frauen zu töten. Er wird Ebony ermorden, auch wenn sie ihm erzählt, dass sie schwanger ist. Und Fino… mein Gott, dieser arme Junge."

Sie umarmte Gracie noch fester und ihre Tochter klammerte sich an sie. „Nicht weinen, Mama. Die Polizei findet Ebony und Fino schon."

Romy schloss die Augen, seufzte und vergrub ihr Gesicht in den weichen Locken ihrer Tochter. „Natürlich werden sie das, mein Schatz. Danke."

„Ich hätte es dir nicht vor ihr sagen sollen…" Blue sah sie entschuldigend an. „Ich stand einfach so unter Schock. Hört mal, ihr seid hier in Sicherheit. Die Kinder sind in Sicherheit. Deine Familie ist in Sicherheit – Stuart hat sich um Sicherheit für alle gekümmert und im Krankenhaus ist oberste Wachsamkeit ausgerufen." Er seufzte. „Ich will einfach nur, dass das alles vorbei ist, aber ich habe das Gefühl, ich könne nichts tun."

„Du tust schon so viel Baby. Ich hoffe nur, dass die Polizei Ebony und Fino bald findet."

Blue beugte sich zu ihr vor, um sie zu küssen. „Ich rufe jetzt Atlas an. Geht es dir soweit gut?"

„Bestens", lächelte sie zu ihm auf. „Ich habe meinen eigenen kleinen Bodyguard bei mir."

Gracie kicherte, während ihre Mutter sie kitzelte, und Blue lächelte. „Ich bin bald wieder da."

Blue hörte die Trauer in Atlas' Stimme und hatte größtes Mitgefühl mit dem Mann, denn er wusste, dass er sich die allergrößten Vorwürfe machte. „Wenn ich auch nur irgendwas tun kann, frag mich einfach. Egal was ist, verstanden?"

„Danke, Blue." Atlas senkte die Stimme. „Cormac ist hier und ich will ihn nicht rauswerfen. Er ist außer sich vor Sorge. Ich habe ihn noch nie so… menschlich gesehen.“

„Vielleicht hat ihn das wachgerüttelt.“

„Vielleicht. Blue – “

„Nicht doch“, unterbrach Blue ihn. „Dein Verhalten war untragbar, ja aber nicht unentschuldbar. Wir werden sie beide finden, Atlas, und dann kannst du es wieder gut machen. Vor allem bei deiner Frau.“

„Was habe ich mir nur dabei gedacht?“, flüsterte Atlas. „Ich war gar nicht ich selbst. Blue, ich hätte nie – “

„Du hast einfach nicht nachgedacht“, gab Blue zurück. „Seit Mateos Tod versinkst du in Verzweiflung und es wird Zeit, dass du dich wieder zusammenreißt, Atlas. Deine Familie im Diesseits braucht dich, mein Freund.“

Am anderen Ende der Leitung ertönte langes Schweigen, bevor Atlas sich räusperte. „Ich arbeite daran“, ächzte er. „Aber ich habe noch nicht von Franks gehört… die Polizei meint, er wird mich anrufen. Ich will einfach nur, dass er Ebony und Fino zurückgibt, mir ist egal, ob er entkommt.“

„Ist es dir nicht“, sagte Blue und konnte einen wütenden Unterton nicht unterdrücken. „Denn damit wäre die Sache noch längst nicht zu Ende. Er hat meine Frau niedergestochen und meinen Kindern sowie deiner Familie gedroht. Er hat deinen Bruder ermordet. Er wird nicht einfach so laufen gelassen.“

„Du hast recht.“ Atlas klang erschöpft. „Aber ich weiß einfach nicht was ich tun soll. Und da ist noch etwas… ich glaube, Bella könnte etwas damit zu tun haben.“

Blue war zutiefst schockiert. „Nein. *Auf keinen Fall*, Atlas. Bella liebt Fino; sie würde ihn nie in Gefahr bringen.“

„Mal sehen. Hör mal, ich muss los, ich warte ja auf diesen Anruf. Wie geht es Romy? Sind deine Kinder in Sicherheit?“

„Ja, alles in Ordnung, mach dir um uns keine Sorgen. Aber wenn du etwas brauchst, ruf mich einfach an, Mann. Ich bin für dich da.“

„Danke, Bruder. Bis später.“

Blue beendete das Gespräch und lehnte sich dann erschöpft an die Wand. Nur ein einziger Mann war für all diese Schrecken verantwortlich. Blue wusste, dass er kein Problem damit hätte den Typen kalt zu machen, wenn Carson Franks nun vor ihm stünde. Er wünschte sich beinahe, dass Franks im Krankenhaus auftauchen würde, damit Blue derjenige sein könnte, der sich für seine Untat an Romy und an Mateo an ihm rächte. Und doch hatte er gerade Atlas geraten, sich von seiner Wut nicht vereinnahmen zu lassen. Er musste selbst seinen eigenen Ratschlägen folgen.

Blue seufzte, löste sich wieder von der Wand und ging zurück in das Zimmer, in dem seine Familie glücklicherweise in Sicherheit war.

Sie war sich sicher, dass es ein Traum sein musste… oder ein Albtraum, genauer gesagt. Sie war an ein riesiges Rohr gefesselt und saß mit durchnässter Kleidung auf kaltem, hartem Boden. Ihr Kopf pulsierte vor Schmerz. Sie öffnete die Augen und sah den kichernden Mann, dessen Gesicht vor Boshaftigkeit verzerrt war. Er hatte ein langes Messer in der Hand. *Bitte bring mich nicht um, bring mein Baby nicht um…*

Ebony wehrte sich dagegen, erneut das Bewusstsein zu verlieren. Sie spürte einen kleinen Körper, der neben ihrem festgebunden war und hörte jemanden leise weinen.

„Halt den Mund, Junge, oder ich mache deine Mutter kalt."

Mutter? Redete er von ihr? „Ebony? Ebony?" Sie kannte doch diese liebliche Stimme…

„Fino?"

Sie hörte, wie er erleichtert aufseufzte. „Ebony, geht es dir gut?"

„Ja, Kleiner." Wenigstens konnte sie noch sprechen, trotz der schrecklichen Kopfschmerzen. Ihre Stimme klang auch seltsam. „Wo sind wir?"

„Weiß ich nicht."

Sie öffnete die Augen ein wenig mehr und kämpfte gegen die dunklen Flecken an, die sich in ihr Gesichtsfeld schoben. Fino lag mit großen Augen neben ihr zusammengerollt und hatte die Arme um ihre Taille geschlungen. Ihr Entführer, ein gutaussehender Mann, beobachtete sie.

Carson Franks. Er musste es sein. Er lächelte sie an. „Willkommen zurück, Mrs. Tigri. Freut mich, Sie endlich kennenzulernen."

„Lassen Sie Fino frei", forderte Ebony sofort. „Nehmen Sie mich, aber lassen Sie ihn frei."

Franks verdrehte die Augen. „Na klar, hier hast *du* das sagen, Schönheit." Ganz plötzlich setzte er sich neben sie. „Hör mal. Der Vater dieses Rotzbengels wird mir einen Privatjet organisieren, erst dann lasse ich ihn frei. Aber dich… ich hätte mal wieder ein bisschen Training nötig. Zumindest habe ich hiermit", er zeigte ihnen ein Messer, „seit der hübschen Ärztin redlich wenig angefangen. Ich lege deine Leiche dann irgendwo auf Tigris Grundstück aus, damit er dich finden kann."

„Nein!", brüllte Fino. „Tun Sie ihr nicht weh. Sie bekommt ein Baby."

Franks grinste hämisch. „Das ist mir total egal, Junge. Und wenn du noch einmal so schreist, dann schneide ich dir die Zunge ab."

Fino drängte sich an Ebony und sie schlang ihre Arme um ihn. „Du Missgeburt", knurrte sie Franks an. „Du erbärmlicher Haufen Nichts. Verwöhnter kleiner Junge. Du bekommst schon deine Strafe, Franks, das kannst du mir glauben."

Carson Franks Gesicht verzerrte sich vor Wut und er packte ihr Gesicht und bohrte seine Nägel in ihre Wangen. Ebony zuckte zusammen, als Carson seine Lippen auf ihre drängte. Sie biss ihm auf die Unterlippe und schrie dann vor Schmerzen auf, als er ihr mit dem Messer großzügig in die Seite schnitt. Ebony spürte, wie der Stahl ihre Haut aufschlitzte.

„Deine erste Fleischwunde, meine Schöne", knurrte er. „Das nächste Mal schiebe ich es dir ganz tief in den Bauch."

Er stand auf, ließ sie in dem kleinen Raum zurück und knallte die Tür zu. Ebony versuchte nicht zu flennen und Fino zog sich den Pullover aus und drückte ihn auf ihre Wunde. Sie lächelte ihn dankbar an. „Nur ein Kratzer, Liebes."

Er klammerte sich an sie. „Ich hab dich lieb, Ebony."

„Ich hab dich auch lieb, mein Großer. Wir kommen hier unversehrt wieder raus, versprochen."

Du zumindest, mein kleiner Schatz, dachte sie bei sich. Darauf musste sie sich nun konzentrieren – Fino in Sicherheit vor diesem Psychopathen zu bringen. Sie waren in einem kleinen, feuchten Raum, der über ein Fenster verfügte, dass in den oberen Teil der Wand eingelassen war. Wenn er sich auf ihre Schultern stellte, könnte Fino darankommen, aber Ebony konnte von hier aus sehen, dass es abgesperrt war. Vielleicht könnten sie ja das Glas zum Bersten bringen…

Die Tür ging auf und jemand anderes trat ein: Es war ein junger, nervöser Junge, der ein Tablett mit Sandwiches und Wasserflaschen trug. Er stellte das Tablett auf dem Boden ab und schob es zu ihnen hinüber. „Der Chef sagt, ihr sollt essen und trinken."

Ebony nickte und schenkte ihm ein schwaches Lächeln. „Danke. Könntest du vielleicht das Fenster dort öffnen und ein wenig frische Luft hereinlassen? Hier ist es sehr stickig."

Einen Versuch war es wert, aber der Junge schüttelte nur den Kopf. „Tut mir leid."

Er verschwand wieder und Ebony hörte, wie er die Tür hinter sich absperrte. „Fino, bitte iss ein Sandwich."

„Nur, wenn du auch eines isst."

„Ich versuche es."

In Wirklichkeit war ihr total schlecht. Als sie im Diner entführt worden waren, hatte man ihr ein Tuch mit Chloroform über Mund und Nase gehalten und sie war ohnmächtig geworden. Sie konnte die saure Chemie immer noch schmecken und in ihrem Magen rumorte es. Zusammen mit der Wunde bekam sie langsam das Gefühl, sie müsse sich übergeben. Sie biss ein paar Mal lustlos in das Sandwich, trank ein paar Schluck Wasser und fühlte sich dann gut genug, um das Sandwich aufzuessen.

Doch schnell wurde ihr klar, dass man ihnen etwas ins Essen gemischt hatte, denn erst verlor Fino das Bewusstsein und dann Ebony.

Carson Franks ließ grinsend seinen Blick über die beiden ohnmächtigen Menschen schweifen. „Ich glaube, es ist Zeit, Tigri anzurufen.

Mal sehen, wie viel er locker macht um seine Frau und seinen Neffen zurückzubekommen."

Neben ihm stand der Junge, Rex, und nickte. „Sie werden also beide zurückgeben?"

Carson lachte. „Keine Chance. Der Junge ist mir eigentlich egal. Wir können seinen Körper von mir aus im Meer versenken, aber das Mädchen... sie gehört mir... und ihren Körper schicken wir Tigri, damit er weiß, dass er sich nie wieder mit Carson Franks anlegen sollte..."

KAPITEL EINUNDZWANZIG

John Halsey stand vom Stuhl in seinem Büro auf und blickte die drei Männer an. „Sie verstehen mich doch, oder? Keine Heldentaten, keine Einzelmissionen. Lasst uns das machen, sonst riskieren Sie alles."

Die drei Männer starrten zurück. Atlas Tigri, Blue Allende und – ausgerechnet – Cormac Duggan war die gleiche Emotion ins Gesicht geschrieben: Skepsis. John Halsey seufzte.

„Hören Sie mal, mir ist schon klar, dass Leute wie Sie denken, dass man mit Geld alles regeln kann – aber so ist das nicht. Wenn Sie Franks auch nur ein Zugeständnis machen, sehen Sie Fino und Ebony nie wieder."

„Wir wollen nur Fino und Ebony in Sicherheit sehen", erklärte Atlas, doch er wusste, dass es ihm eigentlich um mehr ging. Alle hier wünschten sich nichts sehnlicher, als Carson Franks den Garaus zu machen, am besten noch mit bloßen Händen und Halsey konnte sehen, dass er nicht zu ihnen durchdrang.

„Von mir aus, aber versprechen Sie mir… kommen Sie unseren Ermittlungen nicht in die Quere und teilen Sie uns alles mit was Sie herausfinden." Er blickte sie fest an. „Ich meine es ernst: Wenn Sie uns in die Quere kommen, nehme ich sie wegen Behinderung polizeilicher Ermittlungen fest. Sie werden keine Selbstjustiz üben."

„Inspektor, wir sind Weltmänner", sagte Blue ein wenig gereizt, „und wir haben das Geld, die ganze Welt absuchen zu lassen… und das werden wir auch tun."

„Das ist ja in Ordnung. Aber gehen Sie keine unnötigen Risiken ein, das ist alles."

„Wir sind schließlich keine Amateure, Inspektor." Cormac Duggan war von den dreien am arrogantesten, beschloss Halsey und auch der nervigste. Tigri und Allende taten ihm Leid; sie hatten viel durchgemacht. Aber dieser Kerl…

„Mr. Duggan, ich verstehe, warum Mr. Tigri und Dr. Allende hier sind – aber warum sind Sie hier?"

Es folgte eine lange Stille, in der Duggan Atlas einen Blick zuwarf, bevor Atlas schließlich seufzte. „Er ist der Vater von Ebonys Kind und er verklagt mich auf das Sorgerecht für Fino." Er brachte all das mit toter Stimme hervor und Cormac sah wenigstens ein wenig beschämt aus.

„Alles, was mir im Augenblick wichtig ist", sagte er leise und sprach dabei Atlas direkt an, „ist, dass sie wieder in Sicherheit kommen. Alles andere kann warten. Wir können uns weiter bekriegen, wenn sie wieder da sind."

Atlas blickte ihn lange an und nickte dann abrupt.

John Halsey seufzte und nickte in Richtung Tür, um ihnen zu bedeuten, dass das Treffen beendet war. „Ich halte Sie auf dem Laufenden, Gentlemen. Denken Sie an meine Worte."

Vor dem Büro wandte Cormac sich an die beiden. „Ich melde mich bei euch, sobald meine Männer etwas haben. Kann ich darauf zählen, dass ihr das Gleiche tut?"

„Klar."

Atlas nickte. „Komm nachher bei uns zu Hause vorbei, wenn das geht. Wir sollten alle beisammen sein." Atlas konnte selbst nicht glauben, dass er ihm das anbot, aber so war es nun einmal. Er wünschte sich nichts mehr, als seinen Bruder an seiner Seite zu haben und da Mateo nicht bei ihm sein konnte nahm er mit Cormac Vorlieb.

Und er musste fairerweise zugeben – es war schließlich Cormacs Kind das in Ebony heranwuchs. Nachdem Atlas im Gerichtssaal die

Fassung verloren hatte, hatte er sich beruhigt und die Erklärung von Cormacs Anwalt angehört, dass das Datum der Empfängnis und der Besuch im Club zusammenpassten. Stanley hatte mit ihm gesprochen, als er nach stundenlanger Suche nach seiner Frau auf den Straßen von Seattle endlich nach Hause gekommen war.

Und nun ist sie fort und die letzten Worte, die ich zu ihr gesagt habe, waren voller Wut und so beleidigend. Himmel, Ebony, es tut mir so leid. Ich mache es schon irgendwie wieder gut, Baby. Ich schwöre es dir. Bitte komm einfach zurück.

Atlas kehrte nun in ein leeres Haus zurück. Er ging in Bellas Zimmer, doch es war leer. Er seufzte. Bella hatte wirklich Mist gebaut, aber er konnte nicht glauben, dass sie es aus Boshaftigkeit getan hatte.

Sein Handy klingelte und als er abnahm, hörte er Carson Franks' Stimme, die ihm genau erklärte, was er tun müsste, um die Leben der beiden wichtigsten Personen in seinem Leben zu retten.

Ebony war klar, dass Carson ihnen Substanzen verabreichte, damit sie nicht entkommen konnten – was bedeuten musste, dass sie der Zivilisation noch nahe waren. In diesem Zustand würden sie weder schreien, noch einen Fluchtplan entwickeln. Sie fing an, ihr Essen zu verstecken und wies Fino an, nur die äußeren Ränder der Sandwiches zu essen und nur winzige Schlucke Wasser zu trinken.

„Wir müssen so tun als schliefen wir, Liebling, damit sie sich in Sicherheit wiegeln und über Dinge reden, die wir nicht hören sollen. Vielleicht sagen sie uns etwas, was uns bei einer Flucht hilft."

Ihr fiel keine andere Art ein zu erklären was ihnen hier passierte. Gottseidank schienen die kleinen Mengen an Essen, die sie zu sich nahmen nicht kontaminiert zu sein.

Als Rex eines Abends spät zu ihnen hereintrat, hatte Ebony sich schützend um Fino gelegt, wie sie das immer tat und tat nun so, als wäre sie bewusstlos. Als Rex zum Sprechen ansetzte, wurde ihr bewusst, dass er nicht alleine zu ihnen gekommen war.

„Wir halten sie warm und geben ihnen zu essen, keine Sorge."

„Sind sie verletzt?"

Ebony durchfuhr der Schock durch Mark und Bein und sie hielt Fino diskret den Mund zu, als er vor Überraschung zusammenzuckte.

Bella. Das war Bellas Stimme. Sie wollte aufschreien, auf das Mädchen losgehen, sie löchern, warum sie sie so kaltblütig verraten hatte. Eine Träne rann über ihre Wange und Ebony fiel es auf einmal noch viel schwerer, die Bewusstlose zu spielen.

„Sie sehen aus, als wäre ihnen kalt." Bellas Stimme zitterte und Rex seufzte.

„Ich hole ihnen Decken, aber hör mal, wenn Cormac wüsste, dass du hier bist, würde er mich umbringen."

Es folgte Schweigen und Ebony wagte es, ihre Augen einen Spalt weit aufzutun. Sie sah, wie Bella mit tränenüberströmten Gesicht auf sie herabblickte. „Rex, bitte lass sie gehen. Ich hätte nie bei diesem Plan mitspielen sollen. Nimm stattdessen mich."

„Ha." Rex schnaubte auf. „Du hast das nur getan um deine eigene Haut zu retten, damit sie niemals erfahren würden wer den Scharf- schützen reingelassen hat."

„Ich wusste nicht was er tun würde! Er hat Mateo getötet…" Bella fing an zu schluchzen. „Bitte lass sie gehen. Ich besorge euch Geld, genug davon, dass ihr fliehen und ein Leben in Reichtum führen könnt. Bitte. Nur bring sie außer Reichweite von Carson."

„ Nein. Jetzt komm, wir gehen, bevor ich dich mit meinen eigenen Händen kalt mache. Du hast das hier getan, Bella. Vergiss das nicht."

„Warte. Lass mich sie ein letztes Mal umarmen."

Ehe Rex sie aufhalten konnte, war Bella schon auf ihre Knie gesunken und hatte ihre Arme um Ebony und Rex gelegt. „Es tut mir leid, es tut mir so leid", flüsterte sie.

Ebony, die Rex nun nicht mehr sehen konnte, öffnete die Augen und blickte Bella an. „Lauf weg", flüsterte sie. „Hol uns Hilfe, Bella. Wenn du das wieder gut machen willst, dann rette uns. Rette wenigs- tens Fino."

Bella schloss fest ihre Augen und verbarg ihr Nicken in einem Schluchzen, ehe sie die beiden losließ. Dann stand sie auf, wischte sich die Tränen ab und Ebony sah ihnen nach, als Rex und Bella den Raum verließen.

Sie atmete langsam aus und wollte Fino gerade sagen, alles wäre gut, als sie Schüsse hörte. *Himmel, nein ...*

Eine Sekunde später wurden ihre schlimmsten Vorahnungen bestätigt, als Carson mit rotem, wütendem Gesicht in den Raum stürzte. „Verdammtes Miststück!"

Ebony wusste, dass er nicht von ihr redete, aber trotzdem ging er ausgesprochen grob mit ihr um, schnitt sie los und zerrte sie und Fino auf die Beine. Die Knarre in seiner Hand war genug, um Ebony daran zu hindern, sich ihm zu widersetzen. Wenn er gerade Rex und, *um Himmels willen*, Bella getötet hatte, dann würde er mit ihnen auch kurzen Prozess machen.

Carson drückte die Knarre an Ebonys Hals und starrte Fino an. „Eine falsche Bewegung, Junge, und ich mache sie kalt. Ist das klar?"

Fino konnte nur verschreckt nicken. Carson zerrte Ebony aus der kleinen Zelle durch einen moderigen Flur. Am Ende des Flures sah sie Rex' Leiche, deren Kopf zur Hälfte fehlte, und sie drückte Fino eng an sich, damit er es nicht sehen musste. Carson riss ihren Arm herum und sie blickte nach links, wo Bella auf ihrem Rücken lag, die Hände auf ihren Bauch gedrückt. Sie hustete Blut. Einen Augenblick lang kreuzten sich ihre Blicke und Bella flüsterte „Es tut mir leid". Dann wurde sie reglos und ihr Augenlicht erlosch. Ebony wehrte sich gegen die unheimliche Übelkeit und Angst, die in ihr aufstiegen.

Als Carson sie ins Tageslicht zerrte, kniffen Ebony und Fino beide ihre Augen zusammen. „Steigt ins Auto. Du setzt dich vorne neben mich, meine Schöne. Den Jungen stecken wir in den Kofferraum."

„Nein, bitte nicht... dort fürchtet er sich."

„Ist mir scheißegal." Carson packte Fino unter den Armen, öffnete den Kofferraum, stopfte den Jungen unsanft hinein und schloss den Deckel wieder. Ebony hörte Fino schreien.

„Keine Angst, Fino, Kleiner", rief sie ihm zu. „Ich bin bei dir ..."

Carson grinste. „Lange muss er die Angst nicht mehr aushalten."

Er zwang Ebony, sich auf den Beifahrersitz zu setzen und setzte sich dann hinters Steuer, ohne ihr beim Anschnallen zu helfen. Nun, da sie sich an das Licht gewöhnt hatte, konnte sie sehen, dass sie vor der Stadt waren auf einer verlassenen Farm am Ende eines Schotterweges.

Während Carson fuhr, hatte er nur eine Hand am Steuer. Die andere mit der Knarre war auf Ebony gerichtet. Auf einmal sah Ebony etwas aus dem Augenwinkel: Als das Auto auf die Autobahn auffuhr, rammte ein dunkler Sedan sie in die Seite.

Das Letzte, woran Ebony sich erinnern konnte, war wie der Wagen auf einen Baum zuraste und Fino aufschrie, diesmal scheinbar vor Schmerz ...

KAPITEL ZWEIUNDZWANZIG

John Halsey überbrachte die Nachricht ohne Beschönigungen. „Man hat sie gefunden. Sie hatten einen Autounfall und der Fahrer, der ihn verursacht hat, hat den Notarzt gerufen. Es sieht nicht gut aus, Männer. Sie möchten vielleicht direkt ins Krankenhaus fahren."

Atlas wollte schnell fahren, am liebsten mit 180 km/h. Aber wenn er auch noch abkratzte, würde das weder Fino noch Ebony eine Hilfe sein und er hatte geschworen sie von nun an zu beschützen.

Ich komme zu euch, flüsterte er und kämpfte gegen das Bedürfnis jede rote Ampel zu überfahren. Seine Hände umklammerten das Steuer so fest, dass seine Knöchel ganz weiß hervortraten. *Warte auf mich. Gib nicht auf, Baby.*

Neben ihm saß Cormac und war allem Anschein nach ebenso verstört und am Rande des Nervenzusammenbruchs wie er.

Als sie auf die Straße des Krankenhauses einbogen, fing er auf einmal an zu reden.

„Atlas… wir haben uns noch nie sonderlich gut verstanden und ich glaube, daran bin teilweise ich schuld. Ich gebe nicht viel von mir preis und ich habe in unserer Beziehung Fehler gemacht… aber ich schwöre es dir, ich liebe diesen Jungen. Ich vergöttere ihn, er ist der Sohn, den ich niemals gehabt habe – und ich dachte, ich würde niemals Kinder bekommen. Die Ärzte haben mir gesagt, ich hätte es sehr schwer, auf natürlichem Wege ein Kind zu bekommen." Sein Lächeln war traurig. „Du verstehst also sicher, warum es mir viel bedeutet, dass Ebony schwanger ist." Er rieb sich das Gesicht und streckte zu Atlas' Überraschung die Hand aus, um seine Schulter zu packen. „Atlas… alles, was mir jetzt noch wichtig ist, ist dass Ebony, Fino und das Baby gesund sind. Alles andere kann warten, bis wir davon ausgehen können."

Atlas nickte, doch konnte vor Angst und Trauer nicht sprechen. Sie parkten das Auto und rannten in das Gebäude. Während sie warteten, erklärte ihnen John Halsey in der Lobby, was genau passiert war.

„Wir haben schon länger vermutet, dass Bella involviert war, also haben wir sie verfolgen lassen. Sie hat uns zu Carsons Versteck geführt, aber bevor wir etwas tun konnten, hat Carson schon seinen Komplizen und Bella erschossen und ist abgehauen. Kurz darauf war der Unfall – einer unserer Männer hat aus Versehen Carsons Auto gerammt, als er vor ihm aufgefahren ist."

Atlas war ganz krank vor Sorge und hatte Mühe, sich zusammenzureißen. „Ebony? Fino?"

„Ebony war nicht angeschnallt", sagte Halsey düster. „Sie ist durch die Windschutzscheibe geflogen. Wir wissen noch nicht, wie schwer sie oder das Baby verletzt sind. Die Ärzte können euch mehr sagen."

Auf einmal stand Cormac neben ihm und packte Atlas am Arm. „Und Fino?"

„Der war im Kofferraum", erwiderte Halsey und wartete bis Cormac aufgehört hatte wie verrückt zu fluchen. „Er steht völlig unter Schock, aber die Wucht des Aufpralls hat ihn nicht so stark getroffen, sodass die Ärzte bisher nur von einer Gehirnerschütterung ausgehen."

Nun war Atlas an der Reihe, den Mann zu stützen, den er bis zu diesem Tag gehasst hatte. Während sie im Wartebereich in Stühle sanken, die gleichen schreckensverzerrten Blicke im Gesicht, kam Blue ins Krankenhaus gerannt.

Er blieb nicht stehen, als Atlas und Cormac aufsprangen. „Ich muss in den OP", rief er aus, drückte die Tür auf und verschwand dahinter. Bevor die Tür sich schloss, rief er ihnen bereits zu: „Romy ist schon drin. Ich sage euch mehr, sobald es geht."

Sie starrten hinter ihm her, als Halsey wieder auftauchte. Vor lauter Chaos hatten sie gar nicht gemerkt, dass er verschwunden war.

„Sie können jetzt zu Fino. Sie müssen noch ein paar Tests machen, aber Verwandte darf er schon empfangen."

Der Junge war traumatisiert und hatte den ganzen Kopf verbunden, doch dafür war er bemerkenswert gefasst. Fast erschreckend, dachte Atlas bei sich, während er Fino in den Arm nahm, bevor er Cormac vorließ. Wahrscheinlich hätte dieses arme Kind nun jahrelange Therapie nötig, um diese Wunden wieder zu heilen.

Atlas schwirrten so viele Fragen im Kopf herum, dass er gar nicht wusste, wo er anfangen sollte. Er machte sich Sorgen seinen bebenden Neffen zu überfordern. Also stellte Cormac die schwierigste Frage.

„Hat dieser Mann dir etwas angetan, Fino?", fragte Cormac und setzte sich auf die Kante des Krankenhausbettes, obwohl das eigentlich nicht erlaubt war. „Wir wissen, dass er dich in den Kofferraum gesteckt hat. Aber hat er… dich angefasst oder auf eine Art mit dir geredet, die dir unangenehm war?"

Fino schüttelte den Kopf und kapierte glücklicherweise nicht, was genau Cormac damit meinte. Atlas unterdrückte ein erleichtertes Seufzen. „Er war gruselig, aber er hat mir nicht wehgetan. Er hat Ebony wehgetan… er hatte ein Messer und hat sie damit geschnitten. Ebony hat gesagt, es wäre alles in Ordnung, aber sie hatte Schmerzen und hat geblutet."

„Oh mein Gott …" Atlas spürte, wie das Blut aus seinem Gesicht wich. Er hatte keinen Zweifel daran, dass Ebony und Fino nun tot wären, wenn man sie nicht gefunden hätte. Fino streckte seine kleine Hand aus und legte sie auf Atlas' Gesicht.

„Nicht weinen, Onkel Atlas… Ebony hat gesagt, dass wir eine Familie werden und das glaube ich ihr. Es wird ihr wieder gut gehen."

Bei diesen Worten stiegen sogar Cormac die Tränen in die Augen, was Atlas gar nicht fassen konnte. Er stand auf. „Hör mal, ich unterhalte mich jetzt mit dem Inspektor… und dann rufe ich meinen Anwalt an. Ich lasse die Klage fallen. Eigentlich wünsche ich mir nur, dass Fino glücklich ist."

Er drehte sich um und ging aus dem Raum und Atlas konnte sehen, wie er resigniert die Schultern hängen ließ. Er blickte Fino an. „Fino, kommst du kurz alleine klar? Ich muss Cormac etwas fragen."

Fino wollte zunächst protestieren, nickte dann aber, lehnte sich zurück und schloss die Augen. Atlas organisierte eine Schwester, die sich zu ihm setzte und machte sich dann auf die Suche nach Cormac. Cormac stand draußen und beobachtete aus dem Schutz des Vordaches den Regen.

„Cormac?"

Er drehte sich um, um ihn anzublicken. Atlas ging zu ihm hin und reichte ihm nach kurzem Zögern seine Hand. Cormac schüttelte sie. „Auch wenn wir in der Vergangenheit Differenzen gehabt haben, und so komisch die Lage auch sein mag… Fino liebt dich", sagte Atlas bemüht. „Ebony ist mit deinem Kind schwanger, ob es mir gefällt oder nicht. Also… müssen wir eine Lösung finden."

Cormac nickte. „Finde ich auch. Hör mal, im Grunde ist meine Geschichte folgende. Vor einem Jahr hat man mir gesagt, dass es sehr unwahrscheinlich sei, dass ich je Kinder bekommen würde. Meine Spermienzahl ist sehr gering. Ich bin auf diese Nachricht hin ein biss-chen durchgedreht und habe mich ständig in Sexclubs rumgetrieben. Ebony… ich konnte sehen, dass sie neu war, also habe ich mich im Club um sie gekümmert… und ja, wir haben uns geliebt. Ich habe ein Kondom verwendet, aber es ist gerissen. Ich schwöre dir, ich habe es ihr gesagt, aber sie hat nie mein Gesicht gesehen. Ich hatte", darüber musste er nun lachen, „ich hatte eine dieser hässlichen Masken an… naja, ich wollte eben was Neues ausprobieren", fügte er hinzu, als Atlas grinste. „Sie wusste also wirklich nicht, dass das Kind von mir war. Sie hat dir doch gesagt, dass es nicht von dir ist?"

„Ja."

„Deshalb habe ich großen Respekt vor ihr. Ach, ich habe ohnehin großen Respekt vor Ebony – tut mir leid, dass ich sie eine Hure genannt habe; das ist sie rein gar nicht."

„Das musst du *ihr* sagen."

„Das werde ich, versprochen." Cormac seufzte. „Letzten Endes will ich einfach nur in die Erziehung meines Kindes und in die von Fino integriert werden. Ich lasse euch schon eine Familie sein, Atlas. Aber bitte lasst mich daran teilhaben. Bitte."

„Keine hinterlistigen Spielchen mehr?"

„Nie wieder."

Atlas betrachtete ihn lang und eingehend. „Als du mir gesagt hast, dass du der Vater von Ebonys Kind bist, bin ich einfach ausgeflippt. Ich hatte das Gefühl, dass mir alles weggenommen wird. Mateo, Fino, Ebony, das Baby... alles."

„Ich weiß. Das tut mir leid."

„Mir auch. Wir haben beide ordentlich Mist gebaut, aber wenigstens bemühst du dich, es wieder gut zu machen. Ich habe noch nicht mal damit angefangen."

„Sie wird dir vergeben", erwiderte Cormac. „Du hast an diesem Tag eben die Nerven verloren. Das bedeutet nicht, dass deine Worte gerechtfertigt waren, auch wenn ich dich provoziert habe. Aber sie wird dir vergeben, denn so ein Mensch ist sie eben."

Atlas nickte und ließ die komplizierten Gefühle einfach los. „Und danke, dass du die Klage fallen lässt. Fino gehört zu Ebony und mir – aber er braucht auch dich. Was das Baby angeht... das ist Ebonys Entscheidung."

„Einverstanden." Cormac rieb sich das Gesicht. „Ich habe so viele Jahre damit verschwendet dich und Mateo zu hassen und meine Gründe dafür waren so nichtig."

„Es ist nie zu spät."

„Da hast du recht." Cormac tätschelte Atlas den Rücken. „Komm, wir gehen zurück zu Fino und warten auf Blue."

Zwei Stunden später kam Blue zu ihnen... und er lächelte.

KAPITEL DREIUNDZWANZIG

Ein Jahr später ...

Romy grinste, als sie Ebony dabei beobachtete, wie sie mit ihrer wuseligen, fünf Monate alten Tochter kämpfte. Obwohl sie noch winzig war, wusste Matilda genau, wie sie ihre Mutter um den Finger wickeln konnte. Romys Zwillinge waren nun fast zwei und machten zusammen mit Fino Jagd auf ihre Schwester.

„Kommst du klar?", fragte sie schließlich Ebony, welche die Augen verdrehte.

„Ja, es geht... sie ist wirklich ein kleines Monster." Sie gab ihrer Tochter einen schmatzenden Kuss auf den Bauch, sodass sie davon kichern und jauchzen musste. Ebony küsste ihre weiche Wange und kuschelte Matty an sich. „Aber ich liebe dich ebenso sehr, du kleiner Frechdachs." Sie küsste sie wieder und reichte sie dann widerwillig weiter an Cormac, welcher das Kind hochwirbelte und es so verzückt anstrahlte wie immer. Dieser Kerl war völlig hin und weg – so viel stand fest.

Atlas beobachtete sie lächelnd. „Ich habe doch wirklich eine skurrile Familie", sagte er nicht zum ersten Mal und musste lachen, als alle genervt aufstöhnten.

„Das sagst du ständig." Ebony berührte seine Wange und er zog sie auf seinen Schoß und drückte ihr einen Kuss auf die Lippen.

Ihre große Familie – Atlas, Ebony, Matty und Fino, Cormac und Lydia, Stanley und Vida und die Allendes – genossen an diesem Tag einen spätsommerlichen Grillabend, bevor Atlas und Ebony ihre lang ersehnten Flitterwochen auf den Seychellen antreten würden.

„Dich jetzt zwei Wochen lang durchzuvögeln ist alles, was ich mir momentan wünsche", murmelte Atlas Ebony ins Ohr und sie erbebte vor Erregung. „Sobald wir in dieser Villa auf diesem Strand angekommen sind, besorge ich es dir – in jedem Zimmer, in jeder Stellung."

Ebony unterdrückte ein Stöhnen des Verlangens. „Du hältst besser Wort."

Sie kicherten beide. Seit Ebony ihre Tochter auf die Welt gebracht hatte – Atlas sah Matty immer noch genauso als sein Kind an wie das von Cormac – standen sie einander noch näher. Infolge der Operation nach dem Unfall hatte Ebony sich tagelang in einem künstlichen Koma befunden und als sie daraus erwacht war, hatte Atlas sich in einem stundenlangen Gespräch bei ihr entschuldigt, bis sie ihn unterbrochen und ihm gesagt hatte den Mund zu halten und sie zu küssen. Er war der Anordnung nur zu gerne nachgekommen.

Ebony selbst war hocherfreut darüber, dass ihre und Finos Entführung doch etwas Gutes gehabt hatte: Cormac und Atlas arbeiteten nun an ihrer Beziehung und Cormac hatte die Sorgerechtsklage fallengelassen. Stanley und Vida hatten mit gebrochenem Herzen Bella begraben – Ebony hatte die junge Frau sehr verteidigt und dafür war vor allem Stanley dankbar gewesen. „Genau das braucht Vida jetzt", sagte er und küsste Ebony auf die Wange. Sie erfuhren von Mateos Mörder, dass er sie ausgetrickst hatte, sie an diesem Tag auf das Grundstück zu lassen und dass sie Angst vor der Schande bekommen hatte, als Carson Franks anfing sie zu erpressen.

„Bella war einfach zu naiv", hatte Stanley gesagt und Vida hatte genickt. Vida selbst hatte sich sehr stark verändert und war kaum wiederzuerkennen als die oberflächliche, nervige Frau die sie gewesen war. Der Verlust ihres einzigen Kindes hatte ihr bewusst gemacht, dass ihre Verbindung zu Stanley kostbar war und nun standen sie sich näher denn je zuvor.

Romy hatte sich von ihrer Messerattacke erholt, auch wenn sie immer noch hinkte und einen Gehstock verwenden musste. Nachdem sie Monate in der Reha verbracht hatte, konnte sie es kaum erwarten, wieder im Zentrum anzufangen. Weil Atlas um Blues Vorbehalte wusste, hatte er dafür gesorgt, dass das Zentrum nun wirklich absolut sicher war, sowohl für Gäste als auch für Personal. Das stellte Blue ein wenig zufrieden, aber Romy hätte auch so darauf bestanden, zurück-zukehren.

Carson Franks war klar geworden, dass er am Ende seiner Reise angekommen war und hatte sich mit seinen Anwälten abgesprochen. Er würde nun als schuldig vorsprechen, um der Todesstrafe zu entgehen und würde lebenslang ins Gefängnis wandern. Er würde hinter Gittern sterben. Romy, Atlas, Ebony und insbesondere Fino waren spürbar erleichtert, dass sie keine Aussagen machen müssen würden.

Später an diesem Abend küsste Ebony ihre Tochter und hielt sie eng umschlungen. „Bist du sicher, dass du alleine mit ihr klarkommst?"

Cormac verdrehte die Augen und Lydia – mit der sich Ebony über-raschenderweise eng angefreundet hatte – lächelte. „Wir können es kaum erwarten, Ebs, keine Sorge. In den nächsten zwei Wochen werden wir Matty nach allen Regeln der Kunst verwöhnen."

Ebony grinste. „Genau davor habe ich Angst, Lyds."

Lydia lachte und nahm Matty Ebony ab. „Sieh dir doch mal diese Pausbäckchen an... einfach herzig. Und jetzt sag Tschüss zu Mama und Papa, Süße."

Matty grinste und winkte ihnen, sodass sie lachen mussten. Matty war das glücklichste Kind, das Ebony je gesehen hatte – aber natürlich sprach sie da nicht ganz vorurteilsfrei.

Atlas küsste seine Tochter. „Sei brav bei Papa und Lydia, meine Kleine. Ich habe dich lieb." Er drehte sich um und schnappte sich Fino, der gerade an ihnen vorbeieilte. „Und dich habe ich auch lieb, Kleiner. Pass gut auf deine Schwester auf."

„Mache ich, Papa." Fino küsste Atlas auf die Wange und umarmte dann Ebony. „Tschüss, Mama."

Ebony umarmte ihn fest. „Hab dich lieb, Kleiner." Atlas Blick kreuzte sich dabei mit ihrem und beide waren ausgesprochen gerührt. Das war das erste Mal, dass Fino sie mit diesen Spitznamen genannt hatte.

Im Flugzeug redeten sie noch einmal darüber und auch im Taxi, während sie über die Insel fuhren. Draußen glitzerte das blaue Meer, Fauna und Flora erstrahlten in allen erdenklichen Farben und die Hitze der Sonne kitzelte auf ihrer Haut.

Atlas hielt sein Versprechen. Sobald der Taxifahrer ihre Taschen in die Villa getragen und sich mit einem großzügigen Trinkgeld davongemacht hatte, nahm Atlas Ebony auf den Arm und eilte mit ihr ins Schlafzimmer, sodass Ebony einen Kicheranfall bekam. Sie fanden es nicht sofort, doch sobald sie das riesige Bett mit dem Mückennetz entdeckten, grinsten sie einander an. Atlas legte sie auf der weichen Matratze ab und sank zwischen ihre Beine, schob ihr Kleid hoch und riss ihr das Höschen vom Leib.

Ebony konnte kaum zweimal durchatmen, bevor er schon begann, sie mit seinem Mund zu verwöhnen. Seine Zunge umspielte ihre Klit, er schmeckte und knabberte an der empfindlichen Perle, bis Ebony kam und sich unter seiner Berührung wand. Dann küsste Atlas sie auf den Mund, legte ihre Beine um seine Taille und stieß in sie hinein, sodass sie vor Verlangen aufstöhnte. Mit rhythmischen Bewegungen drang er immer weiter in sie vor. Ebony drückte ihm leidenschaftliche Küsse auf den Mund, während sie hemmungslos fickten, sich aneinander klammerten und schließlich lautstark und enthemmt kamen.

Sie liebten sich bis spät in die Nacht, bis sie vor Müdigkeit und Hunger nicht mehr konnten und sich zu einem Abendmahl auf der Veranda niederließen. Atlas streichelte ihr über den Kopf und sie genoss die Berührung. „Weißt du was komisch ist? Ich habe das

Gefühl, dass wir zum ersten Mal wirklich alleine sind, seit wir uns kennengelernt haben.“

Ebony lachte. „Stimmt ja auch irgendwie. Als wir uns kennengelernt haben, war Matty schon in meinem Bauch.“

Sie lachten beide. „Weißt du, was das bedeutet?“

„Was?“ Ebony grinste über seinen lasziven Blick und wusste genau, was er sagen würde.

„Das bedeutet, meine wunderschöne, heiße Frau, dass wir jeden Tag den ganzen Tag ausgesprochen schmutzige Dinge treiben können...“

Ebony beugte sich vor und küsste ihn sanft. „Wie schmutzig genau, Mr. Tigri?“

„Nun“, meinte er und zog sie auf seinen Schoß, „gehen wir doch ins Schlafzimmer, dort werde ich dich einer Demonstration unterziehen.“

Ebony kicherte und streichelte sein Gesicht. „Ich liebe dich so sehr, Atlas. So, so sehr.“

Und er hob sie hoch und trug sie ins Bett.

Mitten in der Nacht erwachte sie davon, dass der Mond sie durch das Fenster hell anschien. Sie stand auf, ging zum Fenster und blickte auf das Meer hinaus, dessen Wellen gegen den Strand vor ihrer Villa schlugen. Ein Jahr, sechs Wochen und vier Tage. In dieser Zeit hatte ihr Leben sich komplett verändert. Sie hatte nicht nur Atlas kennengelernt, ihn geheiratet und ihr erstes Kind auf die Welt gebracht, sie war auch Adoptivmutter geworden und hatte eine Entführung und einen Autounfall überlebt.

All das... und nun stand sie kurz vor dem Durchbruch in ihrer Karriere. Die letzten paar Monate hatte sie mit Quartet zusammengearbeitet und war nun kurz davor, ihr erstes Album herauszubringen. Nach diesem Urlaub würde sie damit anfangen die Platte zu promoten und dann würde sie sogar auf Tour gehen. Eine Tour der besten Jazzclubs in Amerika, welche ihren Anfang bei den *Alley Cats* in Seattle auf der 6th Avenue haben würde.

Ebony erschauderte vor Vorfreude und seufzte dann zufrieden, als sie spürte, wie Atlas seine Arme um sie legte und seine Lippen auf ihre Schulter drückte.

„Im Bett war mir zu kalt", meinte er und sie kicherte.

„Ich bezweifle, dass die Temperatur hier je unter 25 Grad sinkt."

Atlas lachte leise. „Von mir aus, dann war ich im Bett zu alleine."

Ebony drehte sich in seinen Armen um und strahlte zu ihm hinauf. Allein bei seinem Anblick schlug sein Herz schneller. Sie strich sanft über sein Gesicht und labte sich an seinem Anblick.

Atlas lächelte zu ihr herab. „Du bist so schön. Woran hast du gerade gedacht?"

Ebony lächelte, drängte ihren nackten Körper an seinen und ihre Lippen auf seinen Mund. „Morgen", meinte sie und führte ihn dann wieder zurück ins Bett.

Ende.

IHRE DUNKLE MELODIE ERWEITERTER EPILOG

September...

Sie lagen in ihrem Bett zu Hause in Seattle und Atlas Tigri kicherte und stupste seine Frau mit seinem Fuß an. „Hey, Schlafmütze, ich habe hier noch eine tolle Kritik für dich. *Verlaines „Angelheart" versetzt einen zurück in die subtile Klasse von Fitzgerald und Holiday, doch ihre feurige Sinnlichkeit beschert dem Zuhörer eine Gänsehaut – man braucht danach praktisch eine Post-Sex-Zigarette."*

Ebony setzte sich im Bett auf, während Atlas die Rezensionen zu ihrem Album auf seinem Laptop las. „Steht das wirklich dort?"

Atlas drehte den Computer herum, sodass sie selbst lesen konnte.

„Wow." Ebony war so nervös gewesen bei der Veröffentlichung des Albums, denn sie hatte all ihr Herzblut, all ihre Gefühle hineingegossen; ihre Liebe zu Atlas, zu ihren Kindern Matty und Fino, zu ihrer Familie. *Angelheart* war außerdem ein Liebesbrief an New Orleans, dem Ort an dem sie in Clubs und Cafés ihre musikalische Karriere gestartet hatte und in dem sie erst letzte Nacht eine Launch Party in einer der ersten Bars gehalten hatte – im *Hot Tin Roof* –; die Bar, in welche die Frau ihres Chefs, Kym Clayton, geflüchtet war, bevor sie mit ihrer eigenen Band erfolgreich wurde. Roman Ford von Quartet Records hatte dafür gesorgt, dass der ganze Laden voll von Leuten aus dem Business war, neben einer Menge Fans und Freunden und Familie von Ebony natürlich.

Sie hatten am frühen Nachmittag ein kleines Set gespielt, damit die Kinder mitfeiern konnten. Der zehnjährige Fino, ihr Adoptivsohn und die dreijährige Matty waren, zusammen mit Atlas, die besten Cheerleader die sie sich hätte vorstellen können. Sie hatten eine Menge Spaß gehabt, selbst die Erwachsenen, die bei dieser Gelegenheit keinen Alkohol konsumierten.

Abends jedoch war die Feier von einem Familienfest zu etwas Sinnlicherem geworden. Und als Ebony einige Lieder aus *Angelheart* gesungen hatte, unter anderem den sexuell geladenen Titelsong, hatte sie nur Augen für Atlas gehabt, wie er sie mit lustvollem Blick vom Publikum aus musterte. Sie hatte ihm den ganzen Song über in die Augen geblickt und danach, als Ebonys Bruder und Schwägerin Obe und Juno die Kinder fürs Wochenende weggeschafft hatten, waren Atlas und Ebony in ihre Hotelsuite zurückgekehrt und hatten sich die ganze Nacht lang geliebt.

Nun kroch sie zu ihm hinüber und küsste ihn. „Tut mir leid, ich habe noch nicht Zähne geputzt."

Atlas lachte. „Du schmeckst toll, Baby. Wow, letzte Nacht…"

Ebony grinste und schmiegte sich in seine Arme. Atlas schob den Computer beiseite und schlang seine Arme um sie. „Ich finde das ist Beweis genug, dass diese Platte ein Riesenerfolg ist. Ich bin so stolz auf dich."

„Danke, dass du mich zum Großteil davon inspiriert hast", meinte Ebony und strich mit den Lippen über seine Wange. „Du bist kratzig."

Atlas grinste zu ihr herab. „Ich dachte, dir gefällt mein Bart."

„Tut er auch. Ich mag Stoppel." Sie knabberte an seinem Kinn und brachte ihn zum Lachen.

„Du hast ihm einen Namen verpasst?"

„Und nicht nur deinem Bart." Da mussten sie beide lachen und Atlas kitzelte sie durch.

„Du kleine Spinnerin. Will ich überhaupt wissen, wie du mein bestes Stück genannt hast?"

„Vielleicht."

Atlas lachte laut. „Solange er nicht ‚Winzling' oder ‚Schlappi' heißt, ist es mir eigentlich egal."

Ebony grinste. „So würde ich ihn nie nennen, mein Großer."

Atlas warf sie auf ihren Rücken und legte ihre Beine um seine Taille. Ebony lächelte zu ihm auf, während sie seinen Schwanz streichelte, bis er so hart war wie ein Rammbock. Atlas stieß in sie hinein. Ebony stöhnte, denn er fühlte sich zu gut an in ihr und sie erbebte innerlich. Während sie sich gemeinsam bewegten, küssten sie einander, flüsterten Liebesdinge und murmelten den Namen des jeweils anderen.

Atlas fing an, sich schneller zu bewegen und rammte seine Hüften gegen sie, während Ebony ihn anflehte, es ihr härter, tiefer, schneller zu besorgen. Dann stöhnten sie beide und Ebony verfiel in lustvolle Zuckungen.

„Himmel...", keuchte sie, während sie sich erholte. „Es wird einfach immer besser mit dir."

Atlas drückte ihr einen Kuss auf die Lippen. „Selbst jetzt, da wir Kinder haben."

Ebony grinste. „Nun, genieß dieses Wochenende, Baby. So alleine sind wir nicht oft."

„Das bringt mich auf etwas", meinte Atlas und legte seinen Arm um ihre Schultern. „Dein Geburtstag im November … es kann sein, dass ich da ein langes Wochenende an einem fernen Ort für uns gebucht habe."

Ebony lächelte. „Hast du das wirklich?"

„Und wie. Und, meine Liebe… ich hatte gehofft, dass wir da ein paar neue Dinge ausprobieren könnten… neue Dinge, bei denen du kaum mehr als ein paar Lederriemen trägst."

„Wirklich?" kicherte Ebony und blickte ihn lusterfüllt an. „Willst du das also?"

„Mm-hmm." Er legte sich wieder auf sie. „Was meinst du, Liebling? Willst du ein bisschen BDSM ausprobieren?"

„Mit dir will ich alles", sagte sie und keuchte auf, als ein grinsender Atlas seinen Schwanz wieder tief in ihr vergrub und sie sich weiterliebten, bis der Morgen graute.

~

November ...

„Ich Dummerchen habe an eine Hütte am Lake Tahoe gedacht, als du von Wochenendausflug geredet hast", grinste Ebony, während sie über die Dächer von Jaipur blickten. „Nicht an einen verdammten Palast in Indien."

Atlas lachte. „Naja, du lässt mich schon so nie mit dir in Urlaub fahren oder Geld für dich ausgeben, also habe ich mir gedacht, ich übertreibe es diesmal richtig."

Sie standen auf der Dachterrasse des Maharajah's Pavillon im Raj Palace und genossen den Panoramablick auf die Lichter der Stadt, während es langsam dunkel wurde. Atlas hatte gelacht, als sie vor dem Pavillon vorgefahren waren und Ebonys Kinnlade auf den Boden geklappt war. Das Innere des vierstöckigen Apartments war luxuriös und völlig übertrieben dekoriert. Ebony hatte jedes Zimmer einzeln durchschritten und sich jedes Detail eingeprägt, all die prunkvoll verzierten Oberflächen, all die bunten Wandbemalungen. Im Schlafzimmer stand ein bequemes, goldfarben bezogenes Bett und sobald ihr Page ihre Koffer hereingebracht und sie alleine gelassen hatte, hatte Atlas Ebony auf die Matratze geworfen.

„Gefällt es dir?"

„Es ist... wie in einer Traumwelt." Ebony war offensichtlich überwältigt. Sie grinste ihn an. „Es ist *so* anders, Atlas, als alles, was ich bisher erlebt habe... was für eine tolle Überraschung."

„Nun, das war ja der Zweck dieses Urlaubes... neue Dinge auszuprobieren." Er blickte ihr tief in die Augen und sie lächelte. Sie konnte das Verlangen in ihrem eigenen Blick kaum verbergen.

„Na, dann pack mich doch aus und dann sehen wir mal, was ich für dich habe."

Seine Augen fingen an zu leuchten. „Oho, ich bin also nicht der einzige, der ein Geheimnis gehütet hat?"

Ebony wand sich vor Vergnügen und lachte. „Nein."

Atlas grinste, knöpfte langsam ihr lila Sommerkleid auf und sog scharf die Luft ein, als er sie daraus schälte. „Himmel, Ebony …"

Ihr Körper war in nichts als eine feine, goldene Kette gehüllt, die ihre dunkle Haut zum Leuchten brachte. Sie schmiegte sich um ihren Busen, an ihrem Bauch und glitt sogar zwischen ihren Beinen durch. An ihren Nippel hingen zwei goldene Klemmen. Atlas küsste sie stürmisch auf den Hals und streichelte hungrig ihre Kurven, während Ebony sich zufrieden in die Kissen sinken ließ. „Zieh dich aus, Atlas; ich will deinen Körper sehen."

Atlas riss sich voller Ungeduld die Klamotten vom Leib, damit er sich wieder an ihrem Körper laben konnte. Als er sich auf sie legte, strich Ebony mit ihren Händen über seine harten Brustmuskeln und seinen flachen Bauch und nahm schließlich seinen Schwanz in die Hände. „Ich will dich schmecken."

„Beide gleichzeitig?"

Sie nickte und er rückte sich so zurecht, dass sie seinen Schwanz in den Mund nehmen konnte, während er selbst sich wieder um ihr Geschlecht kümmerte, mit seiner Zunge ihre Klit umspielte und auch tief in ihre Lustgrotte eintauchte. Sie verhalfen einander zu einem exquisiten Orgasmus, bevor Atlas ihre Beine um seine Taille schlang und seinen riesigen Schwanz in sie versenkte, sodass sie lusterfüllt seinen Namen rief. Sie vögelten wie die Wilden und als sie erneut kam, wagte Atlas einen beherzten Griff ins Nachtkästchen und zauberte einen beeindruckenden Dildo hervor. „Ich bumse dich jetzt mit meinem Schwanz in deiner Fotze und diesem Ding in deinem Arsch … bist du bereit?"

„Oh mein Gott, *ja…*" Ebony war von Sinnen vor Verlangen, als Atlas ihre Füße auf seine Schulter legte und den Dildo in ihrer Schokoladenfabrik versenkte, während er ununterbrochen ihre Fotze durchfickte.

Ebony sah beinahe Sterne. Vor Intensität musste sie die Augen verdrehen, denn ihr Ehemann fickte sie so gekonnt, dass sie in heftige

Zuckungen verfiel, als sie schließlich unter seiner Ausnahmebehandlung kam. Sie hätten baden können in dem See ihrer Körperflüssigkeiten, die sich dabei aus ihr ergossen. So sehr hatte sie sich noch nie fallenlassen und als sie nach dem Höhepunkt wieder zu Atem kam, merkte sie schnell, dass das erst der Anfang gewesen war.

„Ich habe eine ganze Schachtel voll Spielzeug, Liebes", meinte er und zückte auf einmal ein flaches Paddle. Ebony drehte sich sofort auf den Bauch und jauchzte vergnügt, als Atlas das Paddle fest auf ihren Po niedersausen ließ. Während der kurze, scharfe Schmerz noch in ihr nachhallte, murmelte Atlas ihr ins Ohr, was er gerne mit ihr anstellen würde, sodass sie sofort unanständig feucht wurde – zum Glück, denn schon hatte er seine Hand zwischen ihre Beine und in ihr Innerstes geschoben und dehnte sie erst mit zwei, dann drei, dann vier Fingern. Sein Daumen streichelte dabei rhythmisch ihre Klit – die Zärtlichkeit stand in geilem Kontrast zum sengenden Schmerz des Paddles.

„Dein perfekter, kleiner Arsch ist übersät mit Gänsehaut", meinte Atlas und Ebony kicherte.

„Atlas… fick mich. Fick mich, bis ich ohnmächtig werde; fick mich, bis ich so laut schreie, dass die ganze verdammte Stadt mich hört."

Atlas ließ das Paddle fallen, drehte sie abrupt auf den Rücken, nagelte ihre Handgelenke mit seinen Händen auf die Matratze und rammte sein pralles Teil so forsch in sie hinein, dass ihr davon Hören und Sehen verging. Seine grünen Augen blickten sie dabei so hungrig an, dass es Ebony den Atem raubte.

Atlas fickte sie, bis sie tatsächlich die Lustschreie nicht mehr unterdrücken konnte, und ließ sie dann endlich wieder zu Kräften kommen. „Wir müssen ja nicht alles heute ausprobieren", meinte er schließlich zärtlich. „Aber ich muss schon sagen: Es macht mich unglaublich an, mir vorzustellen, wie ich es dir noch so besorgen werde."

Ebony strich mit einem Finger über seine Brust und blickte ihn aus vertrauensvollen Augen an. „Mich genauso… aber ich möchte dich um etwas bitten."

„Was denn?"

Ebony grinste breit. „Darf ich diese Nippel Klemmen abnehmen? Die machen mich echt fertig."

Für das Abendessen hatte Atlas einen Tisch in einem exklusiven Restaurant etwas außerhalb des Stadtkernes reserviert und während sie aßen und das köstliche Essen lobten, strich er mit einem Finger über ihre Wange. „Weißt du, woran ich gerade gedacht habe?"

„Wahrscheinlich an Sex, so wie ich dich kenne", gab Ebony grinsend zurück. „Nein, Spaß. Woran denn?"

„Eines Tages, und ich meine damit nicht sofort, aber eines Tages würde ich gerne ein weiteres Kind mit dir bekommen. *Unser* Kind."

Ebony lächelte. Sie wusste, was er meinte, obwohl sie durchaus Fino – in Wirklichkeit Atlas' Neffe – und Matty – in Wirklichkeit nicht Atlas' leibliches Kind – als ihre Kinder ansahen. Doch zu zweit ein Kind zu machen, das war ein großer Traum von beiden. „Das weiß ich, Liebling. Und wenn ich nicht gerade Karriere machen würde, könnten wir morgen damit anfangen. Aber ich muss das eben jetzt tun."

„Ach, ich weiß schon. Ebs, du glaubst gar nicht, wie stolz ich auf dich bin. Du bist ein Star."

„Naja, nicht ganz, aber danke, mein Schatz."

Atlas küsste sie. „Vertrau mir… dieses Album wird ein Welterfolg."

Ebony war zwar skeptisch, freute sich aber über sein Lob; jedoch erst am nächsten Tag fing sie selbst an zu glauben, dass dies tatsächlich eine Möglichkeit war. Roman Ford rief sie an und entschuldigte sich für die Unterbrechung ihres Urlaubes. „Ist Atlas bei dir? Ich finde, das solltet ihr beide hören."

Er klang so aufgeregt, dass Ebonys Herz anfing, immer schneller zu schlagen, und sie stellte das Handy auf laut. „Okay, Roman, schieß los."

„Ebony… heute Morgen sind die Grammy-Nominierungen verkündet worden."

Ebonys Herz machte einen Satz – und gleichzeitig wurde ihr übel. Ihr erstes Album war durchaus gelobt worden, aber das Rennen der Grammys hatte es nicht gemacht. Diesmal würde es doch sicher das gleiche Spiel werden…?

„Du bist nominiert worden. In der Kategorie ‚Best Jazz Vocal Album' für *Angelheart*."

Ebony atmete aufgeregt aus. „Oh mein Gott", flüsterte sie, während Atlas freudig aufjubelte. Roman lachte.

„Und…"

Noch eine Grammy-Nominierung? Heiliger Bimbam! „Und?"

„Album des Jahres."

„*Nein*." Ebony spürte wie ihr schwindelig wurde und setzte sich. Atlas schlang mit einem euphorischen Lächeln seine Arme um sie.

„Und…" Roman schien sich köstlich zu amüsieren. „Song des Jahres für den Titelsong."

„Ich *fass* es nicht…" Ebony war selten ungläubig, aber nun zitterte ihr ganzer Körper vor Überwältigung. Das geschah doch alles nicht wirklich. „Jetzt verarschst du mich aber, Roman."

„*Und…*"

Er würde doch nicht etwa das sagen, was sie nun vermutete? Das war unmöglich.

„Platte des Jahres."

Die höchste Auszeichnung. Der Grammy, den jeder abstauben wollte. „Das erfindest du doch jetzt nur."

Sowohl Roman und Atlas lachten. „Wirklich nicht. Ebony, Schätzchen, herzlichen Glückwunsch. Du verdienst das alles so sehr. Und wenn du gewinnst, bist du die zweite bedeutende Grammy-Gewinnerin bei Quartet. Das passiert wirklich, glaube mir."

„Meine Güte." Ebony vergrub überwältigt ihr Gesicht in den Händen. „Ich kann es einfach nicht glauben."

„Glaube es", meinte Roman gut gelaunt. „Wir wissen alle, dass das ein besonderes Album war. Du hast darauf wirklich Leidenschaft bewiesen. Übrigens, Kym macht mir Stress, wenn ich dir nicht von ihr herzliche Glückwünsche ausrichte. Sie sagt, sie ist einfach nur froh, dass ihre Band dieses Jahr kein Album rausgebracht hat."

Ebony lachte. „Ha, da bin ich auch froh. Ich hätte sonst keine Chance gehabt. Danke, Roman. Ich muss das nur verdauen, das ist alles."

„Alles klar, Schätzchen. Na, dann lass ich euch mal wieder in Ruhe. Komm bei mir vorbei, wenn du wieder in Seattle bist."

„Versprochen, Roman. Tschüs."

Nachdem sie das Gespräch beendet hatte, starrten Ebony und Atlas einander zunächst ungläubig an und brachen dann in Gejubel aus, umarmten einander und kugelten über den Boden wie aufgeregte Kinder. Danach riefen sie Fino und Matty in den Staaten an und erzählten es ihnen. Matty machte einfach nur erfreute Geräusche, aber Fino wusste bereits bestens, was die Grammys waren, und flippte schier aus. „Darf ich mit? Darf ich zu der Verleihung?"

„Mal sehen, Kleiner", erklärte Atlas seinem Sohn und musste über dessen enttäuschtes Seufzen lachen.

Der Rest des Urlaubes verging wie im Flug und als sie aus Indien die Heimreise nach Seattle antraten, lehnte sich Ebony in ihrem Sitz zurück und lächelte ihren Ehemann an. „Das war die perfekte Auszeit." Sie küsste ihn sanft. „Danke. Ich würde zu gerne die Kinder einmal hierher bringen. Vielleicht nicht gerade in einen *Palast*; schließlich sind wir nicht die Kardashians." Sie lachte, als Atlas das Gesicht verzog.

„Wir könnten alle drei Kinder mitbringen... oder alle vier... oder alle fünf..." Er grinste, während Ebony lächelnd die Augen verdrehte.

„Mach mal halblang, mein Guter. Fangen wir erst einmal mit einem dritten an und sehen dann weiter."

Atlas küsste sie sanft auf die Lippen. „Ich liebe dich, Grammy-Nominierte Ebony Verlaine."

„Und ich dich, Verführer einer Grammy-Nominierten, Atlas Tigri."

Februar ...

. . .

Nun dachte Ebony an dieses Gespräch zurück, während sie im hinteren Bereich der Bühne am Madison Square Garden stand und darauf wartete, *Angelheart* zum Besten zu geben. Sie schluckte ihre Nervosität herunter, die noch dadurch verstärkt wurde, dass sie die Show einläutete, und atmete tief ein. Die letzten drei Monate waren in einem Wirbelwind aus Presse, Interviews, Fernsehauftritten und Konzerten vergangen. Quartet hatte das alles organisiert, um ihre Visibilität vor den Grammys auf das Maximum zu erhöhen.

Ebony war es schwer gefallen, sich selbst zu promoten, aber Atlas hatte sie erinnert: „Du musst nur demonstrieren, dass du an deine Arbeit glaubst, du musst ihnen diese Leidenschaft zeigen, mit der du das Album kreiert hast. Dann ist alles gut.“

Daran versuchte sie jedes Mal zu denken, wenn sie in einer Talkshow oder beim Frühstücksfernsehen zu Gast war und wenn sie mit den Horden von Journalisten sprach, die nicht nur aus der Musikpresse stammten. Diesen Monat stand sogar ein Fotoshooting mit der *Cosmopolitan* an.

„Ein Fotoshooting? Mit mir?“

Ihre PR-Agentin Emily Moore hatte nur die Augen verdreht und gegrinst. „Ebony, du siehst umwerfend und ganz ungewöhnlich aus. *Natürlich* reißen sich die Modezeitschriften um dich.“

Selbst jetzt, als man sie auf der Bühne ankündigte, fühlte Ebony sich immer noch wie ein Neuling, obwohl sie ein hautenges Kleid von Versace und richtig hohe Schuhe trug. Fall bloß nicht um, redete sie zu sich und als dann ihre Musik zu spielen begann und man sie auf die Bühne winkte, ergab sie sich ihrem Adrenalinrausch.

Später erinnerte sich Ebony kaum an Details der Zeremonie. Ihre Darbietung erntete unglaublich enthusiastischen Applaus und als eine Dreiviertelstunde später bekannt gegeben wurde, dass *Angelheart* den Preis für das Best Jazz Vocal Album gewonnen hatte, hatte sie vor Freude völlig neben sich gestanden. Jetzt war sie eine verdammte *Grammy*-Gewinnerin! Wie zu Teufel hatte sie es hierher geschafft Atlas war außer sich gewesen vor Freude, hatte sie hochgehoben und herumgewirbelt, bevor sie auf die Bühne gegangen war. Sie hatte den Preis angenommen und sich bei allen bedankt, die ihr bei *Angelheart* geholfen hatten – vor allem natürlich Atlas und ihren Kindern, bei wessen Erwähnung ihr die Tränen gekommen waren.

Roman hatte ihr erzählt, dass Jazz-Alben nur selten die großen Preise gewannen wie Album, Song oder Platte des Jahres und so wurden Album und Song auch tatsächlich an einen Rap- bzw. Popkünstler verliehen. Ebony war das egal; die Nominierungen ehrten sie schon genug und nun konnte sie ganz entspannt den Rest der Zeremonie genießen. Um sich ein Päuschen zu gönnen, verzogen sie und Atlas sich zwischendrin in die Umkleidekabine und trieben es dort wie zwei verliebte Teenager, bevor sie kichernd wieder ihre Plätze einnahmen.

Madison Square Garden war zum Bersten voll und als mit Platte des Jahres der letzte Gewinner bekanntgegeben wurde, blickte Ebony sich um und wurde sich endlich bewusst, wo sie überhaupt war. Sie hatte es aus den winzigen, düsteren Clubs tatsächlich hierher geschafft. Sie hatte ihre Ziele erreicht und fühlte sich durch und durch zufrieden.

Auf einmal schienen die Leute im Saal durchzudrehen und alle Blicke waren auf sie gerichtet. Neben ihr waren Atlas und ihre Freunde aufgesprungen und klatschten jauchzend in die Hände. Ebony blinzelte und blickte Atlas verwirrt an. „Was?"

Über sein wunderschönes Gesicht zog sich ein breites Lächeln, er hob sie hoch und umarmte sie fest. „Du hast gewonnen, Baby, du hast gewonnen! Platte des Jahres!"

Ebony spürte, wie ihr sämtliche Farbe aus dem Gesicht wich. „Du verarschst mich." Doch dann sah sie sich um und bemerkte, wie der ganze Saal sie applaudierte. Es stimmte also: Sie hatte den begehrtesten Preis des Abends gewonnen."

„Konnte man mir überhaupt folgen?", fragte sie Atlas im Taxi auf dem Rückweg zum Hotel, während sie ihre beiden goldenen Grammys umklammerte.

Atlas lachte. „Mehr oder weniger. Baby, ich kann dir gar nicht sagen, wie stolz ich bin und wie sehr ich dich liebe. Du hast es geschafft, Baby. Du hast alle *umgehauen* heute."

Ebony kicherte und küsste ihn. „Ohne dich wäre ich längst nicht hier, Baby." Sie blickte versonnen zu ihm auf. „Als ich dich kennengelernt habe, das war der echte Hauptgewinn. Aber", fuhr sie grinsend fort und drückte die Preise enger an sich, „die hier sind auch ziemlich toll. Und Fino und Matty bekommen jeweils einen in ihrem Zimmer."

„Das wird ihnen gefallen." Atlas drückte seine Lippen auf ihre und knabberte dann an ihrem Ohr. „Und wenn wir wieder im Hotel sind, darfst du auf meinem ganz eigenen Goldbarren reiten."

Ebony prustete los und Atlas grinste. „Denkst du, ich mache Witze?"

„Nein, nein, aber ich nehme dich beim Wort… und zwar die ganze Nacht lang."

Ebony schloss die Augen und erbebte vor Lust. Atlas riesiger, steinharter Prügel war tief in ihr begraben und sein Mund kümmerte sich gerade um ihren Nippel, bis er unheimlich sensibel wurde. Seine Hand streichelte meisterhaft ihre Klit und schon bald keuchte Ebony unter einem heftigen Orgasmus auf, während Atlas sie dominierte. Sie spürte wie sein Schwanz in ihr explodierte und sie mit seinem süßen, sahnigen Saft füllte. „Ach, ich liebe dich so sehr, Atlas Tigri", seufzte sie während sie wieder zu Atem kamen. „So, so sehr."

Atlas strich ihr über das Gesicht. „Und ich dich erst."

„Vielleicht sollten wir jetzt sofort ein weiteres Kind zeugen", meinte Ebony, die von einer Welle der Euphorie weggeschwemmt wurde.

Atlas lächelte und küsste sie. „Wie wäre es, wenn wir das dem Zufall überlassen? Ich hasse es, wenn man zu viel vorausplant."

Ebony nickte. „In Ordnung, ich setze die Pille ab und wir lassen uns überraschen. Was meinst du?"

„Abgemacht."

· · ·

Ein paar Tage später entdeckte Ebony allerdings, dass ihre florierende Karriere ihr zum Problem werden könnte. Im Büro von Quartet traf sie sich mit Roman Ford und seinem Geschäftspartner Dash Hamilton, um ihre Strategie infolge der Grammy-Ehrung zu besprechen.

„Deine Verkaufszahlen haben sich verdreifacht", grinste Dash, „aber wir wollen langfristigen Erfolg sichern. Dein Genre konzentriert sich eher auf Albumverkäufe als auf Singles und wenn wir unsere Karten gut ausspielen, verkaufen wir *Angelheart* in dreißig Jahren noch. Du bist wirklich ein Ausnahmetalent, Ebony."

Ebony wusste, dass sie sich nicht überwältigt fühlen sollte, aber so fühlte sie sich dennoch. „Was steht also als nächstes an?"

Roman lächelte. „Nun, leider bedeutet das für dich Promotion, also mehr Interviews, mehr Konzerte… und eine Tour. Wir wollen ehrlich sein, Ebony. Um das Beste für dich herauszuholen, denken wir an eine Welttournee. Und das bedeutet, dass du eine ganze Weile von deiner Familie getrennt sein wirst."

Ebony war erschüttert. „Geht das nicht episodenweise?"

„Nun ja… nur zu einem gewissen Grad. Schließlich sind wir ein Unternehmen und müssen die Kosten so gering halten wie möglich, damit wir den Profit maximieren können. Und das bedeutet zum Beispiel für deine Tour durch Europa. Dass du dort pro Hauptstadt zwei Gigs spielen und dann in die nächste Hauptstadt weiterreisen wirst. Das wird sehr intensiv und anstrengend… aber es ist notwendig."

Das war's dann mit unseren Babyplänen fürs nächste Jahr. Ebony war überrascht, wie sehr sie das betrübte, doch Roman und Dash wollte sie davon nicht erzählen.

Atlas hörte ihrer Ankündigung gut zu, während sie an diesem Abend Essen kochten. Ebony rührte in der Nudelsauce und konnte Atlas nicht in die Augen blicken, als sie ihm enthüllte, dass der Nachwuchsplan zunächst auf Eis gelegt war.

Während des Abendbrotes war Atlas sehr still, aber Fino und Matty unterhielten sich gottseidank köstlich. Sie waren immer noch begeistert von ihren Grammys, die nun in den Regalen ihrer Kinderzimmer standen. Ebony warf Atlas einen Blick zu, der ins Nichts starrte und gedankenversunken sein Essen kaute.

Gerade servierte sie den Kindern einen Obstsalat, als er endlich das Wort erhob. „Kinder… ihr wisst ja, dass eure Mutter jetzt ein Star ist? Nun, sie muss eine Weile weggehen und das bedeutet, dass wir sie möglicherweise ein ganzes Jahr nur sehr wenig sehen werden. Sie geht mit ihren Liedern auf Welttournee."

Matty machte große Augen. „Ein ganzes Jahr?"

Ebony nickte und fühlte sich schrecklich dabei. Hörte sie ein wenig Groll aus Atlas' Stimme heraus oder wollte er einfach nur praktisch sein? Fino nickte weise. „Ich wusste, dass du eines Tages auf Tournee gehen würdest, Mama. Können wir auf ein paar Konzerte kommen?"

„Natürlich, mein Schatz… aber möglicherweise seht ihr mich erstmal eine lange Zeit nicht. Natürlich können wir nicht eure Schulbildung unterbrechen. Hört mal", seufzte Ebony. „Ich finde es auch schrecklich, so lange von euch entfernt zu sein. Wirklich *schrecklich*. Aber das ist eben mein Job und ich schulde es den Leuten von Quartet. Sie sind so gut zu mir gewesen."

Atlas griff nach ihrer Hand. „Ich finde es auch schrecklich, aber ja. Ich glaube, du musst es tun."

Später, als sie im Bett lagen, kuschelte Ebony sich an ihn heran. „Jetzt kannst du mir sagen, wie du wirklich darüber denkst, Baby. Das wird bedeuten, dass wir uns mit dem Baby noch Zeit lassen müssen."

Atlas nickte. „Und das enttäuscht mich natürlich, Ebony. Ein Teil von mir will dich so sehr darum bitten, dass du bleibst, dass ich schreien könnte. Aber wir sind schließlich erwachsen."

Ebony küsste seinen Hals und strich mit ihren Händen über seinen Körper. „Zeig mir doch mal, wie erwachsen wird sind, Baby."

Atlas lächelte sie an. „Ehrlichgesagt bin ich ziemlich erschöpft."

Die Zurückweisung kränkte sie ein wenig, aber Ebony nickte trotzdem. „In Ordnung."

Es entstand einen unangenehme Gesprächspause, bevor Atlas ihr

Kinn anhob um ihr in die Augen zu blicken. „Ich bin echt müde, Baby; ich bin nicht stur. Ich glaube, ich bekomme vielleicht eine Erkältung."

Er drückte seine Lippen auf ihre. „Hey, wenn ich dich anstecke, musst du daheim bleiben." Er grinste, sodass sie kapierte, dass es ein Witz war. Ebony lachte.

„Bräuchte ich dann nicht eine Entschuldigung von meiner Mutter?"

„Die könnten wir fälschen."

Ebony kicherte. „Du Knallkopf. Ich liebe dich so sehr."

„Und ich dich, du Knalltüte. Hör mal, diese Tour… wir wissen beide, dass du sie machen musst. Wir finden schon unseren Weg – und so oft es geht, bringe ich dir Kinder zu dir… und sorge dafür, dass wir Zeit zu zweit haben. Das klappt schon."

„Und nach der Tour… machen wir ein Baby", sagte Ebony bestimmt. „Unser Baby. Ich will es so sehr, Baby."

„Ich auch, Schätzchen. Wir haben alle Zeit der Welt."

Einen Monat später starrte Ebony wie versteinert aus dem Fenster der Arztpraxis, während sie den Worten des Arztes kaum glauben konnte. Atlas war nicht erkältet. Er hatte Krebs.

„Die guten Neuigkeiten sind, wenn man von so etwas sprechen kann, dass wir ihn früh erwischt haben. Wir können operieren, um den Tumor zu entfernen und wenn das gut funktioniert, brauchen Sie wahrscheinlich nicht einmal Chemotherapie."

Atlas nickte so gefasst wie immer. „Wir müssen die Operation durchführen, bevor Ebony auf ihre Tour aufbricht, wenn das möglich ist, Doc."

Ebony gaffte ihn an. „Baby, ich gehe jetzt auf keinen Fall mehr auf Tour. Du brauchst mich hier."

„Und ich weiß, dass du dann auch für mich da sein wirst, aber du sagst nicht ab. Nicht wegen so etwas. Das ist nur eine kleine Hürde, Ebony."

„Krebs ist doch keine *kleine* Hürde!" Ebony war mit den Nerven völlig am Ende und hatte gar nicht beabsichtigt, ihren Mann so anzukeifen, vor allem nicht vor dem Onkologen, aber sie hatte eine Heidenangst. Sie konnte kaum Atmen und ihre Stimme brach. „Das kann doch alles nicht wahr sein. Doch nicht du, Atlas, nicht du." Die Tränen liefen ihr über die Wangen, während Atlas sie in die Arme schloss. Der Onkologe stand auf.

„Ich lasse Sie mal einen Augenblick unter sich. Ich will nur sagen, Mrs. Tigri… wir haben ihn früh erwischt. Das ist ein unheimlicher Vorteil."

Er nickte Atlas zu, der ihm ein Lächeln schenkte. „Danke, Doc."

Als sie alleine waren, ließ Ebony ihre Angst raus und schluchzte hemmungslos. „Ich halte das einfach nicht aus, Baby. Du darfst nicht sterben."

Atlas ließ sie in Ruhe weinen, bevor er ihr schließlich die Tränen trocknete. „Ebony, Schatz, es wird schon wieder gut. Du hast doch die Scans gesehen; es ist ein winziger Tumor. Der Arzt schneidet ihn mir heraus und schon bin ich wieder startklar. Keine große Sache."

Ebony lehnte sich an ihn. „Ich bleibe bei dir."

„Nein." Er lächelte sie mit sanften Augen an. „Das ist das onkologische Äquivalent zu einer Wurzelbehandlung. Das geht zack-zack."

Ebony ließ sich schließlich überreden die Tour nicht abzusagen, doch am Tag, als Atlas operiert wurde, saß sie im Verwandtenzimmer und hatte vor Angst die Arme fest um sich geschlungen. Juno und Obe passten auf die Kinder auf und Romy Allende war bei ihr. Romys Ehemann Blue war unterstützender Chirurg und setzte sein Privileg als Leiter der Chirurgie Abteilung ein, die Operation an seinem Freund zu beaufsichtigen.

Romy umarmte Ebony. „Blue meint auch, das wird total einfach", versuchte sie sie zu trösten, aber Ebony wollte nichts davon hören.

„Wenn ich ihn verliere…" Sie verstummte. Romy, die zwei schreckliche Messerattacken durchgemacht und beinahe gestorben wäre, strich Ebony das Haar aus dem Gesicht.

„Ich weiß, Schätzchen, aber er wird wirklich wieder gesund. Blue hat mir gesagt, der Krebs hat noch nicht gestreut und selbst wenn sie eine seiner Lungen entfernen müssen – er hat ja noch eine zweite."

Ebony seufzte. „Er hat nie geraucht… nur einmal einen Joint im College."

„Wahrscheinlich ist der Krebs deshalb so klein. Jetzt komm, wir unterhalten uns über etwas anderes. Über deine Tour."

Ebony stöhnte auf. „Himmel… wenn du wüsstest, wie wenig Lust ich da gerade drauf habe …"

„Das weiß ich, aber Atlas hat mir geschildert wie wichtig sie ist und ich stimme ihm zu. Ebony, du hast deine Ziele eine Weile zurückgestellt für Fino und Matty und den ganzen Kram. Das ist jetzt deine Belohnung, vergiss das nicht. Eine Karriere nur für dich, neben Atlas und deinem Leben hier in Seattle. Du stehst kurz davor wirklich alles zu haben was du willst. Die Schwesternschaft sagt immer – das darfst du dir nicht entgehen lassen."

Trotz ihrer Nervosität musste Ebony lachen. „Ich weiß, dass du recht hast, und ich will ja nicht undankbar erscheinen, denn ich weiß wirklich, was für ein Glück ich habe. Es ist nur… Atlas und die Kinder bedeuten mir alles."

„Das verstehe ich, aber wir haben nur ein Leben und du musst dafür sorgen, dass du dein Potential ausschöpfst."

„Ja, Mama."

Romy lachte. „Hör mal, ich kapiere es ja. Aber ich bin angeschossen *und* niedergestochen worden und ich bin *trotzdem* noch hier. Ich nehme alles mit was geht, denn man weiß nie wann es zu Ende gehen wird."

Eine Stunde später kam Blue zu ihnen. Sobald sie sein Gesicht sah, fing Ebony an zu lächeln. Blue setzte sich neben ihn. „Alles sauber, der ganze Tumor ist raus. Er wird wieder gesund, Ebony. Alles wird gut."

Ein Jahr später…

.   .   .

Ebonys Stimme kletterte bis zur höchsten Note hinauf, die sie eine Weile hielt, während das Publikum aufsprang und ihr tosend applaudierte. Es war die letzte Nacht ihrer Tour und sie gastierte in ihrer Heimatstadt Seattle.

In der Box direkt vor der Bühne saß ihre Familie. Von Atlas' Gesicht las sie die Liebe ab, die er für sie verspürte; er war nun wieder stark und gesund und hielt Matty im Arm, während Fino auf und ab hüpfte. Ihre Freunde von Quartet waren auch dort, überglücklich darüber wie gut sich die Tour verkauft hatte und was für Wahnsinnskritiken sie eingefahren hatte. Dann waren da noch Romy und Blue; Juno und Obe; Artemis und Dan; Magda und Stuart; Cormac und Lydia sowie Stanley und Vida. Ihre Freunde, ihre Familie, ihr Leben.

Ebony schloss die Augen und während sie dem Applaus zuhörte, wusste sie, dass Romys Prophezeiung Wirklichkeit geworden war: Sie hatte nun tatsächlich alles, was sie sich wünschte. Sie warf ihrem Publikum Kusshände zu und winkte allen, die sie sehen konnte.

„Danke, Seattle. Ich liebe euch so sehr. Danke, wir sehen uns bald wieder."

Sie applaudierte ihrer Band, nannte sie alle beim Namen und gab ihnen High Fives, bevor sie die Bühne verließ. Ihr Körper surrte vor Adrenalin. Auf dem Weg zur Umkleidekabine wurde sie von allen möglichen Leuten beglückwünscht, doch als sie eintrat, sah sie einen lächelnden Atlas.

„Hey, Baby." Sie drängte ihren Körper an seinen und küsste ihn. Atlas vergrub seine Hand in ihren Haaren und bewegte seine Lippen sinnlich auf ihren.

„Ich habe den Kindern gesagt", murmelte er tief und sinnlich, „dass ich Mami abhole… und dass das dauern könnte."

Ebony grinste, sperrte die Tür hinter sich ab und ließ zu, dass Atlas ihren Reißverschluss löste und ihr Kleid öffnete. Als er ihren Spitzen-BH nach unten zog, um einen dunkelroten Nippel in den Mund zu nehmen, seufzte Ebony zufrieden auf. „Ich liebe dich so sehr, Atlas Tigri."

Sie lächelte in sich hinein, während sein Mund noch tiefer sank und seine Lippen die weiche Haut ihres Bauches berührten. Ebony unterdrückte ein Lächeln, als er innehielt und die leichte Wölbung ihres Unterleibes zu spüren schien. Er blickte zu ihr auf mit seinen grünen, wunderschönen Augen und in ihren eigenen Augen stiegen Freudentränen, während sie nickte.

„Ja", flüsterte sie. „Ich hatte überhaupt keinen Überblick mehr über meine Perioden, als ich auf Tour war, aber in den letzten paar Wochen habe ich mich irgendwie seltsam gefühlt. Nicht krank, nur irgendwie anders. Weil wir immer noch mit Kondomen verhütet haben, habe ich gedacht, ich könne nicht schwanger sein. Ich war mir zunächst nicht sicher, aber ich habe einen Test gemacht, bevor ich auf die Bühne gegangen bin. Wir bekommen ein Baby, Atlas!"

Sie lachte, als er sie verdutzt und überrascht anblickte mit jungenhaftem Charme. Dann hob er sie in die Arme und bedeckte sie über und über mit Küssen, sodass sie davon lachen musste. Schon bald hatten sie sich von ihren Kleidern befreit und Atlas rammte seinen riesigen Schwanz in sie, während sie leidenschaftlich fickten und dabei dennoch miteinander lachen konnten.

Als Ebony ihren Höhepunkt erreichte, klammerte sie sich an ihn und blickte ihm in die Augen. „Ich liebe dich so sehr, Atlas, und ich kann es kaum erwarten, dass unser Kind auf die Welt kommt."

„Ich auch, Baby, ich auch."

Fünf Monate später kam Sarah Clelia Tigri auf die Welt und als ihre Eltern ihr erstes gemeinsames, leibliches Kind anblickten, wussten sie, dass ihre Familie komplett war.

Drei Jahre später …

Ebony schlang ihre Arme um ihre drei Kinder, die auf sie zugestürmt kamen. Sie hatte eine weitere lange Tour beendet für ihr drittes Album, das ein Wahnsinnserfolg gewesen war... und nun nahm sie sich ein paar Monate frei, um nur bei ihrer Familie zu sein.

Sie und Atlas hatten eine Privatvilla in Italien gekauft, wo keine Paparazzi lauerten und wo sie sich von der Großstadt erholen konnten. Sie war ihr Zufluchtsort geworden und immer wenn sie Urlaub hatten, fuhren sie mit ihrer Familie dorthin. Sie genossen dort nicht nur den Sommer, sondern auch den Winter. Nun war schon wieder Weihnachten und gleichzeitig wurde Atlas' vierzigster Geburtstag gefeiert.

Diesmal war ihre Villa nicht nur voll von ihrer Familie, auch ihre Freunde waren alle da und Ebony schmiss eine riesige Fete für ihren Mann.

Während sie sich dafür umzogen, warf Atlas sie zu Boden und sie liebten sich lachend und kichernd. „Ob wir wohl je erwachsen werden?"

„Ich hoffe nicht." Atlas stützte sich auf dem Boden ab, während er sein Glied tiefer in sie hineintrieb, sodass sie vor Lust stöhnte.

Ebony blickte versonnen zu ihm auf. „Du siehst umwerfend aus."

Er schenkte ihr dafür ein Grinsen und entlud sich in ihr, worauf Ebony ihren eigenen Höhepunkt erreichte. „Ich liebe es einfach, wie du es mir besorgst, Tigri."

„Und das können wir nun bis an unser Lebensende tun, Baby." Atlas küsste sie leidenschaftlich und sie lächelten einander an, während sie wieder zu Atem kamen. „Wir ziehen das durch bis zum Schluss."

Ebony streichelte sein Gesicht. „Alles Gute, Baby."

Atlas lächelte. „Du bist so wunderschön, Ebony Tigri."

„Gut so. Wir müssen schließlich auf eine Party."

Ein paar Minuten später standen sie ganz oben auf der Treppe und blickten auf die Party hinab, die bereits in vollem Gange war. Ebony wandte sich an Atlas. „Bevor wir hinuntergehen, möchte ich dir etwas sagen."

„Was denn?"

Sie lächelte. „Ich liebe dich, das ist alles."

Atlas lächelte. „Und das ist auch alles, was ich je brauchen werde." Und damit führte er sie die Treppen hinab, um die Gäste zu begrüßen.

. . .

Ende.

Hat Dir dieses Buch gefallen? Dann wirst Du Versaute Neuigkeiten LIEBEN.

Ein Job, zwei Konkurrenten, und eine große Anziehungskraft zwischen den beiden…

Warum musste er so männlich, robust und sexy sein?
Warum musste es diese blöde Regel geben, dass man nicht miteinander ausgehen darf, wenn man bei WOLF arbeitet?
Und warum konnte ich meine Hormone nicht ignorieren und der Profi sein, der ich sein musste?
Ich wusste die Antwort auf die letzte Frage. Wie konnte jemand etwas so Heißes ignorieren?
Wenn er mich berührte, kribbelte es mich am ganzen Körper.
Als sich unsere Lippen zum ersten Mal berührten, wusste ich, dass ich ihm verfallen war.
Er hatte mich von Anfang an. Er nahm mich besser, als ich dachte, dass es möglich wäre.
Mein Körper war ihm ausgeliefert, und er kannte kein Erbarmen.
Aber unsere Arbeit könnte die Leidenschaft zerstören, die wir gefunden haben.
Würden wir das wirklich zulassen?

Versaute Neuigkeiten: Unanständiges Netzwerk 1 JETZT!

https://books2read.com/u/31G9lw